# 공녀고 나발이고
## 집에 간다고

FEEL PREMIUM
EDITION

# ⟨ II ⟩

# 공녀고 나발이고 집에 간다고

### ⟨ 단디 장편 소설 ⟩

# Contents

## Chapter.4

내가 춤만 잘 췄어도 고상한 파티에서 이런 신나는 음악 따위가 연주되는 일은 없었을 텐데.

"그레이, 나 그냥 들어갈 테니까 이제 그냥 평범한 춤 추……."

빠르게 움직이던 발을 멈추려던 순간, 황녀가 디에르고 공작의 손을 잡은 채 무대로 들어서고 있었다.

특유의 당당하고 오만한 얼굴로 주변의 모든 사람들을 내리깔아 보고 있었다.

마치 이 무대 위를 정벌하러 온 사람 같았다.

저절로 입이 벌어졌다.

디에르고 공작은 갑자기 황녀와 춤을 추게 됐음에도 전혀 당황한 티를 내지 않고 카라샤펠 황녀의 손을 잡은 채 무대로 올라와 음악가들에게 손짓했다.

음악의 박자가 아주 조금 느리게 바뀌었다. 하지만 특유의 신나는 분위기는 그대로였다.

공작과 황녀는 마치 미리 맞춰 보기라도 한 것처럼 빠른 속도로 화려하고 정확하게 춤을 추기 시작했다.

마냥 구경만 하고 있기엔 나 역시 아직 그레이가 이끄는 대로 몸을 움직이는 중이었다.

그레이는 내게 발이 몇 번이나 밟혔음에도 짜증 한 번 내지 않,

"야. 너 이럴 거면 그냥 맨발로 춰. 구두 굽으로 남의 발 아작 내지 말고."

"나 춤 못 추는 거 알면서도 지가 잡아 놓고 왜 성질을 내?"

"이렇게 못 출 줄 알았냐? 어휴, 방금 태어난 애도 너보다 잘하겠다."

"그러면 방금 태어난 애랑 추시든가."

아웅다웅 그레이와 싸우다 보니 어느새 긴장이 풀려 굳은 듯 움직이던 팔다리가 휙휙 뻗어 나갔다.

그때 갑자기 또 내 손이 다른 누군가에게 잡히며 몸이 휙 돌아갔다.

이번엔 헤이먼이었다.

"조금 늦었어. 미안."

"나야 뭐, 괜찮…… 왁!"

헤이먼은 아예 나를 들어 내 두 발을 제 구두 위에 올리곤 미끄러지듯 춤을 춰 댔다.

"무겁잖아!"

"괜찮아."

어느새 공작과 황녀를 따라 하나둘 무대 위로 오른 사람들도 빠른 음악에 맞춰 웃으며 춤을 추고 있었다.

무대를 가득 채운 이들은 박자에 맞춰 파트너를 바꿨지만 나는 아까부터 계속 헤이먼, 그레이, 티온에게 이리저리 돌려지고 있었다.

"저기 남자 귀족들 쎄고 쎘는데 왜 난 너희랑만 계속 추는 거야?"

내 물음에 턱을 호두처럼 구긴 그레이가 나를 익살스럽게 내려다보며 말했다.

"너 춤 거지같이 추는 거 들킬까 봐 이러는 거잖아. 너는 왜 오빠들의 배려

8

를 무시하니."

"뭐?!"

짜증을 내려는 순간 티온이 나를 번쩍 들어 공중에서 휙 하고 돌린 뒤 바닥에 내려놓았다.

"……처음인데 잘 춰. 괜찮아."

"말 잘했어, 티온. 짬 날 때 그레이 주먹으로 한 대 쳐 줘. 아주 그냥 나만 보면 놀려 먹기 바빠 가지고."

티온은 배시시 웃으며 말없이 내 손을 잡고 제자리에서 빙그르르 돌릴 뿐이었다.

그 뒤로도 티온, 그레이, 헤이먼 순서로 파트너가 바뀌었는데 이번에 내 손을 잡은 건 공작이었다.

"공, 아버지."

"그래, 우리 공딸."

내 말실수를 그대로 받아치며 공작은 그림처럼 웃었다.

"아빠랑도 춤춰 줄 거지?"

"……네."

어색하게 아버지에게 한 발 다가서자 그는 금세 내 허리를 잡고 발을 빠르게 움직였다.

"역사 선생도, 지리 선생도 거절했지만 춤은 선생이 있어야겠지?"

연회장 가득 큰 음악 소리가 울리고 있었음에도 디에르고의 나직한 음성은 곧장 내 귀에 들려왔다.

그래도 춤 배울 시간이 없는데.

머릿속으로 일정을 정리하는 걸 눈치챘는지 공작은 잠깐 두 손을 뗐다가 다시 잡는 그 짧은 사이에 손가락을 튕겨 내 이마를 때렸다.

"아!"

눈을 동그랗게 뜨고 바라보자 공작은 픽 웃으며 답했다.

9

"아빠가 가르쳐 주마. 우리 둘 다 바쁘니 그런 핑계라도 있어야 얼굴을 한 번이라도 더 보지. 라트엘이 뭐라고 하면 다락에 가두자고. 응?"

장난기 넘치게 웃는 모습은 세 아이의 아버지처럼 보이지 않았다.

아.

네 아이의 아버지처럼 보이지 않았다.

그의 농담에 내가 소리 내 웃어 버리자 디에르고 공작 역시 보라색 눈을 접어 웃었다.

가만히 나를 보던 공작은 잔잔히 미소 지은 채 말했다.

"웃는 얼굴이 네 엄마와 똑같구나."

갑작스러운 그의 말에 나도 모르게 대답해 버렸다.

"……죄송합니다."

"응? 뭐가?"

고개를 갸웃거린 공작은 박자에 맞춰 다음 동작을 이어 가려 했지만 난 이미 굳어 버린 몸을 쉽게 움직일 수 없었다.

"……자꾸 동작을 틀려서요. 하, 하하."

나는 어색하게 웃으며 뒤로 물러났다.

다른 때 저런 말을 들었다면 자연스럽게 받아쳤을지도 모르지만 요 며칠 꿈처럼 행복했던 탓에 공작의 말이 더 크게 다가왔다.

불안한 마음에 습관처럼 목걸이를 쥐려고 했지만 로또가 담긴 로켓을 황녀가 끌러 버린 탓에 지금 차고 있지 않았다.

"솔레아? 괜찮니?"

"네. 저 이제 그만 쉴게요. 하하. 발바닥이 아프네요."

어색하게 웃으며 연회장 구석으로 걸어가는 내 곁으로 아기 토끼가 다가왔다.

"공녀님!"

적어도 이전의 솔레아를 모르는 사라를 보니 마음이 풀어져 자연스럽게 웃음이 새어 나왔다.

"아, 사라! 가 아니고 나사니엘 영애! 미안해요. 편지를 몇 번 주고받는 동안 내적 친밀감이 바짝 올랐네요."

"헤헤, 사라라고 불러 주세요. 오늘 파티에 초대해 주셔서 감사해요. 그리고 늦게 도착해 죄송해요……. 오빠가 자꾸 안 간다고 해서……."

"빌이요? 왜지?"

그레이 보러 오라고 하면 맨발로도 검 챙겨서 뛰어올 양반인데.

목을 쳐들고 주변을 둘러보자 큰 키의 연한 갈색 머리 남자가 시무룩한 표정 으로 연회장 입구에 서 있었다.

"빌 왜 저래요?"

사라가 발뒤꿈치를 살짝 들더니 두 손을 입으로 가져다 대고 동그랗게 만들 었다.

그래도 높이가 맞지 않자 몸을 좀 더 낮춰 달라는 듯 두 손으로 조심스럽게 손짓했다.

내가 몸을 낮추자 그제야 사라가 귀에 대고 속삭였다.

"공녀님이랑 제가 편지를 몇 번이나 주고받았는데……. 약속을 안 지키셨다 고……. 저번엔 그레이 공자님이랑 공녀님 두 분이서 말도 안 하고 놀러 갔다 오셨다고……."

귀에서 웅얼거리는 사라의 앳된 목소리는 종달새처럼 귀여웠지만 내용은 하 찮았다.

"아니, 뭐 그런 걸로 삐지고 그런대요. 빌!"

큰 소리로 부르며 이리 오라고 하자 빌은 시무룩한 얼굴로 아랫입술을 조금 내민 채 성큼성큼 걸어왔다.

"공녀님……. 너무하십니다. 약속하신 지 벌써 몇 주나 지났어요."

"미안해요. 빌. 너무 바빴어요. 큰오빠도 오고 하니까 정신이 없어서."

"거봐, 오빠! 내가 뭐라고 했어! 공녀님 바쁘시다고 했잖아! 공녀님이 바깥일 하느라 바쁘시다 보면 그럴 수도 있지! 애같이 왜 그래, 정말!"

사라가 옹골차게 쥔 주먹으로 빌의 드넓은 팔뚝을 콩 하고 때렸다.

어쩐지 웃음이 터질 것 같아 나는 살짝 미소 짓곤 빌을 마저 달랬다.

"이번엔 정말 빨리 약속 잡을게요. 아니면 지금 그레이 불러서 우리 다 같이 놀러 가는 날을 정할까요?"

"정말요?"

"네. 그러니까 그 아랫입술 좀 집어넣어요. 나사니엘 백작가를 이어받을 후계자가 그러고 계시면 쓰나."

약속을 잡겠다는 말에 빌은 어색하게 웃으며 머리를 긁적였다.

"진짜 막, 크게 서운한 건 아니었습니다. 약속을 잊으셨나 해서……. 물론 제가 큰 도움을 드린 건 없지만요. 그래도……."

"알았어요, 알았어. 잠깐만 기다려요."

그레이를 찾으려 몸을 돌렸지만 한눈에 들어오질 않았다.

어디 갔지? 또 어디 구석에 서 있나?

목을 쭉 빼고 주변을 둘러보자 영애들 무리의 한가운데에 있는 그레이의 적갈색 머리카락이 보였다.

영애들이 왜 그레이를 둘러싸고 있지? 또 헛소리하면서 그레이를 괴롭히고 있는 건가.

나도 모르게 전투태세에 돌입하며 주먹을 움켜쥐었다.

그레이를 놀리면 가만두지 않겠다는 투지가 불타올랐다.

하지만 가까이 다가갈수록 들리는 영애들의 대화 내용은 예상과는 전혀 달랐다.

"아이작 슐로든과의 결투에서 손끝 하나 안 다치셨다면서요!"

"공자님, 잘하셨어요! 그자가 어디 보통 무뢰한이었나요! 매번 예의 없이 구는 통에 다들 쉬쉬하며 피했답니다."

"저 사실 그때 속이 시원했어요! 그 자리에 저도 있었는데 기억 못 하시겠죠?"

"공자님. 저는 멜리아 멀린입니다. 멀린 백작가를 아시나요?"

"검을 그리 잘 쓰신다면서요. 제 꿈은 기사가 되는 건데 제게도 가르쳐 주세요."

적잖이 당황했는지 그레이의 두 귀가 발갛게 달아올라 있었다.

"아, 저는…… . 어, 네, 검은 어렸을 때부터 연습해서. 네, 아, 멀린 백작가, 들어 봤습니다. 교육은 아직 제가 부족한 점이 많아서…… . 솔레아!"

보물이라도 발견한 듯 그레이가 나를 보고 환하게 웃었다.

"실례하겠습니다. 죄송합니다."

어찌할 바를 모르고 이리저리 날뛰던 두 눈이 나를 향해 곱게 휘어졌다.

가만히 서 있을 땐 긴 눈매와 날카로운 턱선 때문에 사나워 보였는데 웃으니 세상 잘생긴 미남이었다.

여태 대놓고 무시하거나 조롱하던 놈들 때문에 가까이 다가오지 못했다가 여기엔 그런 자들이 없으니 비교적 편하게 말을 거는 것 같았다.

"야, 너 인기 좋다?"

히죽거리며 팔을 툭 치자 그레이는 난처한 듯 마른세수를 하며 느릿하게 미소 지었다.

"갑자기 왜들 저러는지 모르겠어."

"네가 아이작 슐로든하고 싸워서 이겨서 그런가 보지."

"뺨 때린 건 넌데 말이야."

"……어, 그러게. 왜 나한텐 아무도 말을 안 걸지?"

주변을 둘러봤지만 눈이 마주친 영애들은 대부분 어색하게 웃으며 고개를 까딱 숙여 인사하곤 내 시선을 피했다.

"왜지? 왜 나만 이렇게 동떨어져 있지?"

"너 또 나 몰래 어디서 쌈박질하고 다닌 거 아냐?"

"웃기지 마. 검 들고 싸운 건 넌데 왜 너는 인기 폭발이고 나는 이래."

"내가 잘생겨서 그런가 보지."

"말도 안 되는 소릴 하고 있어. 네 방엔 거울도 없냐."

"지는."

그레이는 잘생겼지만, 왜인지 모르게 내 입으로 칭찬해 주긴 싫었다.

누가 봐도 친남매마냥 상대를 흉보며 남 몰래 그레이와 서로 한 대씩 치고받던 나는 뒤늦게 멀찍이 선 빌의 간절한 눈과 마주쳤다.

"아, 참. 그레이. 놀러 가자."

"우리? 둘이? 어디로? 언제? 지금?"

그레이의 회색 눈동자가 신이 나서 반짝거렸다.

"사람이 많으면 많을수록 좋으니까 다른 사람들이랑 같이."

"아……. 뭐, 누구?"

"저기 저쪽에서 너를 향해 눈을 빛내고 있는 네 친구랑, 귀여운 아기 토끼랑."

"무슨 소리야?"

내 머리를 망가지지 않을 정도로 약하게 툭 친 그레이는 몸을 돌려 내가 가리키는 곳을 바라봤다.

빌이 환하게 웃으며 그레이를 향해 손을 흔들었다.

"빌이랑?"

"또 사라랑."

"왜 넷이서 놀아?"

"내, 내가 사라랑 친해지고 싶은데 사라가 나랑 단둘이 있는 게 좀 긴장된대서."

"그럼 나 빼고 셋이 놀아. 빌 쟤 나 볼 때마다 대련하자고 검 들이댄다고."

"내가 대련의 대 자도 못 꺼내게 할게. 그리고, 어……."

놀자고 하면 단박에 따라나설 줄 알았는데 어지간히도 대련이 싫은지 그레이의 반응은 시큰둥하기만 했다.

초조해진 나는 그레이의 옷소매를 살포시 붙잡은 채 조곤조곤 덧붙였다.

"나도 오빠 있는데 사라만 오빠 데리고 나오면 좀 그렇잖아."

시들하던 그레이의 얼굴이 움찔 떨렸다.

그의 광대가 미세하게 점점 위로 올라가기 시작했다.

"하. 위로 오빠가 셋이나 있는데 그중에 굳이 나한테 같이 가자고 말한 걸 보면, 너도 참. 솔레아. 자꾸 나만 찾지 말고 티온 형이나 헤이민 형이랑도 좀 대화를 해 봐. 내가 세상에서 제일 좋다는 티를 꼭 그렇게 내야겠냐. 알았어. 같이 가지, 뭐. 네가 내가 제일 편하다는데 같이 가 줘야지."

"……오빠 새끼."

"뭐라고?"

"아니. 아무 말도 안 했어."

내가 어깨를 으쓱 올렸다 내리며 샐쭉 웃자 그레이는 내 양 볼을 한 손으로 잡아 찌부러뜨렸다가 얼굴을 마주 보며 말했다.

"웃긴. 못생긴 게."

마침 디에르고 공작이 그레이를 부른 덕분에 나는 그에게서 벗어나 얼른 빌에게 걸어갔다.

"빌. 확답 받았어요. 다음 주에 우리 저택으로 와요. 만나서 같이 놀러 나가요. 그리고 그날은 절대, 절대로 대련 얘기 꺼내지 말아요."

"예? 아……. 왜요?"

골든 레트리버 같은 빌의 커다란 눈이 아래로 축 처졌다.

"빌. 원하는 게 뭐예요. 우리 오빠 모가지 썰기예요, 아니면 우리 오빠랑 친해지기예요?"

"말을 왜 그렇게 험악하게 하세요, 공녀님. 무섭게……."

주변에 사람이 많아 말을 재빠르게 와다다 쏟아 냈더니 빌은 한껏 당황해 버렸다.

빌은 여태 그레이와 다시 한번 검을 맞대고 대련해 보고 싶단 생각만 했지, 그와 친해진 이후에 어떻게 해야 할진 한 번도 생각해 본 적이 없는 듯했다.

"남자들끼리 어, 친해져 가지고. 가끔 같이 말도 타고? 어……. 그리고, 그 뭐냐. 가끔 사냥도 가고. 그, 또 뭐 있지. 아무튼 놀러도 가고. 그러면 되지. 대련만 하는 기계도 아니고. 그러면 되겠어요, 안 되겠어요."

"저는 그냥 그레이가 검 휘두르는 걸 또 보고 싶고……."

"집중의 박수를!"

"예?"

"아이고, 실수."

정령들 때문에.

고개를 절레절레 흔들고 제정신을 차린 나는 빌의 두 손을 덥석 잡았다.

"빌! 우리 오빠랑 친해지고 싶은 건 맞죠?"

"네! 그건 확실합니다! 친해진 다음에 뭘 해야 하는지는 모르겠지만!"

"그래요! 그건 다음에 생각하고 일단 친해지기부터 합시다! 그러니까 당분간 대련 얘기는 꺼내지 말기!"

"예!"

당차게 대답한 빌은 내게 잡혀 있던 손을 빼내곤 다시 내 손을 움켜쥐었다.

"명심하겠습니다!"

"그 손 놓지. 나사니엘 영윤."

소란스러운 연회장 안으로 냉기 서린 차분한 목소리가 날아들었다.

언제부터 있었는지는 모르겠지만 카라샤펠 황녀가 창가 앞 소파에 비스듬히 앉아 흥미롭다는 표정으로 우리를 지켜보고 있었다.

"내 절친한 벗의 손을 그리 꽉 잡으면 어떡하나. 우리 솔레아 놀라잖아."

"제가 언제부터 전하의 절친한 벗이었습니까?"

"마음으로 가까운 사이라며?"

"저희가요?"

"내가 그렇게 하기로 했어."

빌이 어색하게 웃으며 손을 놓았지만 사라는 내 곁에 꼭 붙어 서 있었다.

카라샤펠 황녀는 나와 머리 두 개는 차이 나는 작은 영애를 향해 부드럽게 미소 지었다.

"나사니엘 영애군요."

"반, 반갑습니다. 황녀 전하. 저는 나사니엘 백작가의 사라 나사니엘입니다. 처, 처음 뵙겠습니다."

"사라, 너무 떨지 마세요. 황녀님이 처음 뵐 땐 엄청 무섭지만 자꾸 뵙다 보면 조금 무서워요."

내 말이 하나도 위로가 되지 않는지 사라는 금방이라도 울음을 터뜨릴 것 같았다.

"저런. 성년을 넘겼다는데 아직도 저리 겁이 많아서야."

"황녀 전하. 사라 겁주지 마세요."

"황녀를 앞에 두고 다른 영애를 챙기는 법이 어디 있나. 속상하게. 네가 그러면 내가 다른 영애들에게 조심하라고 한 보람이 없잖아."

"다른 영애들에게 뭘요? 잠깐만 기다려 주세요."

나는 내 드레스를 붙잡고 있는 사라의 손을 떼어 내고 머리를 쓰다듬어 주었다.

"사라. 오늘 와 줘서 너무 고마워요. 나중에 또 편지할게요. 황녀 전하와 얘기를 해야 해서요."

"네, 네. 죄송해요. 제가 괜히 붙잡고 있어서."

"아니에요. 우리 오빠들도 친절하니까 가서 얘기도 좀 하고, 다른 영애들이랑도 어울려 봐요. 황녀 전하가 무섭게 생기셨어도 사람을 죽이진 않으실 거예요."

여전히 하나도 위로가 되지 않나 보다.

사라는 멍하니 나를 올려다보다가 두 손을 덜덜 떨면서 빌에게 종종걸음으로 걸어갔다.

"다른 영애들에게 뭐라고 하셨어요, 전하?"

카라샤펠에게 가까이 다가가 묻자 그녀가 환하게 미소 지으며 답했다.

"베르고 영애는 마음이 약해서, 가문을 욕보이는 자가 있으면 참지 못하고 주먹을 날린다고 했지. 틀린 말도 아니잖아?"

……틀린 말이 아니긴 한데. 남의 입으로 들으니 이상하네요.

"그렇게 말씀하시면 제가 뭐가 돼요?"

"심약한 베르고 영애가 되지."

카라샤펠 황녀는 여전히 얄미울 만큼 능청스러웠다.

"그나저나 솔레아. 나 섭섭한데."

"뭐가요?"

"나사니엘 영애는 사라라고 부르면서 왜 나는 랏샤라고 안 불러 주는 거야. 나도 이름 있어."

"그거야 전하는 전하잖아요!"

내가 아무리 자유 민주주의 국가에서 왔다고 해도 계급 관계는 안다고.

미친 듯이 빡쳐도 사장실 들어가서 '박창곤 나와!' 라고 한 적은 없으니까.

대한민국, 멀리서 보면 평등하지만 가까이서 보면 철저한 계급 사회거든요.

하지만 카라샤펠 황녀는 내 대답이 마음에 들지 않는 것 같았다.

그녀의 황금빛 속눈썹이 아래로 축 늘어지며 파란 눈동자가 우수에 젖어 들었다.

살아 있는 예술품처럼 보이는 가련한 미모였지만 목소리는 섬뜩하기 그지없었다.

"베르고의 공자는 내게 첫 번째로 춤 신청을 하지도 않고, 공녀는 나를 무시하니……. 어쩌면 좋지. 너무 서운하네."

"그, 전하. 티온이 낯을 가려서 그래요……. 그리고 저희 아버지랑 춤추셨잖아요?"

"솔레아 혼자 춤추는 게 버거워 보여서 내가 직접 공작에게 가서 같이 추자고 한 건데……. 알아주는 이가 아무도 없네. 나 그냥 황궁으로 돌아갈까 봐.

네가 선물한 통롤러도 두고 갈래."

"유치하게 왜 이러세요, 황녀 전하!"

"황녀는 집에 갈래."

"전하."

"전하는 집에 간다니까."

정말 돌아갈 심산인지 황녀는 어깨를 축 늘어뜨린 채 뒤에 서 있는 시녀에게 말했다.

"가자. 다신 공녀와 만나지 않을 거야. 마음에 깊은 상처를 입었어."

"그러는 전하도 다른 사람들한테 제 흉을 보고 다니셨잖아요!"

"네가 나를 한 번도 안 보니 서운해서 그랬지. 너의 전하는 이제 갈 거야. 로빈, 이만 가자."

"예, 전하."

황녀가 소파에서 일어나자 시녀가 그녀를 따라 움직였다.

연회장 안에 있는 사람들을 등지고 있었지만 그들의 시선이 이쪽으로 쏠려 있다는 걸 느낄 수 있었다.

베르고 공작가의 첫째 티온.

입양아의 전쟁 귀환 파티에 황녀가 참석했다는 것만으로 대단한 일이라고 볼 수 있는데 그 사람이 얼굴만 비치고 가 버린다니.

이건 티온을 위해서도, 베르고를 위해서도 좋은 일이 아니었다.

그리고 앞으로 더더욱 많이 팔아야 할 나의 통롤러와 염색 양모를 위해서도.

쌍. 저 사람 무서운데.

나는 내 안의 쎄이다를 애써 무시하며 황녀에게 빠르게 걸어갔다.

"……랏샤."

"음? 안 들리는데?"

"랏샤. 가지 마요."

언제 슬픔에 젖었냐는 듯 황녀가 커다란 눈을 빛내며 나를 향해 돌아섰다.

사냥감을 입에 물고 득의양양하게 돌아온 맹수 같은 눈빛이었다.

나 무서워. 나야말로 집에 가고 싶다. 17억아. 엄마 무섭다.

"다시 말해 줘. 솔레아."

"랏샤가 이렇게 금방 가 버리면 베르고가 무슨 소릴 듣겠어요. 이왕 와 줬는데 조금만 더 있어 줘요."

황녀의 입꼬리가 비스듬하게 올라가는가 싶더니 이내 완벽한 균형을 가진 미소가 그녀의 얼굴에 장착되었다.

"난 네가 솔직해서 좋아. 내가 좋으니 남아 있어 달라는 말은 절대 안 하지."

"……전하, 누가 들으면 오해하겠어요."

"전하는 집에 간다니까?"

"랏샤. 좀 앉아 있으세요."

"그럴까, 그럼?"

황녀는 흔쾌히 내 손목을 잡고 방금 전까지 앉아 있던 소파로 향했다. 나와 나란히 앉은 그녀는 기분이 좋은 듯 콧노래를 흥얼거렸다.

소파 뒤에 서 있던 로빈이 살짝 허리를 굽혀 황녀의 귀에 무어라 속삭였다.

"괜찮아. 지금은 기분이 좋으니까. 나를 약 올리는 애런도 없고, 옆에는 솔레아가 앉아 있고."

"저기요. 전, 랏샤."

"내 이름은 전랏샤가 아닌데."

"랏샤."

"응. 레아."

"저한테 왜 이러세요."

황녀에게 손목을 잡힌 채 연회장의 화려한 조명을 바라보고 있으니 자꾸 인생에 회의감이 드네.

내가 무슨 부귀영화를 보겠다고 여기 와서 이러고 있나…….

"아까 말했잖아. 친구가 되고 싶은 거라고."

"누가 친구한테 이렇게 강압적으로 굴어요. 정떨어지게."

내 손목을 잡고 있는 황녀는 말이 없었다.

옆을 돌아보려는 순간 황녀가 입을 열었다.

"치워."

"네? 뭘요?"

고개를 돌리자 내 뒤에 서 있던 기사가 검집에 뭔가를 집어넣는 게 보였다.

눈이 저절로 사방팔방으로 날뛰었다.

"……나를, 지금 나를, 죽이려고 했, 했어요? 저를……. 왜요?"

"미안. 내 기사가 성질이 급해서. 퀴온. 나가서 기다려."

갑옷을 챙겨 입지는 않았지만 서 있는 폼이나 걸음걸이가 누가 봐도 잘 훈련받은 기사였다.

황녀는 퀴온이 나간 뒤에도 한동안 아무런 말 없이 정면을 바라보다가 잡고 있던 내 손목을 천천히 놓아 주었다.

"……내게 정이 떨어져?"

"네?"

황녀를 바라봤지만 그녀는 내게 말을 건 적이 없는 것처럼 미소를 띤 얼굴로 여전히 정면만을 응시하고 있었다.

그런 와중에 그녀의 도톰한 붉은 입술이 다시 그림처럼 움직였다.

"내가 이리 굴면 나한테 정이 떨어지냐 물었어."

"꼭 그렇다기보다는……. 자꾸 이렇게 무섭게 굴고, 친구도 못 사귀게 하시면 그런 마음이 들 수도 있겠다, 싶은 거죠. 사람 관계가 그렇잖아요. 소유하는 게 아니니까. 제가 전하의 물건은 아니잖아요. 붙잡는다고 잡아지나요. 사람이."

한참 말이 없던 황녀가 입을 열었다.

"치워."

"예? 뭘 또."

난 이번엔 반대쪽으로 재빠르게 얼굴을 돌렸다.

제복을 입고 있는 다른 남자가 검집에 무언가를 집어넣었다.

"무슨 말만 하면 사람을 죽이려고 해요?"

"미안. 내 기사들이 까다로워서 누군가 내게 불충하게 구는 걸 잘 못 봐. 제이드, 너도 나가 있어."

황녀의 명령이 떨어지자마자 제이드라 불린 기사가 꾸벅 허리를 굽혀 인사하더니 연회장 밖을 향해 걸어갔다.

"저 지금 두 번이나 죽을 뻔한 거예요?"

"내가 황궁에 돌아가서 따끔하게 교육할게."

황녀는 기사들이 실수라도 한 것처럼 말했지만 저들이 이렇게 사람이 많은 곳에서도 저렇게 행동했다는 건, 교육을 저런 식으로 받았다는 뜻이었다.

황녀의 뜻을 거스르는 자는 가차 없이 처단하라고.

"전하."

"랏샤."

"아니, 싫어요. 전하라고 할 거예요."

황녀가 나를 쳐다보며 한쪽 눈썹을 올렸다.

그러자 황녀의 근처에 서 있던 여자와 남자들이 모두 일제히 나를 바라봤다.

……그냥 놀러 온 다른 집안 귀족들인 줄 알았는데 다 수행 기사들이었어?

나는 떨리는 목소리를 애서 가다듬고 황녀에게 말했다.

"저랑 친구가 되고 싶으시면 이런 식으로 하시면 안 돼요. 저는 이렇게 강압적이고 무서운 사람 싫어해요. 정말, 정말로 싫어요. 억지로 뭔가를 하라고 시키고, 못 나가게 하고, 힘으로 억누르려고 하는 사람 싫어요. 진짜 세상에서 제일 싫어요."

"뭐?"

"황녀 전하가 다음에도 이렇게 검을 들이대고, 사람을 협박하시면 전 황녀 전하를 친구는커녕 비슷한 나이 또래의 사람으로도 안 볼 거예요. 제르노아 제국의 1 황녀 전하. 그 이상도 이하도 아니에요."

내가 말을 하는 동안 황녀는 묵묵히 듣고만 있었다.

"먼저 일어나 볼게요. 전하, 불충을 용서하세요."

다리를 떨고 있진 않나, 일어나서 움직이면 목이 썰리려나, 하는 생각을 했지만 의외로 나를 붙잡은 건 황녀가 한 말이었다.

"그럼 너도 놀러 와."

"네?"

"물건 팔러 오는 거 말고, 공작가의 후계자라는 자리 때문에 억지로 오는 것 말고. 그냥 놀러 와. 기사도 시녀도 다 물러가라 할게."

그렇게 말하는 황녀의 눈은 어쩐지 간절해 보였다.

"알았어요. 다음에 갈게요."

"……정말이야?"

"네. 정말이요. 갈게요. 그러니까 그땐 겁주지 마세요."

"그땐 랏샤라 부를 거야?"

"제 마음이 내키면요."

방금 전까지만 해도 사람 목숨을 종잇장처럼 여기는 사람 같았는데.

물론 그건 지금도 그렇지만.

그래도 아까보단 황녀가 인간적으로 보이기 시작했다.

이름 부르는 게 뭐라고.

괜히 귀엽게 느껴져서 나는 황녀의 하얀 손을 잡았다.

"천천히 친해집시다. 황녀 전하."

황녀의 얼굴에 평소처럼 자신만만한 미소가 다시 번졌다.

"손부터 잡자고?"

"아우, 좀!"

벌레라도 쫓듯이 손을 쳐 내자 뒤에 서 있는 시녀가 나를 노려봤지만 황녀는 크게 소리 내어 웃었다.

"아하하! 그래서, 저 양모는 내게 선물로 줄 건가?"

자리에서 벌떡 일어난 황녀는 다른 사람들 들으라는 듯이 연회장 벽에 걸려 있는 커다란 염색 양모를 가리키며 말했다.

아까부터 사람들의 시선을 이끌고 있는 화려한 자수가 수놓인 노란색 양모였다.

굳이 주변을 둘러보지 않아도 알 수 있었다.

모두의 관심이 이리로 쏠렸다.

'황녀의 시선을 끌고 있는 저 양모를 만든 이가 베르고의 공녀인가?'

'저 양모는 뭐지?'

벽에 걸린 노란색 양모에는 하얀색 자수가 촘촘하게 수놓여 있었다.

멀리서 보면 레이스를 덧댄 것처럼 보이지만 자세히 보면 한 땀 한 땀 직접 수를 놓은 섬세한 기술이었다.

황녀는 내 옆구리를 살짝 쿡 찌르며 작게 속삭였다.

"대답해야지."

나 역시 황녀를 보며 웃었다.

이 사람이 내 양모를 홍보할 시간을 주고 있었다.

"전하께 드릴 것은 최상품으로 따로 준비해 뒀습니다."

"그래? 언제 줄 건데?"

"제가 직접 가져다드릴게요. 시간 빼 주실 수 있죠?"

"그럼. 네가 온다면 그 정도 시간이야 빼지."

"감사해요, 전하."

"뭘. 저 아름다운 양모를 준다는데 내가 더 고맙지. 그럼, 난 진짜 피곤해서 이만 가 볼게."

내 손을 한 번 꼭 잡았다 놓은 황녀가 아차, 하곤 작은 목소리로 덧붙였다.

"목걸이는 돌려줄 필요 없어."

"아, 네……."

씨익 웃은 황녀는 데려온 기사와 시녀들을 이끌고 연회장을 빠져나갔다.

어우, 기 빨려. 방금 목숨 두 번 건졌네.

황녀가 나간 뒤, 아까 겁을 집어먹고 내 눈치를 살피던 이들이 조금씩 곁으로 다가왔다.

"저 양모가 정말로 베르고에서 제작한 건가요?"

"대체 어디서 만들었길래 저런 빛깔이 나오는 겁니까?"

"자수는 또 어떻고요. 정말 아름다워요. 고요한 눈보라를 보는 것 같아요."

"붉은 양모의 빛깔은 태양을 꼭 닮았습니다."

"저 붉은 양모가 티온 공자가 걸치고 왔던 건가 봅니다."

"가격은 어떻게 되나요?"

"벽에 걸어 두니 정말 화사하고 예쁘네요!"

나는 일부러 말끝을 흐리며 답했다.

"제가 직접 판매하기엔 무리가 있어서 믿을 만한 상단과 계약하려 합니다. 그런데 저게 염색도 몇 번이나 공들여 하고, 자수도 장인들이 한 땀 한 땀 직접 놓은 거라서 여기 계신 모든 분들이 만족하실 만큼의 양이 될지 어떨지……."

귀족들의 눈이 번뜩였다. 가격이 얼마가 됐든 간에 손에 넣고 말겠다는 투지까지 보일 정도였다.

그중에선 꽤 나이가 있는 귀족들도 많았다.

"인사를 나누는 건 처음이군요. 나는 에브라돈 후작이고, 여긴 내 부인입니다. 이이가 양모에 대해 묻고 싶다는군요."

"반갑습니다. 에브라돈 후작가에 대해선 익히 들어 알고 있습니다. 아드님께서 텐티덤 아카데미에 수석으로 입학하셨다면서요?"

"어머. 그걸 어찌 아셨을까. 호호호! 아들이 책 읽는 걸 좋아해서요. 공녀님도 책을 좋아하시나요? 아, 양모 만드느라 바쁘셔서 책은 못 읽으시려나. 아무리 장사가 하고 싶으셔도, 귀족은 배움이 중요하지 않나요?"

백발이 성성한 귀부인의 얼굴에 악의는 보이지 않았다.

오히려 진심으로 걱정하는 듯 안쓰러운 빛마저 스쳤다.

평생을 귀족으로 살았을 테니, 그 시선으로 봤을 때 베르고가 귀족답지 않은 짓만 골라 하는 것처럼 보였겠지.

나는 귀부인에게 온화하게 대답했다.

"말씀하신 것처럼 아직 많이 부족합니다."

"저런……"

"텐티넘 아카데미의 설립자인 바헨 텐티넘의 저서 중 제국의 역사, 대수학의 개념과 원리, 마법학 심화 과정까지만 읽었거든요. 그 외에도 심심풀이로 하이난의 역사서와 제왕학을 읽기는 했지만요. 아, 참. 하이난의 제자인 비르뎅 박사가 저술한 지리와 역사의 관계도 재밌다 하기에 그것도 최근에 읽었습니다."

부인께서 껌뻑 죽는 그 아드님이 텐티넘 아카데미에서 곧 배우게 될 과목의 책들이에요.

라는 말은 속으로만 했다.

귀부인은 눈을 동그랗게 뜨더니 꽤 놀란 목소리로 답했다.

"대단하시네요! 역시 공작가에선 교육을 게을리하지 않으시는군요!"

"네, 아버지의 서재에 좋은 책이 정말 많은데 제가 읽는 속도가 조금 더디네요."

"어유, 공녀님도 참 겸손하시네요. 베르고 공작님께선 든든하시겠어요. 이리 명석하신 후계를 두셔서."

귀부인은 웃음기 띤 목소리로 말했지만, 소란스럽던 장내는 마치 찬물이라도 끼얹은 듯 잠깐 조용해졌다.

아마 아까 황녀가 '베르고의 공녀는 마음이 약해서 가문을 욕보이는 자가 있으면 주먹을 날린다.'고 했기 때문이겠지.

어색한 분위기가 길어지지 않도록 나는 얼른 말을 이었다.

"제 위로 든든한 오빠들이 있어 제가 이리 마음 편하게 책도 읽고, 물건을 만들어 장사도 하는 게 아니겠어요. 전 참 복이 많은 사람이에요."

내 대답이 귀부인의 생각과는 달랐는지 그녀는 눈썹을 팔자로 모으며 나를 위로하려 했다.

"그런 말씀 마세요. 공작님이 설마 공녀님을 두고 다른 사람에게 작위를 주시겠어요?"

"아버지께서 워낙 건강하셔서 그런 얘기를 하는 건 아직 이르네요."

생글거리던 웃음을 멈추고 귀부인을 가만히 내려다봤다.

에브라돈 후작이 얼른 끼어들었다.

"공작님께서 알아서 하시겠지요. 부인, 이만 갑시다."

"당신도 참. 얘기하는 중인데. 베르고가 어디 보통 가문인가요. 제국의 공신 가인데."

"그러니 더더욱 그분의 뜻이 맞는 거지요. 그만합시다. 하하, 공녀님. 즐거웠습니다."

에브라돈 후작은 부인의 어깨를 감싸 쥐며 뒤로 물러나려 했다.

"뭘요. 오늘 파티의 주인공은 제 첫째 오빠인 티온인데요."

"음?"

후작 부인이 뒤돌아서며 그게 무슨 말이냐고 물으려는 것 같았다.

하지만 눈치 빠른 에브라돈 후작은 얼른 몸을 돌려 티온에게 걸어갔다.

"공자님. 처음 뵙는군요. 에브라돈 후작입니다. 전쟁에서 승리하고 돌아오셔서 다행입⋯⋯니다⋯⋯."

티온은 안경을 쓰고 있지 않았다.

그는 미간을 한껏 찌푸린 채 에브로돈 후작과 그 곁에 선 후작 부인을 한참 노려보았다.

그러다 고개를 꾸벅 숙였다 들어 올리며 수줍게(내가 보기엔 수줍어 보였다) 답했다.

"감사합니다."

"허, 허허! 역시! 피 튀기는 전쟁터에서 살아 돌아오신 분은! 하하! 뭐가 달라도! 다르시군요! 부인. 갑시다."

"아니, 여보. 우리도 얘기를 좀 하다 가요."

"갑시다. 얼른."

에브라돈 후작이 부인을 끌고 연회장을 나가며 내게 눈짓으로 인사를 건넸다.

나는 활짝 미소를 띤 채 안녕히 가시라며 고개를 숙였다.

그들이 연회장을 떠나자 내 곁에 다시 사람들이 몰려들었다.

하지만 개중에는 방금 내가 읽었다고 말한 책의 목록에 딴지를 걸고 싶어 하는 이들도 있었다.

"정말 그 많은 책들을 다 읽으셨습니까?"

"대수학을 바로 이해하셨어요?"

예, 한국에선 초등학교 때 사칙 연산을 다 가르치거든요. 구구단을 아실랑가 모르겠네.

"네, 대수학은 그리 어렵지 않더라고요."

"우와. 제국의 역사는 책이 엄청 두껍지 않나요?"

"예. 그래서 겔링거 출판사에서 출간한 영지별 특산품의 역사와 함께 읽었습니다. 더 이해가 잘되더라고요."

쉬운 일은 아니었다. 매일 밤마다 퍼질러 자고 싶은 마음이 굴뚝같았지만 이를 악물고 참아 내며 머리에 집어넣은 것들이었다.

어느새 가까이 다가온 사라가 작은 두 손을 앙증맞게 모으고선 나를 올려다봤다.

"공녀님! 멋있어요! 저번에 노예에 대해 얘기하실 때도 느꼈지만 정말, 정말! 멋있어요!"

"고마워요, 사라."

들떴는지 사라가 발을 종종거리며 말하자 그녀의 곱슬거리는 연한 갈색 머

28

리카락이 통통 튕겼다.

너무 귀여워. 집에 싸 가고 싶어.

사라의 사랑스러움에 흠뻑 빠져 있을 때, 누군가 거만한 목소리로 끼어들었다.

"저도 비르뎅 박사의 지리와 역사의 관계를 읽었습니다!"

"네. 대단하십니다."

어쩌라는 건지는 모르겠지만.

내게 자신에 대한 소개도 않고, 남자는 이죽거리며 질문했다.

"영주의 정치 성향이나 영지의 제도보다 기후가 영주민들에게 더 많은 영향을 끼친다는 견해가 흥미롭더라고요. 그 부분 기억하시나요?"

"글쎄요."

내 대답에 남자는 코웃음을 치며 자신의 옆에 있는 남자의 어깨를 팔꿈치로 쿡 찔렀다.

거봐라는 식의 태도였다.

나는 남자의 눈을 똑바로 바라보며 말했다.

"그건 비르뎅 박사가 쓴 지리와 역사의 관계가 아니라 그의 부인인 코델리아 박사가 쓴 기후와 역사의 관계에 나오는 내용 아닌가요?"

"……아."

"헷갈리셨나 봐요. 괜찮아요. 그럴 수도 있죠."

나는 그를 보며 안쓰럽다는 듯 눈을 한 번 천천히 감았다 뜬 뒤 고개를 끄덕였다.

남자는 씩씩거리며 연회장을 나갔다.

그 이후에도 사람들의 관심이 끊이질 않았다.

"공녀님! 저는 조르딘 헤임입니다. 아버지는 폴제 헤임 백작이고요."

"네, 안녕하세요. 헤임에선 베르고로 항상 질 좋은 약초와 효과 좋은 약들을 보내 주시죠. 만나 봬서 기쁘네요. 매번 감사합니다."

"우리…… 영지에서 약초가 가는 것도 아세요?"

"그럼요."

싱긋 웃으며 대답하자 다른 이가 끼어들었다.

"공녀님. 의술사의 마법이 있는데 왜 약을 쓰십니까? 약은 평민들이나 하인들이 쓰는 거지요."

다른 귀족들의 눈빛도 똑같았다.

아프면 의술사를 부르면 되지, 뭣 하러 약을 쓰냐는 표정이었다.

내가 마력을 받아들일 수 없는 몸이 되었다는 건 디에르고 공작이 의술사의 입을 막아 비밀에 부쳤다고 했으니 다른 귀족들은 모를 수밖에 없었다.

하지만 자신들이 권력을 즐기는 게 타당하고 당연하다는 듯한 표정이라니.

나는 그들을 향해 태연하게 답했다.

"가문의 재산은, 영주민들이 피땀 흘려 일하며 모은 돈으로 낸 세금이니까요. 이젠 건강해졌으니 매번 의술사를 부를 필요는 없다고 아버지께 말씀드렸습니다. 여태 저를 치료하는 데 쓴 의술사 비용이 엄청나거든요."

"공작님이…… 공녀님께 쓰는 돈을 아까워하실 리 없는데 왜 그러세요?"

의술사가 있는데 왜 약을 쓰느냐고 질문했던 청년이 나를 이상하다는 듯 바라봤다.

"혹시 바케도니아 왕국의 홀드브룩이라는 자가 저술한 제왕학을 읽어 보셨나요?"

내 맞은편에 서 있는 이들이 고개를 가로저었다.

"바케도니아 왕국의 발전 양상에 따라 새롭게 해석된 부분이 많아서 재밌습니다. 거기에 '왕은 신의 뜻으로 왕좌에 올라서지만, 거룩한 왕은 오직 백성의 뜻으로만 기억된다.' 라는 문구가 있습니다."

점점 근처로 사람들이 많이 모여들었다.

얘들아. 내가 마트 판매직 알바 할 때 주말마다 완판시켰던 말발의 기적을 보여 주마.

"백성이 진정으로 우러러보는 왕이 되어야 거룩한 왕으로 남는다는 뜻입니다. 공포나 위압감을 조성하여 무릎 꿇릴 수도 있습니다만, 진짜 내 사람이라 생각한다면 그들의 삶이 보다 나은 방향으로 향할 수 있도록 해야겠죠. 제겐 고작 의술사 한 명의 치료값이지만 영주민들에겐 열심히 돈을 벌어들여서 낸 세금입니다. 영주민들의 피와 땀이 섞인 돈을 저 하나를 위해 쓸 순 없어요."

공작님과 비슷한 연배의 귀족들이 깊이 감명받았는지 입을 벌린 채 천천히 고개를 끄덕거렸다.

만약 지금 내 손에 바케도니아 왕국의 제왕학 책이 있었다면 품절시켰을 텐데.

아쉽습니다. 출판사 사장님.

쐐기를 박기 위해 다시 한번 말했다.

"저는 존경하는 제 아버지가 영주민들에게도 두려운 사람이 아니라 진정으로 영주민을 위하는 영주로 평가받길 원합니다."

"영주를 평가하는 영주민들이 어디 있습니까?"

"사람은 누구나 다른 사람을 평가합니다. 권력의 크기, 외양, 출신 등으로요. ……아닌가요?"

정곡을 찔렀는지 귀족들은 더 이상 그에 대해 묻지 않았다.

"권력의 꼭대기에 있는 자에겐 낮은 곳, 그늘진 곳까지 살피고 보살펴야 할 의무가 있잖아요?"

"그건 너무 공상적인 개념 아닙니까?"

"꼭대기에 있는데도 공상적이라고 하는 건 그저 핑계 아닌가요?"

그때, 누군가가 나를 보며 히죽거리다 비꼬듯 물어 왔다.

"공녀님, 책을 꽤 많이 읽으셨네요? 저도 매일 누워 있었으면 지금보다 더 많은 책을 읽었을 거 같아요."

저런 싹수없는 새끼.

비꼬려고 입을 여는 순간 그레이가 청년의 뒤로 다가가 섰다.

평소처럼 사람 하나 금방 죽이고 온 것 같은 싸늘한 얼굴이었다.

그레이는 허리를 살짝 굽히더니 그 청년의 귓가에 대고 말했다.

"제 동생이 마음이 약해서 그런 말을 잘 못 듣습니다. 저와 대화하시겠습니까?"

그러곤 허리춤에 채워진 내가 선물한 검을 만지작대는 걸 보아 하니 새 검의 이름도 대화인가 보다.

청년의 얼굴이 새파랗게 질렸다.

어느새 내 옆에 헤이먼이 와서 섰다.

"피곤하면 그만 대답하고 방으로 올라가자, 솔레아."

"아니. 난 괜찮아. 모처럼 안 싸우고 사람들 관심 받는데, 뭐."

갑자기 내 얼굴에 그늘이 졌다.

천장에 달린 샹들리에의 불빛을 가릴 정도로 덩치가 큰 쁘띠 큐티 불곰 티온이 가까이 다가와서 물었다.

"……무슨 일이야?"

낮은 목소리였지만 저절로 등골이 오싹해지는 살기가 느껴졌다.

이번엔 내 착각이 아니었는지 주변을 둘러싸고 있던 귀족들이 흠칫거리며 한 걸음씩 물러났다.

"아이고, 왜 그래! 사람들이랑 얘기하는데."

티온의 팔뚝을 찰싹 치자 시무룩한 얼굴로 내 뒤로 가긴 했지만 사람들은 여전히 내 뒤를 흘깃거리며 눈을 아래로 내리깔았다.

뒤에서 눈을 부라리고 있나 보네.

헤이먼이 내 어깨에 손을 올리고 다독여 주었다. 그런데 이상하게 나를 향한 게 아니라 앞에 마주 선 이들을 향한 경고 같았다.

'내 동생이다.' 하는 것 같은?

헤이먼의 얼굴을 살피려고 슬쩍 고개를 돌리는 순간, 그레이가 내 오른편으로 다가와 팔짱을 꼈다.

보통 팔짱은 여자가 남자한테 끼잖아. 이 오빠야.

하지만 다정한 행동과 달리 그레이는 냉기 서린 얼굴로 능글맞게 웃어 보였다.

"우리 동생, 오빠들 빼놓고 무슨 얘길 그렇게 재밌게 해? 목소리까지 높여 가면서."

"……싸웠어?"

티온이 조용히 덧붙였다.

사람들은 허허, 웃으며 손사래를 쳐 댔다.

"싸우, 싸우다니요."

"공녀님과 감히 누가요."

"워낙 해박하셔서 이런저런 얘기를 나누고 있었습니다."

생각만 해도 간담이 서늘하다.

구릿빛 피부에 얼굴에 큰 흉터를 가진 새빨간 눈의 티온, 온화하게 생겼지만 아까부터 자꾸 노란 안개를 퍼뜨리며 마법으로 위협하는 헤이먼, '대화'라는 검을 자꾸 만지작거리며 주변 사람들을 하나하나 기억하려는 것처럼 쏘아보는 그레이…….

이 화상들아.

내 미래의 고객들이란 말이야. 위협하지 말라고.

"거, 공자들이 참, 성격이 화통하시네. 하하."

거슬리는 말이 들리자마자 웃음이 멎었다.

나는 말을 꺼낸 남자를 똑바로 쳐다보며 머리를 까딱 기울였다.

"……공자들?"

"제, 제가요? 공자 '님'들이라고 하지 않았나요?"

깡마른 사내가 손수건으로 땀을 닦으며 뒤로 물러났다.

그레이가 팔짱을 끼고 있는 팔을 제 쪽으로 당기며 내 정수리를 도닥였다.

"참자, 솔레아. 참자. 우리 레아는 착한 동생이지. 사람을 패지 않지. 아이고, 예쁘네."

내 성격에도 문제가 있었네. 그레이가 팔짱을 낀 게 나 때문이었네.

빠르게 이성을 되찾았다.

"……하하하. 네. 당연히 그러셨겠죠."

"예, 그럼요. 하하하. 공자님들이죠, 공자님들. 하하하하하."

공자라는 말을 꺼냈던 이가 어색하게 웃으며 고개를 끄덕거렸다.

황녀 전하의 파티에 가서도 질 나쁜 놈들에게 욕을 하고 왔으니.

내 집에서야 더하면 더했지, 덜하진 않을 거라 생각하는 듯 모두들 오빠들에 대해서 나쁜 말을 하지 않고 고장 난 로봇처럼 삐걱거렸다.

하긴, 정말로 베르고를 고깝게 보는 귀족들이라면 애초에 이 파티에 참석하지도 않았을 테니까.

티온의 귀환 파티에 왔다는 건 베르고의 눈치를 살핀다는 뜻이었고, 적어도 카라샤펠 황녀가 눈독 들이고 있는 베르고와 겉으로라도 우호적 관계를 유지하고 싶어 한다는 거겠지.

방금 내가 맹견처럼 으르렁거린 탓인지 다들 새로운 대화 주제를 꺼내지 못하고 주춤거리다가 조금씩 흩어졌다.

이제 내 곁에 남은 건 오빠 셋과 빌과 사라, 그리고 비교적 또래인 귀족가 자제들뿐이었다.

하지만 그들 역시도 쉽사리 말을 걸어오진 못했다.

내 얼굴이 그렇게 무섭나? 아니면 황녀가 아까 겁을 주고 가서?

그것도 아니면 내 뒤에 서 있는 쁘띠 불곰 때문인가.

나는 몸을 돌려 티온을 똑바로 올려다봤다.

조금 거칠어 보이는 구릿빛 피부에 선명하게 각진 턱선, 그리고 무표정한 얼굴까지.

사람이 아니라 거목처럼 보였다.

게다가 새빨간 눈동자 아래에 깊이 팬 흉터는 그의 인상을 더욱 흉흉하게 보이도록 했다.

웬만한 아기 머리만큼 큰 주먹을 꾹 쥔 채 바짝 굳은 걸 보아 하니 낯선 사람이 많아서 긴장한 것 같았다.

티온의 긴장을 풀어 주기 위해 그에게 말을 걸었다.

"티온, 네 파티인데 기사들은 왜 안 왔어?"

"……다들 바쁘다고 해서……. 집에도 가 봐야 한다고……."

집에 가 보긴 개뿔.

오늘 마련된 이 자리는 전쟁에서 승리하고 돌아온 티온의 무사 귀환을 기념하는 파티니 티온뿐 아니라 그의 휘하 기사들도 주인공이었다.

그런데도 안 왔다는 건 티온만을 주인으로 섬기고, 그가 전쟁에 나가 있는 동안 유유자적 꿀 빨았던 '후계자 아가씨'는 무시하겠다는 거지.

"다들 서운하겠다. 같이 왔으면 좋았을 텐데."

"아……. 괜찮을 거야. 내가 잘, 말할게."

"그런데 안경 안 써도 나 잘 보여? 왜 안경 안 써?"

"아까 안경 쓰고 보니까 여기 빨간 머리는 너밖에…… 없어서. 안경, 계속 끼고 있다가…… 혹시 부서질까 봐."

말을 하는 티온의 목소리가 점점 작아져 뒤에 한 말은 거의 듣지 못했다.

"응? 안경 끼고 있으면 뭐 어쩐다고?"

"부……."

"부?"

"부……."

"괜찮아, 천천히 말해."

티온의 말에 귀를 기울이려는데 다른 사람의 목소리가 들려왔다.

"앗, 애런 황자님이 여긴 어쩐 일이시지?"

누군가 고개를 쭉 빼고 입구 쪽을 바라봤다.

애런 황자가 왔다고? 언뜻 들려온 말에 나도 모르게 미간을 확 찌푸리자 나를 보고 있던 티온의 눈꼬리가 아래로 축 처졌다.

잠깐만 기다려 달라는 의미로 티온의 손목을 꾹 잡았다 놓고 연회장 입구를 확인하려는 순간이었다. 티온과 하인이 동시에 크게 소리쳤다.

"애런 베일리 드 제르노아 황자님께서 입장하십."

"부순다고!"

애런을 부수겠다고?

애런 황자의 입장을 큰 소리로 알리던 하인의 낯빛이 하얗게 질렸다.

"티온? 오빠."

"왜 그래, 형."

나와 헤이먼과 그레이가 동시에 티온을 바라봤다.

우리뿐 아니라 근처에 있는 이들과 입구에 서 있는 애런 황자까지 모두 티온을 바라봤다.

"황자님을 부순다고?"

"입장하면 부수겠다는 뜻인가?"

"베르고는 확실히 황녀님을 지지하는가 보군……."

사람들의 수군거리는 소리가 들려오자 티온은 입술을 뭉갤 듯이 깨문 채로 눈살을 한껏 찌푸렸다.

얼굴이 한층 더 험악해진 걸 보아 하니 부끄러워하고 있구나.

나는 티온에게 더 가까이 붙어서 작게 물었다.

"안경이 부서질까 봐 못 쓰겠다고?"

정면만을 응시하고 있던 붉은 눈동자가 나를 바라봤다. 티온은 작게 고개를 끄덕였다.

"알았어, 그랬구나. 그래도 이왕 선물한 거니까 안경 써 줬으면 좋겠어. 혹시 부서지면 내가 또 사 줄게. 그땐 같이 사러 가자, 오빠. 알았지?"

주먹을 불끈 쥔 티온이 내 어깨를 짚고선 한쪽 입꼬리를 비스듬히 올렸다가 이내 내리곤 얼른 고개를 끄덕였다.

'어떡해! 아가 불곰이 긴장해서 예쁘게 못 웃겠대!'

'아가 불곰이 자기한테 관심이 집중된 게 너무 힘들대!'

'아가 불곰 조금 슬퍼!'

'아가 불곰 부끄러워!'

정령들이 돌아왔는지 귓가가 다시 시끌벅적해졌다.

애들아. 불곰은 알겠는데 왜 아가 불곰이야. 이 거대한 사람이 어딜 봐서 아가라는 거니. 난 너희들의 미적 감각을 이해할 수가 없다.

심지어 그냥 불곰도 때려잡게 생겼는데.

'아가 불곰 슬퍼해!'

'아가 불곰 잉잉 울지도 몰라! 임시 주인! 빨리 달래 줘!'

잉잉이라니.

나는 터지려는 웃음을 꾹 눌러 참으며 티온에게 말했다.

"티온, 많이 긴장되면 방으로 올라갈래? 나랑 다른 오빠들이 마무리할게."

"그래, 형. 낯빛이 어둡다. 좀 있으면 사람 죽일 거 같아."

"그레이. 전쟁터에서 사람 썰고 온 형님께 사람 죽일 거 같다니. 말조심해라. 형님, 이만 들어가시죠. 아버님도 아까 라트엘과 함께 먼저 올라가셨습니다."

티온은 굳은 얼굴로 고개를 끄덕이곤 앞에 서 있는 다른 귀족들의 얼굴을 눈에 새기듯 지그시 응시했다.

어린 영애가 흠칫 떨더니 눈을 아래로 내리깔았다.

'아가 불곰이 자기가 주인공인데 끝까지 자리를 못 지켜서 미안하다고 속상해하고 있어!'

'손님들한테 죄송하다고 말하고 싶은데 부끄러워해!'

정령들은 티온보다 더 안타까워하는 듯한 목소리로 안절부절못했다.

티온이 선하고 마력이 깨끗하다더니 어지간히도 마음에 들었나 보다.

하지만 티온의 속마음과는 달리 사람들은 억지로 미소를 띠며 고개를 까딱 숙이거나 시선을 피할 뿐이었다.

그럴수록 티온도 주눅이 드는지 눈빛이 더욱 시무룩해졌다.

이목구비 때문에 슬픈 야수 같았지만.

나는 티온의 팔을 잡아 다독이며 사람들에게 최대한 다정하게 웃음을 띤 채 말했다.

"우리 첫째 오빠가 몸이 안 좋아서 이만 올라가 봐야 할 것 같아요. 한 분 한 분 끝까지 배웅하지 못해 죄송하다고 하네요."

어떻게 알았냐는 듯 티온의 눈이 약간 커졌다.

"아하하. 그러셨군요. 하하, 공자님. 다음에, 좋은 기회가 있으면, 그때 뵙겠습니다."

아르탄 백작이 악수를 청하자 티온은 선뜻 그의 손을 잡으며 짧게 답했다.

"······예."

묵직한 목소리가 그르렁거리는 하울링처럼 울렸다.

"어이구, 무서워라. 아니, 그게 아니고······. 예. 예, 그럼 다음에."

아르탄 백작과 그의 부인은 도망치듯 서로의 손을 잡고 티온보다 빠르게 연회장을 빠져나갔다.

다른 이들도 하하, 웃으며 티온에게 눈인사를 건네곤 서서히 멀어졌다.

그때, 얼굴이 붉으락푸르락하게 변한 애런 황자가 우리 쪽으로 가까이 다가왔다.

아, 참. 너도 있었지. 우리 아가 불곰 신경 쓰느라.

"여긴 황족이 왔는데 주인이란 자들이 인사도 안 하나?"

이제 처음 만났을 때의 정중한 언행은 갖다 버리기로 했는지 거만하고 시건방지기 짝이 없는 말투였다.

이미 그의 건방을 질리도록 느낀 나와 헤이먼, 그레이는 서로의 눈을 보며 조금씩 인상을 찌푸렸다.

말하지 않아도 알 수 있었다. 우린 지금 속으로 개(런)새끼를 욕하는 중이었다.

재수 없기가 한결같은 새끼.

티온이 황자의 앞에 똑바로 섰다.

"처음 뵙겠습니다. 황자 전하. ······티온입니다."

황자의 얼굴에 그늘이 졌다. 도도하게 올라가 있던 애런의 입꼬리가 서서히 내려갔다.

티온의 가슴께에 있던 애런의 시선이 위로 올라갔다.

머리를 한껏 쳐들어야 눈을 마주칠 수 있었다.

물론 애런도 작은 키는 아니었지만 티온이 워낙 큰 탓이었다.

"아, 티온 공자. 자네에 대한 얘기는 많이 들었네. 그래. 응. 수고하고."

대충 인사를 받아 준 애런은 곧바로 휙 몸을 돌려 나를 바라봤다.

"영애. 오랜만입니다. 내가 보낸 편지를 받지 못했나 봐요? 그대가 답이 없길래."

"글쎄요? 제게 오는 편지가 워낙 많아서. ······잊었나?"

머리를 갸웃거리며 그레이를 바라보자 그 역시도 어깨를 으쓱 올렸다 내렸다.

"네가 워낙 바빠야 말이지. 황자 전하. 요새 솔레아가 통롤러라는 걸 판매."

"왜 그걸 내겐 선물하지 않았지? 카라샤펠 전하께만 드린 거로 알고 있는데."

애런이 그레이의 말을 끊고 나를 바라봤다.

그는 내 표정이 싸늘하게 식은 걸 알아차리지 못했는지 천연덕스럽게 주둥아리를 놀렸다.

"나무 쪼가리 만들어서 파는 게 뭐 대단한 일인지 모르겠지만 황족에게 붙어서 알랑대면 꿀이 떨어진다는 걸 알고 있으면서 말이야. 내겐 왜 그걸 선물하지 않았는지 궁금하네."

"황자 전하께서 오셨군요."

중후한 목소리가 애런 황자의 등 뒤에서 들려왔다.

디에르고 공작과 라트엘이 함께 걸어오고 있었다.

"급한 일이 있어 잠깐 업무를 보고 왔더니 그사이 황자 전하께서 이리 방문을 해 주셨군요. 늦었지만 제 아들의 파티에 와 주셔서 감사합니다."

'늦었지만' 이 본인이 감사를 전하는 말이 늦었다는 건지, 아니면 개런이 파티에 늦게 도착했지만 뭐, 어쨌든 와 주셨으니 일단 감사하다는 건지 알 수 없었다.

티온과 다른 오빠들이 아버지의 옆에 가 서자 마치 한 폭의 명화를 보는 것처럼 눈이 화사해지는 기분이었다.

양기+양기+양기+양기=베르고

"아……. 늦, 늦었지만, 예. 공자. 축하합니다."

역시 기에 눌렸는지 애런 황자는 말을 더듬거리며 어색하게 굴었다.

"무슨 얘기를 하고 있었니?"

디에르고 공작이 인자하게 웃으며 그레이에게 말을 걸었다.

하지만 요 몇 달간 내게 보여 주었던 다정한 미소와는 미묘하게 달랐다.

웃고 있는 입과 달리 두 눈 안의 보라색 눈동자는 은근한 적대감을 표하고 있었다.

"영애가."

"황자 전하께서 왜 본인에겐 통롤러를 주지 않았냐며 레아를 다그치시던 중이었습니다."

황자의 말을 냅다 끊어 먹은 그레이가 짐짓 침울한 표정으로 말했다.

공작의 입꼬리가 살짝 떨렸다.

적의로 불타오르는 그의 선명한 자안이 황자를 향했다.

"……다그쳐?"

"아, 공작. 오해가 있는 거 같은데 그게 아닙니다."

"제 딸을 다그치셨습니까?"

공작이 이를 악물자 선하게 보였던 하관에 힘이 들어가 각이 살아났다.

핏줄이 선 이마와 부릅뜬 눈을 보아 하니 금방이라도 앞에 서 있는 애런의 숨통을 비틀어 죽일 것 같았다.

오죽했으면 애런이 불쌍해 보일 지경이었다.

아까 내가 세운 공식이 틀렸구나. 양기를 네 개 더하면 베르고가 아니었다.

$$양기^2 + 양기 + 양기 + 양기 = 베르고$$

이거였네. 이게 맞네.

애런이 두 손을 들어 휘휘 저으며 고개를 흔들었다.

"다그치다니! 말이 심하군. 다그치지 않았습니다. 영애! 말해 봐! 내가 널 다그쳤어? 다그쳤냐고!"

다급해진 애런이 몸을 틀어 내 팔뚝을 거칠게 잡고는 짤짤 흔들었다.

"아!"

나 어제 삼두 운동 했다고.

근육통 때문에 아픈 곳을 잡힌 탓에 나도 모르게 눈물을 글썽였다.

"아프."

다고 말하려던 찰나, 애런의 손이 떨어져 나갔다.

질끈 감고 있던 눈을 뜨자 보인 건 애런에게 겨눠진 검 세 자루와 그의 목을 틀어쥔 노란 안개였다.

"이, 이건 반역이야! 이보, 이보시오! 공작! 내게 검을 겨누다니! 그리고, 이 천박한 것들까지 감히 이 몸에게 검을!"

……천박?

**'아이고, 임시 주인 또 화났네!'**

나도 모르게 애런의 목뒤 옷깃을 잡아채 휙 당겼다.

그의 목을 겨누고 있는 검들 따위 눈에 보이지도 않았다.

깜짝 놀란 황자는 맥없이 내 쪽으로 휙 딸려 왔고, 나는 그의 옷깃을 놓지 않은 채로 얼굴을 가까이 맞대고 물었다.

"천박?"

"공⋯⋯!"

"천바악⋯⋯?"

잡고 있는 옷깃을 더 힘 있게 말아 쥐며 다시 한번 묻자 애런이 캑캑거리기 시작했다.

"감히⋯⋯! 황족의, 커헉! 목을 틀어쥐고! 예쁘다, 예쁘다, 큭! 봐줬더니, 이게!"

애런이 오른손을 들어 올려 내게 뻗으려는 순간, 검 한 자루가 그의 손목 앞으로 날아들었다.

서늘한 살기를 느꼈는지 애런은 순간적으로 움직임을 멈췄다.

만약 그가 그대로 손을 뻗었다면 손목이 잘리고도 남았을 위치였다.

애런은 시퍼렇게 질린 얼굴로 뒤를 돌아봤다.

디에르고 공작이 차갑게 굳은 표정으로 애런의 손목에 검을 들이밀고 있었다.

"내 딸에게 손가락 하나라도 갖다 대면, 내전을 각오하셔야 할 겁니다. 전하."

"공작!"

"저는 농담을 하지 않습니다. 썩 유쾌한 성격이 못 되어서."

"이, 이러고도 무사할 것 같습니까? 공녀가 먼저 감히 내 몸에 손을 댔는데?!"

"먼저 공녀님의 팔을 움켜쥐신 건 전하시잖아요!"

멀찍이 서 있는 누군가가 소리쳤다.

사라의 목소리 같았지만 사람들 무리에 가려 잘 보이지 않았다.

하지만 그 문장의 여파는 꽤 컸다.

지켜보는 사람이 적지 않았던 탓에 모두들 한마디씩 말을 얹어 댔다.

"⋯⋯그러고 보니 전하가 먼저 그레이 공자의 말도 끊으시고 말이야."

"공자님, 인마. 공자님이라고 해야지."

"그, 그레이 공자님의 말도 끊으시고 말이야."

"게다가 공녀님을 다그치셨다면서."

"아까 공녀님이 악! 하고 소리 지르시는 걸 들었는데."

"……아까 공자님들께 천박하다고 하지 않으셨어요?"

"세상에나. 베르고의 파티에 와서 천박하다는 소릴 하시다니."

애런의 얼굴이 분노로 시뻘겋게 변했다.

그는 아직도 자신의 목덜미를 붙잡고 있는 내 팔을 거칠게 뿌리치곤 흐트러진 옷을 정리하며 외쳤다.

"그럼 황궁에 가서 판단하지! 내전을 하든, 반역죄로 죽든!"

주춤거리는 우스꽝스러운 몸짓으로 자신을 겨누고 있는 검들을 피한 애런이 일부러 그레이의 어깨를 퍽 치고 나갔다.

그러나 오히려 자기가 뒤로 밀려 나갔다.

잠깐 씨근덕대던 애런은 다시 그레이의 어깨를 치고 연회장을 빠져나갔다.

공작은 그제야 검을 검집에 집어넣었다.

"레아, 많이 놀랐지. 세상에. 애런 황자 전하께서 저리 난폭하신 분일 줄은 몰랐구나. 땀을 흘리고 있구나, 내 딸."

언제 시퍼런 살기를 내뿜었었는지도 모를 만큼 공작은 다정하고 애처로운 눈으로 나를 이리저리 살폈다.

"……괜찮아?"

"레아. 팔뚝에 멍이 들진 않았어? 내가 마력을 넣어 줄 테니 잠깐만 기다려. 잡아당긴 손가락은? 손가락이 아프진 않고? ……빌어먹을. 왜 하필 널 건드려서."

"너 안 다쳤어? 야. 우리 어제 삼두 했잖아. 에라이. 왜 하필 삼두를 잡냐. 야, 엄청 아프지? 에이씨. 확 그냥 진짜로 반역해 버릴까? 어, 레아. 괜찮냐고. 말 좀 해 봐."

오빠들까지 나를 둘러싸고 끊임없이 말을 걸어 댔다.

"난 괜찮아. 그런데 황자 전하를 따라가야 하는 거 아니야? 아버지. 어떻해요……. 괜히 저 때문에."

공작은 나를 조심스럽게 품에 안더니 머리카락을 쓰다듬으며 말했다.

"괜찮다. 괜찮아, 우리 딸. 아빠가 금방 다녀올 테니 걱정 말고 기다리렴."

"혼자 가신다고요? 안 돼요!"

공작의 품에서 빠져나와 그를 바라보았지만 이미 결심한 듯 그의 미소는 단단하기 그지없었다.

"내가 가야지, 그럼 누가 가니."

"혼자 가지 마세요, 큰일 나면 어떡해요! 황족의 목에 칼을 겨눴는데 어떻게 될 줄 알고 혼자 가신다는 거예요. 공작님, 제발!"

"어허. 따님. 아빠한테 어리광 부리지 않습니다. 아빠는 괜찮습니다."

이런 때마저 공작은 내게 장난을 쳐 댔다.

"혼자 가지 마세요. 위험하잖아요! 어, 오빠. 말려 봐. 아버지 좀 말려 보라고!"

그레이의 팔을 붙잡으며 말하자 그가 얼른 공작의 곁에 가 섰다.

"검을 겨눈 건 저희도 마찬가지니까 함께 가요."

"저도 마력으로 그를 위협했으니 아버지를 따르겠습니다."

하지만 공작의 뜻은 완고했다.

"다 가면 솔레아의 곁은 누가 지키니. 혼자 다녀오마. 괜찮을 거다."

강건한 그의 표정은 사망 플래그 같았다.

"저도 갈게요. 아빠, 저도 같이 갈게요. 제가 황자의 옷깃을 잡아당겼잖아요. 그가 팔을 움켜쥔 것도 저고요. 제가 다녀올게요."

황족의, 그것도 황제의 아들의 목에 칼을 겨눴는데 넘어갈 리가 없었다.

공작을 이대로 보냈다가 죽으면 어떡해. 진짜도 아닌 나를 감싸려다 그가 죽는 걸 두고 볼 순 없었다.

공작의 손을 잡고 빌듯이 말했지만 공작은 따사로이 웃으며 내 손을 떼어 냈다.

"너희의 아버지이기 때문에 내가 가는 거란다. 집 잘 지키고 있으렴."

"아빠! 공작님! 제발. 아빠!"

뒤돌아 성큼성큼 걸어간 공작은 옆에서 따라가던 라트엘까지 손을 내저어 쳐 냈다.

연회장 안이 침묵에 잠겨 버렸다.

"……어떡해. 나 때문에 이렇게 된 거잖아."

"무슨 소리야. 그 황자가 먼저 우릴 무시했잖아. 괜찮아. 솔레아. 아버진 금방 돌아오실 거야."

"못 돌아오시면 어떡해."

"아버지는 지키지 못할 약속을 하실 분이 아니다."

흔치 않게 티온이 긴 문장을 막힘없이 말했지만 제대로 들리지 않았다.

"일단 방에 올라가서 아버지가 돌아오시길 기다리자. 너 요 며칠 무리했으니까 음식도 먹고. 응?"

그레이가 내 머리를 쓰다듬으며 말했지만 눈앞이 빙빙 돌아서 내 방까지 올라갈 수 있는 상태가 아니었다.

비틀거리자 그레이가 곧장 나를 안아 들었다.

"형. 나 애 올려 주고 올 테니까 파티 정리 좀 해 줘."

"나 괜찮아, 걸어갈게."

"네가 잘도 걷겠다."

내 말을 무시하고 연회장을 나서려던 그레이가 입구에서 휙 돌아섰다.

나를 안아 올린 상태로 그레이가 아직 남아 있는 사람들을 향해 외쳤다.

"우리 귀한 공녀님이 진짜로 심약해서 이만 갑니다. 귀한 걸음 해 주신 분들께 사과드립니다. 자, 솔레아. 너도 안녕, 해."

이 상황에 뭔 농담을 해.

공작님이 어떻게 될지도 모르는 이 판국에.

우울한 표정으로 고개를 숙이고 있자 그레이가 나를 고쳐 안듯 공중에 휙 던졌다 다시 받으며 재촉했다.

"자! 빨리. 손님들한테 안녕, 해. 손님들도 솔레아 안녕~ 해 주세요."

"뭐 하는 거야!"

방금 베르고 일가의 살의 넘치는 장면을 본 탓인지 연회장 안에 있는 사람들은 어색하게 웃으며 내게 손을 흔들었다.

"하하. 안, 안녕……히 가십시오, 공녀님."

"손님들도 했어. 너도 해."

"아니, 그러면 바닥에 내려놓고나 시켜!"

"힝. 내 동생 연약해서 내려놓을 수 없는뎅. 그레이 마음이 아파."

"너 왜 이래! 이런 날까지!"

"얼른, 솔레아, 안녕~ 해."

"하…….."

한숨을 내쉰 후 오른손으로 얼굴을 가리고 왼손을 들어서 소심하게 흔들었다.

"……안녕히 가세요."

"손님들 속상하시게 왜 그래. 더 크게 안녕! 해 드려."

"이게 진짜!"

결국 두 손을 들어 그레이의 머리채를 잡고 뒤흔들었다.

"그만하라고 했지! 내가! 그만하라고! 몇 번이나 말했지!"

"아악! 아! 여러분! 솔레아는 괜찮다네요! 악! 먼저 가 보겠습니다! 악! 아파! 야, 놔라! 하나, 둘, 셋! 아악! 놓으라고! 너 떨어뜨린다! 하나아악! 둘! 으아악! 야!"

그레이는 내게 머리를 잡혀 소리를 지르면서도 나를 내 방까지 옮겼다.

침대에 내려놓은 뒤 구두를 벗기고, 이불까지 덮어 준 그가 앤을 부르러 가고서야 알았다.

패닉이 와서 무너지려는 내게 일부러 가벼운 장난을 쳐 준 거라는 걸.

난 참 많은 사람에게 폐를 끼치는구나.

'주인! 괜찮아!'

'방금 회색 눈 머리 뜯는 거 보니까 진짜 괜찮아 보이던데!'

'멍청아! 마음이 아프잖아!'

'주인! 우리가 도와줄까?'

'임시 주인이라도 주인은 주인이지! 우리가 도와줄게!'

"아가씨, 저 들어갈게요!"

"들어오지 마! 나 잠깐 혼자 있을게!"

때마침 방에 들어오려는 앤을 저지한 후, 정령들에게 명령했다.

"가서 공작님을 도와줘. 나 너희 믿어. 진짜 온 마음을 다해 믿을게. 제발 도와줘."

정령들이 비눗방울 터지듯 공중에서 뿅뿅 나타나더니 짧은 팔다리를 쭉 뻗으며 크게 외쳤다.

"응! 우리 믿어! 주인!"

"우리를 믿어! 주인!"

"우리만 믿어!"

"나만 믿어!"

"왜 너만 믿냐! 이 나쁜 놈!"

"아무튼 믿어 줘!"

"다녀올게!"

정령들은 일제히 사라졌다.

이젠 공작님이 무사히 돌아오길 기다리는 수밖에 없었다.

❄ ❄ ❄

디에르고는 알현실의 높은 계단 위, 의자에 앉아 있는 황제의 앞에 서서도 당당했다.

여태 단 한 번도 누군가에게 진심으로 머리를 조아려 본 적이 없었다.

먼저 출발한 탓에 미리 도착한 애런은 황제에게 이미 고자질을 끝낸 이후였다.

황제는 디에르고보다 고작해야 열 살 많은 나이임에도 그의 아버지뻘은 될 정도로 늙어 보였다.

"오랜만이군, 베르고 공작."

"제국의 위대한 빛을 뵙습니다."

"고루한 인사는 됐네. 황자의 목에 검을 겨눴다지?"

디에르고가 대답하기 전 애런이 얍삽하게 끼어들었다.

"예, 폐하. 제 목에 난 상처를 보십시오. 그리고 손목에도 검을 갖다 대는 바람에 하마터면 손목이 잘릴 뻔했습니다. 이것 보십시오. 위대하고 영원한 빛, 폐하의 핏줄인 제가 피를 흘렸습니다."

애런은 목을 쭉 뺀 채로 옷소매를 걷어서 황제에게 보였다.

그의 목과 손목에 상처가 나 피가 흐르고 있었다.

이를 악문 디에르고의 목에 핏대가 섰다.

"얘야. 그만하고. 공작. 오늘 일은 내 넘어가겠네. 자네가 사사로운 감정으로 검을 꺼낼 사람이 아니라는 건 잘 알고 있고. 응, 그러니까 넘어가지."

"폐하! 그게 무슨."

"어허!"

억울한 듯 애런이 옆에서 칭얼댔지만 황제는 큰 소리로 그의 입을 막았다.

노쇠한 몸에서 나온 것이라곤 믿기 힘들 정도의 커다란 음성이었다.

이대로 조용히 넘어가자는 황제의 말에도 디에르고의 표정은 변하지 않았다.

그의 어두운 자안이 다시 살기로 번뜩였다.

"저는 제 딸의 몸에 손을 대고, 제 아들들에게 천박한 것이라 욕한 황자를 이대로 두고 갈 수 없습니다. 이 사건을 묻으신다면 폐하께 충성을 다 바친 베르고에게 등을 돌리신 거라 알아듣겠습니다."

"······뭐라?"

황제의 눈살이 찌푸려졌다.

그의 시선이 곧장 애런을 향했다.

"너, 베르고의 공자들에게 천박한 것이라 했느냐."

제 아들을 보는 것치곤 심히 무감한 눈이었다. 오히려 분노마저 담겨 있었다.

"폐, 폐하! 어찌 이러십니까! 지금 저자가 폐하를 협박했잖습니까! 감히 폐하를요!"

계단 아래에 있던 애런이 다급한 마음에 두 칸씩 뛰어 올라가 황제의 앞에 무릎 꿇었다.

"감히 폐하 앞에서 저리 오만하게 구는데 어찌 가만 듣고 계십니까!"

"이놈!"

황제가 벌떡 일어나더니 손을 들어 애런의 귀싸대기를 휘갈겼다.

"······폐, 폐하."

얼굴 반쪽이 빨갛게 변한 애런은 놀란 눈으로 황제를 바라봤지만 그는 디에르고 공작만을 보고 있었다.

"공작. 내 아들 교육을 잘못 시켰네. 허나 그쪽 아이들도 황자인 내 아이에게 검을 가져다 댔으니 이쯤에서 마무리하지."

하지만 디에르고는 미동도 없이 굳은 얼굴로 서 있었다.

"따귀를 맞는 게 아니라 합당한 처벌을 받아야 하고, 또 직접 사과를 받고 싶습니다. 그러실 수 없다면 차라리 지금 여기서 제 목을 치시지요, 폐하."

"지금 여기가 어디라고 자꾸!"

분노를 참지 못한 황제가 의자 팔걸이를 주먹으로 쿵 친 순간, 애런이 눈을 동그랗게 뜨고 딸꾹질을 하며 말을 마구 내뱉기 시작했다.

"제가 베르고의 공녀랑 한 번 자고 싶어서 껄떡거렸는데요! 히끅! 그 기집애가 자꾸 튕겨서요! 히끅! 저한테만 통롤러 안 주고! 그래서 따지려고 했는데 허끅! 먹고 버리려다가! 그, 그런데! 원래 출신이었으면 저랑 말도 못 섞을 천박한 새끼들이 방해를 했습니다! 히끅!"

황제의 얼굴이 새하얗게 질려 갔다.

"애런! 무슨 소릴 하는 거냐!"

황제의 노기 띤 음성에도 애런의 입은 멈출 줄을 몰랐다.

알현실에 서 있던 시종과 호위 기사들마저 당황한 눈으로 서로의 눈치를 살필 정도였다.

"진짜입니다. 공작도 봤을 텐데요! 제가 그 공자들에게 천박한 것들이라고 했습니다! 히끅! 당연한 거 아닙니까! 길거리에 굴러다니는 돌멩이만도 못한 것들이! 히끅! 얼굴 좀 반반하게 생겼다고 공작가에 들어와서 으스대는, 끅! 꼴이라니!"

"전하!"

진노한 베르고 공작의 천둥 같은 괴성이 알현실을 뒤흔들었다.

금방이라도 애런의 목을 썰어 버릴 것 같았다.

"내가 틀린 말 했습니까! 뭐, 공작 부인도 알 만하지. 하고많은 버려진 애새끼들 중에 잘생긴 것들만 주워 왔으니. 예쁘고 좋은 것들만 데려다 놓은 그 알량한 봉사 정신이란 게 상스럽기 짝이 없지 않습니까. 아쉽게 됐습니다. 히끅! 남자들 우르르 데려다 놓고 하렘이라도 만들고 싶으셨나 본데 보지도 못하고 죽었으니."

베르고 공작은 더 이상 소리를 지르지 않았다.

다만 성큼성큼 걸어가 검을 꺼내 들 뿐이었다. 아이들을 모욕한 것도 모자라 죽은 아내까지 들먹인 놈을 살려 둘 수 없었다.

"베르고 공작! 기다리게!"

감히 황제의 앞에서 검을 빼 든 탓에 알현실에 있는 모든 기사들 역시 검을 뽑아 공작을 겨눴다.

"폐하께서 저를 반역죄로 처형하셔도 저는 제 아내와 아이들을 욕한 자를 내버려 둘 수 없습니다."

핏대가 서 있던 몇 분 전과는 달리 공작의 얼굴은 차분하게 가라앉아 있었다.

그의 검 역시 한 치의 떨림도 없이 오직 애런만을 향하고 있었다.

기사들은 가만히 황제의 명령을 기다리며 공작과 대치했다.

그런 와중에도 애런의 입은 멈추지 않았다.

"솔레아 그년도 야박하지. 내가 지한테 관심 있는 걸 뻔히 알면서. 한 번 자는 게 뭐 어렵다고. 황비가 되면 지한테도 좋은 일이지. 안 그렇습니까. 폐하."

어느새 딸꾹질을 멈춘 애런이 말끔하게 말을 뱉어 냈다.

"애런의 입을 막아라! 어서!"

황제의 명령에 시종이 애런 황자의 입을 틀어막았으나 애런은 그를 뿌리치곤 손을 힘껏 깨물었다.

"아악!"

"다들 그렇게 생각하고 있지 않습니까? 폐하. 폐하도 베르고는 상대하지 말라 하셨잖습니까? 예? ……왜 자꾸 솔직한 말이 나오는 거지? 아무튼 진심입니다!"

공작의 가라앉은 자안이 황제를 향했다.

황제는 목을 죄어 오는 살의를 선명하게 느끼며 저도 모르게 목을 어루만졌다.

"베르고 공. 오해가 있는 것 같네. 내가 애런에게 한 말은 그런 뜻이 아니라."

"폐하께서 베르고는 건들지 말라 하셨잖아요. 근데 뭐, 하긴. 그럴 만도 하십니다. 떨거지들을 모아 놓은 땅이니. 억!"

황제의 말을 끊은 애린은 건들거리며 줄줄 말을 뱉어 내다 디에르고의 발에 걷어차여 기절해 버렸다.

애린의 가슴팍을 발로 찬 디에르고는 쓰러진 그의 목 위에 검을 똑바로 겨눈 채 황제를 응시했다.

"그리 생각하고 계셨습니까?"

"……공작. 그게 아니라 베르고 공작가는 심지가 곧은 이들이니 함부로 대하지 말라는 거였어. 이봐. 검을 치우게. 이러다 내 아이가 죽겠어."

"제국의 위대한 빛은 발아래만을 비추는군요."

공작은 무심한 말투로 말한 뒤, 일말의 망설임도 없이 검을 들어 올렸다가 아래로 내리찍었다.

그러나 애린의 목을 꿰뚫기 전, 다른 이의 손이 먼저 끼어들었다.

"까악! 황녀 전하!"

뒤늦게 달려온 시녀의 비명 소리가 찢어질 듯 울려 퍼졌다.

알현실의 문을 박차고 뛰어 들어온 카라샤펠은 공작의 검이 향하는 방향 아래에 선뜻 손을 가져다 댔고, 그녀의 손은 공작의 검에 곧바로 꿰뚫렸다.

공작은 고요한 눈으로 끼어든 자를 가만히 바라봤다.

황녀는 공작의 검이 제 손을 관통했음에도 신음 한 번 흘리지 않고 그를 올려다보며 말했다.

"공작. 내 반드시 이놈을 처형하겠습니다. 허나 지금 공작의 손으로 죽이면 이는 반역입니다. 돌아갈 집이 있으니 이만하시지요."

"가족을 모욕한 자를 두고 돌아갈 곳은 없습니다."

"허면 황궁에 머무시지요. 제 궁에 마침 빈방이 많습니다. 처형을 기다리시면 될 일 아닙니까."

공작이 말없이 황녀를 바라보는 동안 아연실색한 황제가 카라샤펠에게 소리쳤다.

"닷샤! 뭐 하는 짓이냐! 제멋대로 끼어든 걸로도 모자라 네 입으로 동생을 처형하겠다니!"

"이젠 폐하께서 결정을 내리셔야 할 때입니다. 제국의 안녕을 위하여."

카라샤펠의 푸른 눈이 황제를 올려다봤다.

황제는 마른침을 삼키며 기절한 애런과 공작, 카라샤펠을 번갈아 바라봤다.

알현실 안에 시종들과 수많은 기사들이 있으니 오늘 일을 비밀에 부치는 것은 불가능에 가까웠다.

게다가 지금 처형을 약속하지 않으면 공작은 황녀의 손을 꿰뚫은 걸로도 모자라 더 깊숙이 검을 내리꽂아 기어코 애런의 목숨을 끊을 작정인 듯했다. 설령 이 자리에서 자신이 죽는 한이 있더라도.

……저자라면 충분히 그럴 만했다.

강성한 제르노아를 위해 베르고의 선선대 공작에서부터 전쟁터를 돌며 몇 번이나 공을 세웠던가.

제 손에 피를 묻히는 것쯤이야 아무렇지도 않게 여길 게 분명했다.

게다가 이 자리에서 그를 죽이면 그다음은?

베르고의 장자, 티온이 며칠 전 전쟁에서 승리해 군대를 이끌고 돌아오지 않았던가.

베르고의 군대는 제국 내에서 보초나 서며 훈련받는 일반 기사들과는 다르다.

마음먹고 내전을 일으키면 얼마든지 황가를 멸족시키고 황위에 올라설 자다.

황궁을 피로 물들이고, 설령 나라가 없어진대도 그들은 끝까지 살아남아 모두를 죽일 것이다.

"……일단 애런을 감옥에 가두게."

공작이 검을 고쳐 쥐었다.

손잡이의 윗부분을 손바닥으로 누르는 모양새를 보아 하니 수 초 안에 그대로 검을 찍어 내릴 작정인 듯 보였다.

"황자의 작위를 박탈하겠다! 지금 애런 황자의 작위를 박탈하겠다! 그, 그리고 정당하게 재판을 거친 후에! 그다음에 결정해도 늦지 않아!"

"……그땐 제 손으로 하겠습니다."

"뭐?"

"작위가 박탈됐으면 더 이상 황족도 아닌데 제 손으로 처형한들 그게 무슨 상관입니까."

공작은 단숨에 황녀의 손에 꽂혀 있던 검을 빼냈다.

"으윽!"

살을 파고들었던 검이 빠져나가는 게 꽤 고통스러웠는지 카라샤펠이 인상을 찌푸리며 손을 움켜쥐었다.

기사들이 몰려와 황녀를 부축하고, 애런을 일으키려는데 공작이 그들을 막았다.

"내가 옮기겠다. 손대지 마."

황제의 명령만을 따라야 할 기사들은 공작의 기에 눌려 저들도 모르게 뒤로 물러나고 말았다.

"죄인이 도망갈지도 모르니 제가 간단히 조치하지요."

그러곤 피가 묻은 검을 휘둘러 단번에 애런의 발목을 잘라 냈다.

"으, 아아악!"

깨어난 애런이 괴성을 지르자 공작은 그의 입에 손수건을 쑤셔 넣었다.

"쉿. 폐하께서 놀라시지 않느냐."

하얗게 질린 황제를 향해 꾸벅 고개를 숙여 대충 인사를 올린 공작은 그대로 기절한 애런의 뒷목을 잡아끌고 알현실의 긴 복도를 걸어갔다.

하얗던 복도 바닥이 금세 피로 물들었다.

"감옥이 어디냐."

"지, 지하에……. 이쪽, 그러니까……."

입구에 서 있는 시종이 애런의 피가 만들어 낸 붉은 길을 힐끔거리며 말을 더듬거리자 공작은 허리를 숙여 그와 눈을 맞췄다.

차분한 목소리가 흘러나옴과 동시에 짙게 가라앉아 있던 보라색 동공이 느리게 움직였다.

"감옥이 어디냐고 물었다."

"제, 제가 안내하겠습니다."

시종이 아래턱을 덜덜 떨며 발을 움직였고 알현실의 문이 쿵, 소리와 함께 닫혔다.

내부는 온통 피비린내로 가득했다.

황제는 멍하니 서 있다가 제자리에 주저앉았다.

"……이, 이런. 이런 망할. 랏샤! 네가 끼어드는 통에!"

시녀가 급히 갖다준 천으로 손을 묶어 지혈한 카라샤펠이 황제를 바라봤다.

"베르고 공작이 반역죄로 처리됐으면 알현실에서만 피를 흘리는 걸로 끝나지 않았을 겁니다."

틀린 말이 아니라서 무어라 말을 할 수도 없었다.

황제는 바닥에 굴러다니는 주인 잃은 발 두 짝을 보다가 두 눈을 질끈 감으며 고개를 휙 돌렸다.

"치워라!"

꼴도 보기 싫다는 듯 황제는 긴 망토도 내던지고 알현실의 옆문을 통해 빠져나갔다.

얼굴이 희게 질린 시종 몇몇과 여전히 공작의 기에 눌린 채 꼼짝도 못 하고 선 기사들, 그리고 카라샤펠이 알현실에 남았다.

랏샤는 빈 황좌를 보며 혼자 조용히 중얼거렸다.

"자식보다 저 자리가 더 중하다는 거지."

그녀는 몸을 돌려 알현실을 나가며 시녀에게 명령했다.

"공작은 처형 전까지 감옥을 지킬 것 같지만, 그래도 일단 머무를 방을 준비해 둬. 신경을 거스르지 않게 조심하고."

"예, 전하. 그리고 의술사를 부르겠습니다. 당장 치료하시면 곧바로 나을 수 있습니다."

"됐어."

"예?"

"베르고 공작은 지금 황궁의 사람들을 전부 다 죽이고 싶을 거다. 그러니 내가 멀끔히 치료받아선 안 돼."

"하지만 전하. 흉터가 남습니다. 손을 더 이상 못 쓰게 되실 수도 있고요."

"지금은 안 돼. 치료를 받는 건 처형이 끝난 후다."

황녀는 이를 악물며 제 궁으로 향했다.


꼬박 이틀 동안 애런은 지하 감옥에 갇혀 있었고, 디에르고 역시 감옥 앞 의자에 앉아 꼼짝도 않고 그를 지켜봤다.

황녀는 비공개 재판이 진행되기 전날 밤 감옥에 찾아갔다.

과다 출혈을 막기 위해서 애런의 상처를 불로 지져 놓은 듯 살 타는 냄새가 아직도 지하를 가득 메우고 있었다.

카라샤펠은 양쪽 무릎에 팔꿈치를 올리고 깍지를 낀 채 철창과 마주 앉아 감옥 안을 응시하고 있는 디에르고에게 걸어갔다.

"공작. 내일이 재판입니다."

"예."

"원한다면 공개 재판으로 바꾸겠습니다. 모든 이 앞에서 애런의 목을 치고 황궁이든, 공작저든 공작이 원하는 곳에 매달아 두어도 괜찮습니다."

공작은 묵묵히 고개를 가로저었다.

애런은 누워 있는 와중에도 입에 담지 못할 말을 줄줄 뱉어 내고 있었다.

"저판 말이 내 아이들 귀에 들어가게 할 순 없습니다."

"……알겠습니다."

56

디에르고는 묵묵히 아침이 오길 기다렸다.

날이 밝자마자 애런의 비공개 재판이 시작됐다.

애런은 재판장에 가서도 똑같이 말했다.

"베르고 영애가 안 받아 줬다고요! 그 거지 같은 새끼들은 괜히 시비나 걸고! 가죽 공장에서 무두질이나 하던 새끼가 검 좀 잡는다고 온갖 폼은 다 잡지를 않나. 둘째 이름이 헤이건이랬나? 헤이먼인가? 그놈은 불쌍해서 데려온 애완동물 같은 거잖아요. 안 그렇습니까, 공작? 셋째가 누구더라. 아, 그래. 그레이. 난 걔가 제일 싫어. 길바닥에서 컸으면 도둑질이나 했겠지. 퉤."

애런을 직접 재판장까지 끌고 올라온 공작은 아무런 말이 없었다.

그는 무표정하게 애런의 곁에 서서 검집에 손을 올린 채 기다리고 있을 뿐이었다.

"누군가 마력으로 농간을 부린 걸 수도 있으니 확인……을 하겠소. 억지로 조종당하는 것일 수도 있으니 말입니다."

빤히 바라보는 공작의 시선을 애써 피하며 늙은 마법사가 애런의 앞에 마주 섰다.

하지만 어떤 인위적인 마력도 느껴지지 않았다.

마법사는 식은땀을 흘리며 높은 자리에서 지켜보고 있는 황제를 향해 돌아 섰다.

"……애런 황, ……죄인 애런은 아무런 조종도 받고 있지 않습니다."

"그럼 저 말을 다 제정신으로 뱉었단 말인가."

황제의 물음에 마법사는 공작의 눈치를 살피며 대답했다.

"예. 폐하."

황제는 한숨을 짙게 내쉬더니 곧장 자리에서 일어났다.

"……처형하라."

그는 쥐고 있는 패를 버린 도박꾼처럼 미련 없이 밖으로 나가 버렸다.

이윽고 애런에게 사형이 선고되었고 그 즉시 판결이 집행됐다.

화창한 아침이었다.

❋　❋　❋

궁을 나서려던 공작의 마차를 황궁의 기사들이 막아 세웠다.

"멈추시오!"

얼마 지나지 않아 마차의 문이 벌컥 열리고 겁먹은 기색을 애써 감춘 기사가 입술에 힘을 주며 말했다.

"디에르고 폰 베르고 공작에게 황녀 전하의 손에 자상을 입힌 죄를 물을 것입니다."

"됐다. 보내 드려라."

마차 뒤에서 들려온 카라샤펠 황녀의 목소리에 기사는 벙찐 눈으로 고개를 돌렸다가 화들짝 놀라 허리를 깊이 숙였다.

"허나 황녀 전하. 전하의 손에 깊은 자상이……."

"아무 일도 없었다."

황녀는 제 깨끗한 손을 기사에게 내보이며 다시 말했다.

"아무 일도 없었다."

그래도 기사가 물러나지 않자 황녀는 기사에게 가까이 다가가 귓가에 대고 속삭였다.

"네놈들 황제 폐하의 명을 받아서 온 게 아니지?"

"……예?"

"죽은 죄인의 친모인 퀴렐 황비 전하가 보낸 게 아니냐. 윗사람의 명령을 따를 뿐이라곤 하지만, 베르고 공작을 잡아 둔 이후에 이 황궁이 어찌 될지 생각은 하고 움직이는 거냐."

"……조, 존귀하신 황족의 손에 피를 낸 자를 그냥 보낼 순 없습니다."

"황제 폐하도 아시는 일이냐."

기사들이 대답하지 못하고 주춤거리자 끼익, 소리와 함께 마차에서 공작이 내렸다.

"됐습니다. 이번엔 내가 감옥에 들어가겠군요."

"이대로 돌아가시면 됩니다."

"황녀 전하께 빚을 지고 싶은 생각은 없습니다."

"모두 물러가라. 베르고 공과 독대하겠다."

황녀의 명에도 기사들이 물러가지 않자 그녀 뒤에 서 있던 개인 기사들이 검을 빼 들고 다른 기사들을 위협했다.

"제1 황녀 전하의 명이다. 따라라."

모두 멀찍이 떨어진 후 둘만 남게 되자 공작은 조금은 지친 눈으로 황녀의 오른손을 바라봤다.

"손을 깔끔하게 치료하셨군요."

"예, 그런데 조금 늦은 탓에 세 번째 손가락부터는 감각이 없습니다."

"그럼 저를 벌하셔야지요. 이번 일을 빌미로 우리 집안을 괴롭히실 게 아니라면."

황녀는 잔잔한 미소를 머금은 채 숨을 크게 들이마시곤 주변을 둘러봤다.

끝도 보이지 않을 만큼 넓은 땅과 하얗게 빛나는 황궁이 시야 가득 들어왔다.

카라샤펠은 고개를 돌려 다시 공작을 바라봤다.

"나는 이런 집에서 태어난 탓에 제 자식 귀한 줄 모르는 아비를 가졌습니다."

"딱히 동정을 원하지도 않으시면서 왜 그런 말씀을 하십니까."

"가면서 얘기하실까요?"

"어디를."

디에르고의 질문이 끝나기도 전에 황녀는 당당하게 걸어가 공작의 마차에 올라탔다.

대기하고 있던 기사들과 시녀들이 당황한 눈빛으로 황녀를 바라봤지만 그녀는 태연했다.

"정말로 공작에게 나를 시해하려는 마음이 있다면, 나는 며칠 뒤 시체가 되어 돌아오겠지. 내 직접 공작의 무죄를 입증하겠다. 공작, 타시죠."

"전하! 어찌 부리는 이 하나 없이 가십니까!"

시녀가 다급하게 외쳤지만 카라샤펠은 막무가내였다.

"내가 아무도 안 데리고 가야 공작이 마음 놓고 나를 시해할 것 아닌가. 정말로 내 심장을 뚫을 것이라면 말이야."

황녀의 기행에 시녀들마저 어쩔 줄 몰라 우왕좌왕하기만 했다.

"로빈, 메리. 따라오지 마. 기사들 역시. 사람을 붙이지도 말고."

디에르고는 짧은 한숨을 내쉰 뒤 마차 문을 잡고 말했다.

"전하와 마주 앉아 가고픈 마음은 없습니다. 정 제 집에 오시고 싶으시면 다른 마차를 타십시오."

"베르고 공. 나는 그저 공을 집에 보내 주고 싶은 것뿐입니다."

진지한 황녀의 목소리엔 어떤 꾸밈도 없었다.

디에르고는 다소 짜증 섞인 눈으로 마차에 올라탔다.

"적당히 하십시오. 저는 남은 날을 조용히 살고 싶으니."

카라샤펠은 자신만만한 표정으로 씩 웃더니 마부와 통하는 작은 창을 똑똑 두드렸다.

"출발하지. 내가 배가 고파서."

황위 후계자를 태운 마차가 서서히 출발했다.

"공작가의 요리사가 실력이 아주 출중하다 들었는데요."

"황궁만 하겠습니까."

"표정이 왜 그러십니까? 온 가족을 모욕한 자를 깔끔하게 보내 줬으면서."

"전하가 꾸미신 일입니까?"

"내가?"

카라샤펠이 눈을 동그랗게 뜨고 디에르고를 바라봤다.

"제정신이 박혀 있으면 내 앞에서 그런 소리를 안 했겠죠. 정쟁에 끼어들 생각은 없었는데 황녀 전하를 밀어드리는 꼴이 됐지 않습니까."

"글쎄. 평소에도 덜떨어진 놈이었으니 갑자기 미쳐서 그랬을 수도 있지요."

"애런 황자의 죽음으로 득을 보는 자가 있다면 황녀 전하뿐이십니다."

"작위를 박탈했는데도 황자라 불러 주다니. 듣던 대로 다정하십니다."

황녀는 생글거리며 디에르고를 바라봤다.

공작은 연일 밤을 새운 탓에 피로한지 눈가를 문지르며 긴 숨을 내뱉었다.

"됐습니다. 저희 집에서 필요한 게 있으시면 마음껏 가져가십시오. 베르고의 이름이 필요하시다면 그리하시고요."

"그대의 딸은?"

멈칫한 디에르고의 손가락 사이로 드러난 자안이 번뜩였다.

마차 안이 순식간에 숨 막히는 공기로 가득 채워졌다.

황녀는 웃음을 머금은 채로 공작의 눈을 가만히 바라봤다. 농도 짙은 눈빛은 차갑게 식어 있었다.

"공이 베르고의 안전을 위해 업무를 살피는 동안, 그대가 직접 거둬 키운 자식들은 은근한 무시를 받고 있었답니다. 걱정을 끼쳐 드리기 싫다고 공자들이 모두 적당한 선에서 숨긴 것 같긴 하지만요."

디에르고의 눈썹이 움찔 떨렸다. 황녀는 아랑곳 않고 말을 이었다.

"군대를 강하게 키우고, 영지 내에 굶는 이가 아무도 없어도 고깝게 보는 이는 있기 마련입니다. 물론 그 덕에 황자의 목을 직접 치고도 이리 무사한 거지만."

"뭘 원하십니까."

"그대의 베르고가 아니라, 솔레아의 베르고를 원한다."

"작위는 가장 알맞은 아이에게 줄 것입니다."

"그게 솔레아가 되겠지. 내 눈은 틀리지 않아."

"솔레아를 아끼시는 마음은 알겠지만 아직 심약하고, 이제 겨우 세상 밖으로 발을 내딛기 시작한 아이입니다. 헛된 말로 등을 떠밀지 마십시오."

"세상 밖으로 걸음을 내디딜 때마다 폭풍이 몰아치는데 다시 아이를 가둬 키울 건가? 새장 속에서?"

"······상처가 크다면 그리하겠지요. 더러운 꼴을 보게 하며 키우고 싶지 않습니다."

"저런."

카라샤펠은 혀 차는 소리를 내며 피식 웃었다.

"차마 아무도 하지 못한 일을 그 심약한 영애가 하고 있지 않습니까."

공작은 아무 말이 없었다. 카라샤펠은 그림처럼 앉아 있는 디에르고의 핏줄 돋은 손을 보며 말했다.

"폭풍이 휩쓸고 지나간 자리는 꽤나 깔끔합니다, 공."

마차는 조용히 공작저로 달려갔다.


카라샤펠은 하인이 문을 열자마자 밖으로 걸음을 내디뎠다.

"억, 황, 황!"

"그래. 황녀 전하다. 공작저는 밝은 낮에 보니 더욱 아름답군."

놀란 하인이 말을 더듬으며 카라샤펠을 위아래로 훑어보다가 다급히 눈을 내리깔았다.

"달려. 달려서 내가 왔다고 알려."

"예!"

하인이 재빠르게 저택을 향해 달려가는 동안 뒤이어 마차에서 내린 디에르고가 넓은 보폭으로 성큼성큼 앞서 나갔다.

"베르고 공. 나와 피가 섞인 동생을 죽이고 돌아왔어도 에스코트는 해 주셔야죠. 내가 홀로 걸어 본 적이 없어서."

고개를 돌린 디에르고가 성가시다는 듯 황녀를 바라보곤 팔을 내밀었다.

"피가 섞인 동생을 죽인 자에게 참 속 좋은 소리를 하십니다."

"공의 말대로 내 정적을 죽여 줬으니 내게는 은인인데 뭘 그럽니까."

카라샤펠은 생글거리며 공작에게 살짝 팔짱을 낀 후 나란히 공작저로 걸었다.

"어린 시절 제 얼굴 기억나시죠? 눈이 마주쳤을 때 참 선하게 웃어 주셨잖아요. 물론 그땐 전쟁에서 사람을 종잇장처럼 갈가리 찢고 돌아온 후라는 걸 몰랐지만요."

"아이들이 듣습니다."

"누가 보면 아이들이 세 살 난 어린애인 줄 알겠습니다."

"……그래도 가족을 죽였는데 제가 원망스럽진 않으십니까? 인간적으로 말입니다."

황녀는 정면을 보며 표정의 변화 없이 느긋하게 답했다.

"내가 그리 인간적인 환경에서 자라진 못해서."

놀란 얼굴로 뛰쳐나온 솔레아와 세 형제를 본 카라샤펠이 활짝 웃으며 손을 흔들었다.

"그럼 인간적이고 가족적인 베르고 공작가에서 좀 쉬다 가겠습니다. 레아~ 나 왔어!"

"공, 아빠!"

멀쩡하게 돌아온 디에르고를 본 솔레아는 신발이 벗겨진 것도 모른 채 그에게 달려와 안겼다.

옆에 선 황녀는 보이지도 않는 듯했다.

솔레아를 품에 안은 디에르고는 그제야 얼굴에 미소를 띠었다.

"우리 공딸 얼굴이 많이 상했구나. 밥은 챙겨 먹었고?"

"아빠는요, 잠을 아예 못 주무신 거예요? 괜찮으세요? 아무 일도 없었어요? 아침에 애런이 처형당했다는 얘긴 들었는데. 아버지는요. 아빠는 괜찮아요?"

"아무 일도 없었어. 말했잖니. 괜찮을 거라고."

티온과 헤이먼, 그레이도 안심한 표정으로 계단을 내려와 디에르고 앞에 섰다.

"내게 인사를 해야지."

"……전하가 여긴 어쩐 일로 오셨습니까."

영 띠꺼운 표정으로 묻는 그레이를 향해 황녀가 깔깔 소리 내어 웃었다.

"한 번만 더 건방지게 말하면 네놈에게 청혼해서 집을 발칵 뒤집어 주마."

"전하!"

디에르고가 버럭 소리를 지르자 황녀는 눈을 동그랗게 뜨고 어깨를 으쓱 올렸다 내렸다.

그레이는 얼굴이 하얗게 질린 채 디에르고의 뒤로 주춤거리며 숨었다.

"황족의 청혼을 받으면 다른 황족이 청혼할 때까지 거절도 못 하는데. 하하하! 세 아들에게 번갈아 청혼해서 베르고의 대를 끊어 주겠다!"

황녀는 마치 제집처럼 저택으로 들어갔다.

"솔레아의 방이 어디지. 나는 그 옆방을 쓰면 좋겠는데. 물론 같은 방을 써도 좋다."

"미천한 자가 제, 제국의 작은 빛을 뵙습니다."

"일단 아침 식사를 먼저 준비해라. 허기가 지는군. 그동안 잠깐 쉬어야겠는데. 며칠 머무를 거니 하녀도 몇 명 붙여 주고."

하인들에게 명령하는 것도 자연스러웠다.

솔레아와 오빠들은 입을 멍하니 벌린 채 공작을 바라봤다.

"화, 황녀 전하를 왜……."

'왜 데려오셨어요?' 라는 말은 너무 놀란 탓에 꺼내지도 못했다.

공작은 한숨과 함께 머리를 쓸어 올리며 아이들에게 말했다.

"저래 봬도 베르고에 도움을 주고 계시니 친절히 모셔라. ……청혼받지 않게 조심하고."

황녀를 마치 역병처럼 설명한 공작은 아이들을 데리고 저택으로 들어갔다.


전쟁 같은 하루가 시작되었다.

"미, 미, 미천한 자가……."

"응, 제국의 작은 빛을 코앞에서 뵈니 떨리는 마음은 이해하지만 물을 따르는 데도 이리 떨면 어쩌지."

카라샤펠의 빈 잔에 물을 따르던 하녀가 오들오들 떨다가 황녀의 드레스에 물을 튀기고 말았다.

"죽을죄를 지었습니다!"

"나는 사람 쉽게 안 죽여요. 공작이라면 모를까."

"전하!"

아침을 먹던 공작이 카라샤펠을 찌릿 노려보자 황녀는 입술을 삐죽이며 드레스에 튄 물을 대충 탈탈 털었다.

"왕년에 꽤 화려하게 살았다, 그 말이지. 티온 공자도 전쟁을 끝내고 막 돌아오지 않았나. 그런데 왜 티온 공자에겐 다들 멀쩡히 대하면서……."

말을 하면서 살펴보니 티온의 시중을 드는 하녀가 호달달 떨고 있었다.

"아니네. 티온 공자는 얼굴 표정을 좀 선하게 바꿀 필요가 있겠어."

카라샤펠에게 한 소리 들은 쁘띠 아가 불곰의 표정이 조금 시무룩해졌다.

"아무래도 인사를 바꿔야겠어. 자꾸 미천한 자라고 하니까 더 떠는 거 같잖아. 이 집에서라도 '멀쩡한 자가 제국의 대충 그냥 빛을 뵙습니다.' 라고 인사하는 건 어떨까?"

그 누구도 대답하지 않았다.

"이 집은 아무도 농담을 할 줄 모르는군."

아침 식사를 마친 황녀는 안내받은 방이 아니라 솔레아의 방 앞까지 따라갔다.

"전하, 왜 따라오세요?"

"마음이 가까운 벗과 몸도 가까우려고."

"아, 말씀 좀 그렇게 하지 마세요!"

"매몰차네. 그럼 하녀들을 오들오들 떨게 만든 티온 공자의 방으로 가 볼까."

황녀는 미련 없이 발걸음을 돌렸다.

솔레아의 눈이 커졌다.

아직도 솔레아와 대화할 때 잔뜩 긴장하는 티온인데 황녀는 오죽할까.

"전하! 제 방으로 오세요!"

"왜? 티온 공자가 대공이 되면 국가 안보는 문제가 없을 거 같은데."

"대체 언제부터 국가 안보에 그렇게 신경 쓰셨다고요."

"그럼 둘째로 할까? 난 헤이먼도 괜찮은데. 곱상하니 앙칼지게 잘생겼잖아."

"제발. 전하. 그냥 제 방으로 오세요."

"그럴까?"

"오신 김에 친해집시다! 빨리요. 괜히 오빠들 괴롭히지 마시고 제 방으로 오세요!"

"그렇게까지 말한다면야 어쩔 수 없지."

콧노래를 흥얼거리며 카라샤펠은 솔레아의 방으로 함께 들어갔다.

방으로 들어간 솔레아는 다급히 책상을 정리하려 했지만 카라샤펠이 한발 빨랐다.

"이 많은 책을 다 읽었나?"

"네."

"왜? 황궁에서 일하려고? 재무 장관이 늙어서 오늘내일하고 있으니 그 빈자리가 좋겠네."

"그런 게 아니라 저희 영지를 좀 살피려고요."

"영지를?"

황녀는 모른 척 눈썹을 올리며 솔레아에게 이어 물었다.

"아하. 그래서 일부러 통롤러도 만들어서 팔고, 염색 양모에 자수까지 놓아서 귀족들의 눈을 홀린 거군. 자체 제작 하는 상품이 생기면 영지의 힘이 세질 테니까. 다른 영지들 눈치를 안 봐도 되고?"

"알면서 왜 물으세요."

"근데 더 빠른 방법이 있는데 왜 그런 수고스러운 일을 해."

"……뭔데요?"

카라샤펠은 책이 한가득 쌓인 책상에 엉덩이를 기대고 서서 느긋하게 팔짱을 꼈다.

"공작을 밖으로 끌어내."

"……우리 아버지를, 왜요?"

"아무리 양자들이라지만 제국의 공신가인 베르고를 멋대로 씹어 대는 놈들이 왜 생겼겠어. 지금 베르고가 그리 중요하지 않으니 그렇지. 특히 젊고 어린 것들은 그 시절을 모르니 더더욱 그럴 테고."

베르고가 전쟁으로 영토를 넓혀 나가고, 제 손으로 새로운 황제를 앉혔던 시절은 수십여 년 전이었다.

멋모르는 어린것들은 베르고가 이빨 빠진 늙은 호랑이인 줄 알겠지.

카라샤펠은 싱긋 웃었다.

금황은 나약하나 베르고와 척을 지지 않을 만큼은 영리했다.

하지만 베르고를 제 손에 넣을 수 있을 만큼 명석하진 못했고.

카라샤펠의 생각이 끊긴 건 솔레아가 웃옷을 벗어 던졌기 때문이었다.

깜짝 놀란 카라샤펠이 눈을 동그랗게 떴다.

"……공작을 밖으로 끌어내라고 했더니 옷을 벗네."

"우리 아버지는 영주민들 살피는 게 더 좋으시대요. 그리고 저 오전 운동 해야 된단 말이에요."

"그렇다고 황녀 앞에서 옷을 홀렁홀렁 벗어 던지나?"

"아예 홀딱 벗은 것도 아니고 겉옷만 갈아입는 건데 왜 그러세요. 바지는 안 벗었잖아요."

"이제 아예 예의는 안 차리기로 결심한 거야?"

"네. 예의 차리면 재무 장관 시킨다고 하실까 봐요."

"하, 참."

헛웃음을 지은 황녀는 방 안을 둘러보며 솔레아에게 물었다.

"무슨 운동을 하는데?"

"그레이랑 같이 뛰고, 근력 운동을 상하체 나눠서 하고, 스트레칭하고 그래요."

"그럼 나도 옷 하나 줘. 같이하게."

"……전하도 하시게요?"

"같이 있는 게 싫으면 공작에게 가지, 뭐. 난 공작도 나쁘지 않다고 생각해. 대공이라……. 강제적으로 밖으로 끌어낼 수 있는 좋은 방법이지."

"무슨! 무슨 그런 말씀을 하세요! 진짜 뭔 말도 안 되는! 옷 아무거나 고르세요! 세상에! 아니, 친구 되자고 하셨잖아요! 친구가 아니라 새어머니가 되고 싶으신 거였냐고요! 아, 너무 싫어! 진짜!"

정말 싫었는지 펄쩍 뛰며 목소리를 높인 솔레아는 옷장 안에서 온갖 옷들을 꺼내 책상 위로 내던졌다.

"아무거나 골라 입으세요!"

"안타깝게도 황족은 제 손으로 옷을 갈아입지 않아."

"하녀를 불러 드리겠습니다."

"그럼 하녀가 오기 전까지 이 책이나 읽을까. 뻔히 침대 옆에 놓여 있는데 자극적인 제목이라 눈길이 가네."

카라샤뻴이 진지한 표정으로 책을 집어 들고 조용히 읊조렸다.

"'황녀, 쾌락에 길들여지다? 작가 렘샤 부인.' ……너 꽤 대담한 걸 읽는구나."

"악!"

깜짝 놀란 솔레아가 황녀에게 달려들어 책을 뺏어 들곤 책상 옆 서랍을 열어 그 속으로 책을 집어 던졌다.

쿵 소리와 함께 서랍이 닫히고 솔레아는 시뻘게진 얼굴로 씩씩거리며 작게 중얼댔다.

"······썅, 제목에 일관성도 없어."

전날 디에르고 공작이 돌아오길 목이 빠지게 기다리다가 혹시나 하는 마음으로 일기장과 한바탕 씨름하고서 서랍 안에 넣어 두는 걸 깜빡한 탓이었다.

솔레아는 통한의 한숨을 흘리며 카라샤펠 황녀를 있는 힘껏 노려봤다.

"운동하실 거면 옷 갈아입으시고, 옆에 그냥 계실 거면 그대로 오세요."

카라샤펠은 더 이상 책에 대해 묻지 않고 당당하게 두 팔을 벌렸고, 솔레아는 이를 악문 채 황녀의 옷을 갈아입혔다.

"팔다리는 쭉쭉 뻗었는데 체구가 이리 작다니. 마음이 아프네. 솔레아."

"더 큰 옷을 드릴까요?"

"누구 것으로 줄 건데?"

"······그냥 좀 끼게 입으세요."

황녀는 계단을 내려가 후원으로 걸어가는 동안 꽤 진지한 얼굴로 솔레아에게 물었다.

"혹시 나를 길들이고 싶었어?"

"아니에요! 아니라고요!"

귀를 퍽퍽 때리며 솔레아는 빠르게 앞서 걸었다.

"황족보다 앞서 걷다니 어쩜 저리 불충할까. 알았어, 솔레아. 길들여지는 거에 대해 생각해 볼게. 일단 일정부터 맞춰 보자."

"맞추긴 뭘 맞추시겠단 거예요!"

아웅다웅 다투며 후원으로 들어서자 그레이가 둘을 발견하고 눈을 동그랗게 떴다.

"······미천한 자가 제국의 작은 빛을 뵙습니다."

"눈이 마주칠 때마다 그렇게 인사를 할 건가요, 공자? 너무 속상하네요. 동생 친구라고 생각하고 편하게 대해."

하나도 안 편한데.

그레이는 솔레아를 힐긋 바라보곤 눈살을 찌푸렸다.

황녀를 왜 데려왔냐는 뜻이었다.

솔레아는 카라샤펠의 뒤에서 온 얼굴을 찌푸리며 울상을 지었다.

대충 어쩔 수 없었다는 뜻이었다.

"남매가 우애가 정말 좋네. 황녀를 사이에 둔 채 둘이 다투고 말이야."

"……솔레아와 운동을 하려고 하는데 저쪽에 앉아 계시겠습니까?"

"나도 운동을 좀 하려고. 매일 통롤러로 몸을 풀긴 하지만, 그것만으론 부족한 것 같아서."

생글거리는 황녀의 눈치를 살피며 그레이는 불편해 죽겠다는 표정으로 오늘의 운동 일정을 알려 줬다.

"스트레칭을 한 후에 후원을 다섯 바퀴 달리고, 한 시간 동안 맨몸 운동을 할 겁니다."

"그래? 별다를 게 없네."

그레이의 짙은 눈썹이 움찔 떨렸다.

"……피구를 아십니까, 전하?"

"피구?"

"아. 피구는 상하 관계 없이 완전히 평등해야 가능하니까 힘들겠군요."

그레이가 일부러 입술을 쭉 늘어뜨리며 안타깝다는 듯 고개를 주억거렸다.

카라샤펠이 흥미롭다는 듯 입꼬리를 비스듬히 올려 웃었다.

"장단 좀 맞춰 달라는 것 같으니 들어주지. 그래, 피구인지 뭔지 해 봐."

그레이는 냉큼 기사들을 부르기 위해 달려갔다.

입을 떡 벌리고 있던 솔레아는 저도 모르게 황녀의 두 어깨를 잡고 짤짤 털며 물었다.

"전하! 피구를 하시게요? 공 던지는 게임인데요. 남이 던진 공에 맞는 거라고요."

"재밌겠네. 여태 내게 말조차 함부로 던진 이가 없었으니까. 내 인생 처음으로 받는 냉대겠어."

이윽고 그레이가 신난 표정으로 기사들을 데려왔다.

누가 봐도 억지로 따라온 듯 기사들은 죽을상이었다.

"……아, 도련님. 황녀 전하한테 어떻게 공을 던집니까."

"벌써 반역이야."

"……아버지, 저 곧 가요. 이따 만나요."

하지만 들뜬 표정의 기사들도 있었다.

티온과 함께 전쟁에서 돌아온 기사들이었다.

"황녀 전하를 이리 가까이서 뵙게 되다니 영광입니다!"

"저희는 물란시아와의 전쟁에서 이겨 제국을 지켜 냈습니다!"

갑작스러운 팬 미팅에도 황녀는 전혀 당황하지 않고 웃으며 그들을 응대했다.

"그래, 물란시아는 어린 마물들을 납치해 길들인 다음에 전쟁 무기로 쓴다지. 고생이 많았습니다."

황녀의 한마디에 기사들은 뛸 듯이 기뻐하며 반색했다.

잠시 후 황녀에게 룰을 설명하고 카라샤펠 팀과 솔레아 팀으로 인원을 나눴다.

전쟁을 치르고 온 기사들은 모두 카라샤펠의 팀이 되길 원하는 듯 대놓고 황녀의 뒤편에 서 있었다.

솔레아는 이전에 피구를 몇 번 같이 한 적이 있는 익숙하고 친한 기사들을 골랐고, 카라샤펠은 제게 우호적인 기사들을 골랐다.

그레이는 심판을 보기로 했다.

본격적인 게임 시작 전, 솔레아는 황녀에게 확답을 받았다.

"황궁으로 돌아가신 뒤에 그 어떤 보복도 하시면 안 됩니다."

"알았어."

"……어딘가에서 전하의 개인 호위 기사들이 보고 있다가 저희를 죽이는 건 아니죠?"

"아마 아닐 거야. 걱정하지 마."

"공에 맞았다고 던진 사람을 죽이셔도 안 돼요. 게임은 게임일 뿐입니다."

"알았다니까. 사람을 뭘로 보고."

게임이 시작됐다.

첫 판은 기사들이 대놓고 서로를 겨냥해 공을 던졌다.

힘은 비등비등했지만 피구를 좀 더 많이 해 본 저택 내의 기사들이 패스를 더 매끄럽게 했고, 팀워크가 좋아 금세 앞서 나갔다.

카라샤펠 팀엔 이제 황녀와 기사 둘만 남았다.

"꽤 기대했는데 아무도 내게 공을 던지질 않네."

카라샤펠이 일부러 실망한 어조로 중얼거리자 공을 들고 있던 솔레아 팀의 기사가 잠시 망설이다가 풀썩 무릎을 꿇고 고했다.

"……황녀 전하. 미천한 자가 제국의 작은 빛을…… 작은 빛을 공격하려 합니다."

"맘대로 해. 작은 빛 정도야 뭐, 꺼져도 상관없지."

무슨 그런 불경한 말씀을 지 입으로 하세요.

그레이가 어이가 없다는 듯 황녀를 봤지만 카라샤펠은 당당했다.

기사는 있는 힘껏 공을 던졌지만 너무 정직하게 던진 탓에 공은 정확히 황녀의 몸 정가운데로 날아갔다.

카라샤펠은 몸을 낮추고 마치 몇 번이나 공놀이를 했던 사람마냥 능숙하게 공을 받아 냈다.

그러곤 순식간에 공을 던져 솔레아의 무릎을 맞혔다.

"간단하네."

너무 빠르게 공격을 당해서 그런지 잠깐 얼빠진 표정으로 서 있던 솔레아는 비소를 머금으며 수비 라인의 가운데로 가 섰다.

"……우리 저택 팀은 반드시 승리합니다. 자! 삼각형 수비!"

"우워어어어!"

솔레아를 잃고 주춤했던 저택 팀은 다시 투지를 불태우며 정신없이 공을 던졌다.

수비 라인과 공격권 안에 있는 이들이 빠르게 공을 주고받는 탓에 황녀 팀 내부의 기사들은 공을 피해 다니느라 정신이 없었다.

한참 몇 바퀴씩 공을 돌리던 중, 솔레아가 공을 받자마자 제 앞에 있던 기사의 발을 맞혔다.

그레이가 호루라기를 불며 '조쉬 아웃!'이라고 외쳤지만 그는 흥분이 가시지 않은 듯 벌게진 얼굴로 가만히 서 있었다.

"조쉬, 아웃이라니까?"

"땅에 튕겼습니다."

조쉬가 위협적으로 솔레아의 앞으로 다가갔다.

"공을 제대로 던지셔야죠. 땅에 닿고 튕겼다니까."

조쉬는 솔레아를 내리깔아 보며 이죽거렸고, 그의 곁으로 다가온 다른 기사들은 말리지 않았다.

그 모습을 지켜보던 저택 내의 기사가 솔레아의 앞을 막아섰고, 그레이가 달려가려는 순간이었다.

어디선가 공이 날아와 조쉬의 머리를 맞혔다.

퍽이 아니라 펑 소리가 나며 공이 터지고, 조쉬는 그대로 기절했다.

후원 입구에 서 있던 티온은 흉터가 일그러질 정도로 인상을 찌푸린 채 말했다.

"나와."

후원이 싸늘한 공기로 가득 찼다. 티온의 기사들은 굳은 표정으로 서 있다가 조쉬를 들고 티온을 따라 나갔다.

싸해진 분위기에 남은 기사들은 황녀의 눈치를 살폈다.

"죄송합니다, 전하. 못 볼 꼴을 보였습니다."

솔레아가 무덤덤한 얼굴로 사과하자 황녀가 태연하게 답했다.

"저자는 앙탈을 꽤 도발적이게 하네."

솔레아의 얼굴이 삽시간에 일그러졌다. 진짜 못 볼 꼴을 봤다는 듯 감히 황녀의 얼굴을 흘겨보기까지 했다.

그것도 모자라 솔레아는 주변에 남아 있던 그레이와 기사들의 등을 밀어 냈다.

"오늘 피구 여기까지만 합시다! 다 돌아가요!"

"황녀 전하께서 보고 계신데 이렇게 내보내도 됩니까, 아가씨?"

"솔레아! 야, 그냥 같이 있자. 오늘 오전 운동 이제 겨우 시작인데."

황녀는 흥미롭다는 듯 팔짱을 끼고 가만히 서 있었다.

"남아 있는 게 더 위험할 것 같아서 하는 말이에요. 얼른 가요! 그레이 너도."

"그레이 공자는 가족에게 굉장히 다정하군. 흠. 다정한 국서라……."

느긋하게 뱉는 황녀의 말에 그레이의 얼굴이 하얗게 질렸다. 그는 남아 있는 기사들의 등을 퍽퍽 쳐 대며 밀었다.

"가자. 우리 그냥 가자. 가서 우리끼리 훈련합시다."

"도련님까지 왜 이러세요."

"남아 있으면 내가 위험할 것 같아서 그래. 빨리 가자."

모두 사라진 후 황녀는 시무룩한 척 어깨를 늘어뜨렸다.

"공작가의 사람들은 나를 그다지 반기질 않네. 모두 피하기만 하고. 곁에 남은 건 솔레아뿐이잖아."

"전들 좋아서 남았겠어요. 청혼받을 가능성이 없으니 남았지."

"전보다 더 솔직해졌네."

"솔직한 게 좋다셨잖아요."

"근데 내게 불가능이란 없어. 영애."

"아, 진짜! 전하!"

"하하하!"

카라샤펠이 파란 눈을 반쯤 접어 웃었다. 때마침 바람이 불어 그녀의 황금빛 머리카락이 휘날렸다.

"이왕 이렇게 된 거 우리 손잡을까?"

"으, 아니요."

"그리 질색하지 말고. 네 양모 장사에 내가 도움을 좀 주겠다는 말이지. 물리적으로 잡는 것도 뭐, 나쁘진 않지만."

"아, 그거요?"

뒷말은 싸그리 무시한 채 솔레아가 눈을 빛내며 황녀에게 다가왔다.

"어떻게 도와주실 건데요? 벌써 파티에서 큰 도움을 주셨잖아요. 귀족들이 염색 양모 가격이며, 판매 시기 같은 것들을 다 물어보고 갔거든요. 여러 상단에서 편지도 많이 왔고요."

"그걸로는 부족하지. 영지 전체를 붕 띄우려면."

"그럼 어떻게 할까요?"

"글쎄…… 그건 진짜 손이나 잡으면 말해 줄까 싶어."

"됐어요. 알아서 할게요. 지금도 충분히 잘하고 있어요."

"뭔 농담을 못 하겠네. 나사니엘 영애와 꽤 친한 것 같던데. 맞지?"

시큰둥하던 솔레아의 얼굴이 한층 더 구겨졌다.

"전하. 저는 전하랑 가능하면 잘 지내고 싶어요. 하지만 제 친구 관계까지 쥐락펴락하시는 건 조금 그렇지 않나요. 사라는 그냥 조금 귀엽고 상냥한 아이라고요."

"내가 질투하는 것처럼 보였나 봐. 아쉽겠지만 그게 아니라 그 귀엽고 상냥한 사라를 좀 이용하라는 거지."

"사라를요?"

"나사니엘 영애가 책을 꽤 좋아한다더라고. 자주 참석하는 살롱이 있는데 꽤 힘센 귀부인들이 멤버로 있는 곳이야. 네 말대로 어딜 가나 귀엽고 상냥한 사라는 그곳에서도 잘 어울리지."

"……독서 살롱을 이용하라는 거예요?"

"참고로 다음 달엔 귀여운 사라가 책을 선정할 차례야. 좋은 책이 있으면 좋을 텐데."

카라샤펠이 넌지시 던진 말에 솔레아의 머리가 빠르게 돌아갔다.

어차피 제국 전체를 상대로 장사를 하려면 황녀 하나만 잡는다고 해서 될 일이 아니다.

물건에는 조금의 흠도 없다. 그럼에도 귀족들이 은근히 꺼리는 건 그게 베르고의 물품이기 때문인데.

아무리 상단을 앞세우고 장사를 해도 꺼려지는 마음이야 당연히 남아 있겠지.

그 한 톨의 망설임을 누를 만한 다른 감정이 뭐가 있을까.

"나이가 지긋하신 분들은 이미 생각이 단단히 굳어 있어 직접적으로 말해 봤자 불쾌감만 느낄 뿐이야. 은유적으로 다가가."

황녀의 말에 고개를 숙이고 있던 솔레아가 번쩍 머리를 쳐들었다.

"여긴 로미오와 줄리엣 같은 거 없나?! 신분 격차! 비극 그런 거!"

"이제 나랑 말도 트려고? 난 좋지만 남들 앞에선 신경 좀 써야 할걸."

"아니, 전하께 그런 게 아니라요. 저, 저 일단 서점 좀 다녀올게요!"

"그래. 다녀와."

"전하! 밖은 위험하니까 저택 내에 계세요! 아셨죠? 알았죠?"

"응. 생각해 보고."

"우리 오빠들 괴롭히지 말고요! 아셨죠?"

"응, 그것도 고민 좀 해 보고."

"랏샤!"

"알았어."

솔레아가 헐레벌떡 저택으로 들어가자 혼자 남은 카라샤펠은 느린 숨을 천천히 내쉬었다.

"아까 그자는 어찌 되었지?"

허공에선 아무런 대답도 들리지 않았다.

"따라온 걸 알고 있으니 대답해."

그제야 나무 뒤 수풀 어딘가에서 목소리가 들려왔다.

"티온 공자가 데려간 뒤 그자를 포함하여 기사들 모두에게 기합을 주고 있습니다."

"저런. 마음이 그리 약해서야. 주인을 몰라보고 대드는데 따끔하게 목을 쳐야지."

"……처리할까요?"

"됐어. 솔레아가 알아서 할 일이다. 그만 가 봐. 아, 솔레아가 서점 가는 길에 누가 따라붙진 않는지, 위험하게 하는 이는 없는지 살펴보고."

"저는 전하를 지킵니다."

"그래, 내 벗도 겸사겸사 지켜."

카라샤펠은 돌아오는 답을 듣지 않은 채 저택 안으로 휘적휘적 걸어갔다.

"오, 그대는 저번에 봤던 그 마법사 아닌가."

복도를 지나던 돈이 단단한 황녀의 목소리에 화들짝 놀라 눈을 크게 뜨고 주변을 두리번거리다 허리를 깊이 숙였다.

카라샤펠은 반질반질한 돈의 머리를 보다가 그의 귓가에 속삭였다.

"그거 아나? 서대륙 마법사들은 모두 죽었어."

온몸을 움찔 떨며 놀란 돈의 검은 눈동자가 서서히 황녀를 향했다.

"그리고 서대륙의 마법사들은 죽기 전까지도 머리를 함부로 숙이지 않았지. 황족들에게도 말이야."

평이한 목소리로 말한 카라샤펠은 돈의 어깨를 다독이며 더욱 조용히 말했다.

"그러니 앞으로 누가 정말 서대륙에서 왔냐고 물으면, 그냥 노려봐. 그것만으로 충분할 테니. 허리 펴고."

돈은 천천히 허리를 펴고 떨리는 눈으로 황녀를 내려다봤다.

카라샤펠의 푸른 두 눈이 돈의 얼굴을 찬찬히 뜯어봤다.

"서대륙 마법사들은 두 손을 앞으로 모으지도 않아. 동대륙 생활에 적응했다고 하면 설명이 되겠지만, 너는 설명을 잘하는 스타일은 아닌 것 같으니."

저도 모르게 두 손을 앞으로 모으고 있던 돈이 황급히 손을 풀었다.

"앞으로 누가 의심하면서 시비 걸면 '로 마하탐.' 이라고 답해. 따라 해 봐."

돈이 두 눈을 이리저리 굴리며 주변의 눈치를 살피다 조심스럽게 입을 열었다.

"로 마하탐."

"잘했어."

그대로 뒤돌아 가려는 황녀의 뒤에 서서 우물쭈물하던 돈이 조심스럽게 황녀의 옷깃을 잡았다.

휙 돌아본 황녀의 푸른 눈을 마주하는 순간 겁을 집어먹을 뻔했지만 서대륙의 마법사들은 도도하게 굴었다는 말이 생각나 죽을힘을 다해 눈을 마주쳤다.

"저, 무슨 뜻인지……."

"로 마하탐. 도망자라는 뜻이야. 그런데 그냥 도망이 아니라, 원수를 찾아 죽이기 위해 오래 도망을 다녔다, 뭐 그럴 때 쓰는 말이지. 평소엔 아무도 안 쓰니 이름처럼 써먹진 말고. 누가 물어보면 그 검은 눈 부릅뜨고 대답하라고."

돈이 얼떨결에 고개를 끄덕이자 황녀는 제 옷을 잡고 있던 돈의 손을 매끄럽게 쳐 내곤 긴 복도를 뚜벅뚜벅 걸었다.

준비된 게스트 룸으로 들어가자 꽤 나이가 많은 하녀가 트레이에 차와 쿠키를 받쳐 들고 들어왔다.

"미천한 자가 제국의 작은 빛을 뵙습니다."

짧은 인사를 건넨 하녀는 창가의 테이블 위에 간식거리들을 올려놓았다.

"전하. 솔레아 아가씨가 전하께 차를 올리라고 하셨습니다."

"그래? 향이 좋군. 가 봐."

카라샤펠은 찻잔에는 손도 대지 않은 채 눈을 내리깔고 게스트 룸을 빠져나가는 하녀의 모습을 가만히 지켜보았다.

❋ ❋ ❋

"아좌씨!"

"왁! 깜짝이야. 누구십니까! 아니, 앤 아니냐! 다다음 주까진 휴일이 없어서 못 나온다고 하지 않았어?"

꽤 친한 단골인지 서점 사장은 앤을 보자마자 자리에서 일어나 카운터를 빠져나왔다.

둘은 두 손을 맞잡고 얼씨구절씨구 가볍게 스텝을 밟으며 춤을 춰 댔다.

"우리 귀하신 고객님. 오늘은 또 무슨 책을 사 가려고 오셨습니까~"

"으흥흥. 오늘도 우리 사장님 추천을 받으려고 왔지요~"

서점 사장은 허허 웃으며 잡고 있던 손을 빼낸 뒤 앤을 뒤쪽 서고로 이끌었다.

"안 그래도 어마어마한 게 잔뜩 들어왔다. 저거 읽으면 두 눈이 시뻘게져서 아마 다음 날까지도 잠을 못 잘 거야."

앤의 심장이 거세게 뛰었지만 오늘은 그런 책을 사러 온 게 아니었다.

"앤."

서점 밖에서 자신을 부르는 목소리에 앤은 펄쩍 뛰며 뒤돌았다.

"네! 아니, 어! 지금 찾고 있어!"

"누구야? 친구랑 같이 왔냐?"

"예…… 친구가 베르고에서 제일 다양한 책을 많이 취급하는 서점에 가고 싶대서요."

"으하하하! 당연하지! 내 가게가 좀 오래되긴 했어도 책 권수로만 따지면 아마 베르고에서 제일 많을 거다!"

큰 소리로 웃은 사장은 앤의 머리를 크고 거친 손으로 휘휘 쓰다듬고는 서점 밖에 서 있는 아가씨를 향해 걸어갔다.

"들어와! 자, 얼른!"

거침없이 손목을 잡아 안으로 이끈 사장은 커다란 망토를 뒤집어쓴 여자를 이리저리 살폈다.

"춥니? 아직 초가을인데. 옷을 두껍게도 입었구나. 모자는 벗어도 돼."

사장이 손을 뻗어 모자를 벗기려는 순간, 앤이 책장 옆에 쌓여 있던 책을 무너뜨렸다.

"아. 이. 고. 책. 이. 무. 너. 졌. 네. 어. 쩌. 면. 좋. 지."

"으이구, 이놈아. 너 공작가에서도 이렇게 일하면 잘리겠다, 앤."

사람 좋게 웃으며 앤에게 다가간 사장은 바닥에 쪼그려 앉아 책을 한 권씩 다시 쌓아 올렸다.

그러느라 앤이 베이지색 망토를 쓴 여자의 옆에 가서 무어라 속삭이곤 온 사자를 써서 매달리듯 말리는 건 하나도 보지 못했다.

정리를 마친 사장이 허리를 툭툭 치며 일어섰다.

"같이 온 친구는 낯을 많이 가리나 보구나. 보고 싶은 책 종류가 있니?"

안경을 쓴 여자가 생글생글 웃으며 말했다.

"사랑 이야기요. 차라리 심장을 쥐어뜯고 싶을 만큼 비극적이면 좋겠어요. 다 읽은 다음엔 책을 덮어 버린 내 자신이 원망스러울 정도로 슬픈 이야기요."

사장의 눈이 고요히 빛났다.

"그러니까……. 책을 덮어 버린 내가 그들의 이야기에서 혼자 도망쳐 버린 무책임한 사람처럼 느껴지고, 가슴이 저미다 못해 오히려 눈물조차 나오지 않는 먹먹한 이야기를 찾는구나?"

"네. 바로 그거예요. 신분 격차가 있거나, 한쪽이 사회적 냉대에 시달리는 거면 좋겠어요."

"딱 맞는 게 있지."

사장은 맨 위 칸까지 책이 빽빽이 꽂혀 있는 책장 사이로 들어가며 콧노래를 흥얼거렸다.

몇 분 뒤 사장은 책 더미 사이에서 한 권의 책을 뽑아 들고 돌아왔다.

책 제목은 「낙인」이었다.

"무슨 내용이에요?"

"에이, 그건 알려 주면 재미없지."

"에이, 설정만 말해 주세요."

책을 건네받은 앤의 친구가 곰살맞게 웃으며 물어 오자 사장은 어쩔 수 없이 입을 열었다.

"남자 주인공이 후작가에 입양되었는데, 양자로 들어간 지 얼마 안 되어서 후작이 잃어버렸던 친아들을 찾아."

"그래서요?"

"돌아온 친아들은 제 자리에 다른 소년이 있는 걸 보곤 몰래, 아니 이걸 말해도 되나?"

"괜찮아요! 말해 주세요!"

"후작 몰래 그놈을 노예로 팔아 버려. 소년은 가족들이 자길 버린 거라고 생각하지. 눈물 한 방울 흘리지 않고 담담한 표정으로 왼쪽 가슴에 노예의 낙인이 찍히는 그 장면은, 아. 내가 눈물이 나네."

"세상에나."

앤이 데려온 손님은 감성이 풍부한 듯했다.

입을 틀어막으며 눈을 내리까는 걸 보니 눈물을 참고 있는 것 같았다.

사장은 제가 쓴 책도 아닌데 괜히 뿌듯해졌다.

"그러다가 자기를 팔아 치운 게 후작이 아니란 걸 알게 돼. 그래서 희망을 갖고 후작가로 돌아가기 위해서 노력하고, 어떻게든 다시 그 땅을 밟아 보겠다는 일념 하나로 차마 눈물 없이는 볼 수 없을 만큼 고생하면서 모든 고통을 참아 내지."

"여자 주인공은 누군데요."

"그 노예의 주인이야."

"와우."

"주인이라기보다는, 남자 주인공을 사서 제 옆에 둔 거지. 왜냐하면 죽을 뻔한 위기에서 넝마를 뒤집어쓴 노예가 자길 구했거든. 여자 주인공은 우여곡절 끝에 남자 주인공의 사정을 알게 되고, 사랑에 빠져서 어떻게든 그를 후작가로 돌아가게 해 주려고 노력하는데……."

"하는데?"

"그 왜, 친아들이 있댔잖아. 그 빌어먹을 놈이 여자 주인공한테 청혼을 해."

"아니, 무슨 그런 삼각관계가."

"게다가 남자 주인공은 지워지지 않는 낙인 때문에 여자 주인공과 자기가 어울리지 않는다고 생각하고 도망쳐."

"아이고, 어쩌면 좋아."

"그러다가 여자 주인공한테 청혼한 상대가 자기를 팔아 치운 그놈인 걸 알게 되고……."

이야기에 집중했는지 주름이 질 정도로 망토를 강하게 움켜쥔 손님의 모습을 보자 사장 역시 신이 났다.

맘 같아서는 계속해서 줄거리를 1부터 100까지 떠들면서 손님의 반응을 보고 싶었다.

하지만 진짜 장사꾼이라면 여기서 참는 거지.

사장은 애서가의 욕망을 꾹 눌러 참으며 말했다.

"이다음은 직접 읽어 보렴."

"……한 줄로 요약하신다면?"

눈을 빛내며 묻는 손님의 질문에 사장은 천천히 눈을 감고 곰곰이 생각했다.

"……그 어떤 상황에서도 존엄을 잃지 않았던, 한 남자의……. 아니, 감히 동정조차 할 수 없었던 인간의⋯⋯. 그, 뭐랄까. 애잔하고, 서글프고, 낙원인 줄 알았던 곳마저 바닥이 무너지고⋯⋯."

"굉장히 슬프겠네요. 해피 엔딩인가요?"

사장은 씁쓸한 얼굴로 고개를 저었다.

"내가 그 소설 속 인물이었다면 혀를 깨물어서라도 그 남자를 행복하게 만들어 주고 싶은 심정이었다니까."

어라? 손님이 잠깐 웃은 거 같았다.

사장은 눈을 의심하며 다시 망토 속 표정을 살피려 했지만 그녀는 어깨를 축 늘어뜨리며 고개를 푹 숙여 버렸다.

"정말, ⋯⋯정말 슬프겠어요. 감정 이입도 잘되겠군요."

"그럼. 그걸 보고 나면 인류애가 솟아나서 가만있을 수가 없지."

다른 신파 소설도 몇 권 더 추천받은 망토 아가씨는 앤과 함께 들뜬 발걸음으로 서점을 나섰다.

손님들이 저렇게 새로운 이야기에 설레어 하는 모습을 보면 사장 역시 마음이 조금씩 부풀곤 했다.

"하, 정말 재밌는 책인데. 저 손님이 홍보라도 해 줘서 잘 팔렸으면 좋겠네."

하지만 누가 이런 후미진 서점까지 와서 옛날 책을 사겠어.

조금은 자조적으로 웃은 사장은 책장 위에 쌓여 있는 먼지들을 털어 냈다.

그리고 그는 딱 석 달 뒤, 서점 건물을 샀다.


저택으로 돌아간 솔레아는 빠르게 제 방으로 올라갔다.

"아가씨, 저녁은 안 드세요?"

"어, 방으로 갖다줘. 이 책들 좀 읽게."

"흠, 같이 먹었으면 좋겠는데."

어느새 열린 방문 너머에 서 있는 카라샤펠이 눈썹을 늘어뜨리고 말했다.

그리고 어쩐 일인지 그녀의 뒤에 그레이까지 서 있었다.

"나도 솔레아랑 저녁 같이 먹고 싶은데."

두 사람의 강력한 아우라에 앤은 고개를 꾸벅 숙이곤 '말씀 나누세요.'라는 말을 남긴 뒤 빠르게 사라졌다.

책상에 앉으려던 솔레아는 엉거주춤 선 채로 말을 더듬으며 그들에게 물었다.

"……왜, 왜 어쩌다 둘이 친해졌어? 설마."

카라샤펠은 특유의 오만한 미소를 지으며 그레이의 어깨에 손을 올렸다.

"생각보다 마음이 잘 통하더군. 그래서……."

"그래서……?"

책을 쥐고 있는 솔레아의 이마에 식은땀이 흘렀다.

어차피 1년이 되기 전에 돌아갈 생각이었고, 여기 사람들은 진짜 가족도 아니었지만, 그래도 자신을 소중히 대해 준 사람들인데. 저 무시무시한 황녀에게 넘겨도 될까. 그레이는 정말 괜찮은 건가?

머릿속이 복잡해졌다.

황녀가 나쁜 사람처럼 보이진 않았지만 무서운 사람인 건 확실했다.

"친구로 지내기로 했다."

"아아. 아. 아. 아, 놀랐잖아요!"

안도의 한숨을 몇 번에 나눠 뱉은 솔레아가 버럭 소리를 지르자 황녀가 고개를 까딱 기울였다.

"그리 안심하는 모습을 보니 서운하네. 그레이 공자, 혹시 아직 마음에 둔 사람이 없다면 나와."

"에벨레벨레우와아악. 안 들린다. 으어어억. 못 들었습니다. 전하. 에베베베. 우워어어."

두 귀를 퍽퍽 때리며 솔레아의 방으로 들어간 그레이는 솔레아의 어깨에 팔을 두르며 책을 빼냈다.

"독서는 나중에 하고, 저녁 먹으러 가자."

"아니, 둘이 어쩌다 친해진 건데. 아니, 전하. 전하는 왜……. 왜 우리 오빠를……?"

"걱정 마라. 랏샤라 부르라고 허하진 않았다."

"제가 지금 그 말씀 드리는 게 아니잖아요."

그레이에겐 어깨동무를 당하고, 황녀에겐 손목을 붙잡힌 상태로 솔레아는 정찬실로 향했다.

복도를 걸어가는 내내 어떻게 친해졌냐고 물었지만 둘은 말이 없었다.


몇 시간 전, 정원을 거닐던 랏샤는 혼자 책을 읽고 있는 그레이를 발견했다.

"공작가 사람들은 다들 책을 좋아하나 봐."

"아, 전하. 이건 재활에 관련된 건데 솔레아가 오래 누워 있어서 여기저기 굳은 근육이 많은지라……. 설마 솔레아의 책을 보셨습니까?"

"어떤 책. 책상 위에 즐비하게 늘어놓은 각종 교양서적과 학문서들? 아니면…… 침대 옆 서랍에 있는 음란 서적?"

그레이가 한숨을 내쉬며 책을 테이블 위에 내려놓고 두 손으로 거칠게 마른 세수를 했다.

그것만으론 부족했는지 큰 손으로 적갈색 머리카락을 마구 헝클어뜨리기까지 했다.

"전하. 솔레아가 어릴 때 많이 아파서 세상에 대한 호기심이……. 그, 다양한 호기심이 조금, 과한 것뿐이지. 크게 문제 있는 애는 아닙니다."

"오, 자네도 읽어 봤나 본데. 책 주인이 공자인가?"

그레이가 저도 모르게 질색하는 눈으로 황녀를 노려봤다.

"……솔레아가 읽어 달라고 해서 낭독을 해 줬을 뿐이지. 제 손으로 그런 걸 사 읽은 적은 없습니다."

"그럼 빌려 읽은 적은 있고?"

"전하. ……말을 거신 이유가 있으실 거 아닙니까."

"까칠하긴."

살짝 웃은 황녀는 다시 차분한 눈으로 그레이를 바라봤다.

멀뚱멀뚱 회색 눈동자를 깜빡이는 젊은 청년에게선 독기라곤 1g도 느껴지지 않았다.

황녀는 다시 장난기 어린 얼굴로 그레이에게 물었다.

"헤이먼 형이 좋아, 솔레아가 좋아?"

"……다섯 살 난 애한테 묻듯이 질문하십니까. 제겐 다 귀한 형제들입니다."

"공작과 비슷한 답을 하는군."

안일하게도.

황녀는 아까 하녀가 방으로 가져다줬던 차를 마시지 않았다.

사람의 얼굴을 뚫어지게 보는 습관이 있어 얼굴을 잘 기억하는 편인데, 이상하게 그 하녀가 나간 순간부터 그녀의 얼굴이 전혀 생각나지 않았다.

누가 개수작을 부리고 있구나.

들고 있던 찻잔을 입에 갖다 대기 직전에 카라샤펠은 찻잔을 내려놓았다.

그러고는 손수건에 찻물을 부어 적신 후 창을 열어 내밀자 어둠 속에서 나타난 손이 그것을 받아 들었다.

"독이냐?"

냄새를 맡은 뒤 살짝 혀를 대 본 소년이 고개를 흔들며 답했다.

"아닙니다."

"……이상한데."

"메리에게 가져가 볼까요?"

"마력이란 뜻이냐?"

"독이 아닌데 전하께서 괴이하다 느끼셨다면 마력일 가능성이 높지 않습니까."

"메리에게 답을 듣자마자 곧장 돌아와라."

그리고 산책을 나오기 직전에 황녀는 답을 받았다.

「불길한 마법에 휩싸여 있으나 목숨이 위험한 정도는 아닙니다. 자세한 것은 더 알아봐야 합니다. 날이 밝기 전에 연락드리겠습니다.」

황녀가 쪽지를 확인하자마자 글자들이 휘발되어 사라지고 이내 종이마저 공중으로 흩어져 버렸다.

카라샤펠은 창문을 통해 공작저의 너른 정원을 살폈다.

나를 노리는 게 아니다.

나를 통해 솔레아를 쳐 내려는 것이다.

대체 누가, 왜 솔레아를 노리는 거지? 공작가의 공녀일 뿐 아직은 아무런 입지도 없는데.

황녀는 머리를 흔들었다.

이유가 중요한 게 아니다. 행동과 그에 따른 결과만 있을 뿐이다.

솔레아를 노리는 이가 있다.

황녀는 가만히 머리를 굴리며 손톱 끝을 테이블에 똑똑 두드렸다.

누군가는 솔레아의 곁에 딱 붙어서 모두의 목에 검을 겨누고 의심해야 한다.

망설임 없이 단번에 숨통을 끊을 수 있는 자가 필요하다.

공작은 살아온 날만큼 의심이 두텁겠지만, 일거수일투족을 감시하기엔 부적합하다.

차에 마력이 담겨 있던 걸로 봐선 헤이먼 공자도 완전히 무관하다고 판단할 순 없었다.

티온 공자는 건방진 제 부하의 목도 치지 못하는 심약한 자니 제쳐 두고.

카라샤펠은 그레이를 노렸다.


"그레이 공자."

"예, 전하."

"누군가 내게 독이 든 찻잔을 줬어."

"……누가 솔레아를 노립니까?"

"왜 그렇게 생각하지?"

황녀가 흥미롭다는 듯 그레이에게 시선을 집중했다.

"전하가 솔레아를 곁에 두고 싶어 할 만큼 아끼신다는 건 최근에 사교계에 조금이라도 들락거린 사람이라면 누구든 알 수 있을 텐데 굳이 우리 집에 오셨다가 변을 당하셨다면, 꼭 솔레아가 의도하고 전하께 접근한 것처럼 보이지 않겠습니까. 그걸 노리고 차에 독을 탄 거겠죠. 아니면……."

얘기를 가만히 듣고 있던 황녀가 갑작스러운 침묵에 고개를 드는 순간 노란 머리카락이 금실처럼 눈앞에 산들거리며 떨어졌다.

그레이가 뽑아 든 칼이 황녀의 앞머리를 살짝 자른 것이었다.

"전하가 베르고를 잘라 내기 위해 꾸미신 일일 수도 있지요."

황녀는 생글거리며 제 목을 겨누고 있는 그레이의 검을 손가락으로 톡 쳐 냈다.

"확실한 것은 솔레아가 위협받고 있다는 것. 그리고 조력자가 이 집 안에 있다는 거다."

"……그걸 제게 말씀해 주시는 이유가 뭡니까?"

황녀는 가만히 그레이를 바라보며 말했다.

"내가 사람 하나는 잘 보거든."

랏샤는 태연하게 그레이의 맞은편 의자에 앉았다.

"사람의 목을 겨누는 데 거리낌이 없군. 전쟁엔 자네가 나갔어도 됐겠어."

"제겐 저의 할 일이 있습니다."

그레이는 제 검을 만지작거리며 스스로에게 말하듯 되뇌었다.

"솔레아를 지키는 것. 그게 이 저택에서의 제 일입니다."

카라샤펠은 만족스럽게 미소 지으며 공작이 있는 방을 올려다봤다.

"공작이 들으면 울겠군. 꽤 귀하게 키운 것 같았는데."

"이게 은혜를 갚는 길입니다."

"……상대가 누구라도?"

"누구라도."

그레이의 회색 눈이 고요히 빛났다.

황녀는 흡족하게 웃으며 그레이에게 악수를 건넸다.


넓은 식탁 위에는 세 명분의 식사만 준비돼 있었다.

솔레아는 식당에 서 있는 하녀에게 물었다.

"공작님은?"

"공작님은 업무가 바쁘셔서 집무실에서 식사를 하고 계세요."

"라트엘이랑?"

"예, 보좌관님도 거기서 함께 밀린 업무를 보고 계십니다."

"티온이랑 헤이먼은?"

"티온 도련님은 아직 연무장에 계시고, 헤이먼 도련님은 피로하신지 쉬겠다고 하셨어요."

"아니, 그래도 사람이 밥은 먹어야지."

솔레아가 둘을 데려오려고 몸을 돌렸지만 금방 황녀에게 잡히고 말았다.

"티온 공자는 너 겁준 놈들 벌주고 있으니 내버려 두고, 헤이먼 공자는……. 내가 와서 긴장했나 보지."

"전하, 언제 궁으로 돌아가실 건데요?"

"섭섭하게 왜 이래."

솔레아의 등을 퍽 소리가 나도록 친 황녀가 식탁으로 걸어가자 그레이가 실수인 척 황녀에게 발을 걸었다.

뒤에서 보고 있던 솔레아가 어, 하고 소리를 내려던 순간 카라샤펠은 아무렇지 않게 그레이의 발을 폴짝 뛰어넘었다.

"시비를 걸 거면 머리를 써, 공자."

"제 동생 때리지 마세요."

"애정의 손길이지."

"두 번 좋아했다가는 목 치시겠습니다."

"그러게. 이렇게 된 김에 공자를 두 번 좋아할까 봐."

"한 번도 좋아하지 마십시오."

어라, 둘이 친한 게 아닌 건가.

솔레아는 머리를 갸웃거리며 두 사람 사이에 앉았다.

그레이 한 명만 있어도 시끄러운데 카라샤펠 황녀까지 더하니 정신이 없어서 밥이 입으로 들어가는지 코로 들어가는지도 모를 지경이었다.

"버섯을 먹어, 솔레아. 이거 몸에 좋아."

"버섯은 됐으니 고기를 먹어, 영애. 사람은 고기를 먹어야 건강해지지."

"고기 다 지방이야. 그건 조금만 먹고 버섯이랑 야채 챙겨 먹어. 버섯이 단백질이야. 내가 책에서 봤어."

"기력이 없을 땐 고기가 최고야. 입 열어. 내가 먹여 줄 테니."

"레아. 오빠 말 들어."

"영애도 다 컸는데 오빠한테 잔소리 듣고 싶진 않지?"

"난 너 생각해서 하는 말이야. 감자도 좀 먹고. 오늘 왜 이렇게 못 먹어. 먹여 줄까? 자, 아 해."

"먹여 주는 건 내가 할 테니 공자는 나가 있는 게 어때."

"전하는 이만 환궁하시는 게 어떠십니까."

"악!"

더 이상 참지 못한 솔레아가 두 사람의 손을 쳐 냈다.

"왜들 이래요, 진짜! 체하겠네!"

"체하면 내가 밤새 등을 두드려 줄게. 걱정 말고 입 벌려."

"전하는 환궁 안 하십니까?"

"뭐 어때. 여자인 친구끼린 잠옷 입고 함께 밤도 보낸다더라고. 난 엄한 집안에서 자라 그런 건 못 해 봤지만."

솔레아가 황당하다는 듯 황녀를 바라봤다.

그게 집이 엄해서겠어요. 그냥 당신이 황녀라서 그런 거지.

이 와중에 그레이가 끼어들었다.

"등 그거 내가 두드려 줄게."

"다 큰 오빠가 동생 방에 들어와서 함께 밤을 보내겠다고? 세상에. 피가 안 섞였다고 아주 자유분방한 사고방식을 가지고 있군."

황녀가 제 관자놀이를 툭툭 치며 말하자 그레이의 얼굴이 일그러졌다.

"저 그딴 농담 아주 싫어합니다. 그럴 생각도 없고요."

"있으면 큰일이지. 안 그래, 앤?"

시중을 들고 있던 앤이 화들짝 놀라 뒷걸음질 치다가 물을 한 바가지 엎지르고는 사라졌다.

솔레아가 한숨을 내쉬며 다시 이마를 짚었다.

"전하. 앤은 또 왜 부르셨어요. 정신없어 죽겠네."

"내가 네 등을 밤새 두드려 주겠다고 할 때부터 목이 시뻘게져서 힐끔거리더라고. 좋아하는 분야가 확고한 친구인 거 같던데."

솔레아가 앤이 사라진 방향으로 잠깐 눈을 부라리다가 고개를 숙였다.

그러곤 얼른 다시 번쩍 얼굴을 들고 말했다.

"전하! 아니, 랏샤!"

갑작스레 불린 애칭에 황녀가 놀란 눈으로 솔레아를 바라봤다.

"어, 나? 왜?"

"랏샤는 저녁만 드시고 이만 돌아가세요."

"며칠 있고 싶었는데 하루도 안 재워 주고 돌려보내는 거야? 너무 야박하네."

"랏샤가 제 옆방에 있으면 신경 쓰여서 못 잘 거 같아요."

"날 신경 쓰고 있었어?"

"아니, 그런 얘기가 아니라."

말을 하는 도중에 의자가 드르륵 소리를 내며 밀려났다.

어라, 하며 돌아보니 그레이가 위기감을 느꼈는지 솔레아가 앉아 있는 의자째로 제 쪽으로 당긴 거였다.

그레이가 조용히 솔레아의 어깨를 뒤에서 감아 안으며 황녀를 노려봤다.

"내가 여동생을 물어 가기라도 하나. 짐승마냥 보기는."

황녀는 코웃음을 치며 다시 식사를 시작했다.

"그래도 자고 갈 거야. 친구네 집 놀러 왔는데 그 정도는 하고 돌아가야 나도 보람이 있지."

"……그럼 진짜로 내일은 돌아가세요."

"알았어."

"약속했어요."

"알았다고."

"손가락 걸어요."

솔레아의 어깨에 놓인 그레이의 두 팔이 움찔 떨렸다.

그러고 보니 나이프로 고기를 자르던 황녀의 두 손도 멈춘 상태였다.

내가 말을 잘못했나?

솔레아는 새끼손가락을 내민 상태로 두 사람의 동태를 살폈다.

몇 초 뒤 황녀는 꽤나 비장한 눈으로 솔레아가 내민 새끼손가락을 보다가 시선을 올려 그녀의 눈을 바라봤다.

"알았어. 내일까지 방을 비우지 않으면…… 내 손가락은 네게 주지. 그거 없다고 업무에 지장이 생기는 건 아니니까."

"예? 그게 무슨……."

"됐어. 난 약속은 반드시 지키니까."

카라샤펠은 꽤 진중한 목소리로 중얼거렸다.

"역시 담대하군. 황녀에게 손가락을 내놓으라고 하다니."

뭔가 오해가 생긴 듯했지만 그냥 내버려 둬도 될 것 같아 솔레아는 일단 식사를 재개했다.

배가 너무 고팠다.

식사를 마친 솔레아는 냉큼 방으로 올라가 책을 읽었다.
가독성도 좋고 몰입도도 높아 읽는 데 그리 긴 시간이 걸리지 않았다.
마지막 장을 덮는 순간 귓가가 요란스러워지기 시작했다.

'재밌다!'

'나 쪼끔 울었어!'

'난 쪼끔 많이 울었어!'

'이거 꼭 아가 불곰 얘기 같아!'

'남자 주인공 자존감이 낮은 거 보니까 분홍 머리 같은데?'

'아니야! 슬픈데도 애써 웃는 걸 보면 꼬마 호랑이 얘기 같아.'

'바보들아. 노예 얘기니까 주눅 든 왕강아지잖아!'

"너희 언제 왔어. 그리고 주눅 든 왕강아지가 누구야?"

'마법사인 척하는 노예 얘기지.'

아, 돈.

솔레아는 고개를 끄덕였다.

"너희 별명이 왜 다 그런 식이야? 아가 불곰, 꼬마 호랑이, 주눅 든 왕강아지."

'아가 불곰은 우리보다 한참 어리니까 아가지!'

'맞아!'

"그럼 꼬마 호랑이는? 그건 누군데. 설마 그레이?"

'응. 꼬마 호랑이는 몸에 흉터가 많으니까 꼬마 호랑이!'

'몸이 큰데 항상 축 처져 있으니까 주눅 든 왕강아지!'

자기네들 나름대로 일리가 있는 별명이었는지 정령들은 귓가에서 한참 '맞아, 맞아.' 하며 떠들었다.

"……애런 황자가 어떻게 처형된 거야? 난 설마 처형까지 갈 줄은 몰랐어."

'어떻게냐고?'

'공작이 목을 쳤지!'

'검을 꺼내는 것도 안 보였어!'

'엄청 빠르게!'

'휘잉, 하고!'

'맞아. 휙! 하고!'

"공작님이 애런을 직접 처형했다고? 어떻게 그런 일이 생긴 거야? 그게 가능이나 해? 공작가는 무사해?"

잠깐 조용하던 정령들이 대수롭지 않다는 듯 답했다.

'우리는 많은 걸 하진 않았어.'

'마음 깊은 곳에 있는 말을 솔직하게 뱉도록 했어.'

'응. 그게 다야.'

'공작이 엄청 크게 화를 냈어!'

'분노가 눈에 보일 정도로 왕 크게 일렁거렸어!'

'그래도 참았어!'

'맞아! 참았어!'

'황녀가 막았거든!'

'황녀가 안 막았으면 황제도 죽었을 거야!'

'황궁에서 살아 움직이는 모든 걸 죽였을 거야!'

'주인 잃은 마력들이 모두 자연으로 돌아갔을 거야!'

'다행이야. 황녀를 성공적으로 길들여서.'

'축하해. 임시 주인!'

'이제 황녀는 네 거야!'

황녀가 제 것이라는 건 전혀 납득할 수 없는 결론이었지만 정령들의 말로 대충 상황을 짐작할 수 있었다.

음침한 애런이 공작가를 무시하는 말을 했겠지.

그에 화가 난 공작이 애런을 죽이려 했고, 황녀가 막고, 아마 정식으로 재판이 끝난 뒤 공작이 직접 처형을 집행했을 것이다.

생각을 끝낸 솔레아는 짙은 한숨을 내뱉었다.

"……공작님이 무사히 돌아오셔서 다행이긴 하지만 나 때문에 황자가 죽다니. 난 어쨌든 돌아가야 하는데."

갑자기 정령들이 뿅 하고 모습을 드러냈다.

뽀얀 얼굴들이 순식간에 울상이 됐다.

"임시 주인! 돌아가?"

"가지 마!"

"여기 있어!"

손가락과 팔, 어깨, 양 볼로 포르르 날아와 찰싹 달라붙은 정령들이 칭얼대기 시작했다.

마치 이렇게 붙잡고 있으면 솔레아가 가지 못한다고 생각하는지 두 눈까지 질끈 감은 채였다.

"가지 마! 임시 주인!"

손바닥만큼 작은 정령들이 볼이 짓눌릴 정도로 꼭 붙잡고 말을 하자 솔레아의 얼굴에 웃음기가 서렸다.

"가야지. 내 자리도 아니잖아. 그리고 너희들 말처럼 난 임시고."

정령 중 하나가 울먹거리며 솔레아의 눈앞으로 날아왔다.

"우리 주인 곧 깨어날 것 같아. 그럼 우리가 주인한테 물어볼게. 임시 주인도 우리 주인이니까 여기 있으라고 말할게."

"뭐?"

솔레아가 두 눈을 동그랗게 뜨고 되물었다.

"너희 주인이 깨어날 것 같다고? 자고 있다며?"

"응. 그런데 느껴져. 주인이 아주 쪼오끔 움직였어."

다른 정령들이 엉덩이를 좌우로 둥실둥실 흔들며 대답했다.

"맞아! 우리 주인 일어나면 다 같이 파티 하자!"

"그러자!"

"임시 주인의 양모에 마력을 넣어서 모두 따듯하게!"

"통롤러도 많이 만들어야지!"

"여기 영지 사람들 다 튼튼해지라고 행복한 마력 잔뜩 넣어야지!"

들뜬 정령들과는 달리 솔레아의 얼굴은 다소 무거워졌다.

"남의 자리에 앉아 있었는데…… 진짜 주인이 돌아오는구나."

침울한 솔레아의 말투가 신경 쓰였는지 정령 하나가 날아와 그녀의 머리카락을 쓰다듬었다.

"우리 주인도 너를 좋아할 거야."

"왜? 자기 자리를 뺏은 나를 좋아할 리가 없잖아."

솔레아의 말이 의아한 듯 정령들은 동시에 같은 방향으로 머리를 기울였다.

"왜 그런 생각을 해?"

"왜 모두가 임시 주인을 미워할지도 모른다고 생각해?"

"마력은 없지만, 안이 텅 비었지만 그래도 임시 주인은 따듯한 사람이야."

"맞아!"

"우리 심심할까 봐 책도 꺼내 주고!"

"주인이 잠든 동안에 우리가 잊히지 않도록 목소리도 들어 주고!"

"무서워하지 않고 웃어 줘!"

"물론 조금 무섭게 생겼지."

"에이. 많이 무섭게 생겼지."

"그건 그래."

"맞아!"

저들끼리 까르르 웃는 모습을 보아 하니 방금 전의 걱정이 별일 아닌 것처럼 느껴졌다.

솔레아는 잔잔한 미소를 머금은 채 서랍 속에서 일기장을 꺼냈다.

아무리 봐도 쾌락 어쩌구 황녀처럼 보이지 않았다.

솔레아는 일기장을 펼쳐 아직 반절이나 넘게 남은 하얀 종이를 보며 그들에게 말했다.

"일단 돌아갈 방법은 있으니까 그날이 오기 전까지 노력할게. 상단들이 까탈만 안 부리면 좋을 텐데."

"우리가 도와줄까?"

"단주들의 정신을 빼앗아 임시 주인의 말 한마디면 죽을 수도 있는 인형으로 만들어 줄게!"

"응! 우리가 해 줄게!"

방긋방긋 웃는 얼굴로 무시무시한 소리를 하는 정령들을 보며 솔레아는 손을 휘휘 저었다.

"아냐. 그렇게까지 할 필요 없어. 내 힘으로 할 수 있어. 해낼 거야."

어라, 이 말……. 어디서 들어 본 것 같은데?

하지만 아무리 생각해도 떠오르지 않았다.

한참 생각하던 솔레아는 결국 포기하고는 일기장을 읽으며 키득거리는 정령들에게 말했다.

"단주들을 인형으로 만들 필요는 없는데, 해 줬으면 하는 건 있어."

"뭔데?"

"뭐야?"

"알려 줘!"

때마침 정원에서 마력으로 조명을 밝혀 솔레아의 얼굴에 비스듬히 그림자가 졌다.

입꼬리를 올려 웃는 솔레아의 얼굴이 악랄하기 그지없어 해맑게 묻던 정령 중 하나는 겁에 질려 그만 눈을 질끈 감고 말았다.

솔레아는 정령들에게 두 가지를 명령, 아니 부탁했다.

첫째, 양모를 독점 판매 하고 싶다고 편지를 보냈던 단주들이 동시에 찾아오도록 할 것.

둘째, 소설 「낙인」을 쓴 사람을 찾아 줄 것.

"그거면 돼?"

"정말 그거면 돼?"

"너무 간단해서 조금 놀랐어."

"응, 왜냐하면 임시 주인 얼굴은 단주들을 동시에 죽일 것 같았는데!"

"응, 소설을 쓴 사람도 찾아 죽일 것 같았는데!"

"맞아."

가차 없는 평가에 솔레아의 얼굴이 일그러졌다.

"대체 언제까지 이 얼굴 험악하게 생겼다고 그럴 거야. 솔레아가 햇빛을 못 봐서 좀 하얗고 말랐을 뿐이지, 거울 보니까 그렇게 못되게 생기지도 않았던 데. 티온이 제일 무섭게 생겼지."

문밖에서 쿵, 소리가 들렸다.

놀란 정령들이 순식간에 모습을 감추고 사라졌다.

솔레아가 냉큼 방문 앞으로 걸어가 문을 벌컥 열자 거대한 벽이 나타났다.

"……어?"

자세히 보니 벽이 아니라 가슴이었다.

더 자세히 보니 티온이었다.

하긴 이 저택에서 가슴이 이 정도로 광활한 사람은 티온뿐이지.

솔레아는 고개를 들어 티온의 얼굴을 바라봤다.

"어쩐 일이야?"

하지만 티온은 말없이 눈을 아래로 내리깔고만 있었다.

"티온 왜 그, 악!"

침울하게 처져 있는 티온의 바로 옆에 한 남자가 쓰러져 있었다.

"사, 사, 사람을 죽인 거야?"

"……아니."

티온은 허리를 숙여 기절해 있는 남자의 뒷덜미를 잡아 들어 올렸다.

입을 벌린 채 침까지 줄줄 흘리고 있는 남자는 낮에 솔레아를 위협했던 조쉬였다.

티온은 조쉬의 귓가에 대고 낮은 목소리로 으르렁거리듯 그의 이름을 불렀다.

"조쉬."

조쉬는 파드득 떨며 눈을 뜸과 동시에 소리쳤다.

"죄송합니다!"

"어?"

당황한 솔레아의 얼굴을 본 조쉬는 여기가 어디인지 제대로 분간이 안 가는 듯 주변을 두리번거렸다.

티온에게 잡혀 몸이 공중에 떠 있는 상태라 팔다리가 맥없이 흔들렸다.

악몽이라도 꾸다가 깬 것처럼 조쉬는 벌겋게 열이 오른 얼굴로 연신 눈을 빠르게 깜빡였다.

티온이 다시 조쉬에게 속삭였다.

"조쉬. 사과."

티온은 그를 내던지듯 내려놓았다.

마치 사냥을 마치고 돌아와 사냥감을 내팽개치는 것 같은 동작이었다.

서 있을 힘도 없는지 조쉬는 복도에 털썩 주저앉더니 숨을 몰아쉬며 솔레아에게 사과했다.

"아가씨, 헉, 흐, 죄, 죄송합니다. 아까는 제가 너무 건방졌어요. 죄송합니다. 용서해 주세요. 다시는 그러지 않겠습니다. 정말 죄송합니다."

갑작스러운 상황에 놀란 솔레아가 무어라 말을 잇지 못하고 있자 티온의 피처럼 붉은 눈동자가 조심스럽게 솔레아를 향했다.

"……모자라?"

"응?"

얼이 빠져서 제대로 듣지 못해 되물은 거였는데 티온은 그걸 '응.' 이라고 알아들었는지 고개를 얕게 끄덕였다.

그러고는 무릎을 꿇고 있던 조쉬의 뒷덜미를 다시 붙잡아 올렸다.

"가자, 조쉬."

"잠, 잠깐, 잠깐만요. 아가씨! 죄송해요! 정말 죄송합니다! 한 번만 용서해 주세요! 아가씨! 제발요!"

"조용."

인상을 찌푸린 티온의 흉터가 일그러졌다.

마치 저승사자에게 끌려가기라도 하는 것처럼 조쉬는 허망하고 슬픈 얼굴로 눈물을 주룩주룩 흘려 댔다.

천천히 눈을 감는 그의 입에서 작은 목소리로 유언 같은 말이 흘러나왔다.

"정말…… 죄송합니다. 아가씨."

"기다려, 티온!"

이제야 상황 파악이 된 솔레아가 다급하게 복도로 뛰쳐나갔다.

웬만한 아이 허벅지만 한 팔뚝으로 조쉬를 끌고 가던 티온이 우뚝 멈춰 섰다.

"조쉬, 알았어. 용서해 줄게."

그제야 티온이 조쉬를 내려놓았다.

쿵 소리와 함께 바닥으로 쓰러진 조쉬가 얼른 다시 무릎을 꿇고 눈물을 흘리며 인사했다.

"감사합니다. 진짜, 정말 감사합니다. 아가씨. 너무 감사합니다."

그걸로도 모자랐는지 조쉬가 손을 뻗어 솔레아의 발목을 잡으려 했다.

그 순간 티온이 조쉬의 손목을 살짝 지르밟았다.

힘이 들어가진 않았는지 비명을 지르진 않았지만 조쉬의 얼굴이 귀신이라도 본 것처럼 하얗게 질려 버렸다.

"손은 대지 말고."

"……죄송합니다."

허둥거리며 손을 빼낸 조쉬가 티온과 솔레아의 눈치를 살피다가 주춤주춤 일어섰다.

"조쉬. 이제 정말 괜찮으니까 가 봐."

솔레아의 말에도 조쉬는 티온의 눈치를 살피며 쉽사리 발을 떼지 못했다.

티온의 얼굴이 전에 없이 일그러졌다.

부릅뜬 두 눈과 악문 턱에서 금방이라도 터질 것 같은 분노가 느껴졌다.

"가라고 하잖아."

차마 발이 떨어지지 않는 듯 조쉬는 멍하니 놀란 눈으로 티온을 올려다보고 있었다.

갑자기 짝 소리가 복도에 울려 퍼졌다.

"왜 자꾸 사람을 겁줘!"

솔레아가 티온의 팔뚝을 때렸다.

티온은 커다란 눈을 끔뻑이며 솔레아를 바라봤다.

"티온. 아니, 큰오빠. 내가 뭐라고 했어? 너 이목구비 때문에 조금만 인상 써도 엄청 무섭게 생겼다고 했잖아."

티온은 아주 작은 목소리로 '응.' 하고 대답했다.

"조쉬가 물론 잘못했지만! 물론 그 자리에 있었는데도 말리지 않고 히죽거리던 네 기사들 다 잘못했지만! 그래도! 사람을 이렇게 곤죽이 될 때까지 혼내면 어떡해."

"……응."

"전우라며. 같이 전쟁도 나갔다 왔는데 귀하게 여겨야지. 아니, 뭐 물론 나도 사과받았으니까 하는 말이지만. 어, 티온 알아들었어?"

"……조쉬가 잘못한 거고, 내 사병이니까 벌준 건데……."

"그래도 사람을 이렇게 트라우마 생길 정도로 괴롭히면 안 돼. 얼마나 무섭겠어. 이거 봐. 조쉬 지금 오줌 싸고 있잖아!"

아, 참은 줄 알았는데.

저도 모르게 힘이 풀렸는지 어느새 조쉬의 바지가 척척하게 젖어 있었다.

조쉬를 돌아본 티온의 흉터가 한 번 더 흉하게 구겨졌다.

"감히, 누구 방 앞에서……."

짝!

솔레아가 다시 티온의 등짝을 후려쳤다.

"또, 또! 또, 눈 그렇게 뜬다! 사람 겁주지 말라니까! 오빠는 덩치도 크고, 무섭게 생겨서 사람들이 겁먹는다고!"

"……그래도, 얘가……."

"이거야 그냥 사람 불러서 치우면 되지!"

"네 방 앞이잖, 솔레아?"

솔레아의 두 눈에 투명한 물이 잠깐 일렁였다.

놀란 티온이 손을 뻗으려 하자 솔레아는 움찔 놀라 버렸다.

티온의 눈꼬리가 아래로 처졌다.

"티온, 난, 인상 쓰면서 말하는 남자가 너무 무서워. 그래서 난 오빠가 그런 사람이 안 됐으면 좋겠어."

진심을 담아 또박또박 말하는 솔레아의 말에 티온은 고개를 천천히 끄덕였다.

굳게 닫혀 있던 티온의 입꼬리가 어색하게 올라갔다.

"……이제 웃을게. 그러니까 울지 마."

티온이 손을 뻗어 솔레아의 머리를 어색한 손길로 툭툭 도닥이다가 살짝 허리를 숙여 솔레아를 살폈다.

"……무서워?"

솔레아는 티온을 살포시 안으며 작은 목소리로 말했다.

"너 다정하고 착한 사람인 거 아니까 그렇게 무섭게 하지 마. 알았지?"

솔레아의 머리를 쓰다듬느라 팔을 뻗은 그대로 굳어 버린 티온이 고개만 세차게 끄덕거렸다.

"사람들 겁주면 안 돼. 난 정말로 위압적이게 소리 지르고, 인상 쓰는 남자가 싫어. 무서워."

티온이 뻣뻣하게 굳은 목을 겨우 움직여 끄덕거리는 동안 솔레아는 살짝 머리를 움직여 티온의 뒤에 서 있는 조쉬에게 손짓했다.

가.

가라고.

'가! 좀 가! 가라고!'

겨우 솔레아의 입 모양을 본 조쉬가 총이라도 맞은 것처럼 크게 몸을 떨더니 허리를 깊이 숙여 인사하곤 도망치듯 사라졌다.

솔레아는 그제야 티온의 품에서 빠져나왔다.

숨을 참고 있었는지 티온이 긴 숨을 몰아쉬었다.

"조쉬는······."

"조쉬 내가 보냈어. 왜?"

"아, 매달려 있는 애들 풀어 주라고 말하려고······ 했는데······."

"······사람을 매달아 놨어?"

놀란 눈으로 솔레아가 올려다보자 티온이 두 손을 짤짤 흔들며 급히 덧붙였다.

"아니야! 웃으면서 매달았어!"

사람을 웃으면서 매달았다고?

솔레아가 당황스러운 눈으로 가만히 보고만 있자 티온이 발을 종종거리다가 조심히 물었다.

"······보러 갈래?"

"사람 매달아 놓은 걸 보러 가자고?"

"······네가 너무 무서워하니까······."

쿡 찌르면 와르르 무너질 것처럼 티온이 시무룩해진 탓에 솔레아는 어쩔 수 없이 티온의 뒤를 따랐다.

티온의 기사들은 한여름처럼 땀을 흘리며 아직도 연무장을 돌고 있었다.

피구에 참여했던 이들은 거대한 나무 기둥 꼭대기에 매달려 있었다.

"멈춰."

티온의 짧은 명령에 연무장을 돌던 이들이 겨우 멈추고는 흙바닥으로 쓰러졌다.

"내려."

티온이 나무 기둥을 가리키며 다시 명령하자 물 위로 건져 올린 참치처럼 가쁘게 숨을 쉬던 이들 중 몇몇이 자리에서 일어나 나무 기둥 아래로 갔다.

도르래를 줄줄 돌려서 사람들을 내리자 그들은 정신을 차리지 못하고 휘적거리다가 이내 솔레아를 발견하고 머리를 바닥에 처박았다.

"죄송합니다, 아가씨."

"진짜, 진짜로 죄송합니다."

"다시는……. 다시는 그러지 않겠습니다."

사과가 줄줄 이어지는 동안 티온은 솔레아의 눈치를 살피다가 어색하게 웃어 보였다.

"티온……. 사람을 매달아 놓고 웃으면 어떡해."

솔레아의 말에 티온의 눈꼬리가 다시 아래로 힝구 내려갔다.

"그래도, 날 위해서 화내 줘서 고마워."

시선을 내리깔고 있던 티온이 눈을 반짝 뜨고 솔레아를 바라봤다.

"그래도 다음엔 이렇게 화내면 안 돼. 다들 너랑 같이 힘든 전쟁을 다녀온 사람들이잖아."

"응."

"오늘은 좀 심했어."

"그래도……."

"심했어."

"……응."

기사들이 아까의 조쉬처럼 어리둥절한 표정으로 멍하니 서 있기만 하자 솔레아가 티온의 등 뒤로 손을 뻗어 손짓했다.

그래도 알아듣지 못했는지 그들은 눈을 끔뻑이며 티온을 보고 있기만 했다.

"사람들 가서 쉬라고 해도 되겠지?"

"……그래도 아까 다들 안 말렸고……."

"쉬라고 해도 되겠지?"

"……응."

"웃으면서 보내 주자. 용서해 주자. 티온 착하고 다정하잖아. 한 번만 봐주자."

"응."

티온이 몸을 돌려 부하들을 향해 입꼬리를 올려 웃었다.

"다들 가서 쉬어."

하지만 아까 솔레아에게 보여 준 미소와는 달랐다.

웃고 있지 않는 두 눈의 번뜩이는 붉은 안광은 분명하게 경고하고 있었다.

용서는 오늘뿐이라고.

지친 몸을 겨우 일으킨 기사들은 두 발을 질질 끌다시피 하며 연무장에서 사라졌다.

"난 사람들이 오빠를 너무 무서워하지 않았으면 좋겠어."

"응."

"진짜지? 손가락 걸어."

솔레아가 무심코 아까 황녀에게 했던 것처럼 새끼손가락을 내밀며 말하자 티온의 두 눈동자가 마구 요동쳤다.

"내가…… 할게."

"뭘?"

티온이 왼쪽 안주머니에서 작은 주머니칼을 꺼냈다.

"칼을 왜 꺼내?"

"손가락 걸고 약속할게."

"어, 그런데 칼을 왜 꺼내냐니까?"

"……입으로 하면 조금 징그러워서……. 너 무서운 거 싫어하니까."

주머니칼을 칼집에서 빼낸 티온은 근처의 커다란 나무로 걸어갔다.

"티온. 아까부터 무슨 소리야. 입으로 뭘 하겠다는, 악!"

왼손을 쫙 펼쳐 나무에 댄 티온은 약지와 소지 가운데에 칼끝을 꽂고 일말의 망설임도 없이 소지 쪽으로 칼을 기울였다.

다행히 칼이 새끼손가락을 자르기 전 솔레아가 티온의 오른팔을 붙잡았다.

"뭐 하는 거야!"

하지만 워낙 빨랐고, 티온의 힘이 좋아서 새끼손가락은 이미 반이나 썰려 있었다.

티온의 왼손이 금세 피로 물들었다.

"이, 이게 뭐야. 왜 이래! 왜 그런 거야! 이 멍청아!"

티온은 여전히 방긋 웃는 얼굴로 말했다.

"새끼손가락을 걸고 약속하자고 해서."

"그게 그 뜻이 아니잖아! 아니, 그렇다고 쳐도 누가 남의 말에 자기 손가락을 이렇게 선뜻 자르냐고!"

피가 철철 쏟아지는 티온의 왼손을 붙잡고 어쩔 줄 몰라 하던 솔레아가 티온을 붙잡고 일단 함께 주저앉았다.

바닥에 떨어진 주머니칼을 찾아 옷을 잘라 낸 뒤 그걸로 손가락을 지혈해야 한다는 생각만이 머릿속에 가득했다.

허겁지겁 땅을 살피는 솔레아의 귓가에 티온의 나직한 음성이 들렸다.

"네가 말했으니까……."

"뭐라고?"

마침내 땅에 박힌 주머니칼을 발견하고 손을 뻗던 솔레아가 행동을 멈췄다.

솔레아의 자안이 차갑게 가라앉았다.

"그게 무슨 소리야? 넌 내가 말하면 뭐든 다 할 거야?"

싸늘하게 식은 솔레아의 목소리에 당황한 티온은 눈동자를 데굴 굴리다가 어색하게 미소 지으며 답했다.

"……응."

"왜?"

"너는…… 공녀님이니까."

"뭐라고?"

솔레아에게 잡혀 있던 손을 빼낸 티온이 덜렁거리는 새끼손가락을 다른 손으로 꾹 붙잡으며 이어 말했다.

"……손가락을 걸자는 게 이런 뜻이 아니었구나. ……미, 미안해. 무서웠지?"

고개를 푹 숙인 티온의 잿빛 머리카락 때문에 솔레아의 시선에선 더 이상 피도, 티온의 부자연스러운 미소도 보이지 않았다.

한참 말이 없던 솔레아는 손을 뻗어 티온의 턱을 잡아 올렸다.

솔레아의 두 눈에 분노를 닮은 실망이 가득 들어차 있었다.

"너, 내가 공녀라서 잘해 준 거야? 우리가 가족이라서 그런 게 아니라?"

"가족……으로 대해 주셔서 공작님과 부인께 항상 감사하다고 생각하고 있어. ……그래도, 너는 차기 공작이고, 사실 내가 명목상으로는 장남이라……. 너한텐 걸림돌일 텐데…… 항상 친절하게 잘, ……대해 주니까, 감사한 마음으로 늘…… 충성하고 있어."

띄엄띄엄 길게 말한 티온은 진심으로 고맙다는 듯 열없이 히죽 웃어 보였다.

하지만 솔레아는 여전히 말이 없었다.

굳은 얼굴로 티온을 바라보던 솔레아가 냉랭한 목소리로 물었다.

"그럼 썅, 내가 죽으라면 죽을 거야?"

중간에 섞인 욕에 깜짝 놀란 티온이 고민하는 듯 천천히 눈을 깜빡였다.

"그냥은 힘들고."

진지하게 생각하는지 티온의 입매가 다시 다부진 일직선으로 돌아갔다.

그의 입술 사이로 굳건한 음성이 단단하게 흘러나왔다.

"다음 전쟁에서 전사하면 베르고한테도 공이 돌아가니까 그때."

티온이 배시시 웃었다.

"난 그때 죽을게."

환한 얼굴에는 어떤 미련도 두려움도 없었다.

솔레아의 눈에서 왈칵 눈물이 쏟아졌다.

"어, 솔, 솔레아? 솔레아. 왜 그래? 웃었는데. 나 웃고 있어. 무서워? 피 나서 그래?"

티온이 허둥대며 급히 닦을 것을 찾았지만 아무것도 보이지 않았다.

꾹 다물린 솔레아의 입술 아래 턱에 자글자글 주름이 졌다.

눈물이 쉴 새 없이 줄줄 흐르자 티온이 손을 뻗어 닦아 주려다 손이 피범벅인 걸 확인하곤 얼른 팔꿈치를 내밀어 조심스럽게 솔레아의 얼굴을 톡톡 두드렸다.

"왜 울어. 솔레아. 미안해. 놀랐지. 미안, 내가 잘 몰라서……. 무섭게 해서 미안."

"멍청아!"

자리에서 벌떡 일어난 솔레아가 두 주먹을 쥐고 티온의 드넓은 등짝을 마구 치기 시작했다.

"왜 죽어! 네가 왜 죽어! 누가 죽으래도 악착같이 살아야지, 왜 죽냐고! 내가 죽으라고 해도 죽지 말아야지! 가족끼리 싸울 때 죽으라고 욕해도 그게 진심이면 안 되는 거잖아! 하지 마! 그러지 말라고! 그런 말 죽어도 안 할 테니까 너도 죽는다는 말 하지 말라고!"

머리며 등이며 어깨를 가리지도 않고 퍽퍽 내려치는 통에 웅크리고 있던 티온은 솔레아의 말이 끝나자마자 손을 뻗어 솔레아의 손목을 살짝 잡았다.

"때리지 마. 나 몸이 딱딱해서, ……너 아프잖아."

"흐어엉. 멍청아."

그치지도 않고 눈물을 줄줄 흘려보내며 다시 주저앉은 솔레아가 티온의 어깨를 감싸 안았다.

"죽지 마. 행복했으면 좋겠어. 누가 죽으라고 욕하면 바락바락 대들고, 싸우고, 어떻게든 살아서 행복했으면 좋겠어. 그러지 마, 티온."

"……응. 알았어. 안 그럴게."

피가 흐르는 손 때문에 신경 쓰였는지 티온은 엉거주춤하게 팔을 내려놓았다.

"공녀 그딴 거 좀 신경 쓰지 말고. 흑, 동생이라며. 내가 너한테 동생이잖아……. 티온, 네가 내 오빠잖아. 오빠가 왜 죽냐고."

"응, 네가 필요하면 안 죽을게. 끝까지 지켜 줄게."

"아니야."

"응?"

솔레아가 울먹임을 꾹 참고 티온의 머리를 천천히 쓰다듬었다.

아까 티온이 그랬던 것처럼.

"나 지금 네 동생으로 말하는 거야. 공녀로, 네 주군으로 명령하는 게 아니야."

티온의 입에선 어떤 말도 흘러나오지 않았다.

솔레아는 다시 한번 터질 것 같은 옛날의 기억들을 속으로 눌러 버렸다.

"죽으라고 말 안 할 거야. 오빠가, 내 오빠니까 네가 행복했으면 좋겠어."

"어……."

티온의 입 밖으로 튀어나온 건 긍정의 대답이 아니라 짧은 신음이었다.

이해가 가지 않는 듯 가만히 솔레아의 말을 되새기던 티온이 제 머리카락을 쓰다듬는 솔레아를 향해 고개를 틀고 물었다.

"……왜?"

눈물, 콧물 범벅이 된 솔레아가 아까 전의 티온처럼 히죽 웃었다.

"가족이잖아."

혼란스러운 듯 티온의 눈이 빠르게 깜빡였다.

솔레아는 티온의 얼굴을 붙잡고 조금은 슬프게 미소 지었다.

"난 우리 가족은 그랬으면 좋겠어."

왜인지 솔레아의 얼굴이 이전에 한 번도 본 적 없던 다른 사람처럼 보였다.

하지만 왠지 낯설지가 않았다.

티온은 저도 모르게 바닥으로 늘어져 있던 두 손을 뻗어 솔레아를 힘껏 끌어안았다.

"응."

"내 말 알아들었어? 티온. 오빠. 동생이 하는 말 알아들었냐고."

귓가에서 울리는 먹먹한 목소리에 티온은 솔레아를 꾹 힘주어 안고서 묵직하게 답했다.

"알았어. 절대 안 죽을게. 죽는다는 말도 안 할게."

"……진짜지?"

"응."

티온이 달빛을 받아 환해진 얼굴로 말갛게 활짝 웃었다.

"내 동생."

솔레아를 안은 채로 자리에서 벌떡 일어난 티온이 솔레아를 잡고 있는 두 팔에 힘을 주며 제자리에서 빙그르르 돌았다.

그의 얼굴에서 만개한 미소가 가시질 않았다.

"내 동생이구나."

손이 아프지도 않은지 솔레아를 품에서 떨어뜨려 높이 들어 올리곤 얼굴을 요리조리 살핀 뒤 다시 품 안 가득 끌어안았다.

"내 동생."

목소리에도 웃음기가 가득했다.

"우리 막내."

하필 달도 훤해서 티온의 얼굴이 잘 보였다.

언제나 무표정하게 사람들을 내려다보던 티온의 화사하게 웃는 얼굴은 놀라 우리만치 다른 사람 같았다.

심지어 흉터조차 눈에 들어오지 않았다.

"동생. 진짜 내 동생."

티온에게 새끼 강아지마냥 들려서 이리저리 돌려지고 또 안겼다가 하늘로 번쩍 들렸다가 다시 품에 안기길 반복하니 솔레아의 두 뺨이 타오를 듯 화끈거리기 시작했다.

"아니, 저기 이제 그만하고. 티온? 오빠?"

하지만 티온은 아랑곳하지 않았다.

무겁지도 않은지 솔레아를 한 팔로 안아 올린 티온은 성큼성큼 연무장을 뛰 듯이 걷다가, 솔레아를 내려놓고 얼굴을 붙잡은 채 뚫어지게 바라봤다.

그러다 또다시 작은 몸을 꼭 껴안고 하늘 높이 들어 올렸다.

달빛을 등진 제 동생의 동그란 보라색 눈동자가 저를 내려다봤다.

"이런 기분이구나."

울어서 그런 건지, 민망해서 그런 건지 모르겠지만 솔레아의 귀와 목이 발갛게 물들어 있었다.

가슴이 울렁이다 못해 터질 것 같아서 티온은 솔레아를 아예 하늘을 향해 휙 던져 버렸다.

"악!"

"내 동생!"

떨어지는 솔레아를 안정감 있게 붙잡은 티온이 또 참지 못하고 그녀를 꼭 껴 안고 빙글빙글 돌았다.

"어지러워, 어지럽다고!"

목소리가 들리지도 않는지 티온은 한 팔로 솔레아를 안고 괜히 성큼성큼 또 걸었다.

솔레아는 결국 티온의 잿빛 머리카락을 두 손으로 잡고 쥐어뜯기 시작했다.

울음은 멈춘 지 오래였다.

"이제 그만하라고! 사람 말이 안 들려!"

"하하하! 내 동생!"

"야, 이 씨! 야! 동생이 말하면 들어야지! 내려놓으라고! 이 시키야!"

도통 들어먹질 않아서 주먹을 쥐고 머리랑 어깨를 퍽퍽 치기도 했지만 신난 티온은 높은 담장 벽도 타 넘을 기세였다.

"이런 기분이었어! 그렇구나!"

"귀가 막혔냐고! 야!"

그 이후로도 하늘로 몇 번이나 내던져진 솔레아의 비명 소리와 솔레아를 안고 연무장을 미친 듯이 뛰어다니는 티온의 웃음소리는 한참이나 이어졌다.


"시발, 꺼져."

"동생 자는 거 보고 있을래."

"꺼지라고!"

기어코 솔레아의 방 안까지 그녀를 안고 옮겨 준 티온은 그녀를 침대에 내려 놓고서도 갈 줄을 몰랐다.

"동화책 읽어 줄까?"

"나이가 몇인데 동화책이야! 꺼져!"

"귀엽다."

연신 생글거리는 티온은 다른 사람이 된 것 같았다.

"이제 그냥 좀 가. 가서 손 치료해."

"괜찮아. 내버려 두면 붙어."

그게 무슨 참신한 개소리냐는 듯 솔레아의 한쪽 눈썹이 올라갔다.

"네가 도마뱀이야?"

"괜찮아."

결국 솔레아는 침대 옆에 있던 베개를 들고 티온을 퍽퍽 쳐 댔다.

"말 좀 들어! 아니, 말 듣지 말라고 한 번 말했더니 왜 갑자기 아예 들어 처 먹질 않아! 좀 들으라고! 말 들어! 치료를 해! 하라고! 아이고! 답답해!"

커다란 베개로 두들겨 맞으면서도 티온은 방긋방긋 웃었다.

"하나도 안 아파. 그냥 너무 좋아."

"꺼지라고!"

솔레아가 꽥꽥 소리를 지르자 방문이 벌컥 열렸다.

"지금 시간이 몇 신데 베개 싸움이야. 나도 끼워 주든가."

언제 가져갔는지는 모르겠지만 솔레아의 잠옷을 입은 황녀가 들어왔다.

티온은 황녀를 향해 돌아서더니 아, 하는 짧은 신음을 뱉었다.

그러고는 순식간에 앉아 있던 솔레아를 또 번쩍 들어 올렸다.

마치 새로 산 로봇을 자랑하는 아이 같았다.

"전하! 제 동생입니다!"

들뜬 목소리가 유난히도 밝았다.

큰오빠에게 대롱대롱 들린 솔레아는 두 손으로 얼굴을 가리고 고개를 숙였지만 정작 그 큰오빠는 신경도 쓰지 않았다.

황녀가 헛웃음을 치며 대답했다.

"기뻐 보이는군."

"예."

티온이 또 다시 솔레아를 공중으로 휙 던졌다.

하지만 아까는 연무장이었고, 여긴 실내였다.

물론 보통 저택에 비하면 층고가 높았지만 티온은 보통 남자가 아니었다.

쿵! 소리와 함께 천장에 정수리를 박은 솔레아가 악! 소리를 지르며 떨어졌다.

두 팔로 솔레아를 받친 티온이 안절부절못하다 바닥에 앉고는 품 안에 있는 솔레아의 정수리를 매만졌다.

"어, 어떡해……. 미안해. 솔레아. 미안, 내가 들떠서. 미안……."

더 이상 참지 못한 솔레아가 주먹으로 티온의 정수리를 퍽퍽 내려쳤다.

"그만하라고! 내가, 쌍! 그만하라고! 몇 번이나! 시발! 그만하라고 했는데! 말 좀 들으라고! 그만!"

"응. 이제 안 할게. 혹 안 났어?"

주먹으로 맞은 정수리가 아프지도 않은지 걱정스러운 눈으로 솔레아를 살피던 티온이 커다란 손으로 그녀의 머리카락을 쓰다듬었다.

"하……. 안 아파. 그러니까 이제 좀 가. 피곤해. 자고 싶어."

"……응."

시무룩해진 티온이 솔레아를 번쩍 들어 침대에 눕혀 주곤 이불까지 덮어 준 뒤 황녀와 함께 방을 나섰다.

"전하, 안녕히 주무십시오."

곱게 휜 반달눈 사이로 보이는 적색 눈동자는 더 이상 핏방울처럼 보이지 않 았다.

황녀는 흥미롭다는 듯 휘파람을 불었다.

"웃으니 꽤 미남이네. 앞으론 좀 웃고 다녀."

"예."

티온은 창가로 들어오는 달빛을 맞으며 시원스럽게 웃었다.


같은 시각, 티온의 기사들은 넝마가 된 몸뚱이로 숙소에 널브러져 있었다.

씻으러 갈 기력조차 남아 있지 않아서 다들 땀투성이가 된 채로 가만히 누워 천장만 보는 신세였다.

그중 하나가 입을 열었다.

"……근데 우리 오늘 공녀님이 안 오셨으면 밤새도록 뛰었겠지?"

"그랬겠지……. 대장 화난 것 같았으니까."

"우리 내일도 혼나려나……."

"아까 공녀님이 용서하라고 하셨으니까 안 그렇겠지."

"그래도 공녀님이 용서해 주셔서 다행이다."

"아까 보니까 주먹으로 대장 막 때리시더라……."

"대장 그냥 맞고만 있더라……."

"……꼼짝도 못 하나 보더라……."

"……우리도 이제 그냥 조용히 있자."

"그래야지, 뭐……."

다들 조용히 잠들려던 찰나 다소 격앙된 목소리가 끼어들었다.

"대장은 자기가 전쟁 나가서 고생한 건 생각도 안 하나?"

침상에 앉아 있던 맬다가 땀에 전 웃옷을 벗어 던지며 씩씩거렸다.

아무도 대답을 하지 않자 맬다는 더 성을 내기 시작했다.

"내 말이 틀렸어?! 대장이 저렇게 구는 것도, 그 여자가 공작의 진짜 핏줄이라서 어쩔 수 없이 고개 숙이고 있는 거잖아!"

"그렇다고 해도 우리가 뭘 어쩌겠어. 대장이 그렇다는데."

항상 맬다의 생각에 동조했던 사일린까지 시큰둥하게 답하며 등을 돌려 버렸다.

맬다는 이마에 핏줄이 올라올 정도로 화를 내며 벌떡 일어나 침상을 걷어찼다.

"이 자존심도 없는 새끼들아! 너희가 진짜 대장을 위한다면 이딴 식으로 나오면 안 되지! 그 여자를 몰아내서, 대장이 자기가 고생한 거에 대한 정당한 값을 받을 수 있게 해야 될 거 아냐!"

"맬다! 좀 닥치고 자! 피곤해 죽겠으니까!"

다른 이가 베개를 던지며 욕을 하고, 조쉬까지 쌍욕을 퍼부었다.

"이 개자식아! 어쨌든 공녀님 아니었으면 우린 해 뜰 때까지 기합이었어!"

맬다가 긴 다리로 성큼성큼 걸어가 조쉬의 멱살을 잡고 일으켰다.

"넌 자존심도 없어, 이 새끼야?!"

"아까 오줌 쌀 때 나 그냥 보내 주시던 공녀님 보고 버렸다. 이 시발 놈아. 왜?"

비아냥거리며 말하는 조쉬의 태도에 머리끝까지 화가 난 맬다는 결국 아무 옷이나 챙겨 든 뒤 숙소 문을 박차고 나왔다.

"이 쓰레기 같은 새끼들!"

닫히지 않은 문 사이로 동료들이 '저 새끼는 문이나 닫고 가지.', '왜 맨날 성질을 못 이겨서 저 지랄이야.' 등등 떠드는 게 들렸지만 이제 와서 다시 들어가 잘 수는 없었다.

맬다는 분을 삭이기 위해 공작가의 정원을 거닐었다.

차가운 밤공기를 맞으며 걷다가 벤치에 앉아 있으니 조금 차분해지는 것 같기도 했다.

공녀에게 무리하게 건방지게 군 건 사실이었고, 솔직히 그건 누가 봤더라도 혼날 만했다.

대장이 그걸 보지 않았다 해도, 황녀 앞에서 공녀를 무시했으니까.

그레이 공자가 봤으면 기합을 받는 것으로 끝나지 않았겠지. 기사단에서 퇴출당했을 거야.

그리고 자기가 아무리 화를 내 봤자 티온을 거스르는 건 말도 안 되는 일이었다.

"……하. 됐다. 무슨 의미가 있냐. 돌아가자."

피곤이 몰려와 무릎을 털며 일어나려던 그때, 누군가 다가왔다.

하녀장인 마르실라였다.

"어머. 티온 도련님 기사단의 기사님 아니십니까."

"……예."

땀을 한 바가지 흘린 뒤 씻지도 못한 채 나와서 그다지 보기 좋은 꼴은 아니었기에 맬다는 대충 대답한 후 돌아가려 했다.

하지만 마르실라가 가져온 차에서 유난히 좋은 향이 나서 쉽사리 발을 뗄 수 없었다.

"오늘 꽤 고생하셨다고 들었어요."

"그거야 그렇지만……. 대장이 이유 없이 혼내는 분은 아니니까요. 괜찮습니다."

"그럼요. 도련님은 대단하신 분이잖아요. 모두의 존경을 받아 마땅한."

"당연하죠!"

대장을 칭찬하는 말에 맬다는 강한 어조로 답했다.

마르실라는 고운 얼굴에 주름이 지도록 활짝 웃으며 들고 있는 차를 건넸다.

"피로에 좋은 차예요. 제가 한잔하려고 내렸는데 지금 보니 기사님께 더 필요할 것 같네요."

거절하기엔 향이 너무 달콤했다. 그리고 왠지 목이 타들어 가는 듯한 갈증이 느껴졌다.

맬다는 저도 모르게 선뜻 받아 들고 차를 마셨다.

뜨거움도 느껴지지 않아 단숨에 벌컥벌컥 찻잔을 비워 버렸다.

마르실라는 잔잔하게 미소 지으며 찻잔을 다시 돌려받았다.

"갈증은 가셨나요?"

"네. 차가 아주 맛있네요."

"그렇죠?"

마르실라는 공기가 좋으니 편히 쉬었다 가시라며 맬다를 두고 사라졌다.

좋은 밤이었다.

달도 휘영청 밝고, 공기도 선선하고, 찝찝하게 흐르던 땀도 말랐고.

……그런데 내가 여길 왜 나왔더라?

부드러운 표정으로 앉아 있던 맬다의 얼굴이 차갑게 굳기 시작했다.

아, 그래. 공녀를 패 버리려고 나왔었지.

맬다의 마음속에서 티온은 이미 공작님이었다.

유일한 군주였고, 그 어느 곳에서도 머리를 숙이지 않아야 하는 우두머리였다.

그런데 왜 그딴 힘없는 여자 하나 때문에.

"따지고 보면 오늘 기합받은 것도 다 그 여자 때문이잖아."

근 열 시간의 기합이 고작 공녀 때문이라고 생각하니 갑자기 분을 참을 수가 없었다.

불처럼 치솟는 분노가 온몸을 태우는 것만 같았다.

공녀가 티온을 말리던 기억마저 맬다의 머릿속에서 조금씩 다르게 재구성되었다.

멀쩡한 낯짝으로 마치 불쌍하다는 듯 내려다보는 건방진 눈이라니.

"······부모 잘 만난 게 무슨 대수라고."

공녀가 사라지면 대장도 기뻐할지도 모른다.

아니, 분명히 기뻐할 것이다.

그 여자 입을 막고 다리를 분지른 다음에 저택 밖에다 던져 버려야지.

맞아. 처음부터 그렇게 했어야 했어.

맬다는 자리에서 벌떡 일어났다.

검을 쓰면 피가 튀니까 입을 막아서 기절시킨 다음에, 자루에 넣어서 끌고 나가야겠어.

섬뜩하리만치 잔인한 방법들로 머릿속이 가득 차 버렸다.

맬다는 망설임 없이 저택을 향해 걸어갔다.

공녀를 보기만 하면.

그 여자의 새빨간 머리카락이 눈에 띄기만 하면 곧바로.

이 시간이면 자고 있겠지.

저택으로 들어서려는데 어디선가 퍽퍽 하는 소리가 들렸다.

슬쩍 고개를 빼고 근처를 바라보니 셋째인 그레이였다.

'이 야밤에 저기서 뭐 하는 거지?'

맞은편에는 커다란 숄을 두른 황녀까지 앉아 있었다.

'……설마 두 사람 밀회를 즐기는.'

건가, 라는 문장을 채 끝까지 떠올리기도 전에 그레이가 목검으로 나무 허수아비를 강타했다.

그런데 허수아비가 마치 진검에 베인 것처럼 그대로 힘없이 풀썩 넘어가 버렸다.

'……저게 무슨.'

들끓던 분노가 하얗게 가라앉았다.

황녀는 시큰둥한 말투로 그레이 공자에게 말했다.

"박살을 내서 터뜨렸어야지. 이리 곱게 베면 쓰나."

"그게 쉬운 줄 아십니까."

"누구든 공녀에게 손을 대면 머리통을 터뜨리겠다면서."

"상하체를 분리시킨 다음에 머리통을 밟아 터뜨리면 되지요."

"번잡스럽군."

"아, 알았습니다! 아니, 그런데 진검도 아니고 목검으로 베라 해 놓고서는 이러시깁니까!"

"그럼 진검으로 저 나무를 베 봐."

황녀는 태연하게 팔짱을 낀 채 아름드리나무를 가리켰다.

"저 정도야 식은 수프 먹기죠."

그레이가 당당하게 걸어가려는데 황녀가 덧붙였다.

"이 자리에서."

어처구니없는 요구에 그레이는 황녀를 짜증 난다는 듯 노려봤다가 목검을 내려놓고 옆구리에 차고 있던 검을 빼 들었다.

솔레아와 함께 시장에 갔을 때 웬 이상한 할멈이 선물했다며 그레이가 몇 주 내내 자랑한 그 검이었다.

오래된 것치곤 날이 빠진 곳도 없고, 내구도도 좋은 명검이었다.

그레이는 숨을 몰아쉬며 검을 다잡았다.

훔쳐보던 맬다도 괜히 숨을 몰아쉬었다.

몇 발자국 떨어진 곳에서 그레이는 있는 힘껏 검을 휘둘렀다.

거센 바람이 불어와 맬다는 두 눈을 질끈 감았다가 떴다.

다행히 나뭇잎만 날렸을 뿐 나무는 미동도 없었다.

'역시. 사람이면 그렇게는 못 하지.'

피식 웃은 맬다가 그대로 뒤돌아서 가려던 그때, 까드드득 소리와 함께 반듯하게 잘린 거대한 나무의 기둥이 비스듬히 내려오기 시작했다.

"……어?"

저도 모르게 소리를 낸 맬다가 냉큼 두 손으로 입을 틀어막았다.

그레이는 검을 들고 아이처럼 신나 했다.

"아자!"

"검을 꽤 쓰는군."

"제가 솔레아 건드리는 놈들은 모조리 사지를 잘라 버린다고 했잖습니까."

더 이상 듣고 있을 수가 없었다.

강렬한 생의 의지에 맬다는 도망치듯 그 자리를 벗어났다.

일단 도망가자. 내일 생각하자.

하지만 그 두 사람에게서 멀어지자 다시 결심이 차올랐다.

아니야. 이왕 나온 거 끝내고 가야지. 공녀를 저택 밖으로 끌어내야 돼.

공녀의 방으로 올라가려던 순간 1층의 작은 거실에서 이상한 소리가 들려왔다.

뭔가를 휘두르는 소리였다.

이번엔 또 뭐야.

몸을 낮추고 살피니 붉은 머리를 높게 묶은 공녀가 보였다.

이 야밤에 운동을 하는 건가?

잘됐군. 잡아가서…….

붕, 하는 소리가 귀를 가득 메우는 것처럼 강하게 들려왔다.

이제 보니 공녀는 자기 허리까지 오는 길이의 검은색 방망이를 들고 휘두르고 있었다.

'……철인가? 저 정도로 크고 굵은 걸 잡고 휘두른다고?'

방패병들은 방패의 무게 때문에 항상 따로 체력 단련을 하곤 했다.

그런데 저렇게 거대한 방망이는…….

맬다는 마른침을 꿀꺽 삼키고 공녀를 유심히 지켜봤다.

마치 방망이의 무게를 전혀 느끼지 않는 사람처럼 공녀는 그걸 들고 이리저리 뛰어다니며 미친 듯이 휘둘렀다.

'방망이를 휘두를 때 발목과 허리, 어깨를 고루 쓰고 있다……. 저건 하루 이틀 연습해서 되는 게 아니야.'

때마침 공녀가 소리를 질렀다.

"오늘 쳐 죽일 거 진짜 많네! 피곤해 죽겠는데!"

'……쳐 죽일 거? ……나?'

맬다의 피가 차갑게 식었다.

갑자기 딸꾹질이 나오기 시작했다.

"끅!"

맬다는 황급하게 두 입을 틀어막고 기둥 뒤로 몸을 숨겼다.

"어라? 누가 있나?"

땡그랑, 땡, 땡그르르랑.

방망이가 바닥에 끌리는 소리가 점점 가까워졌다.

맬다는 스스로를 질책했다.

왜 이렇게 무서워하는 거야. 맬다, 정신 차리자. 넌 훈련을 받은 기사야. 공녀가 철 방망이를 휘두른다고 해서 질 이유가 없다고.

"여기 제대로 막아 놓은 거 맞아?"

아무런 대답도 들리지 않는데 공녀는 자연스럽게 대화를 이어 갔다.

"체내 마력이 일반인의 양을 넘으면 보일 수도 있다고? 에이씨. 진작 말했어야지. 조용히 하고 죽일걸."

'……뭐, 뭘 죽여? 뭘 죽였는데요.'

끕!

입을 막는 손의 힘이 조금 약해지자마자 다시 가슴팍이 울렁거리며 딸꾹질이 올라왔다.

공녀의 목소리가 점점 가까워졌다.

"들켰으면 어쩔 수 없지. 기절시킨 다음에 지워 버려야지."

'뭘 지운다는 거야? 세상에서 내 존재를……?'

오들오들 떨고 있는 맬다의 바로 근처까지 왔는지 공녀의 목소리가 크게 들렸다.

"여기 큰 거 있네!"

들켰구나!

소리를 지르기 일보 직전 다시 한번 붕 소리와 함께 공녀가 방망이로 기둥을 부술 듯이 강하게 내려쳤다.

마치 벌레가 죽는 것 같은 끽! 하는 소리가 들린 듯도 했지만 패닉이 온 맬다에겐 들리지 않았다.

"이제 벌레 새끼들 다 잡은 건가? 아직 남았나?"

공녀는 다시 멀어졌다.

'다음은 나다. 내가 될 거야.'

무릎 밑으로 힘이 들어가지 않아 맬다는 절절 기며 저택을 빠져나왔다.

약해 보이는 공녀는, 아니 아가씨, 아니 솔레아 님은 매일 밤 자객을 직접 처리하고 계셨구나.

그것도 저렇게 무거운 철 방망이를 스푼마냥 가볍게 휘두르며.

대장에게 절대 밀리지 않을 사람이다.

아까 대장을 말리며 몇 번이나 주먹을 쓰던데 대장은 괜찮은 건가?

어느새 딸꾹질은 멈춰 있었다.

맬다는 다시는, 무슨 일이 있어도 솔레아 님께 대들지 않겠다고 결심했다.

※ ※ ※

"얘들아. 오늘 이상하게 벌레 새끼가 많지 않아?"

"괜찮아! 임시 주인은 마력 빠따를 잘 휘두르니까!"

"맞아!"

됐다. 무슨 말을 하겠니.

늦은 밤까지 마력 빠따를 휘두르다가 겨우 잠들었다.

아침에 눈을 뜨니 눈알이 따로 돌아다니는 것처럼 뻑뻑해 죽을 지경이었다.

그래도 황녀가 있으니까 아침을 거를 순 없지.

눈물을 머금고 자리에서 일어났다. 앤의 시중을 받으며 씻은 뒤 옷을 갈아입고 문을 열자 또 벽이었다.

"티온."

"가자. 식사하러."

부드럽게 미소 지은 티온은 아주 자연스럽게 나를 들어 올렸다.

"……나도 다리 있어. 나 걸을 줄 알아."

목욕시키려다 도망간 강아지 잡아 오듯 내 옆구리를 잡아서 그대로 들어 올린 티온은 성큼성큼 복도를 걸었다.

"응, 그래도. 여기, 융단을 바꿔서. 혹시 너 걸을 때 불편할까 봐."

그러고 보니 내 방 앞 복도의 융단이 어느새 바뀌어 있었다.

어제 조쉬가 오줌 싸서 그렇구나.

"내가 새벽에 하인들한테 명령했어."

"잘했어. 근데 나 융단 새거라고 못 걸어 다니진 않아."

"아……. 그럼 계단까지만. 계단은 위험하잖아."

말도 안 되는 소릴 하고 있어.

솔레아 방이 2층인데 그동안 계단을 몇 번을 오르내렸을 거라고 생각하는 거야.

그리고 나 원래 집도 달동네였다고. 거긴 계단을 안 타면 집에 갈 수가 없어요, 이 사람아.

하지만 티온은 정말 조심스럽게 나를 들고 계단을 내려갔다.

"아. 그리고 나 손이 다 나았어."

"와, 그게 정말이야?"

신기하다는 듯 박수를 짝짝 치며 대충 대꾸했다.

당연히 나아야지.

그게 어디 보통 마력이니. 자연의 정령들이 힘을 써 줬는데.

아무리 생각해도 티온이 새끼손가락을 치료받으러 갈 거 같지 않아서 잠들기 전에 정령들에게 부탁했었다.

"응. ……다행이야."

"왜. 안 아파서?"

계단을 다 내려온 후 나를 바닥에 내려놓은 티온은 날 보며 활짝 웃었다.

"네가 무서워하지 않아도 되잖아."

"하…… 우리 쁘띠 아가 불곰. 언제 이리 컸을까. 대견도 하지."

"응?"

티온은 웃는 얼굴 그대로 눈을 동그랗게 뜨고 되물었지만 나는 대충 고개를 젓고 말았다.

"아무 말도 아니야."

"응."

티온은 연신 싱글거리며 나를 데리고 정찬실로 들어갔다.

"좋은 아침이구나, 솔레아."

"네, 아빠도 안녕히 주무셨어요?"

"덕분에."

황궁에서 이틀 밤을 새우고 돌아왔다던 공작님은 어제도 잠을 제대로 자지 못했는지 그다지 낯빛이 좋아 보이지 않았다.

헤이먼도 무슨 일인지 표정이 영 구렸다.

이달론이 찾아올 때가 되어서 우울한 건가……?

이달론에게서 헤이먼을 빼낼 수 있는 방법을 찾기 위해 마법 관련 서적도 미친 듯이 파헤쳤지만 이렇다 할 정보를 얻지 못했다.

헤이먼은 그런 날 보며 쓰게 웃기만 했다.

자긴 괜찮으니까 신경 쓰지 말고 내가 하고 싶은 것만 하라고.

괜히 기억을 떠올리니 기분이 구려졌다.

아끼는 사람에게 괜찮으니까 신경 쓰지 말라는 말을 듣는 게 이렇게 빡치는 거였구나.

내 구려진 표정을 봤는지 그레이가 한마디 건넬 것처럼 입을 열었다가 다물고는 내 옆에 앉은 티온에게로 시선을 돌렸다.

"……형은 뭐가 그렇게 좋다고 실실 웃어?"

저 새끼가 아침부터 시비를 거나?

난 당황한 표정으로 티온과 그레이를 봤다. 그도 그럴 것이 티온은 한 번도 본 적 없는 상냥한 눈빛으로 서글서글하게 웃고 있었다.

저런 말이 나올 법도 하네.

"티온. 그만 웃어."

"솔레아. 고구마 맛있어. 이거 더 먹어."

심지어 내 그릇 위에 자기 몫의 고구마를 올려 주기까지 했다.

가만히 보고만 있던 황녀가 픽 웃더니 박수를 짝짝 쳐서 하녀를 불렀다.

"이봐, 공자. 먹던 걸 주면 쓰나. 우리 영애를 위해 소고기를 좀 더 구워야겠어."

주방에서 일하는 하녀가 네! 하는 당찬 대답과 함께 냉큼 사라졌다.

"전하, 여긴 전하의 황궁이 아니에요. 남의 집 하인을 그렇게 제 사람 부리듯이 부려 먹지 마세요. 그리고 저 소고기 더 안 먹어도 돼요."

"괜찮다. 다 내 백성들이니."

"아, 진짜 대화가 어디부터 막혔는지 가늠도 안 가네."

뭔가 이상한 기분에 고개를 숙여 보니 내 그릇 위에 아스파라거스와 구운 가지가 차곡차곡 쌓이고 있었다.

"……그레이."

"식기 전에 빨리 먹어. 야채를 많이 먹어야 튼튼해. 소화도 잘되고."

"아직 소고기는 안 됐나?"

"실비아, 솔레아의 물잔이 비었으니 얼른 채우거라. 식사 중 목이 막히면 큰 일이잖니."

"아버지까지 왜 그러세요? 이거 과보호예요."

이 정신없는 와중에 티온은 스푼으로 직접 고구마를 뜨곤, 혹여나 떨어질까 한 손으로 받친 채 내 입 앞까지 들이댔다.

"고구마 뜨거워서 안 먹어……?"

"아, 됐다고! 그만!"

내가 버럭 소리를 지르자 황녀와 그레이는 키득거렸고, 헤이먼은 미미하게 웃으며 나를 가만히 바라보았다.

티온은 여전히 고구마를 들고 대기 중이었다.

"레아. 아무리 그래도 식사 중에 소리를 지르면 안 되지."

"……네, 아버지. 죄송합."

"그러니 디저트는 둘이서 먹는 게 좋겠구나."

아. 집에 있는데도 집에 가고 싶다.

우여곡절 끝에 식사를 마치고 겨우 좀 쉬나 했더니 뜻밖의 반가운 손님들이 찾아왔다.

"사라! 빌! 마침 가려고 했는데!"

두 사람을 태운 마차가 공작저의 정문을 지났다는 소식을 듣고 냉큼 계단을 내려가니 마침 빌과 사라가 저택으로 들어서고 있었다.

"공녀님! 너무 보고 싶었어요!"

아기 토끼 사라가 내게 후다닥 뛰어오려던 찰나 황녀가 우리 둘 사이를 가로막았다.

"저런. 윗사람에게 먼저 인사해야지. 그게 예법이잖아?"

"흐업."

황궁에 계셔야 할 분이 왜 여기 계시지, 하는 혼란을 가득 담은 눈빛으로 카라샤펠을 올려다보던 사라가 이내 눈을 내리깔았다.

"황녀 전하. 이, 이, 이리 또 뵙게 되어 영광입니다. 나사니엘 백작가의 사라, 아니 그 전에 제국의 작은 빛이 미천한 자를 뵈옵니…… 어?"

뭔가 이상하다고 느꼈는지 사라가 말을 멈췄다.

카라샤펠 황녀는 여전히 웃음기를 머금은 얼굴이었다.

"그래. 영애는 확실히 작으니 작은 빛이라 치고, 평소에 나를 미천하다 여겨왔나 보군."

사라의 얼굴이 새하얗게 질렸다.

나는 내 앞에 서 있는 카라샤펠에게 작게 말했다.

"전하. 사람 놀리지 마세요. 긴장해서 실수한 거잖아요."

"긴장해서 속마음이 나왔을 수도 있지."

"랏샤."

"알았어. 아, 거참. 까탈스럽기는."

랏샤는 투덜거리며 사라의 뒤에 서 있는 빌에게 다가가 인사를 건넸다.

황녀가 눈앞에서 사라지자마자 사라는 핏기가 가신 얼굴로 내게 매달렸다.

"고, 고, 공녀님. 저 방금 황녀 전하께 무슨 소리를. 세상에. 저 내일 죽어요. 아니, 오늘 죽어요. 당장 죽어요!"

"안 죽어요. 죽게 안 둘게요. 전하가 장난기가 심하셔서 그렇지 사람 쉽게 죽이시진 않……"

연회장에서 내 목에 검을 겨누던 황녀의 호위 기사들이 생각났다.

"쉽게 죽이시기는 하는데 그래도 한 번쯤 고려는 해 보시는 편이에요. 괜찮을 거예요."

난 위로에 재능이 없는지 사라의 낯빛은 그다지 좋아지지 않았다.

어쨌든 사라가 온 김에 어제 시장에서 구해 온 「낙인」을 추천할 생각이었다.

함께 방으로 올라가던 중 사라가 먼저 입을 열었다.

"공녀님, 오늘 온 거는요. 아, 물론 전에 함께 놀러 가자 하셨던 것도 있지만, 그, 저기 부탁드릴 게 있어서요⋯⋯."

"편히 말하세요."

"책 좀 추천해 주실 수 있나요?"

"⋯⋯책이요? 왜요?"

"독서 살롱에서 다음번 책 선정 해야 할 사람이 저거든요. 근데 마땅한 게 생각이 나지 않아서요. 공녀님은 책을 많이 읽으셨잖아요."

이게 웬 떡이야. 아싸.

사라의 동글동글한 눈이 꼭 책을 추천해 달라는 듯 나를 간절하게 바라봤다.

펄쩍 뛰며 쾌재를 부르고 싶은 걸 꾹 참고 나는 자연스럽게 책 더미 속에서 「낙인」을 꺼내 들었다.

"꽤 오래된 책이네요?"

"네. 무슨 내용이냐면⋯⋯."

결말 부분을 빼고 간략하게 내용을 설명했다.

"⋯⋯너무 슬픈 내용일 것 같아요."

어쩐지 주저하는 것 같아서 나는 사라의 두 손을 꼭 잡고 나긋하게 속삭였다.

"인간이 인생을 고찰하게 되는 순간은 언제나 비극이 닥칠 때랍니다."

"아."

사라의 눈이 반짝 빛났다.

이때다.

마트 판매왕이었던, 팔이피플 시절의 나를 보여 주마.

부끄러움을 꾹 참고, 마치 연극을 하듯 한 걸음 물러섰다.

그러고는 한 손을 가슴 위에 얹고, 다른 한 팔은 쭉 뻗었다.

"삶은, 비극 속에서도 희망을 되뇌며 살아가는 것이 아닐까요? 마치 이 소설처럼."

두 손으로 입을 틀어막은 사라가 고개를 빠르게 끄덕거렸다.

물론 화려한 온실 속에서 자란 사라가 인생의 쓴맛을 알지는 못하겠지만.

"좋은 교양서적들도 많습니다만, 소설이야말로 내가 살아 보지 않은 타인의 삶을 깊이 공감하게 해 주는 유일한 매개체가 아닐까요. 이 팍팍한 세상에서 말이에요, 사라."

사라의 어깨에 손을 올린 채 천천히 눈을 감았다 뜨고 고개를 끄덕이자 사라 역시 나와 눈을 맞추고 연신 고개를 끄덕거렸다.

머리가 떨어져 나갈 것 같았다.

어느새 「낙인」은 사라의 품에 꼭 안착해 있었다.

오늘도 완판했습니다. 매니저님.

아니, 그게 아니고 예. 네, 아무튼 완판이요.

책을 보물처럼 안고 있는 사라에게 조건을 덧붙였다.

"그런데 내가 추천한 건 사람들이 몰랐으면 해요."

"엇, 왜요? 저는 공녀님이 책을 가리지 않고 많이 읽으시는 걸 다른 사람들도 알았으면 좋겠어요."

나는 말없이 잔잔하게 웃으며 고개를 저었다.

멀뚱멀뚱 나를 바라보는 사라를 힐긋 보다가 창을 향해 걸어갔다.

최대한 뒷모습이 쓸쓸해 보이도록 창밖을 바라보며 애잔하게 말했다.

"아까 말했듯 남자 주인공이 조금, 오빠들이 고생했던 시절이랑 일부분씩 닮아 있어서요. 내가 추천했다는 걸 알면…… 또 사람들 입에 오르내릴까 봐……."

"아."

"난 우리 오빠들을 사랑하는데, 다른 사람들은 그렇지 않은 듯해서……."

이때다 싶어서 고개까지 숙이자 놀란 사라가 폴짝 뛰며 내게 다가왔다.

그래 놓고는 내게는 손도 못 대고 뒤에서 종종거리며 나를 위로했다.

"말 안 할게요! 제가 읽어 보고 좋아서 들고 왔다고 할게요! 아니, 물론 읽어 볼 거지만! 공녀님 추천 받은 거 아니라고 할게요! 정말로요! 아무도 공자님들을 연관시켜서 생각 안 할 거예요!"

아니. 사라. 이 책을 읽은 모두가 베르고의 공자들을 떠올릴 거예요.

비극적인 결말을 맞이한 남자 주인공의 인생에 대해 서글퍼하고, 슬퍼하고, 그의 삶에 공감하게 될 거예요.

그리고 현실에서 그와 가장 닮은 베르고의 공자들을 떠올리겠죠.

남자 주인공과 오빠들의 공통점은 비루한 과거를 갖고 있음에도 희망을 가지고 열심히 살아간다는 거다.

차이점은, 그는 죽었고 내 오빠들은 살아 있다.

책 속의 남주는 비루한 냉대 속에서 차갑게 죽어 시체조차 발견되지 못했고, 내 오빠들은 멀쩡히, 꿋꿋이 살아 내고 있다.

연민이 연정이 되는 건 순식간이에요.

그때, 밖에서 그레이의 소리가 울렸다.

"너 진짜 미쳤냐!"

얼른 문을 열고 사라와 뛰어 내려가자 카라샤펠 황녀가 배를 잡고 깔깔거리며 웃고 있었고, 그레이는 얼굴을 시뻘겋게 물들인 채 화를 내는 중이었다.

빌은, 반지를 꺼낸 채였다.

"……할 말은 많지만! 일단 반지를 받아 줘! 내 마음이니까!"

"미쳤냐고!"

……빌. 차라리 결투 얘기를 꺼내지 그랬어요.

솔레아는 이마를 짚으며 탄식했다.

어쨌거나 빌은 한결같은 강건한 태도로 일관했다.

"아니! 미치지 않았어!"

"……차라리 미쳤다고 해. 이게 대체 뭐 하는 짓이야?"

그레이의 짜증 섞인 물음에도 빌은 순순히 대답하지 않았다.

당당한 미소를 얼굴에 띠고서 눈만 끔뻑끔뻑 깜빡였다.

"당장 이유를 말할 순 없지만! 항상 같은 마음으로 바라고 있었기에!"

"아아악!"

그레이가 머리를 벅벅 긁으며 두 발로 바닥을 쿵쿵 굴렀지만 매번 결투를 거절당한 빌은 별다른 대미지를 입지 않은 듯했다.

"네 손가락 크기를 정확히 몰라서 일단 있는 대로 다 사 와 봤어! 디자인도 원하는 걸로 골라!"

빌은 환한 얼굴로 바지 주머니, 재킷 안주머니, 바깥 주머니 등에서 온갖 종류의 반지 케이스를 꺼냈다.

저게 무슨 '네가 뭘 좋아할지 몰라서 일단 다 준비해 봤어.' 같은 소리야.

나까지 골이 다 아프네.

저 행동의 의미가 결투 신청이란 걸 알면 그레이가 저렇게 싫어하진 않을 텐데.

나는 상황이 더 꼬이기 전에 사라와 함께 계단을 마저 내려갔다.

사라는 종종걸음으로 빌에게 달려갔다.

"오빠 왜 그래, 정말! 공자님께 왜 반지를 드리는 거야!"

민망했는지 얼굴이 빨갛게 달아오른 사라가 빌을 말리려고 했지만 황녀에게 저지당했다.

"영애, 그냥 둬. 반지를 준비해 온 남자의 마음을 쉽게 무시해선 안 돼."

그동안 최소한의 예의는 지키던 그레이가 처음으로 황녀를 죽일 듯 노려보았다.

카라샤펠은 두 손바닥을 펼친 채 어깨를 으쓱하곤 사라에게 어깨동무를 했다.

"빌도 나이가 있는데 영애가 매번 그리 말리면 쓰나."

"그, 그래도 반지는……."

"쉿. 자네 오라버니의 진심을 그레이 공자가 알아줄 날이 언젠가는 오겠지."

"예, 그, 네?"

그레이의 얼굴이 붉으락푸르락 변했다.

이젠 내가 끼어들어야 했다.

"그레이! 오해하지 마. 빌이 딴마음 있어서 반지를 선물하려는 게 아니야. 그냥 너랑 결."

"결투는 아니다! 이제 그건 욕심이 없어!"

내 조언대로 했다는 듯 빌이 나를 보며 윙크했다.

……야, 이 빌청아. 눈치가 왜 그렇게 없어요.

우리 오빠 표정 안 보이냐고요.

어느새 카라샤펠 황녀와 사라까지 흥미진진한 표정으로 빌을 바라보고 있었다.

두 사람은 '결투가 아니면 뭐지?' 하는 눈빛이었다.

황녀를 두려워하던 사라였는데 호기심이 공포를 이겼나 보다.

여전히 황녀에게 어깨를 잡혀 있는 사라가 까치발을 살짝 들더니 황녀의 귓가에 대고 속삭이며 물었다.

비록 거실이 워낙 조용해서 다 들렸지만.

"'결'로 시작하는데 반지를 주면서 청하는 게 뭐가 있죠, 황녀 전하?"

"자네 머릿속을 강렬히 스친 그거겠지."

"아! 헙!"

입을 틀어막은 사라가 휘둥그레 커진 눈으로 그레이와 빌을 번갈아 바라봤다.

이대로 놔두면 당사자들은 영문도 모른 채 두 집안에 혼담이 오가게 생겼다.

나는 두 사람 사이로 재빠르게 다가갔다.

"그레이, 오해가 좀 있는 거 같은데 빌이 반지를 준 이유는 그, 거시기, 그런 게 아니고."

말을 하던 중에 황녀가 끼어들었다.

"공녀, 그리 꽉 막힌 사람일 줄은 몰랐어. 책도 많이 읽은 사람이 어찌 그래."

"에잇, 아니라니까요!"

"방금 에이씨, 하려다가 에잇으로 바꾼 거 같은데?"

능글대며 내 말을 막는 황녀 때문에 빌을 변호할 수가 없었다.

"괜찮아, 솔레아. 내가 물어볼게."

숨을 깊게 들이마셨다가 천천히 내쉰 그레이가 차분한 목소리로 물었다.

"야, 빌. 이유나 들어 보자. 왜 하필 반지야? 계속 장갑만 들이밀다가 왜 갑자기 반지를 주냐고. 너 괜히 장난이나 치는 놈은 아니잖아. 이유가 있을 거 아니야. 대련을 하자는 거야? 진심을 담은 결투 신청이라면 나 지금 가능할 것 같은데."

빌의 눈동자가 흔들렸다.

솔직하게 결투를 신청하는 거라고 말을 해야 할지 말지 갈등하고 있는 것 같았다.

'말해. 그냥 말하세요. 돌이킬 수 없어지기 전에 그냥 말하시라고!'

두 주먹을 불끈 쥐고 강렬한 눈빛으로 어필했지만 빌은 선뜻 입을 열지 못했다.

빌은 전에 내가 했던 조언들을 여전히 신경 쓰고 있는 것 같았다.

장갑은 이제 그만 선물하시고, 결투 얘기도 그만하시라는 말.

하지만 그 두 조언이 이렇게 진화할 줄은 저도 몰랐거든요.

내가 이마를 짚으며 크게 한숨을 내쉬자 그레이가 나를 바라봤다.

"솔레아, 왜 그래? 머리 아파?"

"아니야, 나 안 아파. 괜찮아."

걱정 가득한 눈빛으로 나를 보던 그레이가 갑자기 눈을 가늘게 뜨고 질문했다.

"혹시 알고 있었어? 빌이 반지를 사 온다는 거?"

알고 있었다고 하면 그간 편지가 오가지도 않았는데 어찌 알았냐고 물을 테고, 그럼 몰래 저택을 빠져나간 것도 알게 될 텐데.

잠깐 갈등하는 사이에 빌이 호쾌한 목소리로 대답을 가로챘다.

"공녀님은 전혀 모르고 계셨어. 이건 나 혼자 결정한 거다! 네가 이 반지를 꼭 받아 줬으면 해!"

"야, 나와."

"반지를……."

"나오라고. 이기고 나서 얘기해."

안 그래도 인상이 더러운 그레이가 험상궂은 표정으로 옆구리에 차고 있던 검을 빼냈다.

스르릉, 검날이 우는 소리가 넓은 현관에 울려 퍼졌다.

"드디어! 결투인가?!"

빌이 해맑게 외치며 반지를 바닥에 내팽개쳤다.

그레이는 환하게 빛나는 빌의 얼굴을 노려보다가 인상을 팍 찌푸렸다.

"너 결투하고 싶어서 일부러 사람을 살살 갈구는 것 같은데 그렇게 하고 싶어 하는 결투 해 줄 테니까 따라 나와. 손모가지든 그냥 모가지든 썰어 줄 게."

빌은 신이 나 그레이를 쫄래쫄래 쫓아 나갔지만 사라의 얼굴은 시커멓게 죽어 버렸다.

"우, 우, 우리 오빠가…… 정말로 죽으면 어떡해요. 아무리 그래도 결투하겠다고 일부러 그레이 공자님을 화나게 할 줄은 몰랐어요."

황녀는 은은한 미소를 띤 채 사라의 뒷머리를 쓰다듬으며 다독였다.

"이렇게 죽으면 호상 아니겠니. 얼마나 영예로워. 간절히 바라 온 일이었잖니."

사라의 입이 떡 벌어졌다.

멍하니 그레이와 빌이 빠져나간 저택의 문을 바라보던 사라는 두 사람의 뒤를 쫓아 후다닥 밖으로 뛰어나갔다.

"오빠, 죽지 마! 죽으면 안 돼!"

사라까지 나가고 나니 현관엔 피곤이 덕지덕지 붙은 얼굴로 서 있는 나와 여전히 모든 것이 즐거워 보이는 황녀, 그리고 빌이 내팽개친 수많은 반지만 남았다.

아, 젠장.

"전하! 그것도 위로라고 하세요!"

"내가 뭘. 빌이 원한 건 처음부터 결투였잖아?"

"알고 계셨어요?"

"그럼. 내가 그 정도 눈치도 없을까."

"그런데 왜 자꾸 그레이를 약 올리셨어요!"

"나도 공자가 저리 꽉 막힌 사람일 줄은 몰랐지. 로맨스라고 쳐도 나사니엘 백작가 정도면 나쁘지 않잖아?"

천연덕스럽게 말하는 황녀의 머리를 한 대 쥐어박고 싶은 심정이었다.

이 혼돈의 프러포즈 때문에 나사니엘 백작가의 후계자가 죽게 생겼는데 뭐가 웃긴 거야.

쨍그랑!

손님들께 대접할 차를 들고 오던 앤이 트레이를 떨어뜨리곤 두 손으로 입을 틀어막았다.

"……도, 도, 도, 도련님과 나사니엘 백작가의 영윤이……."

"앤, 바닥에 떨어진 반지들 치우고 여기서 조용히 기다려. 찍소리도 하지 말고. 아니, 아무런 상상도 하지 마."

"그래. 이런 건 비밀을 지켜 줘야지."

"좀! 황녀님은 절 따라오시고요!"

앤에게 입단속을 시킨 뒤 황녀의 손목을 잡아끌고 두 사람이 향한 곳으로 걸어갔다.

이미 모든 준비를 마쳤는지 빌과 그레이는 검을 빼 들고 대치 중이었다.

사라는 눈물을 줄줄 흘리며 발을 동동거리고 있었다.

애타는 사라의 마음을 모르는 건지 빌은 상당히 상기된 얼굴이었다.

"야. 마지막으로 묻는다. 반지 왜 가져왔어."

그레이가 긴 검으로 빌을 겨누며 물었지만 빌은 사실을 말할 생각이 없어 보였다.

"네게 주고 싶었다!"

⋯⋯그냥 생각이 없어 보였다.

"됐다. 그냥 덤벼."

상대가 너무 해맑으니 화내는 것에도 지쳤는지 그레이는 힘 빠진 목소리로 말하곤 두 손으로 검을 말아 쥐었다.

들뜬 얼굴의 빌이 검을 쥔 채 빠르게 뛰어와 그레이에게 덤벼들었다.

챙!

검이 맞부딪치는 소리와 함께 두 사람이 가까이 붙어서 힘을 겨루기 시작했다.

덩치는 빌이 더 컸지만 땅을 디디고 선 그레이의 두 발은 조금도 움직이지 않았다.

가뿐하게 검을 밀어 내고 발로 빌의 복부를 가격한 그레이가 몰아치듯 검을 휘둘렀다.

검날이 충돌하는 소리가 번개처럼 연무장을 가득 채웠다.

빌은 그레이의 공격을 겨우 받아 내고는 있지만 몸이 조금씩 뒤로 밀리고 있었다.

누가 봐도 현격한 실력 차이였다.

"야! 이! 새끼야! 내가! 결투! 싫다고! 어?! 몇 번을! 말하냐!"

그레이는 이 긴급한 와중에도 박자에 맞춰서 말하며 빌에게 화를 냈다.

"그, 래도! 꼭 한 번! 다……시! 붙어 보고! 싶! 으악! 싶었는데!"

공격을 할 때마다 검의 각도를 바꿔 내려치는 그레이의 검술은 보고 있는 것만으로도 다리가 저려 올 정도였다.

차마 비명조차 지르지 못하는 사라의 얼굴이 파랗게 물들어 갔다.

그레이가 짜증 난 건 이해하지만, 여기서 빌을 죽이면 나사니엘 백작가와는 완전히 척을 지게 된다.

"……설마 진짜로 죽이기야 하겠어."

내가 손톱을 잘근잘근 물어뜯으며 중얼거리는 소리를 들었는지 황녀가 슬쩍 가까이 다가왔다.

"죽일 것 같은데?"

황녀의 말이 끝나기 무섭게 그레이가 손잡이를 고쳐 잡으며 검을 마구 휘두르기 시작했다.

그레이가 한 마디씩 할 때마다 빌의 옷이 찢어지며 베인 살갗이 드러났다.

"그냥 솔직하게! 친구 하자고 해라! 무슨! 진짜, 확 그냥! 어!"

"엇, 그럼 이거 끝나고 친구를……."

그레이의 검을 막아 내느라 바닥에 거의 주저앉다시피 하고 있던 빌이 뜬금없이 친구라는 말에 반응했다.

움찔하는 빌의 검을 곧바로 쳐 낸 그레이가 그의 심장을 겨냥했다.

빌에게 겨눠진 예리한 검의 끝을 보는 순간 내가 벌인 각종 사업과, 오빠들의 명예 같은 것들이 주마등처럼 지나갔다.

그때 한 문장이 머리를 스쳤다.

*'솔레아가 마음이 약해서 그런 거 잘 못 보거든요.'*

나는 재빠르게 소리쳤다.

"솔레아 아파!"

황녀가 휘둥그레 커진 눈으로 나를 바라봤고, 나는 그녀의 시선을 애써 무시하며 얼른 손등으로 이마를 짚고 옆으로 쓰러졌다.

"뭐? 어디가?!"

결투에 집중하던 그레이가 내게로 눈을 돌린 그 순간, 빌이 그레이의 검을 피해 있는 힘껏 그를 밀어 버렸다.

훌륭한 몸통 박치기가 끝난 뒤 빌의 칼끝은 그레이의 목을 겨누고 있었다.

"하하! 방심을 하다니! 이번엔 내가 이겼, 악!"

몸을 비틀어서 빠져나온 그레이가 검을 집어 던지고서 빌의 턱을 향해 주먹을 날렸다.

"아니! 악! 결투 중에! 주먹을!"

"친구끼리는 싸우면서 크는 거야. 아까 친구 하자며."

"악! 아니, 그래도 주먹은! 악!"

결국 빌도 들고 있던 검을 내려놓고서 그레이와 주먹다짐을 하기 시작했다.

기사도는 검을 내려놓은 김에 갖다 버렸는지 둘은 마구잡이로 서로를 때리고, 발로 차며 연무장을 뒹굴었다.

뽀얀 흙먼지가 두 사람을 에워싸기 시작했다.

"반지를! 미친 새꺄! 왜 주냐고!"

"주고 싶어서 줬지!"

"이 새끼 아직도 정신 못 차리고!"

"부를 때 한 번이라도 좀! 나오지! 상대도 안 해 주고!"

"그래서 반지를 들고 왔냐! 어!"

"그래! 이 나쁜…… 어, 이, 어, 나쁜, 무화과파이 같은 놈!"

제 오빠가 쥐어 터지고 있는데도 사라는 안 죽어서 안심했다는 듯 바닥에 털썩 주저앉았다.

"아, 다행이야."

"사라. 지금 빌 코피 터졌어요. 좀 있으면 박도 터지겠어요."

"괜찮아요. 좀 맞아도 싸죠. 하, 너무 놀랐네. 정말 다행이에요. 안 죽어서."

"……그런데 빌이 왜 그레이한테 무화과파이라고 한 거예요?"

사라는 배시시 웃으며 대답했다.

"오빠가 무화과파이를 싫어하거든요. 저거 욕이에요."

아……. 옙.


한참 싸운 둘은 놀이터에서 그네를 서로 차지하려고 다툰 어린이들처럼 불통한 얼굴로 저택으로 들어왔다.

그레이는 입술이 터져 있었고 옷도 엉망이었지만 빌에 비하면 멀쩡한 편이었다.

빌은 쌍코피가 터지고, 눈두덩이도 퉁퉁 부은 데다 씩 웃으니 아랫입술에서도 피가 흘렀다.

그야말로 걸어 다니는 송장이었다.

"……그레이, 너 진짜로 죽자고 때렸구나."

"야, 내가 진짜로 때렸으면 저걸로 안 끝나."

툴툴대며 대답한 그레이는 인상을 팍 찌푸리더니 휙 고개를 돌려 나를 똑바로 바라봤다.

안 그래도 인상이 날카로운 편인데 찢어진 입술에서 피가 흘러서인지 한층 더 무서워 보였다.

아까 결투 중에 꾀병 부린 것 때문에 화났나?

조심스럽게 그의 눈치를 살폈지만 미간을 찌푸린 그레이의 입에서 나온 말은 내 예상과 전혀 달랐다.

"너 아까 아프다며. 괜찮아?"

"어?"

내게 손을 뻗으려던 그레이는 제 손이 엉망인 걸 깨닫고는 손을 몇 번 툭툭 털어 버렸다.

"지금은 괜찮냐고. 아까 아프다고 했잖아. 어디 아픈데. 머리? 아까 머리 짚으면서 쓰러졌잖아. 햇빛이 너무 강해서 어지러웠나? 혹시 열도 나? 의사 부를까?"

몇 번을 털어 내도 손이 깨끗해지지 않자 포기했는지 그레이는 허리를 숙여 제 이마를 내 이마에 가져다 댔다.

"열 안 나는데? 어디가 아픈데?"

"아, 그냥 잠깐 현기증……."

"으이그. 멍청아. 뭐 좋은 구경이라고 피 터지는 걸 나와서 보고 있냐. 그러니까 현기증이 나지. 얘가 진짜 갈수록 마음이 약해져서 큰일이네, 큰일이야."

걱정 섞인 핀잔을 줄줄 뱉던 그레이가 두 손으로 내 허리를 잡더니 몸을 들어 올렸다.

아까 낮에 티온이 그랬던 것처럼 나는 또 목욕 도중 도망치다가 잡혀 온 강아지 꼴이 됐다.

그레이는 쪽팔리지도 않는지 그 상태 그대로 빌에게 말했다.

"빌. 의사 불러 줄 테니까 치료하고 가. 그리고 반지 도로 다 가져가고."

"이왕 사 왔으니 정성을 봐서 하나 정도는 우정의 의미로."

"있는 우정도 갖다 버리기 전에 가져가."

"응. 챙겨 가야지."

얼굴이 피떡이 되어서도 빌은 사람 좋게 웃어 보였다.

그레이는 빌을 향해 픽 웃어 보이고는 카라샤펠 황녀에게 말했다.

"전하, 솔레아가 아파서 이만 올라가 봐야겠습니다."

"……글쎄. 내가 보기엔 공자 얼굴이 더 아파 보이는데."

"별거 아니에요. 솔레아가 현기증이 난대서요. 갑니다."

그레이는 황녀에게 고개만 까딱 기울이고는 나를 든 채 그대로 계단을 올랐다.

내가 모르는 사이에 두 사람이 굉장히 친해진 것 같아 의아했지만 그것과는 별개로 그레이에게 들려 옮겨지는 건 너무 부끄러웠다.

나완 달리 그레이는 한 치의 부끄러움도 느끼지 않는지 대기하던 앤에게 아무렇지 않게 명령했다.

"솔레아가 마실 미지근한 물 좀 가져와."

"예, 도련님!"

"그리고 얘 이마 닦아 줄 수건이랑 차가운 물도."

"예, 도련님!"

"……너 오늘따라 왜 이렇게 활기차지?"

"전 항상 활기찹니다, 도련님!"

묘하게 평소보다 밝고 희망 찬 앤을 보며 그레이가 '이상한데? 들떴는데?' 라고 중얼거렸지만 그녀는 싱글벙글 웃기만 했다.

절대 내 발로 땅을 디디게 할 생각이 없는지 그레이는 발로 문을 차서 열어 젖혔다.

"……내가 손으로 열면 되는데 왜 문을 발로 차고 그래."

"야, 됐어. 이런 거에 괜히 힘쓰지 마. 체력 딸려."

그레이 놈아. 너는 머릿속에 솔레아밖에 없는 거냐.

상식적으로 생각을 해 봐. 매일 밖에서 너랑 운동을 하는데 햇빛 아래에 몇 분 서 있었다고 현기증이 오겠냐고.

그 전에 문 여는 게 왜 힘쓰는 거야.

혹시 나를 민망하게 하려는 고도의 전략인가.

하지만 그는 진심이었다.

나를 침대에 조심히 내려놓고 손수 구두까지 벗겨 준 그레이는 인상을 찌푸린 채 침대 옆에 서서 나를 가만히 내려다봤다.

"왜 쓰러졌지? 밥도 잘 먹고, 운동도 꾸준히 하는데."

"오빠. 쓰러졌다기보다는 그냥 잠깐 어지러웠던 거야."

"잠을 제대로 못 자나? 하, 안 그래도 심약한 애가 몸도 이렇게 약해서 어떡하지? 야, 이제 그냥 나 불러. 어깨에 지고 다니게."

"무슨 소릴 하는 거야."

"어떡하냐, 진짜. 문도 못 열고."

"문은 네가 발로 차서 못 연 거지!"

"힘도 없는 애한테 어떻게 문을 열라고 하냐!"

이보세요. 저 커다란 세숫대야를 들고 들어오는 앤이 눈에 안 보이냐고요.

"도련님! 여기, 헉! 물이요! 이건 물수건이요! 이걸로 도련님 손 먼저 닦으시고요! 아가씨 이마에 올리실 수건은 대야 안에 들어 있어요! 도련님이 직접 하실 것 같아서 이렇게 준비해 왔어요! 아가씨께서 드실 물은 또 금방 가져다드릴게요!"

"고마워."

"도련님 드실 물도 같이 가져올게요! 많이 목마르시죠! 제가 빨리 갔다 올게요!"

"응."

앤은 재빠르게 방을 나갔다.

앤이 가져다준 젖은 수건으로 손을 닦고 탁자 구석에 대충 올려 둔 그레이가 한숨을 쉬며 중얼거렸다.

"왜 자꾸 아프고 그래. 아이고, 솔레아 아플 때마다 그레이 심장 떨어지네."

"……나 진짜 그냥 잠깐 어지러웠던 거라니까…….."

진짜 믿는 건지 놀리는 건지 구별하기가 힘들 정도로 그레이의 표정은 진지했다.

"……나 안 아파. 진짜야."

"예, 예. 알았습니다. 그래도 어지러웠던 건 맞으니까 머리 좀 차갑게 합시다."

그레이는 대야 안에 있던 수건을 꺼내 물기를 쭉 짜더니 고개를 갸웃하고는 다시 물에 적셨다.

이번엔 수건을 적당히 비틀어 물기가 남아 있는지 확인하곤 내 이마에 고이 올려 뒀다.

"쉬고 있어. 나 나가서 빌한테 인사하고 올 테니까."

"나도 갈게. 사라한테 할 말이 있어서."

"있어, 그냥. 할 말은 내가 대신 전해 줄게."

"음……. 잘 부탁해요?"

"그래. 그대로 전할게. 그러니까 너는 여기서 꼼짝도 하지 말고 있어. 올 때 의사도 데려올 테니까."

"나 진짜 괜찮다니까!"

"네, 알았다고요. 누워 있으시라고요."

일어나려는 내 어깨를 아프지 않게 살짝 눌러서 도로 눕힌 그레이는 씩 웃으며 방을 나갔다.

몇 분 뒤 다시 방으로 돌아온 앤이 들뜬 얼굴로 물었다.

"그레이 도련님은요?!"

"빌한테 인사하러 갔어."

"헉! 정말요? 무슨 인사요? 이왕 오셨는데 식사라도 하고 가시지! 세상에, 아쉽지도 않으신가."

"앤, 조용. 생각 멈춰."

"……넵."

조용해진 앤은 꾸벅 인사하고 방을 나갔다.

잠시 후 그레이가 의사를 데리고 돌아왔다.

그리고 두 사람의 뒤로 울상이 된 티온과 심각한 얼굴의 헤이먼, 까딱했다가는 사람도 칠 거 같은 공작님이 따라 들어왔다.

"그레이, 네가 어떤 친구를 사귀든지 그건 네 자유다. 다 컸으니 아비가 그런 것까지 간섭할 순 없지. 한창 피가 끓을 나이니 주먹다짐도 할 수 있다고 생각한다. 하지만 굳이 동생 앞에서 싸움질을 해 애를 기절시켜야겠니."

저는 기절한 적이 없습니다.

"……막내, 무서웠어?"

저는 무섭지 않았습니다.

"내가 너부터 챙기라고 했잖아! 제발 다치지만 말라고 몇 번이나 말했는데……. 이게 뭐야."

저는 털끝 하나도 다치지 않았습니다.

"내가 계속 신경 쓰고 있었는데 햇볕이 뜨거워서 그랬나? 갑자기 픽 쓰러지더라고."

여름은 끝나 가고 있습니다.

어디서 가져온 건지는 모르겠지만 검붉은 와인이 가득 채워진 잔을 든 황녀까지 방으로 들어왔다.

"공녀가 많이 놀란 거 같던데. 순식간에 무릎이 꺾여서 내가 미처 잡을 새도 없었어."

저 사람은 구라를 치고 있습니다.

그때 나랑 눈이 마주쳐서 내 표정 다 봤으면서.

황녀를 노려봤지만 그녀는 이 상황이 재미있다는 듯 어깨만 으쓱할 뿐이었다.

내 안색을 살피던 의사가 이마의 온도를 재려는지 불쑥 손을 뻗었다.

갑자기 가까이 다가온 손 때문에 나도 모르게 눈을 감고 흠칫 움츠러들었다가 살짝 눈을 떴다.

의사의 목뒤에 서슬 퍼런 검을 겨눈 티온이 동굴처럼 낮은 목소리로 말했다.

"……막내가 잘 놀란다."

제가 한 번만 더 놀랐다가는 나라가 무너지겠어요.

잔에 든 와인을 찰랑찰랑 부드럽게 흔들며 창가 앞 의자로 다가가 앉은 카라샤펠이 혼잣말처럼 중얼거렸다.

"조심해. 걸어 나가고 싶으면."

양기$^2$ +양기+양기+양기+살기=공포

내 상태를 살피는 의사의 손이 벌벌 떨리기 시작했다.

"고, 공녀님께서는 아무런 이상이 없으십니다."

"다시."

공작의 싸늘한 목소리에 흠칫 놀란 의사가 아까보다 세심하게 나를 살폈다.

눈을 까뒤집어 보고, 이마의 열을 재 보고, 혀를 내밀어 보라 하고는 혓바닥의 색깔을 확인해 보기도 했다.

그 후엔 어지러운지, 속이 메스꺼운지, 본인이 보여 주는 글자가 잘 읽히는지 등등을 물었다.

물론 나는 한 치의 거짓도 없이 솔직하게 답했다.

당장 다음 주에 상단주들과 만나기로 했는데 아파서 누워 있어야 된다고 하면 큰일이었다.

이 사람들 성격이라면 만남 자체를 뒤로 미룰 수도 있었다.

"고, 고, 공녀님께서는 아무런 이상도……."

"없다?"

공작의 번뜩이는 자안에서 살의가 물씬 느껴졌다.

난 의사의 눈에서 눈물이 왈칵 쏟아지기 전에 이불을 박차고 일어났다.

"나 진짜 괜찮다니까! 다들 왜 그래요!"

"야! 왜 일어나! 아까 어지러웠다며! 어디가 문제인지는 알아야지!"

"아깐 네가 결투하는 거 보고 놀라서 그랬어!"

"전에 결투하는 거 봤을 땐 기절까지는 안 했잖아!"

왜 아까부터 자꾸 기절을 했대!

답답해서 가슴을 퍽퍽 치자 헤이먼이 눈을 동그랗게 뜨며 마력으로 내 손목을 잡았다.

"멍 들면 어쩌려고 그래. 아프잖아."

"마력 집어넣어! 나 안 아파요! 제발! 나 안 아파! 진짜야!"

"그럼 왜 그랬어?"

"슐로든은 싫었는데 빌이랑은 친하니까 그렇지!"

갑자기 분위기가 싸해졌다.

아까 전 의사를 위협할 때와는 비교도 할 수 없는 냉기가 방 안을 감돌기 시작했다.

숨통을 조일 정도로 무거워진 공기에 눈치를 살피던 의사가 뒷걸음질로 방을 나가 버렸다.

왜 다들 조용해졌지, 라는 생각이 듦과 동시에 공작님이 침대 끄트머리에 앉으며 내게 물었다.

"우리 딸. 나사니엘 영윤과 친하다고?"

미소를 짓고 있긴 하지만 묘하게 서늘한 분위기였다.

응? 하며 다시 묻는 공작의 얼굴을 보아 하니 이대로 넘어가선 안 될 것 같았다.

"공작님. 아니, 아빠. 친하긴 한데 생각하시는 그런 친함이 아니라 파티에서 본 적 있고, 대화도 몇 번 해 봤다는 그런 의미예요. 절대 뭐 다른 쪽으로는 염두에 둔 적이 없고요. 네, 생각도 안 해 봤어요. 전혀. 휘우~ 무슨. 절대. 에이, 아니에요."

너스레를 떠는 내 모습에 공작은 의심이 풀렸는지 씨익 웃었지만 황녀는 아닌 것 같았다.

카라샤펠은 새파란 눈동자로 나를 직시하며 물었다.

"솔레아, 아까 보니 나사니엘 영윤과의 사이에 비밀이 있는 눈치던데, 혹시 오늘 그 반지가 원래 너한테 선물하려던 거였어? 뭔가 틀어져서 일이 꼬인 거야?"

상황을 자세히 모르는 사람들은 아마 몇 가지 단어만 알아들었을 것이다.

솔레아, 나사니엘 영윤, 비밀, 반지.

아드득 소리가 날 정도로 이를 악문 그레이가 뒤돌아 문을 박차고 나가려는 순간 나는 다급하게 외쳤다.

"아니야! 나 눈 되게 높아!"

"뭐?"

쪽팔림을 무릅쓰고 랩하듯 퍼부었다. 내 꿈은 국힙원탑.

"나! 눈 엄청 높아! 아빠 너무 잘생겼고, 다정해! 아빠 동년배들 다 배 나왔던데 아빠는 아직도 핫가이! 다리 너무 길어요! 미끄럼틀 타도 되겠어요! 일하는 것도 멋있어! 자랑스러워! 아빠가 내 아빠라서 행복해! 뿌듯해! 사랑해요! 그리고 티온 너무 멋있어! 테, 테스토스테론이 흘러넘쳐! 귀여워! 듬직해! 기대고 싶어! 힘도 너무 세! 흉터마저 잘생겼어! 사랑해! 헤이면 예뻐! 귀여워! 친절해! 다정해! 가끔 짜증 내도 예뻐! 처연미가 절절 흘러넘쳐! 사랑해! 그레이 냉미남! 너무 좋아! 틱틱대도 제일 많이 챙겨 줘! 다정다감의 의인화! 날이 갈수록 잘생겨져! 인간 섹스, 아니 섹시! 사랑해!"

헉헉 숨을 몰아쉬며 마지막으로 덧붙였다.

"이, 이런 가족들을 두고 내가 대체 누굴 만나겠어요. 그죠?"

폭풍처럼 말을 쏟아 내고 난 뒤 다급히 분위기를 살폈다.

그레이의 입꼬리가 씰룩거렸다.

"하, 참. 허허, 참 내. 하, 내가. 하, 진짜. 아, 어떡하냐. 날 이렇게 좋아해 가지고. 하, 오빠를 너무 좋아하는 거 아니야?"

저거 쥐어박고 싶은데.

능청을 떠는 그레이와는 달리 티온의 얼굴은 타들어 갈 것처럼 빨개졌다.

관자놀이 옆 벌어진 흉터가 시뻘겋게 익은 것처럼 보일 정도였다.

티온은 빨개진 얼굴로 눈을 끔뻑끔뻑 깜빡이다가 티 나지 않을 정도로 미미하게 살짝 웃어 보였다.

저래 놓고 또 아무도 없으면 나를 하늘로 집어 던지겠지. 짐승 같은 놈. 이제 안 믿는다.

헤이먼은 두 주먹을 꾹 쥔 채 금방이라도 터질 것처럼 붉어진 얼굴로 부들거리고 있었다.

"……다들 잘, 잘생겼다고 하고, 왜 나는 예쁘다고……."

부끄러운 건지, 분한 건지 모르겠지만 눈가가 빨갛게 달아올라 있었다.

목과 귓바퀴까지 빨간 걸로 봐선 아마 부끄러운 것 같았다.

분홍 곤듀 완댜님. 이 네 사람 중에선 네가 제일 예쁘게 생겼어. 네 옆에 있는 불곰을 좀 봐.

공작은 아무 말이 없었다.

심지어 표정 변화도 없었다.

내가 말을 쏟아 내기 전의 그 은은한 미소로 나를 바라보기만 할 뿐이었다.

그는 언제나처럼 눈꼬리를 접어 아름답게 웃고 있었다.

"그래, 아프진 않은 것 같아 다행이구나. 그래도 피곤할 테니 이만 자리를 비켜 주마."

침대에서 일어난 공작은 헛기침을 몇 번 하더니 옷매무새를 가다듬기 시작했다.

꽤 오래.

그렇게 한동안 침대 옆에 서 있다가 자연스럽게 비스듬히 짝다리를 짚더니, 또 잠시 후엔 어깨를 곧게 폈다. 그는 마치 모델처럼 자세를 조금씩 바꾸며 한참을 서 있었다.

"……아빠 뭐 하세요."

그레이가 삐딱한 목소리로 묻자 공작은 태연한 목소리로 답했다.

"옷이 조금 불편해서. 어서 나가자니까. 다들 왜 가만히 서 있니."

하지만 정작 그 말을 꺼낸 공작이 움직이지 않았다.

"이런, 구두끈이 풀렸군."

긴 다리를 접어 탁상에 한 발을 올리고 구두끈을 직접 맸다가, 다시 허리를 곧게 펴고 섰다가, 다시 침대에 앉아 다리를 꼬았다가 천천히 풀었다.

공작님이 샤론 스톤이냐고요.

왜 여기서 원초적 본능을 찍고 계신 거예요.

"아빠, 저 쉬고 싶어요."

"이런. 알았다."

내가 쉬고 싶다고 말하고서야 공작은 몸을 움직여 모델처럼 걸어갔다.

다른 오빠들도 공작의 뒤를 따라 방을 나갔다.

창가에 앉아 있는 황녀는 그들이 나가는 걸 멀뚱멀뚱 보고 있기만 했다.

"전하도 이제 슬슬 궁으로 돌아가셔야죠. 배웅할게요."

"나는?"

"예?"

"난 어떤데?"

마시던 와인을 테이블에 내려놓은 황녀가 자리에서 일어나 가까이 걸어왔다.

대체 언제 가져갔는지는 모르겠지만 그녀는 내 옷을 입고 있었다. 품이 넓고 발목이 훤히 드러나는 디자인의 드레스였다.

침대 가까이에 붙어 선 황녀가 팔짱을 끼고 나를 내려다봤다.

"내가 나사니엘 영윤보다 먼저 널 만났는데. 나는?"

"……전하까지 왜 이러세요."

"사람은 가끔 유치해지고 싶을 때가 있어. 난 어떻냐고 물었어."

"예뻐요."

"왜 그리 대충 대답해? 생각은 하고 말하는 거야?"

"진짜예요. 전하 처음 봤을 때 진짜 예쁘고 분위기 있어서 고풍스러운 미인이라고 생각했어요."

"그래?"

황녀가 끼고 있던 팔짱을 서서히 풀며 한쪽 입꼬리를 올려 웃었다.

"네. 진심이에요. 지금은 조금 유치하고 무서운 사람이라는 생각이 들긴 하지만, 처음 봤을 때는 딱 동화책에 나오는 공주님 같은 느낌이었어요."

"난 공주가 아니야. 황녀다."

"아니, 그! 관용적으로, 아유. 네. 황녀 전하."

침대에 걸터앉은 황녀가 나와 눈을 맞추곤 씩 웃었다.

"아니. 그냥 랏샤다. 너는 랏샤라고 불러."

"랏샤."

"응."

"이제 좀 가세요."

"매정하긴."

픽 웃은 황녀는 곧장 침대에서 일어났다.

"꾀병이었든 아니었든 일단은 쉬어. 잠을 제대로 못 잔 건 티 나니까."

"그래요?"

"응. 눈 밑이 시커매."

긴 손가락으로 제 눈 밑을 가리킨 황녀는 장난스럽게 웃어 보였다.

"그래도 전하가 가시는데 어떻게 자고 있어요. 일어날게요."

"출발하기 전에 사람 올려 보낼 테니까 일단 자고 있어. 보아하니 어제 구해 온 책 읽느라 제대로 못 잔 거 같은데."

"……알겠어요."

"나를 길들이려면 잠을 푹 자 둬야 할 거야."

"아, 정말! 아니라니까요!"

카라샤펠은 킬킬 웃으며 손을 휘휘 흔들어 인사하고는 나가 버렸다.

못 미덥긴 하지만 황녀가 사람을 보내 준다고 했으니까 일단 낮잠을 조금 자 볼까.

양모 공방도 잘 돌아가고 있고, 사라한테 책도 전해 줬고, 저택으로 찾아올 상단주들에게 할 말도 정리해 뒀고…….

침대에 누워 스르륵 잠이 들었다가 눈을 뜨니 이미 해가 져 버린 저녁이었다.

"어?"

급히 몸을 일으켜 밖으로 나가자 앤이 내 방 앞 복도를 청소하고 있었다.

"황녀 전하는?"

"아까 가셨어요."

"왜 날 안 깨웠어?"

"깨우지 말라셨어요."

"그래도 깨우지. 황족이 가는데 내가 드러누워서 자고 있는 게 말이 안 되잖아."

빗자루를 손에 꼭 쥔 앤이 울상이 되어 말했다.

"……황녀 전하도, 공작님도, 도련님들도 모두 깨우지 말라고 하시는데 제가 어떻게 깨워요. 저도 무섭단 말이에요……."

"……그건 그렇지. 그래. 어쩔 수 없었겠네."

나는 한숨을 쉬며 방으로 돌아왔다.

뭐랄까, 집이 전체적으로 위아래가 없네.

그래도 간만에 푹 자서인지 기분은 훨씬 개운했다.

잘된 일이었다.

오늘 저녁엔 할 일이 많았으니까.

나는 다시 방문을 열고 앤에게 작은 목소리로 말했다.

"앤. 옷 좀 챙겨 줘."

"무슨 옷이요?"

"눈에 안 띄는 옷."

"……나가시게요?"

말없이 빙긋 웃기만 하자 앤의 얼굴이 사색이 되었다.

그래도 어떡하니. 돈 벌려면 나가야지. 세상살이가 그렇단다.


앤과 함께 후원을 지나 저택을 빙 둘러 걸어가 작은 뒷문으로 나가려는 순간 누군가가 우리를 불러 세웠다.

"어디 가십니까."

아마도 저택을 지키는 경비병인 듯했다.

낯선 목소리에 흠칫 놀란 앤이 뒤돌며 어색하게 웃었다.

"아, 하하. 아하하. 잠깐 볼일이 있어서요. 금방 돌아올 거예요."

"위험하지 않겠어요? 별일 없으면 내일 가지."

시큰둥한 목소리로 말하는 경비병은 다행히도 나를 못 알아보는 것 같았다.

그때 누군가가 끼어들었다.

"뭔데."

"아. 맬다 님. 하녀 둘이 볼일이 있어 나간다고 해서요."

맬다라면 티온 휘하에 있는 기사였다.

저번에 나한테 띠껍게 말한 놈이지.

맬다는 전처럼 삐딱한 목소리로 우리에게 말을 건넸다.

"외출하는 건가? 밤에 돌아다니면 위험할 텐데. 그냥 나가지 말지 그러세요들."

앤은 내 눈치를 한 번 슬쩍 보더니 고개를 도리도리 저었다.

"오늘 꼭 나가야 해요."

"뭐 그리 급한 일이 있다고. 어, 그쪽 혹시 공녀님 담당 하녀 아닌가? 옆엔 누구야?"

맬다가 긴 다리로 성큼성큼 걸어왔다.

저놈한테 들키면 못 나가게 막는 건 물론이고, 티온이랑 공작님한테 고자질까지 할 텐데.

하지만 만나기로 약속한 자가 있어 꼭 나가야 했다.

어쩔 수 없지. 나는 작은 목소리로 중얼거렸다.

"얘들아, 빠따 준비해."

'웅!'

'때리게?'

'때릴 거야?'

여차하면 기절시킨 후에 기억을 날려야지.

품이 넓은 망토 안에서 마력 빠따를 들고 대기했다.

정신이 온전할 때보다 깜짝 놀라게 한 다음에 기절시키는 게 더 효과가 빠르고 좋긴 했다.

심기일전하던 그때 갑자기 바람이 불어서 망토가 펄럭였다.

쓰고 있던 모자까지 뒤로 벗겨지는 바람에 맬다와 눈이 마주치고 말았다.

심지어 그의 시선이 내가 손에 쥐고 있는 마력 몽둥이에 닿은 것 같았다.

……들켰구나.

얼른 다시 모자를 쓰고 기절시킬 요량으로 빠따를 망토 밖으로 꺼내려는데 맬다가 소리쳤다.

"아! 그, 그분이시구나! 보내 드, 아니, 그냥 가게 해! 볼일이 있대! 바쁜 사람이야! 어, 되게 바빠!"

얼른 마력 빠따를 작게 만들어 다시 허리춤에 매달았다.

"맬다 님이 아시는 하녀예요?"

경비병이 의뭉스러운 눈으로 묻자 맬다는 이를 악물고 그에게 말했다.

"어. 그러니까 그냥 가게 하시, 하라고. 바쁜 사람이라니까?"

"……아니, 왜 갑자기 화를 내세요."

맬다가 갑자기 왜 저러지?

티온이 저번에 단단히 한 소리 했나 보다. 하긴, 하루 종일 기합을 받으면 없던 충성심도 생기기 마련이지.

그대로 곧장 뒷문으로 나가려는 찰나 경비병이 다시 말을 얹었다.

"그래도 여자 둘이 나가는 건 좀 위험."

"내가 갈게! 내가 같이 갈 테니까 그만 좀 붙잡아! 너, 넌 여기만 지킬 거야? 너 저택이 얼마나 넓은지 알아, 어? 네 담당 구역이 여기밖에 없어? 사명감 같은 거 없냐고, 너한테는! 어, 이 자식아! 죽고 싶어? 너 오늘 먹은 저녁이 네 마지막 식사가 됐으면 좋겠어?"

"뭘 또 그렇게까지 말하세요. 알았어요. 그럼 맬다 님이 같이 다녀오시든가요. 참, 별일도 아닌 걸로 화를 내시네."

경비병은 투덜거리며 자리를 떴다.

맬다의 얼굴은 살인마라도 마주친 것처럼 새하얗게 질려 있었다.

"맬다?"

내 목소리에 멍청히 서 있던 맬다가 온몸에 힘을 주고 차렷 자세를 취했다.

"예! 베르고 소속 티온 기사단의 맬다입니다! 공녀님! 시키실 일 있으시면 뭐든지 말씀하십시오!"

……티온이 고문이라도 했나. 갑자기 왜 이러는지 이해가 안 가네.

"맬다. 우리 둘이서만 다녀올게요. 날 싫어하잖아요."

내 말이 총알이라도 되는지 맬다는 입을 벌리며 세차게 고개를 흔들었다.

"아닙니다! 아닙니다! 절대 싫어하지 않습니다! 저택을 지키시려는 기개와 담대함에 존경을 표하고 있습니다! 정말입니다!"

"……그래요?"

"네. 그렇습니다. 한 치의 거짓도 없습니다."

하지만 맬다의 모습은 나를 존경한다기보다는…… 그냥 겁을 먹은 사람 같았다.

마치 내가 그를 죽이기라도 할 것처럼.

내가 좀 진하게 생기긴 했지만 그 정도로 무서운 인상은 아닌데 왜 저렇게 쫄지?

둘이서만 가는 것보다 맬다 님과 같이 가는 게 훨씬 안전하고 좋지 않겠냐는 앤의 설득 같은 애원에 결국 우리는 맬다와 함께 뒷문을 빠져나왔다.

뒤에서 따라오던 맬다는 '……혼자 가도 안전하실 텐데.' 라고 작게 중얼거렸다.

기사인 그가 저렇게 말할 정도면 영지 치안이 굉장히 좋나 보다.


그녀가 정한 장소는 의외로 사람들이 많이 드나드는 술집과 연결된 작은 여관이었다.

술 냄새가 진동하는 연결 통로를 걸어가 그녀가 기다리고 있는 여관방의 문을 열었다.

"오셨습니까."

"꽤 정신없는 곳을 골랐네."

"예. 눈에 띄는 걸 안 좋아하실 듯해서요. 술에 취한 자들은 남을 눈여겨보지 않거든요. 이렇게 시끄러운 곳에선 더더욱."

여전히 치밀한 사람이었다.

"은밀하게 진행해야 하는 일이 있어서 너를 찾았다. 이안 클레버."

나는 싱긋 웃으며 망토를 벗었다.

"나를 아나?"

흘러내리는 붉은 머리카락을 바라보는 이안의 두 눈이 잠깐 커졌다.

그녀는 애써 놀란 티를 내지 않으려는지 시선을 내리깔았다.

"……귀한 분이실 거라고 예상은 했지만 베르고의 공녀님이실 거라고는 생각도 못 했습니다."

"앉아서 얘기할까?"

테이블을 사이에 두고 이안과 마주 보고 앉았다.

방금 전의 동요를 금세 가라앉힌 건지 이안은 처음 봤을 때처럼 차분한 얼굴이었다.

"이안. 우린 이제 한배를 탈 거야."

잠깐 말이 없던 이안의 진한 갈색 눈이 나를 향했다.

"공녀님 정도의 지위를 가지신 분이면 누구든 손에 넣을 수 있으실 텐데 왜 저를 찾으셨는지 그 이유가 궁금합니다."

"네게는 딱 나 정도의 뒷배가 필요하잖아. 안 그래?"

뒷조사는 처음 해 봤는데 생각보다 적성에 맞더라고.

"무슨 말씀이신가요?"

"남동생과 사이가 좋다고 들었어. 참, 협박하는 건 아니니까 걱정 말고."

"……공녀님이 무슨 얘길 하실지 알 것 같아요."

이안의 눈빛이 조용히 가라앉았다.


이안 클레버에겐 두 살 터울의 남동생이 있었다.

그의 아버지인 토니는 어려서부터 둘 모두에게 똑같은 교육을 시켰다.

물건을 사고파는 것부터 시작해서 시장의 물가가 어떻게 정해지는지.

그리고 자주 오는 단골 귀족들은 누구인지, 그들이 주로 찾는 품목들은 무엇인지.

기본 교육도 충분히 시켰고, 백화점 운영에 대한 것은 직접 둘을 데리고 다니며 몸소 익히도록 했다.

아버지를 닮아 백화점에 깊은 애정을 가지고 있는 남동생 셸먼은 차근차근 일을 배워 나갔다.

그리고 그건 이안 역시 마찬가지였다.

하지만 언젠가부터 토니는 클레버 백화점의 귀빈 응대를 셸먼에게만 맡기기 시작했다.

그리고 이안에게는 골드먼트 남작의 초상화를 보여 줬다.

'이안. 남작 부인이 되면 여태까지와는 완전히 다른 인생을 살 수 있어. 어디 가서 상인이라고 무시받지 않아도 되고, 더러운 꼴도 안 봐도 된단다. 너는 귀족이 되는 거야.'

이안은 아버지가 보여 준 골드먼트 남작의 초상화를 찬찬히 훑어봤다.

짙은 다갈색 머리에 안경을 끼고, 입술을 굳게 다물고 있었지만 은은하게 감도는 분위기는 이루 말할 수 없이 다정했다.

클레버 백화점에 몇 번 방문한 적 있는 고객이라 이안은 그의 실물이 이와 크게 다르지 않은 걸 알고 있었다.

그 댁 하녀 몇몇이 종종 설레는 표정으로 예쁜 레이스 장갑과 양말을 사 가기도 한다는 것 또한.

그럼에도 남작은 본디 온순하고 조용한 성격이라 하녀들에게 손을 대는 법이 없었다고 들었다.

어린 나이에 아버지가 돌아가셔서 일찍이 가문을 이어받았음에도 품위를 잃지 않고 고고하게 골드먼트 남작가를 지켜 왔다는 것도.

그런 남자가 몇 주 전 제게 꽃을 선물했으니 이런 일이 생기리란 걸 모르고 있었던 건 아니다.

하지만 이안은 실망했다.

'상인으로 살게끔 가르쳐 놓으셨으면서 남작 부인이 되라니요, 아버지.'

'하지만 좋은 자리가 있고, 그분이 너를 마음에 들어 하시잖니. 귀족으로 살 수 있는 기회란다, 이안.'

'저는 싫어요.'

'이안. 좋은 분이시다. 다정하시고, 들려오는 소문에 나쁜 말이라곤 하나도 없었어. 너도 알잖니.'

'이분이 좋은 사람이니까 결혼을 해야 한다는 건 말이 안 돼요. 저도……'

이안은 말을 잇지 못했다.

저도 아버지처럼 많은 손님들을 상대하면서 돈을 벌고 싶어요.

처음으로 손님에게 시곗줄을 팔았을 때의 쾌감이 아직도 선명했다.

'백화점은 걱정하지 마라. 셸먼이 잘해 주고 있잖니. 셸먼이 내 뒤를 잇는다고 해서 너를 저버릴 아이가 아니란 건 너도 알잖아. 이안, 네가 맏이라 걱정이 많은 건 알겠지만 아빠는 네가 고생하지 않고 좋은 집에서 좋은 옷 입으면서 매일 걱정 없이 살았으면 해.'

아버지의 마음은 이해할 수 있었다. 셸먼도 누나인 자신을 잘 따르고, 아버지의 사업을 잇고 싶어 하는 착한 동생이었다.

그리고 골드먼트 남작은 누가 봐도 완벽한 남편감이었다.

그래서 더 싫었다.

원망할 이가 아무도 없었다.

성공하고 싶고, 주변 사람들에게 인정받고 싶은데. 성씨를 바꾸는 게 아니라 클레버로서 더 입지를 다지고 싶은데.

이안은 주먹을 움켜쥐고 토니에게 말했다.

'……죄송합니다. 아버지. 없던 일로 해 주세요.'

'이안! 골드먼트 남작을 거절할 순 없어!'

'그럼 왜 똑같이 가르치셨어요! 더 큰 사람이 돼라, 손님들과 눈만 마주쳐도 원하는 게 뭔지 알아챌 정도가 돼야 한다! 손익을 따질 때는 정에 휘둘리지 말아야 한다! 그렇게 똑같이! 셸먼과 나란히 앉혀 놓고 가르치셨잖아요!'

이안은 터지려는 눈물을 꾹 참고 토니를 바라보며 말했다.

'꿈을 꾸게 하셨으면 기회라도 주셨어야죠.'

그게 벌써 1년 전 일이었다.

골드먼트 남작은 여전히 가끔 백화점에 찾아와 필요한 물건들을 사 갔고, 이안은 종종 자신에게 머무르는 그의 시선을 느끼곤 했다.

하지만 그는 다시 말을 걸진 않았다. 불편해하는 자신을 배려하는 듯했다.

차라리 골드먼트 남작이 다른 사람과 결혼이라도 했으면 아내가 필요했던 것뿐이구나, 라고 납득했겠지만 그는 여전히 혼자였다.

그에겐 다소 미안하지만 결정을 후회하진 않았다.

이안은 그 뒤로도 누가 뭐라 하든지 백화점에 줄기차게 출근했다.

하지만 귀빈들을 모시는 3층으로 올라간 적은 단 한 번도 없었다.


"네 남동생이 클레버 백화점을 물려받게 되어도, 넌 1층에서 계속 물건을 팔건가?"

"전 그 일이 적성에 맞아요."

"그 자리도 맞는 건 아니잖아, 이안."

이안이 내 눈을 똑바로 바라봤다.

나는, 적어도 지금의 솔레아 자리에 앉아 있는 나는 그녀가 원하는 걸 줄 수 있었다.

"네 스스로 네 자리를 만들 수 있도록 돕겠다. 나를 이용해."

"……공녀님께서 저를 이용하시는 게 아니라요?"

"서로 돕자는 거지. 장사꾼이 장사하면서 손해 보는 일은 없어야 하잖아?"

이안이 픽 웃고는 고개를 끄덕였다.

"제가 뭘 하면 되나요?"

"우린 사업체를 만들 거야, 이안."

"네?"

"보통의 상인 단체는 대형 사업장을 끼고 있거나, 주 구역을 가지고 있지. 하지만 우린 바닥에서부터 시작해야 돼."

"……그게 가능할까요? 인맥도 없고, 견제도 많이 받을 텐데요. 자리싸움도 해야 할 거고요."

"우리는 조금 남보다 잽싸고 치사하게 움직여서 빠르게 돈만 채 간다. 넌 그 것만 생각해. 알력 싸움이니 자리다툼, 다른 귀족과의 은밀한 협력관계 그딴 건 내가 생각할게."

"그럼 상단이 아닌 건가요?"

"상단이란 표현에 더 익숙하니 그 이름을 쓰긴 하겠지만 보통의 상단에서 하는 일 말고도 종합적으로 할 일이 많을 거야. 할 수 있겠어?"

나를 바라보는 이안의 눈이 반짝이기 시작했다.

"네. 할 수 있어요."

"나도 네가 할 수 있을 거라고 봐."

활짝 웃은 나는 이안에게 몇 가지를 명령했다.

첫째, 통롤러를 만드는 마법사가 우리 집에 머물고 있으니 그와 함께 상단을 꾸릴 것.

참고로 그는 서대륙 출신으로 제국어를 전혀 할 줄 모르고, 뭔가에 큰 충격을 받았는지 평소에도 말을 잘 하지 않는다고.

그래도 알아듣긴 하니까 의사소통에 큰 문제는 없을 거고, 혹시 손님들에게서 마법을 보여 달라는 요청이 들어오면 모두 거절할 것.

내 설명을 듣던 이안의 이맛살이 미미하게 찡그려졌다.

"왜 그래?"

"아. 제 상단인 줄 알았거든요."

"네 상단이야. 그 마법사는 통롤러 제작만 담당할 뿐이거든. 그래도 클레버 상단이라고 이름을 지을 순 없으니 새로운 이름을 생각하도록 해."

그제야 이안이 표정을 풀었다.

둘째, 투들로 자작가가 운영하던 예술 지원 사업의 소속 예술가들이 일자리를 잃었으니 우리가 그들을 선점할 것.

"예술 지원 사업을 하시게요?"

"그것도 베르고에 필요하니까. 차근차근할 거니까 걱정하지 말고, 우선 석공과 목공들 위주로 찾아서 섭외해 봐. 아, 음악가들도."

"음악가들까지요?"

"응. 그들한테는 베르고에서 왔다고 해도 돼. 처음에야 좀 꺼리겠지. 베르고니까. 하지만 포기하지 말고 찾아가서 '당신이 필요합니다. 소중한 인재님.' 이렇게 어필해. 3주쯤 뒤엔 상황이 천천히 달라질 테니. 그땐 다들 달라붙어 올 거야."

"왜 3주 뒤에 사정이 달라지나요?"

"책을 좀 팔아 볼까 하거든."

"네?"

동그랗게 눈을 뜨고 묻는 이안을 보며 나는 씨익 웃었다.

"앤."

내 뒤에 서 있던 앤이 가방에서 금화가 가득 든 돈주머니를 꺼냈다.

"셋째. 이게 중요해."

돈주머니를 활짝 열고 말하자 이안이 마른침을 꿀꺽 삼키며 내게 집중했다.

"3주 안에 빵 터뜨리려면 마케팅이 필요해."

"……마케, 예?"

"광고. 그래서 우린, 신문사를 살 거다."

"……네?"

나는 앤이 건네준 신문사 리스트를 테이블 위에 펼쳤다.

"현재 경영난에 시달리는 곳들이야. 보통은 회사의 주인이 바뀌면, 윗대가리들이 제일 먼저 뭘 하는 줄 아니?"

"……인원 감축."

"맞아. 그래서 우리는 단 한 명도 자르지 않는 걸 조건으로 내걸 거야. 대신 바로 그, 윗대가리를 자를 거다."

"그렇게 하더라도 이미 경영난을 겪고 있어서 당장은 원활한 운영이 힘들 텐데요."

"내가 돈이 많잖니."

"아무리 그래도 한두 푼 들어가는 게 아닐 거고……."

"난 돈이 아주 많잖니. 지금도 계속 통롤러가 팔리고 있어. 물론 우리 저택에도 돈이 아주 미어터지게 쌓여 있단다. 내가 어떤 집안의 사람인지 잊었니?"

아.

짧은 신음을 뱉은 이안이 고개를 끄덕였다.

"신문사를 산 뒤에 발행하는 신문마다 광고를 싣는 거야."

"하지만 공녀님. 사람들은 광고면을 그리 주의 깊게 보지 않아요."

"소식란에 실을 거야."

"소식란에요?"

"예를 들어 광고란에 염색 양모 얘기를 하면 무슨 내용이 들어갈까?"

"……화려한 색감, 섬세한 자수……."

"그렇지. 근데 소식란, 그것도 1면에 염색 양모 기사를 실을 땐 내용을 약간 다르게 하는 거야. 고객층을 파악해서 그들을 자극해야지."

"어떻게요?"

"제목은, 음……. '염색 양모, 황가의 전유물인가?' 본문 내용엔 화려한 색감과 장인들이 한 땀, 한 땀 수놓은 섬세한 자수, 세상에 하나뿐인 디자인 얘기를 하고, 엄청난 가격대를 대략 써 놓는 거지. 그럼 다른 귀족들이 어떻게 될까?"

"양모를 가지고 싶어서 안달이 나겠죠. 경애하다 못해 숭배하는 황족의 전유물이라니, 갖고 싶잖아요."

"그렇지."

"하지만 그렇게 사치를 조장하는 게…… 옳은 일일까요?"

"그래서!"

나는 주먹으로 테이블을 쿵 치고 이어 말했다.

"넷째! 사업체와 함께 복지재단도 운영할 것이다. 내가 아까 말했잖아. 베르고를 위해 일하는 거라고. 난 내 가족들이 굶주린 영주민들한테 목이 따이길 바라진 않거든."

"이건 너무……."

"왜? 너무 이상적이야? 말도 안 되는 것 같아?"

잠깐 망설이던 이안은 눈을 부릅뜬 채 허공을 보며 입술을 작게 움직였다.

무언가 계산하는 듯 눈이 빠르게 움직였다.

"아니요. 할 수 있습니다. 시간이야 걸리겠지만 반년 이후의 베르고의 위상은 지금과 다를 거예요."

나는 이안을 똑바로 보며 방긋 웃었다.

"역시. 너라면 그렇게 대답할 줄 알았어. 타고난 장사꾼이네."

준비해야 할 다른 것들에 대한 설명을 모두 마친 뒤 나는 자리에서 일어섰다.

방을 나서기 전 이안이 나를 붙잡았다.

"왜?"

내 물음에 이안은 물끄러미 나를 바라보다가 깊이 허리를 숙여 인사했다.

"……기회를 주셔서 감사합니다. 반드시, 반드시 갚겠습니다."

"그래, 널 믿을게."

이안의 굽은 허리는 내가 방을 나설 때까지도 펴지지 않았다.

집으로 돌아가는 길에 앤의 입이 댐 터지듯 터져 버렸다.

"세상에나, 아가씨. 그래서 그동안 자꾸 저 혼자 시장 내보내시고, 클레버 집안 하녀들이랑 친해지라고 하셨던 거였어요? 와, 어쩐지."

몇 걸음 앞서 걷던 앤이 다시 내 옆으로 총총 다가와 물었다.

"아니 그러면 염색 양모 사업은 이안에게 맡기지 않으실 건가요? 다음 주에 커다란 상단의 단주들이 공작가에 오기로 했잖아요. 그게 제일 큰돈이 들어오는 일인데 그것만 빼놓으시게요?"

"그것도 생각이 있어. 처음엔 큰 상단의 이름이 필요해서 그들의 이름을 쓰겠지만, 결국엔 이안이 맡게 될 거야."

"어떤 계획인지 살짝만 말씀해 주시면 안 돼요?"

"가장 방해가 되는 상단을 완전히 밀어 버릴 거야. 그다음엔 자연스럽게 내 손에 떨어지게 만들어야겠지."

"와. 무슨 소설 보는 거 같아요."

공작저가 보이기 시작할 즈음, 내내 조용하던 맬다가 내게 말을 걸어왔다.

"공녀님. 그런데 저 여자를 쉽게 믿어도 되는 겁니까? 그 큰돈도 단번에 주시고요."

나는 뒤돌아서서 그에게 답했다.

"간절한 이에게 기회가 주어졌으면 해. 난 그러지 못했거든."

"예?"

"……배고프다. 얼른 돌아가자. 맬다도 오늘 고마워. 이 은혜는 꼭 갚을게."

"아, 아닙니다. 해야 할 일을 했을 뿐입니다……."

멍하니 답하는 맬다를 뒤로하고 공작저를 향해 걸어갔다.

반년.

이안과 내 계산이 일치한다면 앞으로 반년이면 충분했다.

솔레아의 오빠들을 도와주고 나면, 그들에게 받은 사랑을 내가 갚고 나면……. 그땐 후련히 돌아갈 수 있겠지.

❊ ❊ ❊

단주들이 한자리에 모인 날, 나는 깔끔한 검은 셔츠와 바지를 입고 그들의 앞에 섰다.

"시간을 말씀드리지도 않았는데 다들 서둘러 와 주셨네요."

생긋 웃으며 말했지만 그들은 내게 딱히 우호적인 태도를 보이지 않았다.

"공녀님이 부르시면 우리 같은 상인들이야 와야지 어쩌겠습니까."

"저희가 힘이 있나요."

개중 몇몇은 실실 쪼개며 말하긴 했지만 비아냥조였다.

"무슨 그런 섭섭한 말씀을. 베르고뿐 아니라 제국 전체를 주름잡고 있는 상단의 단주분들을 모신 건데요. 차라도 한잔하면서 얘기 나눌까요."

우란 상단의 단주는 익히 들어왔던 것처럼 풍채가 좋은 사내였다.

"차는 거래를 맺은 단주와 둘이서 차분히 드셨어도 됐을 텐데요. 바쁜 사람들을 모으신 이유 먼저 말씀해 주시죠."

우란의 말에 찻잔을 들어 올리던 클레버와 프랑크가 눈치를 살피더니 다시 찻잔을 슬쩍 내려놓았다.

"예, 큼. 그, 그러시지요. 공녀님."

"저희도 꽤나 바쁜 사람들이라."

"공녀님은 모르시겠지만 상단 일이라는 게 단주 없이는 돌아가지가 않거든요."

"뭐, 잘 모르시니까 굳이 가만 놔둬도 잘 팔리는 양모를 꾸며 가며 파시는 게 아니겠습니까."

한마디씩 말을 얹은 단주들이 소리 죽여 킬킬 웃었다.

재미있는 농담을 하네.

"우란은 이런 자리에서도 위세를 뽐내고 싶은 모양인가 봅니다. 공작가의 정찬실에서, 그것도 공녀에게."

입가에 미소를 띤 채 말하자 우란은 언제 비꼬았냐는 듯 얼굴을 활짝 펴고 말했다.

"좋은 거래를 빨리해 보고 싶어 꺼낸 말이지요. 자, 어서 물품을 보여 주시죠."

옆에 서 있던 앤에게 살짝 눈짓하자 그녀가 얼른 창가로 다가가 묶어 놓았던 줄을 당겨 풀었다.

그러자 커다란 사이즈의 검은 양모가 블라인드처럼 차르르 내려왔다.

그와 동시에 정찬실 내부의 모든 불을 꺼뜨렸다.

귓가에서 정령들이 소리를 질렀다.

'불 껐어!'

'말한 딱 그 타이밍 맞춰서 껐어!'

'우리가 껐어!'

'우린 멋져!'

'우린 해냈어!'

내 귀는 떨어져 나갈 것처럼 시끄러웠지만 단주들은 모두 창문의 빛을 가린 검은 양모에 혼을 뺏긴 듯 바라보고 있었다.

그럴 법했다.

검은 양모 위에 마력을 담은 빛나는 노란 색실을 이용해 자수를 넣었으니까.
은은하게 빛나는 샛노란 색실들은 화려하게 반짝였다.

규칙적인 패턴으로 자수가 놓인 부분이 있는가 하면 어느 부분은 마치 검은 밤하늘 위에 떠오른 수많은 별과 달처럼 보이기도 했다.

"재회의 언덕이라는 작품이에요. 아름답죠?"

내 질문에 누군가가 홀린 듯 답했다.

"……이건 예술이야……."

"네, 사실 예술에 가깝죠. 집에 손님을 초대할 때 벽에 걸어 두면 참 멋지겠죠?"

짝짝 두 번 손바닥을 두드리자 순식간에 정찬실이 밝아졌다.

'우리가 컸어!'

'박수 두 번 듣고 컸어!'

'한 번에 컸어!'

'우린 대단해!'

'좋아!'

얘들아, 조용히 좀. 나 일하잖니.

터질 것 같은 귀를 티 나지 않게 잠깐 막았다가 태연하게 미소 지었다.

"불이 꺼지면 환상적이지만……. 불을 켜면, 뭐, 평범한 자수에 불과하군요. 자수 실력은 꽤 좋지만 말입니다."

우란의 말에 앤에게 다시 한번 눈짓하자 그녀가 고개를 꾸벅 숙인 후, 양모의 끄트머리를 잡고 살짝 흔들었다.

그러자 새카만 양모 전체가 마치 파도가 일듯 일렁이며 번쩍였고, 노란색의 자수들이 금방이라도 튀어나올 것처럼 입체적으로 울렁거렸다.

어두운 밤에 반짝거리며 날아다니는 반딧불이 같은 움직임이었다.

"……이게 무슨!"

다들 퍽 놀란 눈치였다.

뤼블러스가 믿지 못하겠다는 듯 목을 쭉 뺀 채, 눈을 한 번 비비고는 앤에게 손을 뻗으며 명령했다.

"이봐! 한 번만 더. 한 번 더 해 봐!"

"제 하녀 이름은 앤입니다. 함부로 부르지 말아 주셨으면 하네요. 여긴 내 집이잖습니까?"

뤼블러스는 잠깐 나를 바라보더니 발을 동동 구르며 앤에게 부탁했다.

"앤. 한 번만 더 움직여 주게. 얼른!"

뤼블러스의 말에 앤이 무표정으로 또 양모를 흔들었다.

아까처럼 자수들이 일제히 반짝거리며 응접실을 낭만적인 분위기로 만들었다.

대부분의 단주들은 입을 벌린 채 멍하니 구경했다.

마치 꿈속을 유영하는 것 같은 멍청한 얼굴들이었다.

어느새 대다수가 자리에서 일어나 있었다.

"제품에 대한 확인은 이 정도면 되었을까요? 앉아서 얘기하시죠."

누군가는 품에서 손수건을 꺼내 이마를 닦기도 했고, 또 어떤 이는 아까까진 거들떠보지도 않던 차를 벌컥벌컥 들이마시기도 했다.

뤼블러스와 클레버, 키온은 여전히 양모에서 눈을 떼지 못하고 있었다.

나를 보고 있는 자는 우란뿐이었다.

그는 묵묵히 나를 보다가 입을 열었다.

"양모에 마력을 담으셨습니까?"

"그럼. 난 평범한 건 질색이라. 돈도 안 될 것 같고."

거들먹거리며 말했음에도 우란은 그다지 신경 쓰지 않는 눈치였다.

눈앞의 돈다발을 안겨 줄 양모에 정신이 팔린 거겠지.

양모를 힐긋거리던 우란이 나를 보며 다소 딱딱한 어조로 물었다.

"마력의 유지 기간이 얼마나 됩니까?"

"평생."

"……가격은 어떻게 됩니까?"

"양모의 크기와 자수의 양에 따라 다르겠지. 그리고 잘 팔리는 장인의 디자인엔 가격을 좀 더 붙일 예정이야. 이 정도 크기에, 이 정도 자수 실력이라면 무난하게 300만 제르쯤 받으면 되려나."

누군가 헙! 하고 숨을 들이마셨다.

"공녀님이 저택에서만 생활하셔서 물가를 잘 모르시나 본데 300만 제르면 4인 가족의 1년 치 생활비입니다. 이리 비싸면 누가 사겠습니까?"

"내가 원하는 고객층은 평민이 아닙니다."

나는 내게 질문한 이를 똑바로 노려보며 두 손을 테이블 위에 얹은 채 몸을 앞으로 숙였다.

"이상하네, 난 오늘 귀족들을 상대하는 상단만 골라 불렀는데. 왜 저자는 나를 물정 모르는 온실 속 뜨끈한 난초 취급을 할까?"

혼잣말처럼 말하긴 했지만 명백히 상대를 겨냥한 말이었다.

내 말이 끝나자마자 입구에 서 있던 맬다가 다가와 그의 어깨를 짚었다.

"일어나시죠."

"이게 무슨! 저기, 고, 공녀님! 오해십니다. 가격이 믿기지가 않아서! 아니, 놀라, 놀라서 그랬습니다! 기회를 주십쇼!"

나는 맬다를 쳐다보며 고개를 까딱 움직였다.

그는 단주를 잡고 끌어냈다.

왜인지는 모르겠지만 맬다가 며칠 전부터 내 주변을 어슬렁거리며 심복처럼 굴기에 정찬실에 함께 데리고 들어왔는데, 잘한 선택이었다.

눈치도 빠르고 인상도 더러워서 위협용으로 세워 놓기에 딱이었다.

물론 인상은 우리 첫째 오빠가 제일 험악하지만 티온은 생김새와 달리 마음이 약하니까.

이름 모를 남자가 끌려 나간 뒤 우란이 진지한 표정으로 내게 말을 걸었다.

"거래하고 싶습니다."

"조건은?"

"저희에게 독점권을 주신다면 이 제국뿐 아니라 타국의 황가에도 저 빛나는 양모를 팔아 드리지요. 그뿐입니까. 대륙 너머에서도 베르고의 이름을 모르는 자들이 없도록 하겠습니다."

양모에 영혼이 털려 있던 뤼블러스가 냉큼 끼어들었다.

"우리에게 독점권을 주십시오! 공녀님! 전체 물품의 판매율은 우란이 높을지도 모르나 저런 고급품은 귀족이나 황가를 대상으로 팔아야 하는 것이 아닙니까. 그쪽으로는 저희가 더 잘 맞습니다. 수수료도 6 대 4까지 맞춰 드리겠습니다."

"어머, 그런가요? 내가 6?"

깜짝 놀란 척하며 손가락으로 나를 가리키자 뤼블러스가 당황스럽다는 듯 허허 웃었다.

"하하. 제작만 공녀님 측에서 하시고 유통부터 판매까지 다 저희가 하는데 당연히 저희가 6이지요."

"짜네. 다른 이는 없나?"

구석에 있던 토번이 소리쳤다.

"저희는 5 대 5까지 가능합니다! 무역이라면 저희가 이 중 제일 이름이 나 있으니 믿고 맡겨 주십시오!"

클레버가 번쩍 손을 들었다.

"공녀님이 6! 어떠십니까! 백화점 입구에서부터 잘 보이도록 걸어 놓고!"

"백화점 같은 소리 하네. 어중이떠중이 귀족들만 가는 곳 주제에. 우리는 딱 7로 모시겠습니다, 공녀님."

"폴른! 공녀님 앞에서 어중이떠중이 귀족이라니! 그래 놓고 7 소리가 잘도 나오는군!"

"베르고의 공녀님에 비하면 그렇다, 그 소리지."

정신없는 와중에 우란이 내게 다시 딜을 던졌다.

"저희와 하시죠. 5 대 5까지 맞춰 드리겠습니다."

"계산을 잘 못하시나? 방금 다른 쪽에서 7까지 불렀잖아요?"

"공녀님이 원하시는 매출, 그 이상을 해낼 수 있는 건 우란뿐인 걸 아시지 않습니까?"

"아쉽넹. 난 내가 8 정도는 될 줄 알았지 뭐야. 장인들 월급도 내가 주고, 제작하는 장소도 다 내 돈으로 마련하고, 들어가는 마력도 다 내 돈인데. 내가 5밖에 안 된다니. 눈물이 절로 나. 흑흑흑."

장난스럽게 어깨를 축 늘어뜨리고 억지로 우는 소리를 내자 우란이 살짝 인상을 찌푸렸다.

"아까 고위 귀족들을 대상으로 팔 생각이라고 하셨는데 물건이 아무리 좋아도 베르고의 물품이라 하면 누가 구매하겠습니까? 그러니 직접 상단을 운영하시지 않고 저희를 찾아 주신 거 아닙니까. 5 그 이하는 안 됩니다."

내 앞에서 직접적으로 베르고를 까 내리는 우란의 발언에 장내가 얼어붙었다.

요 몇 달 동안의 내 행보에 대해선 다들 익히 들어 알고 있겠지.

베르고를 욕하는 자가 있으면 따귀를 후려쳤고, 여태 조용히 참았던 오빠들도 이젠 더 이상 참지 않고 움직였다.

그러니 당연히 공작님의 귀에도 들어갔지. 베르고를 함부로 놀렸던 가문이 몇 개나 정리되었다.

심지어 황자까지도.

우란의 단주는, 지금 제 목을 걸고 염색 양모의 독점권을 달라고 하는 것이었다.

그래도 그렇지, 양아치 새끼. 어떻게 수익의 50%를 달라고 하니.

나는 속내를 감추고 미소를 띤 채 그를 보며 말했다.

"솔직하군."

"장사를 하려면 배짱이 있어야지요."

"좋아. 긍정적으로 생각해 보지. 계약서는…… 한 2주쯤 뒤에 들고 오는 게 어때? 검토해 본 후에 직접 찾아가지."

다른 이들이 아쉬운 듯 한숨을 토해 내긴 했으나 어쨌든 이 중 고위 귀족들을 가장 많이 상대하는 건 우란이었다.

뤼블러스 입장에선 아쉬울 수도 있겠지만, 직접 단주들을 불러 모아 보니 확실히 감이 왔다.

쳐 내야 할 것은 우란이다.

이야기가 마무리되어 다들 슬슬 정리하고 일어서려던 찰나, 우란이 '아.' 하는 탄성을 내뱉고는 질문했다.

"양모에 주입된 마력이 평생 간다는 걸 보장해 주셔야 하지 않겠습니까?"

"내 이름으론 보장이 안 되나?"

우란이 시키면 눈동자가 보이지 않을 정도로 눈을 접어 웃으며 간교하게 말했다.

"오늘 공녀님이 보여 주신 담대한 배포에는 꽤 놀랐지만, 그와 별개로 공녀님이 데리고 계신다는 마법사의 실력이 어느 정도인지는 가늠이 안 가서 말입니다. 사업을 하려면 신뢰가 중요하잖습니까."

나는 굳은 얼굴로 앤에게 명령했다.

"마법사를 데려와."

앤은 곧장 정찬실을 빠져나갔다.

돈은 영문도 모른 채 이곳으로 오겠지만 무슨 일이 있어도 남들 앞에서 제국어로 말하지 말라고 했으니까 괜찮겠지.

일단 데려온 다음에 시선을 돌리고 정령들에게 부탁하면 되니까.

잠시 후, 돈이 사람들로 가득 찬 정찬실 안으로 들어왔다.

"자네가 마법사인가? 반갑군. 내가 곧 자네의 동업자 될 사람이야."

우란이 손을 내밀며 악수를 청했지만 돈은 그를 더럽다는 듯 흘겨보며 미간을 찌푸렸다.

심지어 살짝 벌어진 입술 사이로 쯧, 하고 혀 차는 소리까지 났다.

꼿꼿이 편 허리와 떡 벌어진 어깨, 그리고 절대 고개 숙이지 않겠다는 듯 뻣뻣하게 목을 세운 모습이라니.

그전에도 이렇게 행동하라고 교육을 하긴 했지만 이 정도로 자연스럽게 싹수가 멸종하진 않았었는데…….

돈은 꼭 다른 사람이 된 것 같았다.

싸가지라고는 서대륙에 두고 온 것 같은 돈의 모습에 모두들 당황한 눈치였다.

……나까지도.

심지어 나도 모르게 '돈, 너 왜 그래?' 하고 물을 뻔했다.

그때 토번이 어색하게 웃으며 분위기를 중재하려 끼어들었다.

"하하. 과연 서대륙의 마법사답군요."

우란이 내밀었던 손을 거두고 토번을 향해 몸을 돌리자 그가 이어 말했다.

"서대륙의 마법사들은 제국의 마법사들과는 달리 상당히 권위적이라 들었습니다."

우란은 다시 사람 좋은 척 웃으며 돈을 바라봤다.

"그렇군. 그래도 여긴 제르노아니 장소에 맞춰 태도를 바꿀 필요가 있을 것 같은데."

하지만 돈은 이젠 아예 우란을 쳐다보지도 않았다.

불쾌해졌는지 우란은 팔짱을 낀 채 돈을 지그시 바라봤다.

"뭐, 중요한 건 능력이니까. 괜찮으시면 마력을 사용하는 모습을 보여 주셨으면 하는데."

돈은 여전히 꿈쩍도 하지 않고 그를 무시했다.

당연하지, 마법을 보여 줄 만큼의 마력이 없으니까.

마법을 보여 주기 위해선 내가 정령들에게 명령을 내려야 했다.

하지만 이렇게 모두의 시선이 나와 돈에게 집중되어 있으면 쉽사리 입을 열

수가 없었다.

돈이 움직이질 않고 가만히 서 있기만 하자 우란의 한쪽 입꼬리가 비스듬히 올라갔다.

"혹시 마법사가 아닌 거 아닙니까? 마법사치고는 손도 영 거칠고……. 길바닥을 구르며 고생깨나 한 사람 같아 보이는데."

토번이 눈치 없이 말을 얹었다.

"음? 서대륙의 마법사들은 험한 일을 하지 않을 텐데요?"

"……공녀님이 장난이나 치실 요량으로 저희들을 불러 모으신 게 아니었으면 좋겠습니다만."

"이름이 뭔지 말도 안 하는 자라니, 신원이 의심 가는데 진짜 마법사가 맞긴 한 겁니까?"

"자기 신분부터 명확히 밝혔으면 좋겠는데."

"애초에 서대륙에서 여기까진 뭐 때문에 온 거랍니까?"

"공녀님과는 어떻게 아는 사이인가요?"

돈이 마법을 빨리 보여 주지 않자 단주들의 의심이 호박 줄기처럼 줄줄이 이어지기 시작했다.

나는 그들의 시선을 똑바로 마주하며 최대한 태연하게 말했다.

"이름을 말할 수 없는 사정이 있습니다. 그리고 저와는 개인적으로 아는 사이고요. 곧 마법을 보여 줄 겁니다."

"제국어를 못 하는 것 같은데 공녀님과 의사소통은 잘되는 겁니까? 어떤 방식으로요?"

더 이상 미룰 순 없었다.

몸을 옆으로 틀고 손을 들어 입을 가린 채 돈에게 귓속말을 하듯 중얼거렸다.

"강력한 마법. 아무거나. 빨리 보여 줘."

날 바라보는 돈의 두 눈이 당황으로 일렁거렸다.

돈은 내가 정령들을 부린다는 걸 모르니 본인에게 한 말인 줄 아는 것 같았다.

'우리?'

'우리한테 한 말인가?'

'아니야. 주눅 든 왕강아지한테 속삭였잖아!'

'그렇구나!'

'근데 쟤 마법사 아니잖아.'

'마법을 배웠나?'

'왕강아지는 마력이 별로 없는데 강력한 마법을 어떻게 해? 임시 주인 바보인가?'

당장이라도 너희한테 한 말이라고 소리치고 싶었지만 정찬실에 사람들이 가득 차 있어 그럴 수 없었다.

미심쩍은 눈으로 돈을 위아래로 훑어보던 토번이 알아들을 수 없는 언어로 돈에게 말을 걸었다.

아마도 서대륙어인 것 같았다.

혹시나 이런 상황이 생길까 봐 서대륙어 회화를 배워 두긴 했지만 아직 초급 수준이라 토번의 말 중 내가 알아들은 건 제일 처음의 '안녕하세요.' 와 제일 마지막 문장인 '괜찮다면 ~를 해 줄 수 있냐.' 정도였다.

돈한테도 서대륙어 사전이랑 회화 책을 사다 주긴 했는데…….

토번의 말을 들은 돈의 짙은 눈썹이 움찔 떨렸다.

어떡하지. 어떻게 해야 하지.

당황한 티를 내지 않으려 가만히 서 있긴 했지만 머릿속이 온통 새하얘져 버렸다.

그때였다.

돈이 천천히 입을 열어 유창한 서대륙어로 토번에게 무어라 말했다.

그러자 토번이 눈을 동그랗게 뜨고 끄덕거렸다.

긴말을 끝내고 잠깐 한숨을 내쉰 돈은 토번을 비롯해 이 방 안에 있는 모든 이들을 매섭게 바라보다 이를 악물고 말했다.

"……로 마하탐."

나와 다른 단주들은 무슨 뜻인지 알아듣지 못했지만 토번은 확실히 알아들은 듯했다.

그의 입이 천천히 벌어지고 경련을 일으키는 것처럼 눈가가 덜덜 떨려 왔다.

"무슨 뜻인가?"

"저 마법사가 뭐라고 한 거야?"

"토번. 왜 몸을 떠나?"

사람들의 눈길이 이제는 토번을 향했다.

지금이었다.

나는 몸을 그들에게서 완전히 돌려 작지만 확실한 어조로 명령했다.

"집중의 박수를."

'짝! 짝! 짝!'

'확실해! 이번엔 우리한테 하는 말이야!'

"마법을 보여 줘. 확실하고, 강력한 거."

'응!'

'맡겨만 줘!'

바닥이 미미하게 울리기 시작할 때쯤 토번이 입을 열었다.

"……원, 원수를 찾아 죽이기 위해 오래 도망을 다녔다고……. 스스로를 소개할 때 로 마하탐이라고 말하는 이는 건들면 안 됩니다. 삶의 목적이 그거 하나뿐인……. 그, 뭐랄까. 복수에 사활을 건 잔악한 이들이라서요."

모두의 시선이 다시 돈을 향하는 순간 타이밍 좋게 바닥이 크게 흔들렸다.

창틀에 걸려 있던 양모가 순식간에 갈기갈기 찢어발겨지고, 창문이 쨍그랑 소리를 내며 깨졌다.

지진이라도 난 줄 알고 창문의 파편을 피해 몸을 웅크린 단주들이 탁자 밑으로 숨으려는데 정찬실의 긴 탁자가 순식간에 쩌저적 소리를 내며 반으로 갈라졌다.

갈라진 탁자는 양옆으로 쓰러졌고 바닥에 닿는 동시에 모래가 되어 흔적도 없이 사라졌다.

정찬실의 아름다운 대리석 바닥도 끝없이 요동쳤다.

그뿐 아니라 정찬실의 불이 미친 듯이 밝아졌다 어두워지길 반복했다.

다들 겁에 질려 차마 비명조차 지르지 못하고 있는데, 마치 에코라도 넣은 듯 정찬실 안에 돈의 목소리가 쩌렁쩌렁 울렸다.

"로 마하탐."

"로 마하탐."

"로, 마하탐."

"로……. 마하, 탐."

공포영화 속에 들어와 있는 것 같은 기분이었다.

토번이 제일 먼저 비명을 지르며 정찬실 밖으로 뛰쳐나가려 움직였지만 문이 열리지 않았다.

"그만! 나는 자네의 가족을 죽이지 않았어! 그만! 나가게 해 줘!"

토번의 비명 때문에 다른 단주들까지 패닉 상태가 됐는지 그들은 일제히 문으로 달려가 문을 부서뜨릴 듯 두드렸다.

"밖에 누구 없어요! 나가게 해 줘!"

"우린 아니라고!"

"이봐요! 여기 사람 있어요!"

"우란! 대체 왜 마법을 보여 달라 한 건가!"

"나갈래! 이봐! 거기 누구 없어!"

상황이 극에 달했을 때, 나는 다시 한번 입을 움직였다.

"그만."

그 순간 모든 것이 멈췄다.

방 안에 울려 퍼지던 돈의 목소리도, 바닥의 울림과 어디서 불어오는지 모를 바람까지도.

그리고 정찬실 안의 모습도 원래대로 돌아왔다.

양모는 여전히 창틀에 걸려 있었고, 창문도 금 간 곳 하나 없었으며 탁자 역시 멀쩡했다.

문을 두드리던 이들은 귀신에 홀린 듯 멍한 표정으로 서 있다가 주변을 둘러보곤 돈을 바라봤다.

돈 역시 적잖이 당황했는지 손끝이 떨리고 있었지만 그는 냉큼 두 손을 바지 주머니 안에 넣어 버렸다.

나는 이때다 싶어서 얼른 말했다.

"오늘 일은 다들 비밀에 부쳐 주길 바랍니다. 들었다시피 내 마법사가 은밀하게 일을 처리해야 하는 사정이 있어서. 정체가 밝혀지면 어찌 될지는 저도 모르겠네요. 이분이 성질이 그리 유순하진 않아서요."

단주들이 멍청히 고개를 끄덕였다.

돈은 거만하게 턱끝을 들고 문을 가리켰다.

아마도 문을 열고 밖으로 꺼지라는 뜻 같았는데, 정령들이 아까보다 눈치가 생겼는지 지들 맘대로 문을 벌컥 열어 버렸다.

문고리를 잡고 있던 토번과 다른 단주들이 우당탕탕 넘어졌다가 일제히 일어나 도망치듯 나가 버렸다.

창문으로 밖을 내다보니 다들 꽁지가 빠지게 빠른 걸음으로 내달리듯 걸으며 저택 부지를 벗어나고 있었다.

정찬실에 남아 있던 우란은 가만히 서 있다가 멍하니 입을 열었다.

"……확실하군요."

"그럼요. 베르고의 이름을 걸고 하는 일인데 허투루 하겠습니까."

우란의 눈빛은 방금 전과는 확연히 달랐다.

확신에 가득 찬 눈으로 돈과 나를 보며 고개를 끄덕인 우란은 '곧 계약서를 보내 드리겠습니다.' 라는 말을 끝으로 정찬실을 빠져나갔다.

모두가 나간 후에야 돈은 부릅뜬 눈에서 힘을 빼고 주머니에서 손을 꺼냈다.

"아가, 아가씨! 뭐가 어떻게 된 거예요? 방금? 너무 무서웠어요! 아가씨 괜찮으세요?"

진이 빠진 내가 한숨을 내쉬며 의자를 빼내자 돈은 나를 부축해 의자에 앉혔다.

"……아가씨 마법사가 되셨어요?"

"사정이 있어서 자세히는 말할 수 없지만 엇비슷해."

"우와."

돈이 아래로 처진 커다란 눈을 깜빡였다.

"올려다보기 목 아파. 앉아서 얘기하자, 돈."

"네, 아가씨."

돈은 자연스럽게 내 옆자리 바닥에 무릎을 꿇고 앉았다.

"……의자에 앉아야지. 왜 그래. 너 아직도 누가 노예 출신이라고 괴롭혀? 이젠 그러는 사람도 없잖아."

"아. 이상하게 아가씨 옆에 있으면 마음이……."

"당당하게 행동해."

"네, 아가씨."

히죽 웃은 돈이 자리에서 일어서려는데 앤이 들어왔다.

"아가씨, 손님들이 가셨으니 정찬실을 치울…… 와우."

앤의 눈이 바닥에 무릎을 꿇은 돈과 나를 빠르게 훑었다.

설마 이 자세로 돈이 노예 돈이라는 걸 알아채진 않겠지.

돈이 평소처럼 고고하게 서 있었으면 모르겠지만 자세 때문에 의심받을 수도 있는 상황이었다.

뭐라고 변명해야 하지, 머리를 굴리는데 눈을 힘주어 뜬 앤이 큰 결심을 한 듯 주먹을 불끈 쥐고 물었다.

"채찍을 가져다드릴까요?!"

"……나가."

"넵."

앤이 나간 후 돈은 머쓱한 표정으로 뒷머리를 긁으며 자리에서 일어나 의자에 앉았다.

"서대륙어는 언제 그렇게 공부한 거야? 통롤러 팔러 다닐 때는 남들 시선 때문에 마차에서 책을 읽을 수도 없었을 텐데."

"방에 숨겨 놓고 밤에 매일 조금씩 공부했어요."

"발음이 너무 자연스럽던데. 토번도 의심하지 않는 것 같았고. 그건 어떻게 한 거야?"

돈은 부끄럽다는 듯 수줍게 웃다가 고개를 갸웃 기울였다.

"공부를 많이 해서 그런가, 꿈에서도 서대륙어 공부를 했어요."

"……꿈에서도?"

"네. 저는 책상에 앉아 있고, 엄청 많은 사람들이 제 곁을 둘러싸고 서서 책에 적힌 내용을 읽어 보라고 시켰어요. 제가 문장을 읽으면 자기들이 다시 읽어 준 뒤 발음을 따라 해 보라 시키고, 발음을 따라 하면 똑바로 할 때까지 또 시키고……. 매일 밤마다 꿈에서 여덟 시간씩 그러니까 공부가 안 될 수가 없었어요."

"그래? 신기하네!"

활짝 웃으며 대답하자 신이 난 정령들이 좋알좋알 떠들기 시작했다.

'우리가 했찌!'

'주눅 든 착한 왕강아지가 서대륙어 공부하는 거 귀여워서 우리가 도왔지!'

'매일 노력하는 게 안쓰러워서 도와줬어!'

'모르면 알 때까지 시켰어!'

'이해가 안 되면 외우라고 했어!'

'외국어는 단어 싸움이야. 단어 시험도 쳤어!'

정령판 주입식 교육의 산물이 내 눈앞에 앉아 있구나.

자길 가르친 이들이 정령이라는 걸 돈은 꿈에도 모르겠지.

그런데 매일 밤마다 공부했다니. 귀엽고 대견했다.

"……혹시 그것도 아가씨의 마법이었나요?"

"아니."

"아……, 저는 아가씨가 저 도와주시는 줄 알고, 실망 안 시켜 드리려고 열심히 했어요. ……물론 꿈이 아니었어도 열심히 했을 거예요!"

"그건 그렇고, 로 마하탐은 어떻게 알았어?"

내 질문에 돈은 난처한 듯 눈치를 살피며 답했다.

"황녀 전하께서 단번에 제가 서대륙 출신이 아닌 걸 알아채셨어요. 그런데도 이유는 묻지 않으시고 누가 귀찮게 하면 '로 마하탐' 이라고 답하라고 가르쳐 주셨어요."

하여간에 눈치 빠르고 치밀한 인간이라니까.

❄ ❄ ❄

산체스 우란은 베르고 저택에서 돌아오자마자 신경질적으로 외투를 벗어 집어 던졌다.

"5 대 5라니. 미친 계집. 누구 장사 망하는 꼴 보려고 그러나."

가격을 비싸게 부른 것부터가 마음에 안 들었다.

"가격을 더 세게 올릴 수도 없잖아. 아무리 귀족이래도 양모 하나에 300만 제르라니. 이게 말이야, 똥이야. 이 망할 년."

물론 귀족들은 300만 제르라도 살 것이다. 그러나 600만 제르라면? 그건 당연히 안 사겠지.

의자에 앉은 산체스 우란은 결국 분을 참지 못하고 테이블을 발로 걷어찼다.

지금까지 우란은 상품 제작자에게 구매한 가격의 두 배로 물건들을 팔았고, 제작자에게 수익을 배분할 때는 원가를 기준으로 계산했다.

간혹 사실을 알고 분노하는 이들도 있었으나 우란 상단을 완전히 등지고서는 업계에서 장사로 먹고산다는 건 거의 불가능했다.

"이건 둘 다 이득인 윈윈 전략이라고요, 고객님. 아시겠어요?"

그러니 다들 우란에게 따지러 찾아왔다가도 어쩔 수 없이 계약을 연장하고 돌아가는 것이었다.

울며 겨자 먹기일지라도, 겨자 정도야 인생을 살다 보면 얼마든지 먹게 되는 법이지.

산체스는 그런 식으로 제 상단을 키워 왔다.

가끔 훨씬 많은 수수료를 주겠다고 제시하는 제작자가 있으면 현재 다른 사람이 팔고 있는 품목과 똑같이 만들라고 시킨 뒤, 가격을 1.7배 정도만 불러서 우란 지정 가게들에 납품했다.

소비자들은 당연히 더 싼 제품을 구매했고, 원 제작자는 울분을 터뜨렸지만 어쩔 수 없었다.

비슷한 제품을 팔지 말라는 법은 없으니까.

결국 원 제작자도 수수료를 올려 주는 방법을 택했다.

그런 식으로 거래를 하니 이젠 제품을 9 대 1의 수수료로 우란에게 넘기는 제작자들도 부지기수였다.

하지만 뭐, 어쩌겠는가.

돈 많고 명망 있는 놈이 이기는 법이지. 지역 사회란 그런 거야.

산체스는 돈이 걸린 싸움에서 져 본 적이 없었다.

물론 이번에도 건방진 빨간 머리 귀족 계집 정도야 우스웠다.

300만 제르? 웃기는 소리.

100만 제르에 사 줘서 감사합니다, 소리가 나오도록 해 주지.


산체스는 계약서를 바로 공녀에게 보내지 않았다. 대신 하인을 신문사로 보냈다.

베르고에 대한 온갖 안 좋은 소문을 퍼뜨릴 예정이었다.

사실인지 아닌지는 상관없었다. 중요한 건 베르고에 어떤 이미지가 박히느냐였다.

"산체스, 그 공녀를 망하게 할 거라면 공장을 쳐야 하지 않나요?"

싸구려 극단에서 일하던 여자를 데려와 아내로 삼았더니 이런 멍청한 소리나 하는군.

산체스는 픽 웃으며 아내를 밀쳐 냈다.

"그 양모는 꽤 쓸 만해. 그러니 베르고의 평판이 바닥을 치게 만들어야지. 우리에게 사정사정하며 제발 팔아 달라고, 빌기 전까진 어림도 없어."

건방지게 굴던 그 마법사 놈과 공녀가 나란히 무릎을 꿇기 전까진 절대 받아 주지 않을 것이다.

하지만 신문사에 다녀온 하인은 전혀 예상도 못 한 말을 꺼냈다.

"……주인님. 이런 내용으로는 기사를 쓸 수가 없다는데요?"

"뭐야?!"

산체스는 심부름 하나 제대로 못 하는 하인을 걷어찬 후 그가 가져온 편지를 빼앗듯 잡아챘다.

「우리 트라비아 신문사는 언제나 진실만을 추구합니다.」

"개버러지 같은 새끼! 여기서 안 된다고 하면 다른 신문사라도 찾아갔어야지!"

바닥에 쓰러진 하인의 복부를 발로 차며 소리 지르자 그가 울음을 터뜨리며 품에서 다른 종이들을 우수수 꺼냈다.

"전부 다 돌았어요, 주인님……."

종이에 적힌 내용은 하나같이 비슷한 말들 뿐이었다.

「사실이 아닌 것을 신문에 실을 수는 없습니다.」

「더 이상 거짓 선동에 휘둘리지 않겠습니다.」

「진실의 가치를 돈으로 살 수 없습니다. 산체스 우란.」

개중에선 진짜 이상한 내용의 쪽지도 있었다.

「그런 기사는 쓸 수 없음. 당연함. 베르고를 사랑함. 이미 뼈를 묻음. 땅 매우 따듯.」

"단체로 약이라도 먹은 거야?!"

분에 찬 산체스는 편지들을 모조리 구겨 벽난로로 집어 던져 버렸다.

❋ ❋ ❋

그랜트는 오늘도 아침 일찍 서점 문을 열기 위해 아래층으로 내려갔다.

원래는 시외에 작은 집이 있었지만 빚 때문에 집과 서점 둘 중에 하나를 팔아야 하는 상황이 생겨 버렸고 그는 울면서 오랜 세월 살았던 집을 팔았다.

아버지가 남겨 주신 유일한 유산인 그랜트 서점을 팔아 버릴 수는 없었다.

"······오늘은 손님이 열 명만 왔으면 좋겠군."

그래 봤자 다섯 명 남짓이겠지만.

그랜트는 쓴웃음을 지으며 밤새 닫아 두었던 가게 문을 활짝 열었다.

따사로운 아침 햇살이 부서지듯 가득 들이쳐 눈살을 찌푸린 그랜트는 가까이에서 들리는 사람들의 말소리에 천천히 눈을 떴다.

가게 앞에 사람들이 길게 줄을 서 있었다.

대부분이 하녀인 듯 깔끔한 검은색 메이드복을 입고 있었다.

"아저씨, 낙인 있어요?"

"사장님. 이제 문 연 거예요? 들어가도 돼요?"

"낙인 몇 권 있어요?"

"아니, 이봐요! 내가 먼저 왔잖아!"

"나 프롬린 백작 부인 심부름으로 온 사람이야!"

"네가 백작 부인이야?! 아니잖아! 일찍 와서 줄을 섰어야지!"

"너 어디서 왔어!"

"나 알리시아 후작님이 직접 보내셨어! 낙인 네 권 사 가야 된다고!"

"아니, 다 됐고! 사장님! 낙인 몇 권 있냐니까요!"

그랜트는 서점 앞에서 목소리를 높여 싸우는 하녀들을 멍하니 바라보다가 제 뺨을 후려쳤다.

짝! 소리가 들리자 하녀들이 잠깐 조용해졌다.

"사장님 어디 안 좋으세요?"

"아니, 분명히 여기 오면 있을 거라고 해서 왔는데."

"낙인 없는 거면 빨리 말해 주세요. 다른 곳 가 봐야 돼요."

있다고 말을 해야 하는데, 입이 쉽사리 열리지 않았다.

그때 아내가 다락에서 걸어 내려왔다.

"여보, 왜 이렇게 소란스럽…….  설마 또 빚쟁이들이 왔어요?"

두 눈에 경계심을 가득 담은 아내가 입구로 걸어왔다가 하녀들의 불만스러운 표정을 보고 그랜트처럼 멈춰 섰다.

"사장님? 낙인 있어요?"

"낙인 몇 권 남아 있어요?"

그녀는 남편보다 상황을 빠르게 판단했다.

"네! 낙인, 있습니다! 들어오세요!"

그랜트 부인은 아직도 멍청하게 서 있는 남편의 등을 밀었다. 그래도 그가 굳은 듯 움직이지 않자 엉덩이까지 발로 차며 서가로 밀어 넣었다.

"낙인 찾아와요! 창고에 있는 것까지 전부 다!"

"으, 응! 알았어! 네, 여보! 알겠어요!"

아내의 목소리에 겨우 제정신을 차린 그랜트는 창고로 들어가 허겁지겁 먼지 쌓인 재고들을 뒤지기 시작했다.

꿈이라면 깨고 싶지 않았다.

대체 왜 갑자기 이 많은 사람들이 그 책을 찾는 건지는 모르겠지만.

혹시 몇 주 전에 책을 사 갔던 그 손님이 주변에 추천이라도 한 걸까?

그랜트는 싱글벙글 웃으며 「낙인」을 몇 권 찾아냈다.

재고가 많지 않아서 빈손으로 돌아가야 하는 손님이 분명히 생길 것 같았다.

그랜트는 수레에 열 권 남짓한 책을 실어서 카운터 쪽으로 돌아갔다.

"먼저 오신 분부터 계산을 하셔야 합니다. 그리고 한 분당 한 권만 사 가시는 게 어떨까요?"

하녀들은 인상을 찡그린 채 저들끼리 얘기하다가 그랜트에게 말했다.

"저희도 그러고는 싶죠. 그런데 주인님들이 사 오라고 하셨는데 어떻게 마음대로 한 권만 사 갈 수 있겠어요."

늦게 온 이들은 지금이라도 다른 서점을 가 봐야 하는지 아니면 이대로 줄을 서 있어야 하는지 갈피를 잡지 못하고 있었다.

"근데 어제 모퉁이 서점 갔을 때 거긴 그런 책 없다고 했잖아."

"애초에 그 낡은 책이 왜 갑자기 읽고 싶으시다는 거야?"

"우리 마님은 살롱에서 읽고 오셨는데, 너무 감동적이라 소장하고 싶다고 두 권 사 오라 하셨다니까."

"젠장. 어딜 가야 되지."

모처럼 손님들이 들이닥쳤는데 책이 없어서 팔지를 못한다니.

그랜트와 부인은 속상한 마음을 감출 수가 없었다.

비슷한 내용의 다른 책은 어떠시냐며 추천했지만 하녀들은 낙인이 아니면 구매할 마음이 없다고 했다.

정확히는 그들의 주인들이 오직 「낙인」만을 원했다.

"어쩔 수 없죠. 일단 다른 곳에라도 갔다 와 볼게요."

"여기는 낙인이 있다 그래서 왔는데……."

하녀들 몇몇이 침울한 표정이 되어 떠나려는 그때, 그랜트 서점 앞에 거대한 짐마차가 멈춰 섰다.

"리치 그랜트 씨?"

"……예, 제가 리치 그랜트입니다만……."

그랜트의 머릿속에는 빚쟁이가 왜 또 왔지, 하는 생각이 가장 먼저 스쳐 지나갔다.

숱한 시간 동안 빚쟁이들에게 달달 볶여 왔기 때문에 낯선 이가 이름을 호명하면 그는 심장부터 졸아붙었다.

"여기 사인해 주세요."

커다란 짐마차를 몰고 온 이가 그랜트에게 종이를 내밀었다.

"이게 뭔가요?"

"영수증이죠."

"여, 영수증이라뇨. 구매한 게 아무것도 없는데 그게 무슨 소립니까!"

다급히 고개를 숙여 읽어 본 영수증의 품목란에는 익숙한 글자가 적혀 있었다.

「낙인 ─ 대금 납부 완료」

낙인? 지금 사람들이 찾고 있는 그 낙인?

그랜트는 놀라서 짐마차의 뒤편으로 뛰어갔다.

이미 인부 몇 명이 짐칸 안에서 커다란 상자를 내리고 있었다.

"이게, 이게 무슨."

"출판사에서 급하게 찍어 냈다 하더라고요. 여기로 보내면 된다던데. 아무튼 여기 서명만 해 주세요. 수량은 정확히 500권입니다."

그랜트는 멍청한 눈으로 서명을 하고, 서점 앞에 책 상자가 차곡차곡 쌓이는 걸 지켜봤다.

"이보시오, 누가 대금을 치렀는지는 모릅니까?"

"저희야 모르죠. 출판사선 그랜트 서점에서 주문이 들어왔다던데요. 너무 걱정 마세요. 선불로 돈 다 냈다는데 뭐 문제 될 게 있겠습니까. 저흰 이제 갑니다."

짐마차와 인부들은 일을 끝내자마자 신기루처럼 사라졌다.

사냥감을 노리는 하녀들의 눈이 번뜩였다.

"이거 그, 맞죠? 사장님!"

"사장님. 저희 이제 구매 제한 없죠?"

"사 가도 되죠?"

길 한가운데에서 영수증을 들고 서 있는 리치를 보다 못한 아내 폴이 서점에서 튀어나왔다.

"예! 순서대로! 구매하십쇼! 줄을! 서시오!"

구름 떼처럼 몰려든 하녀들이 책을 잡히는 대로 쥐고는 값을 치른 뒤 사라졌다.

괴이한 행렬은 오후를 지나, 저녁을 넘어서, 그다음 날까지도 이어졌다.

아침에 가게 문을 열면 하녀들이 지친 표정으로 서 있었다.

"사장님. 아직 낙인 남았죠? 저희 마님이 구해 오라셔서요."

"아가씨가 티타임 때 읽어야 한다고 하시는데 좀 빨리 부탁드려요."

"자작님이 찾으세요. 두 권 주세요."

"사장님."

"사장님?"

"사장님!"

"싸! 장! 님!"

사장님 소리가 이렇게 달콤하게 들렸던 적이 몇 번이나 있었던가.

누군가가 '그랜트, 책값을 받으러 왔다.' 하면 돈을 갚기 위해 가게 매상을 조금씩 따로 모아 뒀지만 그 '누군가'는 단 한 번도 그랜트를 찾아오지 않았다.

며칠 지나지 않아 500권은 완판되었고 그랜트는 밝은 달을 보며 무릎을 꿇었다.

누구신지는 모르겠으나 정말 감사합니다. 정말, 정말로 감사합니다. 은혜는 반드시 갚겠,

"여보! 빨리 들어와서 신문 좀 봐! 낙인 작가가 차기작을 낼 거래! 무, 무슨 예술 협회 같은 게 있나 본데? 거기에서 지원금 받아서 이사도 했대! 여러 출판

사에서 출간을 거절당해 침체기를 겪고 있던 자기를 찾아 주고, 묵혀 뒀던 차기작을 발표할 수 있게 해 준 예술 협회 솔리안에게 깊은 감사를 드린다는데."

"솔리안이 뭐 하는 곳이야?!"

"'신작 발표 및 작가 사인회는 그랜트 서점에서 할 예정이다.' 이 그랜트가 설마 우리 그랜트야?"

"우어억! 악!"

괴상한 괴성을 지르던 리치는 결국 기절했고, 그는 완전히 정신을 잃기 전 다짐했다.

오늘부터 내가 모시는 신의 이름은 솔리안이다.

※ ※ ※

산체스 우란은 그나마 자신에게 우호적인 다른 신문사에 직접 찾아갔지만 거기서도 만족할 만한 대답을 듣지 못했다.

"글쎄요……. 요즘 상황이 좀 심상찮아서 이런 걸 싣기가 좀 그런데요."

"무슨 소립니까, 그게."

"베르고가 뜨고 있어요. 그런 데는 팍팍 밀어야지."

"……단체로 미친 거냐고! 어딜 봐서 뜨고 있다는 거야?! 입양한 놈들을 파양한 것도 아닌데!"

편집장실 안이었지만 산체스의 목소리가 컸던 탓에 바깥까지 말소리가 쩌렁쩌렁 울려 퍼졌다.

유리문 너머의 사원들 중 몇몇이 도끼눈을 뜨고 그를 바라봤다.

섬뜩한 기분에 밖을 힐끗 바라본 우란은 입을 다물었다.

이상했다.

꼭 베르고가 여기저기에 첩자를 심어 놓은 것 같았다.

우란이 조용해지자 편집장이 다시 입을 열었다.

"통롤러 말입니다. 베르고에 머물고 있다는 그 마법사가 만들어 파는 거."

"그게 왜요. 그건 황족들이나 쓰는 고가품이지 않습니까."

"물량이 풀렸어요. 일반 영주민들 대상으로."

"하! 그것도 분명 말도 안 되는 가격으로 팔아 치우겠지!"

"아뇨? 무슨 재활 치료…… 거기에 베르고 공작님 성함으로 100개 기부했다던데요."

"뭐야?!"

"흥분했다고 자꾸 반말하지 마시고요. 아무튼 요새 베르고가 예전 같지 않아요. 뭐랄까……. 영주민들을 좀 더 살뜰히 살핀달까?"

"전엔 공작저에 필요한 일 외엔 황궁 쪽에서 내려오는 중앙 업무 위주로만 처리했잖습니까!"

"예, 확실히 그랬죠. 그런데 공녀님이 건강해지신 뒤로 공자님들과 함께 영지를 살뜰히 살피시는 것 같더라고요. 다행이죠. 우리들 입장에선."

"다행이긴 뭐가 다행입니까."

씩씩대는 우란을 바라보며 편집장은 부드럽게 웃었다.

"이대로라면 가난한 사람들 등골 빨아먹는 놈들도 곧 잡아 주시지 않겠습니까?"

뼈 박힌 말에 산체스는 비스듬히 의자에 앉아 있던 몸을 돌려 편집장을 노려봤다.

"내가 여기에 후원한 돈이 얼마고, 붙여 준 광고가 몇 개인지 알 텐데, 왜 말을 그렇게 하지?"

"예, 잘 알고 있습니다. 우리 신문사의 귀중한 고객님이시죠."

편집장은 자리에서 일어나 직접 우란의 잔에 따뜻한 차를 부어 줬다.

"근데 저도 이제 나이가 들어서요."

"총기가 흐려졌나 보지?"

"예, 뭐."

웃음기를 머금은 편집장이 실수인 척 들고 있는 찻주전자의 방향을 틀어 우란의 바지에 찻물을 부었다.

"악! 지금 뭐 하는 거야!"

벌떡 일어난 산체스는 젖은 바지를 털며 편집장의 어깨를 밀쳤다.

"아이고, 죄송합니다! 딴생각을 하다가!"

"딴생각? 내가 여기까지 직접 방문했는데 딴생각을 했단 말이야?! 보자 보자 하니까 분수를 모르는군! 릴홉 신문사가 아무리 커도 내가 광고를 끊으면 어디서 투자를 받고, 어떻게 인쇄 비용을 충당할 거야! 이 거지 같은 새끼!"

"죄송합니다. 치료비와 옷값은 물어 드릴 테니……."

"이게 얼마짜리인 줄 알아!"

편집장은 황급히 구석으로 걸어가 서랍에서 돈을 있는 대로 꺼냈다.

하지만 우란이 보기에는 그저 푼돈이었다.

"돈 안 받을 테니 얼굴 이리 대."

"……예?"

"돈 안 받을 테니 얼굴 대라고."

"그게 무슨."

말이 끝나기도 전에 우란이 편집장의 따귀를 후려쳤다.

우당탕 소리를 내며 편집장이 책상 위에 쌓아 놓은 종이들과 함께 바닥으로 쓰러졌다.

"건방지긴. 네가 누구 덕분에 글 쓰고 사는지 알아야 돼. 뭐? 반말을 하지 마? 닥치고 이대로 써서 신문 발행이나 해."

베르고에 대한 모함을 적어 놓은 종이가 편집장의 책상 위로 나풀나풀 떨어졌다.


릴홉 신문사를 나온 우란은 근처 우란 지점 상가에서 바지를 갈아입었다.

물론 값은 지불하지 않았다.

"베르고 공작저로."

마차에 올라탄 우란은 불쾌한 낯을 숨기지 않았다.

"계약서."

"무슨 계약서요?"

우란의 젖은 바지와 그가 항상 가지고 다니는 가방을 품 안 가득 챙겨 든 시동이 멍청한 얼굴로 묻자 우란은 시동의 정강이를 걷어찼다.

"내가 지금 베르고로 가는데 무슨 계약서를 달라고 하겠어!"

"아, 네, 네! 직접 가셔서 계약하시게요?"

"그래야지. ⋯⋯무슨 수작인지는 모르겠지만 일단 5 대 5로 계약을 해야겠어. 그 이후에 차근차근 작업해서 수정하게 만들어야지."

시동은 정강이를 잠깐 문지르고는 얼른 계약서를 내밀었다.

잠시 후 베르고 공작저에 도착한 우란은 언제 인상을 찌푸렸냐는 듯 사람 좋은 미소를 장착한 채 마차에서 내렸다.

"공녀님을 뵈러 왔다. 우란 상단의 단주, 산체스 우란이라 하면 아실 게다."

공작저 입구를 지키는 하인을 훑어보며 말하자 그는 짧은 대답 후 곧장 저택 안으로 달려갔다.

산체스가 뒤따라 공작저 안으로 걸음을 옮기려 하자 경비병들이 막아섰다.

"못 들어간다."

"⋯⋯기사님들이 뭔가 착각한 거 같은데 난 계약을 하러 온 단주라니까. 저택의 현관 앞까지는 걸어가도 되지 않습니까?"

"안에서 허락이 와야 들어갈 수 있다."

"하, 참! 나중에 후회하게 될 거요. 다들 이름이 어떻게 되십니까."

경비병들은 대답을 하지 않았다.

"제가 방금 기사님들 이름을 묻지 않았습니까?"

"상인에게 알려 줄 이름은 없다."

우란이 이를 악물었다가 입꼬리를 파르르 떨며 웃었다.

"그 상인이, 지금, 공녀님과 계약을 하러 왔다니까? 이미 거래를 약속한 사이인데 이런 식으로 문전 박대를 합니까? 문지기가 이름조차 말하지 않고?"

"……문지기?"

세 명의 경비병 중 하나가 검 손잡이에 손을 가져다 올리며 산체스에게 다가왔다.

"네가 문지기라고 무시한 우리들의 이름을 아가씨는 다 외우고 계신다. 심지어 담당하는 시간대도 알고 계셔서 마차를 타고 밖으로 나가실 때마다 직접 이름을 부르시며 인사도 건네신다. 가끔은 와서 간식도 주시니 네가 가서 고자질을 하면 아가씨는 그 문지기들이 누군지 곧장 아시겠지."

다른 경비병이 위협적으로 우란을 내려다보며 이어 말했다.

"그러니 우리가 네게 이름을 가르쳐 줄 필요는 없지. 가서 직접 말씀드려라."

젠장. 오늘은 어딜 가나 하나같이 불쾌한 놈들뿐이로군.

산체스는 인상을 한껏 구긴 채 공작저 입구에 가만히 서서 기다렸다.

얼마 지나지 않아 베르고의 하인이 공손히 두 손을 모으고 걸어왔다.

"아가씨께서 단주님을 안으로 모시라 하셨습니다."

거보라며 경비병들을 쏘아보는 그때, 하인이 부드러운 어조로 덧붙였다.

"그리고 피구 중이니 한 시간만 기다려 달라 전하셨습니다."

"……피구?"

뒤에 서 있던 경비병 중 하나가 품, 하고 웃는 소리가 들렸다. 우란은 다소 신경질적으로 다시 말했다.

"피구가 뭔지는 모르겠지만 거래가 급하니 당장 공녀님을 모셔 오거라."

"아가씨께서 단주님이 그리 말씀하실 경우엔 이리 설명을 붙이라 하셨습니다. '피구는 다른 사람들과의 협동심이 중요한 운동이라 함께하는 이들을 버리고 갈 수는 없소. 장사와 다를 바가 없으니 그대 역시 너그러이 이해할 거라 믿겠소.'"

"운동? 고작 운동을 한다고 나를?!"

"아가씨는 여리셔서 하루에 두 시간씩 꼭 운동을 하십니다. 이만 안으로 드시죠."

공작저 안으로 들어가며 우란은 속으로 이를 갈았다.

여리긴 개뿔이 여려.

지난번 정찬실에서 꼿꼿이 서서 사람들을 내려다보며 명령하는 기개는 웬만한 장부 못지않았다.

심지어 한자리에서 장사를 오래 해 잔뼈가 굵은 터주처럼 보이기도 했다.

그런 사람이 여리다니. 헛소리.

응접실에서 공녀를 기다리는 동안 우란은 분을 참지 못해 한참을 씩씩거렸다.

"이봐. 한 시간이 지난 것 같은데 공녀님은 아직이신가."

하인은 눈은 내리깔고 차분하게 답했다.

"약속 없이 오신 손님이라 다소 시간이 걸리시는 듯합니다. 공녀님이 워낙 바쁘시니 양해 부탁드립니다."

"누군 안 바빠서……! 하, 됐어. 가 봐."

이래서 귀족들이란.

뭐가 중요한지도 모르고 콧대만 높아서 남 기죽이기에 바쁘지.

멍청한 귀족이 장사를 한다고 설칠 때 장단을 맞춰 주는 게 아니었는데.

염색 양모를 만드는 그 장인이라는 것들만 빼내면 혼자선 아무것도 못 할 년이 건방 떨기는.

이미 염색 양모 공장이 어디 있는지, 그걸 만드는 이들은 누구인지 조사하라고 지시해 둔 상태였다.

기술자들만 빼내면 베르고의 염색 양모는 제힘으로도 만들어 낼 수 있을 터였다.

반짝반짝 빛나는 돈방석 미래를 꿈꾸며 우란은 끓어오르는 분노를 가라앉했다.

얼마 지나지 않아 공녀가 응접실 안으로 들어왔다.

"우란. 기약도 없이 오셨네요."

"예, 공녀님. 운동은 잘 마치셨습니까?"

"덕분에요. 계약서를 직접 들고 올 줄은 몰랐는데 마음이 급했나 봐요?"

"하하, 워낙 좋은 물건이라."

자리에 앉은 공녀는 계약서를 꼼꼼히 살펴보더니 흠, 하는 신음을 흘리며 계약서를 테이블 위에 내려놓았다.

"마음에 안 드시는 부분이라도 있으십니까?"

"계약 해지에 관한 내용이 없네요."

"계약 해지할 일이 뭐 있다고요."

"저나 우란 상단에게 무슨 일이 생기면 이 계약을 그대로 감당하기가 힘들 것 같아서요."

산체스는 가만히 머리를 굴렸다.

하긴, 베르고가 지금 잠시 평판이 좋아졌다고는 하나 여전히 그 '베르고' 다.

영주민들이 언제 등 돌리고 무시할지 모르지. 귀족이라고 무조건 칭송받진 않으니까.

우란은 고개를 끄덕이곤 펜을 들었다.

"특약을 추가하죠."

"네."

"'갑 또는 을에게 문제가 발생하여 더 이상 해당 제품을 판매할 수 없는 경우엔 계약을 해지한다.' 어떻습니까?"

"어떤 문제인지도 적어야 할 것 같네요. '갑의 평판이나 영향력이 매출에 큰 영향을 끼쳐 판매율이 40% 이하로 하락했을 경우 계약을 해지할 수 있다.'"

"공녀님. 저희는 판매율이 낮아진다고 해서 사람을 버리진 않습니다. ……
계약 내용을 수정할 뿐."

"그런가요? 그럼 '계약을 해지하거나 내용을 수정할 수 있다.' 라고 적어 두죠."

"아하하. 그건 너무 제게만 좋은 조건인데요."

"아하하. 그럼 을에 대한 조건도 추가할까요?"

산체스의 웃음소리를 그대로 따라 한 공녀가 차분한 목소리로 말을 이었다.

"'1번, 을인 우란 상단의 실경영자인 산체스 우란의 신변에 변화가 생겨 상단이 해체되는 경우, 2번, 우란 상단에 등록된 포목점 중 40%가 계약을 해지한 경우, 3번, 을의 실경영자인 산체스 우란이 압류, 가압류, 가처분, 조세 체납 처분 등의 이유로 강제 집행을 받아 정상적인 영업이 불가능해졌을 경우. 계약을 해지한다.'"

"……공부를 열심히 하셨나 봅니다. 제가 그럴 일은 없겠지만."

"그럼요. 우란의 신변에 변화가 생길 일도 없고, 그 커다란 우란 상단과 거래하는 포목점 중 40%가 갑자기 계약을 해지할 리도 없죠."

"제가 누군가에게 재산을 뺏길 일도 없을 겁니다."

산체스는 약간은 거만하게 다리를 꼬며 말했다.

공녀는 그런 그를 지그시 보다가 싱긋 웃었다.

"정확히는 누군가가 우란의 재산을 뺏을 리가 없는 거겠죠."

어쩐지 분위기가 싸늘해진 듯해 우란은 목소리를 한 톤 높였다.

"자! 그럼 이대로 진행하실까요. 여기 서명하시죠."

공녀는 미소를 띤 채 계약서에 서명했고, 산체스는 만족스러운 얼굴로 계약서를 챙겼다.

그대로 응접실을 나서려던 산체스는 한 시간도 더 전에 겪은 불쾌했던 일을 공녀에게 그대로 꼰질렀다.

"공녀님. 여기 경비병들이 말입니다. 굉장히…… 충성스럽더군요. 융통성 없이."

"하는 일이 외부인에게서 저택을 지키는 것이니 그럴 수밖에 없죠."

태연자약하게 말하는 공녀를 보니 부아가 치밀었지만 산체스는 이번엔 참기로 했다.

세상 물정을 모르는 공녀니 손님을 대하는 법도 모를 수 있지.

"앞으로도 손님 모실 일이 많을 테니, 손님 모시는 법을 좀 알아야 할 것 같더군요. 그럼 이만."

산체스는 공녀의 답인사도 채 듣지 않고 응접실을 빠져나갔다.

응접실의 문이 닫힌 뒤 공녀는 손을 들어 흔들었다.

"어, 양아치 잘 가."

경비병들이 우란을 문전 박대 했다니.

잘했다고 보너스라도 주고 와야겠네.

솔레아는 콧노래를 흥얼거리며 자리에서 일어나 밖으로 나갔다.

"앤~ 응접실에 소금 뿌려."

"넵!"

※ ※ ※

크고 작은 사건들이 베르고가에 폭풍처럼 밀려들었다.

초대장이 다시 미어터질 듯 들어왔고, 그중에는 그레이와 헤이먼 앞으로 온 개인적인 초대장도 꽤 많았다.

장남인 티온이 받은 초대장도 하나 있긴 했다.

「참된 군 지도자 모임」

티온은 쌓여 있는 초대장 중에서 헤이먼과 그레이의 이름이 적힌 것을 확인했다.

「헤렘린 백작가의 오찬에 헤이먼 공자님을 초대합니다.」

「마가레트 자작가 티파티에 그레이 공자님을 모십니다.」

심지어 그레이의 초대장은 진한 적갈색 봉투에 은색 실링 왁스로 초대하는 가문의 문양이 찍혀 있었다.

그레이를 좋아하는 이가 신경 써서 만들었다는 걸 바로 알 수 있었다.

그에 비해 티온의 것은 아무런 무늬도 없는 하얀 봉투였다.

게다가 실링 왁스는 검은색.

멋들어지게 적힌 티온 폰 베르고라는 이름도 왜인지 반갑지 않았다.

초대장을 손에 들고 가만히 내려다보던 티온은 무심한 얼굴로 천천히 걸음을 옮겼다.

때마침 거실을 지나던 사용인들이 그를 보곤 흠칫 놀라며 자연스럽게 뒷걸음질 쳐 사라졌다.

"⋯⋯협박 편지라도 받으셨나."

"감히 누가 티온 공자님께 그런 걸 보내겠어요. 살려 달라는 편지면 또 몰라."

저들끼리 작게 소곤거렸지만 티온에게까지 다 들린 탓에 매서운 눈매가 한층 더 날카로워졌다.

그는 저도 모르게 인상을 쓴 채 2층으로 올라가 솔레아의 집무실 문을 노크한 후 안으로 들어갔다.

솔레아의 침실에 종이며 책들이 쌓이다 못해 넘치는 탓에 공작님이 따로 만들어 준 집무실이었다.

"웬일이야? 얼굴이 왜 그래."

⋯⋯내 얼굴이 무섭게 생겨서 그렇구나.

티온이 어색하게 웃으려는 순간 책상에서 일어난 솔레아가 티온의 앞으로 다가왔다.

"왜 그렇게 울상이야, 마음 아픈 일 있었어? 누가 괴롭혔어?"

티온은 꿈에도 모르겠지만 정령들이 매번 '아가 불곰 귀여워, 아가 불곰 상처받아서 마음 아야 해, 아가 불곰 쪼끔 슬퍼! 울적해!'라고 떠든 탓에 어느새 솔레아의 머릿속에 티온은 '아가 불곰'으로 각인되어 있었다.

솔레아의 따듯한 말에 마음이 사르르 녹아내린 티온은 솔직하게 말했다.

"막내야, 나 여기 가기 싫은데 뭐라고 거절해야 하지……?"

"뭐야 이게? 참된 군 지도자 모임? 군대 이끄는 사람들 모아서 파티 하는 거야?"

"응……. 근데 여기 가면 다들 사람 죽인 얘기를 자랑스레 떠드니까, 물론 나라와 가족을 지킨 건 기쁘고 자랑스럽지만 나는 그래도…… 내 손으로 죽인 사람들 얘기를 자랑처럼 떠들고 싶진 않은데……."

저를 가만히 올려다보는 솔레아의 맑은 자안을 보고 있노라면 마음이 따듯해졌다.

내 동생.

티온의 얼굴에 잔잔한 미소가 자연스럽게 담겼다.

티온은 남에게 한 번도 꺼낸 적 없던 얘기를 솔레아에게 줄줄 쏟아 냈다.

해도 될 것 같았다.

우리 막내는 공녀님 아니고 가족이니까.

이곳에 입양됐을 때 공작저에 남을 유일한 방법이라고 생각해서 검을 배우게 됐고, 다행히 가죽 공장에서 무두질을 한 덕분에 체력이 좋아 금방 익혔다고.

기사 작위를 받은 후 모두의 걱정 어린 반대를 무릅쓰고 전쟁에 참전했다가 제 검에 베인 사람이 피를 쏟아 내는 걸 처음 목격하곤 저도 모르게 기절했던 날의 얘기도.

다른 이들이 '베르고에서 쓸모없는 똥개를 주웠네.' 하고 떠드는 걸 언뜻 잠결에 들어 버려 눈을 뜨자마자 안경을 부쉈다는 말도.

시야가 흐려지니 판단력도, 동정심도 무뎌져서 차라리 다행이었다고.

얼굴에 큰 상처가 생기고, 그게 흉터가 될 만큼 긴 시간이 지난 후에 좀 더 '베르고에 걸맞은 종'이 되었다며 상관이 말했을 때 마음을 놓았다고.

이야기를 들은 솔레아는 부드럽게 웃으며 티온의 손을 맞잡았다.

"그 상관이란 새, 아니 그분 지금 어디 있어?"

"죽었어."

"아, 정말 잘됐, 마음이 아프다. 어쩌다가?"

"검에 찔렸어."

"잘 뒈졌, 슬프다. 적이랑 싸우다가 전투 중에 간 거야?"

"……아니. 그 사람이 데리고 다니던 하인이 우발적으로……. 아마 듣기 힘든 말을 했나 봐. 말을 거칠게 하시던 분이었거든."

"꼴 좋, 그랬구나. 티온도 마음이 안 좋았겠다."

"많이 놀라고 무서웠는데 이젠 괜찮아."

"다행이다. 그럼 티온은 이런 딱딱한 초대장만 받아서 조금 서운했겠네."

"……내가 무섭게 생겨서 그렇지, 뭐. 괜찮아."

억지로 입꼬리를 올려 웃는 티온을 물끄러미 바라보던 솔레아가 그의 손에서 초대장을 뺏어 들곤 쫙 찢어 버렸다.

"그럼 이거 가지 말고! 나랑 파티 가자!"

"왜, 왜 찢어?"

솔레아는 말없이 찢긴 종잇장을 휙 내버리고는 옷걸이에 걸려 있던 검은 양모를 들고 와 티온의 어깨에 걸쳤다.

전에 봤던 것과는 다른 제품인지 붉은 실로 자수가 놓여 있었다.

티온의 눈동자 색과 꼭 닮아 그와 찰떡같이 어울렸다.

솔레아는 두 손으로 허리를 짚고 의기양양하게 외쳤다.

"오빠! 지금 내 염색 양모가 얼마나 미친 듯이 팔리고 있는 줄 알아? 우란 그 생양아치 새끼 돈 잘 번다 싶었는데 재주가 좋더라고, 아니 내가 지금 오빠 앞에서 무슨 말을? 아무튼 우리가 이때 홍보를 다녀야 한다고. 다행히 우리 큐티 쁘띠 아가 불곰은 기럭지 쫙쫙 잘 빠진 핫바디 섹시 그리즐리 베어지! 자, 가자!"

뒤에 한 말은 하나도 못 알아들었지만 어쨌든 솔레아가 저를 칭찬하는 것 같았다.

기분이 좋아진 티온은 방을 나서려는 솔레아의 옆구리를 안아 그녀를 들어 올렸다.

"아, 또 이러네! 진짜!"

"우리 막내 어떻게 이렇게 착하고 똑똑하고 멋지고 예쁘고 혼자 다 할까?"

그걸로도 모자랐는지 솔레아를 한 팔로 안아 올린 티온은 왼손으로 문을 열었다.

"내가 문 열 수 있다고!"

"펜 쥐고 일하느라 손 아프잖아. 이런 건 내가 할게."

"이놈의 집안은 대체 왜 문을 못 열게 하는 거야!"

"하하, 우리 막내 목소리 크고 쩌렁쩌렁하네. 건강해, 착하다."

"건강해 보이면 내려 달라고! 계단은 내가 직접 내려갈게!"

"넘어지면 어떡해. 내가 안고 갈게, 괜찮아."

계단을 내려오는 두 사람을 두 눈이 휘둥그레진 채로 바라보던 사용인들이 눈치껏 사라졌다.

와중에 솔레아를 위해 간식을 들고 오던 앤이 깜짝 놀라 입을 살짝 벌리더니 이내 윙크를 하곤 사라졌다.

'저거 또 무슨 생각을 하고 있는 거야.'

솔레아는 티온에게 들린 채 두 손으로 얼굴을 가리고 저택의 드넓은 정원을 걸었다.

티온의 기사들과 마주쳤지만 그들은 평소와 다름없는 말투로 인사를 건넸다.

"대장님. 공녀님과 나가시게요?"

"응."

"공녀님! 좋은 아침입니다."

"……예."

"그런데 왜 얼굴을 가리고 계세요?"

"……쪽팔려서."

그때 맬다와 조쉬가 진지한 목소리로 티온을 부르며 그의 앞을 막아섰다.

"대장."

"왜?"

"공녀님 몸이 조금 기울어지셨습니다. 고쳐 안으셔야 할 것 같습니다."

"아."

짧은 신음을 뱉은 티온이 솔레아를 고쳐 안으려 하자 조쉬와 맬다가 두 팔을 겹쳐 기마 자세를 만들었다.

"아니면 저희가 저택 입구 마차까지 공녀님을 모실까요? 공녀님께서 바지를 입으셨으니 크게 불편하진 않으실 것 같습니다."

"아니. 막내는 내가 데리고 가겠다."

"지금 다들 나 놀리는 거지?! 어? 일부러 이래? 왜 이러는 거예요, 다들 진짜? 내가 거기 진짜 올라탈 것 같아서 그러는 거야?"

조쉬가 놀란 눈으로 솔레아를 올려다봤다.

키가 큰 티온이 팔로 받쳐 안고 있어서 솔레아와 눈을 마주하려면 머리를 한참 뒤로 꺾어야 했다.

"저는 공녀님이 발 아프실까 봐……, 아프시면 안 되잖아요. 공녀님은 소중하시니까."

솔레아가 인상을 찌푸렸다.

"왜, 왜 이래요? 조쉬. 뭐 잘못 먹었어요?"

"저번에 공녀님이 저 구해 주셨잖아요."

"하……."

솔레아가 짜증 섞인 한숨을 내쉬며 머리를 쓸어 넘기자 맬다가 흠칫 놀라 뒤로 물러섰다.

"불편하셨다면 물러가겠습니다. 조쉬, 뒤로 빠져."

"야. 너 갑자기 왜 그래?"

"공녀님을 화나시게 해선 안 돼."

"우리 공녀님 좋으신 분이야. 마음씨 따듯하셔. 우리 숙소에 통롤러도 가져다주셨잖아."

예상치 못한 조쉬의 저항에 맬다가 당황하며 공녀의 눈치를 살폈다.

하지만 솔레아의 얼굴이 워낙 하늘 높이 있어 역광 때문에 표정이 잘 보이지 않았다.

맬다의 등에서 식은땀이 흘렀다.

화가 나신 공녀님…… 오늘 밤 몽둥이로 우리를 쳐 죽일지도 모른다고, 이 멍청한 자식아.

"이, 이 멍청한 것아! 공녀님을 방해하지 말란 말이야!!"

조쉬의 팔을 잡아끌고 옆으로 비켜선 맬다는 허리를 반으로 접듯이 인사하며 둘을 배웅했다.

"다녀오십시오, 공자님, 공녀님."

티온은 비장하게 고개를 살짝 끄덕인 뒤 걸음을 옮겼다.

그의 뒤로 검은 망토가 펄럭이고, 망토에 넣은 마력 덕분에 붉은 자수가 잔상을 만들며 파도처럼 일렁였다.

그리고 솔레아는 티온의 머리를 쥐어뜯고 있었다.

"내려 달라고!"

"막내 발 아프니까 들고 갈래."

"안 아파! 안 아파! 하나도 안 아프다고! 야! 티온! 안 들리냐고! 이 곰탱아! 야아아아악!"

＊ ＊ ＊

우란이 베르고의 염색 양모를 팔기 시작했다는 소문이 돌자마자 황족들, 고위 귀족들이 구름 떼처럼 몰려들었다.

수도 상점에도 염색 양모가 걸려 있는 곳이 있긴 했으나 수량이 많지 않았다.

"아저씨. 염색 양모 여기선 안 팔아요? 나 구경이라도 좀 하고 싶은데."

"아유, 제일 싼 게 200만 제르래요. 그런 걸 어떻게 우리 가게에 들여요. 조각으로 나눠 팔아도 다 못 팔아."

"세상에나."

"저어기, 우란에서 직접 운영하는 곳 가면 볼 수는 있다는데 그것도 우수 고객만 들어갈 수 있는 층에 전시되어 있다네요."

그때 다른 사람이 대화에 끼어들었다.

"그거 팔렸대요."

"어머, 벌써요?"

"네. 완전 목 빠지게 기다리고 있던 귀족이 있었다나 봐요."

"나도 한번 보고 싶다."

"양모 전체에 마력을 갖다 부어 놨대요. 그게 한 번 탁! 털면……."

말을 하던 이가 갑자기 입을 벌린 채 말을 멈춰 버렸다.

"갑자기 왜……."

그에게 이유를 물으며 같은 방향으로 고개를 돌린 여자까지 굳어 버렸다.

가게 안에서 창문을 사이에 두고 대화를 나누던 포목점 주인이 창밖으로 목을 쭉 빼 냈다.

"대체 뭘 봤길래 그……."

티온 폰 베르고.

참전한 전투마다 승리를 이끌어 낸 참혹한 전장의 무법자.

고목 같은 갈색 피부에 새빨간 붉은 눈동자, 관자놀이에 크게 흉터가 난 얼굴을 마주한 이들은 하나같이 악몽을 꾼 어린아이처럼 떨어 댔다.

하지만 지금은 달랐다.

우란이 직접 운영하는 커다란 상점으로 가기 위해 시장을 가로지르는 티온의 걸음걸이는 여느 때와 다름없이 당당했으나 그 누구도 고개를 숙이거나 피하지 않았다.

모두들 티온이 걸을 때마다 붉게 타오르는 태양의 조각처럼 흔들리는 검은 양모 위의 붉은 자수를 바라봤다.

양모 자체도 엄청 고급인 듯 광이 났고, 붉은 자수는 살아 있는 그림처럼 반짝였다.

시끌벅적하던 거리가 순식간에 적막으로 가득 찼.

"엄마, 저 누나는 다 컸는데 왜 저 형아한테 안겨 있어?"

"쉿!"

젊은 여자에게 안겨 있는 어린아이의 목소리가 적막을 깼다.

티온과 눈이 마주친 아이의 어머니는 화들짝 놀라 아들의 입을 틀어막았다.

"읍! 엄마, 왜 입 막아! 저 누나는 왜 안겨 있! 읍!"

티온은 화사하게 미소 지으며 아이 어머니에게 눈짓으로 인사했다.

마차에서 내리자마자 티온에게 붙잡혀 또다시 강제로 들어 올려진 솔레아는 이번에도 쪽팔림을 참지 못하고 얼굴을 가렸다.

하지만 누가 봐도 공녀였다.

허리까지 흐르는 새빨간 붉은 머리카락.

거기다 티온이 안아 올리고,

"막내야, 왜 얼굴 가려? 아파?"

막내라고 부를 만한 사람은 공녀뿐이었다.

"티온, 나 죽을래."

"막내 아파서 그래? 불편해? 업어 줄까?"

"너 때문에……. 아니다, 됐다. 업히면 양모 가리니까 그냥 이대로 가자. 대신 좀 빨리 가."

"응."

티온은 긴 다리로 성큼성큼 걸어 시장을 가로질렀다.

그는 기분이 좋았다.

모두가 막내와 막내가 만든 양모를 지켜보고 있었으니까.

우리 막내, 예뻐. 착해.


티온의 시장 패션쇼가 지역 일간지에 실리며 염색 양모는 불타나게 팔려 나갔다.

워낙 고가의 제품이라 몇 개만 팔아도 매출이 1000만 제르를 훌쩍 넘었다.

산체스 우란은 물건이 팔리면 팔릴수록 은근하게 올라오는 짜증을 감출 수가 없었다.

"50%나 베르고의 공녀에게 돌려줘야 한다니. 여기저기 오고 가며 물건을 판건 난데 말이야."

물론 발품을 팔아 직접 염색 공장과 거래하고, 사람 하나하나를 영입한 공녀가 들으면 어이없어할 말이었지만 우란 입장에선 어쨌든 억울했다.

"……돈 벌기가 얼마나 어려운데 가만히 앉아서 돈을 벌다니. 이건 억울하지, 그럼."

우란은 금화 몇 냥이 들어간 돈 자루를 들고 마차에 올라탔다.

"마력만 때려 박으면 그까짓 거 흉내 못 낼 것도 없지."

위대한 마법사 이달론은 공녀의 오빠인 헤이먼 공자의 스승이니 거래에 응하지 않을 것이다.

산체스는 이달론 다음으로 유명한 마법사를 찾아갔다.

"다르반 휴 남작님. 처음 뵙겠습니다. 산체스 우란이라고 합니다."

"……음."

꽤 깐깐한 얼굴의 그는 책을 읽고 있다가 힐긋 우란을 바라보며 고개를 끄덕였다.

마법사들은 왜 하나같이 콧대가 높은지.

우란은 속으로 투덜거리며 다르반 휴 남작에게 이야기를 시작했다.

남작님이 조금만 도와주시면 돈방석에 앉는 건 일도 아니라고. 그냥 숨결을 불어 넣듯 완성된 양모에 마력을 넣어 주면 된다고.

가만히 듣고 있던 남작은 읽고 있던 책을 책상에 엎어 놓고 우란을 향해 몸을 돌렸다.

번지르르한 말을 늘어놓은 우란이 가방 속에서 계약서를 꺼내려는 순간, 남작은 손을 들어 그의 행동을 막았다.

"······왜 그러십니까?"

"공녀님께서 데리고 계신 마법사가 죽기라도 했나?"

"······그렇다기보다는 제품이 워낙 좋으니 여러 곳에서 생산하면 제국 전체에 이익이 될 것 같아 드린 말씀입니다. 베르고와는 아무 연관도 없고요."

남작은 살짝 인상을 찡그리더니 고개를 저었다.

"돌아가게."

"예?"

"그런 짓은 할 수 없네."

"완전히 다른 제품입니다! 비슷하게는 생겼겠지만 마력이 영구적으로 보관되지는 않는 보급형 제품을 판매할 겁니다. 가격이 조금 저렴해졌으니 중산층 귀족들까지 소비자층을 확대할 수 있어 잘 팔릴 거란 말입니다. 장사만 몇십 년을 했는데 제가 이런 간단한 흐름도 못 읽겠습니까!"

"양심 얘기가 아니야!"

씩씩거리며 우란의 말을 끊은 다르반 휴 남작이 조심스럽게 입을 열었다.

"그래, 애초에 난 그만큼의 마력은 없으니 만들어 봐야 한 달 정도 마력이 유지되는 양모겠지. 하지만 내가 걱정하는 건······ 공녀님께서 데리고 계신다는 그 마법사야."

우란은 눈살을 찌푸리며 서대륙에서 왔다는 마법사를 떠올렸다.

남색 머리카락에 덩치가 크고 건방지게 굴던 그 마법사가 뭐 어쨌다고?

"그자가 이 대륙에 온 이유가 '로 마하탐'이라며."

"예? 아, 뭐. 그 비슷하게 말하긴 했지만."

"돌아가."

"뭡니까?!"

"복수를 위해 자기 인생과 가족들을 모조리 내버릴 정도의 각오가 된 사람이야! 복수에 목숨을 걸고 있고, 복수를 하는 데 거슬리는 건 전부 죽여 버린다고! 국적도 없는 마법사를 뭘로 제재할 텐가! 공녀님의 밑에서 일한다는 건 그게 복수와 관련이 있다는 건데! 난 그런 일에 끼지 않겠네!"

불같이 화를 낸 남작은 더 이상 얘기조차 듣고 싶지 않다며 우란을 밖으로 쫓아냈다.

계약금이나 수수료에 대한 얘기를 본격적으로 꺼내기도 전에.

우란은 마차에 올라타기 전 남작저를 향해 가래침을 퉤 뱉었다.

"로 마하탐인지 뭔지가 뭐가 무섭다고. 하여간 마법사 놈들이란."

"주인님, 다시 저택으로 돌아갈까요?"

멍청하게 묻는 시동의 따귀를 후려친 우란은 분에 차 소리 질렀다.

"내가 빈 계약서를 가지고 집에 돌아가는 거 본 적 있어?! 마법사가 여기밖에 없는 줄 알아?!"

"……죄송합니다. 주인님."

하지만 우란은 그 이후로도 몇 번 더 유명한 마법사들에게 거절당했다.

모두 하나같이 로 마하탐 마법사의 눈에 거슬리고 싶지 않다는 이유를 댔다.

"쌍, 됐어. 마력 그딴 거야 반짝거릴 정도로만 넣으면 되고 중요한 건 자수지. 자수만 잘 놓으면 돼. 바느질하는 아줌마들 구워삶는 거야 일도 아니지."

일이었다.

매우 고된 일이었다.

심지어 실패한 일이었다.

피고름을 짜내며 자수를 놓고 있을 거란 우란의 예상과는 다르게 그들은 아침 일찍 출근했다가 해가 지면 곧장 베르고의 마차를 타고 각자의 집으로 돌아 갔다.

굉장히 안락해 보였다.

"……바느질하는 사람들을 위해 개인 마차를 빌려준단 말이야?! 게다가 휴일까지 있어? 휴일이 있으면 어떡해! 자영업자가!"

"예, 그렇다고 하더라고요. 공녀님은 정말 다정하신 것 같아요."

밝은 모습으로 말하는 어린 시동의 머리를 때린 우란은 마음을 가다듬은 뒤 돈 자루를 들고 직공의 집 문을 두드렸다.

"누구세요?"

"아, 남편분이신가 보군요. 저는 우란 상단의 단주 산체스 우란입니다. 아내 분과 긴밀하게 나눌 얘기가 있어서 찾아왔습니다."

"우란 상단!"

두 눈을 휘둥그레 뜬 남자는 아내의 이름을 부르며 집 안으로 뛰어 들어갔다.

그래, 이런 환대가 있어야지. 내가 누군데.

픽 웃은 우란은 마치 제집처럼 집 안으로 들어갔다.

제닌이라 불린 여자는 자다 나왔는지 잠이 덜 깬 눈이었다.

"아직 저녁 식사 시간 전인데 쉬고 있었나 봅니다."

"에, 일이 고돼서요. 상단에서 제게 직접 찾아올 이유가 없을 텐데…… 어떤 일이세요?"

일이 고되다니 불만이 많겠군. 속으로 쾌재를 부르며 우란은 본격적으로 얘기를 꺼냈다.

고개를 끄덕이며 얘기를 듣고 있던 제닌은 우란이 들이민 돈 자루를 열어 안을 살폈다.

오늘 하루 종일 돌아다니며 만난 사람 중 금액을 확인한 사람은 이 여자가 처음이었다.

그러나 우란의 기대와는 다르게 제닌은 코웃음을 치더니 옆에 서 있는 남편에게 돈 자루를 벌려 보여 줬다.

　남편 역시 크게 웃었다.

　"……지금 뭐 하는 짓……."

　당황한 우란이 말도 제대로 잇지 못하자 제닌은 깔깔 웃다가 눈물을 닦으며 말했다.

　"이게 계약금이라니. 내 월급보다도 적네요."

　"뭐야?! 과장도 정도껏 해야지! 누가 바느질하는 직공한테 돈을 그만큼 준다고!"

　남편이 들고 있던 커다란 식칼을 테이블에 쿵 내리찍었다.

　"제닌은 직공이 아니라 '장인'입니다. 제닌 특유의 바느질 문양이 있고, 작업물을 포장할 때 명함도 함께 넣습니다. 그래서 요새는 제닌을 지정해서 주문하는 손님도 있다 들었는데 제품을 판매하는 상단주가 그런 것도 모릅니까? 혹시 가짜인가?"

　제닌의 남편이 우란에게 흉악한 얼굴을 들이밀었다. 눈이 멀었는지 왼쪽 눈동자가 희멀겋다.

　"가, 가짜라니! 제품 포장이야 베르고 쪽에서 하는 거고! 우린 주문을 받고 판매를 도와주는, 그, 그런……. 그리고! 바느질하는 사람에게 그렇게 큰돈을 줄 리가 없지, 그쪽이야말로 거짓말하는 거 아닌가!"

　맞은편에 앉아 있던 제닌은 남편이 가져다준 차를 마시며 고상한 척 말했다.

　"그걸 공녀님은 하시더라고요. 덕분에 우리 남편도 이제 험한 일 접고 집안일해요."

　이제 보니 남편의 귀가 뭉친 밀가루 반죽처럼 부풀어 있었다. 무슨 험한 일을 했는지는 모르겠지만 알고 싶지도, 엮이고 싶지도 않았다.

　"우란인지 계란인지 개소리 말고 나가!"

　테이블에 꽂혀 있던 식칼을 빼 든 남자가 소리를 질렀다. 우란은 오늘만 해도 몇 번째인지 모를 푸대접을 받으며 문밖으로 뛰쳐나왔다.

다른 직공들에게도 찾아가 봤지만 모두 똑같은 반응이었다.

어떤 직공은 우란이 소유한 건물에 살고 있길래 일부러 협박 비슷한 으름장도 놓았다.

"여기서 계속 살고 싶으면 내 말을 따르는 게 좋을 거야."

하지만 풍채 좋은 여자는 어깨를 떨며 껄껄 웃더니 구경하던 아이들에게 큰소리로 말했다.

"애들아~ 짐 싸라~ 이사 가게."

"이, 이사라니! 집을 구하는 게 그리 쉽나!"

"그동안 공장에서 자죠, 뭐."

"사람이 집이 있어야지. 공장에서 잠을 잘 수 있나!"

"아, 모르시는구나. 공장 뒤편에 우리를 위한 생활관이 마련돼 있어요. 휴식 시간에 거기서 잠도 자고 그러거든요. 애들 데려와서 놀라고 해도 돼요. 그리고 공녀님이 부득이하게 집을 나와야 할 상황이 생기면 참지 말고 나오라 하시더라고요. 남편한테 맞아서 나온 헤일로에게는 공녀님이 아예 집을 새로 얻어 주셨어요. 물론 조금씩 월세를 받기야 하시지만 그래도 그렇게 깔끔하고 좋은 집을 그 가격에! 휘우! 정말 대단하시죠? ……하긴 그쪽이야 직원들 복지를 챙겨본 적이 없으니 알 턱이 있나."

짐을 싸러 들어갔던 아이가 물이 가득 담긴 커다란 잔을 낑낑거리며 들고 왔다.

"엄마! 뿌려요?"

"응, 뿌리렴."

"뭐?"

우란이 멍청하게 되묻는 순간 아이는 제 얼굴보다 큰 잔을 우란에게 던졌다.

손에 힘이 없어서 잔에 가득 찬 물을 뿌리지 못하고 우란의 발 근처에 던지듯 떨어뜨린 모양이었다. 쨍그랑 소리와 함께 사방으로 튄 물이 우란의 구두를 적셨다.

"이 망할……!"

"엄마, 잔 깨 버렸어요……. 죄송해요."

"괜찮아, 아가. 엄마는 이제 돈이 많잖니. 다치진 않았고?"

"엄마는 멋져요!"

아이는 엄마의 품에 파고들었다.

이미 그들에게 우란은 안중에도 없었다.

축축하게 젖은 구두의 물기를 탈탈 턴 우란은 문을 발로 차고 나왔다.

"망할 것들……. 조만간 내가 제대로 쓴맛을 보여 주지."

그날 우란은 처음으로 텅 빈 계약서를 들고 집으로 돌아갔다.

❋ ❋ ❋

우란이 요즘 뒤로 호박씨를 까고 다닌다는 얘기는 당연히 솔레아의 귀에 고스란히 들어갔다.

"아가씨, 어떡할까요?"

솔레아가 사 준 안경과 솔레아가 사 준 구두와 솔레아가 또 사 준 시계를 굳이 양손에 나눠 찬 라트엘이 매끄럽게 물었다.

"릴홉 신문사에서 개지랄 떠는 거 영상석으로 찍어 뒀죠?"

"예, 산체 개스끼 얼굴 잘 나오게 찍어 뒀습니다. 예쁘게 편집해서 신문사로 보낼까요?"

"네. 계약서대로 신변에 큰 이상이 생기도록 만들어 줘야겠네요. 참, 그 집 어린 시동의 어머니는요?"

"좋은 병원으로 옮겨서 치료를 받게 했습니다. 점점 차도를 보이고 있다고 합니다."

"다행이네요. 우란의 아내는요?"

"연기력이 좋던데요. 오늘 아침에 우란 상단의 비자금 리스트를 복사해서 가져왔습니다."

"아, 행복하다. 손 안 대고 코 풀었네!"

라트엘이 질겁하는 얼굴로 솔레아를 내려다봤다.

"가능하면 코는 손 대고 푸십시오. 손수건을 사용하시고요."

"무슨 말을 못 해!"

라트엘은 부드럽게 풀어진 얼굴로 웃었다.

"참, 공작님께서 찾으십니다. 티타임을 가지자 하셨습니다."

"네, 어디 계세요?"

"저택 부지 내 언덕으로 가시면 됩니다."

라트엘이 말해 준 언덕으로 올라가니 하얀 테이블과 의자 두 개가 준비되어 있었다.

언덕 아래를 내려다보며 가만히 서 있던 디에르고 공작은 솔레아를 발견하고 따스하게 미소 지으며 손을 흔들었다.

"아빠!"

"그래, 어서 와서 앉으렴."

함께 차를 마시고, 바삭바삭한 쿠키를 먹었다.

공작은 늘 그랬듯 솔레아의 말 한 마디 한 마디를 집중해 들으며 대답했고, 솔레아는 최근 일들을 자랑하듯 얘기했다.

그레이가 괴롭힌다며 어리광을 부렸다가, 잊고 있던 게 생각났다는 듯 박수를 짝 치곤 티온의 두 팔을 묶어 놓는 게 좋겠다고 자꾸 사람을 들어 올린다며 쉴 새 없이 종알댔다.

요새 헤이먼이 힘이 없어 보여 걱정이 돼서 같이 피구를 했는데 공을 잘만 피하더라. 결국 나만 일찍 공 맞고 죽었다. 깡마른 줄 알았더니 헤이먼이 보기보다 힘이 좋다고 말하는 솔레아의 얼굴엔 생기가 가득했다.

솔레아의 말이 끝날 때마다 눈을 접으며 소리 내 웃던 디에르고 공작은 목이 마른지 차를 한 모금 들이켰다.

그러고는 멀리 시선을 던지며 평소와 다름없이 매끄럽고 따뜻한 목소리로 물었다.

"그래서, 내 딸은 어디 있니?"

## Chapter.5

싱그럽게 웃고 있던 솔레아의 얼굴이 그대로 굳어 버렸다.

"……네?"

위로 올라간 입꼬리가 파르르 떨려 왔다.

떨림은 잉크 번지듯 아주 빠르게 온몸으로 퍼졌다. 찻잔을 들어 올리려던 손끝이 경련이 일듯 떨려 솔레아는 두 손을 테이블 밑으로 내렸다.

"그게 무슨 말씀이세요?"

먼 곳을 바라보는 공작의 두 눈은 여느 때와 다름없이 잠잠했다.

"기억이 돌아오지 않았지?"

"아직……."

"돌아올 일이 없는 건 아니고?"

공작이 솔레아를 향해 고개를 돌렸다.

두 눈은 따뜻했으나 무감했고, 입은 웃고 있었지만 입술 사이로 새어 나오는 말은 날카롭기 그지없었다.

"왜 우니?"

그 말이 꼭, 남의 자리를 훔쳐서 산 주제에 무슨 낯짝으로 울고 있냐는 것처럼 들렸다.

공작을 바라보는 솔레아의 시야가 뿌옇게 번져 왔다.

내가 울었나?

분명히 웃고 있다고 생각했는데.

언제 울었지?

내가 무슨 자격이 있다고 우는 걸까?

솔레아의 눈물은 뺨을 타고 흐르지도 못하고 두 눈 안에 갇혀 있었다.

"저, 그게……. 저, 아, 아버지. 공작님……. 저는……."

내가 솔레아라고 말해야 하는데.

내가 당신의 딸이라고 말해야 하는데 왜 입이 떨어지지 않을까.

그동안 악몽 속에서 수없이 되풀이했던 거짓말들은 막상 상황이 닥치니 쉽게 튀어나오지 않았다.

그간 공작이 다정하게 대해 줄 때마다 가슴 깊은 곳에서부터 차곡차곡 죄책감이 쌓인 모양이었다.

공작과 눈이 마주치자 솔레아는 저도 모르게 고개를 숙였다.

눈물방울이 그제야 허벅지 위로 투두둑 떨어졌다.

맞은편에서 온기 가득한 목소리가 들렸다.

"내 딸과 정말 똑같구나."

그 말은 자신의 딸은 아니라는 뜻이었다.

아무리 노력해도 당신의 딸 솔레아가 아닌 나. 솔레아가 될 수 없는 나.

속이 울렁이고 꾹 다문 아랫입술이 떨렸다.

"제가 다 했어요! 제가 베르고를 위해 매일 밤을 새우며 공부했어요! 오빠들이 어디서든 주눅 들지 않고 당당했으면 좋겠다고 생각해서! 제가 다 한 거란 말이에요! 저예요! 제가 했다고요! 저란 말이에요!"

제 딸의 얼굴을 한 누군가가 가슴을 퍽퍽 치면서 말하는 모습을 보며 공작은 느리게 눈을 깜빡였다.

"고맙구나."

공작의 투명한 은발이 실바람에 부드럽게 흔들렸다. 공작은 마치 숨을 쉬지 않는 사람처럼 잔잔하게 말을 이었다.

"그러나 당신에게 그런 것을 바란 적 없소."

반쯤 일어섰던 붉은 머리의 여자가 실이 끊어진 인형처럼 의자에 털썩 주저앉았다.

그녀의 얼굴에 절망이 빠르게 스며들었다.

"어딘가에 소속된 어린 마법사인 듯한데…… 그간의 정을 생각해서 모른 척해 줄 테니 원래대로 돌려놓으시오. 빠른 시일 내에."

자리에서 일어난 공작은 무심한 뒷모습을 보인 채로 살짝 고개를 돌려 덧붙였다.

"내 아이들이 눈치채기 전에."

공작은 천천히 언덕을 내려갔다.

혼자 남은 지윤은 바람에 눈물이 마르는 감각을 오래도록 느꼈다.

"내 아이들……. 그래, 난 원래 솔레아가 아니었으니까."

솔레아의 몸에 운 좋게 들어와 그녀 행세를 하고 살았던 거고, 그녀의 가족들에게 받은 은혜를 갚기 위해 이 일 저 일 벌이고 다닌 거니까.

"……얘들아. 정령들아."

어디로 갔는지 대답이 없었다.

"원래 주인이 깨어나서 그리로 갔어? ……그럼 인사라도 하고 가지 그랬어."

어느새 방향을 바꾼 바람이 등 뒤에서 불어왔다. 탐스러운 붉은 머리카락이 흩날리며 안개처럼 시야를 가렸다.

이것도 내 게 아닌데.

고개를 돌렸다.

초록색 벌판과 아름다운 저택, 친절한 사람들, 다정한 아빠와 오빠들.

이 넓은 곳에 내 것은 아무것도 없는데. 생각해 보면 원래 그랬다.

아주 먼 기억 속, 가장 처음부터.

고개를 숙인 지윤의 입에서 맑은 웃음이 터져 나왔다.

"프, 하하. 하하하! 맞아, 그랬지! 하하하! 그랬었어! 하하하! 바보처럼 잊고 있었네! 누구 탓을 하겠어! 하하, 하, 하하하……."

웃음은 너무 쉽게 한숨으로 변해 버렸다.


저녁이 되고, 해가 지고서야 붉은 머리 여자는 언덕을 내려왔다.

그녀는 평소와 같은 얼굴로 저택의 사용인들에게 인사를 건네곤 공작의 집무실로 걸어갔다.

마침 퇴근하던 라트엘이 그녀와 마주쳤다.

"아가씨, 이제 내려오셨습니까? 감기라도 걸리시면 어떡하시려고요."

"에이, 난 이제 건강하잖아요. 걱정 말고 퇴근해요, 라트엘. 시간 다 됐어요."

"네."

"참, 내일 신문 1면에 우란 갑질 얘기 실어 달라고 해 주고요."

"제가 그거 때문에 오늘 정시 퇴근을 못 하고 신문사로 잔업 하러 가지 않습니까? 수당 따로 챙겨 주셔야 합니다."

"그럼요. 제가 언제 돈 떼먹은 적 있나요?"

"제가 그래서 아가씨를 좋아합니다."

붉은 머리 여자는 밉지 않게 씩 웃는 라트엘의 어깨를 툭 치곤 그의 등을 떠밀었다.

"얼른 가요, 라트엘."

"예. 아가씨 내일 뵙겠습니다."

라트엘이 가고 난 후 붉은 머리 여자는 입가에 띤 미소를 지우지 않은 채 집무실의 문을 두드렸다.

"저예요."

"……그래."

짧은 대답이 들려오자 붉은 머리 여자는 숨을 천천히 들이마셨다가 내뱉은 후 문을 열고 안으로 들어갔다.

공작은 보고 있는 서류에서 시선을 떼지 않은 채 문 닫히는 소리가 들리자마자 입을 열었다.

"무슨 일이오."

"부탁이 있습니다."

"내 딸의 몸을 꿰찬 이의 부탁을 들어줄 이유는 없는데."

"마지막 부탁입니다. 들어주세요."

잠깐 말이 없던 공작은 펜을 내려놓고 붉은 머리 여자를 바라봤다.

여자는 다시 한번 숨을 고른 뒤 조심스럽지만 단단한 음성으로 말했다.

"일주일만 주세요. 준비 중인 일들이 제가 없어도 굴러갈 수 있도록 만들어만 놓고 갈게요. 정말, 그다음엔 무슨 짓을 해서라도 갈게요."

"……솔레아는 어디 있소?"

"그 사람은……."

붉은 머리 여자는 차마 말을 잇지 못하고 입술만 달싹이다 이내 꾹 닫아 버렸다.

공작은 그녀의 얼굴을 보다가 저도 모르게 시선을 피해 버렸다.

그때 누군가가 집무실의 문을 두드렸다.

"공작님, 마르실라입니다."

"……들어와."

"아가씨랑 계셨군요! 여기 차라도 한잔 드시면서 얘기 나누세요."

생글거리며 공작의 책상 위에 찻잔을 내려놓은 마르실라는 붉은 머리 여자를 향해 미소 지었다.

"아가씨 안색이 안 좋으시네요, 무슨 일 있으셨어요?"

여자는 애써 웃으며 마르실라에게 답했다.

"괜찮아요. 그럼 허락하신 줄 알고 가 볼게요. 공작님."

공작은 그녀에게 답하지 않았다.

문을 열고 나간 붉은 머리 여자가 복도를 뚜벅뚜벅 걷는 발소리가 멀어지는 동안 그는 아무런 말도 할 수가 없었다.

가슴이 먹먹하게 말려들어 가는 것만 같았다.

어쩐지 목이 막혀 와 공작은 저도 모르게 손을 들어 목 언저리를 쓸어내렸다.

"공작님, 목이 따가우세요? 따뜻한 차를 가져왔으니 한 모금 드세요. 일도 좀 쉬엄쉬엄하시고요."

"……향이 좋군, 무슨 차지?"

"마음을 안정시켜 주는 차예요. 잠도 잘 오실 거예요."

"그렇군."

차를 마신 후 공작은 느리게 눈을 감았다.

눈을 감자 붉은 머리 여자의 물기에 젖은 눈망울이 어른거렸다.

어색하게 '아버지'라 부르다가 겨우 '아빠' 하고 부르던 순간의 음성도 귓가에 생생했다.

흙바닥에서 굴러 엉망이 된 꼴로도 저를 발견하자마자 사르르 웃던 얼굴도 선명하게 떠올랐다.

언젠가부터 뭔가 이상하다고 느꼈다.

어릴 때 크게 체한 기억 때문에 아몬드를 먹지 못하던 솔레아가 어느 날 아몬드 한 주먹을 책상 위에 올려 두고 씹고 있길래 억지로 먹을 필요 없다고 했더니 '그레이도 싫으면 먹지 말라고 하더라고요. 난 아몬드 좋아하는데.'라고 답했다.

기억을 잃었으니 그럴 수도 있다고 생각했다.

하지만 어릴 때 이후로 한 번도 먹어 본 적 없던 아몬드를 어떻게 좋아하게 됐는지는 알 수 없었다.

그뿐 아니라 체질적으로 복숭아가 맞지 않아 두드러기가 나곤 했는데 복숭아파이를 한 입 가득 베어 물곤 '너무 맛있어요!' 라고 하기도 했었다.

체질은 기억과 관련이 없을 텐데.

그 외에도 단순히 기억만 잃었다 하기에는 원래의 솔레아와 다른 점이 많았다.

낯을 심하게 가리던 아이가 갑자기 온 저택의 사용인들과 기사들에게 아무렇지 않게 인사를 건네고, 직접 사업을 크게 벌이고…….

마치 기억을 잃은 게 아니라 다른 사람이 된 것 같았다.

그래도 겁이 많은 아이니 상처받지 않도록 차근차근 물어보며 천천히 대화할 생각이었다.

그 아이가 누구든 나날이 저를 바라보는 시선에 애정이 늘어나는 건 진짜였으니까.

……그런데 누가 그 아이에게 복숭아파이를 가져다줬지?

"공작님, 복잡한 생각은 마세요."

공작은 상냥한 마르실라의 목소리에 생각을 멈췄다.

꼿꼿하게 앉아 있던 공작이 책상 위로 쓰러졌다.

"이 차는 작은 의문을 의심으로, 의심을 확신으로, 확신을 증오와 분노로 바꿔 주는 차예요. 분노는 우리 삶의 원동력이잖아요. 공작님."

마르실라는 공작을 내버려 두고 집무실을 나서며 환희에 찬 눈물을 흘렸다.

이제 거의 다 됐다. 내 가족을 살릴 수 있어.

❄ ❄ ❄

공작은 서서히 꿈속에 잠겨 들었다. 꿈은 아주 오래전 기억부터 시작되었다.

에일린의 몸이 약한 탓에 결혼을 반대하는 목소리들이 컸다.

아내의 몸이 약하지만 대신에 내가 강하니 괜찮지 않냐는 말에 아버지는 코웃음을 쳤다.

'아이를 네가 낳을 거니?'

젊은 디에르고는 아버지를 힘껏 노려보며 답했다.

'아이가 없어도 괜찮으니 말씀드리는 겁니다.'

'네가 괜찮아도 베르고는 괜찮지 않아!'

'고작 가문의 후계를 이어야 한다는 이유 때문에 에일린과 헤어질 바에는 차라리 가족과 인연을 끊겠습니다.'

꿈속의 젊은 자신을 바라보는 디에르고의 입가에 미소가 걸렸다.

그 무엇도 두려울 것이 없는 날들이었다.

아버지와 대화를 끝내고 저택을 나오자 그를 기다리고 있던 에일린이 바람에 머리를 감듯 높게 묶었던 붉은 머리카락을 풀어 헤치고 있었다.

'에일린, 뭐 하는 거야.'

'바람이 너무 시원해요, 공작님.'

'……그렇게 부르지 말라니까.'

'아하하! 당신 삐질 때 눈꼬리가 삐죽 올라가는 거 알아요? 고양이 같아.'

'날 고양이라고 부르는 사람은 너밖에 없어.'

'좋다는 뜻이죠?'

그를 약 올리듯 어깨를 으쓱이며 씩 웃는 에일린의 얼굴엔 생기가 가득했다.

몸은 약했지만 마음까지 나약한 사람은 아니었다.

에일린은 자신이 아이를 낳을 수 없음을 인정하고 베르고의 후계를 잇기 위해 아이를 입양한 게 아니었다.

그랬다면 자식이 많아 오히려 골치가 아픈 어느 친척에게서 아이를 데려와 양자로 삼았겠지.

그녀는 가죽 공장 뒤편 하수도에 쓰레기처럼 버려진 티온을 저택으로 데려와 씻기고 돌봐 주었다.

'아가, 괜찮니? 아직 너무 어려 보이는데.'

디에르고도 티온을 처음 본 날을 기억했다.

좋은 옷을 입혀도 남의 옷을 훔쳐다 입은 것처럼 어울리지 않는 깡마르고, 등이 굽은 소년이었다.

아나나 다를까 가죽 공장으로 돌아간 티온은 남의 옷을 훔쳐 입었다는 오해를 받아 선배들에게 옷을 뺏기고 두들겨 맞아 다리가 부러졌다.

절뚝거리며 걷다가 쓰러져 결국 공작저 앞까지 기어 온 티온이 에일린에게 바란 것은 작은 동정이었다.

티온은 약품 때문에 진물이 올라오고 지문조차 알아볼 수 없을 정도로 엉망이 된 두 손을 공손히 모아 내밀며 빌었다.

'조금만 도와주세요.'

에일린은 다친 티온을 보살피며 진심으로 슬퍼했고, 조금씩 아이를 사랑하게 되었다.

그녀에게 사랑은 그가 생각한 것보다 훨씬 따듯하고 폭 넓은 무언가인 것 같았다.

디에르고는 매 순간 그녀에게서 사랑을 배웠다.

세상엔 다양한 모양의 사랑이 존재한다는 걸, 어떤 사랑은 시간을 들여 서서히 생겨나기도 한다는 걸 티온을 키우며 알았다.

그 후 헤이먼을 데려오고, 어렵사리 솔레아를 가지게 되었음에도 여섯 살 남짓이던 그레이를 입양했다. 세 아이를 한방에 우르르 모아 놓고 부른 배를 문지르며 동화를 읽어 주겠다고 책을 펼치는 에일린은 여전히 싱그러울 정도로 생기가 넘쳤다.

디에르고는 에일린에게 사랑을 배워서 다행이라고 몇 번이나 생각했다.

그녀가 죽기 전까지는.

가끔 피곤하다며 침대에 누워 하루를 보내긴 했어도 에일린은 늘 여유가 넘치는 성격이었다.

'에일린, 일어나서 수프라도 좀 먹어 봐.'

'오늘은 어리광 부리고 싶은 날인가 봐요. 일어나기가 싫네.'

'내가 먹여 줄 테니까 그러지 말고 몸 좀 일으켜 봐. 뭘 먹어야 약을 먹지.'

'이왕 수프 먹여 줄 거면 몸도 좀 일으켜 주지.'

'알았어. 자, 일어나.'

'이왕 일으켜 준 김에 수프도 입으로 먹여 주지.'

'……그만.'

'네.'

열에 들뜬 얼굴로도 해맑게 웃던 그녀는 솔레아를 낳은 뒤로 심각하게 건강이 안 좋아졌다.

보통 사람들이면 회복하고도 남았을 시간이 훌쩍 지난 뒤에도 에일린은 한참 더 침대에 누워 있어야 했다.

'그러게 낳지 말자고 했잖아!'

'쉿, 애 들어요. 이맘때 애기들이 안 듣는 것 같아도 누군가 자기 앞에서 소리를 지른 건 다 기억한대요.'

'……하, 팔 아프니까 들고 있지 말고 이리 줘.'

'왜 아이를 무슨 물건 대하듯 말해요. 그러지 마요.'

'이리 달라니까.'

'디에르고.'

'알았어. 아이는 내가 보고 있을게. ……좀 쉬어.'

에일린은 그제야 아이를 넘겨주었다.

'아기 이름 말인데요. 솔레아 어때요? 티온, 헤이먼, 그레이, 솔레아. 어감이 잘 어울리죠?'

'당신 좋을 대로 해.'

'좀. 그렇게 관심 없다는 듯 대답하지 말고.'

'정말 당신 좋을 대로 하면 돼. 난 당신 마음에만 들면 되니까.'

'하여간 성질하고는.'

에일린은 솔레아를 사랑스럽다는 듯 바라봤지만 디에르고의 눈에 아기는 그저 작은…… 아주 작은 덩어리처럼 보일 뿐이었다.

빨갛고, 너무 작았다.

몸을 약간 회복한 뒤로 에일린은 솔레아를 안고 자주 후원으로 나갔다.

벤치 뒤편에 앉아 아기에게 가족들의 이름을 시를 낭송하듯 한 음절씩 불러 주곤 했다.

'디에르고, 에일린, 티온, 헤이먼, 그레이, 마지막으로 솔레아.'

그러면 장난기 넘치는 그레이가 가족들의 이름에 음을 붙여 노래를 부르며 후원을 뛰어다녔다.

'디에르고 공작님! 에일린! 공작 부인, 티온은 큰형, 헤이먼은 작은형, 잘생긴 그레이! 솔레아는 아기! 우리는 베르고 가족~'

에일린은 소리 높여 웃으며 팔을 벌렸고, 그레이는 우다다 달려가다가 벤치에 다다르면 속도를 늦추고 천천히 에일린에게 안겼다.

'그레이는 노래를 잘하네, 검을 잡지 말고 노래를 하지 그러니?'

'싫어요.'

'왜?'

'노래하는 남자들은 거시기를 자른다면서요.'

'……엄마가 그 생각을 못 했네. 그래도 너는 셋째고 위에 형들이 있으니까 괜찮지 않을까?'

에일린이 진지한 표정으로 장난을 치자 그레이가 벌게진 얼굴로 눈물을 뚝뚝 흘리며 도망쳤다.

'어머니 미워요!'

'그레이, 엄마가 다 네게 재능이 있어 보여서 하는 말이야!'

'미워! 싫어요!'

흐어엉 우는 그레이를 달래느라 저택의 모든 하인들이 쩔쩔맸다.

하지만 그레이는 금세 까먹고 또 어린 솔레아 앞에서 노래를 불러 주곤 했다.

자고 있는 아기방에 들어가 노래를 부른 탓에 아기가 울며 깨기 일쑤였다.

그레이의 노래는 괴상한 멜로디인데도 묘하게 중독성이 있어 가끔 하인들이나 하녀들이 따라 부르기도 했다.

'디에르고! 공작님, 에일린! 공작 부인, 티온은 큰형, 헤이먼은 작은형, 잘생긴 그레이! 솔레아는 아기! 우리는 베르고 가족~'

저택엔 웃음과 노랫소리가 멈추지 않았다.

솔레아가 뒤집기를 성공하고, 걷기를 시작하고, 옹알이를 하며 성장하는 내내 다들 하루 종일 벙싯벙싯 웃고 다녔다.

솔레아가 처음 한 말은 아빠도, 엄마도 아니었다.

'디고!'

'……음?'

'디이고!'

아이를 안고 있던 디에르고가 두 눈을 동그랗게 뜨고 에일린을 바라봤다.

그날도 몸이 안 좋아 침대에 누워 있던 에일린이 벌떡 일어나 앉았다.

'솔레아! 엄마, 해 봐! 엄마! 아니면 아빠 해 봐. 하루 온종일 마마 하던 애가 왜 갑자기 아빠 이름을 불러?'

'……어……'

'어! 그렇지!'

'디고.'

방 안이 정적에 휩싸였다.

디에르고는 솔레아를 품에 꼬옥 껴안고는 소리 내어 웃었다.

'하하! 내가 당신보다 더 좋은가 보지.'

'엄마보다 맨날 책상에 붙어 있는 아빠가 더 좋니?'

솔레아가 두 살이 됐을 때 알았다.

아빠가 더 좋아서 그런 게 아니라 주야장천 아기방에 드나들던 그레이가 부른 노래 때문이었다는 걸.

솔레아는 그레이와 작은 나뭇조각을 가지고 놀며 뭉개진 발음으로 노래를 불렀다.

'디고! 곤자임. 에리, 공잔빔. 티오는 크닝. 헤먼 자그닝.'

거기까지만 불렀다.

'왜 나는 안 불러 줘! 솔레아! 나도 불러 줘!'

솔레아는 마치 그 말을 알아들은 것처럼 꺄르르 웃으며 그레이에게 나뭇조각을 던졌다.

'너, 너 이런 식으로 자꾸 오빠 무시해! 어?'

'우이는 베고 가조옥~'

'노래 중간에 끊지 말고 끝까지 불러 달라고~'

그레이가 바닥에 드러누워 허공에 대고 발을 동동 구르면 솔레아가 그를 따라 벌렁 누워서는 짧은 다리로 허공을 차며 높은 목소리로 꺄아아아! 하곤 웃었다.

솔레아는 모르겠지.

그레이가 굳이 솔레아를 안아 보겠다며 안고 걷다가 넘어지는 바람에 크게 다칠 뻔했다는 걸.

그때 솔레아를 보호하느라 제 몸을 틀며 넘어진 그레이가 팔꿈치가 찢겨 피가 철철 흐르는데도 동생이 다쳤을까 봐 엉엉 울며 손잡고 나란히 저택으로 들어왔던 것도.

'그리, 우어요.'

'흐어엉. 솔. 어엉. 다쳐 가지고. 흐어엉. 솔레아가, 넘어져서. 아니, 내가. 으어엉.'

'오바. 우디 마.'

헤이먼이 보여 주는 노란 나비를 쫓아가며 뛰던 어린 시절을.

……티온이 벌레인 줄 알고 마력이 깃든 검으로 나비를 베는 바람에 한동안 티온만 보면 푸우우 하며 침을 뱉었다는 것도.

그러다가도 티온이 하늘 높이 안아 올리면 함박웃음을 지으며 박수를 쳤다는 것도.

네 엄마가 너를 얼마나 사랑했는지도.

너는 모를 거다, 솔레아.

아름다운 기억은 어느새 조금씩 흐려져 에일린의 마지막 날로 바뀌었다.

'아이들을 절대로…… 버리지 말아요. 알았죠?'

'알았어. 내가 우리 애들을 왜 버려.'

'아이들한테 잘해야 돼요. 항상 잘 살펴봐요. 애들이 안 그런 척해도 눈치도 많이 보고…… 속이 깊어서 말도 잘 안 해요……. 그러니까 계속 사랑해 줘요. 응?'

'……나는 걱정 안 돼? 에일린.'

'당신 잘할 거예요. 믿어요.'

'그렇게 말하지 마.'

에일린은 미련이 가득 담긴 눈으로 디에르고를 한참 보다가 눈을 감고 조용히 떠났다.

그 이후로 그녀가 가르쳐 준 사랑은 그에겐 고통일 뿐이었다.

그날도 평소와 다름없이 특별할 것 없는 하루였다.

세 살이 겨우 넘은 아기는 복도를 도도도 걸으며 큰 소리로 노래를 불렀다.

'디에르고! 공작님! ……티옹은! 큰형!'

집무실에 가만히 앉아 있던 디에르고는 펜을 쥔 채로 아무것도 하지 못하고 멍하니 있기만 했다.

아이의 노래는 이상했다.

음절마다 소리를 지르듯 불렀고, 에일린 부분은 매번 부르지 않고 건너뛰었다.

'디에고! 공작임! 티옹은! 큰형! 헤이먼! 짝은! 형!'

노래에서도 그녀의 이름이 없어지니 이제 사라진 사람이라는 걸 거듭 확인시켜 주는 것 같았다.

디에르고는 눈을 부릅뜨고 집무실 문을 뜯어낼 것처럼 벌컥 열었다.

'뭐 하는 짓이야!'

'⋯⋯어.'

'노래를 부를 거면 똑바로 불러! 왜 엄마는 안 부르는 거냐!'

작은 몸의 아이는 오들오들 떨다가 눈물 젖은 얼굴로 중얼거렸다.

'그레이 오빠는, 어, 자기 안 부르면, 웅, 멀리서도, 뛰어와서, 뛰어오는데⋯⋯. 엄마는 아직 안 와서, 엄마가. 엄마 안 와서, 이렇게 부르면 에일린, 엄마 올까 봐⋯⋯.'

에일린을 쏙 빼닮은 새빨간 머리카락이 애처롭게 흔들렸다.

아이의 눈꼬리가 아래로 축 처지고 두 눈엔 순식간에 커다란 물방울이 가득 들어찼다가 아래로 후드득 떨어졌다.

'아기가 계속 불렀는데 엄마 안 와⋯⋯.'

꺼이꺼이 울기 시작하는 솔레아를 보다가 디에르고는 복도에 주저앉아 아이처럼 함께 울었다.

어찌해야 할지 도무지 알 수가 없었다.

당신이 데려온 아이들, 당신을 닮은 아이.

모두 당신에게서 뻗어 나온 추억이라 바라보는 것조차도 힘에 부쳤다.

아이들에게 더 이상 괴상한 노래를 부르지 말라 명령하고, 벽에 걸려 있던 가족들의 초상화를 모두 떼 버렸다.

에일린이 일궈 낸 가정을 지키면서도, 그 이상을 해낼 자신은 없었다.

티온의 안경이 어느 날 사라진 걸 알았을 때도, 헤이먼이 마법 수업이 끝난 이후에 유독 피곤한 모습을 보여도, 그레이가 기사단에 들어가지 않고 솔레아의 곁에 남겠다고 말해도 모두 그러려니 했다.

'베르고'가 안정적으로 유지되고, 이 가족의 형태가 그대로 지탱되기만 하면 괜찮을 줄 알았다.

아니, 괜찮을 거라 믿었다.

아이들을 사랑하지 않는 것은 아니었다. 다만 아이들의 얼굴과 행동에서 언뜻언뜻 드러나는 에일린의 모습을 보는 것이 힘겨웠다.

필요 이상으로 곁을 내주지 않았다. 잘 자랄 수 있을 정도로만. 아이들이 다 커서 모두 이 집을 떠날 때까지만.

제 엄마를 닮아 몸이 약한 솔레아가 몇 번이나 앓는 동안 공작은 더욱 과민해졌다.

'솔레아를 데리고 밖에 돌아다니지 마라.'

'하지만 공작님, 아가씨도 곧 성년이신데…….'

'저렇게 안 좋은데 어딜 돌아다닌다는 거야! 그러다 또 쓰러지면! 더 안 좋아져서 혹시, 혹시…….'

에일린처럼 죽기라도 하면.

이대로라면 괜찮다고 생각했다.

에일린의 말대로 가정을 지키고 있고, 당신의 말대로 아이들을 사랑하고 있으니까.

……그런 자신이 언제부터 바뀌었더라.

솔레아가 건강해진 이후였나.

어느 순간부터 솔레아는 생기 넘치는 미소로 저택을 휘저었고, 제 사람들을 만들기 시작했다.

적막하던 저택이 숨결을 불어 넣은 듯 활기를 띠었다.

미안하고 대견하고, 또 미안한 마음에 공작은 잘해 보고 싶었다.

또다시 가족을 잃기는 싫었다.

그래서, 그래서…….

꿈속을 방황하던 디에르고의 머릿속에 낯선 목소리가 흘러들어 왔다.

'공녀님이 꼭 다른 사람처럼 건강해지셨군요.'

이달론.

헤이먼의 마법 수업을 끝내고 돌아가던 그와 마주쳤을 때, 그가 자신에게 건넨 말이 거머리처럼 뇌에 달라붙어 떨어지지 않았다.

그래, 맞아.

……솔레아가 꼭 사람이 바뀐 것처럼.

정말 바뀐 걸까? 솔레아가 아닌가? 그럼 내 딸은? 그 모든 추억을 안고 자란 우리 아이는 어디로 갔지?

공작은 눈을 번쩍 떴다.

여전히 조용한 집무실 안이었다.

십수 년의 세월을 한 번 더 겪어 낸 사람처럼 그의 눈엔 피로와 절망, 슬픔이 가득했다.

갈 길을 잃은 분노가 제 딸의 몸을 가득 메운 그 여자에게로 향했다.

감히 내 딸의 몸을 꿰찬 걸로도 모자라 깔깔 웃고, 에일린이 좋아하던 색의 옷을 입고, 진짜 솔레아인 것처럼 딸 행세를 하고 다녀?

의자를 뒤로 밀며 일어난 공작은 문을 박차고 나갔다.

아주 오래전, 세 살배기 솔레아에게 화냈던 그날처럼.

공작은 쿵쿵거리는 발걸음으로 복도를 걸어가 솔레아의 방문을 잡아 뜯다시피 열었다.

제 딸이 아닌 여자는 책을 읽고 있었다.

"공작님."

"당장 이 집에서 나가."

"일이 마무리될 때까지만, 아니 그 틀이라도 잡을 때까지만 말미를 주시면 안 될까요?"

"이딴 책이나 읽고 있을 시간에 꺼지란 말이야!"

이상하다.

아이들에게 이렇게 화내면서 소리 지른 적은 없었는데. 이건 아닌데.

'*아니에요, 이 여자는 당신 가족을 무너뜨리려고 했잖아요.*'

그래, 맞아. 이 여자는 내가 지켜 온 가족을 망가뜨렸어.

머리에서 누군가가 끊임없이 속삭였다.

공작은 그녀가 들고 있던 책을 뺏어 바닥에 집어 던졌다.

바람도 불지 않는데 책장이 촤르르륵 넘어갔다. 여자의 시선이 그곳으로 향했다.

"…… 곧 갈게, 아무스?"

"지금 무슨 소리를 하는 거냐!"

공작이 여자의 손목을 잡고 끌어당기려던 순간 눈앞에 어떤 남자가 나타났다.

"처음 뵙겠다. 젊은이."

"젊……?"

"일단 자는 게 좋겠군. 당신 머리가 더러워."

검은색 장발의 남자가 손가락을 맞부딪쳐 튕기자 공작은 그대로 쓰러졌다.

눈을 감기 전 바라본 그의 눈은 뱀처럼 빛나고 있었다.

쿵 소리와 함께 공작의 거대한 몸이 바닥으로 쓰러졌다.

"아버, 공작님!"

솔레아가 앞으로 튀어 나가려는 순간 남자가 그녀를 가로막았다.

"위험해."

"당신 누구야! 지금 공작님한테 왜…….."

"안녕, 오랜만이야."

"뭐?"

그때 방문이 벌컥 열리고 그레이가 뛰어 들어왔다.

"야! 솔레아! 방금 어떤 미친, 놈이 여기 있네!"

그레이가 곧장 검을 빼 들었다.

그의 눈엔 검은색 긴 머리 남자가 제 아버지를 기절시키고 솔레아를 데려가려는 것처럼 보였다.

남자는 시큰둥한 말투로 솔레아를 내려다봤다.

"저 검을 왜 저자가 들고 있어? 네가 챙겼어야지."

"검……. 검은 그레이한테 선물로 준 거니까. 아니 근데 당신 누구냐고!"

"나 알잖아, 솔레아."

솔레아는 남자를 똑바로 바라봤다.

생전 본 적 없는 사람이었다.

검은색의 긴 머리카락이 등을 지나 허리까지 찰랑이고, 입술은 맑은 붉은색에 눈은 샛노란 금색이었다. 그런데 기묘하게도 동공이 세로로 쭉 찢어져 있었다.

방금 전 읽었던 일기 속 이름이 뇌리를 스쳐 지나갔다.

"……아무스?"

그제야 남자가 활짝 웃었다.

"응."

"솔레아. 아는 사람이야?"

"아니야! 모르는 사람이야! 그, 그냥 어쩌다 이름만 어디서 봤어! 지금 때려 맞힌 거야!"

그레이의 질문에 손사래를 치면서 고개를 젓는 솔레아를 보며 서운하다는 듯 눈을 느리게 깜빡인 아무스는 쓰러진 공작의 몸을 넘어 그레이에게 다가갔다.

"우리 아까도 봤지?"

"너. 갑자기 나타났다가 갑자기 사라지고 하는 걸 보니까 마법사 같은데 당장 우리 집에서 나가."

"내 이름을 말한 건 솔레아지만 날 부른 건 너야. 음…… 회색 동태 눈깔."

"뭐?"

몇 달 전 솔레아가 자신을 그리 불렀던 것을 기억해 낸 그레이가 벙찐 얼굴로 아무스를 올려다봤다.

그러다 그가 가까이 다가오자 그레이는 순식간에 다리에 힘을 주고 검을 휘둘렀다.

하지만 검은 보기 좋게 튕겨 나가고 말았다. 마치 투명한 막이 그를 가로막고 있는 것 같았다.

한껏 인상을 구긴 그레이가 다시 검을 휘둘렀지만 먹히지 않는 건 마찬가지였다.

"검을 그만 휘두르는 게 좋을 거야. 검에 담기는 공격성은 내 짝이 위험하다는 신호라 공격성이 담길수록 나도 심장 박동이 빨라지니까. 뭐, 덕분에 빨리 깨어나긴 했지만."

아무스가 요사스럽게 눈을 접어 웃었다.

"내 비늘로 만든 검을 이렇게 소중히 갈고 닦아 주다니. 고맙다. 꼬마 호랑이."

더럽다는 듯 검을 바닥에 내팽개친 그레이가 몸을 휘청거렸다.

"나……. 나 왜 이럴까. 아무래도 악귀가 씌었나 봐. 왜 자꾸 남자가 꼬이지?"

"꼬마 호랑이. 걱정 마라. 이 검은 꼬마 호랑이의 것이지만 내 짝은 솔레아니까."

"아, 다행……이 아니지! 이 새끼가 어딜 남의 동생한테!"

가슴을 쓸어내렸다가 빠르게 이성을 되찾은 그레이가 주먹을 내질렀지만 남자는 부드럽게 피하곤 그레이를 살포시 안았다.

"듣던 대로 착한 꼬마 호랑이구나. 동생을 아끼는 마음이 갸륵하다."

"악!"

비명을 지르며 발버둥 치는 그레이를 구하기 위해 솔레아가 남자에게 달려들었다.

깡! 소리와 함께 아무스가 뒤통수를 감싸 쥐고 털썩 주저앉았다.

솔레아의 손에는 어디서 꺼냈는지 모를 검은색 방망이가 들려 있었다.

"너, 너, 그건 뭐야?"

"이, 이게 뭐냐면……."

대답을 망설이는 솔레아의 주위로 빛이 반짝이더니 점점 그 양이 늘어났다.

빛들은 손바닥만 한 사람의 형태로 변하더니 빠르게 말을 쏟아 냈다.

"우리 주인 죽었어?"

"우리 주인 죽었어?!"

"주인 죽었어!"

"이러라고 방망이 크기 조절 가능하게 만든 거 아닌데!"

"임시 주인이 우리 주인 죽였어?"

"뭐? 임시 주인이 우리 주인 죽였다고?!"

"임시 주인이 우리 주인을 패 죽였어!"

"쳐 죽였어!"

"한 방에 죽였어?!"

"대단한데?"

"앗! 저기 꼬마 호랑이가 보고 있어!"

"괜찮아! 우리 못 볼 거야! 주인이 깨어나지만 않으면 아무 문제 없어!"

"주인 깨어났잖아!"

"아, 참!"

그레이의 낯빛이 하얗게 질려 갔다.

"이, 이것들은 뭐야? 뭐, 뭔데!"

"들켰다!"

"들켜 버렸어!"

"꺄아아아아아!"

고막이 찢어질 것 같은 소음에 그레이는 상황 파악을 하지도 못하고 귀를 틀어막아야 했다.

솔레아는 두 손을 들어 큰 소리로 외쳤다.

"자, 집중의 박수를!"

"짝! 짝! 짝!"

공중을 날아다니는 작은 사람들이 조용해지자 그레이는 조심스럽게 귀를 막고 있던 손을 떼 냈다.

"……솔레아, 이게 다 무슨 일이야."

"으, 머리야. 그건 내가 설명하지, 꼬마 호랑…… 억!"

일어나려던 미친 변태의 얼굴을 걷어찬 그레이가 변태 장발남을 뛰어넘고 솔레아 앞으로 다가왔다.

"솔레아. 아버지는 왜 네 방에 쓰러져 계신 거고, 이 미친놈은 누구야? 이…… 날아다니는 사람들은 또 누구고, 방망이는 어디서 꺼낸 거야? 이게 대체 무슨 일이야."

"우린 정령이야!"

"우리는 정령이지!"

"난 정령!"

"너만 정령이냐?"

다시 싸움이 붙은 정령들을 겨우 떼어 놓은 솔레아가 망설이는 눈으로 그레이를 바라봤다.

"너 왜 이렇게 겁을 먹었어? 아빠가 소리 지르셨어? 괜찮아? 밖에 잠깐 나가서 걷다 올래?"

그레이가 내민 손을 물끄러미 보던 솔레아가 고개를 저으며 천천히 입을 열었다.

"……난 솔레아가 아니야."

"뭐?"

그레이의 손이 허공에 멈췄다.

"난, 솔레아가 아니야."

똑같은 말을 다시 뱉은 솔레아는 입술을 꾹 다물었다가 천천히 떼어 냈다.

"공작님이…… 그걸 아시고 나를 내쫓으려고 하셨던 거고, 공작님은 아무 잘못 없으셔. 내가 다 잘못한 거야. 왜냐하면 난…… 가짜니까."

"너 지금 무슨 말을 하는 거야. 그게 말이 돼? 가짜라니……."

솔레아에게 다시 손을 뻗던 그레이의 말끝이 미묘하게 흐려졌다.

"……그때? 기억이 사라진 그때야?"

입술을 앙다문 여자가 고개를 천천히 끄덕였다.

"그럼 넌 누군데?"

차가운 목소리에 여자는 두 눈을 질끈 감았다. 그녀의 감은 눈꺼풀이 파르르 진동하듯 떨렸다.

"……죄송합니다."

"뭐?"

솔레아가 아닌 여자가 바닥에 무릎을 꿇었다.

"죄송해요, 죄송합니다. 은혜만 갚으면 바로 돌아갈게요……. 정말 죄송합니다."

"……일어나, 왜 그래. 무슨 얘길 하는 거야. 어? 일어나라고. 네가 솔레아가 아니면 대체 누군데!"

"나는 용이다."

"쌍, 끼어들지 말고 닥치고 누워 있어! 이 변태 새끼야! 네 얘긴 나중에 들을 테니까!"

입을 다문 아무스는 조용히 누운 채 정령들에게 치료를 받았다.

'꼬마 호랑이 발톱이 꽤 매섭군.'

'그러니까요, 주인님.'

'성질도 썩 좋지 않아.'

'평소엔 저 정도는 아니에요, 주인님.'

'믿기 힘들구나. 인간이 이 정도의 힘을 가지고 있다니. 대견하긴 하다만.'

조용히 있진 않고 속닥거렸다.

그레이가 다시 한번 아무스를 죽여 버릴 듯 노려보자 아무스는 자연스럽게 벽을 향해 돌아누웠다.

"다시 말해 봐. 네가 누구라고? 괜찮아. 소리 안 지를게. 말해 봐."

감겨 있는 솔레아의 눈꺼풀과 그 아래에 자리한 입술이 파들거렸다.

겨우 눈을 뜨자마자 눈물이 뺨을 타고 주룩 흘러내렸다.

"다정하게 굴지 마, 그레이."

"뭐?"

"나한테 다정하게 굴지 말라고."

몸을 옹송그린 채 바닥에 주저앉아 마치 추위를 타는 것처럼 떠는 솔레아를 내려다보던 그레이가 한숨을 푹 내쉬며 주저앉았다.

그러고는 두 팔을 뻗어 솔레아를 조심스럽게 안았다.

"야. 떨지 좀 마. 왜 궁상을 떠냐. 천천히 말해 봐. 기다릴 테니까."

"흐, 흐으⋯⋯."

솔레아는 울음기 가득한 목소리로 천천히 운을 뗐다.

나는 다른 세계에서 왔고, 돌아갈 방법을 열심히 찾는 중에 이 가족들에게 정을 주고 말았다고.

받은 게 너무 많아서 나도 조금이나마 돌려주고 싶은 마음에 이것저것 일을 벌였으니 그걸 처리할 때까지만 기다려 달라고. 일이 마무리되면 무슨 수를 써서라도 원래 세계로 돌아가겠다고, 그게 안 되면 저택을 나가 없는 듯 살겠다고.

짧은 얘기를 끝낸 솔레아는 두 손을 모아 빌기 시작했다.

"⋯⋯미안해. 내가 미안해. 네 동생인 척해서 미안해⋯⋯. 죄송합니다, 죄송해요."

"……그럼 솔레아는, 죽은 거야?"

동그란 머리가 위아래로 짧게 끄덕여졌다.

그레이가 짙은 한숨을 뱉어 내며 자리에서 일어섰다.

그는 힘없이 흘러내린 적갈색 머리카락을 쓸어 올리며 스산한 목소리로 물었다.

"……너 때문에 죽은 거야?"

솔레아가 얼굴을 쳐들고 다급하게 말했다.

"아니, 아니야. 그레이. 정말 아니야. 내가 빈 몸에 들어왔다고 했어……. 정령들이."

정령들이 활기찬 목소리로 대화에 끼어들었다.

"응!"

"우리가 말해 줬어!"

"우린, 정령이니까!"

그레이가 주먹을 아스러질 듯 세게 움켜쥐었다.

"그럼 걘 죄책감만 갖고 그냥 그렇게…… 간 거네. 자기가 태어나는 바람에 나랑 형들까지 더 욕먹는 거라고 생각하면서…… 그냥 그렇게. 어떻게 풀어 볼 기회도 없이, 혼자서……."

정령 중 하나가 그레이의 어깨 위로 포르르 날아가 그의 얼굴에 찰싹 달라붙었다.

"꼬마 호랑이야, 사람은 원래 죽을 때 혼자야. 살아 있는 너희들은 짧게 슬퍼하고, 길게 살아야 해."

다른 정령이 그레이가 움켜쥔 주먹을 끌어안았다.

"꼬마 호랑이야, 울지 마. 착한 솔레아는 가기 전까지 모두를 사랑했어. 정말이야."

벌겋게 달아오른 눈시울을 느리게 껌뻑이던 그레이가 손을 들어 눈두덩이를 꾹 눌렀다가 떼어 내고 솔레아를 바라봤다.

그녀는 두 팔로 웅크린 몸을 감싸 안은 채 온몸을 들썩이며 울었다. 마치 세상에서 저를 지켜 줄 것이 제 두 팔밖에 없다는 것처럼.

"죄송해요, 제가……. 제가 죄송해요……. 여기 와서 죄송합니다. 죄송합니다……."

차마 그레이를 보지 못하고 연신 바닥만 보며 중얼대는 솔레아의 시야에 하얀 손수건이 들어왔다.

그레이는 손수건으로 솔레아의 얼굴을 거칠게 벅벅 문지르더니 코에 갖다 댔다.

"킁."

"어?"

"킁, 해. 콧물 나와, 너."

영문을 모르겠다는 듯 솔레아가 눈을 깜빡이기만 하자 그레이가 솔레아의 머리에 꿀밤을 먹이곤 말했다.

"네 말 안 믿는 거 아니야. 지금 상황이 너무 이것저것 엉망진창인데 네 코에 콧물이 달랑거려서 신경 쓰이잖아. 이거부터 해결하려고 그런다. 그러니까 자, 빨리 킁."

"크, 킁."

"너 코 한 번도 안 풀어 봤어? 소리만 내지 말고 킁! 해."

"킁!"

"잘했어."

씩 웃은 그레이는 손수건을 접어 말끔한 부분으로 솔레아의 코를 마저 닦아 주고는 쓰레기통으로 던졌다.

"괜찮아, 버려도 돼. 빌이 이번엔 손수건으로 노선을 틀었거든."

"아……."

고개를 끄덕인 솔레아의 머리를 부드럽게 쓰다듬은 그레이가 나직한 목소리로 말했다.

"이제 긴장 좀 풀렸어? 네가 너무 떠니까 난 울지도 못하겠다."

"미, 미안해. 그레이."

"……괜찮다고는 못 하겠는데, 그래도 생각할 시간이 필요하다. 아버지는 내가 모시고 나갈게."

그레이가 기절한 공작을 일으키려 손을 대는 순간, 그가 순식간에 몸을 일으켰다.

"아, 깜짝이야!"

놀란 그레이가 손을 떼자마자 공작은 왼쪽 허리춤에 항상 차고 있던 주머니칼을 꺼내 솔레아에게 달려들었다.

공작은 조금의 망설임도 없이 솔레아를 향해 검을 휘둘렀다.

"솔레아!"

그레이가 솔레아를 감싸 안은 덕에 작은 칼은 그의 어깨에 꽂혔다.

"윽!"

"오빠!"

제 아들의 어깨에 칼이 꽂혔음에도 공작은 눈 하나 꿈쩍하지 않았다.

그는 곧장 손을 뻗어 그레이의 품에 안겨 있는 솔레아의 머리채를 잡아 쥐고 밖으로 끌어내려 했다.

"아악!"

"왜 그래요! 아버지, 정신 차리세요! 아빠!"

그레이가 공작의 손목을 그러쥐었지만 도저히 떨쳐 낼 수 있는 힘이 아니었다.

공작의 칼이 오른쪽 어깨의 신경을 눌렀는지 오른팔을 들어 올리는 게 쉽지 않았다.

"티온! 헤이먼! 밖에 누구 없어?! 누가 아버지 좀!"

그레이는 이를 악물고 온몸으로 공작을 막으며 방문 밖을 향해 소리를 질렀지만 그 누구의 발소리도 들리지 않았다.

마치 이 방만 다른 세계에 있는 것 같았다.

그레이의 뒷덜미를 잡은 공작은 가공할 만한 힘으로 그를 방구석으로 집어 던져 버렸다.

그러고는 다시 솔레아를 잡아끌기 시작했다.

"악! 아, 아빠!"

공작의 손에 긴 머리를 잡힌 채 끌려 나가는 솔레아의 입에서 상황과 전혀 어울리지 않는 말들이 흘러나왔다.

"아빠! 죄송해요, 술, 술 사 올게요! 아줌, 아줌마가 외상 안 된다고 해서! 아니에요, 사 올게요! 다시 갔다 올게요! 다신 안 그럴게요! 아니에요! 아빠 무시한 적 없어요! 아빠 무시 안 했어요! 잘못했어요! 건방지게 쳐다본 거 아니에요! 아니에요, 설거지했어요! 냄새나면 다시 할게요! 아빠, 잘못했어요!"

"……솔레아?"

눈을 휘둥그레 뜬 그레이가 그녀의 이름을 불렀지만 솔레아의 귀에는 아무 것도 들리지 않는 듯했다.

"아빠 잘못했어요, 다신 안 그럴게요! 싫어요! 추워요, 화장실 너무 추워요! 아빠 잘못했어요."

아무스가 그레이의 검을 들고 방 문 앞에 섰다.

"그리 맛있지도 않았을 텐데 독을 많이도 드셨군."

아무스는 단숨에 검으로 공작의 몸을 갈랐다.

목에서부터 갈비뼈를 지나 허벅지까지 온몸을 가로지르듯 검을 휘둘렀지만 공작의 몸에는 상처 하나 남지 않았다.

그의 몸 안 가득 차 있던 암녹색의 안개가 밖으로 뿜어져 나왔다.

공작은 온몸에 힘을 풀고 쓰러졌지만 솔레아는 그에게서 풀려난 뒤로도 정신을 차리지 못했다.

"아빠 목말라요. 아빠 배고파요. 아파요. 잘못했어요. 아니에요, 아빠. 제가 잘못했어요. ……저도 사랑해요. 알아요, 제가 잘못해서 혼내신 거 알아요. 네, 다신 안 그럴게요. 네. 잘못했어요."

아무스는 검으로 공작의 몸 한가운데를 다시 찔렀다.

기절한 공작이 마른기침을 하자 시커먼 벌레가 입 밖으로 튀어나와 공기 중으로 사라졌다.

아무스는 헛소리를 하는 솔레아를 바라보며 고개를 갸우뚱 기울였다.

"이상하네. 짝의 몸에는 독이 없는데도 환상을 보는군."

방구석에 멍하니 앉아 있던 그레이가 혼이 나간 표정으로 바닥을 설설 기어 왔다.

그러고는 바닥에 머리를 처박은 채 두 손을 모아 빌고 있는 솔레아의 몸을 감싸 안았다.

"괜찮아, 오빠 여기 있어. 옆에 있을게. 나 있어. 네 아빠 여기 없어. 괜찮아. 내가 계속 같이 있을게."

"죄송해요. 잘못했어요. 네, 다신 안 그럴게요. 이제 안 그럴게요. 아빠 무시한 적 없어요."

그레이는 넝마가 된 꼴로 웅크린 솔레아를 품에 안은 채 계속해서 그녀의 귓가에 속삭였다.

"오빠 여기 있을게. 옆에 있어. 나쁜 사람 아무도 없어. 때리는 사람 없어. 가두는 사람도 없어. 오빠가 같이 있을게. 지켜 줄게. 오빠가 계속 옆에 있어 줄게."

솔레아의 떨림이 서서히 잦아들었다.

"어딜 가든 같이 있을게. 절대로 혼자 두지 않을게. 내 목소리 들려? 나 지금 네 옆에 있어. 괜찮아, 괜찮아. 다 괜찮아."

두 손을 모은 채 허공을 향해 빌던 솔레아가 천천히 손을 움직여 그레이의 손을 붙잡았다.

그녀는 몇 분 뒤에야 겨우 고개를 들었다. 주변을 둘러본 뒤 자신을 힘 있게 안고 있는 그레이를 보며 눈을 천천히 깜빡이던 솔레아는 바닥을 흥건하게 적신 그레이의 피를 발견하곤 하얗게 질려 버렸다.

"……어, 어깨 어떡해. 나 때문에……. 다치게 해서 미안해."

"괜찮아. 금방 나아."

씩 웃는 그레이의 뒤에 서 있던 아무스가 다시 고개를 갸우뚱 꺾으며 말했다.

"금방 낫지 않을 텐데? 꽤 깊이, 정확하게 찔렸다."

"넌 새끼야. 눈치라는 게 없어?"

그레이의 말이 진심으로 이해가 가지 않는다는 듯 한쪽 눈썹을 비스듬히 올린 아무스는 허리를 숙여 단숨에 그레이의 어깨에 꽂힌 검을 빼냈다.

"악!"

그러고는 빠르게 상처를 치료했다.

"물론 내가 치료하면 금방 낫는다. 지금은 아프지 않지?"

아무스는 매끄럽게 웃었지만 그레이와 솔레아는 전혀 웃지 않았다.

조금 시무룩해진 아무스는 바닥에 주저앉아 있는 두 사람과 눈높이를 맞추기 위해 쪼그려 앉았다.

"짝. 왜 가만히 있었지? 내가 도와주지 않았다면 너는 끌려 나갔을 거야. 너는 뭐든지 해낼 수 있는 사람인데."

솔레아를 품에 안은 그레이가 이를 갈며 아무스에게 공격적으로 물었다.

"그 전에 아버지가 왜 이러시는지부터 설명해야 되는 거 아니냐?"

"네 아버지는 독에 당했다. 마력에 독을 담은 것 같은데 내가 아직 힘이 완전하지 않아 출처를 알 수 없군. 아마 내 힘을 야금야금 뜯어 간 놈과 동일인이 아닐까 싶은데."

"그럼 지금은 괜찮으신 거야?"

"방금 봤다시피 몸에 있던 독을 빼냈다. 내 힘이 완전하지 않아서 완벽하지 않았을 수도 있지만, 그래도 오래 잠들어 있던 내 검을 아끼고 연마시킨 네 덕분에 빼낼 수 있었다. 꼬마 호랑이."

"한 번만 더 나를 꼬마 호랑이라고 부르면 용이고 뭐고 네 목부터 썰어 주마."

"······아내의 오빠를 뭐라고 부르더라? 긴 꿈을 꾸는 동안 솔레아 네가 있던 세계를 봤는데. ······처형?"

"아니, 그건 아내의 언니를 말하는 거고······."

솔레아가 정정해 주기 무섭게 그레이가 주먹으로 아무스의 정수리를 내리찍었다.

"이 새끼가 어디 남의 여동생보고 아내래."

"꼬······. 처형의 주먹은 아프군."

"그건 아내의 언니를 부르는 말이라니까."

솔레아가 또다시 정정해 주자 아무스는 입술을 삐죽이며 말을 돌렸다.

"괜찮다. 그건 중요하지 않으니 신경 쓰지 마라."

"내가 안 괜찮은데. 개새끼, 신경 쓰이게 하네."

"다시 말하지만 나는 용이다."

"아까부터 대화가 겉도네. 너 사람이랑 대화해 본 적 없어?"

"안타깝게도. 너무 오래 잠들어 있어서 인간사를 이해하기가 버겁군."

저도 모르게 웃음이 터진 솔레아가 픽 웃자 그레이가 그녀의 헝클어진 머리카락을 쓰다듬으며 얼굴을 살폈다.

"너 괜찮아?"

"응······."

"······다른 세계에서 왔다고 했지? 그때 기억 때문에 아까 그런 거야? 힘들면 말 안 해도 돼."

입을 떼기 어려운지 솔레아가 망설이고 있자 아무스가 끼어들었다.

"이해가 가지 않는다. 짝, 너는 강하고 용기 있는 사람이다. 왜 과거의 기억 때문에 힘들어하지?"

솔레아는 쓰러진 공작이 오른손에 움켜쥐고 있는 붉은 머리카락 몇 올을 바라보며 망연히 말했다.

"나 하나도 안 강해. 용기도 없어. 도망치는 것만 잘해."

"아니, 너는 강하다. 네가 이쪽 세계로 온 이후로 나는 네 꿈을 계속 꿨어. 어떤 삶을 살았고, 어떤 마음으로 고난을 이겨 냈는지."

아무스의 샛노란 금빛 눈이 느리게 깜빡였다.

"시련이 있어도 무너지지 않았다. 외로워도 매일 살아 냈다. 견디고 버티며 노력했다. 강하고 아름다운 사람이다. 왜 그걸 모르지? 방금도 정령들이 만들어 준 방망이를 휘둘렀으면 됐을 텐데. 너는 네 힘으로 뭐든지 할 수 있는 사람이다. 널 믿어."

"……혹시 전에도 나한테 그런 말 한 적 있어? 뭐든지 할 수 있다든지, 믿으라든지……."

아무스는 싱긋 웃으며 답했다.

"나 기억해?"

그레이가 다시 주먹으로 아무스의 얼굴을 후려쳤다.

"이 용 새끼가 어디 남의 동생한테 꼬리를 쳐."

"……꼬리는 있지만 방금 전엔 꺼내지 않았다. 그런데 꼬리를 친다니?"

뺨을 감싸 쥔 아무스가 묻자 정령들이 끼어들었다.

"그건 알아요!"

"책에서 봤어요!"

"앤이 읽는 책에 있었어!"

"음탕하게 개수작 부린다는 뜻이야!"

"맞아요!"

"유혹한다는 뜻이에요!"

"어떻게 한번 해 보려고 껄떡댄다는 거야!"

"자빠뜨리겠다는 목적이 있는 행동이야!"

"바지를 벗기겠다는 뜻이야!"

정령들의 말을 열심히 듣고 있던 아무스의 시선이 솔레아의 바지로 향했다.

그 순간 그레이가 검지와 중지로 아무스의 두 눈을 찔러 버렸다.

"보지 마, 이 자식아!"

"……인간의 공격에 상처 입을 정도로 나약한 용은 아니나 자꾸 때리면 마음에 상처를 입는다, 처형."

"처형이라고도 부르지 말라고. 변태 새끼야."

침울해진 아무스가 창밖을 바라봤다.

해가 뉘엿뉘엿 능선 뒤로 넘어가고 있었다.

"아직 힘이 완전히 돌아오지 않았어. 솔레아 네가 마지막 남은 내 이름을 찾아 불러 줘. 그러면 완전히 돌아오겠다."

"안 와도 돼. 꺼져. 꺼져."

손을 휘휘 젓는 그레이를 바라보던 아무스가 생긋 웃었다.

"나는 꼬리를 치지 않았는데 꼬리를 친다고 받아들인 걸 보니 처형이 내게 유혹당했나 보군. 아쉽지만 내 짝은 솔레아다."

"……다른 검으로는 네 목 벨 수 있냐?"

그레이의 말을 무시한 아무스는 솔레아를 똑바로 응시하며 말을 이었다.

"공작은 이제 괜찮을 거다. 적어도 너를 밖으로 끌고 나가려 하진 않을 거야. 처형의 검이 널 지켜 줄 테니 처형과 함께 있어. 정령들도 나도 너를 공격하려는 이를 찾아내려고 했지만 잘 보이지가 않아. 온전하게 힘을 되찾으면 그땐 알 수 있겠지. 공작이 깨어난 뒤 그에게 물어보면 의심 가는 이를 찾을 수 있겠지. 시간이 별로 없어 이 정도밖에 도움을 주지 못해 미안하다."

"아니, 왜……."

"그래도 여태 잘 버텨 주어 고맙다. 내 짝."

"내가 왜 네 짝인데?"

솔레아의 질문에 아무스는 수줍은 듯 배시시 웃었다.

세로로 길게 찢어진 검은 동공을 둘러싼 노란 눈동자가 투명한 구슬처럼 반짝거렸다.

"네가 내 이름을 불러 줬으니까."

자리에서 일어선 아무스는 자신을 의심 가득한 눈으로 째려보는 그레이의 어깨 위에 손을 올렸다.

그레이가 더럽다는 듯 쳐 냈지만 아무스는 다시 손을 올렸다.

"처형이 내가 만든 검의 주인이 됐기 때문에 정령들을 볼 수 있게 되었다."

"처형 아니라고, 새끼야."

"정령들의 도움을 받아 내 짝을 지켜 주길 바란다."

"내 동생이 왜 네 짝이야. 이 빌어먹을 자식아."

"처형과 좋은 사이가 될 것 같아 앞으로도 기대가 된다."

"너 내 말 안 들리냐."

"내가 비록 사회성이 부족하지만."

"알고 있다니 놀랍다."

"앞으로는 처형에게 많은 도움을 받겠다."

"준다고 한 적 없어, 제발 꺼져."

따뜻한 시선으로 그레이를 보며 말하던 아무스의 눈빛이 싸늘하게 변했다.

그의 두 눈에 살기가 가득 들어찼다.

"……야, 꺼지랬다고 화났냐?"

그레이의 물음에도 아무스는 표정을 굳힌 채 눈을 부릅뜨고 가만히 귀를 기울였다.

"방에 쳐져 있던 결계가 사라졌다. 제일 먼저 문을 여는 자가 공작에게 독을 먹인 사람이다."

그 말이 끝나자마자 문이 벌컥 열렸다.

양쪽으로 벌어진 문틈 새로 연한 베이지색 드레스가 보였다.

문 앞에 서 있는 사람은 마르실라였다.

"아무리 노크를 해도 답이 없어서, 꺅! 웬 뱀이!"

아무스가 있던 자리에는 커다란 검은 뱀이 똬리를 틀고 있었다.

마르실라가 들고 있던 빗자루로 뱀을 내리치려는 순간 그레이가 오른손을 뻗었다.

"내, 내가 키우는 뱀이야!"

"예?"

"어?"

눈을 동그랗게 뜬 솔레아가 그레이를 보며 작게 물었다.

"……네, 네가 키우게?"

"그렇다고 네 방에 두고 나갈 순 없잖아. 이, 이…… 변태 새끼를."

검은 뱀은 반갑다는 듯 혀를 날름거리며 그레이에게 기어 왔다.

"어우, 씨."

그레이가 질색하자 마르실라가 빗자루를 든 손을 바들바들 떨며 조금씩 앞으로 움직였다.

"도, 도련님이 키우시는 뱀이라고요? 한 번도 본 적 없는데. 세상에, 공작님은 왜 쓰러져 계세요? 모건! 이봐!"

뱀을 보고 안색이 잿빛으로 변한 마르실라는 집사장을 부르면서도 여전히 겁에 질려 있었다.

"고, 공작님 괜찮으신가요? 제 목소리 드, 들리세요?! 공작님이 왜 아가씨 방에 쓰러져 계신 거예요?"

그때 검은 뱀 아무스가 몸을 세우며 마르실라를 향해 입을 쩌억 벌렸다.

금방이라도 달려들 기세였다.

그레이의 머릿속에 아무스가 방금 했던 말이 스쳐 지나갔다.

'제일 먼저 문을 여는 자가 공작에게 독을 먹인 사람이다.'

마르실라가 부르는 소리를 들었는지 모건과 앤, 다른 하인들이 달려왔다.

그레이는 한 팔로 솔레아를 안은 채 마르실라를 보며 물었다.

"마르실라. 솔레아의 방엔 왜 왔어?"

"아까 복도에서 마주쳤을 때 아가씨께서 안색이 안 좋으셔서 혹시 어디가 불편하신 건 아닌지 여쭤보려고 왔죠."

망설임 없이 대답하는 마르실라의 눈은 진실해 보였다.

방 안으로 들어온 모건과 다른 하인들은 공작을 조심스럽게 업어서 다른 방으로 옮겼다.

앤은 엉망이 된 꼴로 바닥에 주저앉아 있는 솔레아에게 곧장 다가갔다.

"아가씨! 무슨 일이에요! 혹시 또 발작이라도 하셨어요?"

기억을 잃은 솔레아가 펄쩍펄쩍 뛰던 때를 떠올렸는지 앤의 눈에 눈물이 핑 돌았다.

"또 어디가 아프세요? 대체 어디가 아프신 건데요. 흑, 아니, 아프시면 저한테 말해 주시기로 약속하셨잖아요."

"아냐, 난 괜찮아. 괜찮으니까……."

솔레아는 공작을 따라가는 마르실라의 뒷모습을 눈으로 좇았다.

그녀는 몸을 기울여 앤의 귀에 속삭였다.

"앤, 마르실라를 따라가 봐."

"왜 마르실."

"쉿. 자연스럽게. 얼른."

"네."

사명감을 띤 얼굴로 자리에서 일어서던 앤이 뒤늦게 뱀을 발견하고는 제자리에서 높게 뛰어올랐다.

"뱀!"

"어, 내가 키울 거야."

차분한 그레이의 말에도 앤은 놀란 마음을 가라앉히지 못하고 가슴께를 부여잡았다.

"저, 저 아가씨가 가래서 가지만……. 뱀은, 뱀은 조금 그래요. 아니, 도련님. 뱀을 왜……."

"얼른 가 봐."

"네……. 그래도 뱀은 조금. 왜 하필……."

"얼른."

방을 나서면서도 앤은 안심이 되지 않는다는 듯 계속 뒤를 힐끔거렸다.

앤이 나가자마자 솔레아는 일어나 문을 닫았다.

"이달론이야."

"뭐?"

"내 목숨을 노리는 거, 이달론일 거라고."

"……네 목숨을 왜 노려? 그 사람 좀 음침한 구석이 있긴 하지만 그래도 헤이먼의 마법 선생이잖아."

"헤이먼도 그 사람한테 이용당하고 있어. 나를 노리는 이유는…… 내가 마력이 없어서 그럴 거야."

"잠깐만. 이해가 안 되는데. 마력이 없는 거야 마법사가 아니니까 당연하잖아."

"아니야. 마법서 중 금서로 지정된 것들이 있는데 거기 보면 모든 인간은 각자 마력을 가지고 태어난다고 돼 있어. 아마 그게 생명력인 거겠지. 그걸로 소드 마스터가 되는 사람도 있고, 각자의 특출난 재능을 발휘하기도 하고 그러나 봐. 그런데 난 다른 세상에서 와서 마력이 없어. 나는 이쪽 세계의 생명이 아니니까."

"……아, 뭐 그래, 그렇다 치자. 근데 마력도 없는 널 왜 노리는데? 그 이유가 뭐야?"

"그건 나도 잘 모르겠어."

"뭐?"

"……그동안 온갖 책을 다 뒤져 보고 암암리에 마법사들을 만나 물어보기도 해 봤어. 정령들한테도 물었고. 그런데 어디서도 답을 못 찾았어. 뭘 원하는지 모르겠어."

솔레아의 말을 들은 그레이는 바닥에 팔자 좋게 늘어져 있던 뱀의 목을 쥐어 올렸다.

"넌 알아?"

뱀이 혀를 내밀며 쉬익— 소리를 냈다.

"알면 혀 한 번 날름, 모르면 두 번 날름."

쉬익— 쉬익—

"으이그. 네가 무슨 용이냐, 뱀이지."

쉬이이이이익—

항의하듯 뱀 아무스가 혀를 길게 날름거리며 입을 쩍 벌렸다. 그러자 숨어 있던 정령들이 다시 나타나 그레이의 머리카락을 쥐어뜯기 시작했다.

"악!"

"우리 주인 욕하지 마!"

"우리 주인 뱀 아니야!"

"우리 주인 용이야!"

"주인 엄청 큰 용이야!"

"꼬마 호랑이 나이도 어린 게!"

"새파랗게 어린 게!"

"아까 태어난 주제에!"

"아악! 아야! 좀! 그만! 아!"

그레이가 벌을 쫓듯 머리 위로 손을 마구 휘젓는 동안 아무스는 그의 손에서 스르륵 빠져나와 솔레아의 침대 위로 올라갔다.

안락하게 똬리를 튼 아무스를 발견한 그레이가 그에게 달려들었다.

"넌 어디 남의 동생 침대 위에 올라가!"

뱀의 꼬리를 잡고 주욱 바닥으로 떨어뜨리자 아무스가 분하다는 듯 몸을 세 우고 다시 쉬익거렸다.

"네가 상식이 있는 인간이면, 아니 용이건 뱀이건 간에, 다짜고짜 남의 침대 위에 올라가면 안 되지."

쉬익—

"너 같은 놈한텐 내 동생 못 줘. 이 덜떨어진 변태 놈아."

쉬익!

"화낸다고 달라지냐? 너 같으면 태어나서 처음 보는 놈이 '동생을 주십시오.' 해도 모자랄 판에 '네 동생이 내 짝이다.' 하는데 마음이 가겠냐고. 이 사회성도 부족하고 몰상식한 자식아."

쉬익! 쉬이이익! 쉬익!

"……너 방금 또 나보고 꼬마 호랑이라고 했지? 왠지 기분이 더러운데?"

그레이와 아무스가 실랑이하는 걸 보고 있던 솔레아의 입꼬리가 살짝 올라갔다.

"그레이."

"어?"

"미안해. 오랫동안 네 동생인 척해서. 아까 한 말 진심이었어. 너희 가족들한테 은혜만 갚으면 바로 돌아갈게. 더 이상 동생 행세 하지도 않을 거고……. 공녀라고 건방 떨지도 않을게."

"야. 너 그……."

뭔가 말하려던 그레이가 쉽게 얘기를 꺼내지 못하고 머뭇거리고 있는데 밖에서 다급한 노크 소리가 들려왔다.

"공작님이 깨어나셨어요!"

놀란 솔레아와 그레이가 서로의 눈을 바라봤다.

"일단 나중에 얘기하자. 그리고 너 내 옆에 있고."

뱀무스가 따라오려는지 쉬이익 하며 바닥을 기자 그레이가 바닥에 쪼그려 앉아 그를 노려봤다.

"뱀. 너는 여기 있어야지."

쉬익!

"네가 가 봐야 무슨 도움이 되겠어? 사람들 기함해서 도망이나 치지."

쉬익— 쉬익!

"아니, 너 지금 뱀이잖아. 어? 그냥 계시라고. 대화도 안 통하잖아."

뱀무스가 천천히 바닥을 기어가 솔레아의 다리를 휘감으려는 순간, 그레이가 또 뱀무스의 목을 잡고 솔레아에게서 떼어 냈다.

"이 새끼가! 어디 남의 동생 다리에 머리를 들이밀어! 야! 너어는, 어? 너는 진짜 어림도 없어!"

그레이는 책이 담겨 있던 커다란 상자를 뒤집어엎고 그 안에 뱀이 된 아무스를 집어넣었다.

"꼼짝 말고 있어."

몸을 돌린 그레이가 솔레아의 손을 잡고 복도로 나갔다.

"아무스 저대로 두고 가도 돼?"

"너 쫓아다니는 놈 같은데 사라지진 않겠지. 근데 너 쟤 알아?"

"아니, 모른다니까. 이름을 봐서…… 아!"

"왜?"

"너한테 검을 선물한 그 무기 상점. 거기 할머니가 준 종이에 아무스 이름이 있었어."

"알았어. 일단 아버지 먼저 뵌 뒤에 마르실라 뒤도 밟아 보고, 그 상점도 가 보자."

"응."

"……솔레아."

"어?"

공작의 방 앞에 멈춰 선 그레이가 이름을 부르자 솔레아는 고개를 돌려 그를 바라보며 대답했다.

그레이는 그런 솔레아와 시선을 맞춘 채 이미 헝클어져 있는 그녀의 머리를 마구 헤집으며 쓰다듬었다.

"나 너 안 미워해."

"아……. 응."

"주눅 들지 마."

노크를 한 뒤 공작의 방문을 열자 마르실라와 집사장 모건, 앤을 비롯해 티온과 헤이먼까지 와 있었다.

침대 헤드에 기대앉아 있는 공작은 솔레아를 보더니 낮게 가라앉은 목소리로 말했다.

"모두 나가."

"아버지, 의사를 불러야 하지 않을까요?"

"됐으니 모두 나가. 솔레아와 둘이서 할 얘기가 있다."

방 안에 있던 이들이 하나둘씩 움직이며 밖으로 나갔다.

앤은 솔레아에게 눈짓하며 마르실라의 뒤를 쫓겠다는 신호를 보냈고 솔레아는 미미하게 고개를 끄덕여 답했다.

그레이는 움직이지 않았다.

커다란 문이 닫히고 방 안에는 세 사람이 남았다.

"넌 나가지 않을 거니, 그레이?"

"예."

"……이미 알고 있구나."

한숨을 쉰 공작은 자세를 고쳐 앉은 뒤 솔레아를 지그시 바라봤다.

"네 방으로 갔던 건 기억이 나지만 그 이후의 일은 전혀 생각이 나지 않는구나."

솔레아는 말없이 공작을 물끄러미 바라봤다.

그는 평소와 다름없는 얼굴로 솔레아에게 말을 걸었다.

"아까는 내가, 아니 며칠 전부터 이상했는데 혹시 말이야……. 내가 과민한 생각을 하는 걸 수도 있지만 말이다."

"저는 솔레아가 아니에요."

공작의 말을 끊은 솔레아는 잠깐 눈을 감고 숨을 고른 뒤 단단한 음성으로 이어 말했다.

"무슨 이유인지는 모르지만 저는 원래 다른 세계 사람인데 갑자기 이쪽으로 건너와 솔레아의 몸에 들어오게 되었어요."

공작은 들이마신 숨을 미처 뱉지 못하고 그대로 굳어 버렸다.

누군가 그의 시간을 멈추기라도 한 것처럼 공작은 침대에 기대앉은 자세 그대로 눈썹 하나 꼼짝하지 않았다.

솔레아는 두 눈을 질끈 감고 목구멍 안을 돌아다니던 말을 겨우 꺼냈다.

"……솔레아는 죽었습니다. 믿기 힘드시겠지만……."

공작은 찬찬히 솔레아의 얼굴을 뜯어봤다.

파르르 떨리는 얇은 눈꺼풀과 동그란 이마, 장미를 짓이긴 듯 붉은 입술과 머리카락은 분명 자신이 알고 있는 딸의 모습이 맞는데.

공작의 시선은 솔레아에게 단단히 꽂힌 채 움직이지 않았다.

"……아니, 아니다."

공작은 헛웃음을 지으며 고개를 흔들었다.

"기억을 잃었으니 트라우마가 있는 음식을 다시 잘 먹게 된 걸 거야. ……크게 앓고 난 이후 체질이 변하는 경우도 있다고 하더구나."

이불을 세게 말아 쥔 공작은 솔레아에게서 고개를 돌려 제 두 손을 내려다봤다.

"그럴 리가 없지 않니. 아무리 마법사들의 마력이 강하다 해도, 사람이 바뀔 리가. 우리 딸이 책을 많이 읽더니 상상력이 좋아졌구나."

하지만 말과는 달리 한마디씩 뱉을 때마다 공작의 눈에서 눈물이 후드득 떨어졌다.

힘없이 웃으며 모른 척 부정하려 해 봤지만, 그도 이미 알고 있었다.

솔레아는 죽었고, 눈앞에 선 이는 자신의 딸이 아니라는 걸.

"……공작님."

"그것 봐라, 목소리도 똑같지 않니. 솔레아……. 하하, 헤이먼이 나를 공작님이라고 부르니 너도 여덟 살 무렵인가 나를 공작님이라고 불렀단다, 기억나니?"

솔레아가 아무런 대답을 하지 않자 공작은 빠르게 눈을 깜빡이다 겨우 머리를 들어 그녀를 바라봤다.

그의 짙은 보라색 눈동자에서 떨어진 투명한 물줄기가 여러 갈래로 갈라져 뺨을 타고 흘러내렸다.

바들바들 떨리는 입꼬리는 겨우 미소를 유지하고 있었지만 보기 버거울 정도의 힘겨운 웃음이었다.

"네 엄마가, 에일린이 네 이마에 하루에 수십 번씩 입을 맞추던 게 기억나니? 하하, 그러다 이마가 꺼질까 봐 걱정되니 나보고는 뒤통수에만 뽀뽀하라고 했는데, 재밌는 사람이지."

"저, 아버지."

그레이가 디에르고에게 다가가려는 순간 그가 침대에서 일어섰다.

"레아, 정말 하나도 기억이 나지 않니……?"

그리 물으며 뻗어 오는 그의 손이 너무 간절해 보여 솔레아는 하마터면 긍정의 대답을 뱉을 뻔했다.

그녀는 흉 많은 커다란 손을 가만히 내려다봤다.

저 손안에 디에르고의 숱한 역사가 들어 있겠지만 그중 지윤의 것은 단 한 줄기도 없었다.

그게 우리가 가족이 될 수 없는 이유다.

"……레아, 아빠가 너를 얼마나……. 너를 그렇게 보낼 수는 없는데, 말이 안 되잖니. 몸은 남기고 영혼만 사라진다는 게, 그렇게 죽는다는 게……."

공작은 천천히 솔레아에게 다가왔다.

두 손을 솔레아에게 뻗었다가 차마 안지도, 닿지도 못하고 허공에 가만히 멈춘 채로 공작은 바들바들 떨었다.

올라가 있던 그의 입꼬리가 느리게 내려왔다. 각진 턱이 거세게 다물렸다가 미세하게 진동하며 열렸다.

"……정말 내 딸이 죽었다고? 또, 나를 두고 가 버렸다고?"

솔레아는 더 이상 견디지 못하고 무릎을 꿇었다.

"죄송합니다. 딸인 척 행세해서 죄송해요."

공작은 무릎을 꿇은 솔레아를 내려다보다가 그녀 앞에 주저앉았다.

그는 시뻘게진 얼굴로 속에서 끓어오르는 울음을 있는 대로 내뱉었다.

꺽꺽거리는 공작의 거북한 울음소리가 방 안을 채웠다.

그는 통곡하며 솔레아의 얼굴을 쓰다듬었다.

"아, 아아……, 네가 죽은 줄도 모르고 아빠가 웃었구나. 아빠가…… 멍청하게. 어디로 갔니, 우리 딸. 아빠가 미안하다. 아빠가 미안해, 딸. 다시 돌아오렴. 아빠가 다시 잘해 볼게……. 아빠가 이번에는, 손잡고 놀러도 가고……. 불꽃놀이도 보여 주고, 뱃놀이도 가자. 솔레아. 레아……."

디에르고 공작의 거친 손이 얼굴을 쓸어내릴 때마다 지윤의 눈에서도 눈물이 하염없이 흘러내렸다.

딸이 아니라서 죄송해요.

※ ※ ※

한참을 운 공작은 솔레아의 두 손을 부여잡은 채 죽은 나무처럼 미동도 없이 바닥에 앉아 있었다.

야심한 밤이 되고서야 솔레아를 잡고 있는 공작의 두 손에 힘이 들어갔다.

공작은 천천히 고개를 들었다.

그의 짙은 자안에 분노와 살기가 가득했다.

하지만 솔레아의 방에 들이닥쳤을 때처럼 모든 것을 불태울 것 같은 열띤 온도는 아니었다.

꾸며지지 않은 디에르고의 살기는 훨씬 잠잠하고 고요했다.

"네게 묻고 싶은 것이 있다. 내 몸이 내 것이 아닌 것처럼 움직였다. 내 감정을 스스로도 주체할 수 없었다. 너를 밖으로 쫓아내야 한다는 생각으로 머릿속이 가득 찼다. 이건 누구 짓이지?"

"공작님은 마력에 조종당하셨어요."

공작의 미간이 구겨졌다.

"이달론이냐?"

"네."

"마르실라가 도왔을 테고?"

"……네. 심증은 그렇지만 정확한 증거는 아직 잡지 못했습니다."

"잡아 와. 손톱을 뽑든, 눈을 빼내든 하면 진실을 뱉어 내겠지."

자식을 앞세운 아비의 심장은 갈 길을 잃고 망연히 시들었다. 생기가 사라진 자리엔 살기만 가득했다.

디에르고는 잡고 있던 솔레아의 두 손을 놓고 자리에서 일어섰다.

"알았으니 돌아가라."

"……아버지! 돌아가라니요. 솔레아는."

"그레이."

그레이의 말을 끊은 디에르고는 잠긴 목소리로 먹먹하게 말했다.

"솔레아는…… 이제 없다."

디에르고는 고개를 숙여 아직 무릎을 꿇고 있는 솔레아를 바라봤다.

"바보같이 딸을 못 알아본 죄는 죽은 후에 직접 비마. 그러니 너는…… 있어야 할 곳으로 돌아가거라."

그의 목소리는 여전히 따스했으나 이전과는 확연히 달랐다.

당황한 그레이가 어쩔 줄 몰라 하며 돌아서는 디에르고를 말리려는 순간, 솔레아가 자리에서 일어섰다.

무심하게 바라보는 디에르고를 마주한 그녀는 알 수 없는 말을 했다.

"밤이네요."

"……뭐?"

"아까 저를 검으로 찌르려고 하셨죠."

방구석으로 걸어간 솔레아는 벽에 걸린 검을 빼 들었다.

"야, 너 뭐 해!"

솔레아는 그레이의 말에도 대답하지 않고 검집에서 검을 빼냈다.

"몇 달간 이 집에서 살며 알게 되었는데, 벌레들이 피를 좋아하더라고요. 제가 약해지니 그런가 봐요."

오른손으로 손잡이를 쥔 솔레아는 서슬 퍼렇게 빛나는 검날을 왼손으로 감아쥐고서 단번에 손바닥을 그었다.

순식간에 바닥으로 피가 후드득 떨어졌다.

"솔레아!"

"뭐 하는 짓이야!"

두 사람의 비명이 울리는 동시에 핏방울이 카펫을 적셨다.

솔레아가 왼손을 꾹 말아 쥐자 새빨간 피가 주먹 사이로 새어 나와 바닥으로 뚝, 뚝 떨어졌다.

"너 진짜 미쳤어?! 왜 그래!"

그레이가 다가오려 하자 솔레아는 피범벅이 된 손을 들어 그를 막았다.

그러자 어디선가 윙, 하는 소리와 함께 검은 벌레가 나타났다.

그레이는 휘둥그레진 눈으로 그것들을 바라봤지만 공작에겐 보이지 않는 듯했다.

"얘들아, 공작님께 보여 드려."

'그래도 돼?'

'진짜 그래도 돼?'

'평범한 인간인데!'

## '검의 주인도 아닌데!'

"지금 잠깐이면 돼."

"왜 혼잣말을 하는 거…… 이건 대체."

솔레아에게 말을 걸던 공작의 시야에 번쩍하는 빛과 함께 검은 벌레들이 가득 들어왔다.

검을 들고 있던 솔레아는 검을 바닥에 내려놓은 뒤 옆구리에 차고 있던 작은 방망이를 꺼내 휘둘렀다.

검은 방망이는 금세 커다랗게 변했다.

솔레아는 아무런 말 없이 방을 날아다니는 검은 벌레들을 쳐 죽였다.

벌레를 모두 죽인 뒤 솔레아는 방망이를 바닥에 내려놓고 공작에게 무릎을 꿇었다.

"저는 정령들의 목소리를 듣습니다. 그리고 이렇게 도움을 받기도 해요. 이 능력으로 베르고에 도움을 줄 수 있는 것은 물론이고, 이달론을 잡을 수도 있을 겁니다."

빠르게 말을 뱉은 솔레아는 말없이 서 있는 공작의 시선을 끈질기게 좇으며 이어 말했다.

"이 몸으로 살겠다는 뜻이 아닙니다. 원래 살던 세계로 돌아가겠습니다."

"야!"

그레이가 솔레아에게 달려들려고 했지만 공작이 아들의 손목을 쥐고 그를 막았다.

"네 뜻이 아니었다고는 하지만 난 딸의 장례도 치르지 못했다."

"……말씀하신 것처럼 제 뜻은 아니었습니다. 하지만 지난 몇 달간 솔레아가 누렸어야 할 행복을 제가 대신 누린 건 사실입니다. 은혜를 갚고 싶습니다."

디에르고는 굳은 표정으로 앉아 있는 솔레아를 지그시 바라봤다.

똑같은 가죽을 뒤집어쓰고 있는데도, 제가 알던 딸의 얼굴과는 너무나 다르게 보였다.

그런데 저 눈만은.

짙고 어두운 보라색 눈만은 제 것과 똑같았다.

"공작님의 가족을."

헝클어진 붉은 머리카락 사이에서 형형하게 빛나는 자안이 느리게 깜빡였다.

"솔레아가 사랑한 가족들을 저도 지킬 수 있게 해 주세요."

솔레아와 똑같지만, 결코 솔레아가 될 수 없는 여자가 자신만의 견고하고 단단한 음성으로 말했다.

공작은 차분한 눈으로 그녀를 내려다보다 나붓하게 말했다.

"알았으니 앞으론 다치지 마라."

"네."

"……그건 네 몸이 아니니까."

"네. 명심하겠습니다."

그것으로 족하다는 듯 솔레아는 굳어 있던 얼굴을 풀고 부드럽게 답했다.

"아빠!"

공작에게 붙잡혀 있던 그레이가 그의 손을 뿌리치고 말했다.

"아무리, 아무리 그래도 그렇지! 쟤가 몇 달 동안 얼마나 고생했는지 아시잖아요! 잠도 안 자면서 공부하고, 끼니도 겨우 챙기고, 매일 졸려 죽겠다는 눈을 하고서도 운동하고, 다른 사람들이 우리 욕하면 달려들어서 싸우고! 그런데 어떻게 그렇게 매정하게 말씀하실 수가 있어요!"

쓰린 눈빛으로 그레이를 바라보던 공작은 눈을 질끈 감았다 뜨곤 아직 무릎을 꿇고 있는 여자를 응시했다.

"아이야."

"……네, 공작님."

"……나는 방금 딸을 잃었고, 장례도 치르지 못했다. 매정하게 들리겠지만, 네가 아무리 똑같이 생겼어도……"

"네, 공작님. 알아요. 아무리 똑같이 생겼어도 저는 솔레아가 될 수 없죠. 알고 있습니다."

"······그래. 이제 그만 일어나렴."

피곤한 듯 한숨을 쉰 디에르고는 침대에 걸터앉은 후 말했다.

"그레이, 가서 마르실라를 잡아 와. 도망치려 하면 두 다리를 잘라서라도 데려와라."

그레이가 솔레아와 공작을 번갈아 보며 쉽게 발걸음을 떼지 못하자 공작은 숙이고 있던 고개를 들어 올렸다.

"어서."

"······마르실라를 통해서 이달론의 거처를 알아내시게요? 그자는 정해진 거처도 없고, 저택에 찾아오는 날이 아니면 목격했다는 사람도 없는 귀신같은 놈이잖아요. 그래서 아버지도 내내 꺼리셨고. ······그런데 마르실라가 쉽게 얘기를 할까요?"

"나 역시 쉽게 물어볼 생각은 없다."

공작의 낮은 목소리가 조용해진 방 안의 공기를 얼어붙게 만들었다.

말없이 가만히 서 있던 그레이는 빠르게 방을 나섰다.

끼익, 문 닫히는 소리가 들리고 방 안엔 솔레아와 공작 단둘만 남았다.

공작은 솔레아의 모습을 뇌리에 깊이 박아 놓듯 오래도록 지켜보았다.

"······방망이가 무겁진 않니?"

"다행히 정령들이 가볍게 만들어 줬어요."

"그런데도 꽤 파괴력이 있어 보이더구나."

"벌레들에게 반응해서요."

"그렇구나."

힘없이 고개를 주억거리는 공작을 향해 솔레아는 안심하라는 듯 다정하게 말했다.

"솔레아의 몸에 무리가 가지 않게 할게요."

공작이 무어라 답하기 전 솔레아는 이어 말했다.

"공작님…… 힘드시겠지만 다른 사람들 앞에선 저를 솔레아라 불러 주세요. 주변 사람들이 의심할 수 있으니까요. 제가 돌아가기 전까지만요."

묵묵히 고개를 끄덕이는 공작을 보고 솔레아는 방을 나섰다.

"얘들아. 이달론이 있는 곳을 찾아내 줘. 대략적이라도 괜찮으니까."

'그런데 저번에 때리러 갔을 때도 멀리서만 볼 수 있고 다가갈 순 없었는데!'

"그래, 위치만 알려 줘. 나머지는 내가 어떻게든 해 볼게."

'임시 주인이 미끼가 될 거야?'

"아니."

'다행이다!'

'그건 너무 무섭잖아! 다행이야!'

솔레아는 싱긋 웃으며 답했다.

"이건 솔레아의 몸이잖아. 그럴 순 없지."

정령들이 무어라 빠르게 속사포처럼 말을 내뱉었지만 솔레아에겐 들리지 않았다.

방문을 열자 커다란 검은 뱀이 보란 듯이 침대 위에 똬리를 틀고 있었다.

편안하게 눈을 감고 있던 뱀은 솔레아가 방 안으로 들어서자마자 눈을 뜨고 머리를 들어 올렸다.

"……안녕."

인사를 건넨 솔레아는 다리를 질질 끌며 침대로 걸어가 걸터앉았다.

방 안의 공기가 유독 낯설게 느껴져 숨 쉬는 것이 버거웠다. 솔레아는 신경 써서 숨을 들이마셨다가 조금씩 나눠 뱉었지만 그래도 가슴 어딘가에 물이 들 어찬 것 같은 불쾌한 감각은 사라지지 않았다.

똬리를 풀고 이불 위를 기어 온 아무스가 솔레아의 팔을 타고 어깨 위로 올라와 머리를 기댔다.

아무스의 시원한 체온이 솔레아의 목 언저리에 닿았다. 솔레아는 아무스의 머리를 쓰다듬으며 혼잣말을 시작했다.

"공작님은 참 다정하신 분 같아. 나였으면 당장 쫓아냈을 텐데. 아, 하긴. 원래 가족보다 더 나으니까 좋아했겠다. 하하."

아무스가 긴 혀를 밖으로 내밀어 솔레아의 눈꼬리를 살짝 핥았다.

"야. 너 지금 뱀 모습이라서 내가 가만히 참고 두고 보는 거지. 사람이었으면 패대기쳤어."

웃음기를 머금고 농담을 건넸지만 아무스는 멈추지 않고 계속해서 솔레아의 눈꼬리를 핥았다.

바닥에 내팽개쳐져 있는 일기장으로 시선을 옮긴 솔레아는 침대에서 일어났다.

바닥에 주저앉아 일기장을 펼치니 공백이었던 곳에 새로운 문장이 적혀 있었다.

마르실라는 왜 이달론의 편에 섰을까.

그러게.

에일린 일던 공작 부인이 디에르고 공작과 결혼하기 전부터 그녀를 모시던 충직한 하녀였는데.

무슨 이유로 이달론의 편에 서서 '솔레아'의 몸을 노리게 된 거지.

약점을 잡혔나?

솔레아는 자리에서 일어나 문을 열고 복도를 내달렸다.

멀리서 걸어오던 앤이 솔레아를 발견하고 다급하게 뛰어왔다.

꼴이 엉망인 걸 보니 맨바닥에서 구르기라도 한 것 같았다.

"아가씨! 마르실라 님이 뒷문 쪽으로 가고 있는데, 그레이 도련님이 뛰어오셔서! 그래서 왠지 놓치면 안 될 것 같아서 마르실라 님 여기 있다고 붙잡고 소리 질렀더니! 아니, 그래서 잡히긴 했는데! 마르실라 님이 발버둥을 치다가!"

"어디 있어, 그 여자!"

앤이 미처 대답하기도 전에 저택 밖에서 귀를 찢어 놓을 듯한 께름칙한 비명이 들려왔다.

"이거 놔아아악! 놓으란 말이야!"

솔레아는 빠르게 계단을 내려가 정원으로 향했다.

네 명의 기사들에게 붙잡혀 있는데도 마르실라는 온몸을 뒤틀어 가며 피를 토할 것처럼 소리를 질렀다.

"놔! 가야 한다고, 놔! 놓으라고, 제발, 놔!!"

악귀라도 들린 듯 마르실라는 관절을 꺾어 가며 발버둥 쳤다.

밧줄로 몸을 묶는 것조차 여의치 않아 보였다.

"집, 집에 가야 한다니까! 놔! 놓으란 말이야!"

"네 가족은 어디 있지?"

솔레아의 물음에 마르실라가 괴성을 멈추고 그녀를 뚫어져라 쳐다보다가 침을 뱉었다.

"악마 같은 년. 남의 몸을 꿰차고 들어앉아서 희희낙락, 즐거웠니?"

"무슨 미친 소리야! 입 막아!"

당황한 그레이가 밧줄로 마르실라의 입을 막았지만 마르실라는 밧줄을 입에 문 채 침을 줄줄 흘리면서도 말을 멈추지 않았다.

"히가! 둑어야! 아앗시가! 도라온다고!"

그녀는 정원 뒤뜰의 지하실 입구로 끌려가면서도 목이 찢겨져라 소리쳤다.

"히가 둑어야 해! 히가 죽어야! 데다리로 도라와! 너은 둑어야 해!"

피를 토할 것처럼 악을 쓰는 마르실라의 목소리에 저택 곳곳에서 사용인들이 튀어나왔다.

그레이가 마르실라를 기절시켰는지 더 이상 비명은 들리지 않았지만 정원으로 나온 이들 대부분이 이미 무언가 이상하단 것을 눈치챈 이후였다.

"방금 마르실라 님 목소리 아니었어요?"

"대체 누구한테 욕을 하신 거예요?"

"아가씨인가? 저기 서 계시잖아."

"예끼, 이 사람아. 누가 아가씨께 욕을 해. 내 보니까 아가씨도 구경 나오신 것 같은데."

"그런데 마르실라 님이 맞긴 한 거야? 생전 욕하신 적이 없으셨잖아."

"에이, 아니겠지. 마르실라 님이 욕하실 일이 뭐가 있어."

"하긴 그것도 그래."

마르실라가 아닐 거라 확정 짓는 사람들이 답답했는지 앤이 입을 열려고 했지만 솔레아가 앤의 팔을 붙잡으며 고개를 절레절레 흔들었다.

"쉿. 아무 말도 하지 마, 앤. 그냥 기다려."

주변을 의식했는지 앤이 목소리를 잔뜩 낮춰 소곤거렸다.

"……근데 방금은 진짜 이상했잖아요. 아가씨한테 왜 그런 말을 했는지도 이해가 안 가고요."

"앤, 너 마르실라의 집이 어딘지 알아?"

"아…… 네, 예전에 심부름을 하느라 한 번 가 본 적이 있어요. 근데 한 3년 전이라……."

"어디야?"

"이사를 가지 않았다면 아마 앙거튼 언덕 아래일 거예요."

"더 자세히."

"모리슨 정육점 뒷길로 들어가서 쭉 걷다 보면 '애커만'이라고 적힌 우체통이 있는데 그걸 기준으로 오른쪽 집이요. 엄청 복잡한데, 제가 말씀드린 대로 가시면 쉽게 찾으실 거예요! 앗, 지금 가시게요? 잠시만요. 외투 좀 챙기고."

"넌 여기에 있어."

"예?"

"있어, 앤. 위험하니까."

솔레아는 앤을 내버려 두고 혼자서 빠르게 계단을 올라갔다.

마침 방에서 나온 티온이 걱정이 가득 담긴 눈으로 솔레아를 바라봤다.

"막내, 방금 누가 소리를……."

"티온, 검 챙겨."

"……응."

다급해 보이는 솔레아의 얼굴에 티온은 더 이상 묻지 않고 빠르게 방으로 들어가 옆구리에 검을 찼다.

"마도구 중에 방어 뭐 어쩌구 있으면 챙기고."

"응."

"조용히 나랑 둘이 나가는 거야."

"응."

반대편 복도 끝의 작은 계단을 향해 걷던 솔레아는 우뚝 멈춰 선 채 티온을 향해 뒤돌았다.

"너…… 파충류 무서워해?"

"조금……."

"그럼 조금 참아 봐."

티온은 티 나지 않게 조금 눈꼬리를 아래로 내리며 울상을 지었지만 솔레아에겐 지금 아가 불곰을 어르고 달랠 시간이 없었다.

솔레아는 제 방으로 달려가 문을 벌컥 열었다.

마치 올 줄 알고 있었다는 듯 검은 뱀이 몸을 반쯤 일으켜 세운 채 문 앞에서 솔레아를 반겼다.

"아무스, 이리 와."

쉬익!

"……뱀 키워?"

"아니! 그레이 뱀이야!"

"왜, 왜 데려가……?"

"지금 필요해! 아니 그게 아니라 그, 저기 뭐야, 어, 대단한 뱀이야! 산책해야 되거든."

"검은 뱀은 처음 봐……."

"멸종 위기종이라 그래. 자, 빨리!"

아무스를 어깨에 두른 솔레아는 티온과 함께 작은 계단을 타고 내려왔다.

"마차, 아니 말 가져와. 티온."

"응."

티온은 이번에도 군말 없이 마구간으로 뛰어갔다.

"공녀님! 안녕하세요!"

정원 근처를 돌던 경비병들이 활짝 웃으며 솔레아에게 다가왔다.

"야심한 시각에 뭐 하, 악! 뱀이다!"

"내가 키우는 거 아니고 그레이가 키우는 뱀! 산책시키려고 데리고 나왔어! 검은색 뱀은 처음 보지? 멸종 위기종이라서 그래. 자, 해산!"

"네. 바쁘신가 봐요……."

평소 같으면 농담도 하고, 따듯한 말도 건넸을 솔레아가 빠르게 말을 쏟아낸 뒤 손을 흔들며 인사했다.

경비병들은 티온보다는 티 나게 눈꼬리를 축 늘어뜨린 후 솔레아에게 인사하고 멀어졌다.

"아!"

솔레아는 마구간과 붙어 있는 연무장 방향으로 뛰었다.

몸이 흔들리자 아무스가 입을 쩍 벌려 솔레아의 머리를 깨물었다.

쉬익! 쉬익! 쒸익!

"아! 좀! 용이 무슨 멀미를 한다고! 가만히 있어!"

연무장에는 기사들이 모여 있었다.

"공녀님!"

"와! 공녀님이다!"

"이 시간에 여긴 어쩐 일이세, 우악! 뱀!"

"큰 뱀!"

"어, 엄청 크지? 내가 키우는 거 아니고 그레이가 키우는 뱀이야. 오늘 마침 밤공기가 딱 좋은데 하필 그레이가 바빠서 내가 산책시키려고 데리고 나왔어. 뱀도 산책을 한다, 참 좋은 세상이지? 검은색 뱀은 멸종 위기종이니까 만지지 말고. 자, 이 중에서 몇 명, 아니다. 여기 있는 사람들 전부 다 헤이먼 방으로 가 줘.”

“예?”

“잘 못 들었습니다?”

“잘 못 슸다?”

“헤이먼 방으로. 모두. 가.”

“예!”

“가서 뭐 할까요?”

“헤이먼을 지켜. 몸이 안 좋아 보인다든지, 눈알 색이 변한다든지, 갑자기 몸에 구멍이 난 것마냥 마력이 줄줄 샌다든지, 아무튼 이상 있으면 바로 공작님 부르고.”

마르실라가 공격적으로 나온 이상, 이달론에게 직접 마력을 공급받는 헤이먼이 멀쩡할 리 없었다.

때마침 티온이 말 두 마리를 끌고 빠르게 걸어왔다.

“티온! 빨리 와! 나 말 못 타니까 오빠가 태워 줘!”

티온은 환한 얼굴로 웃으며 말고삐 하나를 내팽개치고 검은 말 위에 올라탔다.

그러곤 빠른 속도로 달려오며 솔레아에게 손을 내밀었다.

“어……?”

당황한 솔레아가 얼떨결에 팔을 내밀자 몸을 기울인 티온이 한 팔로 솔레아를 안아 올려 제 앞에 태웠다.

“악! 너무 무서워!”

쉬익! 쒸익!

떨어질 뻔했는지 팔에 겨우 매달린 아무스가 씩씩거리며 티온의 머리통을 앙앙 깨물었다.

"막내야, 얘가 나 물어."

"……뱀이 원래 좀 상도덕이 없어. 짐승이잖아."

쐭!

이번엔 아무스가 솔레아의 정수리를 낑낑거리며 깨물었다.

솔레아는 대수롭지 않게 여기며 머리를 쓸어 넘겼다.

"티온. 앙거튼 언덕 아래의 모리슨 정육점 뒷길로 가야 돼. 길 알아?"

"알아. 나 이 동네에서 컸잖아."

티온은 자랑스럽게 대답한 후 빠르게 말을 몰았다.

잔디를 파헤치며 정원을 가로지르는 티온의 말을 보며 기사들은 조용히 말했다.

"대장 원래 옛날에 살았던 동네 싫어하지 않으셨나?"

"……공녀님이 물어보시면 괜찮으신가 보지."

"……그, 일단, 뭐, 우린 도련님 방으로 가자."

"그래. 지키라고 하셨으니까."

"공녀님이 시켰으니까 가자."

맬다는 이미 저택 입구에 가 있었다.

"야, 이 시키들아! 빨리 왓! 공녀님 말 거역했다가 큰일 나고 싶엇! 뛰어!"

"저 새낀 얼마 전부터 대체 왜 저러는 거야."

※ ※ ※

앤이 가르쳐 준 곳에 정확히 '애커만'이라고 적힌 우체통이 있었다.

오른편에 있는 집 문을 당겨 봤지만 열리지 않았다.

"문이 안 열리잖아?"

솔레아의 뒤에 서 있던 티온이 문을 밀었다. 파사삭 소리와 함께 문이 열렸다.

"미는 문인가 봐."

"······어."

그럴 리가. 네가 방금 부순 거겠지.

솔레아는 당황한 마음을 빠르게 가라앉히고 집 안으로 들어갔다.

평생 동안 베르고에 충성을 바쳤던 마르실라가 아무 이유 없이 갑자기 제 주인이 아끼던 딸을 남에게 갖다 바칠 리가 없었다.

마르실라는 분명 내가 죽어야 아가씨가 돌아온다고 했어.

하지만 정령들은 거짓말을 하지 않아. 솔레아는 죽었다고 했어.

이달론이 거짓말을 했다고 해도, 그 사실을 공작님께 알렸으면 알렸지 마르실라가 제 손으로 주인에게 독을 먹일 이유는 못 돼.

더 간절한 이유가 있는 거야.

"여긴 왜 왔어, 막내야?"

"증거를 찾으려고. 좀 수상해 보이는 거 찾아봐."

내내 솔레아의 어깨 위에 올라가 있던 아무스가 스르륵 몸을 움직여 내려더니 나무 바닥 위를 기어 다니기 시작했다.

"뭔가 느껴져?!"

그러고는 천천히 침대 위로 올라갔다.

"······안락한 자리가 느껴졌니?"

쉬익!

"뭐가 또 불만이니?"

쒸익!

아무스가 긴 꼬리로 침대를 팡팡 내리쳤다.

"당연히 내 방 침대가 더 편하겠지. 비싼 거잖아."

솔레아는 방 이곳저곳을 뒤지며 대충 대답했지만 아무스는 계속 꼬리로 침대를 내리쳤다.

쉬익! 쒸익! 쐭!

주방과 화장실, 창고를 모두 샅샅이 살펴본 티온은 아무스를 물끄러미 바라보다가 그곳으로 걸어갔다.

"침대 옮겨 줄까?"

아무스가 꼬리를 살랑살랑 흔들며 머리를 끄덕였다.

티온이 커다란 침대를 잡고 질질 끌자 침대가 있던 자리 바닥에 뚫린 문이 드러났다.

"막내야. 여기 문."

"문?!"

다른 곳을 살피다가 헐레벌떡 뛰어온 솔레아는 작은 홈이 파인 손잡이에 손을 집어넣었다.

"연다."

아무스는 미동도 없이 가만히 그곳을 응시했고, 티온은 검을 손에 쥔 채 가만히 대기했다.

길게 심호흡을 한 솔레아는 순식간에 바닥의 문을 열어젖혔다.

온통 검어서 안이 잘 보이지 않았다.

"……뭐지?"

긴장한 것이 무색할 정도로 아무것도 보이지 않아 솔레아가 손을 뻗으려는 순간 아무스가 입을 쩍 벌렸다.

샤아아아—

뱀 특유의 위협하는 소리가 들림과 동시에 검은 안개가 걷혔다.

두 구의 시체가 가지런히 놓여 있었다.

"악!"

놀라서 뒷걸음질 치는 솔레아를 붙잡아 안아 올린 티온은 유심히 시체들을 살펴봤다.

퍼렇다 못해 시커멓게 변해 썩고 있었지만 살이 썩는 악취는 전혀 풍기지 않

있다.

"이상해. 살 썩는 냄새가 안 나."

"……그러네."

저도 모르게 티온의 머리를 두 팔로 끌어안고 있던 솔레아는 조심스럽게 바닥으로 내려와 시체를 살펴봤다.

하나는 나이가 꽤 많은 중년의 남자였고, 다른 하나는 이제 겨우 열셋, 열넷 정도 되어 보이는 여자아이였다.

티온은 손을 뻗어 그들의 목에 가져다 댔다. 맥박이 전혀 느껴지지 않았다.

"……죽었어."

"근데 왜 시체를 여기다 둔 거지?"

그 순간 시체 두 구가 동시에 눈을 떴다.

놀란 솔레아가 입을 틀어막았고 티온은 빠르게 자세를 바로 하고 시체들에게 검을 겨눴다.

초점도 맞지 않는 누렇게 썩은 네 개의 눈동자가 무언가를 찾듯 사방팔방으로 흔들렸다.

밖으로 돌출된 안구는 금방이라도 관자놀이 옆으로 굴러떨어질 것 같았다.

"여보. 배고파."

"엄마. 살려 줘."

"여보, 어디 있어?"

"엄마, 구해 줘."

썩어 버린 살점 사이로 드러난 성하지 않은 치아들이 딱딱 소리를 내며 부딪쳤다.

묘하게 이질감이 드는 말투였다. 단어와 단어 사이에 응당 있어야 할 여백이나 말의 높낮이 같은 것들이 하나도 없었다.

그들은 약간 드러난 턱뼈를 움직이며 아무런 감흥도 느껴지지 않는 같은 말을 반복했다.

"구해 줘."

"엄마."

"여보."

"구해 줘."

"배고파."

"살려 줘."

"여보."

징그러울 정도로 푸른 초록빛이 시체들의 썩은 살점 사이로 반짝거리며 새어 나왔다.

티온과 솔레아는 얼른 코와 입을 막고 뒤로 물러났지만 초록색의 안개가 번지듯 다가오는 것이 더 빨랐다.

밖으로 나가려고 했지만 아까 부쉈던 문이 열리지 않았다.

티온이 다급하게 끼고 있던 반지를 빼내더니 솔레아의 손목을 붙잡았다.

"티온, 뭐 해!"

"껴, 얼른!"

처음으로 솔레아에게 고함을 친 티온은 솔레아의 엄지에 반지를 끼우곤 부드럽게 웃었다.

"마력 방어 도구야."

"너는?!"

"나 안 죽을게. 우리 새끼손가락 걸고 약속했잖아."

티온이 환한 미소를 짓는 동시에 초록색 안개가 그들의 위를 덮쳤다.

❄ ❄ ❄

그레이는 굳은 표정으로 마르실라를 지하 감옥에 가뒀다.

얼마 지나지 않아 디에르고 공작이 계단을 걸어 내려오는 뚜벅뚜벅 소리가 들렸다.

검은 셔츠를 입었지만 소매를 걷어 올리고 단추도 끝까지 채우지 않은, 평소와는 확연히 다른 모습이었다. 늘 깔끔하게 넘겨져 있던 은발도 흐트러져 있었다.

아까 솔레아와 대화한 이후로 거울 한 번 보지 않고 옷만 갈아입고 내려온 듯했다.

공작은 무덤덤한 표정으로 그레이의 어깨를 한 번 다독이고 감옥에 갇힌 마르실라를 바라봤다.

"그레이, 수고했다. 이만 올라가서 자렴. 곧 해가 뜰 텐데 피곤하지 않니?"

"아니에요. 아버지. 옆에 있을게요."

"굳이 험한 모습을 볼 필요는 없잖니."

"제가 완전히 모르는 일도 아니고⋯⋯. 괜찮아요. 아버지 혼자 계시게 하고 싶지 않아요."

공작은 부드럽게 웃으며 그레이를 바라보았다.

"보기 힘들면 언제든 올라가렴. 아빠는 걱정 말고."

"네. 아, 참. 아버지."

"응?"

"아까 마르실라가⋯⋯."

그레이는 마르실라가 했던 말을 떠올리다 간략하게 전했다.

"솔레아 상태를 알고 있는 것처럼 말했어요."

"그랬구나. 알았다."

천천히 몸을 튼 공작은 감옥 문을 열고 들어가 무릎을 꿇은 채 묶여 있는 마르실라 앞에 쪼그려 앉았다.

"마르실라."

늘 잔잔한 미소로 공작을 대하던 마르실라의 주름진 얼굴에 식은땀이 비적비적 흐르고 있었다.

"읍! 으읍!"

그녀는 두 눈을 치켜뜨고 공작을 향해 신음을 뱉었지만 공작은 재갈을 빼내 줄 마음이 전혀 없는 듯했다.

"이런 곳에서 자네를 마주할 줄이야……. 에일린을 어렸을 때부터 모시며 자란 당신은 우리가 결혼할 때 감동받아 울기도 했고."

"읍!"

"아이들도 모두 차별 없이 키웠고, 에일린이 먼저 떠난 후에도 저택을 지켜 줬지. 우린 참 긴 시간을 친구처럼 지냈지."

공작은 지나간 날을 회상하듯 잔잔히 미소 지었다.

"고마웠어. 마르실라."

그리고 그는 순식간에 단검으로 마르실라의 오른쪽 허벅지를 찍었다.

"으읍! 으으읍!"

"내게 독을 먹이고 내 딸을 이달론에게 보내려 했던 이유가 뭘까?"

"읍! 으윽! 읍!"

마르실라가 온몸을 바들바들 떨며 눈물을 흘리자 그레이가 조심스럽게 끼어 들었다.

"아버지. 마르실라 입에 물린 재갈을 빼야 대답을 할 텐데……."

공작은 단검 손잡이에서 손을 떼지 않은 채 온화하게 웃으며 그레이를 돌아 봤다.

"알고 있단다, 그레이."

"……네?"

어둠 속에서 번뜩이는 보라색 눈은 반으로 곱게 접혀 있었지만 그 안에는 어 떤 기쁨도 들어 있지 않았다. 어쩐지 애처로운 미소로 공작은 씁쓸하게 답했 다.

"적어도 오늘 새벽에는 대답을 듣고 싶지 않구나."

그는 다시 마르실라의 얼굴을 바라봤다.

눈을 질끈 감았다 뜨기를 반복하는 마르실라의 눈에선 눈물이 주룩주룩 흘러내리고 있었다.

"에일린이 떠났을 때도 그렇게 울었지, 마르실라."

"으, 읍, 흡!"

"내겐 오늘이 솔레아가 떠난 밤이니 함께 울어 줬으면 좋겠어, 친구."

공작은 쥐고 있는 칼을 비틀었다.

"으으윽!"

눈을 부릅뜬 마르실라가 입에 재갈을 문 채로 소리를 지르며 상체를 비비 꼬았다.

그녀의 얼굴에서 눈물이 몇 줄기로 갈라져 하염없이 흘러내렸다.

공작은 입꼬리를 비틀어 올린 채 기괴한 표정으로 따라 울었다.


완전히 동이 튼 아침이 되고서야 공작은 마르실라의 재갈을 풀었다. 피범벅이 된 마르실라는 기다렸다는 듯 숨을 몰아쉬며 컥컥 마른기침을 뱉어 댔다.

"마, 말하겠, 말하겠습니다. 공작님."

"아마 이달론이 자네의 어린 딸과 남편의 목숨을 인질로 삼아 협박을 했겠지. 우리를 가족처럼 여긴 자네가 날 배신한 이유가 돈은 아닐 거 아닌가."

공작은 단검으로 마르실라의 허벅지를 빠르게 찔렀다가 다시 빼냈다.

"아아악—"

비명을 지르며 옆으로 쓰러진 마르실라는 자신이 흘린 피로 척척해진 흙바닥 위에서 버둥거리며 겨우 몸을 틀어 공작을 바라봤다.

"공작님, 제발, 제 말을 들어 주십시오."

"그래. 이젠 들을 준비가 되었으니 말해 봐."

"아가씨를 살릴 수 있습니다."

몇 시간 내내 우느라 퉁퉁 부어 있는 데다 오른쪽 실핏줄이 터져 시뻘게진 눈에서는 확신으로 가득 찬 광기가 번들거렸다.

마르실라는 다시 한번 목에 힘을 주어 말했다. 크게 뜬 두 눈은 깜빡거리지도 않았다.

"아가씨를 다시, 살릴 수 있습니다. 공작님."

"······죽었다고 했다."

"살릴 수 있어요, 공작님."

마르실라의 말은 너무 달콤해 마치 환각제를 들이부은 듯 귀를 먹먹하게 만들었다.

디에르고 공작은 눈을 빠르게 깜빡이다가 저도 모르게 검을 쥐고 있던 손에 힘을 풀었다.

"그 아이가 분명 죽었다고······."

"위대한 마법사 이달론 님께서는 죽은 자를 살리실 수 있단 말입니다! 아직 아가씨의 몸이 멀쩡하잖습니까!"

공작의 손이 덜덜 떨려 왔다.

그는 무언가에 홀린 것처럼 고개를 돌려 그레이를 바라봤다.

그레이 역시 놀란 얼굴로 마르실라를 뚫어져라 응시하고 있었다. 그가 감옥 안으로 들어올 것처럼 가까이 다가왔다.

"아무리 마력이 강해도 안 되는 일이 있어. 그런 게······ 진짜 가능할 리가 없잖아."

"살릴 수 있어요. 정말, 정말 이달론 님이 온전히 살려 주실 겁니다."

"그럼 지금 그 아이는 어찌 되지?"

차분하게 가라앉은 공작의 목소리에 마르실라는 자꾸만 핏물이 흘러 앞이 잘 보이지 않는 눈을 빠르게 깜빡거리며 기다렸다는 듯 말을 쏟아 냈다.

"그 여자는 당연히 죽죠. 감히 우리 아가씨의 몸에 들어가 건방을 떨었으니 마땅히 죽어야 하지 않겠습니까. 공작 부인, 우리 불쌍한 에일린과 닮은 얼굴로, 악마 같은 년. 당장 목을 틀어서."

"닥쳐! 개에 대해서 뭘 안다고 지껄여!"

그레이가 감옥 안으로 들어오려는 순간 디에르고가 손을 들어 그를 막았다.

그러고는 순식간에 단검을 높이 들어 마르실라의 목을 꿰뚫었다.

"나머지는 이달론에게 묻지."

마지막 비명조차 지르지 못한 채 그녀는 눈을 동그랗게 뜬 생생한 표정 그대로 죽어 버렸다.

"……아, 아버지. 이달론의 거처를 알아내야 하는데……."

"알고 있었다면 재갈을 풀었을 때 제일 먼저 말했을 거다. 이자가 알고 있는 가장 고급 정보는 이것뿐이라는 얘기지."

천천히 자리에서 일어선 디에르고 공작은 주머니에서 손수건을 꺼내 손에 묻은 피를 닦았다.

"신발에 피 묻겠다, 그레이. 이만 올라가자."

계단을 올라가려는 순간 위에서 누군가가 아주 느린 박자로 터벅터벅 계단을 내려오는 소리가 들렸다.

무거운 표정의 헤이먼이었다.

"헤이먼, 올라가서 얘기하자. 여긴 대화하기에 썩 좋은 장소가 아니니."

"아니요. 여기서 말씀드려야 해요. 위엔 듣는 귀가 있으니까요."

"듣는 귀라니?"

이맛살을 찌푸린 공작의 물음에 헤이먼은 침울한 목소리로 답했다.

"그 여자가 어떤 마법으로 저택을 장악했는지 모르니까요."

"마법이라니, 솔레아의 몸에는 마력이 없다는 걸 알잖니."

"숨긴 걸 겁니다."

공작은 다소 차갑게 식은 눈으로 헤이먼에게 물었다.

"그렇게 생각하는 이유는?"

"그렇지 않으면 고작 몇 달 만에 베르고를 대하는 사람들의 반응이 호의적으로 변한 게 말이 안 되죠."

"야! 그게 무슨 궤변이야!"

그레이의 윽박에도 헤이먼은 아랑곳하지 않았다. 오히려 간절한 얼굴로 디에르고의 팔뚝을 붙잡았다.

"아버지. 평범한 마법사는 사람의 마음까지 조종하진 못합니다. 그건 저주받은 마력으로 만들어 낸 괴물이에요. 수백 개의 통롤러를 만들어 내고도 전혀 지치지 않는 게, 평생 동안 유지 가능한 마법을 넣은 염색 양모 제품을 만드는 게 마력 없이 가능한 일이라고 생각하십니까?"

"……그건, 솔레아가 데려온 서대륙의 마법사가."

"아버지. 서대륙의 마법사는 모두 죽었습니다."

"나도 알아봤다. 그중 몇몇은 도망쳐서 평범하게 살고 있다는 소문도 있더구나."

"아니요, 다 죽었습니다."

어쩐지 헤이먼의 말끝에 무게가 실려 섬뜩하게 느껴졌다.

"……솔레아를 위해서라도, 그 여자를 빨리 솔레아의 몸에서 빼내야 합니다."

"형, 무슨 소리야!"

말없이 서 있는 공작의 모습에 다급해진 그레이가 헤이먼 앞을 가로막으며 공작에게 말했다.

"아버지, 헤이먼이 한 말은 그저 추측이에요. 아까 솔레아한테 들으셨잖아요. 정령들과 대화가 가능하다고."

그레이의 어깨에 손이 올라왔다. 그의 뒤에 서 있던 헤이먼이 목을 쭉 빼고, 상기된 얼굴로 되물었다.

"걔가 그렇게 말했어? 정령들과 대화가 가능하대?"

헤이먼은 보물을 발견한 어린아이 같은 순진한 웃음을 짓고 있었다.

"헤이먼?"

소름이 끼친 그레이가 헤이먼의 이름을 부르자 그가 황급히 표정을 굳혔다.

"왜."

"너 방금······."

그때 위에서 소란스러운 말소리가 들려왔다.

"아가씨, 세상에나! 이를 어째! 괜찮으신가요?"

"어딜 나갔다 오신 거예요!"

공작은 두 아들의 어깨를 다독인 후 그들을 지나쳐 계단을 올라갔다.

"일단 다들 올라가자."

지하실에서 올라와 중앙 현관으로 가니 먼지를 뒤집어쓴 솔레아와 티온, 그리고 위풍당당하게 티온의 코트를 걸친 남자가 서 있었다.

"어!"

그레이가 삿대질하며 소리를 지르자 검은색의 장발 사내가 고개를 까딱 기울이며 싱긋 웃었다.

"다시 보니 반갑다. 처형. 이렇게 간헐적으로 내 힘이 돌아오나 보더군. 지금은 겨우 모습을 유지하고 있지만 말이야."

디에르고 공작의 귀에는 그레이가 수수께끼의 남자와 인사를 나누는 소리는 들어오지 않았다.

그는 본능적으로 뛰어가 두 아이의 얼굴을 쓰다듬으며 물었다.

"얘들아, 다치지 않았니? 티온은. 솔레아는? 괜찮은 거야?"

티온은 늘 그랬듯 미미한 미소와 함께 고개를 끄덕였고 솔레아 역시 자연스럽게 입꼬리를 올려 무덤덤하게 화답했다.

"걱정 마세요, 공작님. 솔레아 몸은 조금도 다치지 않았어요."

"아니, 난······."

솔레아가 한 걸음 뒤로 물러서며 이어 말했다.

"믿어 주세요. 절대로 상처 입히지 않을게요."

솔레아는 티 없이 맑은 표정이었다. 어떤 망설임이나 두려움도 없는 눈으로 그녀는 다른 누구도 아닌 '솔레아'의 안전을 약속하고 있었다.

디에르고는 무어라 말을 하려 입을 달싹였지만 어떤 말도 쉬이 나오지 않았다.

그때 검은 머리 사내가 대화에 끼어들었다.

"씻고 싶다."

"뭐?"

"더러운 마력을 온몸으로 받아 냈다. 젊은이, 자네가 이 사람들 중 가장 높은 인물 같은데 욕실을 빌려주게."

공작의 얼굴이 단박에 구겨졌다.

젊은이라니?

애가 몇인데 젊은이라니. 심지어 그 애들도 다 컸는데.

"자네 지금 무슨 소릴……."

"얘가 좀 아파요!"

솔레아가 얼른 끼어들어 사내의 머리채를 잡아당겼다.

"악! 아프다!"

그러고 보니 코트 아래로 맨다리가 훤히 드러나 있었다. 공작의 눈이 휘둥그레 뜨였다.

"레아! 이런 제정신도 아닌 난잡한 남자를 집에 데려오다니! 티온, 가만히 두고 본 거냐!"

당황한 공작이 저도 모르게 평소 말투로 솔레아에게 소리치자 티온이 얼른 대답했다.

"이 남자는 사실 비앰……."

솔레아는 손날을 세워 티온의 목울대를 후려쳤다.

"억!"

뱀이니, 용이니 떠들기엔 현관에 사람이 너무 많았다.

"티온도 아프대요! 공작님!"

"대체 그 헐벗은 남자를 왜 데려온 거니! 솔레아!"

솔레아는 남자 둘을 끌고 계단을 올라가며 큰 소리로 답했다.

"그레이가 키우는 남자예요!"

사람들의 시선이 그레이에게 쏠렸다.

"그, 네, 뭐. 예, 뭐. 나쁘지 않지 않을까…… 하고, 생각을. 네, 조심스럽게. 해 봤는데, 하하하. 웃기죠? 네, 저도. 남자는 처음 키워 보는데요. 남자를 키운 다는 생각을 어떻게 했을까. 하하, 하……."

그레이가 두 손을 깍지 긴 채 어색하게 웃었다.

헤이먼은 소란 속에 계단을 올라가는 세 사람의 뒷모습을 물끄러미 바라보 다 발소리도 없이 조용히 그레이에게 다가갔다.

"진짜 네가 아는 사람이야?"

"어? 어, 어. 그럴걸."

"……그래?"

"아까부터 너 좀 이상하다."

"뭐가?"

햇빛 아래에서 본 헤이먼의 눈동자에서 약간 초록빛이 돌았다.

"헤이먼?"

"왜."

다시 정면에서 보니 분명히 평소와 똑같은 분홍색이지만 묘하게 이질감이 들었다.

"형, 헤이먼. 눈 똑바로 뜨고 나 봐 봐."

그레이가 헤이먼의 눈가로 손을 뻗는 순간, 그가 신경질적으로 소리쳤다.

"손대지 마!"

"……왜 성질을 내."

"지금 이딴 장난이나 칠 상황이야? 상황을 좀 심각하게 받아들이란 말이 야."

게슴츠레 눈을 뜨고 그레이를 노려보는 헤이먼의 시선에서 선명한 멸시가 느껴졌다.

원래부터 성격이 맞지 않아 간혹 말다툼을 하긴 했지만 진심으로 상대를 깔보며 싸운 적은 없었다.

분명 평소랑 다른데…….

묘한 괴리감에 그레이가 헤이먼을 머리부터 발끝까지 찬찬히 훑어봤다.

"그레이. 헤이먼은 네 형이니 키울 수 없다."

"아빠, 지금 무슨 소리를 하시는 거예요."

알몸 남자 때문에 어지간히 당황했는지 공작이 헛소리를 해 대는 바람에 심각한 생각의 맥이 끊겼다.

그레이는 진심으로 더럽다는 듯 공작을 노려봤다.

"네가 이상한 놈을 자꾸 주워 오니까 그렇지. 저번에 솔레아가 데려온 노예도 네가 사서 자유인으로 풀어 줬잖니."

소란을 듣고 현관으로 나온 돈이 자연스럽게 뒷걸음질 쳐 다시 방으로 들어갔다.

"아니, 그건 걔가 자꾸 솔레아만 졸졸 따라다니니까……. 그리고 따지자면 걔는 헤이먼이 사 왔잖아요!"

"그걸 네가 마음에 들어 할 줄은 몰랐어."

아씨, 놀리는 거 보니까 헤이먼 맞는 거 같기도 하고.

그레이가 씩씩거리는 동안 사용인들은 설설 눈치를 보며 2층으로 향하는 계단 근처에서 어슬렁거렸다.

큰 도련님과 아가씨가 먼지를 뒤집어쓴 채 엉망이 되어 돌아왔으니 목욕 시중을 들어야 할 텐데, 분위기가 심상찮아서 섣불리 올라가겠다고 나서기 어려웠다.

공작은 계단 앞에서 주춤거리는 사용인들에게 명령했다.

"내가 내려오기 전까지 2층에 아무도 올라오지 마라. 라트엘이 출근하면 대기하라고 해."

디에르고 공작은 아들들과 함께 2층으로 올라갔다.

티온의 방으로 가까이 다가갈수록 말소리가 점점 크게 들려왔다.

"씻지도 않고 새 옷을 입으라니. 불쾌함을 감출 수 없다."

"아, 좀 그냥 입어. 뭘 봤는지 공작님께 말하러 가야 될 거 아니야."

"막내야, 이 사람이 진짜 아까 그 뱀이야?"

"응, 믿기 힘들겠지만 나중에 설명할게."

"네가 아가 불곰이구나. 반갑다."

"……아가 불곰……."

"뱀. 너 인사하지 말고 옷이나 마저 입어."

"다시 말하지만 난 뱀이 아니라, 이 옷은 불편하다니까."

공작은 분노에 가득 차 문을 열었다.

"아직도 벗고 있단 말이냐! 감히 내 딸 앞에서!"

다행히 장발 남자는 셔츠와 바지를 입은 상태이긴 했다.

조끼를 들고 있던 솔레아가 얼른 대답했다.

"공작님. 솔레아는 맨몸 안 봤어요, 눈 안 배렸어요."

"막내야, 왜 아까부터 자꾸 솔레아라고 해?"

"형. 그거 솔레아 습관이야. 그레이는 솔레아가 그레이를 변태로 몰아 가서 너무 슬퍼!"

"아, ……그래?"

그레이가 대충 거짓말로 수습하려 했지만 마지막으로 방문을 닫고 들어온 헤이먼이 불씨를 던졌다.

"저건 솔레아가 아니니까."

"뭐라고?"

티온은 놀라 솔레아를 바라봤다가 본능적으로 검을 꺼내 헤이먼을 겨눴다.

"형, 지금 뭐 하는 거야?"

"……이상해."

전쟁터에서 오래 구르다 보니 적들의 이상한 낌새를 알아채는 동물적 감각만 강해졌다.

헤이먼의 말투와 눈빛에서 기이한 괴리감과 적대감을 느낀 티온은 등을 살짝 굽히며 검을 강하게 그러쥐었다.

금방이라도 앞으로 튀어 나갈 것 같은 짐승 같은 몸짓이었다.

그것으로도 모자라 티온은 솔레아를 당겨 제 뒤로 숨겨 버렸다.

"막내야, 앞으로 나오지 마."

헤이먼이 싸늘하게 식은 눈으로 티온을 바라봤다.

"티온. 고작 몇 달 같이 있었다고 가짜한테 정이라도 든 거야?"

"헤이먼. 화내기 싫어. 입 다물어."

티온이 적색 눈동자에 적의를 담고 말하자 방 안에 정적이 감돌았다.

공작은 한숨을 쉬며 두 사람 곁으로 다가섰다.

"티온, 헤이먼이 예민하게 말하긴 했지만 사실이다. 검을 내려놓으렴."

공작의 말에 티온은 경계심을 풀긴 했지만 검을 검집에 완전히 집어넣지는 않은 채 헤이먼을 노려봤다.

이 와중에 아무스는 공작의 곁으로 다가가 킁킁거리며 냄새를 맡고 있었다.

"뭐, 뭐 하는 거요!"

"아니, 내가 아직 힘이 돌아오지 않아 긴가민가해서. 피 냄새가 진하게 나는데, 젊은이. 사람 죽였나?"

"한 번만 더 내게 하대하면 네가 무엇이든 간에 가만히 두지 않겠다."

"죄송해요, 공작님. 이 사람이 왜 이러는지는 저도 잘 모르겠는데, 일단 차분히 하나씩 얘기해요. 야, 너 그만해."

아무스는 불만스러운 눈으로 솔레아의 옆으로 걸어가 자연스럽게 그녀의 어깨에 머리를 비볐다.

그러자 공작이 순식간에 다가가 아무스의 멱살을 잡고 방구석으로 집어 던졌다.

"감히 누구한테 손을!"

"죄송해요, 공작님. 제가 앞으로 조심할게요."

공작은 화가 난 자신의 앞을 가로막는 솔레아를 보며 눈을 빠르게 깜빡였다.

"아니, 네게 화난 것이 아니라……."

벽에 부딪친 아무스는 울상을 지으며 자리에서 일어났다.

"인간들 난폭해."

풀어야 할 문제가 한두 개가 아니었다.

"일단 다들 앉아서 얘기해요, 저기 소파에……."

소파로 가려던 솔레아를 붙잡아 왼손으로 안아 올린 티온은 적의 가득한 눈으로 주변을 살피며 조금씩 방문 쪽으로 걸어갔다.

"티온. 진정하고 앉아라. 할 얘기가 많지 않다."

"그래, 티온. 너도…… 꼭 들어야 돼. 듣고 나면 나한테 이러지 않을 테니까."

"여기서 듣겠습니다."

티온을 제외한 다른 이들이 뿔뿔이 흩어져 앉자, 솔레아는 제가 다른 세상에서 왔다는 얘기를 시작했다.

놀란 티온이 몸을 움찔 떨긴 했지만 그녀를 내려놓진 않았다.

내려 달라 얘기했지만 티온이 들은 척도 하지 않고 촉을 곤두세우며 사방을 경계하는 탓에 결국 솔레아는 티온에게 들린 채로 말을 이어 갔다.

"여기까진 티온이 알아야 할 얘기였고……. 이제 마르실라의 집에서 본 걸 얘기할게요. 그 여자는 자기 침대 밑에 구멍을 파고 문을 만들어서 가족들의 시체를 보관하고 있었어요."

"……시체를?"

"네. 몸이 거의 썩어 가고 있었는데도 말을 했어요. 엄마, 구해 줘. 여보, 배고파 같은 말들을요."

"……살아난 것처럼 보였니?"

"아니요. 똑같은 말만 반복했고, 시체도 부패가 심했어요. 그냥 마력으로 그렇게 보이게끔 한 것 같아요."

"죽은 자를 되살릴 순 없다. 내가 장담하지."

어느새 티온의 침대로 올라가 옆으로 누운 채 팔로 머리를 받치고 있는 남자가 끼어들었다.

"야. 내려와. 남의 침대에 올라가는 거 아니야."

"……여기가 푹신한데."

솔레아의 말에 시무룩한 얼굴로 침대에서 내려온 남자를 보며 헤이먼이 말했다.

"살릴 수 있다면?"

"그런 일은 없어. 있어서도 안 되고."

단호한 남자의 말에 고개를 숙인 헤이먼이 눈을 치켜뜬 채 비릿하게 웃으며 말했다.

"너 이름이 뭐지?"

아무스가 노란 눈을 깜빡이며 고개를 갸우뚱 기울였다.

"너, 이상하구나. 역겨운 냄새가 난다 했더니."

그 순간 그레이가 제 검을 빼 들어 헤이먼의 목을 겨눴다.

"그레이! 뭐 하는 거냐!"

놀란 공작이 소파에서 일어섰지만 그레이는 굴하지 않고 아무스를 보며 말했다.

"야. 뱀. 이 새끼 형 아니지."

"아니, 나는 뱀이 아니라……."

"이 새끼 헤이먼 아니지!"

그레이가 큰 소리로 다시 묻자 의견이 묵살당한 아무스가 침울한 얼굴로 고개를 끄덕였다.

"평소에도 분홍 머리 곤듀에게선 비린내가 난다 해서 그 냄새인 줄 알았지. 그런데 좀, 더, 음……. 깊게 역겹구나."

"네놈 한 번만 더 내 아들에게 역겹다고 지껄이면."

"역겹다."

공작은 뒷목을 잡고 넘어갈 뻔한 걸 겨우 참았다.

그레이는 두 손으로 검을 쥔 채 아무스에게 물었다.

"야. 내가 칼로 베도 어제 네가 한 것처럼 안에 있는 나쁜 것만 벨 수 있어?"

"처형, 아쉽지만 그건 평범한 인간이 할 수 있는 일이 아니다."

"너 쌍, 내가 그렇게 부르지 말라고…… 하, 그럼 네가 해!"

어느새 티온도 다시 검으로 헤이먼을 겨냥하고 있었다.

"너희끼리 이럴 때가 아니야!"

"아버지나 정신 차리세요! 뭐가 이상한지 모르시겠어요?! 죽은 사람을 살릴 수 있다는 게 말이 돼요!"

"말이 안 되면! 그래도! 살릴 수만 있다면!"

"이달론이 진짜로 살릴 수 있다면 바로 찾아왔겠죠! 그런데 마르실라와 아버지를 이용해서 얘 몸을 빼내려고 했잖아요!"

"……뭔가, 그래도…… 방법이 있겠지. 딸을 살릴 수 있는……. 레아를, 그런 방법이 있다면, 있기만 하다면."

티온이 눈물 젖은 눈으로 공작을 바라보며 묵직한 목소리로 천천히 한 마디씩 말했다.

"우리끼리 솔레아의 장례를 치러요. 그리고 다시…… 살아가요. 아버지."

그레이가 아무스에게 검 손잡이를 내밀었다.

그레이가 내민 검의 손잡이를 잡으려던 아무스가 순간 움찔하며 몸을 떨었다.

"이런."

"왜 그래?"

그레이의 질문이 채 끝나기도 전에 아무스는 뱀으로 돌아갔다.

공작은 사색이 되었다.

"그레이! 남자를 키우는 것도 반대지만! 뱀으로 변하는 남자를 키우는 건 아비로서 더 반대다!"

"아니, 그게 아니라! 아, 지금 그게 중요한 게 아니라 헤이먼이 헤이먼이 아니라고요!"

"헤이먼이 헤이먼이지, 그럼 누구니! 아빠 입장에선 네 괴상한 취향이 더 시급해!"

"왜 갑자기 거기서 이성을 되찾으시는 거예요! 지금 헤이먼을 베야 한다고요!"

비소를 머금은 헤이먼이 솔레아를 보며 이죽거렸다.

"저 여자를 베야 하는 거 아니야? 쟤가 가짜잖아."

솔레아는 헤이먼을 지그시 바라보다가 옆구리에서 검은색 방망이를 꺼내 들었다.

새끼손가락만 하던 게 순식간에 커졌다.

"다행히 내가 평범한 인간이 아니라서 이걸로 벌레를 많이 잡았거든. 사람은 잡아 본 적이 없긴 한데 한번 해 봐야겠다."

"그만둬라. 아가."

"공작님. 저건 헤이먼이 아니에요. 공작님도 아시잖아요. ……헤이먼이 솔레아에게 저런 식으로 말하지 않는다는 걸."

"그 큰 걸로 사람을 치면 멀쩡한 사람도 다쳐! 만약 아니면 어쩔 거냐!"

"아무리 생각해도 공작님의 아들이 아닌 거 같지만 만약의 상황을 대비해서……."

방망이를 들고 잠깐 고민하던 솔레아는 손잡이를 쥐는 방식을 바꿨다.

"엉덩이를 때릴까요? 만약 조종당하는 게 아니어도 멍만 좀 들고 말 거고……."

"그게 좋겠네!"

공작이 말릴 틈도 없이 그레이가 헤이먼의 뒷목을 잡아끌고 방 한가운데로 갔다.

"얘들아! 너희 미친 게 아니고서야! 헤이먼! 그레이! 티온!"

그레이가 헤이먼의 두 팔을 잡고, 티온이 빠져나가지 못하도록 헤이먼의 허리춤을 팔로 감싸 잡았다.

"얘들아! 좀! 형을 왜 때리니! 그것도 엉덩이를! 형 나이가 있는데!"

"지금 심각한 상황이에요, 아빠!"

"공작님! 제가 꼭 헤이먼을 원래대로 돌려놓을게요!"

두 손으로 방망이를 꼭 쥔 솔레아가 야구 배트를 휘두르듯 자세를 잡고 헤이먼의 엉덩이를 노렸다.

"놔! 이 우매한 것들아!"

"우매한 것들? 헤이먼은 그런 말 안 써! 솔레아! 때려!"

"응!"

솔레아의 깜장 빠따가 헤이먼의 엉덩이를 강타했다.

"악!"

헤이먼이 발버둥을 치며 소리 질렀다.

"아이고, 이것들아⋯⋯."

공작은 오른손으로 이마를 짚었다.

"막내야, 한 번 더 쳐."

"아, 아직 모자란가? 알았어!"

"솔레아! 팔을 크게 휘둘러서! 허리도 써!"

"알겠어!"

"막내, 손목 조심해."

"응!"

당차게 대답한 솔레아가 다시 헤이먼의 엉덩이에 몽둥이 찜질을 가했다.

"아악!"

방금 물에서 건져 올린 참치처럼 펄쩍거린 헤이먼이 뻘겋게 달아오른 얼굴로 비명을 질렀다.

"으아악! 공작님, 아빠! 아버지!"

"뭐? 공작님? 헤이먼은 가족끼리 있을 때는 아빠를 공작님이라고 안 불러! 솔레아! 한 대 더 때려!"

"알았어!"

"얘들아, 그만해라!"

공작이 만류했지만 남매들의 귀에는 들리지 않았다.

이 와중에 정령들이 나타났다.

어디서 가져왔는지는 모르겠지만 그들은 색색깔의 깃발을 든 채 공중에서 몸을 흔들어 대며 춤을 췄다.

"맞을 때마다 개수를 스스로 세게 하자!"

"좋아!"

"몇 대 맞을 건지 물어보고 자기가 말한 개수만큼 때리자!"

" '건방져서 죄송합니다!' 라고 인사도 하게 하자!"

"아니, '때려 주셔서 감사합니다!' 라고 하자!"

"이왕이면 손바닥으로 때려 줘!"

갑자기 모습을 드러낸 손바닥만 한 정령들에 놀란 티온과 공작이 입을 벌렸다.

그레이는 한 번 보긴 했지만 그래도 이렇게 많은 수의 정령들이 방 안을 가득 채워 반짝이는 건 신기한 듯 눈을 휘둥그레 떴다.

오직 솔레아만 인상을 찡그리고 그들을 혼냈다.

"그 장르 아니야! 너희 또 앤이 읽는 책 훔쳐보고 왔지!"

솔레아의 호통에 정령들은 깜짝 놀라 번쩍 발광했다가 뱀이 된 아무스의 옆으로 포르르 날아갔다.

"주인님! 임시 주인이 우리 책도 못 읽게 해요!"

쉬익!

"무슨 책이냐면요."

"이상한 거 가르쳐 주지 마!"

솔레아는 빠르게 헤이먼의 엉덩이를 한 대 더 후려친 후 정령들에게 잔소리를 시작했다.

"니네는 어디서 자꾸 나쁜 것만 보고 배워 와 가지고! 읽지 말랬지!"

"임시 주인 미워!"

"임시 주인 나빠!"

"임시 주인 맨날 재밌는 거 못 읽게 하고!"

정령들은 씩씩거리며 아무스의 꼬리를 붙잡고 솔레아를 있는 힘껏 노려봤다.

물방울 같은 커다란 눈으로 노려봐 봤자 무섭기는커녕 귀여운 느낌만 가득이었지만.

"아가, 이제 그만하는 게 어떠니! 헤이먼이 너무 고통스러워하고 있는 것 같은데."

"그, 그래도 혹시 모르니 마지막으로 한 대만 더……."

그때 정령 하나가 공작의 앞으로 팔랑팔랑 날아갔다.

"내 생각에는 덜 아파서 그런 것 같아! 제일 기본으로 가자!"

"……뭐라고?"

공작이 되묻는 순간 솔레아가 헤이먼을 향해 방망이를 휘둘렀다.

정령들은 빠르게 힘을 모아 방망이의 모양을 바꿨다.

검은색 승마용 말채찍이 헤이먼의 엉덩이를 철썩 때렸다.

"아악!"

"까악! 이게 뭐야!"

솔레아가 말채찍을 바닥에 떨어뜨리곤 기겁하며 뒷걸음질 쳤다.

티온도 적잖이 놀랐는지 헤이먼을 내려놓고 움찔거리며 뒤로 물러났다.

바닥에 쓰러진 헤이먼이 엉엉 울며 기침을 토해 냈다.

그의 입 밖으로 초록색 연기가 조금씩 새어 나왔다.

"아빠! 얘, 얘 이상한 거 나와요!"

"그냥 너무 아파서 마력이 나오는 거 아니니?!"

"죄송해요! 공작님! 왜 갑자기 말채찍으로 변했지?"

"말채찍이 제일 기본 아니야?"

"무슨 소리야! 정령들, 집중의 박수를!"

짝! 짝! 짝!

정령들이 조용해지자 방 안엔 헤이먼의 울음소리만 들렸다.

"흐엉, 흐, 아파."

"……헤이먼, 너 맞아?"

빨갛게 달아오른 얼굴로 눈물을 줄줄 흘리던 헤이먼은 살기 가득한 표정으로 솔레아를 노려보다가 공작을 향해 시선을 돌리고 말했다.

"딸을 살려 내셔야죠, 공작님."

"헤이먼?"

그 말을 마지막으로 헤이먼의 코와 입에서 훨씬 농도가 짙은 초록색 연기가 빠져나오더니 어딘가로 사라졌다.

"진짜 이달론 맞았네!"

"어디로 간 거지?"

그레이와 티온이 연기가 사라진 방향을 향해 두리번거리는 동안 공작은 머릿속으로 '아직 아가씨의 몸이 멀쩡하잖습니까!' 라던 마르실라의 외침을 떠올렸다.

마르실라의 가족들은 몸이 부패되어 있어 살리지 못했다면, 솔레아는?

공작은 걱정스레 헤이먼의 안색을 살피는 솔레아를 바라봤다.

'저 아이가 솔레아의 몸에 들어가 몇 달을 살아 준 덕분에 솔레아의 몸은 건강하다. 살아 있는 것과 다름이 없어. ……이달론에게 방법만 있다면.'

기묘하게 바뀐 공작의 표정을 본 그레이가 목소리를 내리깔고 물었다.

"아버지. ……이상한 생각 하시는 거 아니죠?"

"뭘."

"솔레아를…… 살릴 수 있다거나."

그레이가 말을 뱉자마자 티온이 솔레아를 잡아끌어 제 뒤에 숨겼다.

"……아버지. 그건, 아니에요. 정말 아니에요."

공작의 눈에 불꽃이 튀었다.

"딸을 살리고 싶어 하는 게 뭐가 이상한 일이라고! 내가 보기엔 너희들이 더 이상해! 네 동생이 죽었어! 너희들이 아끼던 동생이 죽었다고! 근데 어떻게 멀쩡하게 저 아이를 감싸! 저, 가짜를!"

"아버지!"

티온이 큰 소리로 외치며 그의 말을 가로막았다.

공작 역시 생각하고 뱉은 말은 아니었는지 놀란 얼굴로 입을 틀어막았다.

"……미안하다, 그런…… 뜻으로 한 말은 아니었는데."

목에 핏대가 설 정도로 흥분해 있었지만 겨우 목소리를 가라앉힌 그레이가 으르렁거리듯 낮은 목소리로 말했다.

"어머니는 출신이 아니라 함께 나눈 시간과 추억이 가족을 만드는 거라고 하셨어요."

"그럼 솔레아는? 18년을 함께했는데! 죽었다는 걸 인정하고 새로운 사람을 가족을 받아들이는 게 그리 쉽니?"

"그 뜻이 아니잖아요!"

"내가 보기엔 똑같아!"

솔레아는 티온의 뒤에서 빠져나와 디에르고에게 예의 바르게 허리를 숙였다.

"공작님 말씀이 맞습니다. 여기는 제가 있을 자리가 아니에요."

"야."

그레이가 굳은 얼굴로 솔레아의 손목을 붙잡았지만 그녀는 생긋 웃기만 했다.

기절했는지 헤이먼은 꼼짝도 하지 않았다.

정령들은 헤이먼의 근처를 날다가 공작의 옆으로 가 그의 귀에 장난이라도 치듯 속닥거렸다.

"쟤 마력이 없어."

"분홍 머리의 마력을 다 빼다 썼어!"

"누가 그랬게?"

"이달론이 그랬지!"

솔레아는 난처함을 숨기지 못하고 공작에게 한 걸음 다가가 정령들에게 말을 걸었다.

"얘들아. 이달론의 거처는 알아냈어?"

"자꾸 옮겨 다녀. 없어졌다가 생겼다가 해."

공작은 날카로운 눈빛으로 정령들과 아무스를 노려보다가 솔레아에게 말했다.

"……아가야. 네가 좋은 아이라는 걸 안다."

한참 망설이던 공작은 겨우 입을 뗐다.

"이달론을 찾으마. 그리고 헤이먼의 목숨을 두고 더 이상 괴롭히지 않도록 약속을 받아 낼 것이고…… 그다음엔, ……다음엔."

공작은 차마 다음 말을 꺼내지 못하고 시선을 다른 곳으로 돌려 버렸다.

"네게도 돌아갈 곳이, 가족들이 있을 거 아니니."

마르실라의 차에 조종당했던 당시를 제대로 기억하지 못해 꺼낸 말이었다.

그레이가 화가 난 얼굴로 끼어들기 전 솔레아가 먼저 대답했다.

"네, 공작님. 저도 가족이 있어요. 돌아가야죠."

"그렇구나."

그제야 안심했다는 듯 공작은 미미하게 미소 지었다.

"나도 완전히 믿는 건 아니지만, 그래도 확인은 해 봐야 포기할 수 있을 것 같아서……"

"네, 이해해요. 공작님. 어느 누구도 자식을 대신할 순 없잖아요. ……저는 제가 있던 곳으로 갈게요."

말끔하게 웃는 솔레아의 얼굴에 미묘한 그늘이 져 있었다.

그녀에게 뭔가 더 말을 하려 했지만 딱히 꺼낼 만한 말이 없어 공작은 더 이상 대화를 이어 가지 못하고 입을 꾹 다물었다.

대신 그는 바위처럼 굳은 듯 서서 자신을 바라보는 티온에게 말했다.

"티온, 헤이먼을 방에 데려다 누이렴. ……네가 직접 약도 좀 발라 주고. 왜 이런지 설명할 방법이 없잖니."

"예."

무언가를 억누르듯 낮은 목소리로 답한 티온을 물끄러미 보던 공작은 도망 치듯 방을 나와 버렸다.

그런데 자꾸만 아이의 보라색 눈이 어른거렸다.

꿋꿋하게 대답하는 모습에 오히려 더 마음이 쓰였다.

……이달론을 찾아야 했다.

솔레아를 살릴 수 있다는 말이 사실이든 아니든 더 이상 시간을 끌고 싶지 않았다.


그레이는 공작이 나가자마자 솔레아의 몸을 돌려세웠다.

"야, 너 솔직히 말해. 원래 세상에서 살 때 어땠어?"

"어떻긴 뭐가 어때, 평범했지."

솔레아는 그레이의 시선을 피하며 대충 대답했다.

"평범했다는 애가 아버지가 소리 지를 때마다 그렇게 발작을 해?"

"발작?"

헤이먼을 들어 올리던 티온이 깜짝 놀라 그를 떨어뜨렸다.

헤이먼이 바닥에 부딪치며 쿵! 소리가 났다.

"형! 아무리 놀라도 그렇지, 헤이먼을 떨어뜨리면 어떡해. 팔이든 다리든 어디 하나 부러졌겠다."

"아이고, 미안."

티온은 헤이먼을 다시 가볍게 안아 들어 일단 소파에 눕혔다.

그러고는 솔레아를 안아서 공중으로 높이 들어 올렸다.

"뭐 해, 티온."

"솔직하게 말해 주기 전까지 안 내려 줄 거야."

"나 진짜 평범하게 살았어."

티온의 옆에 선 그레이가 이맛살을 찌푸렸다.

"오빠들한테 거짓말하지 마. 야, 그레이도 눈치가 있어요."

"남들이랑 똑같았어. 엄마 있고, 아빠도 있고."

"너 자꾸 거짓말하면, 어, 티온이 계속 안고 다니고, 내가 너 손 잡고 다니고, 피구할 때도 너 혼자 팀 하라고 한다. 그리고 시장에도 안 데려갈 거야. 너 춤 못 추는 거 들키게 파티에서 일부러 고급스러운 음악만 튼다? 빨리 대답해."

그래도 솔레아가 대답하지 않자 그레이가 티온의 옆구리를 쿡 찔렀다.

티온은 어색하게 연기를 시작했다.

"아, 아. 팔. 아. 파. 막내가. 빨리. 말해 줬으면."

"형, 연기가 그게 뭐야. 진짜!"

핀잔을 들은 티온의 눈꼬리가 시무룩하게 내려갔다.

그의 눈꼬리에서 눈물이 툭 떨어졌다.

"형? 울어? 아니, 그거 좀 놀렸다고 울어?"

"……나, 나 안 울었는데?"

둘은 놀라서 고개를 들었다.

솔레아가 얼굴을 일그러뜨린 채 울고 있었다.

"평범했다고. 나, 흑, 평범했단 말이야……. 엄마가, 소풍 갈 때 도시락 싸 줬고, 아빠가…… 운동회 때 와서 사진도 찍어 줬어. 나도 그랬어. 고등학교 때 야자 땡땡이도 쳤고, 흑, 나, 나도 학부모 참관 수업 때 엄마 아빠 두 분 다 왔어……. 졸업식 때 부모님이랑 같이 사진도 찍었고, 나, 큰 꽃다발도 받았고……."

티온도, 그레이도 알아들을 수 없는 말이었지만 그들은 솔레아의 말을 끊지 않고 가만히 듣고 있었다.

"또, 흑, 똑같았어. 나도 남들이랑 똑같이 살았어……. 아르바이트하려고 했는데, 엄마가, 흑, 힘드니까 하지 말라고 해서 안 하고 막, 어, 대학교 때는, 흑, 친구들이랑 해외여행도 갔었고……. 흑, 나도 남들처럼 똑같이, 섞여서 살았어. 돌아갈 거야. 갈 거라고……. 가고 싶다는데 왜 자꾸 그래……. 내가 왜 막내야, 나 너희 가족도 아닌데. 나 아니잖아……. 나 가짜잖아."

티온은 솔레아를 바닥에 내려 준 뒤 품에 안았다.

"근데 우리가 너 보내기 싫어서 그래."

울음을 그치지 못하고 엉엉 우는 솔레아의 머리카락을 쓰다듬던 그레이가 그녀의 눈꼬리를 위로 쭉 잡아 올리며 장난스레 울었다.

"이렇게 못생기게 우는 애를 어디에 보내냐. 우리가 데리고 살아야지."

쉬익!

지켜보던 아무스가 입을 벌려 그레이의 종아리를 깨물었지만 그레이는 굴하지 않고 아무스를 쳐 냈다.

"형 빨리 결혼해. 독립해서 나가면 따라 나가게."

"……사람들이 나 무서워해."

"잘 찾아보면 어딘가에 한 명쯤은 안 무서워하는 사람 있겠지. 아무튼 야, 우리는 너 보낼 생각 없어. 들려? 들리냐고. 이게 또 오빠들 말하는데 듣지도 않고. 그레이 서럽네."

"……티온도 서러워."

어색하게 말을 따라 하는 티온 때문에 솔레아는 울다가 웃음이 터지고 말았다.

그레이는 솔레아의 눈을 똑바로 바라보며 말했다.

"가족 하는 거야, 우리. 가짜 아니고 진짜 가족이라고. 알았지?"

솔레아는 천천히 고개를 끄덕였다.

그레이는 퉁퉁 부은 솔레아의 눈두덩을 손가락으로 쿡쿡 찌르며 키득거렸다.

"야, 너 눈 엄청 부었다."

"시끄러."

그레이의 손을 툭 쳐 낸 솔레아는 가라앉은 얼굴로 눈을 문질렀다.

"이런다고 달라지는 건 없어. 나는 돌아갈 거야."

"안 보낸다니까? 그레이는 아직 동생 독립시킬 마음이 없어요."

능청스럽게 솔레아의 말을 씹어 넘긴 그레이는 늘 그랬듯 자연스럽게 솔레아의 머리를 잡아당기고는 정수리에 뽀뽀를 했다.

"하지 마."

"아이고, 우리 동생. 머리 언제 감았어? 그레이 입술 썩어."

"……그레이. 막내한테는 냄새 안 나."

"형은 얘가 무슨 요정인 줄 알아?"

"……막내한테는 냄새 안 나."

티온은 사뭇 진지한 얼굴로 말하곤 솔레아에게 다가왔다.

그러고는 허리를 숙여 코를 킁킁하더니 무거운 목소리로 말했다.

"막내는 냄새 안 나."

"형이 데리고 다니는 기사들에 비하면 안 나겠지. 그래도 얘도 사람인데."

"아니야. 안 나."

"맞아."

"아니야."

"맞다고."

"아니야."

"형, 이런 데서 고집부리지 마."

"……막내는 냄새도 안 나고, 용기 있고, 착하고, 똑똑하고, 엄청 가볍고, 예뻐."

"이 몰골을 보고도 예쁘다는 소리가 나와? 형 진짜 중증이다. 그럼 얘는 뭐, 똥도 안 싸겠네?"

당황한 티온의 두 눈이 잠깐 흔들렸다. 하지만 이내 차분해진 티온은 근엄할 정도로 단단한 목소리로 답했다.

"막내 똥은 냄새 안 나."

"형이 그걸 어떻게 알아?"

"……안 날 거야."

"좀! 무슨 소릴 하는 거야!"

얼굴이 빨개진 솔레아가 소리치자 티온은 어찌할 바를 모르며 반걸음 뒤로 물러났다.

"막내야, 나는 헤이먼 옮기고 올게."

티온은 헤이먼을 다시 가뿐하게 안아 올렸다.

"같이 가자. 내가 분명히 나가기 전에 기사들한테 헤이먼을 지키라고 했는데 왜 이 지경이 됐는지 모르겠네."

세 사람이 헤이먼의 방 앞으로 가 보니 기사들은 솔레아의 말대로 철저히 방문을 지키고 있었다.

다만 모두 기절해 있었을 뿐.

심각한 표정으로 기사들을 보던 세 사람은 일단 헤이먼을 침대에 눕힌 뒤 복도로 나와 기사들을 깨웠다.

"기상."

티온의 묵직한 목소리에도 기사들은 쉽게 눈을 뜨지 못했다.

"기상."

티온이 조금 더 크게 말했지만 기사들은 여전히 미동조차 없었다. 그레이는 웃음을 참으며 입술을 안으로 말아 씹다가 억지로 진지하게 티온에게 말했다.

"형. 아무래도 이달론의 마력에 당한 것 같아."

"……그렇구나."

"그러니까 솔레아의 회초리로 다 한 대씩 때리자."

"무슨 소리를 하는 거야!"

솔레아가 질색하며 소리쳤다.

아까 정령들이 회초리로 바꾼 몽둥이는 아직도 그 상태 그대로였다.

일단 무슨 일이 있을지 몰라 챙겨 나오긴 했지만 그걸 기사들에게 휘두를 생각은 없었던 솔레아는 벌게진 얼굴로 고개를 저었다.

"싫어!"

"아냐, 해 봐. 막상 해 보면 잘할 수도 있지."

"괜찮아, 막내야. 때려."

"그래. 신명 나게 때려."

"싫다니까!"

"너 왜 차별하냐. 아까 헤이먼 엉덩이는 잘만 때려 놓고. 기사들 엉덩이는 헤이먼 엉덩이만큼 소중하지 않다는 거야?"

"엉덩이, 엉덩이 하지 마!"

"엉덩이가 뭐 어때서? 아니면 허벅지 때려."

"허벅지도 싫어!"

"그럼 다들 누워 있는 김에 등을 때려."

"왜 그래, 진짜!"

아무도 그를 데려가지 않은 탓에 혼자 열린 문틈으로 열심히 빠져나온 뱀무스가 복도를 기어 왔다.

그가 입을 벌려 샤아악 소리를 내려던 찰나 그레이와 눈이 마주쳤다.

그레이는 천천히 눈을 감고는 고개를 절레절레 저었다.

뱀무스는 입을 벌리려다 말고 갸우뚱 머리를 기울였다.

"야, 이리 와. 고귀한 용이 왜 바닥을 기어 다니고 있니."

전에 없이 다정한 목소리에 뱀무스가 바닥을 기어 그레이에게로 다가갔다.

쉬이익.

세로로 갈라진 혀를 길게 날름거리며 의기양양하게 복도를 기어 오는 모습이 마치 '이제야 나를 용이라고 부르는군.' 하고 말하는 것처럼 보였다.

이 와중에 티온은 엄정한 표정으로 기사들을 가지런히 복도에 엎드려 눕혔다.

"때려, 막내야."

"……티온까지 왜 그래."

"나는 깨울 힘이 없으니까……. 막내가 하기 힘들면 내가 해 볼까?"

"아, 아니……. 오빠가 때리면 영원히 못 깰 것 같은데."

그레이가 솔레아의 등을 다독이며 말했다.

"그냥 때려, 솔레아. 기사들을 계속 여기 송장처럼 눕혀 둘 수도 없잖아."

울상을 지어 봤지만 그레이의 말대로 기사들을 이렇게 계속 복도에 둘 수는 없었다.

결국 솔레아는 회초리를 고쳐 쥐고 한숨을 쉬었다.

"나중에 나한테 뭐라고 하지 마."

"괜찮아, 아까 헤이먼 바지 벗겨 봤는데 엉덩이에 상처 하나도 안 남았더라."

솔레아를 먼저 방에서 내보낸 뒤 티온과 그레이가 헤이먼에게 상처가 남았는지 확인하고 나왔으니 믿을 수 있었다.

상황이 궁금했는지 정령들이 그레이의 뒤에서 살짝 모습을 드러냈다.

멘붕이 온 솔레아는 회초리를 들고 우물쭈물하느라 정령들을 발견하지 못했다.

활짝 웃은 정령들은 저들끼리 상의를 마친 뒤 기사의 등을 내려치려는 솔레아의 회초리를 다른 모양으로 바꿔 버렸다.

끄트머리에 작은 네모 모양의 패들이 달려 있던 회초리가 순식간에 긴 술이 여러 개 달린 얇고 긴 회초리로 변했다.

솔레아는 회초리 모양이 바뀐 줄도 모른 채 팔을 크게 휘둘러 기사의 등을 힘껏 때렸다.

"꺅! 이게 뭐야!"

"어이쿠야. 모양이. 또. 바뀌었네."

솔레아는 그레이를 노려봤지만 그는 웃음기를 머금은 얼굴로 어깨를 으쓱할 뿐이었다.

"정령들이 좀 더 효과가 좋은 버전으로 바꿨나 보다."

그레이의 어깨 너머에서 화려한 후광이 비치는 걸로 봐선 분명히 정령들이 그 뒤에 숨어 있는 거 같긴 한데, 커다란 검은 뱀 아무스를 어깨에 두른 채 후광을 뿜뿜 내뿜는 그레이의 모습이 너무 홀리해서 차마 따질 수가 없었다.

솔레아는 분을 참으며 채찍을 마구 휘둘렀다.

이렇게 된 이상 빠르게 기사들을 깨울 수밖에 없었다.

"일어나세요! 빨리! 눈 떠!"

철썩철썩 소리가 복도에 울려 퍼졌다.

갑자기 분위기가 싸해져서 솔레아는 천천히 고개를 들었다.

복도 저 멀리 중앙 계단을 올라와 이쪽을 향해 걸어오다 말고 멈춰 선 두 인영이 눈에 들어왔다.

찻잔을 얹은 쟁반을 든 앤과 신문을 품에 안은 라트엘이 차갑게 식은 눈으로 솔레아를 바라보고 있었다.

"……아니야!"

솔레아가 다급하게 외쳤지만 라트엘은 흠칫 놀라며 뒤로 물러났다.

"……아가씨가 어제 명령하신 대로 신문 기사를 내보냈습니다."

"잘, 잘했어요. 근데 이건 그런 게 아니고, 설명하자면 되게 긴데……."

앤이 감격한 얼굴로 끼어들었다.

"드디어! 진정한 자기 자신을 찾으셨군요, 아가씨!"

"왜, 왜 2층에 올라온 거야!"

"공작님이 1층으로 내려오셨길래 얼른 올라왔어요! 아가씨 씻겨 드리려고 했는데, 어, 플레이를 마저 끝내신 뒤에 씻으시겠어요?"

"조용히 해, 앤! 그런 거 아니라고! 너 내려가!"

"넵!"

라트엘은 밝게 대답하는 앤을 이해가 가지 않는다는 표정으로 바라보다가 눈을 질끈 감았다.

"아가씨의…… 취향에 대해 뭐라고 할 마음은 없지만, 복도에서는 자제해 주셨으면 합니다. 뒤에서 도련님들도 보고 계신데."

"오빠들이 시켰어요!"

솔레아가 무심코 채찍으로 뒤에 서 있는 티온과 그레이를 가리키며 말했다. 하지만 그레이는 능청스러운 미소를 지으며 고개를 저었고, 티온은 화들짝 놀라더니 느리게 뒷걸음질 쳐 헤이먼의 방으로 들어가 버렸다.

"이리 와! 어디 가, 티온! 이 무책임한 놈아!"

솔레아가 쪽팔림에 방방 뛰고 있는데 기사들이 하나둘씩 깨어났다.

"아이고, 머리야……."

"등이 왜 이렇게 아프지?"

"……난 엉덩이도 아픈데?"

"왜 쓰러져 있는 거지, 우리."

머리를 감싸 쥐고 자리에서 일어난 기사들은 자신들을 이상하게 바라보는 라트엘에게 시선을 주다가 뒤를 돌아봤다.

시커먼 뱀을 어깨에 두르고 있는 그레이 도련님과 손에 승마 채찍을 쥐고 있는 솔레아 아가씨가 뻘겋게 달아오른 얼굴로 서 있었다.

기사들은 눈치를 살피다 일단 솔레아를 향해 무릎을 꿇었다.

겉으로만 봐서는 솔레아 아가씨가 더 많이 화나 보였다.

그게 아니고서야 평소에 그리 친절하시던 분이 채찍을 들고 서 계실 리가 없었다.

"죄, 죄송합니다. 아가씨. 많이 화나셨어요?"

"저희도 기억이 잘 안 납니다. 헤이먼 도련님 방문이 열렸던 거 같긴 한데."

"아니, 난 화났다기보다는……."

그때 갓 깨어난 맬다가 자신의 양옆에서 무릎을 꿇고 있는 기사들과 채찍을 들고 있는 솔레아를 보고는 빠르게 상황 파악을 마쳤다.

잘못 파악했지만 어쨌든 마쳤다.

맬다는 잽싸게 웃통을 벗어 던지곤 뒤돌아 바닥에 납작 엎드렸다.

"아가씨께서 내리신 임무를 완수하지 못한 죄! 몸으로 갚겠습니다!"

그레이가 자꾸만 피식피식 웃음이 새어 나와 올라가는 광대를 오른손으로 겨우 잡아 내리며 말했다.

"너 언제 맬다를 조련한 거야?"

"아니야! 무슨 소리야! 너 아닌 거 알면서 지금 웃겨서 그냥 가만히 보고 있는 거지?! 라트엘도 그렇게 보지 마요!"

라트엘은 처음 만났을 때처럼 무감한 눈으로 솔레아를 보며 말했다.

"저는 여태 아가씨께서 명령하신 일을 잘 처리해 왔습니다. 그러니 제겐 그런 벌을 주지 않으셨으면 좋겠네요."

"나, 나 진짜 아니에요."

맬다의 과다한 열정에 눈치를 살피며 망설이던 기사들이 하나둘씩 웃통을 벗기 시작했다.

"저, 저희도…… 죄송합니다. 다음엔 기절하는 일 없이 완벽히 명령을 수행하겠습니다……. 벌을 내려 주시면 달게 받겠습니다."

"벌 아니라고요. 옷 입으세요, 제발."

울상이 된 솔레아가 눈물을 터뜨리기 일보 직전이 되자 그레이가 손을 휘휘 저었다.

"용서해 준다니까 다들 돌아가. 몸에 이상한 곳은 없지?"

"예."

엉거주춤 꿇어앉아 있던 기사들이 옷을 챙겨 들고 자리에서 일어났다. 그들은 계단을 내려가는 순간까지 솔레아의 눈치를 봤다.

기사들이 모두 떠난 후에야 라트엘이 솔레아에게 가까이 다가갔다.

"아침 일찍 여러 신문사를 통해 우란 상단의 갑질 기사가 실린 신문이 발행되었습니다."

"잘됐네요."

"……근데 채찍은 계속 손에 들고 계실 겁니까? 긴장돼서 보고를 할 수가 없는데요."

"아! 미안해요!"

라트엘이 보는 앞에서 채찍의 크기를 줄일 수도 없고, 그렇다고 이걸 누구에게 맡길 수도 없어서 솔레아는 얼른 채찍을 손에 감아쥐었다.

라트엘은 탐탁지 않은 눈으로 검은색 채찍을 힐긋거리며 솔레아와 함께 그녀의 집무실로 향했다.

집무실 앞에 멈춰 선 라트엘은 목에 건 크라바트를 만지작거리다 힘겹게 입을 뗐다.

"저는 아가씨와 그런 파트너가 될 생각이 없습니다."

"오해가 장난 아니게 쌓인 것 같은데 나도 그런 거 할 생각 없어."

"아가씨의 파트너가 오셨습니다!"

라트엘이 흠칫 놀라 뒤를 돌았다.

오늘 자 신문을 손에 든 이안이 앤의 안내를 받으며 2층 계단을 올라오다가 자신에게 꽂히는 시선을 느끼곤 우뚝 멈춰 섰다.

"……왜, 왜 저를 그런 눈으로 보세요?"

라트엘의 머리가 사선으로 살짝 기울어졌다.

이안과 한 번도 만난 적이 없던 라트엘은 의심 가득한 눈으로 솔레아를 바라봤다.

"그, 그 파트너가 아니라고요!"

단정한 검은 단발머리의 이안이 심지 굳은 얼굴로 외쳤다.

"제가 왜 아가씨의 파트너가 아닙니까! 저는 아가씨가 하라는 건 뭐든지 할 준비가 돼 있는데!"

결국 솔레아가 채찍을 던지듯 바닥에 내려놓고 머리를 싸맸다.

"아니아아아! 목적어를! 목적어를 넣고 말해! 아이악!"

엉망진창이 된 상황 속에서도 느긋하게 바닥을 기어 온 아무스가 이안을 향해 반갑다는 듯 혀를 날름거렸다.

"꺅! 뱀?!"

놀란 이안이 신문을 떨어뜨리자 마치 기다렸다는 듯 신문이 펼쳐졌다.

릴홉 신문 1면에서는 마력을 넣은 사진이 짧은 동영상처럼 생동감 있게 재생되고 있었다.

**[우란 상단, 신문사에 갑질·폭력 행사⋯⋯ 이대로 괜찮은가]**

릴홉 신문사 편집장의 따귀를 후려치는 산체스 우란의 모습이 신문 속에서 생생하게 반복됐다.

신문을 유심히 살펴보던 아무스는 이내 관심을 끊고는 떨어진 채찍을 입에 문 뒤 천천히 바닥을 기어 솔레아의 방으로 향했다.

"저, 저 뱀이 왜 채찍을 물고 가는 건가요?"

놀란 눈으로 묻는 이안에게 솔레아는 어색하게 답했다.

"그, 글쎄? 아마 익숙해서? 자기 거라고 생각했나?"

라트엘이 인간 말종을 바라보듯 솔레아를 쳐다봤다.

"아가씨. 설마 채찍으로 야생 뱀을 길들이신 건 아니겠죠? 그건 동물 학대입니다."

"그런 적 없어요. 그리고 저건 그레이가 키우는 뱀이에요."

"하지만 아가씨의 방으로 들어갔지 않습니까?"

"……뱀이 뭐, 똑똑하면 얼마나 똑똑하다고요. 그냥 눈에 띄는 방이니까 들어갔겠죠."

솔레아는 이안과 라트엘을 데리고 집무실로 들어가며 그레이에게 눈짓했다.

그레이는 미소를 띤 채 고개를 끄덕이곤 아무스가 들어간 솔레아의 방으로 향했다.

여전히 그의 뒤에서는 정령들의 후광이 비치고 있었다.

아무스의 검을 가지고 있어서인지 정령들은 그레이에게 거부감을 가지지 않는 듯했다.

방으로 들어간 솔레아는 심호흡을 가다듬은 후 이안과 라트엘에게 서로를 소개했다.

"신문사만 건드리신 줄 알았는데 상단을 만드셨던 겁니까?"

"만든 건 내가 아니죠. 이안의 상단이니까요."

"솔리안은 누가 들어도 솔레아와 이안을 합친 것처럼 들리는데요."

라트엘의 말에 이안을 바라보자 그녀는 어깨를 으쓱하며 대답했다.

"공녀님께서 상단의 이름은 제 마음대로 지으라고 하셨어요."

"자, 아무튼 이름은 중요한 게 아니고."

솔레아가 상황을 정리하려 했지만 이안이 재빠르게 말을 끊었다.

"아니요. 중요합니다. 공녀님과 저의 상단이니까요."

라트엘이 기묘한 눈으로 두 사람을 바라보다가 솔레아에게 가까이 다가가 속삭였다.

"뱀을 채찍으로 길들이면 동물 학대라고 합니다. 그렇다면 사람을 채찍으로 길들이면?"

"그런 거 아니라니까요!"

귀를 빨갛게 물들인 채 질색하는 솔레아가 웃기다는 듯 라트엘은 살짝 입꼬리를 올려 웃었다.

"알았으니 사업 얘기를 해 보죠. 이걸로 우란이 흔들리기야 하겠지만 그를 완전히 무너뜨리려면 시간이 좀 더 필요하겠네요."

"네, 그래서 생각을 해 봤습니다. 일단 우란 상단과의 계약 만료 시점이 다가오는 상점들 위주로 저희가 하나씩 포섭하면……."

"아니요."

솔레아는 이안의 말을 끊고는 우란 상단의 거래처 목록을 살펴봤다.

그녀는 제일 위에 있는 것을 손가락으로 짚었다.

"이거, 양모 직수입 라인부터 우리가 먹읍시다."

라트엘이 티 나지 않을 정도로 미미하게 고개를 갸웃거렸고, 이안 역시 의아하다는 듯 한쪽 눈썹을 비스듬히 올렸다.

라트엘은 신문 기사를 턱끝으로 가리켰다.

"이건 우란에 대한 평판이 안 좋아지는 정도일 뿐, 이거로는 우란 상단의 주수입원인 양모 직수입 사업을 장악할 수 없습니다. 그간 거래처와 쌓아 놓은 신뢰가 있을 테니까요."

이안 역시 라트엘과 비슷한 생각인지 솔레아를 물끄러미 바라봤다.

아까까지 부끄러워하던 표정은 어디로 갔는지 사업 얘기를 하는 솔레아의 얼굴은 차갑게 식어 있었다.

"제르노아로 들어오는 양모의 약 80%가 우란 상단 거예요. 이걸 우리가 가져오지 못하면 결국은 계속 우란 손바닥 위에서 놀아날 수밖에 없어요."

"네, 공녀님. 알고 있습니다. 다만 서두를 필요가 없다는 거죠. 굳이 위험을 감수하면서까지 지금 이걸 손댈 이유가 없어요."

솔레아는 말없이 뒤돌아서 벽에 붙어 있던 지도를 떼어 내 책상 위에 꺼내 펼치고, 책상 모서리에 있는 잉크통을 열어 손가락에 붉은 잉크를 푹 찍었다.

그러고는 우란 상단이 양모를 수입해 오는 경로를 따라 손가락을 쭈욱 그었다.

지도 위에 붉은 길이 그려졌다.

그 길을 따라 천천히 움직이던 보라색 눈동자가 이윽고 멈췄다.

솔레아는 작은 핀으로 지도 위의 한 군데를 꾹 찍었다.

웬프론 협곡이었다.

솔레아는 고개를 들어 이안과 라트엘을 번갈아 바라봤다.

차갑게 식은 눈동자에는 냉기가 서려 오싹할 정도였다.

"신뢰를 무너뜨릴 겁니다."

"신뢰를 무너뜨리시겠다니요."

"그간 문제없이 양모가 유통되어 신뢰가 생긴 거라면, 문제를 만들면 되는 거 아니겠어요?"

"지금 상단 행렬의 물품을 약탈이라도 하시겠단 겁니까?"

라트엘이 그답지 않게 짜증 섞인 말투로 물었지만 솔레아의 얼굴은 평온하기만 했다.

그녀는 오히려 담담하게 답했다.

"네. 그거라도 해야 한다면 할 거예요."

"대체 왜 그러십니까. 그 이후엔 어찌시려고요? 우란이 양모 사업에서 손을 뗀다고 해서 갓 만들어진 신생 상단인 솔리안이 그걸 가져올 가능성이 있다고 생각하십니까?"

"양모로 사업을 하는 귀족은 베르고뿐이니, 우란의 빈자리를 우리가 메꾸고 직접 관리하겠다고 하면 이상하게 생각하진 않을 거예요."

"다른 방법도 있습니다. 그간 모아 놓은 비리 장부나 소속 상점들에게 행한 불법적인 행태를 공작가에서 처벌한다든지……."

"공작가에서 처벌하고, 공작가가 사업을 뺏어 오라고요? 그걸 다들 아무렇지 않게 받아들일 거 같나요?"

"무슨 상관입니까! 영주인데!"

"그런 귀족이 되면 베르고는 결국 또 뒤에서 욕만 먹게 될 거예요."

"……다들 그렇게 합니다."

"하지만 당신도 나도 그걸 원하는 게 아니었잖아요."

솔레아는 초조한 듯 빠르게 이어 말했다.

"시간이 없어요."

"시간이 없다니 무슨 말씀이십니까."

"……얘기 끝났어요, 이만 나가 봐요."

"아가씨가 그런 준비를 하셨다는 게 밝혀지면 그땐 어떻게 하시려고요. 베르고만의 문제가 아니라, 아가씨의 신변에도 위험이 생기잖습니까! 사람들이 아가씨에 대해 뭐라고 떠들지는 신경도 안 쓰이십니까?"

"그건……."

솔레아는 지도 속 베르고가 있는 위치를 손바닥으로 찬찬히 쓸며 나지막이 말했다.

"공녀가 악마한테 씌었다고 해요."

"……그게 무슨 말도 안 되는……."

"장난이에요. 얼른 가요. 이안은 잠깐 남고."

영문 모를 표정으로 서 있는 건 이안도 마찬가지였지만 그녀는 이번에도 공녀를 믿어 볼 생각이었다.

상단을 세우고, 신문사들을 사들이고, 예술가들을 영입해 베르고에 대한 여론을 우호적으로 만드는 과정 내내 공녀님의 명령을 그대로 따라왔다.

그중 실패한 건 아무것도 없었으니 이번에도 공녀님의 뜻대로 될 것이다.

불만스러운 표정으로 서 있던 라트엘이 아무런 말 없이 집무실을 나가 버린 후, 솔레아는 문밖에는 들리지 않을 정도의 작은 목소리로 이안에게 명령했다.

"이안. 그간 잘해 줘서 고마워요. 양모 수입 라인을 가져오게 되면, 그다음은 일사천리예요."

"전 뭘 하면 될까요?"

솔레아는 은은하게 웃으며 이안의 손을 잡았다.

"모든 일이 끝난 후에 지금처럼, 욕심 있게 사업을 키워 줘요. 베르고를 버리지 말고. 이 말이 하고 싶었어요."

공녀님이 이상했다.

마치 죽으러 가기 전 모든 걸 정리하는 사람 같았다.

흔들림도, 미련도 없는 말끔한 표정을 바라보던 이안은 솔레아에게 잡힌 손을 빼냈다.

"공녀님, 왜 이러세요? 이상해요. 정말…… 이상해요."

"이상한 건 하나도 없어요. 모든 게 제자리로 돌아가는 거니까."

솔레아는 서랍 안에서 이상한 모양의 기계를 꺼내 이안에게 내밀었다.

"이건 메트로놈이라는 건데, 막대가 박자에 맞춰 소리를 내며 좌우로 움직여요. 음악가들에게 꼭 필요한 거니까 고객층 정확히 잡아서 팔아요. 원래는 상단이 좀 자리 잡은 뒤에 팔까 했는데 이것도 빨리 시작하는 게 낫겠네요."

"지금 하고 있는 통롤러 사업과 출판사도 아직 자리를 잡는 중입니다. 예술 지원 사업도 진행 중이고요. 이것까지……."

"예술 지원 사업에 이것도 같이 연계해서 유통시켜 봐요. 판로를 전국으로 넓힐 수 있을 거예요. 이안은 할 수 있어요. 수완이 좋은 사람이니까."

이안은 썩 달갑지 않은 표정으로 메트로놈을 받아 들었다.

이상하게도 꼭 이별 선물 같았다.

"팔 때 우리 둘째 오빠 헤이먼이 만든 거라고 꼭 알려 줘요. 헤이먼의 성과라고. 그가 어떤 사람인지 사람들이 알아줬으면 해요. 예민하고 싸가지 없는 베르고의 '둘째'라고만 알려지면 아깝잖아."

"물론 당연히 그렇게 하겠지만……."

이안이 무어라 말하려 했지만 솔레아는 할 말은 다 했다며 이안의 등을 떠밀어 집무실에서 내보냈다.

혼자 남은 솔레아는 고개를 들어 집무실을 천천히 둘러보았다.

이달론이 헤이먼의 입을 통해 전한 솔레아를 살려 낼 수 있다는 말을 믿는 건 아니었다.

아마 공작님과 날 이간질해서 떼어 놓으려는 거겠지.

하지만 딸을 잃은 공작의 곁에서 계속 솔레아의 가죽을 뒤집어쓰고 살아갈 순 없었다.

가족이 되자고 말해 준 티온과 그레이에겐 미안하지만 가짜는 가짜에 불과하다.

솔레아는 제 가슴을 두드리며 작게 중얼거렸다.

"난 괜찮아. 괜찮아. 괜찮아."

그때 누군가가 방문을 노크했다.

"누구야?"

대답이 없었다.

심장이 거세게 쿵쿵 뛰려는 순간, 일정한 박자의 노크 소리가 울렸다.

똑, 똑똑, 똑똑똑.

돈이었다.

"들어와."

"……아가씨, 어젯밤부터 오늘 아침까지 저택에 안 계셨다고 들었는데, 한숨도 못 주무시고 일하시는 것 같아서……. 걱정이 돼서."

여전히 솔레아 앞에 서면 뭐가 그리 부끄러운지 돈은 말끝을 자꾸 흐렸다.

"돈, 마침 잘 왔어. 이거."

"네?"

솔레아는 돈에게 작은 지도와 그림을 내밀었다.

지도에는 베르고의 남부 도시인 퀘들턴이 그려져 있었고, 그중 한 곳에 동그라미가 쳐져 있었다.

그리고 그림엔 작지만 정갈해 보이는 붉은 벽돌집이 그려져 있었다.

"이게 무슨……?"

"네 집이야. 지도에 표시된 위치로 가면 이렇게 생긴 집이 있을 거고, 열쇠는 옆집에 가서 받으면 돼. 본명을 쓰긴 좀 그래서 집주인의 이름이 던이라고 말해 뒀어. 비슷하지?"

"……무슨 말씀을 하시는 건지 모르겠어요."

"꿰들턴이면 널 아는 사람이 없을 거야. 네 과거도, 마법사인 척 모두를 속였던 것도 모를 거고."

"이, 이걸 갑자기 왜, 왜 주시는 거예요?"

"원래부터 주려고 마음먹었는데, 생각보다 시기가 앞당겨졌을 뿐이야. 그래도 받아."

얼떨결에 지도를 받아 들긴 했지만 불안감에 휩싸인 돈의 심장은 불규칙적으로 뛰기 시작했다.

제 앞에 선 아가씨가 하는 말들이 웅웅대며 귓속에서 울렸다.

"네가 나한테 도움을 준 게 너무 많아서. 계속 이렇게 모두를 속이면서 살아갈 순 없잖아. 너도 네 인생을 찾아야지."

"시, 싫어요! 싫습니다!"

목소리를 높여 말한 돈은 들고 있던 그림과 지도를 바닥에 내던졌다.

솔레아는 아무렇지 않게 허리를 숙여 그것들을 다시 주워 들었다.

"그래도 갖고 있어. 물론 이곳으로 갈지 말지는 네 선택이지만, 적어도 이 저택에선 떠나는 게 좋을 거야."

"왜 그런 말씀을 하세요? 제 주인님은 아가씨예요. 아가씨라고 부르라고 하셔서 그렇게 부르고는 있지만 저는 아가씨를 주인님으로 모시고 있었잖아요. 쭉 아가씨만 모셨잖아요! 그런 말씀 하지 마세요. 절 보내지 마세요. 아가씨, 제발."

돈은 지도를 내미는 솔레아에게서 한 걸음 멀어지더니 얼른 바닥에 무릎을 꿇고 두 손을 모아 빌기 시작했다.

"보내지 마세요, 아가씨. 제가 더 잘할게요. 연기도 더 잘하고, 마, 마법도 배울게요. 서대륙어도 더 열심히 공부할게요. 보내지 마세요. 저 버리지 마세요. 제발, 아가씨."

솔레아는 그런 돈을 묵묵히 보다가 그의 손안에 그림과 지도를 쥐어 줬다.

"버리는 거 아니야. 넌 솔레아의 노예였던 적이 없으니까."

무슨 소리인지 이해할 수 없다는 듯 망연자실한 표정으로 올려다보는 돈을 보며 붉은 머리의 여자가 빙긋이 미소 지었다.

"행복해져야 돼, 돈."

그녀는 집무실을 빠져나왔다.

길게 한숨을 내쉬고는 아무스가 있는 제 방으로 가려는데 누군가가 거칠게 팔을 잡아 몸을 돌려세웠다.

라트엘이었다.

"이게 뭐 하는 짓이에요."

그는 여태 한 번도 본 적 없는 뜨거운 눈으로 솔레아를 뚫어질 듯 바라보며 물었다.

"울었습니까?"

라트엘의 검은 눈동자 가득 솔레아의 단단한 얼굴이 들어찼다.

"눈이 퉁퉁 부어 있습니다. 얼굴은 잠 한숨 못 잔 것처럼 엉망이고, 옷도 먼지 구덩이에 빠졌다가 나온 것처럼 엉망이잖습니까. 하인들에게 물어도 아무도 답을 하지 않으니 아가씨께 물을 수밖에 없죠."

솔레아는 평소답지 않은 라트엘의 모습에 당황했지만 그에게 하나하나 설명할 시간도 없었거니와 설명한들 그가 믿을 리도 없었다.

"무슨 소린지 모르겠네요."

"퉁퉁 부은 눈으로 시간이 없다고 하는데 누가 멀쩡히 '네, 알겠습니다.' 하면서 돌아가겠습니까."

솔레아는 라트엘에게 잡힌 팔을 빼내며 무심하게 말했다.

"중요하지 않은 일이에요. 라트엘은 베르고만 생각하세요."

"아가씨도 베르고입니다."

"나는……."

무심코 입을 연 솔레아가 날카로운 눈으로 라트엘을 바라보며 단어 하나하나를 쏘아붙이듯 내뱉었다.

"지금 이러고 있을 시간이 있어요? 우란이 그 기사에 어떻게 대응하는지, 계약된 상점들은 어떤 반응을 보이는지, 우란의 주거래 고객들의 구매량에는 변화가 있는지, 그런 것들을 체크해야죠. 우리가 지금 소꿉놀이나 하자고 여기 모였나요? 라트엘이 말한 것처럼 우린 사업을 하는 거예요."

굳은 표정으로 솔레아를 내려다보던 라트엘의 미간이 한순간에 구겨졌다.

"그냥 대답해 주시면 안 됩니까? 왜 우셨는지 물은 게 그렇게 큰 잘못이에요? 아가씨 말씀처럼 사업으로 엮인 관계이지만, 그래도…… 그래도 그간 같이 일을 하면서 서로를 걱정할 만큼은."

라트엘이 '걱정'이라는 단어를 입 밖으로 꺼낸 순간 솔레아가 한쪽 눈썹을 올리며 인상을 찌푸리더니 라트엘의 어깨를 툭 밀쳤다.

그리 강하지 않은 힘이었음에도 라트엘은 뒤로 몇 발자국 물러났다. 늘 고고하게 깜빡이던 그의 눈이 일순간 크기를 키웠다가 이내 제 모양으로 돌아왔다.

솔레아는 손을 뻗어 라트엘의 턱을 손끝으로 살짝 잡고는 저를 바라보도록 그의 얼굴을 고정시켰다.

"정신 차리세요, 라트엘. 동정 따위 때문에 일 그르치지 말고."

"……아가씨."

"네가 나한테 한 말인데 그거 하나 기억 못 해서 사람을 붙잡고 따져 물어? 지금 중요한 게 나야, 아니면 베르고의 부흥이야? 쓸데없는 일에 감정 쓰지 마."

"쓸데없다니, 이건."

"감성에 젖어서 일 내팽개칠 거면 가서 공작님 업무나 마저 보고 퇴근하세요. 라트엘이 좋아하는 편안하고 걱정 없는 삶으로 돌아가라고. 그게 아니면 시킨 일이나 해."

솔레아는 그의 턱에서 손을 떼어 냈다. 그대로 몸을 돌리려 했지만 라트엘이 힘없는 손길로 솔레아의 옷소매를 붙잡았다.

"……퇴근 후라도 괜찮으니 제가 필요하시면 언제든 불러 주십시오. 지금…… 위태로워 보이십니다."

솔레아는 그를 무시하고 제 방을 향해 걸어갔다.

방문이 열렸다 닫히는 순간까지 등 뒤의 라트엘이 움직이는 발소리는 들리지 않았다.

하지만 솔레아는 미련 없이 방문을 걸어 잠갔다.

제가 가짜인 걸 알고도 싸고도는 티온과 그레이의 반응은 의외였지만, 라트엘은 공작의 사람이니 공작의 얘기를 들어 주고 공작의 편이 되어 줬으면 했다.

제가 떠난 후에 진짜 아가씨가 그립다고, 진짜 아가씨라면 그리 매몰차시진 않았을 거라며 욕이라도 씹어 주길.

'퇴근 후라도 괜찮으니 제가 필요하시면 언제든 불러 주십시오.'

하지만 라트엘이 한 말은 꽤나 반가웠다.

늘 적당히 선을 지키던 그와 진짜 친구가 된 것 같은 기분이 들었으니까.


방으로 들어온 솔레아의 눈에 들어온 것은 팔자 좋게 늘어져 있는 아무스와 그레이였다.

그레이와 10년은 알고 지낸 것처럼 그의 어깨에 편안히 몸을 말고 있던 아무스가 솔레아를 향해 혀를 날름거렸다.

그레이도 제 방인 양 의자에 편하게 앉아 테이블에 발을 올린 채 책을 읽고 있었다.

그것도 솔레아의 비밀스러운 일기장을.

"뭐 하는 거야, 그레이."

"아니, 얘가 자꾸 이 야한 책 위에 올라가려고 하길래, 뭐가 있나 해서 봤지. 근데 그냥 저번이랑 똑같이 야한 쓰레긴데?"

"이리 줘 봐."

"너어는 이렇게 시급할 때마저 야한 책이 보고 싶니? 하, 오빠는 정말 우리 동생이 걱정돼서 잠을 잘 수가 없어요."

솔레아는 그레이의 말을 무시한 채 일기장을 받아 들어 펼쳤다.

아무스가 힘을 완전히 되찾지 못한 것 역시 이달론 때문인 듯하다.

이달론을 막기 위해선 아무스의 이름이 적힌 세 번째 종이를 찾아야 한다.

솔레아의 미간이 구겨졌다.

"아무스."

이름을 부르자 그레이의 어깨에서 내려온 아무스가 책들 사이에 자리를 잡더니 꼬리로 바닥을 쿵쿵 내려쳤다.

"그레이의 검을 산 가게에서 받은 종이에서 한 번, 이 일기장에 네 이름이 나타났을 때 한 번이었으니까 이제 다른 곳에서 네 이름을 찾아야 한다는 거지? 그래야 네 힘을 되찾을 수 있다고?"

쉬익!

아무스가 혀를 날름거리며 머리를 들어 올려 끄덕거렸다.

"뭔데, 거기 뭐 적혀 있어?"

그레이의 질문에 솔레아는 일기장을 덮어 버렸다.

지금으로선 이 일기장만이 집으로 돌아갈 수 있는 유일한 방법이니, 이것까지 그레이에게 설명할 순 없었다.

"아무것도 아니야. 그레이, 헤이먼한테 가서 일어날 때까지 곁을 지켜 줘. 그 많은 기사들이 한 번에 기절했으니 티온도 위험할지도 몰라."

"……넌?"

"이달론을 찾아봐야지."

테이블 위에 발을 올려놓은 채 능청스럽게 굴던 그레이가 발을 바닥에 내리고는 솔레아를 올려다봤다.

그의 입에서 딱딱한 말투가 튀어나왔다.

"티온이랑 나는 헤이먼을 지키고, 너는 혼자 이달론을 찾겠다고? 지금 이게 얼마나 위험한 일인지 몰라? 그 인간이 네 목숨을 노리고 있는데?"

솔레아는 피곤한 듯 인상을 쓰며 머리를 쓸어 넘겼다.

"그래, 네 말처럼 그가 찾는 건 나야. 그러니 내가 집 안에 숨어 있으면 그 마법사는 또 헤이먼을 조종할 거야."

"그럼 네가 또 채찍으로 때리면 되지."

"안 통하면 어떡해. 그땐 돌이킬 수가 없다고!"

솔레아가 목소리를 높이자 그레이가 자리에서 일어나 그녀에게 다가왔다.

그러고는 앤이 가져다 놓은 물에 적신 천을 집어 들어 솔레아의 얼굴을 벅벅 문질렀다.

"아! 아야, 그레이. 뭐 하는, 아!"

"으이구, 내 동생. 눈곱 떼고 세수 좀 하자."

"그레이!"

짜증 섞인 목소리로 외친 솔레아가 그레이가 쥐고 있던 천을 빼앗았다.

그레이는 평소처럼 부드럽게 씩 웃었다.

"야. 차분하게 생각해. 너한테는 나도 있고, 티온도 있고, 지가 용이라고 주장하는 뱀도 있고, 정령들도 있어. 하나씩, 하나씩 같이 하자."

솔레아는 천천히 눈을 깜빡였다.

순간 머릿속에서 예전에 헤이먼이 했던 말이 떠올랐다.

이달론이 자꾸 어떤 글자를 읽어 보라고 시킨다던.

아무스의 이름이 적힌 세 번째 종이는 이달론이 가지고 있는 거야.

"얘들아! 집중의 박수를!"

"어? 너 갑자기 뭔 소리."

그레이가 미친 사람을 보듯 바라봤지만 솔레아는 아랑곳하지 않았다.

"얘들아! 집중의 박수를!"

다시 한번 외치자 허공에서 박수 소리가 들려오더니 정령들이 하나둘 모습을 드러내기 시작했다.

"짝! 짝! 짝!"

"옳지! 잘했어!"

아무스가 노란 눈을 휘둥그레 뜬 채 솔레아와 정령들을 바라봤다.

"미안, 아무스. 네 정령들 수준이 딱 유치원생이라 내 나름대로 길들여 봤어."

아무스가 불만스러운 듯 쉬익, 쉬익 소리를 내며 꼬리로 바닥을 쿵쿵 내려쳤다.

하지만 정령들은 솔레아에게 집중하고 있었다.

"자, 우리 정령 친구들. 내가 뭐 좀 물어볼게요."

"네!"

"좋아!"

"뭐든 물어봐!"

"이달론의 마력이 자꾸 있다가 없어졌다 해서 본체가 있는 장소를 못 찾았다고 했지?"

"응!"

"응!"

"넵!"

"네!"

"옙!"

"예!"

"대답은 한 번만. '응'이라고 하는 거 안 돼요. 그리고 '넵, 네, 옙, 예'도 너무 성실한 회사원 같아서 안 돼요."

"응!"

눈앞에서 팔랑팔랑 흔들리는 투명한 날개가 신기한지 그레이는 조심스럽게 손을 뻗어 정령들의 날개를 툭툭 건드렸다.

"그레이."

"어우, 깜짝이야. 어, 왜?"

"헤이먼 마법 수업 집에서만 받은 거 아니지? 밖에도 몇 번 나갔다고 했잖아."

"어. 그랬지."

"그럼 걔가 이달론의 거처를 알고 있지 않을까?"

"그렇겠지. 근데 지금 기절해 있는 사람을 어떻게 깨우게. 마력도 다 빠져나가서 일어나지도 못한다며."

"맞아! 처형도 아는 건데! 임시 주인 바보야!"

"임시 주인은 처형보다 바보야!"

"처형은 아내의 언니한테 하는 말이라고 임시 주인이 그랬잖아!"

"성별은 중요하지 않아!"

"맞아! 중요하지 않아!"

"중요해, 이 자식들아!"

그레이가 소리를 지르자 정령들은 창문을 타고 미끄러지는 빗방울처럼 까르르 웃어 댔다.

솔레아가 다시 목소리를 높였다.

"집중의 박수를!"

"짝! 짝! 짝!"

"너희 다른 사람 꿈에 들어갈 수 있다고 했지?"

"응!"

"그럼!"

"우린 뭐든 할 수 있어!"

"꿈으로 들어가는 건 지금 우리밖에 못 해!"

"주인은 못 해!"

"주인 지금 뱀이라서!"

"바보야! 주인은 용이야!"

"바보야! 주인 지금 까망 뱀이야!"

"뭐? 누가 까망베르 치즈라고?"

어디서 가져왔는지 모르겠지만 비스킷을 손에 든 채 오독오독 씹고 있던 정령이 눈을 동그랗게 뜨고 물었다.

그레이가 한숨을 쉬며 정령에게서 비스킷을 뺏어 들었다.

"잉! 왜 뺏어! 꼬마 호랑이 쓰레기 그레이 새끼!"

"너 욕 어디서 배웠어!"

"임시 주인은 맨날 욕하는데, 뭐!"

그레이가 솔레아를 쏘아봤다.

"애들 앞에선 물도 조심히 먹으라는데 너어는, 어? 정령들 앞에서 욕이나 하고, 잘하는 짓이다."

그레이의 말에 동조하듯 아무스가 몸을 바짝 세우곤 솔레아의 종아리를 야금야금 씹어 댔다.

"좀! 그레이. 아무스. 둘 다 그만."

사공이 많으니 배가 산 정상을 찍고도 모자라 일만 이천 봉을 모두 돌아다닐 모양이었다.

"정령 친구들. 사람은 의식이 없어도, 무의식은 있는 법이거든. 무의식을 뚫자, 얘들아."

"한 번도 안 해 봤는데!"

"그래도 할래!"

"난 싫어!"

비스킷을 뺏긴 정령이 팔짱을 낀 채 벽 모서리로 날아가더니 뒤돌아서 파닥거렸다.

"씨! 미워! 싫어! 책도 못 읽게 하고! 과자도 뺏고! 임시 주인 미워!"

그레이가 손에 들고 있던 비스킷을 정령에게 다시 내밀었다. 자기 몸만 한 비스킷을 받아 든 정령이 불퉁한 얼굴로 다시 오독오독 과자를 씹기 시작했다.

"너 다시 솔레아 말 들을 거지?"

"시어! 책 일글랭!"

입 안에 과자를 한가득 문 정령이 고개를 젓고는 솔레아의 붉은 일기장을 손가락으로 가리켰다.

다른 정령들의 시선 역시 그곳으로 향했다.

"우리도! 우리도 읽을래!"

"좋아!"

"저거 읽고 할래!"

"야, 지금 급하다니까? 애들아. 야! 솔레아, 정령들 왜 이래?"

그레이의 질문에 솔레아는 티벳 여우 같은 눈으로 정령들을 바라봤다.

"하……. 책을 치우고 난 뒤에 시킬걸. ……쟤네 원래 저래. 아마 흥 떨어지기 전까진 절대 안 움직일 거야. 저럴 땐 집중의 박수를 아무리 쳐도 안 통해."

정령들이 책 모서리를 조금씩 나눠 든 채 그레이 앞으로 포르르 날아왔다.

"꼬마 호랑이! 책 읽어 줘!"

"처형! 읽어 줘!"

"그러면 우리 힘낼게!"

"무의식 들어갈게!"

"꿈에서 이달론 거처 찾을게!"

"아, 싫어!"

그레이가 질색하며 거절했지만 정령들은 끈질겼다.

"책 읽어 줘어어어!"

"여기! 여기부터 읽어 줘!"

"빨리!"

"얼른!"

"아! 싫다고!"

"그레이, 그냥 읽어 줘. 네가 빨리 해야 이달론 거처도 빨리 알아내지. 민망하면 난 나가 있을게."

결국 그레이는 솔레아가 밖으로 나간 후에야 이를 악물고 렘샤 부인의 은밀한 사정을 읽기 시작했다.

"더 실감 나게 읽어 줘!"

"더 크게 읽어 줘!"

"묘사 재미없어! 대사 부분 읽어줘!"

솔레아였다면 뭔 말이 그렇게 많냐며 입 다물고 그냥 펼쳐진 부분 눈으로 읽으라고 성질을 냈겠지만 그레이는 그러지 못했다.

만족한 정령들이 방을 떠난 건 그로부터 한 시간이나 지난 후였다.

그레이는 금방이라도 터질 것처럼 시뻘게진 얼굴로 구석에 쭈그려 앉은 채 부랑자처럼 머리를 헝클어뜨렸다.

"……집인데 집에 가고 싶다."

❋ ❋ ❋

조용하던 헤이먼의 방이 정령들의 등장으로 순식간에 소란스러워졌다.

"아가 불곰 안녕!"

"아가 불곰 반가워!"

"아가 불곰 귀여워!"

"아가 불곰 동생 지키고 있구나, 착해!"

"우리 근데 아가 불곰한테 모습 보여 줘도 돼?"

"얘는 주인의 검도 없는데!"

"그래도 아까 우리 봤으니까! 난 아가 불곰이랑 인사하고 싶어!"

"나도! 난 아가 불곰 좋아!"

"나도 아가 불곰 좋아!"

티온은 이 많은 정령들이 부르는 '아가 불곰'이 설마 자기를 말하는 건지 헷갈려 멀뚱멀뚱 눈만 깜빡였다.

　모르는 자가 봤다면 적대적인 눈빛에 오줌을 지리고도 남았을 테지만 이들은 정령이었다.

　티온의 맑은 영혼이 예뻐 죽겠는 정령들이 티온을 두려워할 리 없었다.

　"아가 불꽃! 대답!"

　작은 두 손을 허리에 올린 정령이 티온의 눈앞까지 날아와 외치자 티온은 그제야 고개를 끄덕였다.

　"으, 응."

　"좋아!"

　"……그런데, 너희 왜 여길……."

　"우리는 임시 주인이 이 분홍 머리의 머리에 들어가서 무의식을 마구 휘저으라고 해서 왔어!"

　"맞아! 분홍 머리의 머리로 들어가래!"

　"머리, 머리 헷갈려!"

　"그럼 이제부터 분홍이라고 부르자!"

　"좋아!"

　"분홍이 좋아!"

　당사자의 동의는 전혀 구하지 않은 채로 헤이먼은 분홍이가 되었다.

　티온의 얼굴이 삽시간에 사색이 되었다.

　그는 정령들을 어떻게 막아야 할지 몰라 두 손을 앞으로 뻗어 정령들을 저지했다.

　"내 동생 머리로 들어가지 마."

　"하지만 임시 주인이 시켰는걸!"

　"……왜?"

　티온의 (겉보기에) 날카로운 두 눈이 살짝 커졌다.

　정령들은 그가 귀여워 못 참겠다는 듯 티온의 주변을 날아다니며 한마디씩

했다.

"이달론의 거처를 알아내야 하니까!"

"더러운 마법사 이달론!"

"못된 마법사 이달론!"

"분홍이의 생기를 빨아먹는 이달론!"

"분홍이에게 마력을 넣어 주면서 생기를 빨아먹고 있는 이달론!"

"생기를 빨아먹다니, 그게 무슨 말이야."

심각해진 티온의 목소리에도 정령들은 그저 해맑았다.

"이달론이 마력이 없는 분홍이에게 자기 마력을 넣어 줬지만 그렇게는 오래 못 살거든! 여태 살아 있는 것도 기적이지!"

"맞아, 기적이지!"

"지금 분홍이가 몇 시간째 눈을 못 뜨고 있는 것도 이달론이 마력과 생기를 모두 가져갔기 때문이지!"

"꼭두각시로 만들어서 온갖 지저분한 심부름을 시키면서 부려 먹었지!"

"맞아! 고작 생을 조금 연장해 준 대가로!"

"하지만 처음 분홍이가 계약했을 때는 어렸으니까!"

"맞아, 분홍이는 어렸으니까!"

"하지만 곧 죽을 거야!"

"응, 분홍이는 이제 다 쓴 카드니까!"

"응! 분홍이는 이제 필요 없으니까!"

"맞아, 아가 불곰처럼 맑은 영혼이 아니야! 이달론이 더럽게 사용했으니까!"

"응! 죽어야 돼!"

"응, 죽어도 싸지!"

정령들은 말간 얼굴로 저들끼리 까르르 웃어 대며 잔인한 소리를 아무렇지 않게 해 댔다.

헤이먼이 언제 일어날지 몰라 지키고 있던 티온의 낯빛이 시커멓게 변했다.

"……안 돼, 헤이먼 살려 줘. 헤이먼을 살려 줘."

그의 흉터가 일그러졌다.

"에구, 아가 불곰, 울지 마."

"아가 불곰 영혼 힝구야!"

티온의 얼굴 가까이로 날아온 정령들이 그의 머리를 포옹하듯 꽉 끌어안고는 뽀뽀를 쪽쪽 날려 댔다.

이제 그만 됐다며 떼어 내고 싶었지만 정령들은 제 손바닥보다도 작아서 실수로 건드렸다간 터뜨릴 것 같았다.

티온은 바짝 굳은 채 조심스럽게 말했다.

"내 동생, 헤이먼을…… 살려 줘. 부탁이야."

"응응, 우리 아가 불곰 동생 살려 줄게!"

"아가 불곰은 착하니까!"

"아가 불곰은 작고 귀여우니까!"

"내가 왜 아가 불곰……?"

티온이 질문을 채 끝마치기도 전에 정령들은 그에게서 떨어져 나와 헤이먼의 머리 위로 올라갔다.

"우리 갔다 올게!"

눈 깜빡할 사이에 그들은 사라졌다.

결국 티온은 제가 왜 아가 불곰인지 물어보지 못했다.

❊　❊　❊

"우웩! 분홍이 머리 더러워!"

"웩! 분홍이 머릿속 끈적거려!"

"익! 나가고 싶어!"

"숨 쉬기 힘들어!"

"나 나갈래!"

"얘들아! 꼬마 호랑이가 책도 읽어 주고, 임시 주인이 우리한테 부탁도 했잖아! 아가 불곰이 분홍이 살려 달라고 했고!"

"……그랬지."

"그랬긴 하지."

"흠."

"그럼 반은 여기서 분홍이 머리에 낀 더러운 마력을 치우고, 반은 분홍이 무의식으로 들어가서 이달론 찾자!"

"좋아!"

"나도 좋아!"

"어떻게 나눌 거야?"

"난 이달론 찾을래."

"나도."

"나도."

"나도."

"나도."

"청소 싫다고 다른 사람한테 미루면 나쁜 정령이지요?"

"너 말투 임시 주인이랑 똑같다!"

"진짜!"

"신기해!"

"갑자기 임시 주인 보고 싶어. 여기 더러워! 나 나갈래."

"나도!"

"나도!"

"나도!"

정령들이 빛을 번쩍 내뿜으며 헤이먼의 머릿속에서 나가려는 순간, 초록색의 끈적이는 열기로 가득 차 있던 공간에 작은 균열이 생겨났다.

그곳에서 누군가의 목소리가 들려왔다.

*입 닥쳐. 내가 너 지킬 거니까.*

*너 더럽다고 생각 안 해. 그렇게 생각하는 새끼들은 내가 주둥이를 틀어 버릴 거야.*

"엇⋯⋯."

정령들은 저 목소리의 주인이 어디선가 나타나 자신들의 주둥이를 틀어 버릴 것 같은 두려움에 손으로 입을 가리며 조용히 밑으로 가라앉았다.

"아, 맞다. 임시 주인 욕하는 거 무서웠지⋯⋯."

"우리 그냥 하자."

"응. 그러자⋯⋯. 요즘 좀 친절해져서 까먹고 있었네."

방금 전까지 아웅다웅 다투던 정령들은 빠르게 팀을 세 개로 나눴다.

1팀은 남아 있는 이달론의 마력 청소.

2팀은 무의식으로 들어가 이달론의 거처 찾기.

3팀은 텅 비어 버린 분홍이의 몸에 자연의 생기를 넣어 주기.

자연의 생기를 받아들일 만한 맑은 몸은 아니지만 이거라도 불어 넣어 주지 않으면 헤이먼은 며칠 안에 죽게 될 터였다.

"자연의 생기를 넣어 주면 며칠 안에 임시 주인이 어떻게든 하겠지!"

"맞아! 며칠이 지나면 그것조차 다 뱉어 내고 죽겠지만!"

"맞아, 어차피 그냥 둬도 죽으니까!"

"맞아, 시간을 버는 거지!"

"맞아. 임시 주인이 분홍이가 이달론과 맺은 마력 계약을 끊어 줄 거야!"

"새로운 이름을 줄지도 몰라!"

"새 이름이 새 인생이니까!"

"응, 응. 임시 주인이 솔레아가 된 것처럼!"

"맞아!"

정령들은 늘 그랬듯 맑고 고운 목소리로 노래를 부르며 헤이먼의 머릿속 이 곳저곳을 헤집고 돌아다녔다.

깨진 균열 사이로 들어간 2팀은 곳곳에서 들려오는 솔레아의 애정 담긴 욕설을 누비고 다녔다.

"분홍이는 왜 자기한테 욕한 임시 주인만 자꾸 떠올리는 거야?"

"욕 듣는 걸 좋아하는 타입인가 봐."

"나 그거 알아! 책에서 봤어!"

대화 중 매사에 꼼꼼한 정령 하나가 헤이먼의 무의식 구석에 필기해 뒀다.

「헤이먼: 욕을 들으면 다소 좋아함. 길들여지는 걸 좋아하는 듯.」

"흠."

필기를 끝낸 정령이 자리에서 일어서서 자신이 적어 놓은 내용을 보며 고민했다.

"애들아! 이리 와 봐!"

다른 정령이 부르는 통에 정령은 글씨를 미처 지우지 못하고 그곳으로 향했다.

솔레아가 함께 있었다면 꿀밤이라도 먹이고 벅벅 지웠겠지만 아쉽게도 무의식 속에 솔레아는 없었다.

다른 정령의 부름에 달려간 헤이먼의 깊은 무의식 속은 엉망진창으로 엉켜 있었다.

자신을 지켜 주겠다고 한 솔레아를 향한 애정, 티온과 그레이와 함께 보낸 유년기의 추억, 공작과 공작 부인을 향한 신뢰.

그리고 곳곳에 퍼진 죄책감과 열등감.

그 사이에서 옅은 분홍색으로 물든 작은 영혼이 구석에 쭈그려 앉아 있었다.

"분홍이, 안녕?"

정령들보다도 더 작은 영혼이 살짝 고개를 들었다.

얼굴 표정도 뭣도 없는 그저 사람 모양의 작은 덩어리에 불과했다.

"분홍이. 이달론의 거처가 어디야? 넌 알고 있지?"

"우리한테 말해 줘."

하지만 분홍색 영혼은 겁을 집어먹은 듯 몸을 더욱더 옹송그리며 구석으로 파고들었다.

조금 더 있다간 벽으로 들어가 사라질 기세였다.

"이렇게 작고 힘없는 영혼은 처음 봐."

"불쌍해."

"아무도 안아 주지 않았어?"

"너를 착하다, 예쁘다 한 사람이 아무도 없었어?"

"분홍이 마음이 되게 오래 아야 했구나."

정령이 바닥에 주저앉아 분홍색 영혼을 품에 꼭 끌어안았다.

다른 정령들도 하나둘씩 주변으로 모여 분홍색 영혼을 안고는 천천히 그를 다독였다.

"분홍이 아픈 거 이제 끝."

"분홍이 외로운 것도 끝."

"분홍이 착하고 예뻐."

"분홍이 하나도 안 더러워."

"분홍이 똑똑하고 귀여워."

"분홍이는 다정하고 멋진 분홍이야."

"응, 욕 듣는 걸 좋아하는 변태지만."

"야. 분홍이한테 왜 말을 그렇게 해! 애 듣겠다!"

"왜 나한테만 그래! 아까 다 같이 그렇게 얘기했잖아!"

"분홍이가 어련히 알아서 자기한테 맞는 짝 찾을까! 넌 이 작은 애기한테 그러고 싶나?"

"너네 왜 애기 앞에서 싸워! 다시 안아 줘!"

"앗, 미안해. 분홍아."

정령들은 싸움을 멈추고 다시 분홍색 영혼을 끌어안았다.

주변을 빙 둘러싼 채 이글루 모양으로 분홍 영혼을 감싸고 있기를 몇 분, 갑자기 품 안이 뜨거워지기 시작했다.

"……뜨끈하네."

"그러게. 왜지?"

어느새 조금 자란 분홍색 영혼이 고개를 들어 올렸다.

분홍색 영혼은 아까보다 커졌을 뿐 아니라 눈, 코, 입까지 생겨 있었다.

그는 정령들을 물끄러미 보다가 그들 중 하나의 손을 잡고 더 안쪽 구석으로 데려갔다.

그러곤 작은 균열을 조심스럽게 벌려 정령과 함께 더 깊은 무의식 속으로 들어갔다.

그곳은 빛이라곤 조금도 들어오지 않는 검은 밀실이었다.

'61번! 일어나!'

어떤 남자의 고함 소리에 영혼은 화들짝 놀라 정령의 뒤로 숨었다.

'61번. 눈 떠.'

얼굴도 보이지 않을 정도로 커다란 남자가 쿵쿵 발소리를 내며 걸어왔다. 그가 내민 커다란 주사를 본 영혼이 경기를 일으키듯 온몸을 떨어 댔다.

당황한 정령이 주변을 둘러봤지만 아까 들어왔던 균열은 어디 가고 사방이 창살로 막혀 있었다.

영혼은 소리 지르지 않았지만 그의 무의식 속은 이미 절망과 고통으로 가득 차 있었다.

실체도 없는 악몽에서 마구 발버둥 치는 영혼의 얼굴이 눈물과 콧물, 침으로 범벅이 됐다.

영혼은 이젠 정령들이 보이지 않는 것처럼 혼자 떨다가 바닥을 기어서 구석으로 도망쳤지만 창살에 가로막혀 아무 데도 가지 못했다.

창살을 꼭 붙잡은 채 벌벌 떠는 영혼을 바라보던 정령들은 다가오는 남자를 향해 발길질을 해 댔다.

"분홍이 괴롭히지 마!"

"주사 네 엉덩이에나 꽂아!"

"분홍이 61번 아니야!"

"이 나쁜 놈!"

"엇, 그거 임시 주인이 쓰던 욕인데!"

"나도 쓸래!"

"개새끼!"

"이 쌍놈 새끼!"

정령들이 쌍욕을 퍼부으며 악몽 속의 남자를 때리던 중, 어떤 정령이 손을 들어 제 입으로 가져갔다.

"얘들아, 쉿."

"왜 그래?"

"쉿, 들어 봐."

창살 밖에서 대화 소리가 들려왔다.

'61번이?'

'예, 그놈 몸에서만 마력이 빠져나갔습니다. 다 빠져나간 건 아니지만 그래도 희망은 있는 거죠. 나머지는 실험 중에 다 죽었고, 뒤 번호 애들은 숨은 붙어 있는데 상태가 영⋯⋯.'

'그렇군.'

짧게 대답한 남자가 허리를 숙여 창살 안을 들여다봤다.

심리적인 공포감이 크기로 나타난 건지 남자의 얼굴은 공간을 가득 채울 정도로 커다래서 알아보기 힘들었다.

하지만 단 하나만큼은 선명했다.

짙은 초록색의 눈동자.

그 눈이 반쯤 접히며 싱긋 웃는 순간, 옆에서 주사기를 들고 있던 남자의 몸이 폭탄처럼 터져 버렸다.

붉은 피와 진득한 살점이 사방으로 튀었다. 콧구멍 속으로 흘러 들어온 쇠 비린내가 뇌의 깊숙한 곳까지 강하게 뚫고 들어왔다.

정령들은 숨소리 하나 내지 못하고 헤이먼의 무의식에 남아 있는 기억 속에 가만히 서 있었다.

분홍색 영혼은 제 몸에 튄 피를 보고 기겁했지만 모든 기운이 빠져나간 몸은 손가락 하나 쉬이 까딱할 수 없었다.

'61번.'

초록 눈은 태연하고도 부드럽게 창살 안에 갇힌 실험체를 불렀다.

'나는 이 실험을 위해 1번부터 60번까지를 죽였단다.'

분홍색 영혼은 구석에서 몸을 떨며 초록 눈의 남자를 뚫어지게 바라봤다.

'넌 다르겠지. 조금 더 할 수 있겠니?'

창살 안에 갇힌 어린 영혼은 그의 말을 바로 이해하지 못하고 그저 제 몸에 묻은 피를 닦아 내는 것에만 집중했다.

그때였다.

멀리서 아주 작게, 펑. 하는 소리가 들렸다. 남자의 얇은 입술이 천천히 움직였다.

'98.'

아이는 두 눈을 크게 뜨고 소리가 들려온 쪽을 바라봤다. 다시 펑 소리가 들려왔다.

'97.'

펑.

'96.'

펑.

'95.'

차분하게 숫자를 세는 남자의 얼굴은 매우 평온했다.

어린아이들의 비명 소리가 무의식의 공간을 가득 메웠다.

지옥에 갇힌 것처럼 끔찍한 비명이 울려 퍼지는데도 초록 눈의 남자는 마치 자장가를 부르는 듯 계속해서 숫자를 세어 나갔다.

'……81. 80. 79. 78. 77.'

'살려 주세요!'

'도와, 도와줘! 커헉!'

'……70.'

70까지 센 남자는 안타깝다는 표정으로 분홍색 영혼을 물끄러미 바라봤다.

'네가 조금만 더 노력하면 우리는 함께 이뤄 낼 수 있단다.'

얼굴 한 번 본 적 없었지만 이 공간을 가득 메웠던 울음소리와 배가 고프다는 말소리를 매일같이 들어왔었다.

그 목소리들이 매초마다 하나씩 사라지고 있었다.

펑, 펑, 펑.

'69. 68. 67. ……살려 줄까?'

분홍색 영혼은 무언가에 홀린 것처럼 고개를 끄덕였다.

'이겨 낼 수 있겠니?'

영혼이 또 고개를 끄덕였다.

'이리 오렴.'

어린 영혼은 무릎걸음으로 바닥을 기어 초록 눈의 남자가 있는 쪽으로 향했다.

여태 말을 하지 않던 영혼이 겨우 목소리를 냈다.

'남은, 남은 애들이라도…….'

남자는 창살 사이로 손을 뻗어 영혼의 얼굴을 부드럽게 감싸 쥐었다.

소름이 돋을 정도로 차갑고 축축한 체온 때문에 마치 시체에 볼을 가져다 댄 것 같았다.

남자는 긴 엄지로 아이의 눈가를 어루만지며 나직하게 속삭였다.

'네가 이겨 낸다면 살려 볼 수도 있지 않겠니?'

그 순간 남자가 엄지로 아이의 왼쪽 눈을 찔렀다.

'아아악!'

곧장 뒤로 물러난 아이는 눈을 감싸 쥔 채 감옥 안을 뒹굴었다.

밥도 제대로 먹지 못했고, 운동 한 번 한 적이 없는 작은 몸 어디에서 그런 소리가 나오는지 알 수 없을 정도로 크고 우렁찬 비명이었다.

'갓 태어난 아기들은 원래 크게 운단다.'

남자는 사랑이 가득 담긴 눈으로 고통에 몸부림치는 아이를 바라봤다.

'으아아악! 악, 흐, 아악!'

아이의 눈에서부터 흐른 핏물이 온몸을 적시며 흘러내렸다.

'눈은 마음의 창이지. 그래서 마력도 그곳을 통해 빠져나온단다. 자, 어서. 네게 주입한 약의 양이라면 마력이 진작 다 나왔어야 했어. 날 실망시키지 말아 다오, 61번.'

실험의 결과가 제 기대에 못 미치자 남자가 물리적으로 마력이 빠져나올 구멍을 뚫어 버린 것이었다.

앞이 보이지 않았다.

역겨운 쇠 비린내도, 차갑고 딱딱한 바닥도, 축축하고 끈적한 이끼의 냄새도, 그 무엇도 느껴지지 않았다.

몸에 불이 붙은 것처럼 괴롭고 금방이라도 죽을 것처럼 숨이 막혀 왔다.

온몸이 터져 나갈 듯 지르는 비명 소리가 제 입에서 나오는 건지도 분간이 가질 않았다.

하지만 61번의 타고난 마력은 밖으로 나오지 않았다.

'텅 빈 몸이 되어야 한다, 61번.'

그래도 효과가 없자 초록 눈의 남자가 다시 숫자를 세기 시작했다.

'66.'

끔찍한 고통 속에서도 남자의 낮고 징그럽게 다정한 목소리만은 선명했다.

'65.'

내 차례가 오고 있어.

'64.'

좀 있으면 내가 죽게 될 거야.

'63.'

죽음을 목전에 둔 분홍색 어린 영혼이 발버둥을 멈췄다.

눈은 여전히 인두로 지진 것처럼 뜨거웠다. 남은 오른쪽 눈을 겨우 떠 앞을 바라봤다.

초록색 눈의 남자는 자애롭게 미소를 짓고 있다가 천천히 입을 열었다.

펑 소리가 나고.

'62.'

그때 아이가 바닥을 더듬거려 깨진 주사 파편을 주운 뒤 스스로 제 오른쪽 눈을 찔렀다.

'아아악!'

아이의 비명이 창살을 넘어, 긴 복도, 두꺼운 철문 너머까지 울려 퍼졌다. 그러나 지상까지 닿진 못했다.

그제야 피범벅이 된 아이의 두 눈에서 피가 아닌 마력이 꿀렁이며 흘러나왔다.

맑고 고운 분홍색이었다.

한참 마력을 쏟아 낸 아이가 바닥에 축 늘어지자 남자는 다시 한번 손을 창살 사이로 내밀었다.

그의 몸속에서부터 뻗어 나온 마력이 길게 늘어지더니 61번의 눈을 통해 쏟아지듯 들어갔다.

몇 분 뒤 아이는 기침을 뱉어 내며 몸을 일으켰다.

분홍색의 두 눈동자는 다친 흔적조차 없이 또렷하게 빛나고 있었다.

'내 마력을 넣긴 했지만 네 몸은 비어 있단다. 하지만 그 덕분에 할 수 있는

일도 있을 거야, 아주 잘해 냈다.'

남자는 굳게 닫혀 있던 문을 어렵지 않게 부수고, 61번을 밖으로 빼냈다.

'대견하구나.'

아이는 감정이 사라진 얼굴로 멍하니 복도를 살폈다.

처음으로 밟아 본 복도는 눈이 부실 정도로 붉어서 원래의 복도가 어떤 색이었는지 도저히 알 수 없었다.

그러나 그건 하나도 중요하지 않았다.

'마법사의 마력을 가지게 됐는데, 하고 싶은 일이 있니?'

다정하게 묻는 남자와 함께 두꺼운 철문을 밀고 밖으로 나간 아이는 계단을 올랐다.

두 사람이 지나간 길마다 남자의 신발 자국과, 아이의 작은 발자국이 붉게 남았다.

겨우 지상으로 올라온 아이는 폐건물 사이로 난 창문을 통해 처음으로 맑은 하늘을 보았고, 상쾌한 공기를 폐부 가득히 들이마셨다.

아이는 조금 늦게 남자에게 답했다.

'……기억을 없애고 싶어요.'

남자는 곤란한 듯 잠시 아무 말이 없다가 아이의 고운 분홍색 머리카락을 쓰다듬으며 말했다.

'그래, 잊어도 상관없지. 앞으로 네가 내 말에 거역하지만 않는다면.'

'그럴 일은 없을 거예요.'

'이름을 새로 지어 주마.'

고심하듯 두 눈을 감은 남자가 바람을 느끼듯 흥얼거리다가 살며시 눈을 떴다.

'헤이먼. 어떠니?'

'……좋아요.'

'그래, 이게 약속의 증표가 될 거다. 나와 다시 만날 때 넌 내가 네 친구들을

죽인 건 잊고 있겠지만, 나의 존재는, 오늘의 공포는 절대 떨쳐 내지 못할 거야.'

헤이먼은 두 손을 들어 자연스럽게 마력을 손바닥에 모았다.

마법을 배운 적은 없지만 그냥 할 수 있었다. 아마도 이 남자의 마력을 받았기 때문이겠지.

헤이먼은 자신의 기억을 스스로 지우기 시작했다.

남자는 은근하게 미소 지은 채 허리를 숙여 헤이먼의 귓가에 속삭였다.

'내가 시킨 일을 네가 해내지 못할 때마다 너의 가장 가까운 사람들을 하나씩 죽일 거다. 네가 어디의 누구 밑에서 자라든, 자라며 누구를 만나든. 네 이름을 아는 사람, 너와 대화한 사람, 너와 눈이 마주친 사람. 모두 죽일 거다. 그것만 기억하렴.'

분홍색 눈이 눈꺼풀 뒤로 넘어갔다. 예, 라고 대답했는지 안 했는지는 전혀 기억나지 않았지만 그런 건 중요하지 않았다.

다른 대답을 했어도 달라지는 건 없었을 테니까.

'잘 자렴. 나의 자랑스러운 61번, 헤이먼.'

처음 마법을 써 본거라 완벽하진 않았는지 헤이먼의 기억은 완전히 사라지지 않았다.

실험실에서 어떤 실험을 받았는지와 그곳에 있는 내내 굶었다는 사실을 기억했다.

이달론을 다시 만났을 때 숨통이 조여 오는 공포감을 느끼는 동시에 '아무도 나를 구할 수 없다.' 라는 체념이 빠르게 헤이먼의 무의식을 장악했다.

헤이먼은 몇 달에 한 번씩 이달론을 만났다.

장소는 매번 바뀌었다. 이달론은 주기적으로 거처를 옮기는 듯 늘 다른 장소로 헤이먼을 불러냈다.

은밀할 필요도 없었으니 당연한 일이었다.

위대한 마법사 이달론은 그저 마법을 통해 공간을 차단하기만 하면 됐으니까.

이달론은 헤이먼을 시켜 이름이 두 개인 수많은 자들의 목숨을 빼앗고, 그들의 마력을 갈취해 왔다.


헤이먼의 무의식에 남아 있는 기억을 모두 본 정령들은 정적에 휩싸였다.

몇백 년이 넘는 세월 동안 자연 속에 스미듯 살아온 그들 사이에 대화가 끊긴 건 처음이었다.

한참 동안의 침묵 후에 정령 하나가 입을 열었다.

"……우린 꼭 이달론의 거처를 찾아야 해."

"응. ……그런데 어떻게? 분홍이도 매번 다른 곳으로 가잖아. 심지어 한 번 갔던 장소는 다시 가지도 않고."

"그래도, 그래도 우리가 찾아야 해."

"그럼 일단 이달론이 여태 갔던 곳들의 목록을 쭉 나열해 보자."

헤이먼이 일곱 살 때 입양됐으니 목록이 한두 군데가 아니었다.

정령들은 한숨을 쉰 후 일제히 시선을 한 곳으로 옮겼다.

구석에 쪼그려 앉은 채 주변의 눈치를 살피고 있는 분홍색 영혼은 여전히 겁에 질려 있었다.

그날로부터 많은 시간이 지났는데도 그는 전혀 자라지 못했다.

스스로 눈을 찔러 마력을 쏟아 낸 이후로 아이의 영혼은 성장하지 못하고 그 상태로 멈춰 버렸다.

정령들이 어쩔 줄 몰라 하고 있던 그때, 다른 정령들이 균열을 열고 깊은 무의식 속으로 들어왔다.

"악! 여기 왜 이래! 밖에만 청소할 게 아니라 여기도 청소해야겠네, 더러워!"

"우웩! 왜 이래, 여기? 이상한 냄새 엄청 나!"

"엄청 많이 나!"

"구역질 나!"

"더럽네!"

"윽! 싫은 냄새!"

"이달론 꾸나풀 냄새 너무 심해, 더러워!"

"여기 있기 싫어!"

"대충 알아봤으면 그냥 나가자!"

헤이먼의 기억을 본 정령은 2팀뿐이었으니 다른 정령들은 그의 머릿속에 들어오기 전과 똑같이 굴었다.

2팀 정령들이 도끼눈을 뜨고 다른 정령들을 노려봤다.

"너네 씨바, 한 번만 더 우리 분홍이한테 이달론 꾸나풀이라고 해 봐! 가만 안 둬!"

"진짜 주둥이 틀어 버릴 거야!"

"맞아! 주둥이 틀어 버린다!"

"임시 주인한테 다 말한다!"

불같이 화를 내는 2팀 정령들의 모습에 다른 정령들이 당황하고 말았다.

"너네 왜 그렇게 화를 내?"

"맞아, 꼭 임시 주인처럼……."

하지만 2팀 정령들은 강건했다.

한 정령은 구석의 분홍색 영혼에게로 다가가 그를 살포시 안으며 말했다.

"이제부터 분홍이를 향한 공격과 모욕은 나를 향한 것으로 간주하겠다. 고로 분홍이를 욕할 시 나를 욕한 것으로 생각할 거고, 그 즉시 욕한 놈의 주둥이를 틀어 버릴 거야."

정령의 품 안에 갇힌 작은 영혼이 살짝 고개를 들어 정령을 바라봤다.

품 안에 포옥 안기고도 공간이 남을 정도로 작은 아이는 배시시 웃었다.

그런 일을 당하고도 웃었다.

2팀의 정령들이 다른 정령들의 손을 잡고 방금 봤던 분홍이의 무의식 속 기억을 공유했다.

정령들끼리는 대화보다 이 방법이 훨씬 간단했다.

모두 한참 말을 잇지 못했다.

그 와중에 어디선가 오도독, 소리가 들려왔다.

비스킷을 먹는 정령이었다.

"야! 너는 남의 머릿속에서 과자를 먹으면 어떡하냐! 부스러기 떨어지면 어떡할래!"

"배고프잖아! 우리 여기 들어온 지 하루도 훨씬 더 지났는데!"

"넌 심각함이란 걸 몰라?!"

"그게 뭐가 심각해!"

비스킷 정령의 말에 다른 정령들이 기함을 하며 그를 쳐다봤다.

"너, 너 사이코패스야?"

"너 자연 속에서만 살아와서 공감 능력이 없어?"

"이 인간이 불쌍하지도 않아?"

"너…… 이 어린애가 무슨 일을 겪었는지 다 보고도!"

모두의 질타를 받던 비스킷 정령이 분한 듯 소리쳤다.

"이달론 마력 청소도 다 했고! 저기, 쟤! 무의식의 깊고, 깊고, 또 깊은 곳에 남아 있는 쟤가 있잖아!"

"어?"

"응?"

정령들이 한 번에 말을 이해하지 못하고 되묻자 비스킷 정령이 소리쳤다.

"저 작은 분홍색 영혼이 분홍이의 마지막 생명력이자 마력이잖아! 바보들아! 마력이 완전히 다 빠져나간 게 아니니까 쟤가 남아 있는 거잖아! 쟬 키워 내면 되는데! 그럼 분홍이도 살아날 테고! 더 이상 이달론한테 마력 안 받아먹어도 되고! 이달론을 찾아서 죽인 다음에 이름 새로 만들면 되지! 뭐가 문제야! 마력이, 생명력이 저기 있는데!"

말을 다 마친 비스킷 정령이 억울한 마음에 씩씩거렸다.

비스킷 정령을 둘러싼 정령들은 멍하니 그와 구석에 웅크린 분홍색 영혼을 번갈아 바라보다가 모두 비스킷 정령에게로 걸어가 무언가에 홀린 듯 그를 안아 줬다.

"나 비스킷 먹어도 돼?"

"먹어, 먹어. 부스러기 떨어지면 우리가 다 치울게."

비스킷 정령은 만족한 듯 웃으며 몰래 들고 온 다른 비스킷도 꺼냈다.

정령들은 새로운 고착 상태에 빠졌다.

한시가 급한 상황에서 분홍이를 어떻게 키우지?

"분홍이, 자라나라 쑥쑥!"

"그런다고 자라면 얘가 여태 왜 못 자랐겠냐고!"

"안아 줄까? 아까도 안아 주니까 눈, 코, 입 생겼는데!"

"그럴까?"

"그러자!"

"그래, 그러자!"

정령들이 분홍이에게 다가갔다.

"분홍아!"

작은 영혼은 제 발치에 그림자가 드리우자 몸을 움츠러뜨리며 팔 안으로 머리를 집어넣었다.

마치 거북이 같은 자세였다.

"야, 애 놀라게 왜 소리를 질러."

"난 그냥 밝게 인사하려고 한 건데. 아니, 그러면 어떡해……."

"다들 몸 낮춰, 낮춰!"

정령들은 쪼그려 앉다 못해 바닥을 기다시피 해서 조심스럽게 분홍이에게 다가갔다.

"분홍아~ 예쁜 분홍이~ 우린 나쁜 정령 아니에용~"

다정한 목소리에 고개를 살짝 들어 올린 분홍이가 마치 거미들처럼 제게 다가오는 정령들을 보곤 사색이 되었다.

바짝 굳은 두 눈에 말간 물기가 차올랐다.

소리도 지르지 못하고 입을 굳게 닫아 버린 분홍이는 경련하듯 몸을 떨다가 벽 안으로 뛰어 들어가 버렸다.

"엥, 어디 갔어?"

"도망갔잖아!"

"왜?"

"몸을 낮췄는데!"

"맞아, 몸을 낮췄는데!"

멀찍이서 무의식 속에 남아 있는 이달론의 마력을 청소하고 있던 정령이 욕을 퍼부었다.

"멍청이들아! 너희들이 다 몸을, 어? 막 이렇게, 거미들마냥 사지를 구부린 채 다가가는데! 저 겁 많은 애가! 잘도! '기다리고 있었습니다! 확실하게 모시겠다!' 라고 하겠다!"

"넌 왜 소리를 질러! 여기 분홍이 무의식 안이라서 뭔 말을 해도 애가 다 듣는 거 몰라!"

"인간 나이로 치면 다 큰 어른한테 왜 자꾸 애라고 하는 거야, 넌!"

"자기 생명력이 하나도 못 컸잖아! 그럼 애지!"

"우리 그만 싸우자! 이러다가 다신 분홍이 털끝도 못 보겠어!"

소리친 정령 덕분에 모두들 다시 조용해졌다.

"어떻게 할까?"

"음……."

"으음……."

"흠……."

도저히 답이 나오질 않았다.

"보통 이럴 땐 주인이 뭔가 하라고 말을 했는데."

"아니면 임시 주인이 이것저것 시켰는데."

"우린 그냥 즐겁게 놀고, 즐겁게 일이나 했는데."

"응……. 아무리 청소해도 다른 사람 머릿속은 재미없어."

"맞아. 바람도 안 불고, 시원한 파도도 없고."

"응, 차르륵차르륵 흔들리는 풀잎도, 커다란 나무도, 아무것도 없어."

장난치는 것 말고는 뭔가를 주도해서 해 본 적이 없어서인지 정령들은 금세 시무룩해졌다.

헤이먼에 대한 연민과는 별개로 그들은 무언가를 키워 낸 경험이 없었다.

하필 이런 때에 이달론 마력 청소도 난관에 봉착했다.

"이거 안 떨어져!"

"뭐가, 뭐가?"

"어떤 게?"

높은 곳에 자리 잡은 진득한 초록색 덩어리는 아무리 잡아당겨도, 자연의 힘을 쏘아 대도 떨어질 줄을 모르고 독하게 붙어 있었다.

"그럼 다 같이 하면 되지!"

"그래! 같이 해 보자!"

"그럼 될 거야!"

안 됐다.

이달론의 마력은 굳건하게 붙어 있었다.

정령들은 망연자실한 채로 바닥에 널브러져 버렸다.

"다른 곳은 다 치웠는데……."

"저기만 남아 있네……."

"분홍이도 안 보이고……."

"하루 또 지난 거 같은데……."

"꼬마 호랑이가 책 읽어 준 만큼은 일한 거 같은데 돌아갈까……."

힘이 빠진 상태라 의욕이 나지 않았다.

모두들 눈만 끔뻑거리고 있을 때, 한 정령이 벌떡 일어섰다.

"난 여기서 포기 못 해! 분홍이 꼭 키울 거야!"

"넌 인간 영혼을 무슨 반려동물 얘기 하듯이 하니."

동료의 핀잔에도 정령은 아랑곳 않고 구석으로 갔다.

"너 뭐 해?"

"나무가 없으니까 심심해서 의욕이 안 생기는 거야!"

나뭇가지에 앉아 있기를 좋아하는 정령은 헤이먼의 무의식 속에서 작은 나무 한 그루를 만들어 냈다.

"왜 허락도 안 맡고 남의 무의식에 그런 걸 심어!"

"다른 인간 무의식은 다 자기들 마음대로 꾸며져 있는데 여긴 아무것도 없잖아! 둘러보라고!"

나무 정령의 말대로였다.

장난기가 많은 정령들은 무의식까지는 아니어도 인간들의 꿈속에 간간이 들어가곤 했는데 이렇게 삭막한 곳은 여기가 처음이었다.

"여긴 저 창살 감옥이랑 시뻘건 복도, 그리고 사방에 퍼진 초록색 연기뿐이 잖아!"

"맞아……. 이렇게 그냥 나갈 순 없어."

대부분 인간들의 무의식엔 가장 행복했던 순간의 기억이 반복되고 있거나, 아니면 좋아하는 것들로만 가득 차 있었다.

아무리 사악한 범죄자라도 좋은 기억이 하나쯤은 있기 마련인데.

"말도 안 돼. 분홍이가 힘들게 살긴 했지만 임시 주인이랑 사이도 좋았는데. 무의식엔 임시 주인이 욕하면서 지켜 주겠다고 하는 목소리밖에 안 남아 있다니."

"맞아, 이상해. 공작 부인도 좋아했으면서 없어."

"아가 불곰도 없고."

"꼬마 호랑이도 없어."

"공작을 존경하고 있으면서. 무의식엔 없어."

"흥, 내가 어떻게든 여길 초록초록하게 만들 거야!"

나무 정령이 나무를 키우려는 순간, 허리 높이만큼 오던 나무가 순식간에 시들어 버렸다.

초록색인 상태 그대로 악취를 내뿜으며 썩어 들어가더니 이내 사라지고 말았다.

나무 정령은 분을 이기지 못하고 무의식 꼭대기에 달린 이달론의 마력 덩어리에게 욕을 퍼부었다.

"호로 쌍놈 새끼! 내 나무! 내 나무우우우!"

"……화내지 마. 너 임시 주인 같아."

"다 같이 나무 만들자. 이번엔 마력에 당하지 않게 다 같이 노래를 부르면서 나무를 키우자!"

"응응, 나도 저기서 햇빛을 쏴 줄게."

"난 바람이 흔들리는 소리를 낼게. 화내지 말자."

이성을 잃은 나무 정령을 달래기 위해 나머지 정령들이 모두 자리에서 일어섰다.

인간의 무의식에 분탕을 치면 안 된다는 아주 기본적인 상식을 까먹은 건 아니지만, 뭐가 됐든 감옥보단 낫겠지 싶었다.

분홍이는 본 적도 없는 나무가 무의식의 기억 속에서 자라겠지만 눈도 뜨지 못하고 있는 지금 상황보다야 훨씬 좋지.

정령들은 애써 합리화를 하며 이번엔 무의식의 가운데에 방금 전보다 큰 나무를 심었다.

이달론의 마력이 닿지 못하게 나무 바로 위에 보호막을 씌우듯 정령의 햇빛을 쏴 주었다.

산들산들 바람까지 불게 만들자 정령들은 방금 전까지 낙심하고 화를 냈다는 사실조차 까먹고 신나게 노래를 부르기 시작했다.

"나무야, 나무야, 얼룩 나무야~"

"······그런 노래가 있어?"

"미안. 다른 거랑 헷갈렸나 봐."

정령은 흠, 크흠! 하며 헛기침을 하더니 다른 노래를 시작했다.

"사랑이 뭐라고, 그게 다 뭐라고, 찢기는 마음마저도 소중하게 해~ 시간이 지나면, 모든 게 잊혀진단다~"

"그건 나무 노래가 아니라 나뮤 노래잖아!"

"아이고, 실수했네! 임시 주인이 혼자 샤워할 때 부르길래!"

"이 노래 좋은데!"

"지금은 나무를 키워야 된다고!"

"미안해, 미안해!"

결국 정령들은 평소대로 아무렇게나 가사를 지어 음을 붙여 불렀다.

"나무야, 쑥쑥 자라라~ 우리 분홍이도 어서 자라라~ 나무야, 나무야, 아프지 말고~ 뿌리도 쑥쑥, 잎도 쑥쑥!"

"구황 작물은 잎이 시든 후에 거두세요~ 그래야 뿌리가 통통하니 맛있어용~"

"노래 가운데에 이상한 거 끼워 넣지 마!"

"이씨! 맨날 나한테만 화내고!"

정령들은 아웅다웅하면서도 노래를 멈추지 않았다.

나중에는 흥이 나서 저들끼리 손을 잡은 채, 늘 그랬듯 엉덩이를 흔들어 대고 어깨춤을 추며 까르르 웃어 댔다.

그때 어디선가 나타난 분홍색의 작은 영혼이 물끄러미 그들을 보다가 슬쩍 다가왔다.

정령들은 노래에 정신이 팔려 분홍이가 온 줄도 모르고 있었다.

"우리 예쁜 분홍이도~ 노래를 할 줄 알았다면~"

"임시 주인이~ 욕을 조금만 덜 했다면~"

"꼬마 호랑이가 렘샤 부인이 에라스토의 형까지 꼬시는 부분까지 읽어 줬다면~"

"저 새끼가 애 머릿속에서 그딴 말은 하지 않았으면~"

"그러는 지도 욕은 하지 않았으면~"

"똑같은 것들끼리 노래하다가 싸우지 않았으면~"

"사실 나도 형 부분이 궁금한데~ 동생보다 크다는 부분이 너무 궁금한데~"

"노래하고 있는데 에라스토 형 거시기 얘기가 왜 나오는지를 모르겠네~"

"그건 바로 꼬마 호랑이가~ 도저히 못 읽겠다며 책을 덮었기 때문이지~"

"남의 머릿속에서 대체 뭔 노래들을 씨불이는 건지 모르겠네, 요 새끼들이~"

"히히."

노래 중간에 들려온 웃음소리에 정령들은 깜짝 놀라 소리가 난 곳을 바라봤다.

언제 끼어들었는지는 모르겠지만 분홍이가 정령들과 손을 잡은 채 나무 주위를 원을 그리며 돌고 있었다.

볼을 발갛게 분홍색으로 물들인 영혼은 여전히 크기가 작았지만 완연한 인간의 형태를 하고 있었다.

선명한 눈, 코, 입에 찰랑이는 분홍색 머리카락, 그리고 눈꽃처럼 새하얀 피부까지.

남루한 옷을 입고 있음에도 아이는 꽃잎이 인간으로 태어난 것처럼 사랑스러운 모습이었다.

미소를 잔뜩 머금은 아이는 정령들의 손을 잡은 채 눈이 녹듯 사르르 웃었다.

방실방실 웃던 아이는 정령들이 갑자기 노래를 멈추고 자기만 빤히 바라보자 금세 웃음을 거뒀다.

그러고는 겁에 질린 눈으로 조금씩 뒷걸음질 쳤다.

그제야 정신을 차린 정령들이 얼른 노래를 다시 시작했다.

"우리 아기, 착한 아기~"

"니네 아기 아니지요~ 에일린 공작 부인이 키운 아기지요~"

"너도 틀렸지요~ 디에르고 공작이 키웠지요."

"그게 뭐가 중요한지 모르겠네~ 분홍이는 지금 이렇게 사랑스럽고 예쁜 데~"

분홍이의 손을 잡고 돌던 정령이 분홍이를 번쩍 들어 올리고 몸을 빙그르르 돌렸다.

아이는 아까까진 제 키만 했던 나무가 어느새 훌쩍 자라 나뭇잎에 제 손이 닿지 않는 게 신기한지 작은 손을 쭉 뻗어 보았다.

여전히 나뭇잎에 손이 닿지 않았지만 바람이 손가락 사이사이를 훑듯이 기분 좋게 스쳐 갔다.

"히히히."

아이가 다시 한번 소리 내어 웃자 정령들은 더욱 큰 소리로 노래했다.

"분홍이가 웃으면 우리는 행복해요~"

"분홍이와 함께 놀면, 우리는 즐거워요~"

정령들은 아이를 땅에 내려놓지 않고, 이 손에서 저 손으로 옮겨 안아 올리며 활짝 웃었다.

아이의 시선이 바쁘게 움직였다.

어두컴컴하고 악취가 풍기던 무의식에는 이제 햇빛이 가득 들어오고 있었고, 바람도 살랑살랑 불어와 아이의 긴 속눈썹을 간지럽혔다.

투명한 분홍색 구슬 같은 아이의 눈은 한 번도 상처 입은 적 없는 것처럼 초롱초롱 빛났다.

무의식의 가운데에 자리한 커다란 나무는 끝없이 자라났다.

"분홍이 머리카락은 어쩜 이렇게 예쁜 분홍색일까~"

"세상에서 제일 예쁜 꽃잎만 모았나 봐~"

"나비가 앉았다가 그대로 꽃이 되었나 봐~"

"봄을 깨우는 분홍색이네~"

"가을을 맞이하는 갈대가 빛을 잔뜩 머금고서 빛날 때의 분홍색이네~"

끝없이 이어지는 칭찬에 제 머리카락을 감싸 쥔 아이는 부끄러워 볼을 붉혔다.

그 모습에 정령들은 함박웃음을 지었다. 그들의 노래는 멈출 줄을 모르고 이어졌다.

한참의 시간이 지난 후, 나무는 높은 곳에 자리한 이달론의 마력을 모두 가리고도 남을 정도로 자라났다.

나무는 더 이상 시들지 않았다. 나무의 가지마다 흐드러지게 핀 진한 분홍색 꽃이 무의식을 향기로 가득 채웠다.

그뿐 아니라 바닥 여기저기에서 자라난 풀에서도 연한 분홍색의 꽃들이 톡 건드리면 터질 것처럼 통통한 봉오리를 맺고 있었다.

정령들은 그제야 노래를 멈추고 분홍이에게 얘기했다.

"분홍아, 어떤 기억은 완전히 사라지지 못하지만 다른 행복한 기억으로 그걸 덮어씌우고 살아가면 돼."

"우리 분홍이는 이제 한 번 해 봤으니까 앞으로 잘해 낼 거야!"

"분홍이 할 수 있지?"

두 발로 땅을 디디고 선 남자는 나무줄기를 제 손으로 짚은 채로 가만히 주변을 둘러봤다.

그는 이젠 제 종아리 높이밖에 오지 않는 정령들을 내려다보며 밝게 웃었다.

"응. 고마워."

❄ ❄ ❄

산체스 우란은 초조한 마음으로 직접 상단 행렬에 올랐다.

얼마 전 릴홉 신문사에서 되지도 않는 갑질 논란을 일으키며 마력석에 찍힌 영상을 공개하는 바람에 그간 주변이 조금 시끄러웠다.

하지만 그래 봐야 조무래기 신문사고, 우매한 인간들은 금방 잊게 될 것이다.

늘 그래 왔듯이 돈 없는 것들은 짱짱한 우란 상단에 어떻게든 제 물건 한번 대 보려고 발악을 할 것이고, 멍청한 귀족들은 물건만 좋으면 가격이 얼마가 됐든 구매할 것이다.

"······나한테 받은 광고비로 겨우 직원들 월급이나 주는 주제에 마력석이라니. 가만, 그놈이 마력석 살 돈이 어디 있어서?"

산체스는 초조함에 마차 안에서 손톱을 아그작아그작 물어뜯었다.

누가 릴홉 그 새끼를 돕고 있나? 나를 주저앉히려고? ······누구지?

곰곰이 생각해 봐도 선뜻 떠오르는 인물이 없었다.

그나마 비슷한 규모인 뤼블러스 상단과는 주요 상품이 달라서 부딪칠 일이 없는데.

산체스에게 적대감을 가질 이들은 많았지만, 그중 마력석을 구매할 만한 인물은 아무도 없었다.

눈에 걸리적거리는 인간들은 모두 알거지로 만들었으니.

수수료를 더 높일 순 없다며 강짜를 놓는 제작자의 제품에 일부러 하자를 만들어 위약금을 물게 한 뒤 그의 가족들까지 몽땅 노예로 만든 적도 있었다.

아니, 그 비슷한 일은 셀 수도 없이 많았다.

한때 거래처 점주였던 놈들의 손에 밧줄을 묶어 줄줄이 노예상에게 직접 팔아 치우기도 했으니까.

"당장 밥 한 끼 사 먹을 돈 한 푼 없는 것들이 마력석을 샀을 리는 없고, ······릴홉도 그만한 돈은 가지고 있지 않고."

산체스의 혼잣말을 들었는지 앞에 앉은 어린 시동이 밝은 목소리로 답했다.

"누가 버린 마력석을 주운 게 아닐까요?"

"헛소리 말고 닥쳐."

옆에 있던 방석으로 머리를 후려치자 아이는 몸을 웅크리고는 어색하게 웃었다.

저 멍청한 새끼는 늘 저랬다.

맞아도 하하, 밟아도 하하, 발로 차도 하하.

"하여간 멍청한 새끼. 처웃는 거 말곤 할 줄 아는 것도 없는 게. 넌 나 덕분에 입에 빵 쪼가리라도 처넣는 줄 알아."

"헤헤, 네. 알고 있어요. 감사합니다. 우란 님."

"그나저나 게르투만은 왜 이렇게 씨발, 먼 거야!"

"여기 협곡 지나면 곧 국경이에요. 물이라도 한잔 드릴까요?"

"됐어."

신경질적으로 답한 우란은 마차 벽에 기댄 채 잠에 빠져들었다.


게르투만의 양모는 역시 질이 좋았다. 성공적으로 거래를 마쳤다.

양모가 잘 팔리고 있으니 평소보다 훨씬 많은 양을 샀고, 가격도 더 저렴한 값에 흥정했다.

"평소보다 양모 원단을 싸게, 많이 구매했으니 염색 양모 가격도 저렴해지겠네요! 찾는 분도 많은데 잘됐어요!"

우란은 픽 코웃음을 치며 대답했다.

"베르고 계집한테는 당연히 원가의 두 배를 받아야지. 내가 직접 갔다 왔는데 수고비는 톡톡히 쳐야지 않겠어?"

산체스는 제르노아로 들어서는 국경을 넘기 전 이상한 탄내를 맡았다.

"야, 이상한 냄새 안 나?"

"어라, 그러게요. 탄 냄새가 나요."

우란은 마차 창문의 커튼을 젖혀 밖을 살폈다.

국경 주변의 부랑자 놈들이 뭔가를 만들고 있는 모양이었다.

"야. 세워. 그리고 저것들 끌고 와."

"무, 무슨 명목으로 저 사람들을 데려와요?"

우란은 답답하다는 듯 시동 아이의 멱살을 잡고는 마차 문을 열어 밖으로 내던졌다.

"멍청한 새끼야! 꼭 하나하나 말로 해야 알아들어?!"

"하, 하지만 우란 님……."

"네가 돈주머니만 들고 가도 졸졸 따라올 똥개 새끼들이 뭐가 무서워!"

물론 말만 그렇게 하고 실제로 돈주머니를 주진 않았다.

강탈당하면 끝이니까. 설령 저놈이 인질로 붙잡힌다면 그냥 버리고 갈 생각이었다.

최근 이것저것 꼬치꼬치 물어 와서 피곤했는데 잘됐지, 뭐.

산체스가 주머니에서 담배를 꺼내려는 그때, 부랑자들에게 향하던 시동이 놀란 눈을 하고선 허겁지겁 다시 돌아왔다.

뭐 하는 짓이냐고 윽박을 지르려는데 아이가 큰 소리로 외쳤다.

"도망 노예들이에요! 도망 노예들이 화약을 만들고 있어요!"

"뭐야?!"

우란은 활짝 핀 얼굴로 반색하며 용병들에게 소리쳤다.

"저것들 모조리 잡아 와! 얼른! 다 돈이니까 얼른! 빨리!"

국경을 넘을 땐 혹시 위험할지 몰라 매번 용병들을 고용하는데 마침 잘된 일이었다.

우란은 하나둘씩 잡혀 오는 놈들의 머리가 다 돈주머니로 보여 웃음을 참을 수 없었다.

"크크큭. 하하! 크하하하!"

노예들은 모여서 폭동을 일으킬 계획이라도 짜고 있던 건지 그 수가 적지 않았다.

하지만 검을 빼 든 채 쫓아와 포위하는 용병들 때문에 도망도 못 간 듯 보였다.

"묶어! 여자들은 여기! 아이는 이쪽! 남자들은 이쪽!"

"여보!"

"아아악!"

"살려, 살려 주십시오! 제발!"

우란은 시동이 가져온 화약을 보며 휘파람을 불었다.

"꽤 제대로 된 걸 만들었는데. 이걸 만들어서 어쩌려고 했어? 반란이라도 일으킬 작정이었나 보지?"

우란은 히죽거리며 노예들을 위협했다.

"반란은 사형이야. 그럴 바에야 다시 노예로 사는 게 낫겠지?"

두 손을 내밀어 싹싹 빌던 노예들은 우란의 사악한 미소를 보곤 더 이상 말을 잇지 못했다.

그들은 상단 행렬의 제일 뒤에서 따라 걸으며 도망쳐 온 제르노아로 다시 돌아갔다.

공돈 만질 생각에 들뜬 우란은 노예들이 왜 하필 그 장소에 보란 듯이 있었는지, 왜 화약을 들고 있었는지에 대해선 생각하지 않았다.

국경을 넘고, 웬프론 협곡을 지날 무렵 어디선가 폭발음이 들려왔다.

우란이 탄 마차까지 흔들릴 정도로 커다란 폭발이었다.

"뭐야!"

놀란 우란이 급히 창문을 열었지만 마차 뒤에 직선으로 쭉 늘어서 있는 행렬 때문에 저 멀리 뒤쪽에서 퍼지는 검은 연기가 어디쯤에서 발생한 건지 자세히 보이지 않았다.

"뭐냐고! 무슨 일이야! 알아보고 와!"

우란은 다시 시동을 발로 차 마차 밖으로 내쫓았다.

어린 소년은 허겁지겁 행렬의 뒤로 뛰어갔다.

아이가 노예들이 있는 곳에 다다랐을 무렵, 다시 폭발물이 터졌다.

이번에는 아까보다 훨씬 큰 폭발이었다.

쾅! 하는 거대한 소리와 함께 양모를 실은 우란의 짐마차 중 하나가 폭죽처럼 터지며 뒤집혔다.

"안 돼!"

마차에 묶여 있던 말들이 미쳐 날뛰기 시작했다.

히힝!

히이잉!

앞발을 높이 쳐들고 발버둥을 치던 말들 중 한 마리의 고삐가 풀려 버렸다.

그 말을 시작으로 마차에 묶여 있던 말들의 고삐가 차례로 풀렸고, 말들은 미친 듯이 앞으로 튀어 나갔다.

"안 돼! 안 된다고!"

마차에서 뛰쳐나온 우란은 양모를 실은 짐마차를 향해 뛰어가려 했지만 계속해서 폭발이 이어지는 탓에 접근하기가 쉽지 않았다.

"화약? 화약 때문인가? 노예들한테 뺏은 걸 어디다 실은 거야! 이 멍청아! 핀!"

시중을 드는 아이의 이름을 불렀지만 대답은 들리지 않았다.

화약이 연달아 두어 번 더 터졌다. 하지만 진짜 문제는 이제부터였다.

나무로 된 마차에 불이 붙어 순식간에 짐마차들 주변이 시커먼 연기로 가득 찼다.

"안 돼! 내 양모! 내 돈! 으아아악!"

발버둥을 치며 양모를 구하러 가려 했지만 불길에 뛰어들 용기는 없었다.

"용병들! 노예 새끼들아! 양모부터 구해! 양모! 야, 이 새끼들아!"

하지만 용병들은 어디로 갔는지 보이지 않았다.

"이 멍청한 새끼들, 도대체 어딜 간 거야!"

회색 재가 사방 천지에 날리고, 검은 연기가 순식간에 협곡을 시커멓게 물들였다.

우란은 뒤늦게 깨달았다.

첫 폭탄이 터지자마자 모두 도망쳤다는 걸.

돈에 눈이 멀어 폭발물이 터진 이곳에 남아 있는 진짜 멍청한 사람은 자기뿐이라는 것을.

그때, 어딘가에서 작은 신음 소리가 들려왔다.

"살, 살려 주세요……."

모든 것을 집어삼킬 것처럼 타오르는 불길과 검은 연기 때문에 도무지 앞이 보이지 않았다.

우란은 입을 손으로 틀어막고 조금씩 앞으로 걸어갔다.

"거기 누, 누구야."

"우, 우란 님? 콜록, 저 여기, 여기 양모에 깔렸어요. 제발 살려 주세요. 꺼내, 콜록! 꺼내 주세요……."

핀이 폭발 때문에 뒤집힌 마차 아래에 깔려 있었다.

산체스는 주변을 둘러봤다.

노예들도 용병들과 함께 도망쳤는지 보이질 않았고, 아무리 살펴봐도 근처에 사람이라곤 자기밖에 없었다.

우란은 시커먼 연기와 핀의 얼굴을 번갈아 보다가 그대로 몸을 돌렸다.

"우란 님! 제발, 가지 마세요! 우란 님!"

우란은 핀의 목소리를 외면한 채 계속해서 달렸다.

"쌍, 남은 화약까지 터지면 개죽음인데. 같이 죽자는 거야, 뭐야. 하여간 끝까지 멍청한 새끼."

우란은 고삐를 미처 풀지 못하고 발버둥 치는 말 옆으로 다가가 겨우 말 등에 올라탔다.

"이랴!"

"우란 님! 우란……! 우란. 콜록! 우란 님!"

시중을 들 놈은 새로 구하면 된다. 양모도 다시 사면 돼.

사업이 망한 건 아니니까.

꽤나 큰돈을 잃어 가슴은 아프지만, 충분히 재기할 수 있었다.

우란은 그렇게 믿으며 웬프론 협곡에서 벗어났다.


우란이 지평선 너머로 사라지자, 순식간에 불길이 잦아들었다.

도망친 줄 알았던 노예들과 용병들 역시 허공에서 나타났다.

"수고하셨습니다!"

"다들 고생하셨습니다!"

"아이고, 애야. 몸은 괜찮아? 아프진 않고?"

"네! 마력으로 마차를 공중에 살짝 띄워 놓아서 하나도 안 아팠어요!"

"어쩜, 밝기도 해라."

중년 여자의 부축을 받으며 자리에서 일어난 핀은 활짝 웃으며 몸에 묻은 먼지를 탈탈 털었다.

"아유, 어떻게 이 작은 애를 두고 갈 수가 있어."

"괜찮아요, 그 새낀 원래 쓰레기인걸요! 기대도 안 했어요!"

용병들은 갑옷과 검을 바닥에 내던졌다.

"에이, 무거워!"

갑옷으로 가려져 있던 그들의 목뒤에는 도망 노예라는 걸 알리는 낙인이 찍혀 있었다.

우두커니 서 있는 그들의 앞으로 한 남자가 다가왔다.

"모두 이리로 와서 자유인 증명서랑 생활 보조금 받아 가세요."

노예들은 남자에게서 자유인 증명서와 돈을 받아 든 뒤 서로를 얼싸안으며 기쁨을 나눴다.

한참을 울며 기뻐하던 이들이 뒤늦게 남자에게 물었다.

"그런데 왜 저희를 사서 이런 일을 시키신 건지……."

"저도 잘 모르겠네요. 그냥 이렇게만 하라고 연락을 받았습니다."

"이렇게 많은 돈을 주실 줄은 몰랐어요."

"끝까지 비밀을 지키라는 뜻이겠지요."

자유인이 된 노예들은 서로를 바라보며 고개를 끄덕였다.

"어차피 오늘 일이 밝혀지면 저희 인생도 끝장나요. 무덤까지 안고 가겠습니다."

누군가에게 들킬까 봐 걱정됐는지 노예들은 우란이 향한 지평선 방향이 아닌 협곡을 넘었다.

웬프론 협곡을 가로질러 그 옆의 작은 강을 건너면 고즈넉한 마을이 있다고 하니 거기서 새로운 삶을 시작하면 될 터였다.

사람들은 부푼 마음을 안고 먼 길을 떠났다.

남자와 단둘이 남은 핀은 조금 당황한 얼굴로 주변을 둘러봤다.

"저······."

"왜 그러니?"

"마법사님. 짐들이 여기에 그대로 남아 있으면 우란이 다시 와 볼지도 모르는데요······."

"그건 걱정 마. 넌 이제 어머니께 가 봐야지. 이리 와."

"저, 저를 병원까지 보내 주실 거예요?"

"그럼."

"저, 저 준비됐어요!"

핀이 두 눈을 질끈 감자마자 그의 몸이 연기처럼 사라졌다.

아이가 흔적도 없이 자취를 감춘 뒤, 남자는 살짝 미소 지었다.

"잘했어, 얘들아."

'우리보고는 분홍 머리한테 가지 말고 남으라더니, 이거 시키려고 그랬구나!'

'그래도 우린 잘했어!'

'맞아, 우리 잘했어!'

"그래, 너희 아주 잘했어."

작게 웃는 남자의 목소리가 한결 부드러워지더니 마치 불이라도 붙은 것처럼 그의 발밑에서 검은 연기가 피어올랐다.

몇 초 뒤 검은 연기가 사라진 자리엔 커다란 검은 뱀을 어깨에 두른 새빨간 머리카락의 여자가 우뚝 서 있었다.

그녀의 뒤에서 작고 투명한 빛들이 별처럼 점점이 반짝였다.

"자, 이제 정리하고 돌아가자."

'응!'

밝게 대답하던 정령들이 갑자기 두 눈을 동그랗게 뜨고 솔레아에게 말했다.

**'정령들이 분홍 머리한테서 빠져나왔어!'**

"뭐?"

**'느껴져! 분홍 머리가 곧 눈을 뜰 거야!'**

솔레아는 황급히 우란에게서 빼돌린 양모를 공장으로 보낸 뒤 아무스와 정령들과 함께 집으로 돌아갔다.


서서히 눈을 뜬 헤이먼이 가장 먼저 본 것은 제 입을 틀어막고 있는 손수건과 얼굴에 큰 흉터가 난 험상궂은 고동색 피부의 남자였다.

"으, 아아악!"

"힉!"

티온이었다.

"……형?"

"헤이먼, 정신이 들어?"

"형! 깜짝 놀랐잖아. 그 손수건은 뭐야!"

"너 입술이 말라서……. 물을 먹여 줄 수가 없으니까, 물에 적신 수건으로 입술을 축여 주면 좋다고 해서……."

티온은 멋쩍은 얼굴로 웃었고 헤이먼은 마음 깊이 반성했다.

십몇 년을 같이 산 형인데 얼굴을 보고 놀라다니.

"고마워, 형."

"아니야. 몸은 괜찮아?"

커다란 손으로 저를 일으켜 주는 티온의 얼굴도 말이 아니었다.

며칠이나 잠을 제대로 못 잔 건지 눈가에 진한 다크서클이 있었고 얼굴이 전보다 많이 수척해 보였다.

"형, 근데 내가 쓰러졌어? 왜 기억이 안 나지? 며칠이나 지났어?"

"열흘."

"……나 기억이 잘 안 나는데, 그동안 무슨 일이 있었던 거야?"

"네가 먼저 말해. 어쩌다가 쓰러진 건지."

"반쯤 잠들어 있었는데, 갑자기 몸에 힘이 쭉 빠져나갔어……. 그것 말고는, 잘 모르겠어."

"이달론이 한 짓이야."

헤이먼의 눈이 커졌다.

이달론이 제 몸을 직접 조종한 적은 여태 없었다. 더군다나 티온이 이달론의 이름을 대놓고 거론하며 그가 한 행동을 '짓'이라고 표현할 줄은 몰랐다.

헤이먼은 떨리는 눈으로 티온의 손목을 움켜잡았다.

"……형, 어디, 어디까지 알고 있어?"

티온은 특유의 무심한 눈으로 헤이먼을 내려다봤다.

새빨간 눈동자에 비친 그는 겁에 질려 떨고 있었다. 티온은 가만히 헤이먼을 보다가 커다란 손으로 그의 머리를 쓰다듬었다.

"아무도 너한테 화낸 적 없어. 겁먹지 마."

"어?"

그때 누군가가 문을 박차고 방 안으로 들어왔다.

그레이와 솔레아였다.

"형 너는 무슨 잠을 그렇게 자냐."

"헤이먼, 괜찮아?"

티온의 부축을 받으며 침대 헤드에 겨우 몸을 기대앉은 헤이먼은 믿기 힘들다는 듯 눈을 깜빡였다.

시야가 뿌옇게 번지다가 선명해지기를 반복했다.

"너 왜 울어? 오랜만에 일어나서 배고파서 울어? 오빠, 가서 죽 좀 가져와."

"죽이 뭔데?"

"수프! 수프! 묽은 수프!"

"넌 꼭 지가 못 알아들을 말 해 놓고 나한테 못 알아듣는다고 성질내더라."

"막내는 착해. 성질 안 내."

"형은 얘 방금 성질낸 거 보고도 그런 말을 해? 형 눈은 뒀다가 뭐 해. 귀는 왜 달린 거야?"

"큰오빠한테 말 그따위로 하지 마! 헤이먼, 왜 우는데, 응? 내가 사람들한테 네 얘기 말해서 그래? 그게…… 사정이 있었어. 나도 너한테 말할 것도 있고."

"거 뭐, 큰일이라고."

"그레인마! 넌 심각성이란 게 없어?"

"너 왜 자꾸 남의 이름을 교묘하게 욕으로 바꾸냐? 너야말로 아까 뱀이 네 다리 위에서 똬리 틀고 있는데 왜 화 안 냈냐?"

"그거야말로 뭔 큰일이라고! 그냥 뱀이잖아!"

"이게 어떻게 뱀이야! 사람이지!"

"그레이, 막내한테 소리 지르지 마. 그리고 헤이먼도 방금 눈 떠서 정신없을 거야. 조용히 해."

"형은 왜 나한테만 그래?"

왁자지껄한 와중에도 헤이먼은 열흘 동안 아무것도 먹지 못해 마른 몸으로 눈물만 뚝뚝 흘렸다.

"거봐! 헤이먼도 우네! 야, 큰형이 얼마나 '막내, 막내' 하는지. 아, 징그러워 죽겠어."

"내가……."

"어, 뭐라고?"

울먹이는 헤이먼의 작은 목소리에 그레이가 허리를 굽혀 귀를 기울였다.

"크게 말해, 형. 목소리가 왜 이렇게 작아."

"내가 이달론의…… 심부름이나 하고, 그 사람의 마력을 받아서 다른 이들을……. 그랬는데도 괜찮아? 너희 다 괜찮은 거야?"

그레이가 얼굴을 굳히며 대답했다.

"야, 당연히 안 괜찮지."

솔레아가 다리를 들어 그레이의 허벅지 뒤쪽을 힘껏 걷어찼다.

헤이먼의 침대 위에 쓰러진 그레이가 두 팔로 침대를 짚고 겨우 다시 일어서서 솔레아를 향해 소리 질렀다.

"넌 오빠를 발로 차니! 티온! 형! 왜 솔레아는 안 혼내?!"

"……막내가 힘이 있으면 얼마나 있다고 넘어져."

"아, 진짜 서럽네. 그레이 눈물 난다."

억지로 눈물을 짜내는 시늉을 하던 그레이가 침대 모서리에 앉아 헤이먼의 어깨에 팔을 둘렀다.

"형 얘기는 솔레아한테 대충 들었고, 정령들도 너 눈 뜨기 전에 우리한테 네가 무슨 일을 당했는지 대략 말해 줬어. 어린애를 협박해서 몇 년씩이나 그딴 일을 시키다니. 이달론 찢어 죽이자."

"그런, 그런 뜻이 아니라……."

당황한 헤이먼이 말을 더듬자 그레이가 헤이먼의 어깨에 머리를 묻고는 또 우는 시늉을 했다.

"만약 정상 참작 안 돼서 너 감옥 가면, 흑흑. 그레이가 형아 옥바라지해 줄게. 흑흑."

"내 말은, 이런 나도 괜찮냐고 묻는 거야."

"하나도 안 괜찮다니까? 앞으로 나한테 잘하면 괜찮다고 해 줄게."

평소 같은 그레이의 모습에 헤이먼은 오히려 당황해 버렸다.

"그레이, 장난 좀 치지 마!"

그레이의 옷깃을 잡고 뒤로 끌어낸 솔레아가 그레이가 앉았던 자리에 앉았다.

"헤이먼. 너 지금 이달론의 마력으로 정신 차린 거 아니야."

"어?"

"정령들이 네 무의식으로 들어가서 아주 조금 남아 있는 네 마력을 깨우고, 키웠어. 기분은 좀 어때? 평소랑 많이 달라?"

어쩐지 무언가 이상하다고 느끼던 중이었다.

항상 어깨에 짊어지고 있던 피로감이 사라진 것 같았고, 평소에도 늘 잔잔하게 감돌던 짜증도 느껴지지 않았다.

그저 긴 잠을 자고 일어난 것처럼 개운하기만 했다.

"좀, 달라."

얼떨떨한 표정으로 대답하는 헤이먼을 보며 솔레아가 안도의 한숨을 내쉬곤 미소 지었다.

"다행이다. 헤이먼, 정말 다행이야."

가만히 지켜보던 티온이 몸을 숙이고는 헤이먼의 겨드랑이 밑을 잡은 뒤 침대 밖으로 빼내더니 그를 위로 들어 올렸다.

"어, 잠, 잠깐만. 형?"

티온의 키가 헤이먼보다 큰 탓에 헤이먼은 바닥에 발이 닿지 않았다.

헤이먼은 당황한 얼굴로 눈을 끔뻑였지만 티온은 그저 활짝 웃다가 그를 꼭 안아 주었다.

"고생했어."

가만히 지켜보던 솔레아가 침대를 넘어오더니 헤이먼을 뒤에서 끌어안았다.

"잘했어, 우리 헤이먼!"

"왜 그래, 다들."

어리둥절한 얼굴로 말을 걸었지만 그레이까지 다가와 두 팔을 양껏 벌리더니 헤이먼을 꼭 끌어안았다.

티온이 헤이먼을 바닥에 내려놓는가 싶더니 셋을 한꺼번에 안아서 공중으로 들어 올렸다.

그리고 미친 듯이 돌리기 시작했다.

"아! 하지 마! 오빠악!"

"티온, 이 미친 큰형 새끼야악!"

"혀, 형, 잠깐만. 나 빈속이라 조금……. 티온. 아, 형. 제발."

난장판이 벌어진 가운데 방문이 벌컥 열리더니 목줄을 찬 뱀과 정령들이 우르르 들이닥쳤다.

"아이고, 정령들 왔네."

"정령이라니. 그게 무슨 소리야?"

맨정신으론 정령들을 한 번도 본 적 없던 헤이먼이 티온의 너른 가슴팍에서 겨우 머리를 떼어 내 사방을 둘러봤다.

그때 티온이 세 사람을 바닥에 내려놓았다.

겨우 바닥을 디디나 했더니 이번엔 정령들이 헤이먼 주변을 날아다니며 소리를 질러 댔다.

"우리 분홍이!"

"깨어났구나, 우리 분홍이!"

"분홍이!"

"분홍이, 오래 기다렸어!"

"분홍아! 걱정했어!"

"우리 예쁜 분홍이!"

"우리가 나오고도 하루가 지나서야 깨어나다니!"

"그거야 자기 힘으로 일어나는 게 오랜만이니까 그렇지!"

"그래도 고생했어!"

"잘했어!"

"우리 분홍이는 천재야!"

"내가 가슴으로 낳은 아들!"

"내가 노래로 낳은 내 아들!"

"얘가 왜 너네 아들이야?!"

"너네 잤냐?"

"너 돌았냐?"

"우리가 다 같이 키운 거지!"

시끄럽게 주변을 날아다니는 걸로도 모자라 정령들은 저들끼리 싸우기까지 했다.

정령들이 하는 말들을 하나도 이해할 수 없었지만 헤이먼은 왜인지 반가운 기분이 들어 미소를 지으며 인사했다.

"······안녕."

"아이고오오! 내 새끼! 어릴 때랑 똑같네!"

정령들이 왜 자신의 엄마처럼 구는지는 알 수 없었지만 헤이먼은 그것마저 재밌었다.

"하하."

"아이고, 우리 강아지. 이제 '히히'가 아니라 '하하' 하고 웃네!"

"인상도 달라졌네!"

"우리 강아지 눈이 이렇게 동그랗고! 눈꼬리도 살짝 처지고! 얼마나 귀여운데!"

"누가 우리 분홍 꽃 강아지 사납게 생겼대! 엉덩이를 차 버릴라!"

"아이고, 내 새끼. 흐어엉."

이제 눈물까지 흘릴 지경이라 그레이가 잠자리를 잡듯 정령의 날개를 잡아 올렸다.

"자, 다들 그만. 솔레아 얘기도 해 줘야지. 헤이먼은 모르니까."

정령들이 한순간에 조용해졌다.

헤이먼은 묻고 싶은 게 한두 가지가 아니었다.

왜 뱀한테 목줄을 채웠는지, 그 전에 저택에 왜 저렇게 커다란 검은 뱀이 돌아다니는지.

그리고 정령들이 왜 저를 반가워하는지, ……이게 자기 눈에만 보이는 건 아닌 거 같은데 어쩌다 이리됐는지.

하지만 그중에서도 어색하게 웃으며 제게서 한 걸음 멀어지는 솔레아의 이야기가 제일 궁금했다.

헤이먼은 손을 뻗어 솔레아를 붙잡았다.

"레아, 왜 그래?"

"……헤이먼, 일단 끝까지 들어 줘. 그리고 내가 하는 말 믿어야 돼."

솔레아는 차마 헤이먼을 보지 못한 채 얘기를 끝까지 풀어 냈다.

모든 이야기가 끝난 후, 헤이먼은 멍한 얼굴로 솔레아를 보다가 천천히 뒷걸음질 쳤다.

그레이가 인상을 찌푸리고 한마디 하려고 했지만 티온이 그의 손목을 잡고서 미미하게 고개를 흔들었다.

그레이는 눈을 부라리며 헤이먼을 노려봤지만 헤이먼의 시선은 솔레아에게서 떨어질 줄을 몰랐다.

"그럼, 진짜 솔레아는……."

"죽었어."

믿기 힘들다는 듯 바닥으로 고개를 떨군 헤이먼이 아랫입술을 덜덜 떨며 이어 물었다.

"이달론이야? 그자가 너한테도 시킨 거야? 솔레아의 몸으로 들어가라고?"

"……나도 내가 왜 이 세계로 왔는지 몰라. 하지만 이달론이 내게 뭔가를 시킨 적은 없어."

"기, 기억을 잃었다거나 끔찍한 일을 당하진 않았어?"

"헤이먼, 난 괜찮아."

'괜찮아.' 라고 말하는 그녀의 얼굴이 거울을 보는 것처럼 익숙했다.

처음 실험실을 나와 마주한 세상이 얼마나 낯설고 두려웠는지.

헤이먼은 제 앞에 선 여자가 꼭 그때의 저 같았다.

그는 솔레아의 얼굴을 찬찬히 쓰다듬으며 말했다.

"······무섭고 힘들었겠다."

두 사람의 분위기가 부드러워지자 그레이가 힘주어 쥐고 있던 주먹을 풀었다.

아무도 눈치채지 못했지만 티온 역시 헤이먼이 흥분하면 튀어 나가려고 다리에 힘을 잔뜩 주고 있었다.

헤이먼은 솔레아를 안고 어깨를 다독이다가 몸을 떼어 냈다.

티온과 그레이가 별 반응이 없는 걸로 봐선 제가 제일 늦게 알아차린 것 같았다.

"다들 알고 있었어?"

"아니. 우리도 며칠 전에 알았어. 네가 이달론한테 조종당하던 때."

티온이 묵직한 목소리로 덧붙였다.

"······제일 먼저 알아차린 건 아버지고."

그러고 보니 아버지가 보이지 않았다.

조금만 앓아도 전전긍긍하며 하루에 몇 번씩 헤이먼의 방을 찾아오는 사람이었다.

그런 사람이 열흘씩이나 의식을 잃고 있던 자신을 찾아오지도 않는다니.

헤이먼이 눈살을 찌푸렸다.

"아버지는?"

질문을 뱉자마자 티온의 입 속에서 으드득하고 이가 갈리는 소리가 들렸다.

솔레아가 굳은 표정으로 대답했다.

"사라지셨어."

"뭐?!"

깜짝 놀란 헤이먼은 몸을 굳히고 그녀를 바라봤다가 얼른 방구석에 놓인 옷장으로 달려갔다.

"아버지를 찾으러 가야 될 거 아냐! 조종당해서 그래, 내가 알아! 아버지가 지금 얼마나……!"

옷장 문을 열어 코트를 꺼내 입는 헤이먼을 말린 건 그레이였다.

"직접 쪽지를 쓰고 나가셨어. 지난 열흘 동안 이 저택엔 이달론은커녕 그의 마력 한 줄기조차 없었어."

"쪽지라니?"

그레이가 품에서 꺼내 내민 쪽지엔 진짜 아버지의 글씨체가 남아 있었다.

「진짜 솔레아를 찾아오마.」

쪽지를 읽은 헤이먼의 얼굴이 하얗다 못해 파랗게 변해 버렸다.

"이딴 걸 믿었어?"

손에 쥔 쪽지가 구겨질 정도로 주먹을 말아 쥔 헤이먼이 목소리에 힘을 주어 말했다.

"생판 남인 우리한테도 그렇게 다정하셨던 아버지가 진짜 이런 걸 남기셨다고 믿는 거냐고!"

흥분한 헤이먼이 말을 알아들을 수 없을 정도로 빠르게 외쳤다.

"이달론 짓이야! 이번엔 어떻게 했는지 모르겠지만 분명히 이달론이 아버지한테 무슨 짓을 한 거라고. 빨리 그자를 찾아서……. 아니, 아버지 먼저 찾아서 안전한 곳으로 모시고."

"헤이먼!"

그레이가 헤이먼의 말을 끊고 그에게 한 걸음 더 가까이 다가섰다.

"이달론이 네 몸에 들어가서 아버지께 직접 말했어. 솔레아를 살릴 수 있다고. 그래서 아버지가 밖으로 나가신 거야."

"거봐, 이달론이 아버지를 밖으로 빼낸 거잖아! 그자가 아버지한테 무슨 짓을 할 줄 알고 가만히 기다리고만 있는 거야! 이딴 쪽지를 믿었어?"

헤이먼이 그레이의 멱살을 잡고 소리 질렀다.

"죽은 사람은 돌아올 수 없다는 걸 너도 알잖아! 근데 왜 나가시는 아버지를 못 막았어! 왜! 바로 아버지를 찾지 않은 거냐고!"

"네가 쓰러져 있었잖아, 이 새끼야! 언제 깨어날지도 모르고! 그대로 두면 죽을지도 모른다는데! 너부터 살려야 될 거 아냐!"

"내가 뭐가 중요해! 아버지가, 아버지가 이 베르고인데! 난 원래부터가 언제 죽어도 이상하지 않을, 악!"

어디서 꺼낸 회초리인지는 알 수 없었지만 정령 중 하나가 회초리를 들고 헤이먼을 후려쳤다.

손바닥만 한 정령이 두 눈에 눈물을 그렁그렁 매단 채로 헤이먼을 노려봤다.

"우리가 널 어떻게 살렸는데! 무슨 마음으로 네가 살아나길 기도했는데! 그런 못된 말 하지 마!"

"뭐?!"

헤이먼이 거칠게 되묻자 정령이 놀란 얼굴로 그를 보다가 바닥으로 포르르 날아가 주저앉았다.

다른 정령들도 그 옆으로 날아가 다 함께 훌쩍이기 시작했다.

"에구, 자식새끼 키워 봐야 소용없다더니……."

"키워 준 정령 앞에서 죽는다는 소리나 하고……."

"우리가 너무 오래 살았어, 너무 오래 살았다구."

"머리 분홍색 짐승은 거두는 게 아니라더니……."

"아이고, 풍진세상아. 이제 이 한 몸 가야지, 가야지."

외양이 젊다 못해 어릴 정도인 정령들이 다 같이 모여 그런 소릴 하고 있으니 이상했지만, 더 이상한 건 콕콕 찔려 오는 헤이먼의 양심이었다.

"……미안해."

바닥에 쪼그려 앉은 헤이먼이 시무룩한 목소리로 말하자 정령들이 빼꼼 고개를 들었다.

"다신 그런 말 하면 안 돼, 분홍아."

"으, 응."

헤이먼의 대답을 들은 정령들은 대견하다는 듯 그의 머리 높이까지 날아 올라와 분홍색 머리카락을 쓰다듬었다.

"소중한 분홍이. 나쁜 말 하면 혼나."

"⋯⋯응."

그 순간 정령 하나가 날개를 빠르게 움직이더니 솔레아 앞으로 날아갔다.

"임시 주인! 찾았어!"

"잘했어."

영문 모를 표정으로 바라보는 이들을 향해 솔레아가 대답했다.

"정령들이 헤이먼의 머리에서 나오자마자 내가 공작님을 찾아 달라고 했거든. 이달론은 힘들어도 공작님의 흔적을 찾는 건 쉬우니까."

"응! 우린 그런 거 잘 찾아!"

"응! 우린 인간 잘 찾아!"

"그럼!"

"맞아!"

"임시 주인이 대신 책 마음껏 읽으라고 해 줬어!"

"무슨 내용이냐면, 읍!"

"애기 앞에서 무슨 말을 하려고!"

설레발치는 정령의 입을 틀어막은 다른 정령들이 일제히 검지를 입술에 가져다 대며 조용히 하라는 신호를 보냈다. 그러고는 모두 헤이먼을 바라봤다.

"애기는 아직 이런 거 몰라도 돼!"

티온이 머리를 갸웃 기울였다.

"⋯⋯애기?"

그레이 역시 팔짱을 낀 채 머리를 기울였다.

"……헤이먼이 애기……."

말은 못 하지만 아무스도 머리를 기울였다.

쉬익……?

볼이 빨개진 헤이먼이 자리에서 벌떡 일어났다.

"그럼 빨리 아버지 찾으러 가야지, 뭐 해!"

"분홍아! 같이 가!"

"……응, 가자."

"아가 불곰, 우리도 어깨에 태워 줘!"

티온이 검을 챙겨 방 밖으로 나갔고, 정령들 역시 그를 따라 나갔다.

그레이는 바닥에 질질 끌리는 아무스의 목줄을 쥐었다.

아무스는 솔레아와 함께 가겠다는 듯 온몸으로 솔레아의 다리를 휘감았다.

"아, 좀! 따라오라고! 너 왜 남의 동생 다리를 자꾸 잡냐고!"

"그레이, 그거 동물 학대야."

헤이먼이 정색하고 말했지만 그레이의 표정은 진지했다.

"이 새끼 짐승이야."

"어, 그래. 짐승이니까 동물 학대라고."

"아니! 얘가 자꾸 솔레아 침대 위로 올라가서 잔다고! 자꾸 솔레아 방에 들어
가고!"

"뱀이 그럴 수도 있지! 난 왜 네가 뱀을 데리고 다니는지가 더 이해 안 가는
데!"

"나중에 설명해 줄게! 아무튼 야, 빨리 안 나?"

쉬익! 쉬익!

씩씩거리며 솔레아의 다리를 기어 올라가던 아무스는 결국 그레이에게 머리
를 잡힌 채 들려 나갔다.

모두가 나간 뒤에야 솔레아는 헤이먼에게 조심스럽게 말했다.

"……넌 안 가도 돼, 헤이먼."

"왜?"

"그 사람 다시 마주하고 싶지 않을 거잖아. ……무섭고, 징그럽고, 끔찍한 기억이니까."

헤이먼은 아무런 답도 하지 않고 솔레아를 물끄러미 바라봤다.

겁을 먹어 그런다고 생각했는지 솔레아는 어색하게 팔을 뻗어 헤이먼을 안아 주었다.

"……내가 네 동생이 아니어도, 그때 했던 말은 그대로야. 난 널 지킬 거고, 절대 다치게 하지 않아. 그러니까 헤이먼, 넌 무섭고 싫은 거 굳이 안 봐도 돼."

헤이먼은 느리게 두 팔을 올려 솔레아를 어깨를 잡고 품에서 떨어트리고는 그녀의 얼굴을 찬찬히 뜯어보았다.

그러곤 솔레아의 긴 머리카락을 쓰다듬는 것처럼 마구 헝클어뜨렸다.

"무, 무슨!"

솔레아는 눈을 동그랗게 뜨고 헤이먼을 올려다봤다.

그는 전에 없이 활짝 웃고 있었다. 분명 계속 누워 있었는데 헤이먼의 얼굴에선 빛이 날 정도로 생기가 넘쳐흘렀다.

"나보다도 작은 게 내 앞에서 멋진 척하네. 걱정 마, 나 안 무서워."

"아니, 그래도……."

"괜찮아. 그 사람이 노리는 건 너라며."

"뭐? 넌 이제 괜찮으니까 안 무섭다, 상관없다 그 소리야?"

"왜 도끼눈을 뜨고 봐, 그 뜻이 아니라."

헤이먼은 맑은 분홍색 눈동자가 보이지 않을 정도로 환하게 미소 짓고는 솔레아를 당겨 안았다.

"이제 내가 널 지키겠다는 뜻이지."

"……안 무서워? 이달론을 끔찍하게 싫어했잖아."

"음…… 누가 그랬는데, 어떤 기억은 완전히 사라지지는 못하지만 다른 행복한 기억으로 그걸 덮을 순 있대."

헤이먼은 멍하니 굳어 있는 솔레아를 떼어 내곤 다시 외투를 걸쳤다.

그러고는 침대 옆 탁자에 놓인 물잔을 들어 벌컥벌컥 물을 마시곤 호기롭게 말했다.

"네가 만들어 준 행복한 기억이 있는데 고작 이달론한테 굴할 순 없지."

빈속인 헤이먼에게 뭐라도 먹이고 싶었는지 주방에서 감자를 들고 온 정령들이 눈물을 왈칵 쏟아 냈다.

"아이고, 내 새끼! 다 컸네!"

"그런 말도 할 줄 알고! 우리 강아지, 이제 장가가도 되겠다."

"콩알만 하던 게 총각이 다 됐네! 아이고, 세월 빠르다."

"……너, 너흰 대체 왜 자꾸 그런 소릴 하는 거야."

헤이먼은 벌게진 얼굴로 감자를 받아 들고는 솔레아의 손목을 잡아끌었다.

"아무튼 가자, 솔레아."

솔레아는 제 손을 잡고 앞서 걷는 헤이먼의 등을 멀뚱멀뚱 보며 따라 걸었다.

저택 밖으로 나가자 벌써 말을 끌고 정원 끄트머리까지 간 티온과 그레이가 옥신각신 싸우고 있었다.

"형, 솔레아 태우고 전속력으로 달려 봤냐고!"

"응!"

"이럴 때만 목소리 크게 하네! 스테파니가 솔레아를 좋아해서 그래. 그냥 내가 태우고 갈게!"

"아니!"

"아, 좀! 형! 형은 덩치가 크잖아! 말 죽는다니까!"

"괜찮아!"

"악! 그렇게 괜찮으면 형은 헤이먼 태워!"

"아니!"

"왜! 내가 솔레아 데리고 간다니까!"

"막내가 겁이 많아서 혼자 말 못 타."

"그러니까 내가 데려간다니까! 헤이먼도 말 잘 못 타!"

"나이가 몇인데 못 타!"

티온의 말을 들은 헤이먼은 시무룩한 얼굴로 솔레아의 손목을 놓았다.

힝.

정령들이 헤이먼의 옆으로 날아와 그를 다독였다.

"우리 분홍이는 말 못 타는 거 아닌데!"

"자주 안 타서 안 익숙한 건데!"

정신없는 와중에 기사들까지 말을 끌고 나타났다.

이달론이 마력을 쓰면 속수무책이겠지만 그래도 혹시 몰라 몇 명을 데리고 갈 모양이었다.

맬다가 선뜻 말에서 뛰어내리더니 솔레아 앞에 무릎을 꿇었다.

"공녀님이 이 말을 타고 가시면 제가 앞에서 뛰면서 고삐를 끌겠습니다!"

"아니, 급해서 그럴 시간은 없고……."

당황한 솔레아가 손사래를 치며 사양했다.

그동안 자주 피구를 하며 친해진 에이본이 솔레아를 향해 손을 내밀었다.

"아가씨, 타세요. 제가 모시겠습니다."

그의 말에 그레이가 득달같이 달려왔다.

"야! 솔레아!"

"아, 깜짝이야! 왜 소리를 질러!"

"아버지가, 어? 위험할지도 모르는 이 상황에! 기사 한 명 한 명이 얼마나 소중한 전력인데! 네가 거길 타면 어떡해! 이리 와, 내가 태워 줄게! 나랑 같이 타자!"

평소에 솔레아와 자주 농담을 주고받던 기사 휴가 빠르게 두 사람에게 다가

오더니 말에서 뛰어내렸다.

"아가씨! 그럼 제 말을 타고 가실래요? 그레이 도련님이 저보다 강하시니까 도련님 말을 타는 것보다 저랑 가시는 게……."

휴는 말을 끝마치지 못했다.

언제 다가왔는지 티온이 사람을 찢을 것처럼 새빨간 눈을 빛내며 솔레아의 뒤에 서 있었다.

휴의 귓가에 생전 듣도 보도 못한 노랫소리가 들려왔다.

'기사는 사람을 검으로 베지만~ 불곰은 사람을 맨손으로 찢지요~'

흠칫 놀란 휴가 주변을 둘러봤지만 노래를 부른 사람은 아무도 없었다.

……귀신인가?

휴는 고개를 도리도리 저으며 뒷걸음질 쳤다.

"아닙니다. 저는 너무 소중해서 저는 그냥, 예. 그냥, 혼자 탈래요. 저, 저 누구랑 같이 못 타요. 사람 알레르기가 있어요."

그때 누군가가 솔레아의 허리를 팔로 둘러 안았다.

"짝, 나와 함께 가지."

말을 마친 남자는 높이 뛰어올랐다.

"악! 저 남자 바지 안 입고 있어!"

"맨몸에 코트만 걸치고 있잖아!"

"목줄도 차고 있어!"

"공녀님이 변태한테 잡혀갔다!"

기사들이 기함을 하며 소리쳤다.

노란 눈의 남자는 솔레아를 안아 든 채로 도저히 인간의 움직임이라곤 볼 수 없는 높이와 거리로 뛰어올랐다.

그레이와 티온은 곧장 말에 올라탔다.

정령들이 그들의 귓가로 날아가 속삭였다.

"주인님이 그러는데 공작은 지금 칼리바프 항구에 있고, 임시 주인이랑 같이 가시겠."

"죽인다."

정령들의 말이 끝나기도 전에 조용히 읊조린 티온이 검을 뽑아 든 채 앞으로 튀어 나갔다.

그레이 역시 검을 앞으로 빼 들고 당장이라도 아무스의 목을 벨 것처럼 달려 나갔다.

"한눈판 사이에 내 코트를 훔쳐 입어?! 가만 안 둬! 뱀 대가리 새끼!"

헤이먼은 갑자기 나타난 남자가 아까 봤던 그 '뱀'이라고 짐작했다.

똑같은 빨간 목줄에 검은 머리카락, 동공이 세로로 쭉 찢어진 노란 눈. 정령도 봤는데 뱀이라고 사람이 못 될 게 뭔가.

하지만 눈치가 빠르다고 해서 분노가 가라앉는 건 아니었다.

"감히 누굴 안아!"

헤이먼은 휴의 말을 뺏어 타고는 미친 듯이 아무스를 쫓았다.

정령들이 다급하게 세 사람을 말렸다.

"얘들아! 저 사람 우리 주인인 거 알지?"

"까먹은 거 아니지?! 임시 주인을 나쁜 곳으로 데려가는 게 아니란 말이야!"

"너희 다 아는 거지?"

셋은 이를 갈며 소리쳤다.

"그게 무슨 상관이야! 솔레아!"

마치 전쟁에 참전하는 듯 세 형제의 뒤로 기사들이 구름 떼처럼 몰려갔다. 본래 계획했던 수보다 훨씬 많았다.

공녀가 변태한테 잡혀갔다는 소리를 들은 다른 기사들마저 훈련을 하다 말고 말을 끌고 와 뒤를 쫓기 시작했기 때문이었다.

아무스는 뒤에서 누가 쫓아오든 말든 그저 앞으로 나아갔다.

한 팔로 솔레아의 등을 감싸고, 다른 한 팔로는 솔레아의 다리를 안았다.

"짝. 나를 안아. 그래야 안 떨어지지."

"……잠, 잠깐만. 너무 높은데. 흐, 으아아악!"

땅을 박차고 높이 뛰어오를 때마다 눈앞이 캄캄해져 솔레아는 아무스의 (정확히는 그레이의) 코트 깃을 꼭 말아 쥐었다.

놀이공원 한 번 간 적이 없어서 이렇게 높은 공중에 몸을 띄운 건 처음이었다.

"야, 야! 좀, 낮, 낮게 가!"

"너는 무섭다고 생각하고 있을 뿐이야, 짝은 훨씬 담대하고 멋진 사람이니 마음을 차분히."

"지랄 말고 천천히 가라고!"

솔레아가 코트를 잡고 있던 손을 겨우 놓고 아무스의 머리채를 잡았다.

"아!"

"땅으로 가고 싶다고!"

"짝, 그렇게 잡으면 아파."

"땅! 땅으로! 땅! 새끼야, 땅!"

아무스는 솔레아의 애원에도 아랑곳 않고 땅에 발을 디디자마자 다시 공중으로 단숨에 날아올랐다.

"꺄아아악!"

솔레아의 비명 뒤로 군대가 먼지구름을 일으키며 쫓아왔다.

"막내야!"

"이 뱀 대가리 새끼!"

"레아!"

"아갓쒸!!"

"고흥녀어어니이임!!"

아무스는 머리채가 뜯기는 와중에도 웃음기 섞인 목소리로 여유롭게 말했다.

"짝은 모든 사람에게 사랑받는 대단한 사람이야."

"내려 달라고오옥!"

"목소리도 커. 멋져."

"이 새끼 뱀이라서 사람 말을 못 하나?! 내가 내리라고 몇 번을, 아아악! 너 죽여 버릴 거야!"

근 한 시간 가까이 말없이 달리던 아무스는 칼리바프 항구에 도착해서야 솔레아를 땅에 내려놓았다.

"여러 번 말했지만 나는 용이야."

솔레아의 탐스럽던 붉은 머리칼은 바람에 휘날려 봉두난발이 되었고, 그녀의 손에는 뽑아 놓은 아무스의 검은 머리카락이 한 움큼 쥐어져 있었다.

만신창이가 된 솔레아는 다리에 힘이 풀려 휘청거렸다.

"용 같은 소리 하네. 좆같은……."

그 말에 상처받았는지 아무스가 어깨를 아래로 축 늘어뜨렸다.

"나 진짜 용인데……. 마력만 온전히 되찾으면 내가 짝의 힘이 돼 줄 수 있는데. 본모습 보여 주고 싶은데……."

"다리나 오므려."

"인간 모습은 오랜만인데 이 정도면 나쁘지 않은 것 같다."

"악! 좀!"

아무스가 활기차게 제 허리에 손을 올렸고 솔레아는 눈을 감고 주먹을 내질렀다.

미간을 직격으로 맞은 아무스가 뒤로 쓰러졌고, 솔레아는 그 틈을 타 옆구리에 차고 있던 정령들의 채찍을 꺼냈다.

"이 새끼! 내가! 걸어가자고! 차라리 말을 타자고! 천천히 가자고! 몇 번이나! 말했는데! 옷은 또 왜 코트만 훔치고! 이왕 훔칠 거면 바지까지 입든가!"

"아! 아프, 그건 나한테 아픈 건데! 내가 바지를 훔치면 처형은 바지 없는데. 아야, 짝! 짝!"

"짝, 짝 같은 소리 하네. 짝, 짝 소리 나게 맞아 봐야 정신을 차리지!"

"아! 짝, 아니. 솔레아, 이, 이보게! 제발! 아야!"

"이놈 시키! 뱀 시키!"

"나 용이야! 짝. 아니, 그게 아니고, 임자!"

"임자? 이이임자아아? 너 몇 살이야!"

"악! 이제 진짜 아파!"

인적이 드문 뒷골목이었지만 아무스의 고통 섞인 비명에 사람들이 하나둘 몰려들었다.

"저게 뭐여, 세상에."

알몸에 코트만 걸친 남자를 두들겨 패고 있는 여자를 보곤 다들 조용히 입을 다물었다.

"엄마! 저 사람 아무것도 안 입고 있어요!"

"아니야, 저, 저거, 어른들의 눈에만 보이는 옷을 입은 거란다."

아이의 눈을 가린 젊은 여자는 얼른 집으로 들어가 커튼을 쳤다.

한참 후에야 솔레아는 거친 숨을 몰아쉬며 채찍을 다시 옆구리에 매달았다.

"야, 다른 사람들 어디 있어?"

아무스가 너무 빨리 온 탓인지 아직 다른 사람들은 보이지 않았다.

"오고 있어, 우리가 너무 빨리 와서⋯⋯. 근데 짝은 왜 그렇게 힘이 세?"

"집에 가려고 매일 두세 시간씩 근력 운동을 했으니까 그렇지. 너 잠깐 여기서 기다려. 그 꼴로 돌아다닐 순 없으니까."

이마에 흐르는 땀을 닦아 낸 솔레아는 골목을 빠져나와 근처의 상점에서 아무스가 입을 셔츠와 바지를 구매했다.

칼리바프 항구의 부랑자들은 솔레아의 비싼 옷가지에 눈독을 들였지만 아무도 선뜻 달려들지 못했다.

"대장, 저 사람 비싼 옷 입은 거 보니까 귀족인 거 같은데, 뺏자!"

"저거도 뺏어 입은 옷일걸? 아까 저 사람이 지나가는 사람 옷 다 뺏고 미친 듯이 패는 걸 네가 못 봐서 그래. 조용히 있어."

아무것도 모르는 솔레아는 차분히 뒷골목으로 들어갔다.

'여긴 치안이 정말 좋네.' 라는 생각이나 하며.


아무스는 솔레아가 기다리라고 했던 그 자리에서 꼼짝도 않고 앉아 있었다.

다소 시무룩한 얼굴로 그는 정령들에게 얘기했다.

"얘들아……. 짝이 날 별로 안 좋아하는 거 같아."

"주인! 너무 낙심하지 마!"

"내가 그렇게 싫은가? 높이 날면 기분 좋아지니까 그렇게 한 건데……."

"주인이 아직 매력을 보여 준 적이 없잖아! 주인이 왕 크고 멋진 용인 걸 알면 임시 주인도 반할 거야!"

"……용 별로 안 좋아하는 거 같아. 자꾸 뱀이라고 부르고……. 나는 짝 만나서 너무 좋은데. 계속 기다렸는데."

아무스는 손에 쥔 짧은 나뭇가지로 흙바닥을 콕콕 찌르며 긴 눈꼬리를 아래로 축 늘어뜨렸다.

정령들은 당황했는지 아무스의 어깨 위로 날아가 노래도 부르고 춤도 췄지만 아무런 효과도 없었다.

그때 곰곰이 생각하던 정령이 손바닥을 짝 맞부딪치더니 밝은 목소리로 말했다.

"아니야! 채찍으로 때린 건 좋은 신호야!"

"……왜?"

"임시 주인은 사람을 길들이는 걸 좋아하거든!"

"……정말?"

"응! 우리가 임시 주인하고 꽤 오래 같이 지냈잖아!"

아무스가 미심쩍은 눈으로 바라보자 정령들이 다급하게 덧붙였다.

"정말이야! 임시 주인은 황녀도 길들이고, 노예도 길들였어! 그, 그리고 분홍이도 욕하면서 길들였고! 또, 또 누가 있지?"

"기사들을 채찍으로 때렸잖아! 그때 기사들이 다 엄청 순종적이었잖아! 그건 임시 주인이 채찍으로 길들여서 그래!"

"아무튼 진짜야!"

아무스가 그제야 살짝 입꼬리를 올려 웃었다.

"……다행이다, 날 싫어하는 건 아니었구나."

그때 솔레아가 옷을 들고 걸어왔다.

"짝!"

아무스는 큰 눈을 접어 환하게 웃으며 자리에서 벌떡 일어섰다.

"어디 갔다 왔어?"

"네 옷 사러. 옷 입어. 자."

"응!"

짝이 날 위해 옷을 사 왔네!

아무스는 빠르게 코트를 벗어 던졌고 솔레아는 두 눈을 질끈 감았다.

"……하, 내가 졌다. 눈 감고 있을 테니까 옷 빨리 입어."

솔레아가 사 온 옷을 입으며 아무스는 밝은 목소리로 외쳤다.

"짝은 안 져. 한 번도 진 적 없어."

"조용히 해, 옷이나 빨리 입고. 넌 뱀일 때가 훨씬 낫다. 조용하고, 귀엽고."

"……난 뱀일 때도 용일 때도 사람일 때도 짝이 제일 좋아."

옷을 다 입은 아무스는 아직도 눈을 꼭 감고 있는 솔레아의 앞으로 걸어가 그녀의 얼굴을 물끄러미 바라봤다.

"짝, 뽀뽀하고 싶어. 해도 돼?"

"너 힘 되찾으면, 헤이먼이 이달론이랑 맺은 계약도 없앨 수 있어?"

"나 뽀뽀해도 되냐고 물었는데."

솔레아는 감았던 눈을 뜨고 아무스를 똑바로 올려다보며 물었다.

"헤이먼을 그자에게서 완전히 떨어뜨려 놓을 수 있냐고. 정령들이 마력을 키워서 살려 두긴 했지만 아직 이름의 계약이 있잖아."

"계약자가 사라지면 계약은 무효가 되지. 어차피 그자는 자연의 이치보다 훨씬 오래 살아온 인간이니까 죽여도 상관없어."

솔레아는 짧게 고개를 끄덕이곤 아무스의 어깨를 다독였다.

"그럼 너 내가 부르기 전까진 끼어들지 말고 가만히 기다려."

"응, 나 기다리는 거 잘해."

"공작님이 나를 이달론에게 넘기더라도."

"……그건 왜?"

"우리 오빠들 다 행복하게 만들어 줘야지. 다들 어깨에 많은 짐을 짊어진 인생이었잖아."

"그걸 왜 짝이 해……?"

앞서 걷던 솔레아가 뒤돌아보며 말끔하게 웃었다.

"아무래도 내가 그걸 위해서 여기 온 거 같거든."

그 순간 솔레아가 땅 밑으로 훅 꺼지듯 사라졌다.

"솔레아?"

허공에 뻗은 아무스의 손은 굳어 버렸고, 골목은 정적에 휩싸였다.


이윽고 도착한 베르고 형제들은 아무스에게 솔레아가 어디로 갔냐고 물었지만 그는 아무런 답도 하지 못했다.

그럼 아버지는 어디에 있냐고 물었지만 이젠 디에르고 공작의 기척마저 사라진 상태였다.

"네가 데려갔으면! 네가 책임을 졌어야지, 이 쓰레기 새끼야!"

흥분한 그레이가 아무스의 멱살을 잡고 벽으로 밀쳤다.

"그만해, 그레이. 지금은 아버지와 솔레아를 찾는 게 먼저야."

헤이먼이 그레이를 아무스에게서 떼어 놓은 뒤 정령들에게 공작님과 솔레아의 기척이 느껴지면 바로 알려 달라고 부탁했다.

티온 역시 항구에서 대기하고 있던 기사들에게 향했다.

"지금부터 이 지역을 샅샅이 뒤져서 공작님과 공녀님을 찾아라. 머리카락 한 올도 놓치지 마."

"예!"

하지만 며칠이 지나도 그들의 그림자조차 찾을 수 없었다.

❋ ❋ ❋

천천히 눈을 뜨자 눈이 부실 정도의 새하얀 방 안, 커다란 마법진 위였다.

갑자기 바뀐 풍경에도 솔레아는 당황하지 않고 주변을 둘러봤다.

바닥뿐 아니라 벽까지 가득 채운 붉은색 마법진에선 마력 때문에 번쩍이는 광채가 흘렀다.

그때 방문이 열리고 수척한 얼굴의 공작이 들어왔다.

지난 며칠 동안 혼자서 이달론을 찾아 헤매고 다녔는지 늘 윤기가 흐르던 공작의 은발은 빛을 잃고 엉망으로 흐트러져 있었다.

"공작님! 왜 이렇게 마르셨어요. 밥은 안 드셨어요?"

"내 걱정은 말고……."

말끝을 흐린 공작은 솔레아의 얼굴을 그리운 듯 가만히 보다가 힘겹게 입술을 열었다.

"이달론을 만났다."

솔레아의 손을 맞잡은 공작은 그녀의 작고 마른 손을 천천히 쓰다듬었다.

"너를 집으로 돌려보내야…… 솔레아의 몸이 비어서, 다시 살릴 수 있다고 하더구나."

"공작님. 저는…… 어딜 가든 괜찮아요. 하지만, 솔레아는……."

"그래, 죽었지. 나도 안다. 하지만, 하지만 방법이 있다면 해 봐야 하지 않겠니. 그리고 설령 솔레아가 돌아오지 못한다고 해도……."

공작은 고개를 들어 애써 웃어 보였다. 그는 목구멍을 틀어막고 있는 돌덩이를 뱉어 내듯 두 눈을 질끈 감고는 아랫입술을 벌벌 떨다가 겨우 말했다.

"너는 돌아가야지. 내가 무슨 자격으로 남에게서 널 뺏어 올 수 있겠니. 나 좋자고 남의 자식을 붙잡아 놓을 순 없지. 너도 누군가에게 귀한 딸일 텐데……."

공작은 손목시계를 끌러 솔레아의 얇은 손목에 채워 주었다.

시곗줄을 아무리 줄여도 헐렁거리자 공작은 눈물 젖은 얼굴로 멋쩍게 웃었다.

"급히 나오느라 이것밖에 줄 게 없구나."

솔레아는 입술을 꾹 다물고 공작의 눈을 보지 않기 위해 시선을 피했다.

이달론은 솔레아를 결코 돌려보내지 않을 것이다. 마력이 없는 이 몸을 갖기 위해 그가 얼마나 많은 실험을 해 왔는지 알고 있으니까 확신할 수 있었다.

하지만 이달론을 만나 아무스의 힘을 되찾아 주고, 헤이먼과 맺은 계약을 끊어 내야만 했다.

솔레아는 공작이 채워 준 시계만 묵묵히 바라봤다.

"가족의 곁으로 돌아가렴. 다들 널 애타게 기다리고 있을 거다."

가족이 없다거나, 공작님과 함께했던 베르고에서의 날들이 제 평생 중 가장 행복했던 시간이라는 말을 할 수는 없었다.

공작은 이번엔 두르고 있던 넥웨어를 풀더니 솔레아의 목에 둘러 주었다.

"날이 쌀쌀해졌는데 좀 따뜻하게 입고 오지 않고."

딸의 몸을 차지한 망할 년이라고 욕을 했다면 마음이 좀 편했을 텐데.

이 미련한 사람은 마지막까지 다정했다.

"……너도 편지 한 통 쓸 수 없는 곳으로 가는구나."

파르르 떨리는 목소리에 울음기가 가득했지만 공작은 억지로 입꼬리를 올려 웃으며 흐트러진 솔레아의 머리를 정리했다.

"아가, 내 걱정은 말고…… 이젠 네 걱정만 하면서, 그리 살렴."

공작은 솔레아를 꼭 안고 등을 다독이며 속삭였다.

"네가 곁에 있어 준 덕분에…… 행복했다. 잘 가렴, 아가."

곧이어 기묘한 감각이 솔레아의 몸을 휘감았다.

그때 다른 이들에게 인사라도 하고 가게 해 달라고 말했어야 했는데. 적어도 공작님께 대답이라도 했어야 했는데.

솔레아는 아주 오래 후회했다.

## Chapter.6

솔레아는 마법진을 통해 기묘한 공간을 지나 어딘가로 떨어졌다.

단시간에 연달아 두 번이나 이동을 해서 그런지 구역질이 치밀었다.

한참을 휘청거리다 바닥에 주저앉아 속에 있는 것들을 게워 내기 시작했다.

먹은 게 많지 않아 나오는 것도 없었다.

"우, 우웨엑! 으, 허억, 허억."

사방을 뒤흔들던 진동이 멎은 후에야 솔레아는 고개를 들어 주변을 둘러봤다.

……익숙한 장소였다.

떠나온 지 오래됐지만 한 번도 잊어 본 적 없는 곳.

집이었다.

엄마가 떠나곤 다신 돌아오지 않았던.

아빠와 단둘이서 살던.

술에 취해 소주병을 들고 달려들던 아빠를 밀치고 도망쳐 나온.

그 집이었다.

사람 하나 겨우 서 있을 수 있는 작은 현관의 오래된 나무 신발장. 그 옆의 다 떨어져 나간 시트지가 달랑달랑 붙어 있는 체리색 싱크대.

헐거워진 노즐 때문인지, 걸핏하면 싱크대에 머리를 쿵쿵 박으며 '내가 그냥 콱 죽을까! 어?!' 하고 위협하던 아빠 때문인지 모르겠지만 싱크대 수도꼭지에선 여전히 물방울이 뚝뚝 떨어지고 있었다.

아빠가 집어 던진 뒤로 늘 다리가 빠지는 접이식 나무 좌탁도 그대로였다. 그 위에 줄지어 놓여 있는 초록색 소주병도.

그녀는 얼른 제 손과 머리카락을 확인했다.

희고 곱던 솔레아의 손은 어디로 갔는지, 습진에 걸린 그녀의 손 곳곳엔 붉은 반점이 퍼져 있고, 약지는 어디에 잘못 부딪치기라도 한 것처럼 벌겋게 부어 있었다.

손등과 손가락 마디마디에 자잘한 흉터가 가득했다. 오래되어 검게 변색된 것도 있고, 아직 딱지가 앉아 있는 것도 있었다.

고개를 숙인 채 한참 동안 손을 들여다보고 있는데, 시야에 검은 머리카락이 들어왔다.

"……진짜로 돌아온 거야?"

자리에서 일어나 거울로 다가가려는 순간, 현관문이 벌컥 열리는 소리가 들렸다.

목소리를 듣기도 전에 누군지 알 수 있었다. 익숙한 냄새가 코를 찔러 왔다.

아버지는 하루가 멀다 하고 술을 퍼마셔 댄 탓에 숨을 내쉴 때마다 입에서 쓴 내음이 풀풀 퍼졌다.

"……뭐야. 언제 온 거야."

그녀는 대답하지 않았다.

집 안 가득한 습기로 인해 꿉꿉해진 장판에 발을 디디는 소리가 들렸다.

"이년이 아빠가 말하는데 대답도 안 하고……!"

어깨를 잡은 두꺼운 손에 저절로 몸이 움찔 떨려 왔다. 매서운 손길이 날아올지도 모른다는 두려움에 그녀는 두 눈을 질끈 감았다.

또 밀까?

또 벽으로 밀치고 밖으로 도망칠까?

눈 질끈 감고 전처럼 아빠를 밀치고 나가면 되는데. 그러면……. 그러고 나면.

어깻죽지를 잡은 힘에 의해 몸이 돌려지자마자 그녀는 눈을 가늘게 뜨고 주먹을 꾹 말아 쥐었다.

시야에 초록색 소주병이 들어왔다. 아빠가 들고 있는 소주병 안에는 3분의 1 정도 남은 투명한 액체가 가증스럽게도 찰랑거렸다.

그녀는 아버지를 밀치려다 말고 말했다.

"저 다신 여기로 안 돌아올 거예요."

"뭐야?!"

"저 지금 집 나갈 거고, 다신 여기로 안 와요. 오늘이 아빠 마지막으로 보는 날이에요."

아버지가 소주병을 높이 들어 올리며 위협적으로 소리쳤다.

"이년이! 아빠 앞에서 건방지게!"

"그만 좀 하세요! 이제, 제발 좀! 이렇게 소리 질러도 변하지 않는다는 거 알지만, 그래도! 그래도요……. 남들 다 하는 거, 그 많은 것 중에 하나만이라도 저랑 해 주실 수 있었잖아요!"

아버지의 손에서 소주병을 뺏어 든 그녀는 남아 있던 소주를 싱크대에 부어 버렸다.

"……술 줄이세요. 저 가요."

어디로 가야 할지는 몰랐지만 그래도 어떻게든 여기선 나가야 했다.

그대로 불투명한 유리문을 열고 나가려다가 걸음을 멈추고 뒤를 돌아봤다.

몇 년 만에 제대로 보는 아버지의 얼굴이었다.

그는 분을 이기지 못해 씩씩거리고 있었지만 더 이상 그녀에게 덤벼들진 않았다.

간이 많이 상했는지 낯빛은 전보다 더 시커메졌고, 본래 흰색이었을 눈은 이젠 그저 누렇기만 했다.

작은 한숨을 내쉰 후 고개를 돌린 그녀는 문을 마저 열었다.

몸이 완전히 문밖으로 나가기 전, 등 뒤에서 낯선 목소리가 들려 왔다.

"이게 아닌가?"

"……뭐?"

뒤돌아보자 아까까지만 해도 굽은 등으로 그녀를 죽일 듯 노려보며 부들부들 떨던 아버지가 허리를 곧게 편 채 머리를 갸웃 기울였다.

"분명 똑같은데 말이야."

"……누, 누구. 아니 뭐 하는 짓이야."

현관으로 다시 들어선 그녀가 문손잡이에서 손을 떼자 문이 힘없이 툭 닫혔다.

아버지는 눈을 몇 번 깜빡이더니 싱크대로 걸어가 빈 소주병을 들어 올렸다.

"아니면 이건가?"

아버지의 입에서 흘러나오던 부드러운 남자의 목소리가 금세 다시 아버지의 것으로 돌아왔다.

"이 건방진 년이! 아빠가 말하는데 어디 가!"

소주병을 들고 달려드는 아버지의 번들거리는 광기 어린 눈은 그녀에겐 너무나 익숙한 것이었다.

그녀는 신발도 벗지 못하고 다시 집 안으로 들어가 아버지를 막아섰다.

"뭐? 다신 안 봐? 오늘이 마지막? 애비 밀치고 도망친 년이! 너 살인 미수야! 근데 뭐라고?"

아버지의 벌어진 입 사이로 끔찍한 말들이 새어 나왔다.

진저리가 쳐질 정도로 역겨운 술 냄새를 풍기며 허연 침을 마구 튀기면서 말하는 모습이 과거 아버지가 화낼 때와 똑같았다.

그런데 이 남자는 아버지가 아니었다.

그녀는 아버지를 있는 힘껏 밀쳐 냈다.

"악! 이년이 또 날 밀치네! 아아악! 딸이 아빠 죽인다! 죽인다아아! 딸년이 애
비 죽인다!"

거실에 나동그라진 아버지가 온몸을 뒤틀며 발버둥을 쳐 댔다.

미친 사람처럼 펄떡대는 아버지는 금방이라도 일어나 그녀에게 달려들 것만
같았다.

손끝, 발끝에서까지 심장이 뛰는 것처럼 온몸이 쿵쿵 울려 댔다.

그녀는 아버지가 놓친 소주병을 주워 들곤 그걸로 싱크대를 힘껏 내려쳤다.

그러고는 아버지의 몸 위에 올라타 왼손으로 멱살을 잡은 뒤 오른손에 쥐고
있는 깨진 소주병을 그의 눈앞에 들이댔다.

"우리 아빠 그딴 말 안 해. 나랑 우리 엄마가 살려 달라고 꿱꿱 소리 지를 때
도 이 동네 사람들은 잠잠했거든. 그걸 알고 때리던 사람이 그딴 말을 할 리가
없잖아?"

분을 이기지 못해 헐떡거리며 숨을 몰아쉬던 아버지가 갑자기 괴성을 멈췄
다.

거칠게 들썩이던 아버지의 가슴이 순식간에 가라앉았다.

남자의 입가에 잔잔한 미소가 퍼졌다.

"아, 그래? 몰랐네."

진한 갈색이던 아버지의 눈이 게슴츠레 감기더니 씨익 반으로 접히며 눈꼬
리가 올라갔다.

"공녀님께서 이런 걸 무서워하시는 줄 알았는데, 아니었나 봐요?"

"……뭐라고?"

남자의 눈동자가 제 앞에 들이밀어진 예리한 소주병 조각으로 향했다.

그 순간 그녀의 몸이 공중에 붕 떠오르더니 순식간에 벽으로 날아갔다.

쿵, 소리와 함께 벽에 부딪친 그녀가 바닥에 쓰러졌다.

"공녀님이 이리 멀쩡하시면 내가 너무 곤란해요."

"으, 으윽……."

어떻게든 일어서려 두 손으로 바닥을 짚었는데 하필 그곳에 박살 난 소주병이 있었는지 손바닥에서 피가 새어 나오기 시작했다.

남자는 천천히 그녀에게로 걸어와 앞에 쪼그려 앉았다.

"이걸 안 무서워할 줄은 몰랐네? 우리 처음 만났을 땐, 넌 이 공간, 이 사람, 이날들을 가장 무서워했는데 말이야."

"이달론……."

아버지의 얼굴을 한 남자가 몸을 숙이더니 두 손으로 그녀의 얼굴을 감싸 쥐었다.

남자의 입이 열리고 디에르고 공작의 목소리가 튀어나왔다.

"어흑흑. 가족의 곁으로 돌아가렴. 술 취한 애비가 널 기다리고 있을 거야. 흑흑. 네가 곁에 있어 준 덕분에 행복했다. 잘 가렴!"

억지로 입꼬리를 아래로 내리고 울상을 지은 남자가 잔뜩 과장하며 디에르고 공작이 했던 말에 욕설을 섞어 따라 했다.

"……이 새끼가."

"네 말이 맞아. 난 너를 집으로 돌려보내 줄 수도 없고, 그 딸년을 살릴 수도 없어. 하지만 이렇게 네 집을 똑같이 만들어 줬잖니. 네가 사랑하는 공작님이 원하던 대로 너를 네 가족의 곁으로 돌려보내 준 거야."

그녀는 오른손으로 깨진 소주병 조각을 쥐고 곧장 남자의 얼굴을 향해 휘둘렀다.

남자는 급히 얼굴을 피했지만 왼쪽 뺨에 얇고 붉은 선이 생겨났다.

"우리 딸이 싸가지가 없네. 아빠 얼굴에 상처를 내다니."

"지랄하지 말고 나한테 이러는 이유가 뭔지나 말해."

"지금은 안 돼. 네가 모든 기억을 다 잊고, 가진 모든 걸 다 잃고 나면."

"뭐라고?"

"다시는 못 돌아가게 해 주마. 마력이 없는 네 몸은 내 차지가 되는 거다. 그러면 그 어마어마한 용이 가진 마력도 내가 가질 수 있겠지."

"무슨 소릴 지껄이는 거야!"

이달론은 그녀의 머리채를 쥐곤 벽을 향해 밀쳤다.

"세상에서 하나밖에 없는 소중한 존재니 아주 공을 들일 거야. 그다음엔 자랑스러운 내 딸이 되어 주렴."

미처 욕을 내뱉기도 전에 몸이 갈가리 찢기는 감각에 그녀는 비명을 내질렀다.

시야가 좁아지며 눈에 보이는 세상이 흑과 백으로 나뉘더니 한순간 퓨즈가 나가듯 온통 컴컴해졌다.


눈을 뜨자 작은 시장의 뒷골목이었다.

사람들의 옷차림과 머리색을 보아 하니 한국이 아니라 베르고로 돌아온 것 같았다.

돌아오다니, 웃기기도 하지.

원래 여기가 집이었던 사람도 아닌데.

그녀는 자리에서 일어섰다.

이달론이 한 말을 이해할 순 없었지만 그가 뭔가 이상한 걸 꾸미고 있단 걸 알았으니 막아야 했다.

공작님께 이달론을 어디서 어떻게 찾았는지 여쭤보고, 본거지로 쳐들어가야지.

"저기, 베르고 공작가가 어느 쪽이에요?"

지나가는 사람에게 물었지만 그녀를 쳐다보지도 않고 무시한 채 지나갔다.

몇 번을 물어도 사람들은 비슷한 반응이었다.

빈곤가에서나 볼 법한 거지꼴을 하고 있어서 사람들이 무시하는 모양이었다.

그녀는 할 수 없이 골목을 빠져나와 큰길로 향했다. 이제야 익숙한 길이 나타났다.

그녀는 단 한 번도 쉬지 않고 달려 공작가의 대문 앞에 도착했다.

"어기, 페이온! 문 좀 열어 줘요."

문 앞을 지키는 기사들은 묵묵히 서 있을 뿐 그녀의 말에 대답조차 하지 않았다.

"내가 누군지 못 알아보겠지만 할 말이 있어서 그래요. 공작님께 이달론을 만났다고 전해 줘요."

기사들은 여전히 말이 없었다.

"제발! 지금 이럴 때가 아니라고요! 난 돈이나 구걸하러 온 사람이 아니란 말이에요! 지난 몇 달간 같이 지냈던 솔레아라고 하면 공작님이 아실 거예요. 말만 전해 줘요. 어기! 페이온!"

어기도, 페이온도 가만히 정면만 바라보고 있었다.

"페이온!"

목에 힘을 주고 소리치며 페이온의 팔을 붙잡았다. 그런데 아무것도 느껴지지 않았다.

"……어?"

그녀는 기사들을 지나 대문까지 걸어갔다.

그녀가 부랑자의 모습이라 무시했던 거라면 앞을 가로막았을 텐데 기사들은 미동조차 없었다.

그녀는 어기의 뒤로 가서 그의 검을 잡았다.

손이 검 손잡이를 통과하진 않았지만 그렇다고 검이 뽑히지도 않았다.

영혼만 남은 것 같았다.

"……솔, 솔레아의 몸은 어떻게 된 거야? 내 영혼만 여기 남았어? 그럼 솔레아는?"

다시 대문으로 향한 그녀는 양손으로 하얀 대문을 쥐고 열심히 뒤흔들었다.

하지만 대문은 꼼짝도 하지 않았다. 그녀는 바람만도 못한 존재였다.

커다란 대문은 꿈쩍도 하지 않았다.

"공작님! 티온! 헤이먼! 그레이! 아무스! 얘들아! 정령들아! 앤!"

아무리 소리쳐도 소용없었다. 그 누구도 대답하지 않았다.

껍데기는 없이 영혼만 베르고로 돌아온 그녀는 공작가 대문 앞에서 며칠을 지새웠다.

가끔 마차가 드나들었지만 그녀는 달리는 마차를 세울 수도 없었다.

대문이 열린 틈을 타 안으로 들어가려 했지만 무언가에 가로막힌 것처럼 대문 너머로 들어갈 수 없어 그녀는 공작가 앞에서 여러 날을 보내야 했다.

그러다 어느 날은 배가 고파 죽을 것 같아서 근처 식당에 들어갔지만 음식을 집어 올릴 수가 없었다. 빵 한 조각조차 씹지 못했다.

그녀는 굶주린 채로 많은 날을 보냈다.

바닥에 글씨조차 쓸 수 없어 그녀는 공작가의 대문 앞에 쪼그려 앉은 채 조용히 소리 내어 아는 이들의 이름을 불렀다.

잊지 않으려고.

"디에르고 공작님, 티온, 헤이먼, 그레이, 아무스, 앤, 라트엘, 이안, 돈, 사라, 빌, 카라샤펠 전하, 마리에, 맬다, 휴, 에이븐, 칼, 올리브, 데론, 어기, 페이온, 사일린, 조쉬, 론⋯⋯."

이름을 수만 번 외우는 동안, 낮과 밤이 수천 번 반복됐다.

그녀의 검던 머리카락은 그사이 희게 세어 버렸다. 흠 많은 손가락 마디마다 주름이 지고, 아무것도 먹지 못한 몸은 시체처럼 앙상해졌다. 손을 몸 위에 올리면 손바닥 아래로 몸속의 뼈들이 선명하게 만져졌다.

그래도 그녀는 죽지 못했다.

다만 더 이상 누구의 이름도 부르지 않을 뿐.


가끔 대문이 열리면 커다란 마차가 저택을 드나들었고, 때로는 아는 얼굴들이 그 앞을 지나가기도 했다.

하지만 그들 중 그녀와 눈을 마주치는 자는 아무도 없었다.

기사의 코앞까지 다가간 적도 있지만 기사들 또한 그녀가 아닌 저 멀리의 다른 곳을 보고 있었다.

그것도 다 옛날 일이다.

기사들도 모두 바뀌고, 낡아 버린 공작가 마차의 바퀴가 빠져서 갈아 끼우는 걸 구경한 적도 몇 번이던가.

공작가의 하얗던 대문엔 이제 녹이 슬어 버렸다. 그녀의 머리도 시들듯이 잿빛을 띤 흰색이 되어 버렸으니까. 그렇게 된 후로도 아주 긴 시간이 흘렀다.

오랜 시간 동안 바닥에 쪼그려 앉아 있었던 탓에 등이 굽었다. 볼품없이 엉킨 하얀 머리카락 사이에선 어떤 공기의 흐름도 느껴지지 않았다.

그녀는 세상에서 완전히 사라진 존재였다.

노파는 굽은 등을 애써 세우고 무릎을 부여잡은 채 천천히 일어났다. 그러곤 걷기 시작했다.

익숙하던 골목의 상점들은 모두 사라져 길을 알아보기가 힘들었지만 그래도 그녀는 계속 걸었다.

거울에도 모습이 비치지 않아서 자세히 살필 순 없었지만 흐린 시야로 보이는 몸은 삐쩍 곯아서, 이젠 누구도 그녀를 알아보지 못할 것 같았다.

사실은 그녀조차도 스스로를 기억하기 힘들었다.

나는 이미 죽은 사람이 아닐까.

내가 누구지.

'나'는 뭐였더라.

그리움도 원망도 모두 사라진 자리엔 배가 고프고 목이 마르다는 기본적인 욕구가 가득 차올랐다. 하지만 이젠 그것조차도 모두 사라졌다.

칼로 찌르듯 배를 쑤셔 오던 굶주림도, 차라리 목구멍을 갈라 버리고 싶을 만큼 일던 갈증도, 손가락 하나하나에 이름을 붙여 가며 혼잣말을 하던 긴 외로움도 잊혔다.

아무것도 들어 있지 않은 텅 빈 상태가 되고도 달라지는 것이 없어 그녀는 모든 것을 놓아 버렸다.

걸음을 옮기고 있음에도 감각이 무뎌서 어디로 가고 있는지 스스로조차 알 수 없었다.

그녀는 어느 언덕에 올라 가만히 눈을 감았다.

마음이 편안했다.

노파는 천천히 바닥에 누운 뒤 몸을 웅송그려 두 팔로 감싸 안았다.

잔디의 느낌이야 당연히 느끼지 못한다 해도, 내 피부의 감촉만은 느낄 수 있었는데 이젠 그 감각마저 희미했다.

사라지는 거구나.

노파의 얼굴에 희미한 미소가 감돌았다.

몸이 붕 떠오르는 감각 속에서 누군가의 목소리가 들렸다.

"이걸 읽을 수 있겠니?"

노파는 아이처럼 몸을 동그랗게 만 채로 빙긋이 웃었다.

"이걸 읽을 수 있겠니?"

이젠 눈도 잘 안 보여서 모르겠어요.

노파는 속으로만 답했다. 말하는 법을 잊은 지 오래였다.

다만 뭔가 알 수 없는 불쾌감에 노파는 도리질을 치며 다시 눈을 떴다.

다행이다.

아무것도 변한 것 없이 여전히 그 언덕이었다. 그녀는 이곳이 마음에 들었다.

노파는 다시 긴 낮잠에 빠졌다.

왜 이곳이 이렇게 좋을까.

오랫동안 멈춰 있던 노파의 머릿속이 삐걱거리며 돌아갔다.

'이곳에선…… 다시…… 있거든. 뭐, 꾸며 낸 이야기지만…… 경치가 아름

다우니까…….'

다정한 목소리네. 누군지는 모르지만.

그렇게 생각하는 순간 또 불쾌한 목소리가 끼어들었다.

"젠장, 아직도 멀었나?"

노파는 간만에 들려온 '소리'에도 둔감했다. 그저 조금 짜증스러웠다.

노파의 잠은 계속해서 이어졌다.

노쇠한 몸뚱이는 잠자는 것밖에 할 줄 모르는 것처럼 계속 잠만 잤다.

불어오는 바람도 느껴지지 않으니 눈을 감고 있으면 마치 우주에 있는 것 같았다.

며칠이 지났는지는 모르겠지만 한참 자다가 눈을 뜨니 밤이었다. 바람이 부는지 잔디들이 흔들렸고 반딧불이들이 별처럼 날아오르자 은하수가 흐르는 하늘 위에 둥둥 떠 있는 듯…….

어?

노파의 주름진 얼굴이 일그러졌다.

모든 것이 사라진 머리 한구석에서 몇 개의 얼굴들이 떠오르더니 일제히 입을 열었다.

'다음에 다시 오자.'

누구야? 누가 그런 말을 했어?

여기가 어디야? 나는 누구지?

때마침 남자가 다시 물었다.

"이걸 읽을 수 있겠니?"

노파는 눈앞에 보이는 것을 똑바로 바라보며 분명한 목소리로 말했다.

"아무스."

그 순간 노파의 세상이 무너졌다. 아름답던 밤하늘과 동그란 언덕도.

"잘했다. 넌 내가 만들어 낸 가장 완벽한 신이야."

만족스럽다는 듯 남자는 크게 웃었고, 붉은 머리 여자는 모든 것이 사라진 세상 속에 갇힌 채 멀뚱히 서 있었다.

❋ ❋ ❋

솔레아가 사라진 지 3주째였다.

그 아이가 말한 대로 솔레아가 사라진 뒤 이달론은 다시 나타나지 않았고, 솔레아를 살려 주겠다는 약속 또한 지키지 않았다.

그럼에도 왜인지 불같은 분노는 일지 않았다.

이미 마음 한구석에서 솔레아가 죽었다는 것을 인정했기 때문인지도 모른다.

게다가 이젠 그 아이마저 떠났다.

가족을 잃는다는 것은 두 번째라도 도무지 익숙해지지 않았다. 아니, 세 번째일 수도 있겠구나.

디에르고는 바람구멍이 생긴 것처럼 시린 마음을 애써 모른 척하며 시신도 없는 딸의 장례식을 준비했다.

아들들은 레아의 장례를 치르는 것을 반대했지만 어쨌든 진짜 솔레아가 죽은 것은 사실이고, 그다음에 찾아와 준 아이도 원래 세상으로 보내 주었으니 이젠 정말 장례를 치러야 할 성싶었다.

디에르고가 검은 옷을 입던 중 헤이먼이 노크도 없이 문을 박차고 들어왔다.

"……무슨 일이니."

"오늘 장례식을 치르면, 나중에 솔레아 돌아왔을 때 뭐라고 하실 건데요."

"그 아이는 갔어."

"인사도 없이 갈 애가 아니라고요! 이달론이 빼돌린 거예요! 아버지한테 솔레아를 살려 주겠다고 주둥이를 놀려 놓고는 마법진으로 솔레아를 없앤 뒤에 그 새끼도 사라졌다면서요! 게다가 아버지도 갑자기 항구에 나타나셨고요!"

"……처음부터 내가 원했던 건 그 아이를 집에 돌려보내는 거였으니 괜찮다."

어디선가 비명이 들렸다.

"꺄악! 여기 웬 남자가 빨간 목줄을 찬 채 헐벗고 있어요!"

"신입! 소리 지르지 마! 그레이 도련님이 키우시는 남자야!"

헤이먼이 분을 이기지 못한 얼굴로 다시 공작을 노려봤다.

"저 뱀은 어떻게 설명하실 건데요? 걔가 진짜로 돌아갔으면 쟤도 우리 집에 있을 이유가 없어요. 진작 사라졌어야 되는 거잖아요. 정령들도 아직 그대로 있다고요!"

"아끼는 이를 잃은 건 알겠지만 헤이먼, 가 버린 사람은 결코 돌아오지 않아. 붙잡고 있으면 너만 힘들어진다."

"……아버지는 어머니랑 솔레아를 잃은 충격 때문에, 아버지 곁에 찾아온 다른 딸을 버리신 거예요."

"헤이먼!"

공작이 주먹으로 책상을 내리치며 크게 외쳤지만 헤이먼은 눈 하나 깜짝하지 않았다.

공작의 잇새로 아드득 이 갈리는 소리가 들려왔다.

"……너답지 않구나, 헤이먼."

"이제야 저다워진 거예요. 아버지가 보내 버린 그 솔레아 덕분에요."

헤이먼은 더 이상 공작과 대화하기 싫다는 듯 그대로 돌아서서 방을 나가 버렸다.

티온과 그레이, 헤이먼은 칼리바프 항구뿐 아니라 베르고 영지 전체를 이 잡듯 찾아다녔지만 솔레아도, 이달론도 찾지 못하고 있었다.

저택 안의 다른 사람들 역시 갑자기 공녀가 죽었다는 사실을 받아들이기 힘들어했다.

솔레아의 전담 하녀였던 앤은 충격에 일까지 그만뒀다.

앤은 저택을 떠나던 날, 눈물에 젖은 얼굴로 공작을 찾아왔다.

'아가씨가 좋아하시던 책인데, 이걸 드려도 되나 싶었지만……. 그래도 공작님께서 가지고 계시는 게, 흑, 맞는 것 같아요.'

'……그래, 두고 가렴.'

그 아이의 물건이라 보는 것조차 힘겨워 받자마자 서랍 안에 넣어 두고서 눈길조차 주지 않았었다.

공작은 홀로 방 안을 서성였다.

또다시 누군가가 노크도 없이 벌컥 문을 열고 들어왔다.

"헤이먼. 다시 말하지만."

"나다. 젊은이."

"……젊은이라고 부르지 마라."

옷을 말끔히 차려입고 온 검은 머리 남자는 태연하게 방 안으로 들어와 소파에 앉았다.

"나는 오늘 장례식 안 했으면 좋겠는데."

"인간도 아닌 것의 말을 들을 필요는 없으니 원래 네가 있던 곳으로 돌아가."

"젊은이는 가족이 뭐라고 생각해?"

"……하."

공작은 짜증 섞인 얼굴로 남자를 돌아봤다.

"내가 가족이 뭐라고 생각하든! 그게 뭐가 중요해! 이미 가족을 잃었는데! 남은 자식들은 내가 걔를 버렸다고 생각하고 있고!"

남자는 천천히 눈을 깜빡였다.

세로로 쭉 찢어진 동공이 조금은 징그럽게 느껴졌다.

아무스는 공작에게로 걸어가 그의 어깨에 손을 올렸다.

"……젊은이. 나는 계속 기다릴 거다. 짝이 끼어들지 말라고 하긴 했는데, 음, 자네가 나중에 후회할까 봐……."

"무슨 소리야?"

주변의 눈치를 살피던 아무스가 공작의 귓가에 속삭였다.

"당신은 짝을 버리지 않았어. 짝은 제 발로 갔으니까."

"뭐라고? 그거야 당연하지. 내가 그 아이를 불렀고……. 이달론에게 부탁해서 보냈으니까……. 잠깐만. 그 아이가 가기로 선택한 거라고? 알고 있었다고?"

"걱정 마. 짝은 당신을 원망하지 않았어. 당신이 자길 그자한테 넘길 거란 걸 알면서도."

"……무슨, 무슨 말이야. 넘기다니? 넘기다니!"

그 순간 아무스가 사라졌다.

평소처럼 대화 도중에 뱀으로 변한 것이 아니라 정말로 순식간에 모습을 감춰 버렸다.

"이봐, 이봐! 그게 무슨 소리야! 그 아이가 알고 있었다니!"

디에르고는 허공을 향해 외치다가 갑자기 치미는 욕지기에 입을 틀어막았다.

하지만 구역질은 멈추지 않았다.

손수건을 꺼낼 새도 없이 디에르고는 바닥에 주저앉아 구토를 시작했다.

그런데 목구멍에서 나오는 것은 음식물이 아니라 초록색의 진득한 점액질이었다.

헤이먼이 이달론에게 조종당했을 때 뿜어냈던 초록색 마력과 같은 것이었다.

"……이, 이게 무슨."

안개가 낀 것처럼 뿌옇던 머릿속이 멀끔해졌다.

오늘만 세 번째로 노크도 없이 방문이 벌컥 열렸다.

그레이가 헤이먼을 등에 짊어지다시피 한 채 들어왔다.

"아버지! 형이 솔레아한테 맞지도 않는데 갑자기 초록색 토를 해요. 건강에 문제 있는 거 같은데! 의사 불러야 되는 거 아닌, 어, 아버지까지……."

"내려 줘, 나 이제 멀쩡하니까."

헤이먼은 그레이의 등에서 내려와 공작을 바라봤다.

"전 조금 전보다 개운해졌는데, 아버지는 좀 어떠세요?"

디에르고는 멍하니 제가 토해 낸 흔적과 방을 둘러본 뒤 장례식을 치르기 위해 입은 검은 셔츠를 내려다봤다.

그러고는 눈꺼풀을 깜빡이지도 못한 채 시선을 들어 올렸다.

"……솔레아. 솔레아를 찾아야 한다."

디에르고는 미친 사람처럼 문을 가로막고 서 있던 아이들을 밀치고 밖으로 뛰쳐나갔다.

자신이 무슨 짓을 한 건지 스스로도 이해가 가지 않았다.

아니지. 그땐 충분히 납득이 갔던 감정들이라서 그게 맞는 거라고 생각했다.

제정신이라면 절대로 그자를 믿었을 리 없는데.

내가 머리 위로 손을 들어 올릴 때마다 흠칫 놀라던 아이를 원래 세상으로 돌려보낼 생각을 하다니.

아빠라고 부르는 걸 유독 힘겨워하던 아이였는데.

디에르고는 말을 탈 생각조차 못 하고 정원을 가로질러 달렸다.

"솔레아! 솔레아, 어디 있니!"

디에르고는 넓은 정원에서 목이 터져라 소리 질렀다.

"아가! 솔레아!"

자신을 말리는 기사들을 모두 뿌리치고 대문 밖으로 뛰쳐나간 디에르고는 한참 동안 길 위를 달렸다.

"솔레아! 레아! 아가, 제발!"

저택 근처를 벗어난 디에르고 공작은 지치지도 않고 계속 달렸다.

언제나 단정하던 디에르고 공작의 얼굴은 엉망으로 일그러져 있었다.

"아버지!"

말을 타고 빠르게 쫓아온 그레이가 말 등에서 뛰어내렸다.

디에르고의 팔을 붙잡은 그레이가 그를 다시 저택으로 데려가려 했지만 디에르고가 힘껏 뿌리치는 바람에 몸이 뒤로 밀려나고 말았다.

디에르고는 다시 앞으로 뛰어가 주변을 미친 듯이 두리번거리며 소리쳤다.

"솔레아, 미안하다. 너를 버린 게 아니야. 아가. 솔레아!"

디에르고는 곁을 스쳐 가는 사람들 모두를 밀치다시피 하며 계속 나아갔다.

그중 덩치 큰 남자가 디에르고와 부딪쳐 뒤로 밀려났다.

온몸이 땀에 전 거지꼴을 하고 있으니, 베르고 공작이라고는 전혀 생각지 못한 남자의 입에서 짜증 섞인 말이 튀어나왔다.

"아씨, 뭐야!"

디에르고는 멍하니 눈을 크게 뜨고서 무언가에 홀린 것처럼 마구 중얼거렸다.

"딸이, 내 딸이 사라졌다. 머리카락은 새빨갛고, 눈은 날 닮아서 보라색이야. 그, 그리고 피부가 희다. 키는 이만하고, 웃을 때 왼쪽 눈꼬리보다 오른쪽 눈꼬리가 더 높이 올라간다. 그건, 바뀌기 전엔 안 그랬는데 바뀌고 나서부터 그랬다. 그래, 맞아. 그랬지. 다른 사람이었어. ……그 딸이 없어졌어. 솔레아가……. 그 애가 날 보고 웃었는데, 나를 아빠라고 불렀는데……. 내가, 내가 그 아이를 다시 보냈어. 내가."

미친 사람처럼 빠르게 말을 내뱉는 디에르고를 본 덩치는 질겁하며 그를 뿌리치고 도망치듯 멀어졌다.

"아빠! 정신 차리세요!"

뒤따라온 그레이가 디에르고를 다시 붙잡았지만 그는 여전히 다른 곳을 보고 있었다.

"그레이, 아이가 사라졌어. 내가 보냈다. 내가 보낸 거야. 솔레아를 잃은 게 슬퍼서, 그거 때문에 정신이 없는 바람에, 그 아이도 보내 버렸다. 잘못도 없는 애를. 겁이 많은 아이였는데. 아빠를 무서워했는데. 내가 그 곁으로 보낸 거야.

내가…… 내 이 손으로 그 아이를 떠민 거야."

그때 누군가의 발에 채었는지 작은 금속 물체가 디에르고의 앞으로 굴러 왔다.

공작이 솔레아에게 채워 준 시계였다.

디에르고는 무언가에 홀린 듯 몸을 굽혀 시계를 주워 들었다.

자신이 솔레아의 손목에 직접 채워 준 시계라는 걸 단번에 알아챈 그는 벌떡 일어서서 주변을 살폈다.

"솔레아?"

"아빠, 왜 그러세요?"

"솔레아가 근처에 있어."

그레이의 어깨를 꾹 잡았다가 놓은 디에르고가 또다시 길거리를 헤매며 소리쳤다.

"솔레아! 솔레아, 아가!"

"왜 그러시는데요, 아빠! 이 시계가 뭔데요."

"내가 그 아이를 원래의 세계로 보내기 전에 준 건데……."

그레이에게 대답을 하면서도 디에르고는 연신 주변을 둘러보기에 바빴다.

"온 거야. 다시 여기로 온 거야. 그 아이가 왔어."

온몸에 식은땀을 줄줄 흘리면서도 디에르고의 자안에선 미묘한 광기를 띤 희망이 흘렀다.

그레이는 공작이 손에 꾹 말아 쥐고 있는 시계를 물끄러미 보다가 조심스럽게 말했다.

"……만약, 헤이먼과 아버지가 몸 안에 남아 있던 이달론의 마력을 모두 토해 낸 것도, 아무스가 사라진 것도, 이 시계가 다시 돌아온 것도…… 이달론에게 더 이상 다른 힘이 필요 없어졌기 때문이면요? 아무스와 솔레아를 통해 완전해져서…… 솔레아를 죽."

"그레이."

저택 밖으로 뛰쳐나온 뒤 처음으로 디에르고의 시선이 똑바로 그레이를 향했다.

"강한 아이니…… 그렇지 않을 거다."

그레이의 머리 위를 짧게 쓰다듬은 공작의 두 눈에 금세 살기가 들어찼다.

"만약 그렇다면…… 내 딸의 시계를 내게 돌려보낸 걸 후회하게 해 줘야지."

미동도 없이 부릅뜨고 있는 눈에서 맑은 눈물이 한 줄기 흘러내렸다.

디에르고의 잇새로 이를 악무는 아드득 소리가 새어 나왔다.

그가 손에 쥐고 있는 시계의 유리가 깨졌는지 작은 파열음과 함께 디에르고의 주먹 사이로 흘러내린 핏방울이 바닥으로 뚝뚝 떨어져 내렸다.

"……내 손으로 딸을 사지로 보낸 대가는 그다음에 치르마."

그때 말을 탄 기사들이 허겁지겁 몰려왔다.

"공작님! 지금 저택으로 돌아가셔야 할 것 같습니다."

"무슨 일이냐?"

"그게…… 저……."

난처한 듯 말을 더듬으면서도 간절히 바라보는 기사의 다급한 눈빛에 디에르고와 그레이는 빠르게 말에 올라타 저택으로 돌아갔다.

디에르고는 손에 쥔 시계를 놓지 않은 채 한 손으로 말을 몰았다.

공작저의 커다란 대문을 넘자마자 공기가 무겁게 바뀌었다. 마치 다른 세상으로 넘어온 것 같았다.

어디선가 그르릉 하는 짐승의 깊고 낮은 울음소리가 들려왔다.

아무것도 없는 텅 빈 공간에 종이가 찢어지듯 균열이 생기며 그 사이로 피 냄새가 잔뜩 풍겨 왔다.

"……무슨."

오른손에 커다란 검을 쥔 이가 온몸에 피를 뒤집어쓴 채 균열 사이로 걸어 나왔다.

온몸이 검붉은 피에 물들어 있었지만 그 사람은 솔레아가 확실했다.

디에르고와 그레이는 말에서 뛰어내려 그곳으로 달려갔다.

"솔레아!"

하지만 솔레아의 눈에는 아무것도 담겨 있지 않았다.

짙은 보라색 눈동자로 청명한 하늘과 공작저의 넓은 정원을 둘러보던 솔레아가 왼손에 움켜쥐고 있던 동그란 구체를 디에르고 쪽으로 내던졌다.

툭 소리와 함께 바닥에 떨어진 구체가 공작의 발치로 데구루루 굴러왔다. 그것은 사람의 머리였다.

무덤에서 캐 온 시체처럼 시커먼 낯빛에 얼굴 여기저기에 빈틈없이 주름이 자리한 머리에선 고름이 터진 것 같은 악취가 진동했다.

"윽!"

멀찍이 떨어져 있던 기사들마저 코를 감싸 쥔 채 몇 걸음 더 뒤로 물러났다.

칼로 여러 번을 내려쳤는지 목의 살점은 덜렁거렸고, 벌겋게 핏줄이 늘어진 두 눈에선 아직도 피가 줄줄 흐르고 있었다.

노인의 얼굴은 한 번도 본 적 없는 낯선 이의 것이었다.

하지만 곱슬거리는 초록색 머리카락을 가진 이는 적어도 그가 아는 사람 중엔 하나뿐이었다.

이달론.

공녀님이 위대한 마법사의 목을 베고 돌아오셨어.

기사들이 수군거리는 소리가 들렸지만 디에르고의 눈은 오직 솔레아만을 향하고 있었다.

"……솔레아?"

디에르고의 부름에도 그녀는 온몸에서 피 냄새를 풍기며 가만히 서 있기만 했다.

그때, 찢어졌던 균열 사이에서 커다란 머리가 쑤욱 빠져나왔다. 매끄럽게 빛나는 검은색의 커다란 비늘들과 높이 솟아오른 뿔, 옆으로 찢어진 긴 주둥이, 샛노란 눈.

용이었다.

그르릉—

시커먼 용이 목을 진동시켜 울자 솔레아는 미련 없이 돌아서서 균열로 향했다.

"솔레아? 솔레아!"

"솔레아! 야! 어디 가!"

디에르고와 그레이의 외침도 들리지 않는 듯 성큼성큼 걷던 그녀는 균열의 바로 앞에 다다라서야 뒤돌아섰다.

"공작님의 딸은 죽었어요."

"뭐?"

물음에 대답할 생각이 없는지 솔레아는 다시 균열 안으로 들어가 버렸다.

넓게 벌어져 있던 틈이 서서히 좁아져 갔다.

"기다, 기다려라! 솔레아! 솔레아, 어디 가는 거야!"

디에르고는 미친 듯이 달려 닫히기 일보 직전의 균열 안으로 오른팔을 집어넣었다.

손에 쥐고 있던 시계도 균열 속에 떨어뜨리곤 겨우 솔레아의 옷자락을 잡았지만 균열은 닫혀 버렸다.

"끄, 아아아악!"

어깨 아래로 잘린 팔에서 피가 폭포처럼 흘렀다.

뒤에서 그레이와 다른 기사들이 소리치며 의사를 부르고, 상처를 감쌀 천을 가져오기 위해 일사불란하게 움직였지만 공작은 방금 전까지 균열이 있었던 곳에서 꼼짝도 하지 않았다.

그는 왼손으로 허공을 허우적대며 큰 소리로 딸의 이름을 불렀다.

"솔레아! 아가! 솔레아, 아직 거기 있니! 몸은, 몸은 괜찮니?"

하지만 용과 함께 사라진 아이가 대답할 리 만무했다.

디에르고는 옷이 엉망이 되는 것도 아랑곳 않은 채 핏물이 고인 흙바닥을 기며 하나밖에 남지 않은 팔을 이리저리 휘둘렀다.

"아가? 솔레아. 네 이름을 부르고 싶은데, 아가. 내가…… 아빠가 이기적이라서, 나 힘든 것만 보느라…… 네 이름 하나 물어보지도 않고. 아가야……. 아가."

공작의 두 눈에서 솟아난 눈물이 몇 갈래로 나뉘어 뺨을 타고 줄줄 흘렀다.

"아가. 딸아. 솔레아와의 추억을 모른다고 해서 너에게 화내면 안 됐는데. 그냥 네게 물을걸. 여기 와서 어떤 음식이 제일 맛있었는지, 어떤 날 제일 행복했고, 또 어떨 때 서운했는지 물을걸. 아가. 아가야……."

"아빠! 치료하셔야 돼요! 아빠!"

저택 안에서 헤이먼과 다른 하인들이 한꺼번에 달려 나와 피를 쏟아 내고 있는 디에르고를 붙잡았다.

"아버지를 붙잡아! 물! 물 가져오고! 천! 묶을 거!"

공작은 다친 몸으로도 다른 이들을 떨쳐 내곤 다시 바닥에 무릎을 꿇었다.

"첫 번째 딸은 죽은 줄도 모른 채로 살고, 두 번째 딸은 내 손으로 죽였구나. 하하, 하하하……."

한숨 같은 웃음을 연신 뱉던 공작이 왼손으로 제 뺨을 있는 힘껏 후려쳤다.

얼굴이 시뻘게지다 못해 입술이 터질 때까지 디에르고는 쉬지 않고 얼굴을 때렸다.

"아빠! 그만하세요!"

헤이먼과 그레이가 온몸으로 매달려 막자 공작은 그제야 중심을 잃고 쓰러졌다.

하하! 하하하!

잔디밭에 누워서도 공작은 웃음을 멈추지 않고 무언가에 홀린 듯 중얼거렸다.

"내가 너를 사지로 몰아 죽였구나. 아가야."

그레이가 온몸으로 공작을 눌러 압박했다.

"천, 천 빨리 가져와! 깨끗한 물이랑!"

똑바로 누운 채 바라본 하늘은 아주 맑고 쾌청했다.

보라색 눈동자에 비친 하얀 양털 구름을 바라보며 디에르고가 나긋한 목소리로 말했다.

"세상에 이런 아빠는 없지. 그럼, 이런 아빠는 있어선 안 되지."

공작은 왼손으로 그레이의 검집에 꽂혀 있던 아무스의 비늘로 만든 검을 뽑았다.

디에르고는 제 목을 노렸지만 팔이 하나뿐인 데다 온몸을 그레이에게 압박당하고 있어 찌르기가 쉽지 않았다.

그레이는 두 손으로 디에르고의 손목을 붙잡고 내리눌렀다.

"묶을 거! 묶을 거도 가져와! 아빠, 제발! 정신 좀 차리세요! 솔레아 살아 있잖아요! 찾으러 가면 되잖아요! 찾고, 미안하다고 말하면 되는데! 아빠! 제발! 좀!"

그때 폭풍 같은 바람이 불어와 디에르고를 누르고 있던 그레이와 헤이먼을 날려 버렸다.

회오리바람 속에 갇힌 공작은 검으로 땅을 디딘 채 겨우 일어섰다.

검신이 길어 바깥쪽에서 안으로 단번에 베야 할 것 같았다.

디에르고는 낮은 목소리로 조용히 속삭이듯 말했다.

"미안해, 에일린. 난 당신만큼 잘 안되네."

그때 회오리바람 속에서 용이 나타났다.

정확히는 인간의 모습을 한 아무스가 나타났다.

"젊은이."

"……솔레아는?"

"짝은 잠들었어. 당신을 기억하지 못하니까."

"……내 딸 앞에서도 옷을 벗고 다니나?"

아무스는 멋쩍은 듯 공작의 시선을 피했다.

급하게 인간으로 변신하느라 옷을 챙겨 입지 못했다.

"……그, 그것보다 일단 자네 팔부터 고쳐 주지. 그 검은 치워. 내가 만든 검에 젊은이의 피를 묻힐 생각은 없으니까."

천천히 걸어온 아무스가 팔이 절단된 공작의 어깨에 대고 입김을 불자 시커먼 연기가 그 주변을 감쌌다.

몇 초 지나지 않아 상처 하나 없이 멀쩡한 오른팔이 다시 생겨났고, 그가 부순 시계마저 손목에 채워져 있었다.

시계를 내려다보던 공작이 곧장 떠나려 하는 아무스의 손목을 잡았다.

"솔레아가, 아이가 왜 나를 기억하지 못하지? 무슨 일이 있었는지……. 적어도 사과라도 하고 싶다. 만나게 해 다오."

아무스는 난처한 듯 눈썹을 긁적거리다가 말했다.

"난 짝이 이겨 낼 거라고 생각해. ……당신과 처형들이 짝이 강해지도록 만들어 줬잖아."

그 말을 끝으로 아무스는 사라졌고, 동시에 회오리바람도 잦아들었다.

"아버……지, 팔이……."

디에르고는 피에 젖은 땅과, 잠깐 찢어졌다가 흔적도 없이 다시 붙어 버린 허공과, 그리고 방금 전의 일들이 거짓말이 아니라는 듯 땅을 구르고 있는 이달론의 머리를 하나씩 눈에 담았다.

"그레이, 네 말이 맞다."

"네?"

"솔레아를 찾아서 미안하다고 말해야겠어."

"……어, 예. 네, 그러셔야죠. 멀쩡히 살아 있는 애 장례를 치를 뻔했으니까. 아니, 물론 몸이 약했던 솔레아의 장례식은 우리끼리 하고요……. 건강……하다 못해 적의 목을 베고 용이랑 같이 다니는 솔레아 장례는 치르지 말고."

당황했는지 횡설수설하는 그레이를 보던 공작이 근처에 있는 기사들에게 말했다.

"방금 일어났던 일에 대한 얘기가 이 저택 밖으로 새어 나가면 누구도 살아남지 못할 거다."

"예!"

"그리고 앞으로 일어날 일들에 대해서도 모두 함구해라."

"……예?"

디에르고 공작은 입고 있던 검은 셔츠를 순식간에 찢어발겼다.

그러곤 용의 검을 든 채 이달론의 머리 앞으로 걸어가 위에서 그대로 찍어 내렸다.

시체에서 검은 피가 튀어 공작의 하얀 얼굴에 점점이 흔적을 남겼다.

허리를 편 공작은 핏방울이 맺힌 얼굴로 헤이먼을 바라봤다.

"헤이먼."

"예, 아버지."

무겁고 진지한 공작의 목소리에 헤이먼 역시 단단한 목소리로 대답했다.

디에르고가 숨을 크게 들이마셨다가 천천히 내쉬자 오랜 시간 조용히 잠들어 있던 근육들이 크게 움직였다.

"헤이먼, 엉덩이 대라."

"예. ……네?"

당황한 헤이먼과 다른 이들이 일제히 공작을 바라봤지만 디에르고의 무뚝뚝하고 차가운 얼굴엔 변화가 없었다.

"공간의 틈을 열고 다니니, 우리가 아무리 찾아도 절대 찾지 못할 거야. 그럼 오게 해야지."

"근, 근데 왜 저를……."

"그 변태는 솔레아가 1순위인 것 같지만 정령들은 널 아끼는 것 같더구나."

"……아, 아버지. 어머니가 아이들은 때리면서 키우면 안 된다고 했는데요."

"소리 크게 지르럼."

"아버, 아빠. 아빠, 잠깐만요. 아빠. 솔레아가 때리는 거랑 아빠가 때리는 거랑 같아요?"

그레이가 다급하게 말리려고 했지만 디에르고의 눈엔 이미 아무것도 보이지 않았다.

긴 다리를 쭉쭉 뻗어 금세 헤이먼의 앞에 도착한 디에르고는 헤이먼을 잡고 뒤로 돌려세웠다.

"싫, 싫어요. 아빠. 잠깐만요. 아니, 왜, 왜 저를, 엉덩이를 왜."

"여기는 살이 많아 때려도 뼈가 안 부러진단다."

"그딴 말 다정하게 하지 마세요. 지금 뼈를 부러뜨릴 각오로 제 엉덩이를 때리시겠단 말씀이세요?"

"미안하다, 헤이먼. 이 악물거라."

디에르고는 아무스가 붙여 준 오른팔을 높이 들어 올렸다.

솔레아를 찾느라 기사들을 이끌고 밤새도록 칼리바프 항구와 그 주변 지역까지 뒤진 티온은 점심 무렵이 되어서야 저택으로 돌아왔다.

정문을 넘어서 정원으로 향하던 중 헤이먼의 비명이 들려왔다.

"악!"

"미안하다!"

"아악! 엄마악! 솔레아!"

"정말 미안하다, 헤이먼! 의술사를 불러 주마!"

"악! 그레이 새끼야! 아빠 좀 말려!"

"아빠 이제 그만하세요! 헤이먼 죽겠어요."

"딱 한 번만 더 해 보자. 미안하다, 헤이먼!"

"아빠 진짜 싫어요. 아빠 너무 싫어요! 솔레아가 돌아와도 내가 나갈 거야. 가출할 거라고요! 아니, 독립할 거예요! 악!"

동생의 비명 소리에 놀란 티온이 고삐를 끌고 가던 말에 다시 올라타 저택 바로 앞까지 미친 듯 달려갔다.

"헤이먼!"

"티온, 왔니."

"흐으어어으엉. 아빠 좀 말려 줘. 흐어엉."

"……지금 무슨."

티온의 두 눈동자가 마구 요동쳤다.

기사들은 뒷짐을 진 채 모두 뒤돌아서 있었고 그레이는 디에르고 공작의 어깨를 붙잡은 채 어쩔 줄 몰라 하다가 티온을 발견하곤 구세주라도 만난 것처럼 그에게 달려왔다.

그리고 웃통을 깐 아버지가 발버둥 치는 헤이먼의 허리를 왼팔로 단단히 잡은 채 그를 안고 있었다.

자세와 울음소리를 보건대 아마도 엉덩이를 때리고 있던 것 같았다.

하지만 다 큰 아들의 엉덩이를 왜……? 어릴 때부터 지금까지 한 번도 때린 적이 없으셨는데.

"혹시 헤이먼이 또 이달론에게 조종당하고 있, 있습니까?"

"아니, 그놈은 죽었다."

티온은 공작이 손끝으로 가리키는 방향을 바라봤다.

초록색 머리카락을 길게 널브러뜨린 어떤 이의 머리에 칼이 꽂혀 있었다.

"그, 그럼 왜……."

"솔레아를 찾아야지. 사라진 정령들이라도 부르려면 이 수밖엔 없어 보였다. 자, 헤이먼. 정말 미안하다. 조금만 더 참으렴."

며칠 전까지만 해도 모든 걸 포기한 모습으로 솔레아의 장례식을 준비하던 아버지가 갑자기 왜 저러는지 알 순 없었지만 어쨌든 좋은 방향으로 바뀐 것 같긴 했다.

……좋은 방향인가?

잠깐 헷갈린 티온은 우선 헤이먼을 아버지에게서 떼어 내기로 했다.

"아버지, 일단 진정하세요. 헤이먼의 엉덩이를 때린다고 해서 솔레아를 바로 찾긴 힘들 겁니다."

"하지만 정령들을 부를 순 있겠지. 그럼 솔레아가 있는 곳의 단서라도 알 수 있지 않겠니."

티온의 적안이 잠깐 흔들렸다.

공작보다 훨씬 두툼한 티온의 주먹이 적을 앞에 둔 것처럼 꿈틀거리기 시작했다.

"형! 형, 미쳤어? 형이 때리면 헤이먼 진짜 죽어!"

그레이가 티온을 밀쳐 내며 소리쳤다.

엉덩이가 아프다 못해 터질 것 같았는지 헤이먼이 눈물을 터뜨렸다.

"나 나갈래, 집 나갈래. 흐어엉."

그때였다.

어디선가 하얀빛이 뽕 하고 아니, **뽕뽕뽕뽕뽕뽕** 하고 미친 듯이 나타나더니 정원을 가득 채웠다.

여태 한 번도 본 적 없는 많은 수의 정령들이었다.

헤이먼의 무의식 속에 있던 기억을 모두 공유한 정령들은 분노에 가득 차 디에르고 공작을 밀쳐 냈다.

"저리 가!"

"아이고, 우리 분홍이!"

"분홍아아!"

"아아, 우리 분홍이를 두고 어디 가는 게 아니었는데!"

"누가 우리 분홍이 때렸어!"

"누가 우리 분홍이 괴롭혔어!"

"흐어엉. 너무 아파."

정령들이 아끼는 헤이먼의 눈에서 닭똥 같은 눈물이 뚝뚝 떨어졌다.

안 그래도 곱게 생긴 놈이 눈가가 빨개지도록 흐어엉 하고 울자 정령들은 가슴이 미어지는지 눈초리가 살벌하게 올라갔다.

"분홍아! 이놈 할까! 저 아저씨 내가 이놈 할까?!"

"분홍이, 울지 마. 뚝! 내가 저 못된 아저씨 때찌 할게!"

헤이먼의 콩알만 하던 영혼을 키워 내서인지 정령들의 눈에는 그가 아직 애처럼 보이는 듯했다.

정령 하나가 허공을 열어 마구 뒤지더니 무언가를 꺼냈다.

망치는 망치인데 윗부분이 뾰족뾰족 튀어나온, 고기를 다질 때 쓰는 망치였다.

아무래도 인간을 다질 모양이었다.

정령의 보석 같은 눈동자가 복수심에 불타올랐다.

"분홍이 눈물 뚝! 내가 아저씨 이놈 하고 때찌 해 줄게!"

"내, 내 상처부터 치료해 줘. 지금 너무 아파!"

헤이먼이 다급하게 정령들을 붙잡자 정령들이 우르르 헤이먼에게 다가갔다.

"우리가 호 할게!"

"호야 해 줄게!"

엉덩이를 불로 지지는 것 같던 고통이 순식간에 사라졌다.

"분홍이 이제 괜찮아?"

"이제 아야 안 해?"

"저 아저씨 이놈 할까?"

"때찌 해 줄까?"

정신없이 주변을 날아다니는 정령들의 말투는 누가 들어도 유아를 대하는 것이라 헤이먼은 빨개지는 볼을 감출 수 없었다.

"분홍이 얼굴이 왜 빨갛지?"

"저 난폭한 은발 젊은이 때문에 그렇구나!"

"아니, 그게 아니라……."

헤이먼이 말을 흐리며 슬쩍 디에르고의 눈치를 살폈다.

디에르고 공작은 사뭇 진지한 표정으로 적진 한가운데에서 비밀 작전을 펼치는 스파이처럼 은밀하게 고개를 살짝 끄덕였다.

헤이먼은 이를 악물고 연기를 시작했다.

"솔, 솔레아가 너무 보고 싶어서!"

"……앗, 임시 주인 말이야?"

"임시 주인은 지금…… 자는데."

"으응, 계속 자는데……."

"깨우면 곤란할지도 모르는데."

"기억도 잘 못 하고……."

눈에 보이지 않을 정도로 빠르게 날갯짓을 하며 분노를 표출하던 정령들의 목소리가 순식간에 사그라들었다.

정령들이 곤란한 듯 뒤통수를 긁적이자 헤이먼은 아예 땅에 엎드려 우는소리를 냈다.

"흐어엉. 솔레아 너무 보고 싶어! 가, 가슴이 찢어질 것 같아! ……너, 너무 보고 싶, 어! 어, 음, 다신 못 볼 바엔 차라리 죽을래!"

"아이고, 분홍아! 왜 그런 말을 해!"

"분홍이, 그런 말 하지 마!"

"못된 말 하면 안 된다고 했는데!"

"우리 분홍이 어디서 그런 말을 자꾸 배워 오는 거야!"

"당신이 애를 그따위로 키우는데 애가 뭘 보고 자라겠어!"

급발진한 정령이 디에르고의 앞까지 날아가 작은 손으로 그의 은발을 잡아 뜯기 시작했다.

"우리가 얼마나 애지중지 키웠는데! 지 자식만 귀한 줄 알고! 내 새끼 속 문드러지네!"

"아! 아, 저기! 정령. 그, 이것 좀 놓고!"

정령이 디에르고의 머리카락을 쥐어뜯는 걸 본 헤이먼이 이번엔 아예 잔디밭에 드러누웠다.

"솔레아 보고 싶어! 으앙!"

"아이고! 분홍아! 떼쓰지 말고!"

"떽. 자꾸 그러면 혼나지요!"

"사람들 많은데 그렇게 떼쓰고 그러면 안 돼!"

"자꾸 울고 소리 지를 거면 분홍이는 여기 살아. 정령은 솔레아 만나러 갈
게."

징징거리던 헤이먼이 억지로 내던 울음소리를 뚝 그치고 자리에서 일어섰
다.

본인들이 그렇게 사랑해 마지않는 헤이먼의 어색하고도 앙큼한 미인계에 말
렸다는 걸 아는지 모르는지 정령들은 눈물을 그친 헤이먼을 대견해했다.

"우리 분홍이는 아까 다 컸는데, 너무 똑똑하네!"

"그럼, 누가 키웠는데."

"애 너만 키웠어? 나도 같이 키웠지!"

"넌 그냥 기분만 냈지. 내가 노래를 몇 시간을 불렀는데!"

"이 자식이!"

정령들이 싸우기 시작하자 그레이가 큰 소리로 외쳤다.

"집중의 박수를!"

"짝! 짝! 짝!"

파블로프의 개처럼 '집중의 박수를' 소리가 나자마자 박수를 친 정령들이
일제히 그레이를 바라봤다.

그는 어느새 이달론의 머리에 꽂혀 있던 아무스의 검을 뽑아 든 상태였다.

"자, 정령 여러분. 분홍이가 또 울고 떼쓰기 전에 솔레아 찾으러 갑시다."

"아. 참!"

"맞아, 맞아."

"까먹을 뻔했네!"

"인간들이 가기엔 추운 곳이니까 다들 옷 두툼하게 갈아입고 와!"

"분홍이 목도리도 하고, 발에 양말 두 겹 신어!"

"분홍이 모자도 쓰고 와!"

"은발 젊은이는 지금 그 상태로 가도 돼."

"응. 눈발이 좀 날리긴 한데 괜찮아. 얼어 죽기 딱 좋아."

"아무튼 다들 얼른 들어가서 옷 챙겨 입고 와!"

정령들이 정원에 있는 사람들의 등을 떠밀었지만, 티온은 혹시 몰라 정령들과 함께 남아 있기로 했다.

솔레아가 선물해 준 양모 망토가 있으니 안에 옷을 더 껴입을 필요가 없었다.

저택 안으로 들어간 베르고 일가는 한동안 말이 없었다.

2층으로 향하는 계단을 걸어 올라가며 디에르고 공작이 먼저 입을 열었다.

"……헤이먼. 엉덩이는 괜찮니? 정말 미안하구나."

"……아니에요. 덕분에 정령들도 불렀고 솔레아도 찾으러 가게 됐잖아요."

"그래……. 그, 저기."

"네, 말씀하세요."

"……미워서 때린 건 절대 아니고, 너보다 솔레아를 더 사랑한다는 것도 아니고…….."

"예, 알아요. 방법이 이것밖에 없었던 거니까."

그때 조용히 계단을 오르던 그레이가 진지한 목소리로 끼어들었다.

"분홍이 옷 혼자 갈아입을 수 있어? 내가 도와줄까?"

"꺼져."

목에서부터 귀까지 빨개진 헤이먼이 그레이의 머리를 밀쳤다.

"분홍이 단추 채울 수 있어요?"

"좀! 하지 말라고! 꺼져! 가서 네 옷이나 입고 와!"

"분홍이 양말 두 개 신고 와라!"

"그레이. 장난 그만 치고 얼른 방에 가서 옷 입고 나오렴. 분홍이 너도, 아, 실수."

"……아빠가 제일 나빠요."

"방금 네 보호자인 정령들한테 고기처럼 다져질 뻔했으니 용서해 주렴."

곧 솔레아를 볼 수 있다는 생각 때문인지 공작은 몇 시간 전보다는 여유가 생긴 것 같았다.

베르고의 공작과 공자들이 옷을 두툼하게 입고 나타나자 아가 불곰의 손을 잡고 정원을 빙글빙글 돌며 노래를 부르던 정령들이 다시 일사불란하게 움직였다.

"자, 가자!"

"분홍이 눈 꼭 감아. 어지러울 수도 있어!"

"아가 불곰도 눈 감아! 실명해!"

"처형도 눈 꼭 감고 있어야 돼!"

"은발. 눈 떠."

"……아까 일은 반성하고 있으니까, 으아악!"

정령들은 디에르고 공작이 말을 마치는 것조차 기다려 주지 않고 한 번에 이동을 시작했다.

아무래도 디에르고는 이번 생에서 정령들에게 신임을 받긴 그른 듯했다.

정령들의 사랑을 받는 아이를 건드렸으니 당연한 일이었다.

※ ※ ※

긴 잠을 자던 솔레아가 눈을 떴다.

여전히 높이 솟아 있는 산들의 능선이 먼 곳에 수묵화처럼 떠 있는 구름들 사이로 보였다.

그런데 분명 환한 낮인데 이상하게도 주변이 커튼을 친 것처럼 어두웠다.

몸을 돌려 누우니 햇빛을 가려 주고 있는 검은 날개가 시야에 들어왔다.

"깼어?"

남자가 부드러운 목소리로 말했지만 솔레아는 대답하지 않은 채 다시 눈을 감았다.

꿈이 더 행복했다.

"괜찮아, 더 자도 돼. 내가 옆에 있어 줄게."

남자가 등을 다독여 주며 말했다. 솔레아는 도로 잠에 빠져들었다.

꿈속에서 솔레아는 얼굴이 지워진 어떤 남자들과 함께 나들이를 갔다.

화려한 파티를 즐겼고, 거기서 작은 체구에 귀여운 −를 만났다. 그녀의 오빠인 −은 단순하지만 밝고 쾌활한 성격이라 같이 있으면 참 재밌었다.

함께 있을 때면 심장이 쫄깃해지기도 하지만 이상하게도 자꾸 웃음이 나는, 금발 머리에 푸른 눈동자를 가진 고풍스러운 미인인 −도 있었다.

그 여자는 자꾸 제게 곁에 있으라고 했다. 그리고 친구 하자며 자기를 −라고 불러 달라고 했었는데.

하녀인 −은 아침에 머리를 손질해 줄 때마다 고심하며 머리 모양을 바꾸곤 했다.

이 많은 드레스를 두고 왜 자꾸 바지를 입냐며, 바지는 운동하실 때만 입어 달라고 하기에 솔레아는 하루 종일 정원을 걸으며 서류를 읽었다. 결국 하녀인 −이 의자를 들고 정원으로 뛰쳐나와 자기가 잘못했으니 앉아서 일 보시라고 빌었다.

마침 지나가던 기사 −가 '아가씨께서 밖에서 일을 보시냐'고 물었다. 그러자 큰오빠인 −이 우리 막내는 그런 짓 안 한다며 불같이 화를 내더니 기사의 멱살을 잡아 몸을 들어 올리곤 그대로 사라졌다.

가끔 −님과 같이 차를 마시곤 했는데 님은 오늘 하루가 어땠냐고 물었다. 그때마다 자신은 하루 동안 있었던 일을 미주알고주알 얘기했다.

그러면 −님은 배를 잡고 웃으며 네가 뭘 했든 잘한 거니 걱정 말라며 다정하게 말씀해 주시곤 했다.

재밌었어.

자고 있는 솔레아의 입가에선 미소가 사라지지 않았다.

그리고, 그리고…….

긴 꿈에 갇혔어. 너무 길어서 도저히 끝날 것 같지 않았던 꿈.

그 누구의 목소리도 들을 수 없고, 나중엔 내 목소리마저 가물가물해지고, 혼잣말에 혼자 대답하는 것조차 지쳐서 말하는 법도 잊었어.

잠든 솔레아가 미간을 찌푸리자 아무스는 조심스럽게 손부채질을 해 준 뒤 그녀의 긴 머리칼을 손가락으로 빗어 주었다.

그러자 그녀는 찡그렸던 인상을 폈지만, 잠에서 깨지는 않았다.

꿈속에서 이달론을 만났는지 그녀가 품에 안고 있는 검이 우우웅 하며 떨리기 시작했다.


이달론이 만든 꿈은 너무 길어서 '아무스'라는 대답을 하고 나서도 완전히 눈을 뜨기까지 또 수십 년이 걸렸다.

물론 그녀가 지나온 몇백 년에 비하면 짧디짧은 시간이었지만.

솔레아는 자신이 무슨 말을 했는지조차 잊은 채 눈을 떠 이달론을 마주했다.

"드디어 태어났구나. 날 위한, 내가 만든 신이."

눈물까지 그렁그렁할 정도로 감격한 이달론이 그녀에게 손을 뻗었다.

"내가 드디어 만들어 낸 거야!"

솔레아는 자신에게 뻗어 오는 손을 물끄러미 보고 있었다.

'이 남자는 내가 보이나?'

남자는 히죽거리며 그녀를 달래듯 말했다.

"많이 어지러워 보이는구나. 여기, 일단 앉으렴."

남자의 긴 초록색 머리카락이 파도처럼 굽이쳤다. 솔레아는 알 수 없는 불쾌감을 느꼈지만 증오나 분노는 여전히 너무 멀게 느껴져 그저 가만히 남자가 잡아 이끄는 대로 의자에 앉았다.

"옳지."

그는 두 손을 맞부딪쳐 싹싹 비비며 솔레아의 주변을 빙글빙글 돌았다.

남자는 들뜬 목소리로 연신 중얼거렸다.

"이름, 이름을 지어 줘야지. 신에게는 이름이 필요하니까. 뭐가 좋을까……. 음, 걱정하지 마라. 너는 인형처럼 앉아만 있으면 된다. 어차피 용의 마력을 나눠 갖게 되었으니 영생을 살지도 모르거든. 물론 너의 주인인 나 역시 영생을 살게 되겠지. 다른 놈들의 마력을 뺏을 필요도 없어. 이제 너에게서 마력이 멈추지 않고 솟아날 테니까! 용, 용의 주인을 내가 가지다니. 하하! 이제 사람들은 우리에게 머리를 조아리게 될 거다. 이 세상에 마지막으로 남아 있는 용을 우리가 가졌으니까. 흐흐."

솔레아는 남자의 말을 귓등으로도 듣고 있지 않았다.

그녀는 마지막으로 봤던 꿈속의 언덕을 생각하고 있었다.

*'다음에 다시 오자.'*

누가 그런 말을 했더라.

곰곰이 생각해 봐도 도통 떠오르지 않았다. 너무 오래된 일이라 그럴지도 모르지.

솔레아는 지친 눈을 깜빡였다. 언제 왔는지는 모르겠지만 그녀의 옆에 긴 흑발의 남자가 가만히 서 있었다.

남자는 아무런 말도 하지 않은 채 묵묵히 솔레아의 곁에 서 있었다.

"손을 이리 주렴. 너와 연결된 용의 마력을 내게 줘. 그럼 내가 네 입을 빌려 용에게 명령하마. 어서, 어서!"

해초 머리 남자가 눈을 번들거리며 입을 벌리고 헤벌쭉 웃었다.

그러나 솔레아가 자신이 내민 손을 물끄러미 보고만 있자 남자는 답답했는지 인상을 팍 찡그렸다.

"손, 손! 손을 달라고! 제기랄! 이년이 완전 멍청이가 되어 버렸군!"

년?

솔레아의 미간이 살짝 움찔했다.

왜인지는 모르겠지만 아주 오래전, 더 이상 누구에게도 쌍욕을 들으며 살지 않겠다고 결심했는데.

"……후, 괜찮아. 이 편이 더 나으니까. 아가, 손을 이리."

아가?

누가 나를 또 아가라 불렀지?

문득 달콤한 꽃향기가 코끝에 감돌았다.

아가라고 부르며 꽃을 선물해 주고, 찻잎을 주던 사람이 있었는데.

뚝뚝 잘린 기억들이 부표하는 쓰레기 조각처럼 머릿속을 둥둥 떠다니고 있었다.

"쌩! 귀가 먹었어?!"

그래도 하나만큼은 분명했다.

이 새끼가 하는 욕을 더 이상 듣고 싶지 않았다.

해초 머리 남자가 솔레아의 오른손을 빼앗듯 가져가 꾹 잡은 그때였다.

솔레아는 순식간에 왼손에서 검을 만들어 내 이달론의 손목을 베어 버렸다.

"아아아악! 이, 이 미친년이! 네가 누구 덕분에 마력을 가지게 됐는데! 네가 누구 덕에 용을 불렀는데!"

솔레아는 검을 오른손으로 고쳐 쥐곤 발악하는 이달론이 더 이상 다가오지 못하도록 검 끝으로 바닥에 주욱 선을 그었다.

카가가강.

바닥에 검이 갈리는 소리에 지저분하던 머릿속이 조금씩 정리되는 기분이었다.

검이 잘 어울리는 사람이 있었는데.

다른 사람과 결투할 때, 마치 작은 연필을 든 것처럼 가볍게 움직이던 젓갈…….

젓갈? 왜 젓갈이지?

솔레아는 머리를 갸우뚱 기울였다.

개구리마냥 펄쩍대며 길길이 날뛰던 남자가 소리를 질렀다.

"개같은 년. 분명 그 안에서 몇백 년은 있었을 텐데 아직도 성질머리가 더러워서는."

솔레아는 남자의 말이 끝나기 전에 그의 가슴 부근에서 검을 휘둘러 배를 갈랐다.

"으아아악!"

남자의 몸에서 뿜어져 나온 피가 솔레아를 향해 폭죽처럼 쏟아졌다.

발버둥 치던 해초 대가리가 온몸에서 식은땀을 흘리며 빠르게 주문을 외웠다.

그러자 밖으로 흘러내리던 붉은 장기들이 도로 몸 안으로 들어가고, 상처까지 말끔하게 치료됐다.

이달론은 이를 악물고 솔레아를 똑바로 바라보며 말했다.

"네 이름을 지어 주마. 너의 새로운 이름은……."

잠깐 고민하던 초록 머리의 입이 다시 열리기 전, 솔레아의 뒤에 서 있는 노란 눈의 남자가 솔레아를 끌어당기더니 품에 안고는 양손으로 귀를 막아 버렸다.

"뭐 하는 거야!"

"난 내 주인을 지킬 뿐이다."

"네 주인은 이미 자아를 잃었다. 이제 곧 내가 하는 말만 따르게 될 거고."

이달론은 히죽거리며 말했다.

"네 새로운 이름은 뷸라다, 뷸라. 고개를 들어 나를 봐라, 뷸라."

솔레아는 아무스가 귀를 틀어막아 준 덕분에 아무것도 듣지 못해 그저 그의 품에서 눈만 깜빡깜빡하고 있었다.

전에도 이렇게 커다란 남자가 나를 안아 줬는데.

그 남자는 울면서도 기쁘다는 듯 울었는데. 나를 뭐라고 불렀지? 막대기? 막…… 막국수? 막걸리? 막사? 막상막하? 막…….

기억이 안 나. 그래도 누굴 안는 건 기분 좋아.

솔레아는 부드럽게 웃으며 팔을 뻗어 자기를 안고 있는 남자를 마주 안았다.

"앗."

흑발 남자가 당황했는지 그의 손의 힘이 잠깐 풀렸다.

그 순간 이달론이 큰 소리로 외쳤다.

"네 새로운 이름은 뷸라다! 뷸라, 나를 봐라!"

솔레아는 아무스의 품에서 벗어나 천천히 이달론을 향해 돌아섰다.

"그래, 대답하렴. 고개만 끄덕여도 된다. 내가 널 태어나게 한 아버지란다. 아가, 이리……."

이달론의 말을 끝까지 듣지도 않고 솔레아는 검으로 다시 그의 몸을 베었다.

하지만 이달론은 순식간에 몸을 치료했다.

솔레아는 검의 크기를 더 키워서 그가 상처를 치료할 시간조차 주지 않고 그를 미친 듯이 베기 시작했다.

몸이 갈기갈기 찢어져 넝마가 된 이달론이 바닥에 쓰러지자 피를 뒤집어쓴 솔레아가 한쪽 무릎을 꿇고 그의 눈을 바라봤다.

수많은 이들의 마력을 뺏어 먹고 산 덕분인지 이달론은 그 상태에서도 죽지 않고서 입을 나불거렸다.

"어떠, 어떻게……. 네 이름, 내가, 내가 불렀는데……."

잠에서 깬 뒤 줄곧 멍하던 솔레아의 눈이 처음으로 말똥말똥 빛났다.

"이름 구려. 그리고 나 무신론자야. 신 안 믿어."

그 말을 끝으로 자리에서 일어난 솔레아는 검을 높이 쳐든 뒤 이달론의 목을 검으로 내려쳤다.

어찌나 피부가 질긴지 제대로 끊어지지가 않아 가을철에 벼를 타작하는 농부마냥 솔레아는 남자의 목을 몇 번이나 내려쳤다.

"이, 이년. 내가……. 반드시, 돌아와서……. 너를, 그리고 네 애비와 오빠들을……."

솔레아는 검을 작게 만들어 이달론의 입에 쑤셔 넣은 뒤 그대로 발로 차 버렸다.

몸에서 떨어져 나간 이달론의 머리가 바닥을 뒹굴자 그제야 그의 징그럽던 말소리가 멈췄다.

머리부터 발끝까지 피를 뒤집어쓴 솔레아는 천천히 그쪽으로 걸어가 이달론의 입에서 검을 빼냈다.

사방이 벽으로 막혀 있었지만 왜인지 빠져나갈 수 있을 것 같았다.

솔레아는 검을 다시 크게 만들고 뒤를 돌아보았다.

건방진 초록 머리와는 달리 검은 머리 남자는 좋았다.

자신에게 해를 끼치거나 욕을 하진 않을 거란 생각이 들었다.

그의 마력이 솔레아와 이어져 있는 탓에 그의 이름만은 각인되듯 머릿속에 새겨져 있었다.

"아무스."

"……응."

"내 이름이 뭐야?"

"넌 곧 기억하게 될 거야."

"응."

"공작에게 돌아가야지."

"공작?"

솔레아의 머리가 갸우뚱 기울어졌다.

"공작……."

느리게 눈을 깜빡이던 솔레아가 앞에 누군가가 있는 것처럼 말했다.

"공작님의 딸은 죽었어요."

"……그래, 하지만 넌 살아 있어. 지금 여기에. 가자. 돌아갈 수 있어."

아무스의 말을 이해하지 못한 것처럼 솔레아는 다시 고개를 갸웃거렸다.

그때 반짝거리는 물체가 시야에 들어왔다. 검을 휘두르며 난리를 친 통에 손목에서 빠진 시계가 바닥을 구르고 있었다.

언뜻 봐도 제가 차기엔 큰 사이즈라 솔레아는 이달론의 머리를 아무렇게나 발로 차 구석으로 보내곤 시계를 주웠다.

피가 묻어서 시간이 보이지 않았다. 솔레아는 아무스에게 걸어가 피가 묻지 않은 그의 옷자락으로 시계를 벅벅 문질러 닦고는 고개를 들어 물었다.

"네 거야?"

"아니. 네가 아끼던 사람이 너한테 준 거야."

"나한테? ……왜?"

"너랑 헤어지는 게 아쉽고 슬퍼서 그랬을 거야. 인간들은 이별을 힘들어하니까."

"이별……."

아무스의 말을 작게 따라 하던 솔레아가 검으로 바닥을 갈랐다.

딱딱하던 바닥은 천이 찢어지는 것마냥 쉽게 갈라졌다.

솔레아는 어두워서 한 치 앞도 보이지 않는 공간 사이로 시계를 떨어뜨렸다.

"……어디로 던진 거야?"

아무스의 물음에 한동안 가만히 멈춰 서 있던 솔레아가 무언가에 홀린 것처럼 단조로운 목소리로 답했다.

"공작님한테. ……왜냐하면 공작님의 딸은 죽었으니까."

그러고는 바닥을 굴러다니는 이달론의 머리를 주워 들었다.

"……이거 보여 주면, 안심할 것 같은데. 이거 들고 가자."

"어떤 사람들이 안심할 것 같은데?"

"……그냥, 다."

대충 얼버무린 솔레아는 망설임 없이 검으로 공간을 완전히 찢어 버렸다.

한 줄기의 빛도 없는, 그저 암흑뿐인 공간이었지만 솔레아는 성큼성큼 걸어 들어갔다.

아무스 역시 그녀를 따라 들어갔다.

찢어진 공간의 틈에서 아무스는 인간의 모습이 아닌 본래 용의 모습으로 돌아갔다.

솔레아는 한참 동안 어둠 속을 걸었다.

우린 언덕에 가고, 파티를 즐기고, 물놀이를 하고, 시장도 가고, 다른 사람들이랑 피구도 하고, 무궁화꽃이 피었습니다도 하고……

무궁화는 우리나라 국화인데.

앗. 내 국적이 어디지?

도무지 알 수 없는 것들 천지라 솔레아는 한참이나 고개를 갸웃갸웃 기울였다.

검은 공간을 다시 한번 찢자 파란 하늘과 초록색 잔디가 가득한 정원이 나타났다.

그곳에 발을 디디자 어떤 남자가 자신을 향해 울부짖었다.

"솔레아!"

'솔레아라는 사람이 나랑 엄청 많이 닮았나 봐.'

마음속으로 아무스에게 말을 걸었지만 검은 공간 속에서 말상대를 해 주던 것과 달리 아무스는 답이 없었다.

아무스는 낯을 가리는구나.

솔레아는 은발의 남자를 향해 이달론의 머리를 던진 뒤 머릿속에 떠오르는 문장을 그대로 말했다.

"공작님의 딸은 죽었어요."

아, 생각났다.

이 초록 머리가 우리 오빠를 괴롭혔지. 어쩐지, 기분이 나쁘더라.

그제야 이달론을 죽인 타당한 이유가 생각이 나서 그녀는 안심했다.

근데 오빠가 누구더라?

앗, 근데 여기 어디지?

솔레아는 빠른 걸음으로 다시 찢어 놓은 균열 속 검은 공간 안으로 들어갔다.

누군가가 다른 이의 이름을 부르며 쫓아왔지만 그녀는 마음이 급해 얼른 균열을 닫아 버렸다.

집으로 가야 했다.

아빠 술 사다 놔야 되는데. 안 그러면 혼나는데.

한 치 앞도 보이지 않는 검은 공간을 빠르게 걸으며 솔레아는 연신 주위를 두리번거렸다.

어딘가로 사라졌던 아무스가 어느새 그녀의 곁에 따라붙었다.

"어디로 가는 거야?"

"집에 가야 돼. 냉장고에 술이 떨어지면 아빠가 화낸단 말이야."

"……안 해도 돼."

"아니야, 해야 돼. 돈 한 푼 못 벌어 오고 밥만 축내는데 제때 술 채워 놓는 것도 제대로 못 하면 어떡해. 슈퍼가 어느 방향이지?"

"……어린아이는 그런 걱정 안 해도 돼."

"내가? 어린가?"

솔레아는 제 몸을 내려다보다가 고개를 들어 아무스를 바라봤다.

"난 다 컸는데. 아빠도 다 큰 년이 심부름도 하나 못 하냐고 했어."

아무스는 아무런 말도 하지 않았지만 솔레아는 대답을 기대하고 한 말이 아닌 듯 전혀 신경 쓰지 않았다.

그녀는 바삐 걸으며 출구를 찾아다녔다.

하지만 아무리 둘러봐도 나가는 길은 보이지 않았다.

"빨리 나가야겠어. 아빠는 집에 왔을 때 내가 없으면 화내. 다녀오셨습니까, 라고 인사해야 되거든."

마음이 급해졌는지 솔레아는 한참을 뛰다가 갑자기 우뚝 멈춰 섰다.

"여기가 어디야?"

"응?"

"출근해야 되는데."

"······내가 데려다줄게."

"아니야. 괜찮아. 남자랑 같이 가면 돈도 없다면서 연애는 어떻게 하냐고 물어보거든, 사람들이."

"······그럼 저 앞까지만 같이 가자."

"응. 좋아."

그러곤 또 한참을 걷던 솔레아가 이번엔 바닥에 주저앉았다.

"나 이제 쉬고 싶어."

"그래."

"아무것도 안 할래."

"그래, 하지 마. 네가 싫은 건 안 해도 돼."

"오빠들이랑 놀러 가기로 약속했는데."

"오빠들 보고 싶어? 집으로 갈까?"

"······무슨 오빠들?"

맑은 보라색 눈을 말똥말똥 깜빡이며 아무스에게 질문한 솔레아는 이내 질문을 했단 것도 까먹었는지 자리에 드러누워 서서히 눈을 감았다.

"졸려."

"그래, 자. 내가 옆에 있을게."

"정말?"

"응. 정말."

"······아무 데도 안 갈 거야?"

"응."

"나만 두고 가지도 않고, 하루 종일 집에 혼자 있지도 않게 계속 옆에 있을 거야?"

"그럴게."

작게 고개를 끄덕이던 솔레아는 잠깐 눈을 감았다가 뜨곤 다시 입을 열었다.

"네가 바라던 사람이 내가 아니어도 버리지 않을 거야? 실망하면 어떡해. 화낼 거잖아."

"너는 너야. 난 널 만나기 위해 아주 오랜 시간을 기다렸고, 이제 무슨 일이 있어도 널 두고 떠나지 않아."

"그래?"

"그래."

"……응……."

그제야 안심했다는 듯 그녀는 눈을 감았다. 얼마 지나지 않아 솔레아에게서 고른 숨소리가 들려왔다.

아무스는 잠든 솔레아를 안아 들고 검은 공간 밖으로 빠져나왔다.

산들의 능선이 넘실대는 파도처럼 수평선을 가득 채우고, 하얀 구름들이 손에 닿을 듯 가까웠다.

커다란 나무 아래를 둘러싼 곳만 아무런 풀도 자라지 않은 검은 흙바닥이었다.

아무스가 1,000년 가까이 잠들어 있던 곳이었다.

아름드리나무 아래에 솔레아를 내려놓은 아무스는 그녀의 옆에 자리 잡고 앉아 검은 날개를 꺼냈다.

혹여 햇빛에 깰까 싶어 그녀의 머리 위에 날개를 넓게 펼쳐 두었다.

잠들어 있던 시간은 대부분 지루했고, 조금씩 힘이 사라지는 것 같아 두려웠지만 이제는 괜찮았다.

만약 또 1,000년을 혼자서 견뎌야 한대도, 솔레아를 만났으니 괜찮을 것 같았다.

다만 아무스는 솔레아가 다시 행복한 얼굴로 활짝 웃기를 바랐다.

어떻게 해야 하지?

"……뱀일 때 꼬리를 흔들면 좋아했는데……."

"뭐, 인마? 감히 누구한테 꼬리를 쳐?"

솔레아는 아니었다.

그녀는 아직도 곤히 자고 있었으니까.

갑자기 들려온 목소리에 놀라 일어난 아무스는 자신이 날개를 움직이는 바람에 햇빛에 노출된 솔레아의 미간이 좁아지는 걸 보고 얼른 다시 날개를 펼쳤다.

나무 뒤편에서 정령들과 함께 디에르고 공작, 티온, 그레이, 헤이먼이 등장했다.

아무스는 왼손의 검지를 입 앞에 갖다 대고 오른손을 팔랑거리며 모두에게 신호를 보냈다.

다급하게 뛰어오던 그레이가 잠든 솔레아를 보고 우뚝 멈춰 서더니 살금살금 걸어와 속닥였다.

'솔레아는 자고 있는 거야?'

고개를 끄덕거린 아무스가 목소리를 더 낮추라는 의미로 오른손으로 아래를 가리키자 공작이 더 조용한 목소리로 물었다.

'아픈 곳은 없나?'

'없다. 하지만 당신을 제대로 기억하지 못해. 다른 이들도.'

이달론의 목을 가져왔던 솔레아의 모습을 보지 못한 티온은 아무스를 힘껏 노려보며 몸을 낮췄다.

'왜 네가 막내와 있는 거지?'

금방이라도 달려들 기세였다.

아무스가 아무런 말 없이 티온을 노려보자 티온의 눈빛 역시 사나워졌다.

'신원도 불분명한 자에게 막내를 맡길 순 없어.'

티온이 검집에서 검을 꺼냈다.

스릉—

검날이 뽑히는 소리가 들리고,

"으음……."

솔레아가 몸을 뒤척였다.

그러자 곧장 티온의 옆으로 간 그레이가 그의 팔뚝을 꼬집고는 검지를 입술에 갖다 댄 채 온몸으로 팔딱거렸다.

'형! 애 자는데 왜 깨워!'

'아, 아니……. 쟤 이상한 사람 같아서…… 막내 데려오려고…….'

'솔레아 깨잖아!'

디에르고 공작은 투닥거리는 두 사람 사이로 걸어 나왔다.

'우리 집에서 지내지. 자네도 함께 가도 좋다.'

'난 짝이 원한다면 갈 거야. 하지만 그게 아니라면 움직이지 않아.'

'……아직 딸에게 사과도 못 했네.'

원활한 대화를 위해 아무스 쪽으로 다가가던 디에르고 공작은 실수로 나뭇가지를 밟았다.

빠각.

"아이씨……."

솔레아의 짜증 섞인 한숨에 모두 서 있던 자세 그대로 굳어 버렸다.

디에르고 공작 또한 나뭇가지를 밟은 상태 그대로 멈춘 채 한동안 가만히 서 있었다.

솔레아가 다시 고른 숨소리를 내기 시작하자 디에르고는 손짓으로 대화를 시도했다.

두 손으로 열심히 집 모양을 그린 뒤 손가락으로 화살표를 표시하고는 아무스와 솔레아를 함께 가리켰다.

'집! 가자! 너도! 내 딸도!'

아무스는 고개를 도리도리 저으며 손가락으로 솔레아를 가리킨 뒤, 두 손을 겹쳐서 얼굴 옆에 대며 자고 있다는 신호를 보냈다.

'내 짝! 자고 있어! 안 가!'

엉망진창 보디랭귀지에 그레이도 끼어들었다.

팔을 뱀처럼 휘휘 젓다가 아무스가 입고 있는 옷과 자신을 번갈아 가리키곤 자신의 머리 위에 뿔을 그린 뒤 따라오라며 손을 까딱거렸다.

'너 이 뱀 대가리 새끼야! 그거 내 옷이지! 옷 내놔! 따라와.'

'치사하게 옷으로 그러다니!'

쪼잔한 그레이의 모습에 아무스가 입고 있는 옷을 벗으려 거칠게 단추를 풀기 시작했다.

그대로 훅 벗어 땅에 내던질 작정이었는데 활짝 펼치고 있는 날개에 옷이 걸려 버렸다. 아무스는 잠깐 당황했지만 이미 풀어 헤친 단추를 다시 채우는 건 멋져 보일 것 같지 않았다.

아무스는 온몸을 곧게 편 채로 위풍당당하게 서 있었다.

결국 셔츠 앞섶을 풀어 헤친 나른하고 섹시한 남자가 되어 버렸다.

다시 바람이 불자 그의 검은 머리카락과 벗다 만 셔츠 자락이 팔랑거렸다.

그레이가 이마를 짚고는 관자놀이를 가리킨 손가락을 빙글빙글 돌렸다.

'너 진짜 또라이냐?'

아무스는 분한 표정으로 당당하게 큰 꼬리를 꺼내 보였다.

'나는 용이다!'

'아무튼, 집으로 오라고!'

'짝이 안 간다면 나도 안 가!'

안 간다는 입 모양을 본 티온이 검을 다시 힘차게 꺼내려 했다.

스르릉 소리를 내며 긴 검을 반 정도 뽑아냈을 때, 솔레아가 발로 허공을 차며 짜증이 가득 담긴 말투로 한참 웅얼거리다가 말을 뱉었다.

"아씨, 주말인데 오라 가라……."

헤이먼이 주먹으로 티온의 팔뚝을 소리 나지 않을 정도로 치며 혼을 냈다.

'형! 지금 뭐 하는 거야! 솔레아 자는데! 쟤가 얼마나 피곤하겠어! 혼자 이달론 목도 땄는데!'

'……아니, 난, 그냥 막내랑 같이 집 가고 싶어서…….'

'그래도! 맨날 일한다고 잠도 제대로 못 자던 애가 지금 얼마 만에 자는 건

데! 조용히 좀 하자, 어?'

'그래도……. 막내랑 같이 돌아가야지.'

시무룩한 티온의 목소리에 디에르고 공작이 엄숙한 표정으로 고개를 돌리곤 속삭였다.

'티온 폰 베르고.'

아버지가 자신을 풀 네임으로 부르는 일은 흔치 않았기에 티온은 온몸에 힘을 주고 바짝 긴장한 채 대답했다.

'네. 아버지.'

'조용히 해라. 애 자니까.'

'……예.'

반쯤 꺼냈던 검을 다시 넣지도, 그렇다고 완전히 뽑지도 못한 채로 티온은 가만히 서 있었다.

이 자리에 있는 모든 사람이 식은땀을 흘렸다.

그리고 사람이 아닌 파충류는 혹시라도 날개가 접혀 미풍이 불게 되어 솔레아가 깰까 봐 날개에 힘을 주고 있느라 쥐가 날 지경이었다.

사람이 아닌 정령들 역시 살얼음판을 걷는 것 같은 삭막한 분위기에 어쩔 줄 몰라 하며 날개만 파닥거렸다.

그때 바람이 멎었다.

정령들의 팔랑대는 날개 소리가 유독 크게 들렸다.

모두의 시선이 솔레아를 향했다.

솔레아 역시 들었는지 손으로 귀를 퍽퍽 쳐 댔다.

"모기……."

하지만 이내 솔레아는 다시 잠들었다. 안도의 한숨을 내쉰 디에르고는 혹시 몰라 가져온 물건을 품속에서 꺼냈다.

붉은 표지의 책이었다.

「렘샤 부인의 은밀한 사정」

차마 말을 잇지 못하던 디에르고가 손짓으로 책과 솔레아를 번갈아 가리키며 설명했다.

'이거. 솔레아가 좋아하던 책인데. 혹시 몰라서 가져왔다. 좋아하던 책을 읽으면 기억이 날까 해서.'

뒤에 있던 정령들의 날갯짓이 빨라졌다.

"우리 그거 좋아해!"

"우리 다 좋아해!"

"나도! 지금 읽을래!"

갑자기 커진 정령들의 목소리에 다들 화들짝 놀라 솔레아와 정령들을 번갈아 바라봤다.

제풀에 놀란 정령들은 순식간에 날갯짓을 멈추곤 헤이먼의 머리, 어깨와 팔 위에 내려앉았다.

정령들이 다 앉기에는 자리가 모자라 나머지는 헤이먼의 주머니 안으로 들어가거나 옷을 붙잡은 채 조용히 입을 다물었다.

다시 아무스를 바라보자 그는 이미 용으로 변해 있었다.

이를 드러내긴 했지만 으르렁거리는 소리는 들리지 않았다.

하지만 그들의 노력에도 불구하고 용의 발 사이에서 하품 소리와 또렷한 음성이 들려왔다.

"아으으…… 잘 잤다."

사람과 사람이 아닌 것들이 동시에 얼어붙었다.

시원하게 기지개를 켠 솔레아는 자리를 툴툴 털고 일어났다.

이왕 일어난 김에, 라는 생각이 베르고 일가의 머릿속을 동시에 스쳤다.

"막내야! 다리 안 아파? 업어 줄까? 높이 던져 줄까?"

"솔레아! 집에 가자! 빌이랑 사라 영애를 불러서 놀자. 다 같이 시장 가자, 시장!"

"아가, 솔레아! 이 책 기억나니?"

"레아, 호수 보러 가자! 나 너 찾으려고 아빠한테 엉덩이도 맞았어! 제일 먼저 나랑 호수 가자!"

여러 사람의 목소리가 한꺼번에 섞여서 들린 탓에 솔레아가 머리를 갸웃 기울였다.

그레이가 펄쩍 뛰며 말했다.

"한 사람씩 말합시다! 일단 아빠부터 하세요!"

디에르고가 책을 든 채 조심스럽게 그녀의 앞으로 걸어갔다.

"레아, 아가. 이 책이…… 물론 나도 믿기 힘들긴 하다만 네가 가장 좋아하던 책이라고 하더구나. 그래서 들고 왔는데…… 혹시 기억나니?"

디에르고가 내민 책을 물끄러미 보던 솔레아는 눈을 끔뻑거리다가 고개를 들어 디에르고를 바라봤다.

낯선 것을 보듯 경계심이 가득한 눈빛이었다. 디에르고의 눈에 짙은 후회가 자리 잡았다.

"미안하다, 아가, 우리 딸……. 사과라도, 그저, 미안하다는 말이라도 하고 싶어서……."

공작의 얼굴이 무겁게 가라앉는 걸 본 솔레아의 표정이 미묘하게 달라졌다.

그녀는 천천히 앞으로 걸어가 공작을 끌어안았다.

"레아?"

"저를 다른 분이랑 착각하신 것 같아요. 그래도 울지 마세요. 따님이 슬퍼하실 거예요."

"……넌 딸인 척 나를 위로한 게 아니었는데, 원래 이렇게 다정한 아이였는데."

디에르고는 손으로 눈가를 짓누르며 울었다.

솔레아는 소리를 죽이고 우는 디에르고 공작의 등을 토닥이며 아무스에게 입 모양으로 말했다.

'아무래도 이 아저씨 딸이 나랑 엄청 닮았나 봐.'

우는 디에르고를 달래던 솔레아가 품 안에서 하얀 천을 꺼냈다.

"아저씨, 킁 하세요."

"……응?"

"킁! 아저씨 코 나왔어요. 다 큰 어른이 이러고 다니면 사람들이 흉봐요."

"……걱정해 줘서 고맙다. 그, 그런데 이런 건 내가 할 테니까, 신경 쓰지 말고……."

"코 한 번도 안 풀어 봤어요? 얼른 킁 해요! 나도 울 때 우리 오빠가 코 풀어 줬단 말이에요."

"오빠?"

"오빠?"

"오빠?"

"오빠?"

"어느 오빠?"

"나?"

정령들과 공작님을 비롯한 삼 형제까지 모두 입을 모아 되물었다.

"오빠라고?"

"그거 내 얘기지?"

그레이가 한 발 앞으로 나가며 손으로 자신을 가리켰다.

하지만 솔레아는 인상을 찌푸리며 고개를 저었다.

"우리 오빠는 너보다 잘생겼어."

당황한 그레이가 잠시 눈을 굴리다가 용이 된 아무스를 바라봤다.

솔레아의 꿈을 통해 원래 인생을 본 용무스는 고개를 저으며 커다란 앞발로 그레이를 가리켰다.

솔레아가 말하는 오빠가 그가 맞다는 얘기였다.

그제야 확신이 생긴 그레이가 큰 소리로 외쳤다.

"……야! 내, 내가 지금 정령들 때문에 날아오느라 얼굴에 바람을 맞아서 그렇지. 원래는 이거보다 나아."

"얼굴에 바람이 아니라 세월을 맞은 거 같은데?"

"……너 다 기억나는데 모른 척하고 시비 거는 거면 죽는다."

"그레이! 애한테 무슨 말버릇이냐!"

"아빠 또 쟤만 편드네! 아이고, 그레이 억울해!"

발을 동동 구르던 그레이가 잔디밭에 드러누워 발로 허공을 팡팡 차 댔다.

"지금, 솔레아 앞에서, 그리고 가족끼리만 있는 것도 아닌데 무슨 추태냐, 그레이. 당장 일어나!"

"아빠는 맨날 딸만 예뻐하고! 피 안 섞인 아들은 아들도 아니다?"

"너, 너! 너는 꼭 말을 해도!"

디에르고는 심각한 상황에서 굳이 익살스러운 말투로 장난을 치는 그레이가 이해되지 않았다.

목소리를 높여 혼내려던 찰나, 솔레아의 입에서 풉, 하는 소리가 새어 나왔다.

놀라 돌아보자 솔레아가 손으로 입을 가린 채 키득대고 있었다.

곱게 반으로 접힌 눈 속의 보라색 눈동자가 흥미롭다는 듯 빛나고 있었다.

이내 솔레아도 그레이 옆에 드러누웠다.

"모르는 사람이 주는 손수건으로는 코를 풀기 싫다?"

"잘한다, 야. 더 해. 우리 아빠 아주 펑펑 울려서 제국에서 제일 못생긴 공작으로 만들어 버리자."

나란히 누운 솔레아를 부추기며 그레이가 두 팔과 다리를 허공에서 마구 휘둘렀다.

그 모습을 본 솔레아가 그레이를 똑같이 따라 하며 잔디밭을 굴러다녔다.

"딸도 아닌 애가 주는 걸로는 코 풀기 싫다?"

"아니, 아니! 아니야! 레아, 아가! 무슨 그런 말을! 아니란다!"

당황한 디에르고가 허둥지둥 말했지만 솔레아의 얼굴엔 여전히 웃음기만 가득했다.

"하하! 재밌다."

부드러워진 분위기에 티온도 얼른 잔디밭에 누웠다.

하지만 막상 눕고 보니 마땅히 할 말이 없었다. 잠깐 고민하던 티온은 이내 결심한 듯 입을 열었다.

"……내, 내 이름만 두 글자다?"

디에르고가 손으로 이마를 짚으며 긴 한숨을 쉬었다.

"네 이름 엄마가 지었다."

"아, 앗……. 트, 특별한 것 같아서 좋아요. 아버지."

솔레아가 큰 소리로 웃자 이번엔 헤이먼도 누웠다.

헤이먼은 이때다 싶었는지 아주 빠르게 말했다.

"엉덩이를 세게 때리셨겠다?"

"헤이먼, 아깐 정말 어쩔 수 없는 상황이라……. 미안하다."

정령들이 불같이 화를 내기 시작했다.

"심각한 상황이라 잊고 있었네!"

"우리 분홍이 때렸지?!"

"분홍이 아야 하게 했지!"

"때찌 하자!"

"꽃으로도 때리면 안 되는데!"

정령들의 말에 솔레아까지 동조했다. 이 모든 것들이 놀이처럼 느껴지는지 짓궂게 놀리는 말투였다.

"맞아! 자식은 때리면 안 돼!"

무심코 말을 뱉은 솔레아는 누워 있는 상태 그대로 움직임을 멈췄다.

아빠가 날 때렸어.

……어라? 아닌데. 나 엄청 예쁨받던 것 같은데.

"때찌 해 버리자!"

정령들이 고기 다짐용 망치를 다시 꺼내더니 말릴 새도 없이 공작을 향해 휘둘렀다.

아무스가 말리기 직전, 눈에 보이지도 않을 정도로 빠른 속도로 공작에게 달려간 솔레아가 그를 끌어안으며 마력으로 막아 냈다.

깜짝 놀란 얼굴로 자신을 바라보는 디에르고 공작을 향해 솔레아는 씨익 웃었다.

"솔레아?"

"아저씨 우리 아빠랑 정말 많이 닮았네요."

"뭐?"

솔레아는 주머니에서 흰 천을 꺼내 아무렇지 않게 공작의 이마에 흐르는 식은땀을 닦아 주며 말했다.

"아빠가 저 엄청 예뻐해서 매일 꽃 따다 주고, 가끔 둘이서 정원 산책도 하고, 차도 같이 마셨어요. 엄청 바쁜데도 매일 자기 전에 잘 자라고 인사도 해 줬고……."

조잘조잘 말하던 솔레아의 표정이 갑자기 굳었다.

"근데 왜 나를 가짜라고 불렀지?"

디에르고는 솔레아의 두 손을 맞잡고 천천히 무릎을 꿇었다.

"미안하다. 아가. 솔레아, 아빠, 아니…… 아저씨가 미안해. 상처를 줘서 미안하다."

"아저씨가 잘못한 일이 아니니까 괜찮아요."

남을 바라보듯 적당히 무심하고, 친절한 눈빛이었다.

솔레아는 바닥에 떨어진 붉은 책을 주워 들었다.

"저도 따님을 찾아볼게요. 너무 걱정 마시고 돌아가서 쉬세요, 아빠. 아, 너무 닮아서 헷갈리네. 아저씨 얼굴이 많이 상했어요."

태연한 솔레아를 가만히 살펴보던 헤이먼이 정령들에게 조용히 물었다.

"……이달론이 죽었는데 왜 솔레아는 기억을 찾지 못하는 거야?"

"충격을 받기도 했고, 아마 임시 주인 마음에 확신이 없어서가 아닐까?"

"임시 주인은 더 이상 상처받기 싫어해."

"응. 너무 아프니까."

"맞아, 버려지는 건 슬프니까."

헤이먼은 솔레아의 마음을 얕게나마 이해할 수 있었다.

자신 역시 버려지는 것이 무서워서 오랜 시간 속으로만 앓아 왔다.

우는 공작을 무감각한 얼굴로 내려다보던 솔레아는 그에게 잡힌 손을 빼내고 아무스를 향해 돌아섰다.

"아무스, 이제 가자."

그때, 디에르고 공작의 머릿속에 아무스의 음성이 들려왔다.

'난 짝이 웃는 걸 다시 보고 싶어. 그러니까 도와줄게. 대신 당신과 당신의 아이들이 잘해 내야 돼.'

공작은 미친 듯이 고개를 주억거렸다.

디에르고의 간절한 얼굴을 보며 노란 눈을 깜빡이던 아무스가 솔레아에게 말했다.

"우리 재밌는 놀이 할까?"

"응? 좋아! 어떤 거?"

"숨바꼭질을 하자. 저 사람들이 네 이 빨간 머리카락과 보라색 눈이 아닌 다른 모습을 보고도 널 알아보면……."

"알아보면?"

"그들을 믿어 주기로."

"어떻게 믿어?"

"다시 사랑할 기회를 주자."

아무스의 말이 이해되지 않는다는 듯 솔레아는 고개를 갸웃거렸다.

그다지 흥미 있어 보이진 않았다.

"재미없을 것 같은데……."

작게 중얼거린 솔레아가 입술을 삐죽거리는데 여태 바닥에 드러누워 있던 그레이가 옆으로 돌아눕고는 손으로 머리를 받친 뒤 시큰둥하게 말했다.

"뭐야, 너무 쉽지. 그 정도는 지나가는 개도 알아보겠다."

발끈한 솔레아가 그레이에게 버럭 소리를 질렀다.

"나 모습 잘 바꿔!"

"'냐 묘습 잘 바꺼~ 웃기고 있네. 야, 네가 아무리 모습을 바꿔 봐라. 지 가족도 못 알아보는 멍청이가 어디 있냐."

한껏 약 올리는 말투에 열이 오른 솔레아는 '가족'이라는 말을 캐치하지 못했다.

"야! 너 나랑 내기해!"

"그래. 뭐 걸래? 난 돈 그런 거 관심 없다. 우리 집 돈 많아. 동생이 장사를 하거든."

"나도 돈 그런 거 관심 없어! 그, 음, 음……."

"내 동생을 찾아 줘."

갑자기 목소리를 깔며 진지하게 부탁하는 그레이의 모습에 솔레아가 눈을 크게 뜨며 '너 동생 잃어버렸어?' 라고 되물으려는데 디에르고가 끼어들었다.

"내 딸이 집을 나갔다. 애타게 찾고 있는데…… 내게 많이 화났는지 돌아오질 않는구나. 내기에 이기면 딸을…… 찾아 줬으면 하는데."

솔레아는 자신만만한 얼굴로 고개를 끄덕였다.

"좋아! 대신 아저씨랑 저기 무섭게 생긴 회색 머리, 여기 얄미운 적갈색 머리, 예쁘게 생긴 저쪽 분홍 머리까지 다 할 거야! 각자 하루 안에 나 알아보기!"

"그래. 좋다."

"그리고 내가 이기면 딸 안 찾아 줘! 영원히!"

"……그래, 그 정도는 감내해야지."

디에르고는 애써 웃으며 답했고 헤이먼과 그레이도 밝은 표정으로 고개를 끄덕였지만 티온은 마음이 조금 아야 했다.

'나만 무섭게 생긴 회색 머리라고 했어……'

티온의 속도 모르고 솔레아는 아무스의 등에 올라타 높이 날아올랐다.

"다들 깜짝 놀라지나 마! 한 번이라도 못 알아보면 내가 이긴 거야!"

❄ ❄ ❄

그레이에게 제일 먼저 들켰다.

약 올리던 얼굴이 하도 재수 없어서 솔레아는 그를 제일 먼저 타깃으로 정했다.

어떤 모습으로 변할까, 하고 고심하던 솔레아는 그가 가장 아끼는 말인 스테파니로 변신하기로 마음먹었다.

마구간에서 얌전히 건초를 먹고 있던 스테파니를 잠깐 아무스의 공간으로 보내 놓고, 솔레아는 스테파니로 변해 가만히 마구간 안에 서 있었다.

얼마 지나지 않아 승마복을 입은 그레이가 마구간으로 들어왔다.

"스테파니, 잘 잤어?"

부드럽게 웃는 그레이의 얼굴과 그의 입에서 나온 '스테파니'라는 이름에 묘한 기시감이 들어 솔레아는 잠깐 딴생각에 빠졌다.

"너 오늘 상태가 왜 이래? 아파? 몸 안 좋으면 오늘은 나가지 말고 쉴까?"

'어? 이 사람 내가 아는 사람인가? 기분이 이상해. 내가 아프다고 하면 온갖 난리법석을 떨면서 걱정할 것 같아. 왜지?'

솔레아는 뒷걸음질을 치며 자신을 바라보는 그레이의 시선을 피했다.

"왜 날 안 보지? 한 번도 그런 적이 없었는데. 스테파니. 괜찮아?"

'저런 이름이 아니었는데. 나를 뭐라고 불렀지?'

솔레아가 혼란스러워하며 머리를 이리저리 흔들자 그레이가 품에서 당근을 꺼냈다.

"자. 스테파니, 이거 먹어."

'으. 생당근 싫어.'

솔레아가 관심이 없다는 듯 휙 고개를 돌리는 순간 그레이의 말투가 변했다.

"서어얼마, 그 대애애애애단하신 용의 주인님께서 고작 공작가의 마구간에 숨어들 리가 없을 텐데~"

'그냥 죽일까.'

당근을 눈앞에서 흔들며 그레이가 긴 눈을 접어 웃었다.

"여기 보세용. 우리 스테파니가 좋아하던 생당근이에요~"

그래도 솔레아에게서 반응이 없자 그레이가 울상을 짓는 척 오른손을 눈꼬리에 붙이며 흑흑 소리를 냈다.

"힝! 우리 귀염둥이 스테파니는 당근 좋아했는데! 변신은 잘해도 입맛이 한결같은 솔레아는 당근 먹는 척도 안 해 주네! 그레이는 슬퍼! 힝구!"

"생당근은 쓴맛 나서 싫다고!"

스테파니의 모습은 온데간데없이 사라지고 풍성한 붉은 머리칼의 여자가 나타났다.

"찾았다."

당근을 뒤로 집어 던진 그레이가 순식간에 울타리를 뛰어넘어 마구간 안으로 들어와 솔레아의 손목을 붙잡았다.

"야, 내가 이겼다."

"……씨."

솔레아가 분하다는 듯 그레이를 한껏 노려보는데, 장난칠 줄 알았던 그레이의 눈가에 눈물이 고였다.

그는 솔레아를 끌어안고는 먹먹한 목소리로 말하며 이마에 뽀뽀를 쪽쪽 해 댔다.

"……역시 우리 동생 이마만큼 찰진 데가 없네."

"……이거 봐."

마음 한구석이 뜨끈해지는 이상한 기분에 솔레아는 도망치듯 그곳에서 사라졌다.

"스테파니는 돌려놓고 가!"

그레이의 목소리에 솔레아는 얼른 스테파니를 제자리에 갖다 두었다.

검은 공간 안에 홀로 숨어서 가슴을 다독였지만 자꾸 그리운 기분이 드는 걸 멈출 수 없었다.

그레이와의 숨바꼭질에서 대실패를 경험한 솔레아는 분노했다.

그렇게 쉽게 들키다니. 다 당근 때문이야.

몰래 공작가의 뒤뜰 텃밭으로 간 솔레아는 그레이가 직접 관리하는 스테파니 전용 당근밭을 뒤집어엎은 뒤 그레이가 오기를 숨죽인 채 기다렸다.

아침이 밝아 오자 간편한 복장으로 텃밭에 나타난 그레이는 엉망이 된 당근밭을 발견하고 소리를 질렀다.

"솔레아아아악! 너 집에 오면 죽는다!"

히히히.

그가 말에게 줄 당근을 키우는 밭을 직접 관리한다는 걸 자신이 어떻게 알고 있는지는 알 수 없었지만 그래도 재밌었다.

저 사람이랑 장난치는 거 좋아.

얄미운데 재밌어. 저 사람 좋아.

마음이 통하기라도 했는지 한참 씩씩거리던 그레이는 그나마 성한 당근을 밭에서 골라내다 말고 피식 웃었다.

"솔레아. 집에 빨리 와라."

또 기분이 이상해질 것 같아서 솔레아는 얼른 자리를 피해 버렸다.

다음 타깃은 험상궂게 생긴 회색 머리였다.

매일 허리춤에 검을 찬 채 저택을 돌아다니고, 기사들과 전투 훈련을 하는 걸로 봐서는 싸움을 어마어마하게 잘하는 사람 같았다.

그의 부하로 변하려는데 아무스가 가로막았다.

"그건 너무 쉽게 들키지 않을까?"

"응? 왜?"

"하루 종일 같이 있는 사람들인데 다른 느낌이 들면 당연히 알아채겠지."

"아, 그럴 수도 있겠다."

역시 아무스는 자기편이라고 생각하며 솔레아는 마음을 바꿔 타티아나라는 이름의 하녀로 변했다.

훈련을 끝낸 뒤 땀을 흘리고 있는 티온에게 다가가 고개를 숙인 채 말했다.

"도련님, 여기 물과 수건입니다."

티온은 타티아나를 힐끔 보더니 그녀가 내민 수건을 받아 들어 땀을 닦고는 물을 벌컥벌컥 마셨다.

그러고는 조심스럽게 빈 컵을 내밀었다.

"고마워."

"아니에요."

성공했다! 역시 못 알아보네.

얼굴에 미소가 떠오르려는 걸 필사적으로 가라앉힌 솔레아가 뒤돌아 가려는데 티온이 시무룩한 말투로 말을 걸어왔다.

"근데……."

"네?"

"나 많이 무섭게 생겼어?"

"그게 무슨……."

갑자기 무슨 개 풀 뜯어 먹는 소리를 하는 거람.

눈을 동그랗게 뜬 솔레아를 힐긋 본 티온은 손을 들어 목덜미를 어루만지며 조용히 덧붙였다.

"막내 네가 전에 나한테 무섭게 생긴 회색 머리라고 해서. 나 너한테도 많이 무섭게 보이나 싶어서……. 전에 네가 무서운 거 싫다고 했는데……. 얼굴을 가리고 다닐까?"

"엇, 아니, 그, 무, 무슨 말씀을 하시는 건지 모르겠어요."

당황한 솔레아가 뒷걸음질을 치자 왜 덩달아 당황했는지는 모르겠지만 티온 역시 놀란 얼굴로 같이 뒷걸음질을 쳤다.

두 사람은 서로에게서 빠르게 멀어졌다.

티온은 두 손을 앞으로 내밀어 흔들며 자신은 무해하다는 신호를 보냈다.

"미안. 미안해, 막내야. 네가 왔길래 물어봐야 할 것 같아서……. 내가 너무 급하게 물어봐서 놀랐지. 그럼 저녁에 다시 물어볼까?"

어깨를 추욱 늘어뜨린 티온은 풀죽은 얼굴로 눈을 느리게 깜빡였다.

"우리 막내 놀라게 했으면 미안해……."

"나, 나, 나인 걸 어떻게 알았어?"

"막내는 걸을 때 발가락으로 땅을 쭉쭉 밀면서 걸으니까. ……아마 원래 있던 곳에서 되게 바쁘게 살았나 봐. 예전엔 널 몰랐으니까 그냥 특이하다고만 생각했는데, 지금은…… 지금은 그냥 우리 막내를 좀 더 알고 싶어."

험악한 인상과 달리 티온은 온순한 말투로 말을 이었다.

"그리고 다른 하녀들은 나한테 가까이 안 와서……. 물이나 수건은 하인들이 내가 쓰는 의자 위에 올려 두고 가고……."

"엥? 왜 그러는 거야? 너 차별받아?"

솔레아가 눈꼬리를 올리며 물었다. 타티아나의 얼굴을 하고 있었지만 표정만큼은 솔레아의 것과 똑같았다.

티온은 히죽 웃으며 고개를 저었다.

"아니. 내가 무섭게 생겨서 그런가 봐."

솔레아는 입술을 꾹 다물었다가 티온에게 다가가 최대한 높이 손을 뻗어 그의 팔뚝을 다독거렸다.

"너 안 무섭게 생겼어. 그, 평균보다는 조금, 그, 그렇지만 특별하게 생긴 거지. ……장소의 특수성에 따라, 어, 굉장히 효과적인 얼굴이라고 봐, 나는."

티온의 입은 여전히 호선을 그리며 올라가 있었지만 흉터는 거짓말을 못 하는 것 같았다.

'진짜로 웃을 땐 저 관자놀이 쪽의 흉터도 짜글짜글 구겨지는데.'

본인이 무슨 생각을 하는지도 눈치채지 못한 채 솔레아는 축 처진 티온을 가만히 바라보았다.

물론 그렇다고 해서 그의 거대한 근육들까지 시무룩해지진 않았지만.

굵은 목과 이어진 삼각근과 떡 벌어진 어깨, 그 아래의 두툼하고 단단한 가슴…….

가슴?

내가 저 가슴에 안긴 적이 있던가?

갑자기 떠오른 생각에 솔레아는 무심코 손을 들어 티온의 가슴 근육을 콕 찔렀다.

"어?"

"아는 가슴인가……?"

티온의 얼굴이 새빨개졌다.

"알, 알고야 있겠지만……. 막내야, 나는 괜찮지만 밖에서 다른 사람 가슴 찌르면 안 돼."

"응. 오빠."

"착하네. 내 동생."

무심코 오빠라고 말한 솔레아는 계속 티온의 단단한 가슴을 콕콕 찔러 댔다.

'분명 아는 가슴인데. 안긴 적 있던 것 같은데.'

커다란 눈을 데굴 굴리며 생각에 빠지려던 도중 몸이 번쩍 들렸다.

티온이 솔레아를 높이 안아 든 것이다.

"던지기 한번 할까?"

"싫어! 내려 줘!"

마력으로 티온의 팔을 날릴 수도 있었고, 그를 다른 공간으로 던진 후에 자신은 내기의 결과를 기다리고 있는 아무스의 옆으로 가 버릴 수도 있었다.

하지만 솔레아는 그러지 않았다.

정확히는 그럴 수가 없었다.

솔레아가 망설이는 사이 티온은 하늘을 향해 그녀를 높이 던졌다.

그가 다시 받으려고 팔을 쭉 뻗었지만 솔레아는 그대로 사라져 버렸다.

그와 더 있으면 안 될 것 같았다.

티온은 솔레아가 사라진 하늘을 응시한 채 뻗었던 팔을 힘없이 내렸다.

그 모습을 지켜보던 몇몇 기사들과 하인들 사이에서 이상한 괴담이 생겨났다.

'티온 도련님이 하녀를 잡아 하늘로 던졌더니 하녀가 다시 돌아오지 못했다.'

그날 이후로 하녀들은 티온에게 그림자조차 보이지 않으려 조심스럽게 행동했고, 티온은 조금 슬퍼졌다.

……힝.


"아무스. 나 왜 자꾸 들킬까?"

"글쎄."

용의 옆구리에 누워 있는 솔레아는 발가락을 까딱거렸다.

"근데 있잖아. 엄청 익숙한 기분이 들어."

"어떻게?"

"……음, 가족이 있다면 이런 기분일까…… 하는."

말끝을 흐린 솔레아는 생각을 떨쳐 내려는 듯 머리를 빠르게 좌우로 흔들고는 화제를 돌렸다.

"분홍 머리는 어떻게 속이지? 다들 너무 쉽게 알아차려."

"다들 솔레아를 엄청 사랑했나 봐. 금방금방 알아채는 걸 보면."

"……그러게."

자리에서 벌떡 일어난 솔레아가 아무스를 매섭게 노려봤다.

"너, 자꾸 그 가족들 막, 어? 좋다는 듯이 얘기하지 마."

"왜?"

"……그 사람들이 찾는 솔레아가 꼭 나인 것 같은 기분이 든단 말이야."

"그럴 수도 있지."

"……싫어."

"왜?"

"내가 지면 솔레아를 찾아 줘야 하잖아. 그 사람들이…… 나를 바라볼 때
보다 훨씬 다정한 눈으로 솔레아를 바라볼 텐데, 친한 친구랑 가족은 다르잖
아……. 난, 나는."

말을 이어 가던 솔레아가 다시 아무스의 옆에 쪼그려 앉았다.

"난 그럼 너무 외롭고 슬플 것 같아."

"너도 그 가족들을 사랑하나 보다."

"응?"

"거기 갔다 돌아왔을 때 네 표정이 너무 행복해 보였어. 그 사람들이 다정
하게 널 보는 게 좋고, 같이 장난치는 게 재밌고, 떨어져 있으면 생각나고 보고
싶다며."

대답 없는 솔레아의 무릎 위에 커다란 머리를 올려 두며 아무스가 낮은 목소
리로 말했다.

"나는 네가 부족함 없이 행복할 때 나를 선택해 줬으면 좋겠어."

"무슨 말이야?"

"가진 게 나밖에 없을 때 말고, 종일 행복해서 선택지가 아주아주 많을 때
나를 사랑해 줘. 그럼 난 네가 가진 많은 것들 중에서 제일 소중한 것이 될 거
고, 매일 행복할 거야."

"……지금 난 너밖에 없는데."

아무스는 노란 눈을 깜빡이며 솔레아를 바라봤다. 용의 긴 꼬리가 좌우로 부

드럽게 흔들렸다.

"나밖에 없어서 날 사랑하는 거 말고. 가진 것 중에 나를 제일 사랑해 줘. 비싸고 예쁘고 멋진 것들 중에서 내가 가장 귀하다고 해 줘."

"가족이 생겨도?"

"가……족은 빼고."

솔레아는 하하 웃으며 용의 뿔을 천천히 어루만졌다.

"고마워, 아무스. ……근데 나 정령만큼 작아질 수도 있나?"

"말로도 변하는데 그게 뭐 어렵다고."

아무스가 커다란 입으로 그르렁 소리를 내자 솔레아가 순식간에 정령만큼 작아졌다.

"모습도! 모습도 바꿔 줘! 빨간 머리 말고!"

"그래."

눈을 한 번 질끈 감았다 뜬 솔레아는 다른 정령들처럼 뽀얀 얼굴에 햇빛이 비칠 때마다 색이 바뀌는 머리칼로 변했다.

"나 갔다 올게!"

솔레아는 신이 난 얼굴로 냉큼 사라졌고 아무스는 다시 눈을 감았다.

완전하게 행복할 때도 나를 사랑해 줘.

그게 이 세상에 마지막으로 남은 용의 소원이자 그들의 약속이었다.


언젠가부터 헤이먼의 방에는 마력 전구가 전혀 필요 없었다.

기억을 잃은 임시 주인은 전만큼 재미가 없다며 정령들이 헤이먼의 방에 눌러앉은 탓이었다.

다행히 가족들을 제외한 저택 사람들 눈에는 정령들이 보이지 않는 것 같았지만 그래도 항상 주변이 시끌벅적한 건 적응하기 힘들었다.

그런데 오늘따라 묘하게 조용했다. 침대에 나란히 앉아 가만히 입을 다물고 있는 정령들의 모습은 어색하기 그지없었다.

"……너희 어디 아파? 정령들도 아플 수가 있나?"

정령들의 눈이 반짝이며 빛났다.

"분홍아! 우리 걱정해 주는 거야?"

"분홍이는 어쩜 이렇게 마음씨가 착할까!"

"분홍아! 고마워!"

"네가 걱정해 줘서 우리 지금 너무 기뻐!"

"고마워, 행복해! 난 분홍이가 너무 좋아!"

헤이먼이 어쩔 수 없다는 듯 웃어 버렸다.

"안 아프다니 다행이다. 나 그럼 밥 먹고 올게."

그대로 나가려는데 침대 뒤편의 옷장에서 정령들이 날갯짓 소리도 나지 않을 정도로 조용히, 하지만 일사불란하게 움직였다.

뭐 하는 거지?

헤이먼은 고개를 갸웃거리며 그들을 살폈다.

정령들이 몸으로 커다란 화살표를 만들어 침대에 앉아 있는 정령들 중 하나를 가리켰다.

순간, 헤이먼의 머릿속에 며칠 전 정령들과 나눴던 대화가 떠올랐다.

'솔레아 오면 알려 줘.'

'앗, 그건 반칙인데.'

정령들이 머뭇거리자 헤이먼은 책상에 엎드려 우는 시늉을 했다.

'나 동생 꼭 찾고 싶은데.'

'앗, 우리 분홍이 울지 마!'

'분홍이 새 인생 찾아 준 사람이니까 당연히 찾아야지. 맞아, 맞아.'

'우리가 알려 줄게!'

설마 하는 생각에 헤이먼은 입을 다물고 있는 정령을 물끄러미 바라봤다.

정령들은 쌍둥이처럼 비슷비슷하게 생겨 구분하기가 어려웠다.

하지만 이 정령은 무언가 달랐다.

……주접을 떨지 않았다.

심증은 확실한데 물증이 없네.

잠깐 고민하던 헤이먼은 애써 눈을 피하는 그 정령을 지나쳐 책상 앞으로 향했다.

솔레아가 전에 했던 말들을 생각해 보면 기억이 드문드문 끊겨서 연결을 못하고 있을 뿐, 모든 것들이 사라진 건 아닌 것 같았다.

제발.

헤이먼은 마음속으로 간절히 빌며 편지 봉투를 열고 중얼거렸다.

"……하, 내가 싫으면 초대장을 안 보내면 되지. 왜 굳이 나를 실험용 쥐새끼라고 부르면서 이런 걸 보내는 거지."

그 순간, 작은 정령이 날아오르며 순식간에 모습을 바꿨다.

헤이먼의 손에 들린 초대장을 뺏어 든 빨간 머리의 여자가 분노로 가득 찬 말투로 뇌까렸다.

"어떤 호로 쌍놈 새끼가 그딴…… 어라."

그 편지는 이안이 보낸 메트로놈 공장 주문서 사본이었다.

"한결같네, 우리 솔레아."

뒤에서 나직하게 들린 헤이먼의 목소리에 솔레아는 주문서를 집어 던지며 소리를 질렀다.

"흐까아아악!"

시원스러운 비명에 헤이먼이 깜짝 놀라 뒷걸음질 쳤다.

"솔레아! 왜 소리를 질러? 괜찮아?"

"너, 너, 너 때문이잖아!"

질겁하며 씩씩거리던 솔레아는 헤이먼에게 조금 더 가까이 다가가 그의 정강이를 후려 깠다.

"악!"

"이…… 얍샙이 새끼! 너, 너 예쁘다고 내가 봐줄 줄 아나 본데 이거 반칙이야!"

"아니지! 진짜 속일 거였으면 네가 가만히 있었어야지!"

헤이먼이 정강이를 붙잡은 채 바닥을 콩콩 뛰며 반문했다.

'예쁘다고 한 건 반박 안 하는 걸 보니까 분홍이도 자기가 예쁘게 생긴 걸 아나 봐.'

'그럼. 우리 분홍이 예쁘지.'

'그래도 자기가 예쁜 걸 알고 기고만장하는 건 재수 없지 않나?'

'우리 분홍이는 기고만장하진 않으니까 괜찮아.'

'맞아. 예쁘게 생긴 것도 사실이고.'

'누가 고기만두 하고 있다고?'

'넌 먹던 거나 계속 먹어.'

"너네 조용히 해라."

정령들을 조용히 시킨 솔레아는 헤이먼을 힘껏 노려보며 말했다.

"아무튼 반칙이야."

"왜? 왜 반칙인지 말해 봐."

"……내, 내가 화낼 수밖에 없는 상황처럼 네가 연기했잖아!"

"난 내 동생을 찾아야 해. 그러기 위해선 수단과 방법을 가리지 않을 거고. ……그리고 아까 말했듯, 내가 무시당한 게 왜 네가 화낼 수밖에 없는 상황인데?"

"그건, 그건……."

별것도 아닌 질문인데.

그렇게 중요하지도 않은 질문일 텐데.

이상하게 답을 할 수 없었다.

솔레아는 손가락으로 헤이먼을 가리키며 화를 내다가 눈동자를 데굴 굴렸다.

"……그러게."

"잘 생각해 봐. 넌 답을 알고 있을 거야."

"가르쳐 줘. 내가 왜 화낸 거야? 왜 내가 네가 무시당하는 상황을 못 참은 거야?"

솔레아가 어떤 어두운 그림자도 없는 맑은 두 눈동자를 반짝이며 물어 왔다.

예전의 솔레아는 공감과 동정, 연민의 감정으로 헤이먼을 안았지만 지금은 그것보다 훨씬 단순했다.

많은 시간이 흘렀고, 그만큼 다양한 추억을 그와 쌓아 왔으니까.

대답이 없는 헤이먼을 가만히 바라보던 솔레아의 머릿속에 문득 아무스의 말이 떠올랐다.

'너도 그 가족들을 사랑하나 보다.'

모든 걸 잊었는데도 감정은 선명해졌다.

생기 있게 반짝이던 솔레아의 두 눈 아래의 뺨이 발갛게 물들었다.

하지만 난 이 사람들과 가족이 아닌데.

당황한 그녀의 보라색 눈동자가 좌우로 마구 흔들렸다.

헤이먼은 손을 뻗어 솔레아의 머리카락을 부드럽게 쓰다듬었다.

"우린 여기서 계속 기다리고 있을게. 네가 준비되면 돌아와."

무어라 대답해야 할지 알 수 없어 솔레아는 도망치듯 그 자리를 피하고 말았다.

마지막으로 디에르고 공작만 남았다.

"이번엔 반드시 안 들킨다!"

"그들에게 잃어버린 가족을 찾아 주는 게 그렇게 싫어?"

"……응."

"왜?"

아무스의 질문에 솔레아는 말없이 가만히 생각에 잠겼다.

한참 조용하던 솔레아는 고개를 도리도리 젓고는 자리에서 일어났다.

"나 갔다 올게. 이번엔 절대 나라고 생각할 수 없는 사람으로 변할 거야. 공부도 열심히 했어."

"이번엔 뭘로 변할 건데?"

"말 안 해. 왠지 너도 그 가족들 편 같아."

솔레아는 아무스를 향해 눈을 흘기더니 그대로 사라졌다.

❄ ❄ ❄

공작은 피곤한 눈을 손으로 몇 번 꾹 눌러 주곤 살짝 고개를 저어 잠기운을
떨쳐 냈다.

"공작님, 많이 피곤하시면 잠깐 눈을 붙이시지요."

"괜찮아. 정신 바짝 차리고 있어야 돼. 이번이 마지막 기회일지도 모르니."

집사장 모건은 얕은 한숨을 푹 내쉬곤 공작의 빈 잔에 커피를 부었다.

"더 진하게."

"······식사도 거르셨잖습니까. 속이 많이 상하실 겁니다."

"괜찮으니까. 그 아이가 언제 찾아올지 모르잖나."

"저는 사실 요즘 상황이 다 이해가 가지 않습니다. 공작님께서 입단속을 시
키셔서 다들 쉬쉬하고 있긴 하지만요."

"그래, 그럴 테지."

"멀쩡하던 아가씨가 갑자기 돌아가셨다며 공작님이 장례식을 준비하신 것
도 그렇고, 그런 아가씨가 어느 날 용을 타고 돌아오시더니 마법사가 되셨다고
하시질 않나······ 더군다나 기억을 잃으셨다니요. 아니, 그런데 용이란 생물이
존재한다는 것부터가 놀랍습니다."

"그 아이가 돌아오면 차차 설명해 주겠지. 그 전까진 모두들 그 문제에 대해
선 함구해 주게."

"예, 공작님. 당연히 그래야지요. 근데 아가씨는 언제 오신답니까?"

"······나도 몰라. 그래서 답답해."

그때, 누군가가 노크를 한 후 대답도 듣지 않고 문을 열었다.

라트엘이었다.

"공작님, 저 왔습니다. 이른 아침인데 공무 준비는 끝내셨는지 모르겠습니다. 오늘 안색이 많이 안 좋으신 것 같은데 일하시는 데 지장이 있으실까요?"

"……난 가끔 보면 네가 내 보좌관인지 상사인지 헷갈려."

"하하하. 설마요. 저는 공작님의 충실한 보좌죠. 보세요, 지금도 이렇게 공작님의 오늘을 풍성하게 만들어 드릴 일거리를 가득 안고 있지 않습니까?"

공작은 한숨을 푹 내쉬며 라트엘이 내민 서류들을 받아 들었다.

그와 영지에 대한 얘기를 이것저것 나누고, 영주민들이 올려 보낸 건의 사항도 살폈다.

게다가 오늘은 솔레아가 관리하던 염색 양모와 통롤러, 새로 판매를 시작한 메트로놈에 대한 보고서도 올라왔다.

"아가씨가 만드신 상단, 솔리안에서 보낸 보고서입니다. 원래는 아가씨가 검토하셔야 되지만 지금 자리에 안 계시니 공작님이 대신 처리해 주시죠."

"……곧 돌아올 테니 이건 보류해 두지."

솔레아가 해야 할 일까지 자신이 맡게 되면 그 아이의 부재를 완전히 인정하게 되는 것 같았다.

돌아올 그 아이를 위해서 그 아이 몫의 일을 남겨 두고 싶었다.

디에르고는 보고서를 펼쳐 보지도 않은 채 고개를 가로저었다.

"……그나저나, 다른 애들은 다 솔레아가 찾아왔었다는데 나한테는 왜 안 오지?"

"음, 공작님이 이달론에게 아가씨를 보내셨다면서요? 미워서 그런 게 아닐까요?"

"이 자식은 말을 해도……. 아휴, 능력만 없으면 확 자르는 건데."

"저 정도 되니까 공작님을 보필하지, 아니면 누가 하겠습니까."

늘 그랬듯 거들먹거리며 웃는 라트엘을 노려보던 공작이 이맛살을 찌푸렸다.

"제가 그 정도로 재수 없습니까? 공작님 안색이 아가씨 잃어버리셨을 때보다 더 안 좋으신데요."

"너는 농담을 좀 가려 해라. 그게 아니라 솔레아가 걱정돼서 그런다."

"위대한 마법사의 목을 쳐서 가져오신 분이 뭐가 걱정되십니까? 비록 기억은 잃으셨지만 몸 건강하시고, 용도 길들여서 타고 다니시는데요."

묘하게 빈정대는 말투였지만 디에르고 공작의 표정은 진지했다.

그는 다크서클이 진하게 자리 잡은 피폐한 몰골로 묵직하게 말했다.

"……전처럼 웃질 않아."

"웃으셨다면서요?"

"내기를 시작하기 전에 그레이를 따라 잔디밭을 굴러다닐 때 웃긴 했지. 근데 그것도 어린아이마냥 깔깔대며 웃은 거지, 내 앞에서 재잘재잘 얘기하다 웃던 거랑은…… 뭐랄까, 묘하게 달라. 자연스러운 웃음이 있었어. 너는 모르는, 아빠만 아는 그런 게 있다고."

"제가 아는 아가씨의 웃는 얼굴은 라이벌 상단을 짓누를 때 보여 주셨던 승자의 미소밖에 없는데요."

"그건 어떤 얼굴이었는데?"

"승리를 확신할 때만 보여 주셨던, 공작님을 닮아 아주 잔인무도하고 비열해 보이기까지 한 미소였습니다. 이목구비가 확실히 한몫했죠."

"내 딸이 뭐가 어때서!"

공작이 참지 못해서 버럭 소리를 지르자 라트엘이 키득거리며 웃었다.

그런 라트엘을 분한 듯 노려보던 공작이 넌지시 그를 불렀다.

"라트엘."

"예."

"자네 퇴근이 몇 시지?"

"지금입니다. 더는 일 시키지 말아 주세요. 전 오늘 중요한 약속이 있습니다."

"뭔데."

"집에 가야 합니다."

"그러니까 왜."

"······침대가 저를 기다리고 있어요."

"안 돼. 자네는 오늘 나랑 잔업을 해야겠어."

"안 되겠는데요. 저도 제 생활이 있어요. 그리고 음란 서적이 가득한 공작님 방에서 잔업을 하고 싶지 않습니다. 모욕적이라고요."

"그건······."

디에르고는 말을 잇지 못했다.

솔레아가 가장 아껴 읽었던 「렘샤 부인의 은밀한 사정」은 차마 끝까지 읽지 못하고 그 아이에게 줘 버렸지만 대신 비슷한 책이라도 읽어 둬야 할 것 같았다.

"대체 저런 책을 왜 사 모으시는 겁니까······."

책장 방향으론 고개조차 돌리기 싫다는 듯 라트엘은 그곳을 등진 채 디에르고에게 물었다.

당황한 디에르고는 빨개진 얼굴로 대답했다.

"그, 그 아이가 좋아하던 책이 저런 종류라서······. 친해지려면 공감대 형성이 중요하다고 하길래······."

라트엘이 또 소리 내어 웃었다.

"아가씨 취향도 참 괴상하네요."

그런데 '내 딸이 뭐 어때서 자꾸 웃어!'라며 진작 소리를 질렀어야 할 공작이 조용했다.

디에르고는 무언가에 홀린 듯 멍한 표정으로 라트엘을 바라보다가 천천히 자리에서 일어섰다.

"······공작님, 표정이 왜 그러십니까?"

본능적으로 위험을 느낀 라트엘이 서서히 뒷걸음질 쳤다.

하지만 디에르고는 두 팔을 뻗더니 그대로 라트엘의 얼굴을 감싸 쥐었다.

디에르고의 목에서 먹먹하게 잠긴 목소리가 흘러나왔다.

"아가."

"……공작 각하. 제가 비록 사생아긴 하지만 그래도 아버지가 멀쩡히 살아 계십니다. 물론 그게 공작님은 아니시고요."

"아가야."

"공작 각하. 결혼을 일찍 했다면 아이가 걸음마를 하고도 남을 나이인데요, 제가."

평소 쓰지 않던 호칭까지 쓰며 라트엘은 정색하고 말했다.

하지만 디에르고는 여전히 다정한 목소리로 라트엘의 뺨을 쓰다듬었다.

"내 딸."

"……지금 제게 굉장히 실례되는 말씀을 하고 계시는데, 아십니까?"

"아가, 드디어 와 줬구나."

"모르시는 것 같네요."

"얼마나 오래 기다렸는지 모른다, 딸아. 너만 괜찮다면, 다시…… 내게 다시 기회를 주지 않겠니?"

"……의사를 부를까요? 많이 심각하신 것 같은데."

라트엘은 더 이상 숨기지도 않고 불쾌한 티를 팍팍 냈다.

온 얼굴을 찌푸린 채 서 있던 그는 디에르고가 팔을 뻗어 안으려는 순간 질색을 하며 파리를 쫓듯 두 팔을 마구 휘둘렀다.

"아악! 공작님! 제발! 정신 좀 차리십시오!"

"레아, 왜 그러니."

"공작님, 차라리 잔업을 하겠습니다! 징그럽게 이러지 마세요!"

온몸에 벌레라도 붙은 듯 질색팔색을 하며 공작을 떼어 낸 라트엘은 두 팔로 제 몸을 감싸 안고 씩씩거렸다.

"아니, 저번엔 아가씨가 회초리로 기사들을 길들이고 계시는 걸 보여 주시더니 이번엔 공작님이 이렇게 징그럽게 저를 어루만지십니까? 이거 직장 내 성희롱입니다. 저 가만히 넘어가지 않을 거라고요."

디에르고가 입꼬리를 올려 웃으며 여유롭게 답했다.

"아가, 넌 웃을 때면 오른쪽 눈꼬리가 왼쪽보다 더 높이 올라간다는 걸 알고 있니? 크게 웃을 땐 오른쪽 눈을 질끈 감기도 하고. ……가만 생각해 보면 민망한 얘기를 할 때 주로 그랬던 것 같구나. 그건 어렸던 솔레아에겐 없던 표정이니 너만이 가진 표정이겠지……."

공작은 속이 울렁거려 말을 잇지 못한 채 한참을 가만히 숨을 들이마셨다가 내쉬길 반복했다.

오랜 시간이 지난 후에야 그는 말을 이었다.

"내가 너와 마주 보고 차를 마시고, 네가 웃는 모습을 보며 행복하다 느낀 게 몇 번인데, 웃는 표정 하나 못 알아볼까."

디에르고는 두 팔로 몸을 감싸 안은 채 굳어 있는 라트엘에게 걸어가 그를 다시 끌어안았다.

라트엘은 굳은 얼굴로 디에르고에게 가만 안겨 있었다.

"공작님, 만약 아니면 어쩌시려고 민망한 소릴 하십니까."

"그럼 뭐 어쩔 수 없지."

라트엘은 소리를 내지 않고 슬쩍 미소 지었다.

한동안 조용하던 디에르고는 라트엘을 품에서 떼어 내곤 목소리를 높여 말했다.

"아니지! 만약 자네가 진짜 라트엘이라면 내 딸과 표정까지 닮게 될 정도로 둘이 붙어 있었단 얘긴데!"

"아, 공작님. 사업 얘기 하다 보면 여자 남자가 좀 붙어 있을 수도 있고 그렇죠. 그리고 저 정도면 공작님 사위로 그렇게 빠지지도 않고요."

디에르고는 주먹으로 라트엘의 정수리를 내려쳤다.

목이 안으로 쑥 들어갈 정도의 강한 주먹에 놀란 라트엘이 악 소리를 지르며 정수리를 감싸 쥐었다.

"이놈 자식이! 남의 딸을!"

"공작님! 저보고 능력이 출중하다고 칭찬하실 땐 언제고!"

"그래도 안 돼! 우리 딸은 안 돼!"

"그럼 평생 끼고 살 작정이십니까?"

"……아, 아무튼 안 돼! 아니, 그리고 라트엘이 아닌 것 같은데 왜 자꾸 그런 소릴 하는 거냐, 아가!"

"아직도 의심하시는 겁니까?"

곰곰이 생각하던 디에르고의 인상이 험상궂게 구겨졌다.

"네가 우리 레아라도 문제가 있구나. 라트엘이라고 착각할 정도로 흉내를 잘 내다니. 라, 라트엘과는 사업을 하라고 붙여 준 건데……."

두 손을 올려 조심스럽게 라트엘의 양어깨를 움켜쥔 디에르고가 기어들어 갈 듯한 작은 목소리로 물었다.

"서, 설마, 라트엘을 좋, 좋아하는 건 아니지? 물론 라트엘이 사리에 밝고, 머리도 좋지만……."

"설마 집안 때문에 반대하시려고요?"

라트엘의 얼굴에 장난기 가득한 미소가 피어오르는 걸 눈치채지 못했는지 디에르고 공작의 얼굴은 심각하기만 했다.

"집안은 상관없는데……."

방 안에 두 사람 말곤 아무도 없는데도 디에르고는 주변을 살핀 뒤 목소리를 낮추고 은밀히 말했다.

"……싸가지가 없잖니. 아빠는 네가 다정한 사람을 만나면 좋겠는데."

"하하하하!"

그제야 마법이 풀리고 솔레아가 모습을 드러냈다.

정말로 오른쪽 눈꼬리가 더 높이 올라간 솔레아는 큰 소리로 한참 웃었다.

디에르고 공작의 매섭게 생긴 긴 눈매가 부드럽게 접혔다.

"아빠가 깜빡 속아 넘어갈 뻔했구나."

"말이 너무 심하신 거 아니에요? 라트엘이 들으면 화내겠는데요."

"화내도 돼. 틀린 말도 아닌데 뭐 어떠니."

디에르고 공작은 안심한 얼굴로 만연한 미소를 띤 채 솔레아를 물끄러미 바라봤다.

얼마 만에 얼굴을 가까이서 보는 건지. 어쩐지 못 본 새 더 마른 것 같아 마음이 좋지 않았다.

"밥은 먹고 다니는 거니? 전보다 더 말랐구나."

디에르고는 깨지기 쉬운 유리알을 쓰다듬듯 손끝에 힘을 빼고 솔레아의 하얀 볼을 천천히 어루만졌다.

움푹 팬 두 볼이 그간의 고생을 말해 주는 것 같아 죄책감에 마음이 쓰렸다.

방금 전까지만 해도 큰 소리로 깔깔 웃느라 올라가 있던 솔레아의 입꼬리가 서서히 아래로 내려왔다.

"전 괜찮아요."

"아가, ……딸을 찾아 주겠다는 약속은."

"지킬게요."

"아가?"

"저 이제 가 봐야 돼요."

"잠, 잠깐만. 아가, 차라도 마시고 가렴. 아니면 빵이라도 하나 먹고 가."

"출근해야 돼요."

어딘가에 시선을 뺏긴 채 말을 뱉어 낸 솔레아는 황급하게 사라졌다.

책상 위에 놓여 있던 크루아상을 집어 들고 급히 뒤돌았지만 방 안은 이미 텅 비어 있었다. 디에르고는 멍하니 서 있다가 한숨을 길게 내쉬었다.

❄ ❄ ❄

검은 공간 안에 서 있는 솔레아를 발견해 낸 건 아무스였다.

"뭐 해?"

"일하는 중."

솔레아는 아무것도 없는 공간에서 양손을 바삐 움직였다.

마치 눈앞에 돌아가는 레일이라도 있는 것 같았다.

"오늘 이거 다 끝내야 돼."

"요 며칠 출근 안 했잖아. 왜 다시 일을 하게 된 거야?"

따뜻하게 묻는 아무스의 목소리에도 솔레아는 손을 쉬지 않고 빠르게 답했다.

"돈 벌어야 돼."

"돈이 많이 필요할 것 같아졌어? 왜?"

"공작님이랑 다른 사람들이 다 나를 이겨 버렸거든. 그렇게 빠르게 찾을 줄 몰랐는데."

"그래?"

"응. 그래서 솔레아를 찾아 줘야 돼."

"왜 솔레아를 찾아 주면 너한테 돈이 필요하게 될 거라고 생각하는 거야?"

"……진짜 딸을 찾아 주면 나는 돌아가야 하잖아. 난 더 이상 여기 있을 수 없는데……."

점점 목소리가 작아지던 솔레아가 번쩍 고개를 쳐들었다.

"아! 내 17억!"

"17억?"

"어! 나 17억이 있어! 잠깐만! 그것만 있으면 돌아가도 걱정 없어!"

드디어 손을 멈춘 솔레아는 옆구리에서 긴 검을 꺼내 공간을 갈랐다.

공간 너머에는 솔레아의 방이 있었다.

심장이 쿵쿵 크게 뛰다 못해 목구멍 밖으로 튀어나올 것 같아서 솔레아는 저도 모르게 목을 쓸어내리며 방 안으로 들어섰다.

"같이 갈까?"

"거기 있어."

홀로 방으로 들어간 그녀는 열심히 기억을 더듬었다.

로또 종이를 분명히 어딘가에 뒀었는데 뒤죽박죽으로 섞여 엉망이 된 머릿속에서 원하는 정보를 찾기가 쉽지 않았다.

집으로 돌아가자.

돈만 찾으면 바로 돌아가자.

솔레아는 마음을 다잡고 생각을 하나씩 정리해 갔다.

종이를 손에 쥐고 있었지. 그리고 목걸이로 만들었다가, 서랍에 넣었던가?

그런데 이상하게도 기억을 더듬을수록 속이 울렁거리고 현기증이 심해졌다.

자꾸만 눈물이 새어 나올 것 같아 솔레아는 아랫입술을 깨물고 서랍을 열었다.

펜던트 목걸이는 서랍 안에 그대로 놓여 있었다.

"다행이야."

다행?

거기로 돌아가는 게 다행인가?

……아니야. 여긴 내 자리가 없잖아.

솔레아는 애써 머리를 가로저었다.

그때 허공에서 나타난 아무스가 붉은 책을 내밀었다.

"집으로 돌아갈 거라면 이게 필요할 거야. 마침 몇 장 안 남았으니까."

"……응?"

솔레아는 멍청한 얼굴로 아무스를 올려다보다가 그가 내민 책을 받아 들었다.

"이건 솔레아가 읽던 책이라며. 난 읽고 싶지 않아……."

"네 거였어. 집으로 돌아가려면 이게 필요해. 그 서랍 안의 펜을 이용해."

아무스의 말대로 서랍 안에는 펜던트 목걸이뿐 아니라 검은색의 만년필도 들어 있었다.

솔레아는 일단 목걸이를 착용하고 책을 펼쳤다.

회사로 들어가는 문을 연 줄 알았더니, 차원의 문이었나 보다. 왜 이런 판타지 세상으로 온 거지. 내 17억은 어떡하냐고.

"이게 뭐야?"

잠깐 혼란스러웠지만 금방 알 수 있었다. 이건 '내' 일기였다.

집에 보내 주세요. 토끼 같은 17억이 저를 목 빠지게 기다리고 있어요.

아니 근데 저 회색 동태눈깔은 풀 네임이 그래 이 새끼야인가? 싹수가 옐톤이네. 나한테 원수졌나. 귀여운 척은 또 왜 해. 얼굴 좀만 덜 생겼어도 싸웠다.

분홍 머리는 왜 또 쎄하게 굴지.

쎄 이즈 사이언스라는 한국 고유의 정서가 아직 내게 남아 있는데. 얼굴값 하는 건가.

웬 친구라는 것들이 찾아와서 시비를 걸길래 나름대로 짤짤 털어 줬다……

1번만 더 욕하고 다니면 가만 안 둬 개새끼들아

공작님 꼿꼿이 천재 희대의 다정킹 로맨티스트. 공작님, 제가 대략 몇백 년만 일찍 태어났어도……. 하, 아닙니다. 공작 부인께 실례라서 참습니다.

기억이 없어도 큰형을 좋아하게 될 거라니. 흥. 웃기는 소리.

솔레아는 바닥에 주저앉아 일기를 모두 읽어 내려갔다.

윤지윤이 솔레아의 자리를 대신하며 느꼈던 모든 사건과 감정들이 가감 없이 빼곡히 적혀 있었다.

물론 개중에선 뜬금없이 '오늘 날씨가 좋았다. 내일도 좋았으면.' 같은, 누가 봐도 일기 쓰기 싫은 초등학생이 쓴 것 같은 내용도 있었고,

'그레이랑 싸웠다. 대신 공작님께 꼰질러서 개만 혼났다.' 같은 유치한 내용도 있었다.

그래도 좋아 보였다.

한 장씩 종이를 넘기는 솔레아의 눈에 눈물이 들어찼다.

몇 장 남지 않은 백지를 보던 솔레아는 조심스럽게 펜을 들어 올려 종이에 가져다 댔다.

그런데 전과 달리 어떤 저항도 느껴지지 않았다.

지금이라면 집에 갈 수 있다는 걸 본능적으로 알 수 있었다.

전과는 다른 상황이었다.

그땐 헤이먼을 살릴 수 없을 거라는 부담감에 도망을 치려 했던 거였지만, 이젠 달랐다.

정령들이 헤이먼을 '분홍이'라고 부르는 게 도움이 됐는지 헤이먼은 이제 건강하게 살고 있고, 티온과 그레이 역시 더 이상 사람들에게 괄시받지 않는다.

공작님도 지금은 힘들어 보이지만 적응할 것이다. 애초에 저는 가짜에 불과했으니까.

아무런 문제가 없는, 모든 게 해결된 상황이었다.

"……그런데 왜 가기 싫을까."

솔레아의 말간 눈에서 물방울이 뚝뚝 떨어졌다.

종이를 누르고 있는 펜촉에서 잉크가 새어 나와 하얀 종이를 검게 물들였다.

새카만 잉크가 번져 가는 모양이 제 마음속에서 커져 가는 미련과 닮아 있었다.

무시하려고 해도 자꾸만 커지고 눈에 들어와서 모른 척할 수가 없었다.

그때 방문이 열렸다.

"레아!"

방 안으로 뛰어 들어온 디에르고 공작이 책을 펼친 채 바닥에 주저앉아 울고 있는 그녀를 껴안았다.

"아가, 레아. 솔레아. 괜찮니? 왜 울어?"

"고, 공작님……."

디에르고에게 가만히 안겨 있던 솔레아의 숨소리가 조금씩 거칠어졌다.

"……아가?"

솔레아는 터지려는 울음을 꾹 참고 디에르고의 어깨에 얼굴을 묻은 채 조심스럽게 말했다.

"그, 죄송한데, 정말 죄송한데요. 염치없는 거 저도 아는데, 공작님 제가, 흐, 제가 하면 안 돼요?"

제 등을 다독이는 디에르고 공작의 손길 때문인지 말을 할수록 솔레아의 목소리에 울음기가 섞였다.

"……내가 할래요. 내가…… 제가 공작님 딸 하면 안 돼요? 저 잘할게요. 저집에 가기 싫어요. 아빠 해 주시면 안 될까요. 그, 흐윽, 그냥 제가아 할게요. 저 다 커서 손도 별로 안 가고, 흐, 보셨다시피 베르고를 위해서 이것저것 많이 했고요, 저……. 흑, 원래 있던 세계에서 일도 많이 해서 세상 돌아가는 것도 많이 알아요."

자신을 힘주어 안고 있는 디에르고의 품에서 벗어난 솔레아는 손으로 얼굴을 벅벅 문질러 눈물을 닦고는 터지려는 울음보를 몇 번이나 꾹 눌러 삼켰다.

솔레아는 절박할 정도로 간절한 목소리로 허둥거리며 말을 두서없이 뱉어냈다.

"따님 자리가 싫으시면, 라트엘처럼요. 라트엘처럼 이 가문을 위해서 일할게요. 저 일 잘해요. 보셨잖아요. 솔레아라고 안 부르셔도, 네, 그건 너무하니까, 네……. 따님을 부르던 이름으로 저를, 불러 달라는 건…… 저도 잘 알아요. 진짜 이상하죠. 미친 사람처럼 보이겠죠. 지윤이라고 부르셔도 되고, 아니, 일만 시키셔도 되는데, 아, 죄송해요. 자꾸 말을 막 바꿔서…… 근데, 근데요. 공작님."

말을 잇는 게 버거울 정도로 솔레아의 아래턱이 덜덜 떨려 왔다.

솔레아는 디에르고 공작의 옷깃을 붙잡고 두 눈을 질끈 감았다.

"제 아빠 해 주시면 안 될까요. 제가 적은 나이가 아닌데, 저 진짜 어른인데요. 혼자서 여태 잘 살았는데, 근데…… 근데 공작님이 저를 딸처럼 대해 주셨잖아요. 이제 어떻게 혼자 살아요."

솔레아의 눈에서 눈물이 줄줄 흘러내렸다.

"저 이제 혼자 못 산단 말이에요. 흐, 저 혼자서 못 살아요. 이제 그렇게 못 살아요."

디에르고는 울고 있는 솔레아를 당겨서 품에 안았다.

"왜 우니."

몇 주 전, 공작이 솔레아가 지윤임을 알았을 때 했던 말을 그대로 뱉었다.

솔레아가 품 안에서 굳어 버린 순간 디에르고는 그녀의 긴 머리칼을 쓰다듬으며 말을 이었다.

"우리 딸을 내가 어디로 보낸다고 자꾸 울어. 우리 귀한 딸을."

"저, 저 솔레아가 아니라……."

"그래, 알고 있단다. 지윤이었구나, 우리 예쁜 막내딸 이름이."

아빠의 품에 안겨 막내는 엉엉 울었다.

디에르고 공작의 품에 안겨 엉엉 소리를 내며 운 솔레아는 꽤 오랜 시간이 지난 후에야 겨우 고개를 들었다.

"……공작님, 저, 제가, 전에도 말했듯이 저한테는 능력이 있어요. 정령들이랑 대화도 할 수 있고, 이제 용도 다룰 수 있으니까요……."

"그래, 장하구나."

디에르고는 솔레아를 품에서 살짝 떼어 놓더니 무릎을 꿇고 고개를 숙였다.

"공작님! 지금 뭐 하시는……!"

"아가. 아니, 지윤아."

디에르고의 단정한 입술 새로 나온 제 이름에 놀란 솔레아는 숨을 쉬는 것조차 잊은 채로 굳어 버렸다.

가만히 멈춰 있는 솔레아를 향해 공작은 낮은 목소리로 묵직하게 빌었다.

"내가 미안하다. 몇 번을 말해도 부족할 정도로 미안하다."

"아니, 아니에요. 공작님은 따님을 잃으셨고……."

디에르고는 솔레아의 말을 끊듯이 고개를 가로젓고는 말을 이었다.

"그러면 안 됐어. 베르고를 위해 자신의 몸을 아끼지 않고 노력한 너에게 그런……, 그런 짓을 해서는 안 됐다. 나를 아빠라고 불러 준 네게 얼마나 모질게 굴었는지를 떠올리면…… 그 많은 죄를 어떻게 갚아야 할지 모르겠구나. 용서를 비마. 아가, 지윤아. 솔레아."

"공작님……."

디에르고는 조심스럽게 두 손을 뻗어 솔레아의 손가락 끄트머리를 살짝 잡았다.

"너만 괜찮다면, 가족이 되어 주겠니? 내게 다시 기회를 줄 수 있을까? 아빠라 불러 주지 않아도 되니까, 시간이 얼마가 걸려도 좋으니까…… 다시, 한 번만……."

"그래도, 괜찮아요? 공작님은 괜찮으신 거예요?"

솔레아의 목소리가 덜덜 떨렸다.

"저를, 저를 가짜라고 하셨잖아요. 저한테 원래 있던 곳으로 돌아가라고 하셨잖아요. 그런데 갑자기 가족이 되어 달라니……."

그녀의 말이 비수가 되어 디에르고 공작의 가슴에 꽂혔다.

돌이킬 수도 없을 정도로 수십 번 꽂아 넣어 솔레아의 가슴에 깊숙이 박힌 상처들을 마주한 디에르고는 그저 비는 것 말고는 할 수 있는 게 없었다.

"미안하다. 정말 미안하다."

"아니에요! 사과를 원하는 게 아니라, 공작님이 괜찮으신지 여쭙는 거예요. 저를…… 받아들이실 수 있는지……. 전 아까도 말했듯 라트엘처럼 일해도 돼요. 저 이제 외양을 바꿀 수도 있거든요. 하, 하하……."

말꼬리를 어색하게 늘리며 솔레아는 웃어 보였다.

그러자 디에르고가 얼굴을 일그러뜨리며 눈물을 쏟아 냈다.

당황한 솔레아는 마력을 이용해 얼른 제 모습을 바꿨다.

어깨를 겨우 넘는 진한 갈색 머리카락에 노란색 눈, 솔레아보다는 조금 작은 키의 여자였다.

"이러, 이러면 따님과 하나도 안 닮았죠? 피부색도 바꿀 수 있고요. 아! 말, 말투도 바꿀게요. 그러면…… 그렇게 하면 여기서 살 수도 있지 않을까요? 공작님만 괜찮으시면……."

디에르고는 주먹을 터질 듯 세게 움켜쥔 채 가슴속 응어리를 토해 내듯 울음을 뱉어 냈다.

사랑한다고 말해도, 딸이 되어 달라고, 가족이 되어 달라 몇 번을 말해도 닿지 않았다.

"아가, 아가. 지윤아, 아가, 미안하다."

솔레아는 영문을 모르겠다는 듯 난처한 얼굴로 가만히 기다렸다.

이번엔 공작의 곁에서 도망갈 수도 없었다.

왜냐하면 이 몸은 솔레아의 것이니까. 여기에 '내' 지분은 없다.

솔레아는 허리를 숙인 채 우는 공작의 어깨에 작은 손을 올리고는 조심스레 말했다.

"이제 떠나지 않을게요."

공작이 고개를 들어 올려 솔레아와 눈을 맞췄다. 노란색 눈동자를 곱게 접어 웃으며 그녀가 말했다.

"이 몸은 공작님의 따님 거잖아요."

솔레아의 말에 디에르고 공작의 눈동자가 걷잡을 수 없이 흔들렸다.

말실수를 했다고 생각했는지 솔레아의 얼굴에 일순간 공포가 서렸다.

디에르고는 그런 그녀를 보곤 안심하라는 듯 살포시 미소를 띠며 작고 다정한 목소리로 말했다.

"네가 가고픈 곳이 있다면 떠나도 좋다. 하지만…… 가족이 보고 싶어지면 언제든 이리 돌아와 주겠니? 기다리마, 얼마든지. 네가 준비될 때까지."

"하지만 솔레아가 아직, 여기······. 이 몸은······. 되살릴 순 없지만 그래도, 솔레아의 몸이."

"솔레아."

"네?"

"그래, 아가야. 우리 솔레아. 지윤아."

디에르고는 무심코 대답한 솔레아를 향해 보라색 눈을 접으며 활짝 웃었다. 울어서 붉게 물든 얼굴과는 상반되는 환한 미소였다.

"쉽지 않은 결정이었을 텐데 솔레아의 이름을 지켜 주어서 고맙다."

"아······."

"다시 같이 살자. 가족이 되자, 아가. 솔레아를 대신해 살라는 말이 아니야, 네가······ 너였으면 한다, 아가."

"······저는."

"여기서는 솔레아로 사는 것이 편하겠지만, 네 마음이 불편하다면 본래 이름으로 살아도 좋다. 다른 모습이어도 괜찮아."

"······정말이에요? 진짜 제가 다시 딸이 돼도 돼요?"

"그럼."

"······저, 저 정말로 여기서, 계속, 솔레아로, 공작님 딸로 살아도, 흐, 괜찮아요?"

"아직 딸을 분가시키고 싶지가 않구나."

솔레아는 다시 울음을 터뜨렸다.

그녀의 갈색 머리카락이 바람에 흩날리듯 휘날리더니 순식간에 붉은색으로 변했다.

솔레아는 디에르고와 똑같이 빛나는 보라색 눈을 질끈 감으며 공작을 안았다.

"······공작님, 미워요. 진짜. 진짜 저한테, 모질게, 진짜 못되게, 무섭게 하셨잖아요! 진짜 미워요! 너무 싫어요!"

"그래, 아빠가 미안하다."

"저한테 가짜라고 하셨, 흑, 하셨잖아요! 제가, 저는 진짜 노력했어요. 여기, 제가 오고 싶어서 온 것도 아니었는데! 흑, 전……."

"그래, 아가. 남은 평생 동안 네게 빌어도 모자라다는 걸 알고 있단다, 지윤아. 그러니 사과할 기회를 주렴. 응?"

"공작님, 진짜 큰 실수 하신 거예요! 무, 물론 제가, 흑, 제가 이달론 죽으려고 제 발로 가긴 했지만! 그래도 제가 거기서 얼마나 외롭고, 긴 시간을 혼자서! 흐윽, 아빠 무서워하는 것도 아시면서! 가족한테 돌아가라고, 흑, 나 이제 거기서 못 사는데, 이제 못 살 거 같은데!"

"미안하다. 그땐 제정신이 아니었다. 아가, 지윤아. 내가 네 아빠 하면 안 되겠니. 내가 네 아빠 할 테니 좋은 기억 많이 쌓자, 이 땅에서 아빠랑 오빠들이랑 같이 살자. 아가. 그러자, 응?"

"흑, 흐어엉!"

솔레아는 주먹을 쥐어 공작의 등을 쿵쿵 때렸다.

디에르고를 나무라는 커다란 목소리를 들은 건지 방문이 벌컥 열리고 세 명의 남자들이 들이닥쳤다.

"야! 너 왔어?! 아예 온 거야?"

"레아! 얼굴 꼴이 왜 이래, 밥은?"

"막내야! 왜, 왜 울어?"

"흐어어엉! 흑, 끅! 나 진짜 억울해! 억울해요! 오고 싶어서 온 것도 아닌데! 나도, 흑, 진짜 노력했는데!"

"미안하다, 아가. 정말 미안하다."

눈물을 펑펑 쏟아 내는 솔레아를 바라보던 그레이가 굳은 결심을 한 듯 솔레아에게서 시선을 떼지 않은 채 바닥에 쪼그려 앉았다.

"솔레아. 그럼 아빠 딱 한 대만 칠까? 주먹으로 콩콩 말고 너 그 마력 몽둥이로."

솔레아는 눈을 휘둥그레 뜬 채 안겨 있던 디에르고 공작의 품에서 빠져나와 그레이와 공작을 번갈아 바라봤다.

"공작님, 자식 교육을 어떻게 시키셨길래 쟤가 아빠 팬다는 말을 해요?"

"하, 하하…… 내가 그간 헛소리를 워낙 많이 해서……"

조금은 쓰라리게 웃는 공작을 마주 보던 솔레아는 옷소매로 눈물을 벅벅 닦았다.

"아이고, 아가. 아빠한테 손수건 있는데."

"막내야, 그러면 눈 아파. 문지르지 마. 응?"

"야, 너는 이렇게 사람이 많은데 굳이 소매로. 아이고. 이 자식아."

"레아, 눈이 빨간데 치료 마법을 써 줄까?"

그저 눈물을 닦느라 눈을 벅벅 문질렀을 뿐인데 걱정들이 줄줄이 따라왔다.

"됐어. 나 이제 오빠들 셋 합친 것보다 마력 많아."

흐르려는 콧물을 킁 하고 훌쩍인 솔레아를 안쓰럽게 보며 미소 짓던 공작이 천천히 입을 열었다.

"……열일곱 살까지 살았던 솔레아의 장례식을 치르자꾸나. 가족끼리."

솔레아의 손을 꼭 잡으며 말하는 공작의 눈에는 눈물이 가득했다.

자식을 잃고, 또 다른 자식을 얻는 과정이 지독히도 지난했다.

그의 자식들과 방금 새로 얻은 자식이 다 같이 고개를 끄덕였다.

솔레아는 조심스럽게 공작을 올려다보며 물었다.

"괜찮으시다면 제가…… 솔레아의 이름으로, 솔레아의 모습으로 살아도 될까요?"

공작과 오빠 셋은 빙그레 웃으며 하나씩 답했다.

"그럼, 당연하지."

"응."

"그게 더 편해, 이젠."

"야. 이제 와서 네가 원래 얼굴로 딸이에용, 하면 그것도 이상하다. 얘는 뭔 당연한 소리를 하고 있어."

솔레아는 픽 웃으며 말했다.

"맞아. 베르고에 입양아만 넷이면 인간들이 얼마나 입방아를 찧어 댈지 상상도 안 가. 내가 그놈들 머리통을 직접 잡아다가 방아를 찧을 순 없잖아요?"

"아가, 말이 조금……."

"아빠 쉿."

솔레아에게 주의를 주려던 디에르고의 어깨에 손을 올린 그레이가 고개를 짧게 좌우로 흔들었다.

디에르고는 입을 다물었다.

잘못한 게 많으니 고작 험한 말 따위로 딸을 나무랄 수가 없었다.

솔레아는 씩씩거리던 숨을 겨우 진정시키며 말을 이었다.

"사람들한테는 딸의 몸에 갑자기 마력이 생겨서 크게 앓았다고 해요. 치료를 위해 다른 곳으로 보냈었고, 치료를 받다가 정말로 죽은 줄 알았는데 가까스로 살아나서 마법사가 되었다고 합시다."

"그래. 그렇게 하마."

"그리고……."

"응."

"그리고 공작님은 아직 조금 미워요."

"……그래, 그럴 테지."

"그런데…… 좋아요. 같이 살고 싶어요. 나도 가족 갖고 싶어요. 믿고 싶어요."

주저앉아 있던 공작은 그제야 몸을 일으켜 다시 솔레아를 안아 주었다.

티온, 헤이먼, 그레이 모두 다가와 막내를 힘껏 끌어안았다.

가족의 품에 안긴 그녀는 생애 처음으로 기뻐 울었다.

슬퍼서 우나, 외로워서 우나, 억울해서 우나, 기뻐서 우나 어쨌든 눈물에서 짠맛이 나는 건 똑같았다.

그래도 기뻐서 운 건 처음이라 그녀는 그게 또 기뻤다.

❊ ❊ ❊

그날 밤, 베르고 가족들은 뒤뜰 정원 큰 나무 아래에 모였다.

원래의 솔레아가 침대에 누워 창 너머로 바라보던 장소에 검은 옷을 입고 모인 그들은 고개를 숙인 채 조용히 시간을 보냈다.

지윤은 한참 동안 그녀에게 미안함과 고마움이 섞인 인사를 건넸다.

'솔레아, 네 자리를 내가 차지해서 너무 미안해. 그리고…… 고마워. 내게 이런 소중한 사람들을 줘서 정말 고마워. 평생 이 은혜 잊지 않을게.'

그때, 산들바람이 기분 좋게 불어오더니 때아니게 피어난 보라색 라일락 꽃잎이 그녀의 볼을 간질이다가 어깨에 살포시 가라앉았다.

마치 솔레아가 대답해 준 것만 같았다.

나도 네가 와 줘서 참 다행이라고. 가족들을 잘 부탁한다고.

새로운 솔레아가 달빛 아래에서 살짝 미소 지었다.

❊ ❊ ❊

솔레아는 하루에도 몇 번씩 모습을 바꿔 공작에게 슬쩍 말을 걸었다.

하녀일 때도 있었고, 하인의 모습일 때도 있었다.

정원사로 변해 꽃밭의 잡초를 정리하다가 '공작님, 안녕하십니까.' 하고 인사를 건네기도 했다.

그럴 때마다 공작은 잠깐 고개를 기울였다가 이내 환히 웃으며 대답했다.

"그래, 아가."

"……어떻게 아셨어요? 공작님."

"눈치를 살필 때 왼손 검지를 만지작대는 버릇이 있더구나. 하지만 지금 그

비결을 말했으니 다음엔 맞히기 어렵겠는걸."

디에르고는 정원 한가운데서 변신한 솔레아의 머리를 쓰다듬으며 웃고는 그녀와 나란히 걸었다.


그리고 그다음 날 정원사 포드릭은 하인들의 질문 세례를 미어터지게 받았다.

"포드릭! 너 대체 공작님과 무슨 사이야?"

"내, 내가?"

"어제 네 까진 정수리를 공작님이 사랑스럽다는 듯이 쓰다듬으셨잖아!"

"나, 나를? 공작님이……?"

"머리가 다 벗겨진 반쯤 늙은 영감탱이가 대체 무슨 수로 공작님을 꼬셔서……."

"야! 말이 심하잖아!"

"에일린 공작 부인께서 돌아가시고 난 이후에 공작님께 얼마나 많은 혼담이 들어왔는데! 그걸 다 거절하셨잖아! 근데 포드릭이 어떻게!"

"난 몰라! 난 진짜 모른다고!"

포드릭은 정말 억울했다.

아무리 생각해 봐도 공작님이 제 머리를 쓰다듬으며 사랑스럽게 바라본 기억이 없었다.

"너희가 잘못 본 거 아니야?"

주변에 있던 사용인들이 모두 불같이 화를 내며 그에게 득달같이 달려들었다.

"아니야!"

"여기 있는 우리 다섯 명이 다 봤다고!"

"빨래 걷으러 가던 안젤라도 봤대!"

"그래! 네가 공작님이랑 팔짱도 꼈다던데!"

포드릭은 울고 싶었다. 그런 기억은 개미 똥구멍만큼도 없었다.

베르고 저택을 마음의 집으로 삼기로 결정한 솔레아는 앤을 다시 데려오기로 결심했다.

솔레아가 죽을 뻔했다가 겨우 살아났다는 소식이 아직 앤에게까지 전해지진 않은 모양인지, 앤은 베르고 저택으로 돌아오지 않고 있었다.

앤은 솔레아의 가장 친한 친구였고, 가족처럼 의지하던 하녀였다.

디에르고의 방으로 찾아간 솔레아는 두 번 노크한 후 짧게 말했다.

"······공작님. 저예요."

공작저에서 살기로 결정했고, 솔레아로 불리기로 마음을 먹었지만 막상 그 당사자의 친아버지에게 '솔레아예요.'라고 말하는 것에는 익숙지 않았다.

얼마 지나지 않아 공작의 부드러운 목소리가 들려왔다.

"그래, 아가. 들어오렴."

공작은 라트엘과 함께였다.

"무슨 일이니, 아가?"

"으. 공작님. 아가씨 나이가 몇인데 아직 아가라고 부르십니까?"

책상 옆에서 디에르고 공작의 서류를 정리하던 라트엘이 질색하며 의자에 앉아 있는 디에르고를 내려다봤다.

"조용히 해. 지금 몇 시지?"

"아직 오후 3시입니다. 안타깝게도 퇴근까진 세 시간이나 남았네요. 눈물이 앞을 가립니다."

"30분 휴식."

"그럼 공작님 그동안 여기 토지 대장이랑, 황실에서 지시한 공무랑······."

"알았다고. 나가. 아가랑 할 말이 있으니까."

"아가······. 아가······?"

라트엘은 일부러 말끝을 흐리며 솔레아 쪽으로 걸어갔다.

그러곤 솔레아의 옆을 스쳐 지나가며 고장 난 벽시계처럼 고개를 까딱까딱 움직여 댔다.

"아가……? 아가~? 아가?"

"아, 좀! 라트엘! 공작님이 나가시라잖아요!"

"아가~?"

등을 밀어 내서 방문 밖으로 쫓아낼 때까지 라트엘은 솔레아를 돌아보며 장난기를 가득 머금은 목소리로 장난을 쳐 댔다.

솔레아가 이달론에게 가기 전에 했던 못된 말은 모두 잊은 듯 평소처럼 격의 없는 모습이었다.


저택으로 돌아온 솔레아를 다시 만난 라트엘이 그녀에게 처음 건넨 말은 꽤나 건방지게도, '용서해 드리죠.' 였다.

'뭘 용서해요?'

'아가씨께서 불치병에 걸려 죽을 뻔하셨다면서요. 그러니 그리 마음에도 없는 못된 말을 해서 저를 상처 주신 거겠죠.'

'상처를 받기는 했고요?'

'저도 사람인데요, 아가씨. 저 그날 이후로 매일 밤마다 혼자 이불 덮고 울었습니다.'

'거짓말 말아요.'

'진짭니다. 제 눈이 부은 거 안 보이세요?'

가까이 들여다봤지만 전혀 부어 보이지 않았다.

눈을 동그랗게 뜨고 올려다보는 솔레아를 내려 보던 라트엘이 픽 웃으며 손가락으로 그녀의 턱을 스치듯 살짝 건드렸다.

'……왜 만져요?'

'아가씨가 그때 제 턱을 박력 있게 잡지 않았습니까?'

'그래서, 방금 복수한 거예요?'

'아뇨. 돌아오신 게 기뻐서 한번 건드려 봤습니다. ……진짜인가 하고.'

진짜.

그 말에 솔레아는 이상하게도 가슴이 술렁거려 눈을 아래로 내리깔았다.

라트엘은 여전히 장난스러운 말투로 말을 걸었다.

'제 턱이든 손목이든 어디든 잡으셔도 괜찮습니다. 그러니 혼자 몰래 아프진 마십시오. 걱정하는 사람들이 있잖습니까.'

'내 걱정 했어요?'

6시가 지나 계단을 빠르게 내려가던 라트엘이 어이가 없다는 듯 돌아보며 다소 신경질적으로 답했다.

'그럼 안 했겠습니까?!'

그가 짜증을 낸 게 퇴근 시간에 계속 말을 걸어서인지, 당연한 걸 물어서인지는 알 수 없었지만 어쨌든 솔레아는 그를 다시 만나 기분이 좋았다.


라트엘이 방에서 나간 후에야 솔레아는 공작을 마주 바라봤다.

앤이 어디로 갔냐고 묻기도 전에 공작이 초조한 얼굴로 의자에서 벌떡 일어섰다.

"아가, 오해하지 않으면 좋겠구나."

"네? 뭐, 뭘요?"

갑자기 몸을 일으킨 공작 때문에 놀란 솔레아는 저도 모르게 어깨를 살짝 움츠러트렸다.

디에르고는 솔레아가 놀라지 않도록 다시 천천히 의자에 앉았다.

"……꼭 처음 만났던 때로 돌아간 것 같구나."

"아……. 죄송해요. 여기서 살기로 했으면 적응해야 되는데, 죄송해요. 제가 이달론이 보여 준 환상 속에서 아빠를 만나고 와서……. 아니, 공작님이 아빠 같진 않지만, 그게."

"괜찮아, 괜찮단다. 아가야."

디에르고는 조금은 쓰리게 미소 지으며 잔잔하게 말했다.

"너를 온전히 알아 가는 건 처음이니 내가 조심하마. 그리 어려운 일도 아니니 걱정하지 말렴."

"네……."

"아, 참. 아가라고 부른 건, 전의 솔레아와 너를 구분하기 위해서라기보다는, 물론 다른 사람이니 구분은 필요하지만 선을 긋기 위한 호칭이 아니라, 내가, 그, 저기, 뭐냐. 네 본명을 알기 전에 너를 찾으러 다닐 때 아가라고 불러서, 그 호칭에 익숙해져서 말이다. 응, 그게, 혹시 기분이 나쁘다면……."

디에르고가 어울리지 않게 횡설수설하며 눈치를 살피는 것이 우스웠다.

실은 고마웠다.

"아니에요. 감사해요. 가짜인 저를 딸로 받아 주셨으니까. 어떻게 부르시든 상관없어요."

아무런 표정 변화 없이 평온하게 말하는 솔레아를 물끄러미 바라보던 디에르고는 천천히 자리에서 일어났다.

이번에는 솔레아가 놀라지 않을 정도로 느린 속도였다.

그는 서랍 깊숙한 곳에서 작은 함을 꺼내 솔레아에게 다가왔다.

"에일린이 남긴 목걸이란다. 솔레아가 성년이 되면 물려주기로 했는데, 에일린이 떠난 이후론 이 보석함을 열어 보지도 못했구나. 솔레아도 내내 아팠고…… 그래도 다행이다. 네게 물려줄 수 있어서."

"아니, 아니에요! 제가 이걸 어떻게 받아요! 공작 부인의 물건이잖아요!"

뚜껑을 연 보석함 안에는 오묘한 색으로 빛나는 블루 오팔 목걸이가 가지런히 놓여 있었다.

솔레아는 손사래 치며 뒷걸음질 쳤지만 디에르고는 제자리에서 가만히 서서 그녀가 다시 다가오기를 기다렸다.

"네가 해 주렴. 넌 우리 가족에게 진짜란다."

"그래도……."

"어서, 지윤아."

“아.”

솔레아는 주춤거리며 천천히 디에르고에게 다가갔다.

이건 디에르고 공작이 지윤에게 주는 것이었다.

가족이 되었으니까. 나는 나 자체로 진짜니까.

왼쪽 눈에서 주룩 흐른 눈물 줄기를 얼른 닦아 낸 솔레아는 공작 앞에 멈춰 섰다.

디에르고는 솔레아가 놀라지 않도록 느긋한 태도로 목걸이를 직접 채워 주었다.

로또 종이가 들어 있던 로켓 목걸이가 사라진 빈 자리를 베르고의 오팔 목걸이가 채웠다.

“잘 어울리는구나, 아가.”

솔레아는 먹먹해지는 감정을 애써 추스르며 부러 퉁명스럽게 말했다.

“자꾸 아가라고 하시니까 다들 놀리잖아요.”

“놀리면 뭐 어떠니. 정 싫다면 그렇게 안 부르마.”

솔레아는 디에르고의 말에 싫다고는 하지 않고 화제를 돌렸다.

자신이 이 방에 찾아온 이유가 이제야 생각났다.

“참, 공작님, 앤은 어디로 갔어요? 집으로 편지를 보내도 답장이 없어서요.”

“그렇지 않아도 네가 돌아오자마자 앤을 다시 부르려 했는데 고향으로 내려갔다는구나.”

“……고향이요? 앤의 집은 이 근처가 아니에요? 쉬는 날 집에 다녀오곤 했었는데.”

“나도 그런 줄 알았는데, 그동안 지내던 곳은 친척 집이었다는구나. 앤의 고향은 여기서 꽤 멀어 아마 사람을 보내서 불러야 할 게다. 내가 곧 사람을.”

“젊은이. 내가 가겠다.”

창문 쪽에서 목소리가 들려왔지만 디에르고는 돌아보지도 않고 오직 솔레아만 보며 말을 이었다.

"사람을 보내마. 아가."

"젊은이. 내가 짝과 함께 가겠다. 날아가면 반나절이면 충분하다. 그곳이 어딘가?"

"네가 앤을 좋아하는 건 나도 알지만, 아가. 그래도 조금만 기다려 주겠니? 카스탈리아는 꽤 머니까."

"젊은이. 자네 왜 나를 무시하는 건가? 내 도움을 받아 딸을 찾았으면서. 젊은이? 나 여기 있어. 이봐. 젊은이. 장인."

"누가 네 장인이야악!!"

디에르고는 자기도 모르게 창문 쪽으로 돌아서서 소리를 꽥 지르곤 혹여 솔레아가 놀랐을까 봐 다시 얼른 그녀를 바라봤다.

다행히 솔레아는 입을 가린 채 키득거리며 웃고 있었다.

"공작님. 저 아무스랑 다녀올게요."

"아니…… 그래도, 아빠는 네가 헐벗고 다니는 남자랑 다니는 게 마음이 영……."

"젊은이. 난 지금 옷을 입고 있다."

그때 어딘가에서 그레이의 짜증 섞인 목소리가 들려왔다.

"아! 내 셔츠! 이 새끼 또 찢어 놨어! 뱀 대가리 새끼! 아악!"

디에르고는 한숨을 짙게 내쉬곤 머리를 짚었다.

"……내 아들 옷 훔쳐 입지 마라."

"그럼 앤을 만나러 가는 길에 짝과 쇼핑을 하겠다."

"닥치고 아무 곳도 들르지 말고 곧장 다녀와라. 네놈 몸에 맞는 옷은 내가 사다 놓을 테니."

"고맙다! 젊은이! 역시 마음이 넓군!"

검은색 긴 머리를 휘날리며 활짝 웃은 아무스는 걸터앉아 있던 창가에서 내려와 바람처럼 솔레아의 곁으로 다가왔다.

"가자, 짝."

"잠, 잠깐만. 근데 날아간다니? 다른 사람들의 눈에 띄지 않겠니?"

어느새 아무스에게 휩쓸린 디에르고가 당황한 눈빛으로 말려 봤지만 아무스와 솔레아는 태연했다.

"마력으로 안 보이게 할 수 있어요."

"그렇……구나."

아무스는 자랑스럽게 고개를 끄덕이곤 몸을 숙여 솔레아의 다리 사이에 머리를 집어넣었다.

"뭐 하는 짓이야!"

디에르고가 기겁하며 아무스의 긴 머리카락을 잡아채려는 순간, 솔레아는 익숙하게 아무스의 어깨 위에 목말을 타듯 자세를 잡았다.

1초도 채 지나지 않아 아무스는 순식간에 용으로 변했다.

방 안에서.

"아무스! 공작님이 깔릴 뻔하셨잖아!"

"앗! 실수했다!"

시커먼 용으로 변한 아무스는 샛노란 눈을 깜빡이며 제 두 발 아래에 서 있는 디에르고 공작을 바라봤다.

공작의 방은 이미 무너져 천장과 벽이 날아간 채였다.

저택 밖의 기사들의 목소리가 들려왔다.

"공작님!"

"아가씨!"

솔레아는 아무스의 목 위에 올라탄 채로 아무스의 머리 한가운데를 주먹으로 꽤 세게 퍽 때리곤 공작에게 말했다.

"공작님! 제가 금방 고쳐 드릴게요! 야, 일단 날아! 네가 하늘에 떠야 고치지!"

"야가 아니라 아무스다. 짝."

"짝 같은 소리 하네. 날아."

낑.

아무스는 조금 서글픈 소리를 내더니 검은 날개를 넓게 펼쳐 공중으로 날아 올랐다.

솔레아는 아무스가 하늘 위로 높이 뜨자마자 부서진 저택을 향해 손을 휘저었다.

주문도 외우지 않았고, 겉보기엔 어떤 마력의 움직임도 보이지 않았지만 저택은 아무 일도 없던 것처럼 원래대로 돌아갔다.

디에르고 공작은 멍하니 천장만 바라보고 있었다.

얼마 지나지 않아 노크도 없이 방문이 벌컥 열렸다.

"아빠! 뱀 대가리 새끼 방금 날아갔죠? 그 새끼가 내 셔츠, 아! 또 찢었네! 변신하기 전에 옷 좀 벗으라니까!"

무언가에 홀린 듯 천장을 보던 디에르고 공작이 그레이의 등짝을 후려쳤다.

"이놈 자식아! 그 용이 네 동생 앞에서 변신하는데 옷을 벗고 하면! 어? 솔레아가 뭘 보겠니! 어? 뭘 보겠냐고!"

"아! 아빠! 아빠 은퇴한 지가 언젠데 아직도 손이 이렇게 매워서! 아야! 아! 아니, 그럼 내 셔츠는! 아! 옷을 새로 사 주시든가! 아!"

저택을 말끔하게 고친 솔레아는 아무스와 함께 카스탈리아를 향해 날아갔다.

❈ ❈ ❈

"너 밥도 안 먹고 계속 그렇게 누워만 있을 거야?!"

"안 먹어! 안 먹는다고!"

"얘가 진짜 왜 이래!"

벌써 몇 주째 앤은 밥도 제대로 먹지 않고 시름시름 앓고 있었다.

"수프라도 먹어!"

"나중에 내가 알아서 먹을게! 엄마 나 좀 그냥 내버려 둬!"

"공녀님이 돌아가셨다고 해서 너까지 따라 죽으려는 거니!"

"엄마!"

앤은 이불을 박차고 일어나 시뻘게진 눈으로 엄마를 노려봤다.

그러다 닭똥 같은 눈물을 뚝뚝 흘리며 방문을 가리켰다.

"나가."

"……미안하다, 앤. 나는 그냥 네가 너무…….”

"알아서 밥 먹을게. 그러니까 그냥 혼자 좀 내버려 둬."

"난 너 혼자 못 두겠는데?"

"꺅!"

창밖에서 갑자기 들려온 목소리에 앤은 제자리에서 펄쩍 뛰어올라 창을 바라봤다.

죽은 줄 알았던 공녀님이 창문 너머에서 손을 흔들고 있었다.

여기 3층인데.

앤은 그대로 기절하며 뒤로 넘어갔다.

앤의 어머니인 론까지 소리를 지르기 시작했다.

"꺄아아악!"

"진정하세요!"

솔레아는 다급히 두 손을 흔들며 해치지 않는다는 신호를 보냈지만 그걸로는 충분하지 않았다.

어쨌든 죽은 사람이 3층에서 웃으며 인사를 보내왔으니.

"어머니, 진정하세요. 전 앤을 데리러 왔어요."

"뭐라고요?! 꺄아악!"

괴성을 지르던 론은 빠르게 정신을 차리곤 기절한 앤을 제 쪽으로 끌어와 당겨 안았다.

"저리 가! 내 딸 데려가지 마!"

"아니, 그게 아니고…….”

"아이고, 제발. 공녀님. 부탁합니다. 우리 앤이 얼마나 좋은 마음으로 공녀님을 모셨습니까, 우리 아이 데려가지 말아 주세요."

론은 벌벌 떨면서도 끌어안은 딸을 품에서 놓지 않았다.

죽은 자가(안 죽었지만) 찾아와 딸을 데려가려 하는 난장판 속에서 용무스까지 끼어들었다.

눈을 질끈 감았다 뜬 론이 다시 창가 아래쪽을 바라보자 무언가 시커먼 것이 눈에 어른거렸다.

뱀처럼 세로로 쭉 찢어진 동공을 가진, 검은색의 그것은 천천히 눈을 깜빡이며 낮은 목소리로 그르렁거리듯 말을 전해 왔다.

"우린 앤과 함께 갈 거야."

"야, 너까지 끼어들면 어떡해. 더 오해하시겠네!"

솔레아의 목소리는 패닉에 빠진 론에게 들리지 않았다.

"으허어어엉! 안 돼, 절대 안 돼! 우리 딸 못 데려가요!"

론이 울부짖기 시작하자 아래층에 있던 론의 남편과 다른 자식들이 우르르 뛰어 올라왔다.

"여보! 무슨 일이야!"

"엄마! 왜 울어!"

"누나!"

"언니! 괜찮아?"

그들 모두 베르고의 공녀를 실제로 본 적은 없지만 앤의 편지를 통해 외양을 전해 들어 그녀의 생김새를 알고 있었다.

짙은 붉은 머리카락과 흰 피부, 날렵하게 올라간 눈꼬리와 선명한 보라색 눈동자.

그리고 가족들은 앤이 집으로 돌아온 이유도 당연히 알고 있었다.

공녀님은 돌아가셨다고 했는데.

비명이 곱절로 늘어났다.

"꺄아아악!"

"으아아!"

"엄마아아악!"

오들오들 떨다 못해 경기까지 일으키려 하는 막내를 끌어안은 앤의 아버지가 제 나름대로 솔레아와 아무스를 위협한답시고 들고 온 부지깽이를 흔들었다.

목소리는 한없이 떨렸지만.

"고, 고, 고, 공녀님! 우리 앤을, 아끼, 아끼셨다면 혼자…… 혼자 떠나 주십시오! 우리 아이도 많, 많이 힘들어하고 있습니다!"

솔레아는 난처한 듯 눈을 내리깔며 머리를 긁적였다.

"저, 아버님?"

"으갸갸갸갸각! 안 들린다! 안 들려요! 안 들려요! 우리 애 데려가지 마십쇼! 으다다닥! 안 들린다!"

겁에 많이 질렸는지 앤의 아버지는 제 두 귀를 퍽퍽 때리며 머리를 절레절레 흔들었다.

솔레아가 아무스의 뿔을 아프지 않게 잡아당기며 속삭였다.

"야. 내가 노크하고 문으로 들어가쟀잖아."

"짝이 앤 얼른 보고 싶다고 했잖아. 그리고 문으로 들어갔어도 놀랐을걸?"

"3층에서 인사하는 것보다 나았겠지."

"근데 짝이 앤 보자마자 반갑다고 말 걸었잖아. 그래서 앤 기절한 건데 왜 나한테 그래. ……짝은 맨날 나한테만 화내. 회초리로도 한 번밖에 안 때려 주고."

"잠깐만. 여기서 회초리 얘기가 왜 나와? 그런 이상한 걸로 섭섭해하지 마. 내가 이상한 사람이 된 거 같잖아!"

"짝은 하나도 안 이상해!"

"네가 이상하다고!"

"짝이 나 옷 안 챙겨 왔다고 사람도 하지 말라며!"

"아니, 그럼 뱀으로 변하든가!"

"뱀 하면 자꾸 귀여워하잖아!"

"용보다야 당연히 귀엽지!"

"나는 너한테 멋지고 싶은데!"

"지금 그런 얘기 할 때냐고, 앤이 기절했잖아!"

"짝이 잘못했어! 난 몰라!"

"에라이, 이 고집불통 용 새끼."

"짝! 말 너무 심해!"

두 사람이 아웅다웅하는 사이, 앤이 정신을 차렸다.

론의 품에서 눈을 뜬 앤은 저를 꽉 잡고 있는 엄마의 팔을 바라보다가 자신이 왜 기절했는지를 기억해 냈다.

"엄, 엄마. 잠깐만."

"안 돼! 앤! 가지 마!"

"나, 나 인사할래…….엄마, 나 아가씨한테 인사도 제대로 못 했어. 엄마, 제발……."

겨우 론의 품에서 빠져나온 앤은 주춤거리며 창가로 걸어갔다.

한 손으론 아무스의 뿔을 붙잡고 다른 한 손으론 머리를 쥐어박으며 싸우고 있던 솔레아는 앤이 다가오는 줄도 몰랐다.

"……아가씨."

"악, 깜짝이야. 앤! 오랜만이야. 얼굴이 많이 상했네."

"아가흐으윽, 씨."

앤의 눈에서 닭똥 같은 눈물이 주르륵 흘러내렸다.

"저요, 저 이제 야한 책 다신 안 읽을게요."

"어, 좋은 소식이네. 근데 잠깐만. 너랑 가족분들이 오해하고 있는 게 있어서."

"그리고 언젠가 아가씨가 사용하시게 될 거 같아서 모아 놓은 각종 체벌 도구들도 다 버릴게요."

"······그딴 걸 모아 뒀었어?"

"근데요, 아가씨."

얼굴이 눈물범벅이 된 앤이 치마 속주머니를 뒤져 무언가를 꺼냈다.

솔레아가 앤에게 처음으로 심부름을 시켰을 때 건넨 반지였다.

"이거는, ······이거는 제가 갖고 있으면 안 돼요? 아가씨가 저한테 처음으로 주신 거잖아요. 자꾸 아가씨 생각이 나서 저택에 두고 나오려고 했는데, 근데 하녀인 저한테는 아가씨를 추억할 수 있는 게 이거밖에 없어서······. 흑, 흐윽. 아가씨. 아가씨가 가시고 나니까 저택이 텅 비었어요, 제 마음의 집이 사라진 것 같아요. 아가씨. 너무 보고 싶어요······."

"······앤. 그건 너한테 준 거니까 당연히 가지고 있어도 되지."

"감, 감사합니다. 아가씨······. 흑, 마음 편히 가세요. 흐윽."

솔레아는 안타까운 마음에 손을 뻗어 앤의 얼굴을 감싸 쥐었다.

온 얼굴에 열이 오를 정도로 울고 있어서인지 앤은 솔레아의 체온이 느껴지지 않는 것 같았다. 그녀는 줄줄 눈물을 흘리며 말을 이었다.

"저 영원히 아가씨 잊지 않을게요. 아가씨······. 잘, 흐윽, 이 생에 미련 두지 마시고, 잘 가셔요."

앤은 제 볼을 감싸고 있던 솔레아의 손을 양손으로 붙잡고 천천히 떼어 냈다.

이별은 너무 힘들었지만 그래도 아가씨가 찾아와 주셔서 다행이라 생각하며 앤은 두 눈을 질끈 감았다가 떴다.

솔레아는 어느새 사라져 있었다.

앤의 가족들은 텅 빈 허공을 멍하니 바라봤다.

앤은 대성통곡하며 더 큰 울음을 뱉어 냈다.

론은 창가에 서 있는 앤에게 다가가 여린 딸을 안아 주었다.

그때 방구석에서 목소리가 들려왔다.

"앤."

"흐까아아악!"

"쉿!"

마력으로 가족들의 입을 모두 닫아 버린 솔레아는 난감한 표정을 감추지 못하고 인상을 찡그렸다.

"마법 써서 미안해요. 근데 내가 변명할 틈을 안 줘서."

앤은 커다란 눈을 데굴데굴 굴리며 솔레아와 그녀의 어깨를 감싸고 있는 검은 뱀을 바라봤다.

"입은 막혔어도 다들 숨은 쉴 수 있을 거예요. 비염 환자는 없을 거 아냐. 비염 몰라요, 비염? 콧구멍 막혀서 숨 잘 못 쉬는 거요."

앤의 아빠가 두 손을 들어 휘휘 저었다.

"아버님 비염이시구나."

솔레아가 다시 손가락을 딱, 하고 치자 콧구멍이 뚫렸다. 어떤 약으로도 고치지 못하던 비염이 나았다는 사실에 겔로프는 콧구멍으로 환호성을 질렀다.

"흐음! 흐으음!"

"예, 아버님. 축하드려요. 아무튼, 앤. 그리고 앤의 가족 여러분. 저 살아 있어요. 아주 위험한 죽을병에 걸렸는데, 하필 전염병이라 남들 모르게 다른 곳으로 옮겨져서 치료를 받았어요. 그러는 동안 거의 죽을 뻔하기도 했고요. 근데 소식이 잘못 전해져서 베르고에선 다들 내가 죽은 줄 알고 있었던 거예요. 지금은 보다시피 이렇게 멀쩡하게 다 나아서 돌아왔어요. 참, 치료를 받는 과정에서 마력이 생겨 마법사가 됐어요.……짜잔."

"으음! 음!"

앤이 자기 입을 열어 달라며 마구 두드리다가 결국 참지 못하고 앞으로 뛰쳐나왔다.

그러고는 몇 년 내내 직접 손질해 온 솔레아 아가씨의 머리카락을 만져 보고, 부드러운 두 뺨을 쓰다듬고, 어깨, 팔, 고운 두 손까지 미친 듯이 어루만졌다.

앤의 입을 열어 주었지만, 그녀는 열린 입으로 또 울기만 했다.

"흐, 흐으윽, 아가씨. 아가씨. 진짜 살아 계신 거예요? 진짜, 정말이에요?"

"응."

솔레아가 안심하라는 듯 부드럽게 웃어 보이자 앤은 털썩 주저앉았다.

위로라도 하려는지 아무스가 매끄럽게 바닥을 기어 앤의 어깨에 머리를 들이밀었다. 하지만 앤은 파충류를 싫어했다.

"흐엉, 뱀 싫어. 으어엉. 아가씨."

쉬익! 쉭!

뒤로 밀려난 뱀무스가 조금 분하다는 듯 꼬리로 바닥을 탁탁 쳤지만 솔레아는 가뿐히 무시했다.

울며 뱀무스를 밀어 낸 앤은 솔레아의 다리를 끌어안고 또 한참을 울었다.

"바보야, 왜 이렇게 울어. 나 살아 있다니까. 그리고 밥을 잘 챙겨 먹었어야지. 어머니도 너 때문에 우셨는지 눈이 퉁퉁 부으셨잖아."

"흐어엉, 우리 엄마 원래 얼굴 커요."

"……관상이 참 좋으시네. 기개가 남다르시다."

"흐어엉. 엉. 아가씨. 아가흐어엉씨."

"그래, 그래."

앤의 어깨를 다독인 솔레아는 가족들의 입에 건 마법을 풀어 준 뒤 다정한 목소리로 물었다.

"그래서, 앤을 다시 제 하녀로 고용해도 괜찮을까요? 전 앤이 없으면 안 돼서요."

가족들은 흔쾌히 고개를 끄덕였고, 앤은 냉큼 짐을 싸기 시작했다.

"식사라도 하고 가시죠, 공녀님."

"예, 비록 음식은 변변치 않지만 그래도 먼 길 오시느라 힘드셨을 텐데요……."

"말씀 너무 감사합니다. 그런데 제가 베르고를 오래 비울 수가 없어서요. 얼른 돌아가 봐야 할 것 같아요."

론과 겔로프는 제 딸을 다시 고용하기 위해 직접 먼 길을 찾아와 준 공녀에게 거듭 감사하다는 인사를 건넸다.

"공녀님! 마차를 불러 드리겠습니다."

"아니에요, 앤이랑 천천히 걸으며 얘기 좀 나누다가 직접 잡아타고 갈게요."

"아이고, 공녀님께서 어떻게 부리는 사람도 없이 이 먼 곳까지 오셨는지, 제가 뭐라도 해 드려야 하는데 대접할 만한 것도 없고……."

"아빠, 그만해. 우리 아가씨 바쁘시단 말이야."

"아이고, 예. 제가 말이 길었습니다."

그렇게 혼자서 먼 카스탈리아까지 찾아온 공녀님은 짐 보따리를 든 앤과 함께 다시 공작저로 돌아갔다.

"여보, 근데 공녀님은 왜 어깨에 저 커다란 뱀을 둘러메고 계신 걸까요?"

"……글쎄, 귀족들 사이에 유행하는 반려동물 같은 거 아닐까?"


솔레아는 앤을 데리고 길을 걷다가 방향을 틀어 숲으로 들어갔다.

"……아, 아가씨. 왜 자꾸 숲속으로 가시는 거예요?"

"어차피 저택에서 일하다 보면 알게 될 거야. 몇 시간 일찍 알게 되는 것뿐."

"뭐, 뭘요?"

두 사람은 점점 더 깊숙한 숲속으로 향했다.

적당한 공터가 나오자 솔레아는 어깨에 있던 뱀을 바닥에 내려놓았다.

"뱀을 풀어 주시게요? 아니, 근데 얘 그레이 도련님이 키우시던 그 뱀 아니에요? 왜 아가씨가 데리고 오셨어요? 아, 참! 아니, 제가 그만뒀다고 아가씨를 수행할 하녀가 단 한 사람도 없는 거예요? 아무리 아가씨가 마법사가 되셨다고 해도 아가씨를 혼자 여행하시게 하다니! 여기서 베르고까지 아무리 빨리 이동해도 일주일이 넘게 걸리는데!"

"아니. 두 시간이면 돼."

"……예?"

"춥지 않게 마력으로 감싸 줄게."

"저, 저 무슨 뜻인지 잘 모르겠어요."

솔레아는 태연한 얼굴로 잔디를 기고 있는 아무스를 가리켰다.

"얘가 용이야."

"뭐, 예? 얘가요? 뱀이? 용이요? 무슨 용이요?"

"앤. 인외존재가 나오는 책 읽었다고 했던가?"

"아, 네. 네? 근데 그걸 왜……."

아직도 상황 파악이 되지 않는지 앤은 멍청한 얼굴로 대답했다.

그때, 초록색 잔디에서 갑자기 시커먼 연기가 일었다.

"아가씨! 조심하세요!"

깜짝 놀란 앤이 솔레아를 감싸려는 순간 연기 사이에서 노란 섬광 두 개가 번쩍였다.

"꺄악!"

오늘만 해도 몇 번째 지르는지 모를 비명이었다.

동그랗게 웅크리고 있던 새카만 용이 천천히 날개를 펼치며 몸을 곧추세웠다.

"요, 요, 용? 진짜 용?"

얼이 빠진 표정으로 용을 올려다보는 앤을 향해 솔레아가 머쓱한 듯 웃으며 소개했다.

"응. 내 용이니까…… 자가용? 대충 그래."

"……예?"

갑자기 전설 속의 존재를 데려와선 자가용이라니요. 아가씨 대체 무슨 일이 있으셨던 거예요.


이달론으로 인해 자아를 잃었다가 다시 찾는 과정에서 솔레아는 아무스와 더욱 가까워졌다.

그래서 용을 타고 하늘을 나는 것쯤은 아무렇지도 않았다.

마력으로 제 주변을 둘러싸 그리 춥지도 않았고, 적당한 바람만 통하도록 해 오히려 시원하기도 했다.

근데 앤에게는 아니었나 보다.

"흐그아아악! 아갓쒸!"

"앤. 좀 조용히 가자."

솔레아의 허리를 터뜨릴 듯 붙잡은 앤은 눈을 떴다가 도로 질끈 감았다가 굳이 다시 뜨길 반복했다.

"너무, 너무 높아요! 아가씨!"

"응, 높지."

"흐, 어어, 으어어. 만약, 만약에 떨어지면, 떨어지면요? 만약에요. 네? 아가 씨!!"

솔레아는 잠깐 고민했다.

아까 앤의 집에서처럼 얘 입을 막을까.

아니야. 그래도 그건 좀 아니지.

한숨을 푹 내쉰 솔레아는 제 허리를 졸라 죽일 것처럼 안고 있는 앤의 손을 차분히 다독이며 말했다.

마력으로 바람 소리를 잠깐 차단하자 솔레아의 조곤조곤한 목소리만 앤에게 전해졌다.

"너 절대 죽게 안 돼. 날 위해 그렇게 울어 준 사람인데 내가 너 죽는 거 가 만히 보겠어?"

"……아가씨……."

앤의 떨림이 서서히 멎었다.

그리고 앤이 솔레아의 어깨에 머리를 기대 왔다.

"……전 진짜 아가씨가 너무 좋아요. 평생 아가씨 따를래요."

"응. 그래라. 나도 너 좋아."

너 좋을 대로 해라, 라는 의미로 무감하게 대답했다.

평범한 대화라고 생각했는데 갑자기 아무스가 입을 살짝 벌리더니 새하얀 이빨을 드러내며 그르렁거렸다.

"왜 그래, 아무스? 무슨 일 있어?"

솔레아가 걱정스레 물었지만 아무스는 대답도 않고 갑자기 한쪽 날개를 접더니 오른쪽으로 빙글빙글 돌기 시작했다.

"으, 꺄아아악!"

"아무스!"

직선으로 날아가면 될 것을 굳이 사선으로 내려가 바다로 향하더니 이번엔 하늘로 치솟았다.

"야! 너 왜 그래! 약 먹었어?"

"아가씨! 아가씨! 자가용 님이 이상하세요! 꺄아악!"

"알아, 나도 아니까 앤 조용히 해!"

"네흐어업!"

앤은 혼란 속에서 애써 입을 꾹 다물고 솔레아를 더 힘주어 끌어안았다.

구름에 닿을 만큼 날아오른 아무스는 하얀 구름 사이를 천천히 유영하다가 이번에는 두 날개를 완전히 접고는 아래로 곤두박질쳤다.

무중력 상태가 된 솔레아와 앤의 몸이 순간적으로 공중에 붕 떠 버렸다.

"읍!"

너무 놀라 비명조차 나오지 않는 건지 앤은 숨을 들이켰다가 그대로 기절하고 말았다.

솔레아는 그런 앤을 어깨에 대충 둘러메곤 제 마력을 이용해 아무스에게서 떨어져 나와 허공에 발을 디디고 섰다.

"야! 왜 그래! 뭐 때문에 화나서 그래! 말을 해야 될 거 아냐! 용 처음 타는 사람 놀라잖아!"

하강하던 아무스는 솔레아가 화내는 목소리를 듣고 다시 그녀의 앞까지 날아왔다.

그런데도 쉽사리 입을 열지 않고 눈을 피하기만 했다.

"왜 그러냐고. 아무스. 응? 말을 해."

순식간에 사람의 모습으로 변모한 아무스는 검은 날개를 꺼내 제 몸을 감췄다.

제발 인간화할 때 몸을 당당하게 내보이지 말라고 솔레아에게 등짝을 수십 번 맞아 가며 교육받은 덕이었다.

아무스의 긴 검은 머리카락이 바닷바람에 흩날렸다.

그는 입술을 짓깨물었다가 인상을 찡그린 채 투덜거리듯 말했다.

"난 바보야."

"어? 네가 왜 바보야? ……네가 비록 인간사를 잘 모르긴 하지만 가르치면 알아듣잖아. 너 바보 아니야."

"……그런 약속 하지 말걸."

"무슨 약속. 너 왜 그러는데."

"짝 미워."

"우리 대화가 안 되는 거 알고 있니?"

그때 기절했던 앤이 깨어났다.

무심코 고개를 들어 올린 앤은 자신이 아직 허공에 떠 있으며, 심지어 망망대해 위라는 걸 알아차렸다.

"흐억, 아가, 아가씨! 여기 바다, 밑에 바다! 아가씨! 저 사람 깨벗었는데요! 아니, 우리 저택에 머물던 그 사람이잖아! 아이고, 사람한테 날개가 달렸네! 세상에, 용이었구나!"

하지만 솔레아는 아무스와 싸우느라 앤에게 대답할 새가 없었다.

"아무스! 말을 하라고. 답답한 게 있으면 말을 해야 알지."

"다들 짝 좋아해! 짝도 다 좋아하고 아끼고…… 근데 내 차례가 안 오잖아."

"이게 무슨 유치한 소리야."

"알아, 유치한 거. 근데 나도 오래 기다렸단 말이야……."

"무슨 말을 하는 거야. 네가 정령들도 아니고 애같이 왜 그래."

"기다리기로 했지만……. 짝 요새 나를 짐 싣기 좋은 마차로만 생각하잖아."

"내가 널 언제 그렇게 생각했어."

"엊그제! 우란 상단 엿 먹인다고 웬프론 협곡에서 마차 강도 짓 할 때! 내 등에 양모 실어서 공장까지 날아갔잖아!"

"아무스, 그때 분명히 설명했잖아. 워낙 오랜만이라 물류 창고에 빈자리가 있는지 없는지 내가 잘 몰라서 그냥 보냈다가 창고 터질 수 있으니 일단 물건을 들고 가 봐야 한다고!"

"공간 찢어서 가로질러 가면 되지!"

"그래서 공간 찢어서 네 등에 싣고 갔잖아! 몇 분 가지도 않았구만 거참 되게 생색내네!"

"생색이 아니라……, 씨! 짝 미워! 내가 무슨 말 하는지 모르겠어?"

"저, 두 분. 내려, 내려가서 싸우시면 안 될까요? 제발, 제발요……."

앤은 두 팔로 솔레아의 어깨를 끌어안은 걸로도 모자라 두 다리까지 솔레아의 허리에 둘러 솔레아에게 매달린 상태였다.

솔레아는 손을 휘휘 저으며 말했다.

"야, 야! 됐어! 따로 가! 나이를 천 살 넘게 먹었으면서 저리 배려심이 없나."

아무스의 턱이 벌어졌다.

"내, 내가! 내가 천 살이나 넘은 건! 솔레아 네가 기다리라고 했으니까! 다시 온다고 했으니까!"

"내가?"

"됐어! 따로 가! 나도 짝 안 봐!"

단단히 삐진 듯 휙 몸을 돌린 아무스는 커다란 검은 용으로 변해 멀리 날아가 버리고 말았다.

"너 어디 가!"

솔레아가 불러도 아무스에게선 답이 없었다.

"어유! 저놈의 승질머리! 갑자기 왜 화를 내는 거야! 이해가 안 되네."

앤은 솔레아에게 매미처럼 달라붙은 상황에서도 오들오들 떨며 말했다.

"제, 제가 보기엔요, 아가씨……. 제가 이래 봬도 로맨스 소설 프로거든요."

"갑자기 네 책 취향이 왜 나와?"

"아니, 들어 보세요. 그, 제가 보기엔 자가용 님이 질투를 하신 것 같, 같거든요. 아가씨, 근데 저 너무 무서워서 눈물 날 거 같아요."

"어어, 걸어가자."

솔레아는 주머니에서 작은 칼을 꺼내더니 단번에 크기를 키웠다.

제 키만 한 검을 휘둘러 공간을 찢은 솔레아는 빛도 없는 어둠 속을 터벅터벅 걸어갔다.

"아가씨! 아가씨. 저, 저 여기도 너무 무서운데요. 아가씨. 저 이런 마법은 처음 봐 가지고, 세상에. 아가씨. 무슨 일이 있으셨던 거예요. 저 너무 무서워요. 아무것도 안 보여요."

"괜찮아. 네가 죽일 듯이 조르고 있는 거 내 목이랑 내 허리야. 이리로 가면 더 빨라서 그래."

"아가씨, 제가 아가씨 등에 업혀 가는 게 진짜, 정말 송구한데, 저 솔직히 이 공간도 너무 무서워서……."

"응, 응."

솔레아는 대충 대답하며 앞으로 척척 걸어갔다.

마력으로 앤을 받치고 있어서 그다지 무겁지도 않았다.

잠시 후에야 앤이 마음을 가다듬고 말했다.

"아무튼 아가씨, 제가 보기엔 용 님이 질투를 하신 것 같아요."

"무슨 질투를 해? 왜 갑자기?"

"제가 아가씨 평생 따른다고 하고, 아가씨도 저 좋다고 하시고……."

잘 걷던 솔레아가 우뚝 멈춰 섰다.

"너…… 그런 의미로 나를 따른다고 한 거였어?"

"아니요, 아니지만! 물론 아가씨께서 생각이 있으시다면 저도 고려는 해 보겠지만, 아니 아무튼. 세상은 넓고, 다양하고요! 1,000년을 살았으니까 용 님은 다양한 인간을 봐 왔을 거고, 마음이 열려 있으실 테니까요! 그런 부분에서 조금 서운하셨던 게 아닐까요?"

"그럼 고작 그것 때문에 오해를 해서 온갖 썽을 다 내고 지 혼자 삐져서 날아갔단 말이야?"

"용 님이랑 아가씨랑 서로 좋아하시는 관계니까 충분히 화내실 수 있죠. 사귀는 사이에선 사소한 걸로도 서운하잖아요."

"우리 안 사귀는데?"

"예?"

"나 쟤랑 그런 사이 아니야."

숨통을 조르듯 솔레아에게 매달려 있던 앤이 서서히 몸을 미끄러뜨리며 바닥으로 내려왔다.

검은 공간을 디디고 선 앤이 솔레아를 낯선 사람 보듯 바라봤다.

"근데, 근데 되게 막…… 아가씨는 용 님이 자기 것인 양 부려 먹으셨고, 저 용 님은 아가씨를 짝이라고 부르신 것 같은데……."

"그러게. 왜 그러는지를 모르겠네."

"계, 계기가 있을 거 아니에요?"

"……음. 내가 힘들 때 쟤가 옆에 있어 주긴 했어. 의지가 많이 됐어."

"요, 용 님이 고백도 하셨고요?"

"음……."

솔레아는 기억을 곰곰이 더듬었다.

*짝 좋아!*

*짝 너무 좋아!*

'뽀뽀해도 돼?'

'짝이 날 좋아해 주면 돼.'

"어. 많이 했네."

앤의 목소리가 점점 떨려 왔다.

"그, 그때 아가씨는 뭐라고 대답하셨는데요?"

'어, 그래.'

'잠깐만. 보던 거 마저 보고.'

'공작님께 갔다 올게.'

'아무스. 우리 오빠 옷 좀 찢어 먹지 마.'

'아무스. 헤이먼은 이제 완전히 괜찮은 거지?'

눈을 감고 회상하던 솔레아가 다시 눈을 뜨곤 앤의 시선을 회피하며 답했다.

"정확한 답은 안 했지……."

앤의 두 눈이 왕방울만큼 커졌다.

"세상에! 좋아한다는 확답도 듣지 못했는데 저렇게 헌신적으로 아가씨 옆에 남아서! 저렇게! 이 먼 카스탈리아까지!"

"너 찾으러 왔잖아."

하지만 이미 과몰입한 앤에게 솔레아의 목소리는 들리지 않는 듯했다.

"이럴 거면 여지도 주지 말았어야죠! 잘해 주시지 말았어야지! 나빠요, 아가씨는 쓰레기야! 후회물 주인공이나 돼 버려라! 데굴데굴 굴러라!"

무슨 말인지 모를 소리를 뱉어 낸 앤은 눈물을 흩뿌리며 앞으로 뛰어나갔다.

"앤! 앤! 너 길은 알고 뛰는 거야? 앤!"

한참 후, 검은 공간 어딘가에서 눈물을 훌쩍이는 앤을 발견했다.

"우리 아가씨가 개아가공이라니……. 믿을 수 없어. 완전 다정여주인 줄 알았는데. 내 주식 망했어. 후회여주나 돼라……."

그만 좀 중얼대라고 한 대 쥐어박으려다가 꾹 참고 베르고 공작저까지 데려 갔다.

공작저에 데려다 놓자 앤은 자연스럽게 레아의 전속 하녀 방으로 올라가 옷을 갈아입고 다시 현관으로 내려왔다.

하지만 두 눈엔 여전히 솔레아를 향한 실망감이 들어차 있었다.

"앤. ……내가 죽었다고 했을 때 그렇게 울었으면서 내가 로맨스 쓰레기라고 날 원망하는 거니."

"하지만……. 하지만, 아가씨는 사람 마음을, 아니 용 마음을 갖고 놀았잖아요!"

그때, 그레이가 방문을 벌컥 열고 복도로 뛰어나오더니 난간을 붙잡고 아래층 현관을 향해 소리쳤다.

"솔레아! 얘 왜 이래!"

"응? 뭐가?"

제대로 된 대답을 듣기도 전에 커다란 검은 꼬리가 그레이의 방에서 뛰어나왔다.

검은 꼬리는 그레이의 허리를 휘감더니 재빠르게 그를 다시 방 안으로 데려갔다.

"억!"

"아무스?!"

몇 초 뒤, 알몸의 남자가 검은색 긴 머리카락을 휘날리며 그레이의 방에서 나왔다.

하얀 피부에 커다랗고 긴 눈, 오똑하게 솟은 콧날, 조각처럼 빚어 놓은 온몸의 근육들과…… 그것.

앤이 조용히 두 손을 올려 입을 가리고 감탄했다.

"앤. 눈을 가려야지."

"아, 맞다."

솔레아의 말에 앤이 얼른 눈을 가렸다.

아무스는 호기롭게 외쳤다.

"나도 오늘부터 그레이 방에서 잘 거야!"

그레이가 이불을 들고 복도로 뛰어나와 아무스의 몸을 둘러쌌다.

"옷 좀 입으라고! 그리고 네 방으로 가! 원래 지내던 손님방 있잖아!"

"싫어!"

아무스가 씩씩거리며 그레이를 들쳐 업었다.

"나도 이제부터 다른 사람이랑 친하게, 막, 업히고! 업어 주고! 다 할 거야!"

"하, 참 내! 그래라!"

솔레아의 말에 앤은 식겁하며 솔레아를 바라봤고, (우리 아가씨는 쓰레기예요.) 그레이는 머리를 싸맸다. (나가서 싸워라.)

## Chapter.7

원래 아무스의 일과는 다음과 같았다.

1. 아침에 일찍 일어나 짝 방문 노크하기.

*'책 읽고 있어. 들어오지 마.'*

라는 대답 듣고 일단 물러나기.

2. 그래도 포기하지 않고 검은 새로 변해 2층 짝의 방 창틀에 앉아 책 읽는 짝 바라보기.

*……들키기.*

3. 아침 먹기 전에 공복 운동 한다고 후원을 뛰는 짝 옆에서 같이 달리며 말 걸기.

이때쯤엔 정령들도 대부분 함께라 대체적으로 시끄럽다.

*'임시 주인! 마력 넘치는데 왜 뛰어?'*

*'임시 주인! 이제 운동 안 해도 되는데!'*

*'임시 주인 회초리 한 방 휘두르면 되는데!'*

*'응! 검도 있잖아!'*

*'짝! 달릴 때 머리카락 휘날리는 거 멋있어!'*

*'너네 다 조용히 해라.'*

4. ……혼나기.

5. 아침 식사 하는 짝이 머쓱한 얼굴로 응시하면 젊은이가 짝의 눈치를 살피며 아침 인사 건네는 걸 바라보기. (아무래도 젊은이는 아직 짝의 눈치를 살피고 있는 것 같아.)

6. 아침 식사를 끝낸 뒤에 공부하거나 일하는 짝 옆에 앉아 있다가 솔레아 방해하지 말라며 처형한테 끌려 나가기.

7. 처형 훈련하는 거 구경하다가 몰래 빠져나가서 짝 일하는 거 또 보기. 이번엔 아가 불곰 처형한테 잡혀가기.

8. 짝이 젊은 공작과 단둘이서 차 마실 때의 어색한 공기를 가만히 지켜보다가 분홍이한테 끌려 나오기. (두 사람이 서로 얘기도 좀 하게 그만 따라다니고 나와, 인마.)

9. 해 질 무렵엔 인간으로 있는 거 지쳐서 본모습으로 돌아가 정원에 누워 있기.

10. 정원사 포드릭에게 잔디랑 꽃이 다 뭉개졌다며 한 소리 듣기.

11. 나는 용인데…… 아무튼 잔소리 듣기.

12. 짝 잠드는 거 보겠다고 몰래 방에 들어가려다가 처형한테 잡히기.

13. 근데 이미 짝 방에 들어가 있는 아가 불곰과 분홍이가 싸우는 걸 구경하기.

*'막내 잘 때 무슨 일 있으면 어떡해. 내가 옆에 있을게.'*

*'형. 그냥 좀 나와. 레아도 자야 될 거 아냐.'*

*'……막내 혼자 못 자면 어떡해. 동화책 읽어 줄까?'*

처형이 끼어든다.

*'형. 쟤 동화책 그런 거 안 읽어. 되게…… 원초적인 거 읽어.'*

분홍이가 고개를 끄덕인다.

'어, 나도 전에 봤는데 막 사람 묶어 놓고 욕하고 때리고 그런…….'

말하면서도 민망한지 분홍이 얼굴이 빨개지고, 결국 화가 난 짝이 베개로 오빠 셋 두들겨 패서 쫓아내는 거 구경하기.

14. 몰래 뱀으로 변신해서 방구석에 숨어 있다가 들켜서 '너도 나가.' 소리 듣고 쫓겨나기.

15. 조금 슬프지만 어쨌든 손님방에서 짝 생각하면서 잠들기.

……였는데 오늘은 달랐다.

아무스는 그레이에게 찰싹 붙어 떨어질 줄을 몰랐다.

아침 식사를 하던 디에르고 공작은 이 해괴한 모습에 눈을 몇 번 비볐다가 다시 떴다.

"……그레이. 네 등에 꼭 귀신 같은 게 붙어 있구나."

"예. 저도 왜 제 어깨에 얘가 매달려 있는지 모르겠네요. 지 의자에나 처앉지."

"싫어. 나도 이제부터 완전 친하고 소중한 친구 만들 거야. 처형. 나랑 친구 해."

"……이게 친구냐. 밥도 못 먹게 하는 게 친구냐고."

그레이가 불편한 얼굴로 수프를 떠먹고 있었지만 솔레아는 일부러 아무스를 바라보지도 않았다.

솔레아 입장에선 뜬금없이 저 혼자 화나서 삐친 놈을 군이 달래 줄 이유가 없었다.

헛기침을 두어 번 한 공작이 조심스레 얘기를 꺼냈다.

"아가. 지윤아."

"네, 공작님."

식사를 할 땐 주변 사용인들을 모두 물린 터라 편하게 말할 수 있었다.

물론 사용인들이 공작저에 용이 산다는 걸 알면서도 여태 비밀을 지키고 있지만, 솔레아가 다른 세계에서 온 이방인이라는 걸 알리는 건 전혀 다른 문제였다.

굳이 솔레아가 지윤임을 밝히는 건, 베르고의 위상을 드높이고 가문의 영예를 되살리려는 솔레아의 목적에서 멀어질 수도 있는 일이었다.

다행히 사용인들은 용이 저택에서 지낸 지 몇 주가 지나자 그를 그냥 좀 커다란 파충류 정도로 생각하고 있는 것 같았다.

정원사 포드릭이 잔디 뭉개진다고 매일 우는소리를 하는 것만 봐도.

공작은 잠시 침묵하다 천천히 입을 열었다.

"네가 원래 하던 일들 말이다……."

"네, 공작님."

"일이 한두 개가 아니고 아주 많더구나. 염색 양모 사업을 전체적으로 관리하고 있고, 솔리안 상단도 네가 체크하고, 그 상단에서 하는 일만 해도 예술 지원 사업에 복지 제도까지. 심지어 복지는 베르고의 이름으로 하고 있다며."

"네, 복지 제도를 좀 더 세분화하기 위해서는 영지 전체의 가구 내 소득을 조사해야 돼요. 그거에 맞게 복지를 하려고."

"와, 아빠 왜 애 밥 먹는데 일 얘기를 해요?"

그레이는 등에 귀신 같은 흑장발 미남을 얹은 채로도 아빠에게 면박을 줄 수 있는 강철 체력이었다.

구박을 들은 공작이 들고 있던 나이프와 포크도 내려놓은 채 두 손을 휘휘 저으며 솔레아를 바라봤다.

"아니, 레아. 내 말은 일 얘기가 아니라……."

"괜찮아요, 공작님 편하신 대로 말씀하세요."

"그……."

한참 망설이던 공작이 겨우 말했다.

"네가 못 해 본 것들을, 내가…… 같이 해 보고 싶은데."

"네?"

"일이 많이 바쁘지 않다면, 조금 미루고 말이야."

무슨 뜻인지 정확히 이해가 가지 않아 솔레아는 보라색 눈을 크게 뜨고 공작을 바라봤다.

못 해 본 것들이 무슨 말이지?

묵묵히 고기를 씹던 티온의 묵직한 목소리가 끼어들었다.

"막내 매일 업어 주기."

"형, 그건 자주 하잖아."

"그래, 티온. 안 그래도 네가 솔레아를 너무 들고 다녀서 하녀들이 신종 괴롭힘이 아닌가 하고 걱정하더라."

아버지의 말에 티온은 조금 시무룩해졌다.

물론 겉으로 티는 안 나고 흉터만 조금 찌그러졌다.

헤이먼이 물을 한 잔 마시더니 의견을 냈다.

"가족끼리 그림 그리는 건 어때요? 솔레아는 발을 좋아하니까 다 같이 발만 그림으로 남겨서."

"아, 나 발 안 좋아한다고!"

소리 나게 물 잔을 내려놓은 솔레아의 반응에 그레이가 키득거리는 동안 공작의 얼굴이 사색이 되었다.

"……내 발이 좋아서 그렸다지 않았니……?"

솔레아는 황급히 말을 붙였다.

"아니, 공작님. 네, 공작님 발 너무 멋지죠. 근데 가족끼리 그림을 남길 거면 다 같이 있는 모습을 그림으로 남기지. 발만 다섯 개 있는 건 이상하잖아요. 그건…… 네, 이상하잖아요."

아무스가 그레이의 귓가에 대고 뭐라 중얼거리자 그레이가 인상을 팍 찌푸리며 몸을 돌렸다.

그레이가 제 등에 업힌 사람과 실랑이를 시작했다.

"네가 왜 껴!"

"……나도 짝이랑 짝인데."

"아니, 상처받은 눈 하지 말고, 하……. 연세도 많으신 분이 눈은 커 가지고 사람 죄책감 들게 하네. 그게 아니라 이건 직계 가족들끼리 남기는 거잖아."

"나도 같이 남기고 싶어."

"설령, 야, 진짜 만약에 솔레아가 너랑 결혼을 한다고 쳐. 그래도 이런 건 직계만……."

"우리 아가 결혼 안 한다."

솔레아가 눈을 휘둥그레 뜨고 공작을 바라봤다.

디에르고 공작 역시 제가 한 말에 당황했는지 잠깐 눈동자가 흔들렸지만 이내 침착하게 말을 이었다.

"보통 부모 밑에서 18년 정도는 있어야 성인이 되고, 제짝을 찾는 거지."

아무스와 솔레아를 비롯한 티온과 헤이먼, 그레이 모두 조용히 공작의 다음 말을 기다렸다.

디에르고는 진지한 표정으로 말했다.

"아가는 우리 곁에 온 지 아직 1년이 안 됐으니까 한 살이 안 된 거다."

"어?"

"예?"

"오, 젊은이……."

"……아빠 계산이 너무 신박한데요."

"저기 공작님?"

하지만 디에르고의 표정은 진지했다.

"한 살도 안 됐다. 그러니까 결혼하려면 아직 18년이 남은 거지."

아무스가 그레이의 등에서 내려와 평소와 달리 장난기가 쏙 빠진 얼굴로 공작에게 말했다.

"젊은이. 난 괜찮다. 1,000년을 기다렸어. 18년 정도는 더……."

"물론 그때 레아가 결혼하기 싫다면 어쩔 수 없지. 집도 넓고 방도 많으니까 아빠는 괜찮다."

공작은 노골적으로 아무스가, 아니 결혼이 싫다는 티를 내고 있었다.

문제는 그게 공작뿐만이 아니라는 거였다.

티온이 또 묵직하게 끼어들었다.

"맞아. 아직 막내 한 살 안 됐어."

티벳 여우 같은 표정으로 티온을 바라보며 솔레아가 말했다.

"티온. 그럼 내년 내 생일에 초는 한 개만 꽂을 거니?"

"물론."

"거기서 압, 공작님이 왜 대답을 하세요."

"언제든지 아빠라고 불러도 좋다, 레아."

식사 분위기가 엉망이 돼 가고 있었다.

방금 전까지 나누던 대화 주제가 뭐였는지도 날아가고 이제 솔레아가 몇 살인지에 대한 토론만 오갔다.

"레아는 아직 한 살이 안 됐다."

"아버지 말이 맞아."

"형. 돌았어? 쟤가 어떻게 한 살이 안 됐다는 거야. 쟤 열여덟이야. 공부도 우리보다 잘할걸. 쟤 사업하잖아. 형!"

그레이는 옳은 말을 하는구나. 그래도 쟤 하나는 제정신이네.

솔레아가 안도의 한숨을 내쉬고 있을 때, 헤이먼이 몸을 숙여 그레이의 귓가에 속삭였다.

'너 그럼 지금 당장 누가 솔레아랑 결혼하고 싶다고 하면, 보낼 수 있어? 쟤 성인이니까 괜찮은 거야?'

그레이의 표정이 굳었다.

갑자기 자리에서 일어난 그레이가 솔레아에게 삿대질을 하기 시작했다.

"너는, 어? 아직 한 살도 안 된 애가 사람 머리나 잘라 오고, 용 타고 놀러 다니고 말이야, 어? 위험하게! 사고 나면 어쩌려고!"

학교 규정에 맞지 않게 머리를 새하얗게 탈색한 채 오토바이 타고 다니는 날라리 막냇동생을 타이르는 말투였지만 내용은 전혀 달랐다.

공작의 얼굴이 환하게 밝아졌다.

"그래! 솔레아는 아직 어려! 20년은 더 있어야 돼!"

저기요, 공작님. 은근슬쩍 2년이 늘었는데요.

디에르고는 한결 편해진 얼굴로 솔레아를 돌아보며 다시 물었다.

"그래, 아가. 원하는 게 뭐니?"

"뭐…… 돌잔치 같은 거 말씀하시는 거예요?"

"그게 뭐니? 원한다면 해 주마."

"아니, 아니에요. 제가 대화 맥락을 못 따라가겠어서요."

솔레아는 고개를 도리도리 젓고는 곰곰이 생각에 빠졌다.

"……소풍?"

가족들의 눈이 흥미를 가득 담고서 커졌다.

"소풍?"

"소풍 가고 싶다고?"

"어디로?"

"휴양지 말이냐?"

"마침 리카론에 사 놓은 땅이 넓은 평원이라……."

"아빠 거기 저택 아직 짓는 중이잖아요. 식물원에 꽃도 덜 폈고."

"아, 참 그렇지."

"바다는 어때, 막내야?"

"야, 솔레아. 배 빌려서 서대륙으로 놀러 갈까?"

"아가, 레아. 멀미가 있으면 힘들 수도 있으니 큰 배를 빌리마."

"레아가 아직 어려서 불편할 수도 있으니 사는 건 어때요."

"그래, 그러자꾸나."

"젊은이. 내가 짝이랑 같이 날아가 주겠다. 내 짝이니까."

디에르고는 아무스의 말을 가뿐히 무시했다.

"서대륙에 쉴 만한 땅이 있나?"

"사람 시켜서 알아보고 괜찮은 거 있으면 하나 사요."

"그래, 좋은 생각이다. 헤이, 분홍아."

"헤이 분홍이라고 부르지 마세요!"

"헤이면보다 분홍이라고 불러 주는 것이 좋다고 정령들이 그러던데."

"밖에서 실수하시면 어쩌시려고요!"

"아니, 아무튼 그럼 서대륙 땅을 살까? 레아. 아가, 네 생각은 어떠니?"

솔레아는 멍한 얼굴로 이 부잣집 놈들과 부자 아저씨를 바라봤다.

"전 그냥 평범하게…… 돗자리 챙겨서, 근처 공원 가서 샌드위치도 먹고, 경치 구경도 하고…… 앉아 있다가 오고 싶은데요."

"아."

"아."

"아."

공작은 심각한 얼굴로 다시 고심했다.

하지만 진짜 지윤이와 함께하는 첫 소풍이니 대충 준비하고 싶지 않은데.

공작의 눈빛에 담긴 마음을 눈치챘는지 그레이와 헤이분홍이가 슬쩍 고개를 끄덕였다.

티온은 일단 세 사람이 고개를 끄덕이길래 같이 끄덕였다.

"가서 막내한테 동화책 읽어 줘도 돼?"

"아, 좀. 오빠!"

"미안."

※ ※ ※

디에르고는 하루 종일 심각한 얼굴이었다.

"흐음……."

"다음은 이 건입니다. 아가씨께서 부탁하신 가구 내 소득 분위를 따지기 위해선 영지 전역의 대대적인 조사가 필요한데요, 그에 대한 자금은 아가씨께서 충당하겠다고 하셨지만 그래도 공작님께서 살아 있는 딸 장례식까지 치를 뻔하셨으니 이 정도 예산은 베르고에서 내 주시는 게 사리에 맞겠죠?"

"흠……."

라트엘이 평소처럼 와다다 말을 뱉어 내는데도 디에르고는 굳어 있는 표정을 쉽게 풀지 못했다.

그는 마치 로댕의 「생각하는 사람」 조각처럼 책상에 팔을 올린 채 턱을 괴고서 깊은 생각에 빠져 있었다.

책상 옆에 서 있던 라트엘이 약간은 질색하는 표정으로 공작을 내려다봤다.

"오, 제 생각보다 더 양심이 없으시네요. 일단 여기 사인 부탁드립니다. 그러면 제가 알아서 영지 예산에서 공작님 생활비 부분을 삭감하여 이쪽으로 빼 보겠습니다. 티가 안 날 수도 있고, 확 날 수도 있습니다."

"음……, 어떻게 해야 할지……."

"어떡하긴요. 죽지도 않은 딸 장례식을 치를 뻔한 아버지는 펜 들고 계신 김에 여기 빈칸에 사인하시면 됩니다."

양심에 쌍칼을 꽂아도 디에르고는 도무지 반응이 없었다.

"으으음……."

결국 라트엘이 참지 못하고 소리를 빽 질렀다.

"아, 공작님! 아가씨한테 돈 몇 푼 드리는 게 그렇게 아까우세요?!"

"뭐? 뭐, 그게 무슨 소린가?"

"제가 여태껏 한 얘기 하나도 안 들으셨습니까? 여기 사인하시라고요!"

"이게 뭔데?"

라트엘이 내민 건 빈 종이였다.

아예 백지는 아니었지만, 상단에 '하반기 베르고 예산 목록'이라는 제목만 적혀 있을 뿐 그 아래는 공백이었다.

"날더러 백지에 사인을 하라고? 네가 무슨 짓을 할 줄 알고?"

"저 못 믿으세요? 유능하잖습니까?"

"영지 예산으로 무슨 짓을 하려는지는 말해 줘야지."

라트엘이 짜증 난다는 듯 한숨을 작게 한 번 내쉬곤 간단하게 말했다.

"공작님 품위 유지비, 식비 등 생활비를 싹 다 빡빡 긁어모아서 아가씨한테 쏟아부을 겁니다."

"아. 그건 괜찮지."

빠르게 납득한 디에르고는 라트엘이 내민 종이에 사인을 마친 후 그를 보며 한쪽 눈썹을 비스듬히 올렸다.

"근데 내 생활비를 빼지 않아도 돈은 충분할 텐데?"

라트엘은 모른 척 서류를 정리하며 아까 그에게 대미지를 먹이지 못한 쌍칼을 다시 갈아 꽂아 넣었다.

"예. 그렇죠. 멀쩡히 살아 계신 아가씨의 장례식을 후닥닥 해치우려고 하신, 대단하신 공작님의 생활비를 빼지 않아도 베르고는 충분히 먹고살죠. 아! 양모 사업 같은 거 안 해도 베르고는 돈이 많으니까 상관없겠네요. 명예 그딴 게 다 무슨 소용이에요. 아가씨가 헛수고를 하고 계시네. 다 쓸모없는 짓이었네. 가서 말씀드려야지."

"……옷이야 많으니까 돌려 입지 뭐. 밥도 남은 거 먹어도 되고."

"예. 이렇게 된 김에 준비하시던 장례식의 주인공이 되시는 것도 나쁘지 않겠네요."

"이 자식이 보자 보자 하니까."

디에르고는 책상 의자에서 일어나려다가 도로 앉고 말았다.

장난기가 담긴 빈정대는 말투긴 했지만 라트엘이 아니면 그 누구도 공작에게 하지 못할 말들이었다.

물론 그레이가 하루에 한 번씩 '아, 오늘 가짜 막내랑 놀아야지.'라며 양심을 찌르긴 했지만 딱히 뭐라 대꾸할 말이 없었다.

아이에게 상처를 준 건 사실이었으니까.

그나마 헤이, 분홍이는 이달론에게 조종당하는 심정을 공감해서인지 그레이가 놀릴 때면 제 편을 들어 주어 다행이었다.

오늘 아침에도,

*'그레이, 아버지께 너무 그런 식으로 말하지 마라. ……그런데 아버지, 오늘따라 안색이 안 좋으시네요. 혹시 가족들이 전부 다 핏줄이 안 섞인 가짜라서 언짢으신가요?'*

라고 했……

디에르고는 머리를 감싸 쥔 채 고개를 숙였다.

아니, 잠깐만. 이게 소풍을 간다고 해서 해결될 일이 아닌데?

비록 솔레아가 먼저 가족이 되고 싶다고 말을 하긴 했지만, 이달론에게 조종당하는 동안에 그 아이에게 입힌 상처를 어떻게 보상해 줄 수 있지?

게다가 솔레아뿐 아니라 아들들도 상처를 입은 것 같은데.

결국 디에르고의 고민은 원점으로 돌아왔다.

……망했어.

화를 내다 갑자기 잠잠해진 공작이 이상해 라트엘이 조금은 덤덤한 목소리로 공작에게 말을 할 때였다.

"공작님, 혹시 무슨 일……."

"라트엘."

"예."

"……소풍을 어떻게 가야 잘 갔다고 소문이 나지?"

"……예?"

"아니, 그게 아니라 어떻게 가야 우리 아가가 좋, 아니 솔레아가 좋아할까?"

"아가씨가 좋아하시는 곳으로 가시면 되는 거 아닙니까."

"물론 솔레아가 원해서 소풍을 가는 거지만 아들들도 좋아했으면 하는데."

디에르고의 심각한 목소리에 드디어 공감을 해 주려는지 라트엘이 턱을 매만지며 살포시 눈을 감았다.

"공작님이 빠지시면 좋아들 하시지 않을까요."

"나가."

"공작님 소풍 가면 업무는 누가 본답니까?"

"네가."

"저한테 작위를 물려주시게요? 공작님께서 저를 고용하신 뒤 직접 교육하며 쓸 만하게 키우셨다지만, 저는 베르고가 아닌데요."

"나가라고."

"물론 제가 업무를 맘껏 할 수 있는 공식적인 절차가 있긴 합니다."

"응?"

문득 불안한 생각이 뇌리를 스치자 디에르고는 천천히 고개를 들어 라트엘을 바라봤다.

"저와 솔레아 아가씨가 결혼한 뒤 아가씨께서 작위를 물려받으시면 제가 업무를 보는 게 그리 큰."

"이 파렴치한 놈! 아직 한 살도 안 된 애를!"

"네?"

말을 뱉은 후, 디에르고는 라트엘의 구겨진 얼굴을 보고서야 제가 말실수를 했다는 걸 깨달았지만 바로잡을 타이밍을 놓치고 말았다.

"그, 저기, 뭐야, 거, 건강해진 지 아직 1년도 안 됐는데! 내 딸이랑 네가 왜 결혼을 해! 나가, 인마! 레아 방에 들르지 말고 곧장 네 집으로 가!"

"아직 4시인데요?"

"가! 일찍 퇴근해! 가 버려!"

"내일 두 시간 일찍 오라고 하시기 없습니다."

"알았으니까 가라고!"

신이 난 라트엘은 발에 불이 붙은 듯 빠르게 방을 나갔다.

어찌나 신이 났는지 계단을 내려가는 발소리마저 쿵짝짝쿵짝짝 일정한 박자로 울려 댔다.

저놈은 결혼을 해도 아내랑 각방을 쓰고, '10시니 각자 방으로 돌아가죠.' 라며 개인 시간을 즐길 놈이었다.

암, 저런 놈을 솔레아가 마음에 들어 할 리 없지.

방에 홀로 남은 디에르고는 다시 고민에 빠졌다.

*'아가씨가 좋아하시는 곳으로 가시면 되는 거 아닙니까.'*

라트엘이 한 말은 틀리지 않았다.

문제는, 지윤이가 어떤 소풍을 원하는지 정확하게 모른다는 것이었다.

공작은 착한 막내딸 지윤이가 했던 말을 종이에 적어 내려갔다.

「— 평범하게 돗자리 챙겨서.

— 근처 공원으로 가서.

— 샌드위치를 먹고.

— 경치 구경도 하고.

— 앉아 있다가.

— 오기.」

"……이게 무슨 재미가 있지?"

레아가 원하는 소풍이 어떤 것인지 정확히 알기 어려웠다.

그 아이가 살아온 삶을 알지 못하니.

아이가 돌아온 후 종종 단둘이서 어색한 티타임을 가질 때면 원래 살던 곳에서의 삶을 넌지시 묻곤 했었다.

하지만 레아는 그때마다 버석하게 메마른 얼굴로 잠깐 웃고 말 뿐이었다.

결국 물어볼 놈은…….

때마침 노크도 없이 문이 벌컥 열리고 생각하고 있던 그놈이 검은색 긴 머리카락을 휘날리며 집무실 안으로 들이닥쳤다.

"젊은이, 처형이 나랑 친구 하기 싫다는군. 자네가 그나마 나랑 나이가 비슷하니 우리 친구 하는 게 어떤가."

"천 살도 넘은 파렴치한 늙은 뱀이랑 내가 어떻게 나이가 비슷한가."

"난 용인데. 젊은이."

디에르고는 그의 말을 가뿐히 씹어 먹었지만 1,000년 넘게 산 뱀 역시도 디에르고의 무시 의사를 가뿐히 씹어 먹었다.

"무슨 생각을 하고 있나? 친구가 되려면 대화가 중요하지."

"……대화가 안 통한다는 것부터 짚고 넘어가야 할 것 같은데."

그나마 다행인 건 오늘은 저놈이 옷을 제대로 입고 있다는 것이었다. 어쩐 일인지 평소보다 셔츠의 품이 넉넉했고, 바지도 길이가 딱 맞았다.

그레이의 옷을 훔쳐 입은 건 아닌 것 같았다.

"드디어 옷을 샀나 보지?"

디에르고의 핀잔 섞인 말투에도 아무스는 태연했다.

"방금 후원에서 기지개를 켜다가 나도 모르게 인간으로 변했지. 사람으로 변할 때의 느낌이 기지개를 켤 때랑 비슷해서 나도 미처 알지 못했던 것 같아."

"본론만 말해라."

"마침 짝이 근처에 있었어."

"……처음부터 말해라."

"짝이 내 쪽으로 몸을 돌리기 전에 아가 불곰 처형이 미친 곰처럼 달려와 나를 들더니 제 방으로 집어 던졌어. 창문이랑 벽이랑, 또, 책상이랑 옷장이 부서졌어. 그래도 바로 고쳤다! 아무튼 그래서 아가 불곰 처형의 옷을 입었지."

"……그랬군."

저 빌어먹을 호칭에도 익숙해졌다.

티온의 방은 2층에 있는데 사람을 거기로 던졌다니. ……하긴. 티온이면 그럴 만도 하지.

디에르고는 고개를 짧게 끄덕이곤 아무스에게 물었다.

"……이봐. 레아가 원하는 소풍 말인데…… 너는 어떤 느낌인지 알고 있지?"

"소풍? 응. 짝의 어렸을 때 꿈에서 본 적이 있다. 나는 오랫동안 짝을 지켜봐

왔으니까."

"네가 짝짝거리는 걸 듣고 있자니 따귀를 짝짝 올려붙이고 싶군."

"나도 소풍에 데려가 주면 말해 주지."

신나서 말한 아무스의 이마에 무언가 날아와 팅, 부딪치고는 바닥으로 떨어졌다.

단도였다.

"……젊은이, 방금 나를 죽이려 했어?"

"역시 진짜 용은 평범한 검으로는 상처 입힐 수 없군."

"나는 우리가 친구가 된 줄 알았는데……."

"네가 얘길 잘하면 생각해 보지. 그리고 보통 제 반려자의 아버지에겐 친구가 되자고 하지 않아. 장인이니 깍듯하게 모시지."

"알았다, 장인. 날 벌써 그리 생각하고 있는 줄은 몰랐는데 다행이군."

능글맞게도 대답하는 뱀 새끼 때문에 디에르고는 떨어진 단도를 주워서 제 주둥이를 쎌고 싶었다.

아무스는 긴 다리로 성큼성큼 움직여 집무실 책상에 드러누웠다.

"……지금 뭐 하는……?"

"아, 뱀일 때 생긴 버릇이라. 미안해, 장인. 여기엔 누울 만한 소파가 없군."

"나불거릴 시간에 일어나라."

디에르고의 말에도 아무스는 아무렇지 않게 옆으로 돌아누워 손으로 머리를 받치고는 무언가를 곰곰이 생각하는 듯 눈을 감았다.

잠시 후 그의 눈이 번쩍 떠졌다. 여전히 세로로 동공이 길게 찢어진 징그러운 노란 눈깔이었다.

"짝은 보물찾기를 해 보고 싶어 했어."

"……보물찾기?"

오랜 기억 속에서 솔레아의 꿈을 더듬는 듯 아무스는 다시 눈을 감은 채 천천히 말을 이었다.

"어릴 때 우르르 소풍을 가서 보물찾기 하면 친구들은 다 성공하는데 자기만 잘 못 찾았거든."

디에르고는 찬찬히 고개를 끄덕이며 생각했다.

보물 정도야 얼마든지 준비할 수 있지.

여전히 눈을 감고 있는 아무스가 계속해서 말을 줄줄 쏟아 냈다.

"책, 탱탱볼, 구슬왕자 필통, 미키쥐돌이 연필, 세일러달 스케치북, 12색 색연필, 24색 크레파스…… 이게 다 뭐지?"

책과 연필을 빼고는 알아듣기 힘들었다.

"12색, 24색 하는 거 보니 갖가지 색의 화구인가 보군. 지윤이는 그림 그리는 걸 좋아했나?"

"그런 것 같은데."

"보물이야 있는 거 없는 거 다 모아서 준비하면 될 일이고."

"그럼!"

"책이야 좋아하는 책들로 사 주면…… 앗."

디에르고가 입술을 벌린 채 굳어 버렸다.

앤이 분명 '아가씨께서 가장 좋아하시던 책'이라며 주고 간 책의 제목이, 기억을 찾은 솔레아가 울면서 품에 끌어안고 있던 책의 제목이…….

「렘샤 부인의 은밀한 사정」

아.

디에르고의 등줄기를 타고 식은땀 한 방울이 또르륵 흘러내렸다.

'그건 아주, 아주 난잡한 외설 문학이었는데.'

겨우 기억을 찾아 마음을 열어 가는 아이에게 그런 문란한 책은 정신 건강에 해로우니 읽지 말라고 해야 할까.

혼냈다가 아이가 영영 마음을 닫으면 어떡하지.

문득 에일린이 미치도록 보고 싶어져 디에르고는 눈을 질끈 감았다.

"여보. 아이를 키운다는 건 정말……."

아무스가 산통을 깼다.

"장인. 나는 그대의 여보가 아니다."

"……네놈 부른 거 아니니까 나가. 그리고 장인이라고 부르지 말고."

아무스는 조금 시무룩해진 모습으로 방을 나섰다.

'그래도 장인을 도왔으니 나도 소풍에 데려가겠지.'

장인이라 부르지 말라는 디에르고의 말은 물론 씨알도 먹히지 않았다.


소풍 갈 생각에 들뜬 아무스는 어느새 꼬리가 바지를 찢고 밖으로 튀어나온 것도 모른 채로 신나게 복도를 걸었다.

검은색의 길고 두터운 꼬리가 좌우로 흔들릴 때마다 바지 뒷부분 박음질이 조금씩 뜯어졌다.

붕붕 소리를 내며 공포스럽게 움직이는 꼬리보다도 조금씩 힘을 잃어 가는 바지가 더 위태로워 보였다.

그때 어디선가 슈퍼맨처럼 날아온 앤이 아무스의 허리를 끌어안았다.

"흐압!"

갑작스러운 스킨십에 약간 놀라긴 했지만 어린 인간이니 그럴 수도 있지, 싶어 아무스는 태연히 말했다.

"인간. 너도 알다시피 내겐 짝이 있다. 이런 건 옳지 않아."

"예, 이런 건 옳지 않아요. 용 님."

앤은 손에 들고 있던 침대보를 아무스의 허리에 꽉 묶으며 답했다.

그제야 아무스는 제 꼬리가 사방팔방으로 정신없이 날뛰고 있는 걸 알아차렸다.

"……또 큰 실례를 범할 뻔했군. 고맙다. 들떠서 제대로 살피지 못했다."

앤은 사람 좋게 웃으며 대답했다.

"좋은 일이 있으신가 봐요."

"짝과 소풍을 갈 거다."

"……아가씨랑요?"

"응."

"싸우셨는데……. 같이 가시게요?"

앤의 질문을 듣고서야 아무스는 지금 솔레아와 다소 소원한 관계라는 걸 뒤늦게 깨달았다.

하지만 되돌리기엔 너무 많이…… 들떠 있었다.

처음으로 다 함께 가는 소풍인데.

아무스의 긴 눈꼬리가 살짝 아래로 내려왔다.

"가고 싶은데, 몰래 가면 안 되겠지."

"아무래도 몰래 가시는 건 조금 그렇죠. 저도 아가씨 몰래 책을 사 모으다가 들켰을 때 엄청 혼났는걸요."

"그렇구나."

아무스는 조금은 단조로운 미소를 지어 보였다.

"용 님이 외양은 젊어 보이셔도 천 살이 훌쩍 넘은 할아버지시니까 제가 공경하는 마음으로 조금 도와드릴게요!"

"……공경이 아니라 공격 같은데."

앤의 악의 없는 악담에 올라갔던 아무스의 입꼬리가 다시 천천히 내려왔다.

아무스의 말을 깔끔하게 무시한 앤은 복도를 앞서 걸으며 꽤 자신감 넘치는 말투로 말했다.

"제가 이래 봬도 로맨스 소설을 엄청 많이 읽었거든요. 인외존재? 벌써 너무 맛있다."

"오, 나를 먹어 보려는 인간은 꽤 오랜만이구나. 꿈이 용사가 되는 거니?"

"아뇨!"

앤은 제자리에서 펄쩍 뛰어오르며 질색하더니 어디선가 빠르게 바지를 구해 왔다.

"용 님. 이거 입으세요!"

"고맙구나. 그런데 누구의 바지지?"

"이 방에 머무시던 서대륙 마법사님의 바지인데 어느 날 갑자기 떠나셨더라고요."

"그래?"

아무스는 고개를 갸웃거렸다.

아무리 떠난 지 오래되었어도 마법사가 입었던 것이라면 마력이 조금이라도 남아 있을 텐데 이 바지에 남은 마력은 그저 평범한 일반인의 것에 불과했다.

어쩌면 서대륙의 마법사라고 속여야만 하는 이유가 있었던 거겠지.

인간은 늘, 용인 그가 생각하는 것보다 더 복잡했다.

아무스를 서대륙 마법사의 방으로 밀어 넣은 앤은 방문을 닫고 복도에서 열심히 로맨스의 정석에 대해 설파했다.

"용 님. 듣고 계세요? 그러니까 요즘 대세는 직진 남주거든요. 다른 여자 눈에 담으면 죽여 버릴 거예요."

"역시 네 꿈은 용사인가 보구나. 아직 늦지 않았으니 도전해 보렴. 마물은 세상의 끝자락에 넘치도록 있단다."

방 안에서 마물 전쟁 참전을 추천하는 미친 용 대가리의 차분한 목소리가 들려오자 앤은 고개를 절레절레 흔들었다.

"그런 게 아니라요, 용 님. 다시 로맨스 얘기로 돌아오자고요. 우리 아가씨는 평범한 직진 그런 걸로는 부족해요. 아가씨는 원체 타고나시기를 특별하게, 다정하게, 아름답게, 사랑 만빵으로 태어나셨어요. 마음이 따뜻한 분이시잖아요. 사랑받지 않은 적이 단 한 번도 없으세요!"

"그렇게 보인다니 내가 다 기쁘구나, 어린 용사야."

"아니, 용사 아니라니깐요. 아무튼 그런 우리 아가씨께 그저 그런 직진 고백은 부족할 수 있어요. 제가 옆에서 아가씨를 모시면서 느낀 건데 용 님의 미모와 멋진 목소리로도 효과가 미미한 것 같더라고요."

"……직진만으론 부족하다라. 확실히 하늘을 빙글빙글 돌며 날아도 눈 하나 깜짝하지 않았지. 적응한 모양이야."

"적응. 그래! 말씀 잘하셨어요! 우리 아가씨는 지금 용 님의 직진 사랑에 너무 적응하셔서 당연하다 생각하시는 걸지도 몰라요!"

흥분한 탓에 저도 모르게 목소리가 커진 앤이 코가 거의 맞닿을 정도로 방문에 바짝 붙어 열변을 토하기 시작했다.

"인간은 적응의 동물이거든요. 그러니까 지금 우리 아가씨는 용 님의 직진 사랑에 익숙해지셔서 이게 얼마나 멋지고 특별한 일인지 모르시는 걸 거예요! 이럴 때는 무관심 작전이나 질투 작전 그런 게 잘 먹혀요."

"무관심? 질투?"

"네, 네!"

방문 너머에서 들려오는 목소리에 신이 난 앤은 계속해서 말을 이었다.

"무관심은 아예 관심을 끄고, 마치 너를 잊었다는 듯이 구는 거고, 질투는 말 그대로 질투가 나게끔 다른 사람이랑 같이 있는 거예요. 물론 조금 힘드시겠지만 짝사랑이 다 그래요. 그래도 이런저런 고생을 겪다 보면 결말을 찾아가니까……."

앤의 말이 미처 끝나기도 전에 방문이 벌컥 열렸다.

갑작스레 열린 문에 앤이 몸을 휘청거리며 앞으로 넘어가려던 때, 새로운 옷을 입은 아무스가 그녀의 왼쪽 어깨를 살짝 잡았다.

그러고는 허리를 숙여 그녀와 눈을 맞췄다.

"어린 용사는 아주 똑똑하구나."

"정말요?"

눈을 반짝반짝 빛내는 앤을 보며 마주 웃어 준 아무스가 이어 말했다.

"하지만 나는 단 한 순간도 짝을 잊어 본 적이 없으니 그런 연기는 할 수 없고, 짝이 질투하는 모습 역시 보고 싶지 않아. 나는 괜찮아."

"아니, 그래도 사랑이 이루어지려면……."

문을 조금 더 열어젖힌 아무스는 방 밖으로 나와 앤을 돌아봤다.

"네 말대로 그 사람은 아주 특별하잖니."

"……네."

"그럼 1,000년을 기다린 이의 사랑을 올곧게 받아도 되겠지. 다행히 나는 수명이 길어 오래 기다릴 수 있으니."

"아, 아니 그러다가 꼬부랑 할머니가 되시면……."

아무스가 얼굴을 붉히며 수줍게 미소 지었다.

"웃을 때 눈꼬리가 접히는 모양 그대로 주름이 생기면 예쁘겠다. 그 사람 머리가 은빛으로 하얗게 물들면 꼭 보석 같지 않겠니."

다정했지만, 물론 아주 다정한 말이었지만.

어리디어린 로맨스 광인에게는 조금 부족했다.

"젊고 창창할 때! 힘이 넘칠 때! 미친 듯이! 서로밖에 없는 것처럼! 사랑을 하셔야죠! 아니, 해 주세요!"

주먹을 꼭 말아 쥔 채 말하는 앤의 모습에선 패기가 넘쳐흘렀다.

아무스의 눈에 생기가 돌았다.

"어린 용사는 정말로 활기가 넘치는구나! 내 보기엔 아가 불곰보다 너의 생명력이 더욱 강하고 아름다우니 마물을 상대하기엔 네가 더 알맞겠다!"

결국 앤의 양쪽 입꼬리가 아래로 뿌엥 내려갔다.

아무리 그래도 이제 겨우 열여섯 살이었다.

어린애한테 자꾸 전쟁터에 나가서 마물을 썰고 다니라고 하니.

앤 입장에선 눈물이 핑 돌 수밖에 없었다.

"용 님은 최악이에요. 우리 아가씨는 황녀님을 길들이실 거라고요! 됐어요! 아가씨는 결혼 안 하실 거고 가족분들이랑 천년만년 사실 거고, 용 님은 진짜, 용 님은……. 인외존재 이제 안 읽어요. 흐어엉."

눈물을 흩뿌리며 사라지는 앤의 뒷모습을 가만히 바라보던 아무스는 조금은 곤란한 듯 머리를 긁적였다.

"……내가 방금 저 어린 용사에게 상처를 입힌 것 같아."

'응. 주인 방금 되게 쓰레기 같았어.'

'앤은 좋은 하녀인데.'

'임시 주인을 엄청 좋아하는 착하고 좋은 하녀인데.'

'주인이 울렸어.'

'주인이 사지로 내몰았어.'

'앤은 검 드는 거 싫은데.'

'맞아. 책 읽는 거 좋아하는 앤데.'

'맞아. 저번에 읽은 「야설을 읽다가 남편에게 들켰다」 그거 재밌었는데.'

'맞아. 북부대공이 나오는 클리셰였지만 묘사가 세밀해서 좋았어.'

'맞아. 특히 야설을 읽고 있는 장면을 목격한 남편이 소설 내용처럼 해 보자면서 아내를 안아 들었을 때!'

'응! 첫날밤 부분에서 두 사람의 감정 묘사와 그에 따른 신체적 변화가 점진적으로 이어지는 것이.'

'그냥 야해서 좋았다고 해.'

'응. 개좋아.'

어느새 저들끼리 야설 평론을 시작한 정령들을 내버려 두고 아무스는 복도에 난 창문을 열었다.

넓게 펼쳐진 후원과 그곳에서 운동을 하고 있는 제 짝이 보였다.

높이 올려 묶은 새빨간 머리카락이 그녀가 땅에 발을 디딜 때마다 조금씩 흔들렸다.

아무스는 조용히 미소 지으며 아무에게도 닿지 않을 정도의 작은 목소리로 속삭였다.

"괜찮아, 나는 더 기다릴 수 있어. 네가 그러고 싶을 때 날 봐 주면 돼. 나는 그거면 돼."


홀쩍거리며 아무스가 있는 쪽의 반대편 복도를 걸어가던 앤은 어느새 공작의 집무실 앞을 지나가고 있었다.

그때 갑자기 문이 벌컥 열리고 공작이 나오더니 꽤나 진지한 표정으로 그녀의 눈을 마주 보았다.

"앤."

"네, 네! 깜짝 놀랐어요. ……공작님."

디에르고는 사뭇 진지한 표정으로 복도에 다른 사람이 없는지 살폈다.

다행히 이쪽 각도에선 사람들이 보이지 않았다.

하지만 언제 어느 장소에서 사용인들이 튀어나올지 몰랐다.

사용인뿐 아니라 제 자식들에게도 들켜선 안 됐다.

목소리를 한껏 낮춘 디에르고가 앤에게 말했다.

"앤. 이리 들어와라. 부탁할 게 있으니."

왜인지 부담스러울 정도로 은밀한 분위기에 앤은 마른침을 꿀꺽 삼켰다.

괜히 아까 용 님이 어린 용사, 마물 어쩌고 하는 바람에 더 긴장됐다.

'공작님이 나를 전쟁터로 보내시려는 건가? 물론 갑자기 보내실 리는 없지만…… 티온 도련님은 여태 시종 하나 없이 다니셨으니까 나를 거기로 보내시려는 걸까?'

두근대는 가슴팍을 저도 모르게 꼭 붙잡은 앤은 평소에는 감히 하지 못할 질문을 했다.

"왜, 왜요?"

다행히 디에르고는 주변을 살피는 데 여념이 없어 앤을 혼내지 않았다.

"책을 좀 추천해 다오."

"책이요? 책, 책은 아가씨가 훨씬 많이 읽으셨어요. 아가씨는 다양한 지식을 가지고 계시고 그, 그리고요……."

"아니. 너만 할 수 있는 일이다."

"제, 제가요?"

"솔레아가…… '가장' 좋아할 만한 책들을 추천해 다오."

가슴을 움켜쥐고 있던 앤의 눈이 동그래졌다.

"아! 그거요?"

"쉿! 은밀히 진행해야 돼."

"옙."

고향에서 저택으로 돌아오는 길에 아가씨에게 다신 '그런' 책을 읽지 않겠다고 약속한 탓에 몸이 근질근질하던 차였다.

해금되리란 생각에 앤은 냉큼 디에르고를 쫓아 집무실로 들어갔다.

문이 닫히자 앤은 범상치 않은 미소를 지으며 공작에게 머리를 숙였다.

"……기다리고 있었습니다. 확실하게 모시겠습니다, 공작님."

"일단 한 열 권, 아니 백 권 정도만 추천해 줬으면 하는데."

"제게는 아직 버리지 않은 열두 장의 도서 목록이 있습니다."

앤의 비장한 미소와 함께 솔레아의 첫 가족 소풍을 위한 준비가 본격적으로 시작됐다.

❋ ❋ ❋

아무리 눈치가 없어도 이 정도면 모르는 게 더 힘들었다.

하루 종일 끈덕지게 달라붙어 있던 아무스가 눈에 보이지 않아 찾아보면 공작님의 방에 가 있거나, 그레이나 헤이먼, 티온과 붙어 있었다.

아무스 하나만 그러면 모르겠는데 앤마저 거동이 수상했다.

앤이 보이지 않아 부르면 복도 저 끝에서 헐레벌떡 뛰어오곤 했다.

공작님의 집무실이 있는 방향이었다.

뭔가…….

이 저택에서 솔레아만 모르는 은밀한 일이 진행되고 있었다.

괜히 마음이 불안해져 솔레아는 지나가는 라트엘을 붙잡고 물었다.

"있잖아요, 라트엘."

"예, 아가씨. 편히 말씀하십시오."

정작 편히 물으라고 한 라트엘도 손에 한가득 들고 있는 종이 뭉치를 뒷짐 지며 등 뒤로 숨겼다.

"나한테 뭐 숨기는 거 있죠."

"제가 아가씨한테 숨기는 게 뭐가 있겠습니까. 아가씨가 제게 숨기는 게 있으시겠죠."

"내가 뭘요?"

눈을 동그랗게 뜨고 묻는 솔레아를 보며 라트엘은 빙긋이 웃었다.

"다들 쉬쉬하고 있기는 하지만, 아가씨가 갑자기 용을 타고 다니지 않으십니까? 마력을 갖게 되신 것도 신기하고, 아니 그리고 마법사의 목은 왜 베셨습니까? 이 경우엔 '왜'가 아니라 '어떻게'가 중요하겠군요."

"어, 그건……."

잠깐 말을 흐리던 솔레아는 주변 눈치를 살피곤 조심스럽게 말했다.

"말하자면 엄청 긴데 그놈이 사실 진짜 굉장히, 매우 나쁜 놈이었어요."

"그랬습니까?"

"네. 너무 갑자기 죽어서 조금 혼란스럽겠지만, 제가 관련된 자료를 찾고 있거든요. 즈, 증거 같은 것도요."

"그렇군요."

"네. 아무튼 그, 제가 막 갑자기 살인자가 됐다니까 무섭고 놀라셨겠지만…… 마법사가 됐다는 것도 이해가 안 가시겠지만……."

마땅한 해명을 찾지 못했는지 솔레아는 약간 허둥거리며 말을 끝맺지 못하고 줄줄 이어 나갔다.

물론 라트엘은 전혀 신경 쓰지 않았다.

그는 변함없이 무감한 표정으로 답했다.

"전 괜찮습니다."

"정말요?"

"네, 정말요. 전 괜찮습니다. 아가씨는 여태 그래 오셨듯, 편안히 지내시면 됩니다. 저는 이 집 사람이잖습니까? 아가씨 또한 베르고의 소중한 일원이고요."

"네에……."

"그럼 이만 가 보겠습니다. 6시라."

"아. 미안해요. 내가 오래 붙잡고 있었네요."

고개를 꾸벅 숙인 라트엘이 계단을 빠르게 내려가 저택을 빠져나간 후에야 솔레아는 깨달았다.

*'숨기는 거 있죠?'*

라는 질문에 대한 그 어떤 답도 듣지 못했다는 걸.

"아, 낚였다."

하지만 퇴근한 라트엘에게 후진이란 없었다.

※ ※ ※

"솔레아."

"네, 공작님."

가족들이 다 모인 저녁 식사에서 공작님이 때아닌 진지한 목소리로 내 이름을 불렀다.

말하기 쉽지 않은 얘기인지 공작님의 얼굴 역시 꽤나 차갑게 굳어 있었다.

"마음의 준비를 하고 듣거라."

"……네."

왜 무서운 얼굴을 하고 말씀하시는 거지.

나도 모르게 공작님의 눈치를 살피고 있을 때, 그의 입술이 천천히 열렸다.

"내일은 소풍을 가는 날이다."

"네. 알겠습…… 네?"

잘 못 들었습니다?

"말 그대로란다. 우린 내일 소풍을 간다."

공작님은 두 팔을 테이블 위로 올려 깍지를 끼고는, 전쟁을 진두지휘하는 장군처럼 사뭇 날카로운 얼굴로 말을 이었다.

"오빠들에겐 일주일 전쯤 말했고, 네게는 하루 전날 말하는 게 좋을 것 같아 지금 말해 주는 것이다."

"아, 네……. 소풍, 내일이군요……."

"걱정 마라. 아주 단단히 준비했으니."

"처음 소풍 얘기를 꺼낸 날로부터 거의 한 달 가까이 지나서 잊으신 줄 알았어요."

그레이가 놓친 포크가 땡그랑, 소리를 내며 떨어졌다.

"너어는 진짜. 어? 듣는 오빠들 서운하게 소풍 잊었단 말을 어떻게 그렇게 쉽게 하니."

"좀! 놀리지 마. 말한 나도 까먹고 있었다고."

"……잊고 있었어? 나는 막내랑 소풍 간다고 해서…… 옷도 새로 맞췄는데."

티온의 흉터가 찌글 구겨지며 길고 날카로운 눈꼬리가 축 처졌다.

"티온? 티온. 오빠. 아니야. 제발. 눈 다시 올려. 입꼬리도 올려. 웃어. 웃어. 감자 입에 집어넣어. 밥 마저 먹어. 힝구 하지 마. 반칙이야."

"……응."

어색하게 입꼬리를 올린 티온이 다시 포크와 나이프를 집어 들었다.

공작님은 여전히 진지한 표정이었다.

"아무튼. 우리는. 내일. 반드시. 무슨 일이 있어도. 소풍을 간다."

"네, 알겠어요. 몇 시에 일어나면 될까요?"

"아침에 깨우마. 멀리 가야 하니까 푹 자 두렴. 만반의 준비를 해 두었으니 걱정 마라. 긴장할 것 없다."

그러는 공작님이 더 긴장하신 것 같은데.

입맛이 없으신 건지 그릇 위엔 음식들이 꽤 많이 남아 있었다.

이후로 소소한 얘기를 나누다가 공작님은 먼저 방으로 올라가셨다.

그의 그릇엔 여전히 음식들이 많이 남아 있었다.

왜 저러시는 거지. 나랑 소풍 가는 게 부담되시는 건가.

혼자 방으로 올라가 침대에 누워 있는데 방문을 노크하는 소리가 들려왔다.

"누구야?"

"나야."

"나도."

"……나도 있어."

방문을 열어 보니 그레이와 헤이먼, 티온이 잠옷 차림으로 복도에 서 있었다.

"……왜, 왜 여기 이러고 있어? 이 야밤에?"

그레이는 내 질문엔 답하지도 않은 채 문을 더 활짝 열고 방 안으로 몸을 쭉 쭉 밀고 들어왔다.

"야, 내가 다 알아봤어. 걱정하지 마."

"그래, 레아. 우리는 괜찮으니까 부담 갖지 말고."

"대체 뭔가!"

소리를 빽 지르는데 티온의 손에 무언가 들려 있는 게 보였다.

'곰돌이와 친구가 된 꼬마 공주님♥ʃ•ₒ♪ω•✕?♥'

"……나가."

티온이 황급히 동화책을 등 뒤로 숨겼다.

"밤에 잠을 잘 못 잔다길래!"

잠이 오지 않았던 건 사실이긴 했다.

그도 그럴 게, 공작님이 너무 걱정이 태산 같은 얼굴로 자리에서 일어나셨으 니까…….

"너 무슨 생각 하는지 다 들린다. 그런 거 아니니까 여기 누워."

"아, 내 나이가 몇인데 오빠들이랑 같이 누워."

"야. 괜찮아. 괜찮아. 너 악몽 꾸면 뱀한테 잡아먹으라고 할게."

그레이가 챙겨 온 커다란 상자를 열자 뱀이 된 아무스가 억울하다는 듯 노란 눈을 빛내며 씩씩 숨을 내뿜고 있었다.

"이, 이거 동물 학, 아니 잠깐만. 인간 학대, 아니…… 어, 아무튼 학대 아니야?"

"같이 가고 싶다는데, 인간 모습으로 한방에 있는 건 좀 그래서 뱀으로 변하라고 했어. 너 악몽 꾸면 애가 먹는대."

"그럼 오늘 여기서 다 같이 자겠단 소리야? 그게 말이 돼?"

목소리가 꽤 날카로웠는지 티온이 들고 있던 동화책을 테이블 위에 놓아두곤 홀연히 방을 떠나 버렸다.

"아니, 오빠! 잠깐만!"

그런데 몇 초 지나지 않아 티온이 집채만 한 이불들을 한가득 들고 돌아왔다.

"응, 막내야. 왜?"

"이불……을 왜?"

"아. 그레이가 아버지의 소풍은 내일부터지만 우리의 소풍은 오늘부터래서."

"……뭐?"

티온이 바닥에 이불을 깔기 시작하자 헤이먼이 도왔다.

"그레이. 넌 안 도와?"

헤이먼이 한마디 꺼내자 뱀무스와 장난을 치고 있던 그레이가 익살스러운 목소리로 말했다.

"형. 솔레아만 없으면 그레이가 이 집 막낸뎅! 막내는 그런 거 안 하는데!"

이젠 그레이가 하는 저런 말이 농담인 걸 알아서인지 웃음이 터졌다.

뱀무스가 냉큼 상자에서 튀어나와 그레이의 머리를 앙앙 물어 댔다.

"아! 아! 아프다고! 이 뱀 대가리 새끼! 아, 알았다고. 한다고!"

그레이는 제 머리를 깨물고 있는 뱀무스를 어깨에 매단 채로 이불들을 내 방 바닥에 깔았다.

넓던 방이 어느새 폭신한 이불들로 가득 찼다.

"왜, 왜 이러는 거야? 오빠 니네 정말 왜……."

"야. 다 들었어. 이렇게 하는 거라며?"

그레이가 내 손목을 잡고서는 나를 빈자리에 눕혔다.

그러자 티온이 내 머리를 들어 올려 손수 베개를 받쳐 주었고, 헤이먼은 도톰한 이불을 덮어 줬다.

그런 뒤 다들 내 옆과 머리맡에 자리를 잡고는 앉거나 누웠다.

"대체 왜들 이래?"

"괜찮아. 오늘을 위해 누군가에게 특별히 부탁도 했어."

"너희 말고 또 누가 와?"

그때 복도 밖에서 뚜벅뚜벅 발소리가 들려왔다.

헤이먼은 재빨리 일어나 정령들을 이용해 방의 불을 모두 꺼 버렸다.

저거 아주 이젠 지가 주인이네.

노크도 없이 방문이 벌컥 열렸다.

"자라. 떠들지 말고."

……라트엘?

물어보고 싶지만 티온이 이불로 내 온몸을 휘감고 입을 막아 버려서 질문을 할 수가 없었다.

이 와중에 그레이는 태연하게 코를 골고 있었다.

방금까지 떠들었으면서 갑자기 코를 골아? 제정신인가?

"너희 말소리 밖에 다 들린다. 나중에 또 올 거니까 그만 떠들고 자."

왜 반말을 하는 거야, 라트엘?

근데 이 상황 너무 익숙하잖아!

라트엘이 문을 닫고 나가자마자 헤이먼이 티온의 등짝을 퍽퍽 소리가 나도록 때렸다.

"형! 미쳤어? 솔레아 질식할 뻔했잖아!"

"미, 미안. 근데 원래 밤에는 교감한테 들키지 않아야 된대서."

"교감 아니고 교관 아니야?"

티온의 이불에서 겨우 빠져나온 나는 헝클어진 머리를 정리하며 물었다.

티온은 짧게 고개를 끄덕였다.

아.

이제야 이해가 가네.

이 오빠들은 지금 나랑 수련회라도 온 것처럼 분위기를 만들어 주고 있었다.

나도 모르게 웃음이 나서 키득거렸다.

"왜 이러는 거야, 대체. 이 저택이 다 우리 집인데 왜 이런 놀이를 해?"

"네 말처럼 우리 집이니까 이런 놀이를 하지. 걱정하지 마. 라트엘한테 초과 수당에 야근 수당까지 주기로 했어. 네 돈 아니고 아빠 돈에서 쓱싹했어."

따스한 목소리로 영주인 아버지 돈을 횡령했다는 말을 한 헤이먼이 내 머리칼을 쓰다듬었다.

"소풍 전날엔 어차피 잠도 잘 안 온다면서. 그러니까 이렇게 놀면 되잖아."

"그래. 이럴 때 아니면 언제 또 놀겠어. 형이 또 전쟁터 나가서 마물 죽이고 오면 어떡해."

티온의 인상이 험악해졌다.

"이제 손에 피 안 묻힐 거야."

"형, 표정이 왜 그래. 이달론 죽이고 온 솔레아 민망하게."

장난기 다분한 그레이의 말투에 나는 웃었지만 헤이먼은 정색하고 그레이를 베개로 후려쳤다.

"너 진짜 미쳤냐? 솔레아가 얼마나 고생을 했는데 그걸 농담이라고 해?"

"아이씨, 농담이라도 계속해야 얘가 그 일을 가볍게 여기고 넘기지!"

"아무리 그래도 그렇지, 인마!"

헤이먼이 베개로 계속 퍽퍽 소리가 나도록 그레이를 때리자 그레이 역시 옆에 있던 커다란 베개로 헤이먼을 가격했다.

"억!"

얼굴을 정통으로 맞았는지 헤이먼이 휘청거렸다.

군사 훈련을 받아 온 그레이보다 헤이먼이 약한 건 어쩔 수 없는 사실이었다.

"헤이먼, 괜찮아?"

내 질문에 그가 대답하기도 전에 허공에서 목소리들이 들려왔다.

'누가 우리 아기 때렸어?'

'누가 우리 분홍이 때린 거야?!'

'분홍이 또 아야 했어?'

'꼬마 호랑이가 그랬구나!'

'처형이 그랬구나!'

정령들은 큰 소리로 말하며 허리에 손을 짚더니 저마다 작은 베개를 하나씩 만들어 그레이를 둘러싸고는 밀가루 반죽 치대듯 퍽퍽 때리기 시작했다.

"아, 잠, 잠깐만. 야. 공정하지가. 아. 아야. 아. 베개에 돌멩이 넣은 정령 누구야. 아! 나와. 야. 니네 주인 내 어깨 위에 달려 있, 이 새끼 어디 갔어?"

아무스는 이미 재빠르게 내 어깨 위로 자리를 옮긴 이후였다.

정령들의 공격을 피하기 위해 방 안을 뛰어다니던 그레이는 결국 헤이먼을 끌어안았다.

정령들이 공격을 멈추려던 그때, 다시 방문이 벌컥 열렸다.

서 있던 그레이와 헤이먼, 앉아 있던 나와 티온은 동시에 철퍼덕 소리를 내며 바닥으로 엎어졌다.

"너희 자꾸 안 자고 떠들지?! 단체로 기합받고 싶어?!"

……라트엘은 그냥 극단에 들어가지 그랬어요. 연기를 너무 잘하는데.

웃음이 터질 것 같아서 나는 입을 꾹 틀어막았다.

다들 유치하기 짝이 없는데도, 마냥 즐거웠다.

라트엘이 다시 문을 닫고 나가자 하나둘씩 고개를 들고 키득거렸다.

"아, 진짜 미쳤나 봐. 왜 그래, 다들."

웃음기 가득한 목소리로 묻는데 이번엔 노크 소리가 들려왔다.

"또 라트엘이야? 교관이 너무 자주 오면 재미없다고 누가 한마디 해 줘."

하지만 자리에서 일어나 움직이는 사람은 아무도 없었다.

거의 교관이 빙의됐다고 할 정도로 메소드 연기를 하고 있는 라트엘이라면 문을 벌컥 열고 들어왔을 텐데.

이상하게 아무도 문을 열고 들어오질 않았다.

다시 한번 노크 소리가 똑똑똑 세 번 울렸다.

이번엔 아까보다 조금 더 빠르고 다급한 박자였다.

"누구세요?"

결국 내가 조심스럽게 문을 열자 전혀 생각도 못 한 인물이 서 있었다.

"……사라."

연한 갈색 머리카락을 대충 올려 묶은 사라 나사니엘 영애가 녹안을 빛내며 나를 올려다보고 있었다.

"흑, 공녀님!"

두 팔을 벌려 나를 꼭 끌어안은 사라는 울음기 섞인 목소리로 웅얼대며 말을 이었다.

"공녀님. 아프셨다면서요. 엄청 아프셔서 밖에 못 나오신 거라면서요. 흑, 진짜 걱정 진짜, 진짜! 많이 했어요."

"고마워요. 나 이제 괜찮아요."

"정말요? 이제 하나도 안 아프신 거 맞죠? 안 아프시죠?"

"네. 그럼요."

이달론에게 붙잡힌 난 수백 년 동안 환상의 시간 속에 갇혀 있었지만, 이쪽에선 고작 몇 주가 지났을 뿐이었다.

그러니 내가 사라의 얼굴을 보고 잊었던 그리운 친구를 만난 것처럼 반가운 건 당연하지만, 사라 입장에선 정말 짧은 시간이었을 텐데.

"사라, 걱정 많이 했어요?"

아기 토끼 같은 사라는 두 눈을 동그랗게 뜨고 섭섭하다는 듯 나를 바라보며 입술을 삐죽였다.

"당연하죠! 공녀님! 우린 친구잖아요!"

"아하하."

"아닌……가?"

내 눈치를 살피는 사라를 꼭 안고 그녀의 정수리에 볼따구를 마구 비볐다.

"맞아요, 우린 친구예요. 고마워요. 나 걱정해 주고, 기억해 주고, 내게 마음 써 줘서, 정말 고마워요."

"고맙, 제가 더 고맙, 감사합니다."

당황한 사라의 옆에 서 있던 검은 그림자가 살짝 움직였다.

반쯤 열린 문에 가려 잘 보이지 않았는데 빌도 함께 온 모양이었다.

"깜짝이야! 빌도 같이 왔네요."

"공녀님……."

빌 역시 아팠던 나를 걱정했는지 울상을 지은 채 내게 두 팔을 벌려 왔다.

"빌."

나 역시 두 팔을 벌리려는데 갑자기 몸이 두둥실 떠올랐다.

"티온, 내려…… 아무스?"

어느새 인간이 된 아무스가 온 몸에 이불을 칭칭 감은 채로 나와 사라를 한 꺼번에 들어 올려 방 안으로 들여다 놨다.

"젊은 친구. 신사답게 행동해. 공녀님을 안으려고 하면 안 되지."

"너나 신사답게 행동해. 가서 옷 입고 와."

아무스는 조금 시무룩한 얼굴로 방을 빠져나가 손님방으로 향했다.

방 안으로 들어온 빌과 사라가 커다란 눈을 끔뻑이며 이불이 사방에 깔려 엉망이 된 방을 둘러봤다.

하지만 그들은 곧 어색하게 이불 어딘가에 자리를 잡았다.

"잠옷을 입고 왔네요, 둘 다?"

"그레이가 잠옷을 입고 오라고 했습니다."

"오빠가 빌이랑 사라 둘 다 불렀어?"

"어. 가족끼리 있는 것도 좋긴 한데 친구들도 있으면 네가 더 재밌어할 것 같아서."

대수롭지 않은 얼굴로 대답한 그레이는 제 옆으로 다가와 선 빌과 투닥거리며 싸움을 시작하긴 했다.

"왜 내 옆에 오냐고. 너 오늘 우리 솔레아 친구로 온 거 몰라?"

"공녀님보다는 너랑 더 친하니까!"

"야. 우리 오늘 상황극이 말하자면 긴데……. 이따가 라트엘이 와서 문 벌컥 열 거거든. 그때 절대 깨어 있는 걸 들키면 안 되고 자는 척해야 돼."

"재밌겠다!"

"어, 그치? 알아서 잘해라."

"라트엘이 오면 나한테 말해 줘. 내가 저기 누워서 코를 골고 있을게!"

"알아서 잘하라고 했잖아, 이 자식아."

계속해서 싸우던 빌과 그레이는 아무스가 다시 등장하고 나서야 조용해졌다.

헤이먼이 그레이의 귀에다 대고 속살거리는 모양새를 보아 하니 뱀으로 하룻밤을 보내기로 해 놓고서 왜 다시 인간의 모습으로 변했냐고 하는 것 같았다.

하지만 아무스는 불퉁한 얼굴로 팔짱만 끼고 있었다.

그때 사라가 조심스럽게 내 옆으로 다가왔다.

"공녀님, 공녀님."

"네?"

"저분은 이렇게 방 안이 어둑어둑한데도 눈이 반짝반짝 보석처럼 빛나시네요."

"……아, 하하. 하하하. 그런가? 저는 잘 모르겠는데?"

뱀이니까요. 아니, 용이니까요.

호기심 가득한 눈을 빛내며 사라가 말을 이었다.

"꼭 짐승 같은 안광이에요!"

……이래서 눈치 빠른 귀족 영애는 싫다니까.

나는 얼른 손을 뻗어 아무스의 눈을 가렸다.

"하하하. 얘가 어릴 때 약을 잘못 먹어서, 밤 되면 눈이 좀 번쩍거리고 그러기도 해요. 약간, 그, 체질이 조금 바뀐 거죠. 동물적으로."

"우와!"

신기했는지 사라는 박수를 짝 치며 신기해했다.

그때 또 복도에서 터벅터벅 발소리가 울렸다.

〈3권에서 계속〉

# 공녀고 나발이고 집에간다고

1판 1쇄 **찍음** 2022년 12월 12일
1판 1쇄 **펴냄** 2022년 12월 22일

**지은이** | 단  디
**펴낸이** | 정  필
**펴낸곳** | (주)뿔미디어

**기획·편집** | 김신혜 박경희 권자영 전유정 오유정
**표지 디자인** | 소  정

**출판등록** | 2002년 9월 11일 (제1081-1-132호)
**주소** | 경기도 부천시 소향로 17, 303(두성프라자)
**전화** | 032)651-6513  **팩스** | 032)651-6094
**E-mail** | scarlets2012@hanmail.net
**블로그** | http://blog.naver.com/dahyangs

## 값 13,000원

ISBN 979-11-6973-100-3 04810
ISBN 979-11-6973-098-3 04810 (세트)